教育部人文社会科学重点研究基地 四川大学南亚研究所
国家"985工程"四川大学南亚与中国藏区研究创新基地
南亚前沿问题研究丛书

印度比较文学发展史

A History of Comparative Literature in India

尹锡南 著

四川出版集团
巴蜀书社

教育部人文社会科学重点研究基地四川大学南亚研究所
国家“985工程”四川大学南亚与中国藏区研究创新基地

南亚前沿问题研究丛书

位于加尔各答的贾达瓦普尔大学正门

贾达瓦普尔大学比较文学系教授 Amiya Dev
接受本书作者访谈(2005 年 8 月 19 日)

印度加尔各答大学正门

印度苏拉特的南古吉拉特大学校门

本书作者在南古吉拉特大学比较文学系留影(2005 年 7 月)

本书作者和南古吉拉特大学比较文学系教授们合影(2005 年 7 月)

CLAI
NEWSLETTER
COMPARATIVE LITERATURE ASSOCIATION OF INDIA
Delhi • Kolkata

Sisir Kumar Das Memorial Issue : September 2004

A Tribute to Sisir Kumar Das
(1936-2003)

Amiya Dev

Comparative Literature in India will never again be the same. Its greatest practitioner has passed away: we will ever mourn Sisir Kumar Das. No amount of theory and reflection on what is to be done will give us back his range and immensity of practice. He will survive our debates, our discourses; he will be comparative literature incarnate in India. Any time we have to think of medieval Indian literature, we will have to look up that slim book of his, *The Mad Lover*, and the number of other essays he wrote, and surely the history of medieval literature he nearly completed. Any time we have to wonder about Indian literary history we will have to turn to his two mammoth volumes of *A History of Indian Literature*, 1800-1910 and 1911-56. He believed in plunging. While most of us were hesitant about the feasibility of an integrated history, he began the work and showed us that Indian plurality did not rule out Indian unity and the unity the plurality. And there is hardly an area that he did not touch. One of his recent essays on the literature of voyage not only endeared him to fellow scholars the world over but vindicated what he had written quite early in his career, *Western Sailors, Eastern Seas: German Response to Indian Culture*. Would those colleagues readily believe that he also wrote a play on Dom Antonio the Portuguese? He proved that the scholar and the writer were not necessary strangers and that it was possible for either to be the other as well. He spoke on translation, especially on its dependability, but he also translated. And along with his translations from classical Greek, he

《印度比较文学通讯》2004 年纪念 S.K.达斯专辑，
封面人物为 S.K.达斯先生(1936—2003)

北京大学(外国语学院)东方文学研究中心

博士后研究项目成果

中国博士后科学基金特别资助(2009年)

项目研究成果

谨以此书献给

敬爱的慈母姜庚英女士(1940—1998)

和岳母潘玉仙女士(1934—2010)

总　序

当前，世界形势正发生重大而深刻的变化。一大批新兴国家的发展和壮大，使国际格局不断向有利于和平与发展的方向演进。由印度、巴基斯坦、孟加拉国、阿富汗、斯里兰卡、尼泊尔、不丹、马尔代夫组成的南亚区域合作联盟，其总面积超过400万平方公里，人口超过13亿，已成为新兴国家中一支重要的力量。

南亚各国是中国的近邻，中国人民同南亚各国人民有历史悠久的深厚友谊。近年来，中国同南亚各国的友好关系取得了令人鼓舞的新发展。中国和南亚各国的友好往来日趋频繁，经贸合作不断增加，文化交流丰富多彩。中国已成为南亚区域合作联盟的观察员。和平、友好、互信、合作，是中国和南亚各国关系呈现的四大可喜的特点。了解南亚，研究南亚，更成为中国各界人士的共同愿望。

四川大学南亚研究所是教育部人文社会科学重点研究基地。该所和该所支撑成立的教育部“985”工程四川大学南亚与中国藏区研究创新基地一起，在南亚研究方面进行了大量的工作，已成为我国南亚研究的重要中心之一。该所过去编辑出版的《南亚基地丛书》内容丰富，研究深入，是当今我国十分难得的有关南亚的一套宝贵的丛书。现在，根据当前的形势需要，该所和“985”基地又编辑出版《南亚前沿问题研究丛书》，相信一定会获得广大读者的欢迎。

我谨对这套丛书的出版表示衷心的祝贺，并对笔耕不辍、辛勤工作的作者们致以崇高的敬意。

中国前驻印度大使

四川大学南亚研究所讲座教授

程瑞声

2008年4月

目 录

Contents

绪 论

印度同中国一样，有着灿烂而悠久的文明发展史。进入现代以来，两国在很多方面表现出惊人的相似。就输入西来的比较文学理论并进行长达百余年的跨世纪比较文学实践而言，印度与中国更是如此。目前，中国比较文学学科史研究领域已经出现诸如《中国比较文学源流》之类的著作。[①] 而日本早在 1978 年就出现了梳理本国比较文学发展史的著作。但是，作为比较文学研究同样出色的国家，对印度比较文学发展史的梳理却没有得到中国、印度或西方学者的重视。限于资料缺乏和中印比较文学界迄今为止直接对话稀少等客观原因，以及受西方中心主义思想影响较深，中国学术界对于印度比较文学发展概况的介绍远远不够，且其介绍还存在谬误或不实之处。例如，高等教育出版社出版过面向本科生和研究生的教材《比较文学》，其中第二章《比较文学的历史与现状》以近一页的篇幅简略介绍了印度比较文学发展概况，但对印度比较文学的相关介绍便有问题。该书这样写道：

① 徐扬尚：《中国比较文学源流》，郑州：中州古籍出版社，1998 年。

"孟买大学、加尔各答大学、德里大学等十几所高校相继成立比较文学系或开设比较文学课程。比较文学方面的论著也纷纷问世，如巴苏的《印度比较文学》(1959)、甘地·琼德拉·邦多的《比较美学》(1967)、S. K. 达斯的《比较文学史》、R. K. 古帕塔的《印度比较文学的开端》(1977)、代沃·阿米西的《印度比较文学》(1981)。1981年后，印度比较文学学会和印度国家比较文学学会相继成立。"① 事实上，笔者留学印度期间，于2005年4月至9月间对印度所有大学里迄今为止成立的两个比较文学系及其他涉及比较文学研究的机构进行了专访，并收集了大量相关资料和信息。笔者通过访谈和阅读相关资料发现，中国学者的上述叙述存在不少问题。例如，孟买大学等上述三所印度大学没有设立比较文学系。笔者尽力搜寻，未见巴苏的《印度比较文学》(1959)、S. K. 达斯的《比较文学史》(1973)、R. K. 古帕塔的《印度比较文学的开端》(1977)等著作，S. K. 达斯从来没有出版过《比较文学史》，只出版过两卷本的《印度文学史》，甘地·琼德拉·邦多即康提·钱德拉·潘迪亚的《比较美学》第一卷《印度美学》第一版的时间在1952年左右，第二版是1959年[Kanti Chandra Pandey, *Comparative Aesthetics* (*Vol.* 1), *Indian Aesthetics*, Varanasi: The Chowkhamba Sanskrit Series Office],"代沃·阿米西的《印度比较文学》(1981)"这句把该学者的姓名弄颠倒了，出版年代也有误。正确的应该是阿米亚·德维的《印度比较文学》(Amiya Dev, *The Idea of*

---

① 陈惇、孙景尧、谢天振主编：《比较文学》，北京：高等教育出版社，1997年，第34页。

Comparative Literature in India，Calcutta：Papyrus，1984)。其他印度比较文学代表作亦即常常为印度或西方学者所征引的著作在前述该书中“集体缺席”，如纳盖德拉与 I. N. 乔杜里主编的《比较文学》(Nagendra & I. N. Chaudhuri，eds.，*Comparative Literature*，Delhi：Delhi University，1977)、斯瓦潘马宗达的《印度视野中的比较文学》(Swapan Majumdar，*Comparative Literature：Indian Dimensions*，Calcutta：Papyrus，1987)、阿米亚德维与 S. K. 达斯主编的论文集《比较文学：理论与实践》(Amiya Dev & S. K. Das，eds.，*Comparative Literature：Theory and Practice*，Shimla：Indian Institute of Advanced Study，1989) 以及 K. M. 乔治主编的《比较印度文学》(K. M. George，ed.，*Comparative Indian literature*，vol. 1 & Vol. 2，Trichur：Kerala Sahitya Akademi，1984) 等。另外，关于印度两个比较文学学会的名称、成立时间及发展现状，该书叙述与史实并不吻合。再如，一部比较文学理论著作如此认为，在古代东西方国家，最缺乏比较文学意识的文学大国是印度。与此相对，最具有比较文学意识的当属阿拉伯作家，其次是东亚的朝鲜和日本。在国内目前对印度古代文学发展还缺乏非常深入研究的前提下，这样的论断似乎值得商榷。

近年来，中国出版的多种比较文学教材或专著基本上没有重视介绍印度比较文学的发展。笔者参加过几届中国印度文学研讨会，没有见到关于印度比较文学的探讨。在各种比较文学或外国文学核心期刊上，很难看到关于印度比较文学的文章。可以看出，迄今为止，中国学界对印度比较文学发展的了解非常有限。印度比较文学发展史，就像“我们遥远的近邻”印度本身一样，成为很多中国学者心中的迷雾和疑团。近年来，这方面有了一些突破的迹象。拙文《独立以来的印度比较文学发展概况》发表在2006年第二期《南亚研究》上。它首次以印度一手文献为依据，向国内学界介绍了1947年以来印度比较文学的发展概况。2010年，笔者参与撰写的、包容东西方世界主要地区和国家比较文学发展史的《比较文学学科史》出版。在此书中，笔者以三万字的篇幅对印度比较文学发展脉络进行了粗线条勾勒。[①] 尽管这样，对于发展迅速、成就斐然的印度比较文学来说，一部系统探源的著述显得尤为必要。因此，笔者不揣浅陋，尝试钩沉和探索这一国别学科史，为中国乃至世界比较文学界勉力补上重要的一笔。

早在1981年，季羡林先生敏锐地指出："尽管在世界上许多国家中比较文学的研究显得很热闹，很多大学都开设了比较文学系，但我们感觉到其中不是没有问题的。在世界文学史上，东方文学一向占据着很重要的地位，中国、印度、伊朗、阿拉伯、日本以及其他许多东方国家的文学对世界文学产生过巨大的影响，促进了世界文学的发展。但是到了今天，仅仅在比较文学这个小范围内，东方文学却远远没有得到应有的重视。极少数人出于偏见，绝大多数人则囿于旧习，习惯于欧洲中心那一套做法，或多或少，有意无意，抹煞东方文学在世界文学中的作用……因此，我们想着重提倡一下以东方文学为基础的比较文学研究。"[②] 三十年时间悄然流逝，季先生已经不在人世，中国比较文学有了长

① 曹顺庆主编：《比较文学学科史》，成都：巴蜀书社，2010年，第676—718页。

② 季羡林：《比较文学译文集》"序"，张隆溪选编：《比较文学译文集》，北京：北京大学出版社，1982年。

足的发展，但他魂牵梦萦的东方文学研究和以东方文学为基础的比较文学研究仍未得到学界应有的普遍重视。1983 年，季羡林先生在谈到比较文学不同学派的问题时认为，无论是外国学者提倡的比较文学东方学派，还是中国学者所谓的中国学派，这些想法是“非常有道理的”。这是因为：“过去是用西方文学同西方文学比，其局限性是明显的。一加入东方文学，则目光顿时扩大，倘若坚持下去，则比较文学必然大放异彩……有了东方文学的知识，无论进行东方文学与西方文学的比较，还是进行东方国家之间的文学的比较，都能够做到游刃有余，得心应手，这是可以肯定的。”① 事实上，中国比较文学研究、特别是中西比较研究的很多领域已经到了“得心应手”的地步，但比较文学中国学派“大放异彩”的时刻尚未真正到来。这与部分学者轻视或忽视东方文学与西方文学以及东方文学与东方文学之间的比较研究有关。总之，各种复杂因素导致的西方中心主义及其变种“中西中心主义”思想仍在不知不觉地影响很多学者。在这样的学术和时代背景下，本课题研究即印度比较文学发展的历史梳理显得尤为必要。印度比较文学发展的历史经验值得我们认真学习，而它的短处又将使我们不断地警醒自己。一句话，他山之石可以攻玉，印度之镜可以照己。

比较文学发展到今天，已经走到了第三阶段即跨异质文明研究阶段。这是对美国学者所谓“比较文学危机”的自然回应。比较文学中国学派倡导者们认为，世界比较文学必须突破西方文明

---

① 季羡林：《季羡林全集》（第 14 卷），北京：外语教学与研究出版社，2010 年，第 176 页。

圈内部比较即法国学派和美国学派的比较模式，将比较的视野投向广大的东方地区。美国著名比较文学理论家亨利·雷马克（Henry Remak）曾经借用法国学者德利耶尔（Craig La Drière）的“围墙”的比喻说明了民族文学、比较文学和总体文学三者的区别：“打个形象的比喻，民族文学是在墙里研究文学，比较文学跨过墙去，而总体文学则高于墙之上。”[①] 这就是说，民族文学在一墙之内，比较文学跨过民族、语言和文化的围墙，而总体文学站到了俯视各国文学并审视其异同的围墙之上。如果说民族文学是比较文学起点的话，总体文学则是比较文学的终极目标。总体文学通过研究世界各个民族、各个文明的文学规律，归纳文学的普遍规律。对于总体文学，虽然学界历来有所争议，但其蕴含的全球意识或世界文学视野不可忽视。如以这样的标准判断，系统研究印度比较文学的发展历史，正是为目前及未来进行总体文学研究进行铺路搭桥。

西方文化内部的有识之士曾经睿智地指出西方中心或欧洲中心主义对比较文学研究的危害。例如，加拿大学者 A. K. 渥德尔认为，在人类思想发展史上，印度的贡献不可忽视。但一些西方学者出于“文化傲慢”的心态，将印度文学视为劣等文学。因此，他建议道：“随着比较文学的日益普及，尝试将印度文学批评的技术分析和术语引入英语圈是有好处的。印度文学应该以自己的方式将之向世界文学研究者、特别是那些印度研究专家传播，印度文学批评原理如那些探讨观众的戏剧体验本质的理论尤

---

① 亨利·雷马克：《比较文学的定义和功用》，张隆溪译，张隆溪选编：《比较文学译文集》，北京：北京大学出版社，1982 年，第 12 页。

其应该如此。”[①] 美国前国际比较文学学会会长厄尔·迈纳指出，不同的文学植根于不同的历史背景。因此，尽管困难重重，但比较诗学只能建立在“跨文化研究的基础上”。[②] 迈纳自己便是跨文化比较诗学研究的实践者。他在《比较诗学》一书中探讨了西方诗学与日本、中国等东方诗学的不同特点。他对梵语文学和诗学给予很高评价：“梵语文学为我们研究世界性或中立性的现象提供了最有利的资料。至少中西方的一些核心问题都源于这一文化，它的诗学包罗万象。”[③] 2003 年访问中国的解构主义代表人物即“耶鲁四人帮”之一的 J. 希利斯·米勒，在清华大学发表演讲时认为，比较文学作为一门学科，总是伴随某种强势语言的文化帝国主义而发展，甚至有时是不自觉的。他认为，西方学者撰写的多卷本《近代文学史》不如叫做《西方近代文学史》，因为该书并没有包括中国、日本、印度、阿拉伯和非洲地区的文学。他的观点是：“在一个全球化的时代，传统西方比较文学中的西方中心主义应当受到广泛的质疑。”怎么纠正这种偏颇和学术弊端呢？米勒以反问形式代西方学界作答：“在一个全球化的时代，比较文学难道不应该也把自身全球化吗？难道我们不该教给学生除了欧洲和美国之外的其他文学吗？”因此，米勒建议发展一种“新型的全球性、非欧洲中心化的比较文学”。[④] 米勒还

---

① A. K. Warder, *Indian Kavya Literature*, *Vol.* 1, *Literary Criticism*, “Preface,” Delhi: Motilal Banarsidass, 1989.

② 厄尔·迈纳：《比较诗学》，王宇根等译，北京：中央编译出版社，1998 年，第 343 页。

③ 厄尔·迈纳：《比较诗学》，王宇根等译，北京：中央编译出版社，1998 年，第 326 页。

④ 参见希利斯·米勒：《比较文学的（语言）危机》，李元译，载《中华读书报》，2003 年 10 月 22 日。

特别强调，建立这样一种全球化性质的比较文学，最关键的是突破语言的限制，即学习和掌握非欧洲语言如汉语、日语和梵语等。米勒来自西方强势话语圈的自我反思意义重大。很多中国学者在比较文学研究领域“拥抱全球化”的同时，却没有重视印度文学研究，这是不理想的状态。造成这一遗憾的原因是，学术界受到西方中心主义的影响，西方文学研究一直占据主导地位，而印度文学研究被挤压到一个不受人重视的角落里。因此，印度比较文学研究的历史探源少人问津。颇具讽刺意味的是，一些学者的西方中心情结却没有使他们关注到一个事实：印度比较文学的发展引起了一些著名的西方学者的重视。例如，英国著名学者苏珊·巴斯奈特在她的《比较文学导论》一书中肯定印度比较文学研究者的锐意创新。

有学者在论及比较诗学时指出，世界比较文学的中心实际上已经来到中国，但中国比较文学的中心地位主要靠“数量”来支撑，它的巩固有待于“质量”的提高，而质量提高的最大障碍是视野不够开阔。清末以前，只知中国文论，后来很长时期里只知中国和西方文论，对东方各国文论所知甚少，于是，中国学术界就在中国和西方文论的两点一线上来来回回地进行比较研究。直接后果就是比较诗学研究的第三度空间难以建立，多维视野难以形成。引进东方文论后，情况就有了明显改观，因为这时期的比较诗学便多了一个比较的维度：“像三维世界不同于二维世界一样，‘三点成面’与‘两点一线’也截然不同。因为这个‘三’不仅比‘二’多了一个参照和比较，而且带来了一个新的世界。一生二，二生三，三生万物，有了东方文论，我们真正有资格谈世界文论了。”[1] 这就是所谓“第三者”原则。这种研究比较诗学的第三者原则，同样适用于世界比较文学学科史的梳理和研究。迄今为止，我们曾对中国比较文学进行历史考察，也曾对西方各国比较文学的历史发展进行了考察，如果再加上对印度或日本、阿拉伯世界比较文学发展史的考察研究，就会形成比较文学学科史的三维立体图景，这会使我们对中国乃至世界比较文学发展的定位及其前景的展望建立在更为科学的基础之上。在此意义上，印度比较文学发展史的研究价值彰显无遗。

有鉴于此，本书将对印度比较文学的发展进行历史探寻和现状透视。本书将遵循下述思路进行研究。

首先，本书将对印度比较文学的“史前史”即印度古代文学理论中的比较文学萌芽意识进行清理钩沉。认真检视与中国古代文论、西方古典诗学同样独树一帜的印度梵语诗学理论，我们会发现，其中早就存在一种萌芽状态的比较文学意识，它首先存活在公元前后出现的梵语戏剧学著作亦即梵语诗学源头《舞论》第十四章关于地区风格（pravrtti）的论述中，还存在于公元 7 世纪下半叶出现的檀丁的梵语诗学风格论中。8 世纪下半叶的梵语诗学家伐摩那更是将风格论发展为一个完善的理论体系。他在其诗学代表作《诗庄严论》中不仅将风格扩大为维达巴、高德和般遮罗三种，还将风格一词固定为后来诗学家公认并通用的“riti”。11 世纪的梵语诗学家波阇等人继承檀丁和伐摩那的路数，将风格按照地区分为六种即维达巴、高德、罗德、般遮罗、阿般

① 郁龙余：《旧红新裁，熠熠生辉：简评〈东方文论选〉》，《外国文学研究》，1998 年第 1 期。

底和摩揭托。后来的梵语诗学家承认风格这一诗学范畴，并以不同方式完善之。梵语诗学风格论实际上是古代印度的一种平行研究范式。梵语诗学的平行研究还表现在对不同地区作家的平行比较上，如安主的《合适论》对于作家作品优劣的平行比较便是如此。梵语诗学家婆摩诃、檀丁、楼陀罗吒、王顶、曼摩吒和毗首那特等人还有文类学、主题学研究的相关论述。整体而言，梵语诗学对于影响研究似乎不太重视，但王顶的《诗探》第十一至十三章论述诗的借用应该归入影响研究的范畴。从比较文学的现代视角进行观察，梵语诗学最有特色的地方在于跨学科研究模式的普遍运用。虽然跨学科研究属于现代学者的提法，古代印度和古代中国学者没有这种自觉的学科意识，但是，他们的研究著述却又十分契合现代跨学科研究的精神实质。就梵语语言学对梵语诗学的渗透而言，婆摩诃、檀丁、欢增、曼摩吒和世主等人的著作都是典型的案例。宗教哲学思想对梵语诗学的渗透更是引人注目的跨学科范式。如奥义书哲学对新护和世主等人味论思想的深刻影响以及正理论对摩希摩跋吒推理论的影响便是如此。这样看来，印度古代已经存在萌芽状态的比较意识。这应该被视为印度比较文学现代发展的学科史前史。

其次，本书将研究笔触伸向印度比较文学的现代开端，时间为19世纪至1947年印度独立为止的一百多年。这一段时期，由于西学东渐和印度逐渐沦为英国殖民地的政治文化背景，使得西方比较文学理论的传入成为一种现实。一批印度文化精英开始进行比较文化或比较文学实践。这方面的代表人物包括泰戈尔、奥罗宾多、A. K. 库马拉斯瓦米、尼赫鲁和拉达克里希南等人。他们以卓越的比较文学和比较文化实践，为当代印度比较文学迅速发展和全面繁荣打下了坚实的基础。

就当代印度比较文学而言，本书拟分两个部分进行研究。首先是1947到1980年的发展时期，这一部分计划研究后殖民语境下印度比较文学体制建构的突破性进展即贾达瓦普尔比较文学系的建立及比较文学杂志的创办。还将重点探讨三十年间印度学者关于印度和西方文学关系的比较研究、梵语诗学和西方诗学比较研究以及比较印度文学研究的大致情况。第二部分将全面检视1980年至今印度比较文学的繁荣状况。这一部分的介绍包括海外印度比较文学学者的集体亮相及其“海外和声”、印度第二个比较文学系南——古吉拉特大学比较文学系的运作状况、各地比较文学教学科研的开展、印度比较文学团体的产生和发展、历届印度比较文学会议简介、印度学者参与国际比较文学对话的历程等。这一部分还将继续探讨以下议题：比较印度文学研究、东西方文学比较、比较诗学研究、梵语诗学的现代运用、文类学研究、印度英语文学研究、翻译理论、生态文学、电影文学研究、后殖民理论、流散文学研究，等等。

最后，本书还将简要探讨印度与中国比较文学发展的异同，为中国比较文学的当代发展进行定位。

撰写印度比较文学发展史是在前人相关著述罕见的基础上进行的拓荒之举，存在理论和实践层面的诸多困难。笔者将在尽量尊重印度比较文学发展史实和对其进行抽绎思辨、总结规律的基础上，勉力进行学术探索。这样的探索，本身便意味极大的冒险，但笔者甘冒风险，将此项工作视为抛砖引玉或“为人作嫁”之举而进行下去。笔者期望不久的将来能有更多的学者在此基础上不断超越、不断创新并有所发现，为展示一部完整的、比较接近历史真实的印度比较文学发展史，进而为书写一部完整的、比较接近历史真实的印度文学通史作出贡献。至于本书带给我的个人荣辱，我只能置之度外。

舍此，别无他途。舍此，亦别无他图。

第一章 印度比较文学“史前史”

有人认为，比较文学是一门国际化的学科，中国比较文学渊源的认定鉴别，自当遵循国际通行的规则。“这样一来，我们不得不承认，中国古典文献中许多散见的比较文学因子‘与真理隔着三层’。然而，我们不能因此而轻视乃至忽视它的存在，一个最重要的原因就是我们一再讲到的：学科化之后的中国比较文学发展方向伏根于此。”[①] 这位学者所谓古典文学中的“比较文学因子”在印度古代文学理论中同样存在，而其与“真理隔着三层”似乎也有些相似。

印度古代文化经典异常丰富，虽然说吠陀、两大史诗、奥义书等都不同程度地涉及文学或文学理论，但是，真正具有“比较文学因子”的还得追溯到印度古典文学理论的代表即梵语诗学。梵语诗学之外，还存在古代泰米尔诗学著作。但集中代表印度古代文学理论精髓的还是梵语诗学。在很多印度学者、中国学者或西方学者心目中，梵语诗学实际上成为印度古代文学理论的代名

---

① 徐扬尚：《中国比较文学源流》，郑州：中州古籍出版社，1998年，第28页。

词。梵语诗学由于论及文学理论本质、文学与语言、宗教哲学、因明学（逻辑学）等的关系，它不可避免地涉及比较文学的一些核心议题，这就使它无形中具备了比较文学理论和实践的微妙因素。梵语诗学中存在很浓厚的平行研究和跨学科研究痕迹，但影响研究似乎显得很单薄。下面先对梵语诗学发展概况进行简介，再对梵语诗学中存在的一些平行研究和跨学科研究因子进行简要说明。

第一节　梵语诗学发展概况

印度古代梵语文学历史悠久，大致分为三个时期，即吠陀时期（公元前15世纪至公元前4世纪）、史诗时期（公元前4世纪至4世纪）和古典梵语文学时期（1世纪到12世纪）。漫长的两千多年里，这里产生了印欧语系最古老的诗歌总集《梨俱吠陀》、宏伟的两大史诗、丰富的神话传说、寓言故事、精美的抒情诗、叙事诗、戏剧和小说。在这片广袤肥沃的文学土壤上，印度古代文学理论得以萌芽。

印度文学理论经历了萌芽期（公元前16世纪到公元初）、古典梵语诗学（公元初至12世纪）、印度中世纪文论（12世纪至19世纪中叶）、印度近现代文论（19世纪中叶至1947年印度独立）和当代文论（印度独立以来）等几个发展阶段。包括梵语戏剧学在内的广义的梵语诗学是世界三大文学理论源头之一，它对印度近现代和当代文论发展具有深远的影响。

在古代文明世界，中国、希腊和印度分别独立创造了自成体系的文学理论，成为世界文论的三大源头。国内学界对中国古代文论的研究成绩可观，对于古希腊文学理论的研究也有了很好的基础。就印度古代文论而言，目前中国学界只有极少数梵语学者如金克木、黄宝生等人曾经进行过专门的翻译和研究。但与中国古代文论的研究相比，整体而言，中国学者对印度古代文学理论的研究显得力度不够，这主要与学习印度古代语言难度大和东方文论受重视程度不够等诸多因素有关。事实上，经过漫长的历史发展，古代印度形成了世界上独树一帜的梵语文学理论即梵语诗学体系。它有自己的一套批评概念或术语，如味（rasa）、情（bhava）、韵（dhvani）、庄严（alankara）、音庄严（sabdalankara）、义庄严（arthalankara）、诗德（guna）、诗病（dosa）、风格（riti）、曲语（vakrokti）、合适（aucitya）、魅力或惊喜（camatkara）、“诗人学”（Kavisiksa）、表示者或能指（vacaka）、表示义或所指（vacya）、音义结合（sabdarthau）和文学（sahitya）等。印度古代文论至今还闪耀着夺目的理论光辉并潜藏着巨大的批评运用价值。

广义上的印度古代文学理论包括梵语戏剧学和梵语诗学。梵语戏剧学产生在前，它主要探讨戏剧表演艺术，其中也包括语言表演艺术，因此含有诗学成分。在梵语诗学中，诗（kavya）的概念一般指广义的诗，即纯文学或美文学，有别于宗教经典、历史和论著。诗分为韵文体（叙事诗和各种短诗）、散文体（传说和小说）和韵散混合体（戏剧和占布）。尽管如此，梵语诗学研究中的主要对象是诗歌（包括戏剧中的诗歌）。因此，一般的梵语诗学著作不涉及梵语戏剧学，只有毗首那特的《文镜》例外。“梵语戏剧学和梵语诗学是印度古代文学理论在发展过程中自然形成的学术分工。”[①] 一般而言，现代学者均以广义的梵语诗学概念指称梵语戏剧学和狭义的梵语诗学。

印度学者 M. C. 沙斯特利将梵语诗学发展分为三个阶段，即从婆摩诃到楼陀罗吒的前韵论时期、欢增到曼摩吒的韵论时期和鲁耶迦到世主的后韵论时期。[②] 这一划分排除了梵语戏剧学著述即婆罗多的《舞论》。因此，相形之下，苏曼·潘德的划分更加合理。他将梵语诗学的发展划分为四个阶段，即梵语诗学著述开端到婆摩诃的形成阶段，从婆摩诃到欢增的创造阶段，从欢增到曼摩吒的阐释阶段以及曼摩吒到世主的保守阶段。[③] 这种划分的好处在于第一阶段的模糊划分可以将婆罗多的《舞论》包括在内。

在广义的梵语诗学形成阶段，最重要的著作是公元前后出现的婆罗多（Bharata）的《舞论》（*Natyasastra*）。《舞论》是早期梵语戏剧实践经验的理论总结，是一部印度古代的戏剧工作者实用手册。它把戏剧作为一门综合艺术来对待，以戏剧表演为中心，涉及与此有关的所有论题。作为戏剧学著作，《舞论》的基本内容虽然是总结戏剧表演理论、为戏剧表演制定规则，但实际上它的很多论述却成为后来梵语诗学的种子和胚胎。《舞论》里关于情味、诗相、庄严、风格、诗德、诗病等的论述，成为后来梵语诗学的雏形，只有诗相后来被淘汰。婆罗多到婆摩诃之间的

---

① 黄宝生：《梵语诗学论著汇编》（上册），北京：昆仑出版社，2008 年，第 12 页。

② Mool Chand Shastri, *Buddhistic Contribution to Sanskrit Poetics*, Delhi: Parimal Publications, 1986, p. 11.

③ R. C. Dwivedi, ed., *Principles of Literary Criticism in Sanskrit*, Delhi: Motilal Baranarsidass, 1969, p. 190

几百年中，现代学者很难发现现存的属于这一时期的梵语诗学著作。这段时期的梵语诗学发展状况成为无法破解的学术之谜。

从婆摩诃到欢增即从7世纪到10世纪左右的三百多年属于梵语诗学的创造性阶段。7世纪的婆摩诃的《诗庄严论》是印度现存最早的独立的诗学著作，它的出现标志着有别于梵语戏剧学的梵语诗学正式产生。《诗庄严论》和稍晚出现的檀丁的《诗境》都引述了前人的诗学观点，这说明梵语诗学论著的实际存在要早于7世纪，但大约不会早于公元5、6世纪。

之所以称7世纪到10世纪为梵语诗学的创造阶段，是因为这一时期里产生了梵语诗学的几个重要流派及其著作。它们包括以婆摩诃、檀丁、优婆托、楼陀罗吒等为代表的庄严派，著作分别为《诗庄严论》、《诗境》、《摄庄严论》和《诗庄严论》，主要论述词语的运用，相当于修辞学著述；以檀丁和伐摩那为代表的风格派，著作分别是《诗境》和《诗庄严经》，主要从诗德角度论述语言风格；欢增为代表的韵论派，著作为《韵光》，主要论述语言的暗示功能即"言外之意"；王顶的《诗探》阐述"诗人学"，探讨诗人的修养、作诗的法则等等。这些人的著作代表了梵语诗学在创造阶段充满活力的一面。无论是庄严论、风格论，还是韵论和"诗人学"，都充满着原创意识，自然也就具有重要的创新价值。这一阶段，还出现了胜财对《舞论》的简写本，即戏剧学著作《十色》。大约产生于七、八世纪的《火神往世书》和《毗湿奴法上往世书》中也含有戏剧学论述，但它们和《十色》一样，基本上都对《舞论》亦步亦趋，没有什么创新，这反映了梵语戏剧学在梵语诗学锐意创新背景下的保守和落寞。另外，公元7世纪出现了一位著名的语言哲学家伐致呵利（Bhartrhari）。他的代表作《句词论》（*Vakyapadiya*）既是对梵语语法学的阐释，也自有很多创见。更重要的是，伐致呵利提出的一些理论成为欢增等梵语诗学家的理论基础。因此，把伐致呵利等人的语言哲学视为梵语诗学发展的一根必不可少的链条应不为过。

在10世纪到13世纪的三百年里，梵语诗学进入所谓阐释阶段。在这一时期里，出现了一些以前辈学者的著作或某个原理为线索，进行重新阐发的诗学家。这包括新护，其《舞论注》阐释婆罗多在一千年前的《舞论》中提出的味论，从而取得了味论诗学的最高成就。新护的《韵光注》则阐释前辈学者欢增的韵论，也提出了一些新观点；恭多迦试图在《曲语生命论》里终结庄严论，以古已有之的曲语思想为线索，创立自成体系、别具一格的曲语论；安主与恭多迦一样，也是以古已有之的合适思想为线索，创立了自己的合适论话语体系；摩希摩跋吒则以反驳姿态阐释欢增的《韵光》，企图以所谓推理论代替韵论，但并无真正的理论建树；波阇则以《艳情光》和《辩才天女的颈饰》对前人的诗学观进行再阐释，但他在味论上有一定的创新；曼摩吒则以教科书性质的《诗光》，对以往的梵语诗学成果进行全面总结，不过属于自己的创新成果寥寥无几；耆那教学者雪月和另两位同名伐格薄托的耆那教学者分别写出著作《诗教》、《伐格薄托庄严论》和《诗教》，都无理论创新，只是对前人成果进行解释；阿利辛赫和阿摩罗旃陀罗师生俩著有《诗如意藤》，阐释“诗人学”思想，但其范围和内容未能超越王顶的著作，缺乏创新；鲁耶迦的《庄严论精华》着重论述无韵诗和八十一种庄严，其观点对后世学者有一定的影响。这一时期里，梵语戏剧学著作出现了沙揭罗南丁的《剧相宝库》、罗摩月和德月合著的《舞镜》、沙罗达多那耶的《情光》，其论述主要依照《舞论》，缺乏创新。从这一时期的梵语诗学和戏剧学著述情况来看，虽然有一些新意甚至是重大的创新如新护的味论和恭多迦的曲语论等，但大部分著作都是对前人的阐发解释，属于自己独创的理论含量和比重开始下降。越到后来，越是如此。这体现梵语诗学开始出现创造力减退的迹象。

经过阐释阶段以后，梵语诗学进入了所谓的保守阶段，即进入五百余年墨守成规的衰退期。由于曼摩吒《诗光》的影响，一些诗学家开始模仿他的体例进行综合性诗学阐释，如维底亚达罗的《项链》、维底亚那特的《波罗多波楼陀罗名誉装饰》、格维格尔纳布罗的《庄严宝》和毗首那特的《文镜》等。这些人的著作大都缺乏创新，论述的内容多是依据前人。这一时期的类似著作还有胜天的《月光》、维希吠希婆罗·格维旃陀罗的《魅力月光》，般努达多的《味花簇》和《味河》，盖瑟沃·密湿罗的《庄严顶》和阿伯耶·底克希多的《莲喜》、《画诗探》，鲁波·高士瓦明的《虔诚味甘露河》和《鲜艳青玉》等。戏剧学方面有辛格波普罗的《味海月》、鲁波·高士瓦明的《剧月》等，他们都依据或模仿《舞论》、《十色》等前人作品进行著述。虽然总体上缺乏创新，上述一些著作仍有值得一提的地方，如毗首那特的《文镜》是梵语诗学家中唯一论述戏剧学原理的著作，并以味为标准来定义诗歌，且有值得分析的味论阐发；胜天的《月光》论述了长期以来被诗学家们淘汰的诗相；鲁波·高士瓦明的《虔诚味甘露河》和《鲜艳青玉》创造性地涉及虔诚味论述；底克希多的《莲喜》是梵语诗学中论列义庄严数目最多的一部著作；格维旃陀罗的《魅力月光》首次以魅力（camatkara）为标准衡量诗歌的艺术，将诗分成三类。

在这个时期，梵语诗学还出现了一部综合性著作，这就是世主的《味海》。著名梵语诗学史研究专家 S. K. 代认为："世主的《味海》是梵语诗学的最后一部杰作。"① P. V. 迦奈认为，《味海》是一部"标准的诗学著作，特别是它对庄严的论述。在诗学领域里，《味海》仅次于《韵光》和《诗光》。尽管是一位近代学者，世主对古典诗学烂熟于心"。② 迦奈的结论是："世主是梵语诗学最后一位大家。"③ 还有人认为，在梵语诗学漫长的发展历史上，世主姗姗来迟。"世主之后，积极大胆、充满独立精神的一代梵语诗学家终于谢幕了。"④

现代学者一般都将世主的《味海》视为梵语诗学终结的标志。因为，世主之后还出现了很多梵语诗学著作，但它们在著作规模与学术深度方面，都无法与《味海》相比拟。不过，追溯梵语诗学或印度诗学的发展历史，不能放弃对那些二流甚至三流著作的打量，甚至还必须将梵语诗学在近代和现代的变异性发展纳入研究视野。实际上，印度学者也正是这么做的。

梵语诗学经过漫长的历史发展，已经形成了世界上独树一帜的文学理论体系。"就梵语诗学的最终成就而言，庄严论和风格

---

① S. K. De, *History of Sanskrit Poetics*, Vol. 2, Calcutta: Firma K. L. Mukhopadhyay, 1960, p. 252

② P. V. Kane, *History of Sanskrit Poetics*, Delhi: Motilal Banarsidass, 1971, p. 321

③ P. V. Kane, *History of Sanskrit Poetics*, Delhi: Motilal Banarsidass, 1971, p. 325

④ K. Krishnamoorthy, *The Dhvanyaloka and Its Critics*, Delhi: Bharatiya Vidya Prakashan, 1968, p. 304

论探讨了文学的语言美，味论探讨了文学的感情美，韵论探讨了文学的意蕴美。这是文艺学的三大基本问题。”① 这就说明，梵语诗学自成体系的思想和美学价值无法否认。这其中，便蕴含了早期平行研究、跨学科研究乃至少量影响研究的“比较文学因子”。

第二节　梵语诗学平行研究维形

20 世纪 60 年代崛起的比较文学美国学派以批判和超越比较文学法国学派为旨归，反对后者倡导的国际文学关系史的影响研究模式，大力倡导无事实联系的平行研究模式。所谓平行研究，是对那些没有事实联系的不同民族的作家、作品或文学现象进行研究，比较其异同，并在此基础上引出有价值的结论。平行研究摆脱了“事实联系”的限制，打破了时间、空间、地位、水平等框框，可以把不同时代、不同地域、不同水平的作家作品，放在可比性的条件下进行选择性研究。平行研究包括对文学的题材、主题、人物、意象、体裁、技巧、风格等的比较，也包括对文学运动、文学思潮、文学流派等的比较，甚至包括对作家作品的全面比较。平行研究的重点在于“通过异同比较来发掘文学作品的美学价值，探讨它们之间的内在联系，研究文学的共同规律以及

① 黄宝生：《梵语诗学论著汇编》（上册），北京：昆仑出版社，2008 年，第 29 页。

它们各自的民族特性”。①

前边说过，处于萌芽状态的梵语诗学平行比较研究意识，首先存活在梵语戏剧学论著《舞论》第十四章关于戏剧的地区风格（pravrtti）的论述中。此后，这种平行比较意识还渗透到梵语诗学风格论、文类体裁探讨、写作主题及作家或作品比较等方面。不过，多数情况下，梵语诗学平行研究缺乏自觉的异同比较意识，它的确只是一种含有比较文学因子的平行研究雏形而已。下边举例说明。

婆罗多的《舞论》十分重视戏剧风格：“相传风格是一切作品之母，十色的创作源自这些风格。”② 这里的“风格”，梵语原文为 vrtti，本义是活动或活动方式。其实，vrtti 既可从广义上理解为人类活动及其活动方式，也可从狭义上理解为戏剧表演特色或风格。《舞论》第二十二章里将戏剧风格分为四种：雄辩、崇高、艳美和刚烈，并认为传说剧和创造剧体现所有四种风格，而其他八种戏剧类型缺乏艳美风格。他的戏剧风格说带有浓厚的宗教神话色彩：“雄辩风格来自《梨俱吠陀》，崇高风格来自《夜柔吠陀》，艳美风格来自《娑摩吠陀》，刚烈风格来自《阿达婆吠陀》。”③ “味”是戏剧表演的核心问题，因此，婆罗多对味与风格的关系也予以关注：“艳美风格用于艳情味和滑稽味，崇高风格用于英勇味、暴戾味和奇异味，刚烈风格用于恐惧味、厌恶味

---

① 陈惇、孙景尧、谢天振主编：《比较文学》，北京：高等教育出版社，1997 年，第 67 页。

② 黄宝生：《梵语诗学论著汇编》（上册），北京：昆仑出版社，2008 年，第 75 页。

③ 黄宝生：《梵语诗学论著汇编》（上册），北京：昆仑出版社，2008 年，第 90 页。

和暴戾味，雄辩风格用于悲悯味和奇异味。”①

在《舞论》第十四章中，婆罗多还提到地方风格。所谓地方风格或地方色彩是指不同地区特有的服装、语言、习俗和职业。婆罗多的戏剧风格论主要涉及戏剧表演和情味展示，而他的地区风格论近似于现代比较文学研究模式。古代印度很多时期邦国林立，婆罗多的地方风格论与这种历史地理因素相关，因此说他的地方风格论带有比较研究色彩实不为过。这与后来法国文学理论家斯达尔夫人（1766—1817）在《论文学》中对欧洲南方与北方文学异同的论述有些相似。婆罗多认为，可以根据某些突出的共同特征将地方风格归纳为四种：“戏剧专家们说，有四种地方风格：阿槃底（Avanti）、南方（Daksinatya）、般遮罗（Pancali）和奥达罗摩揭陀（Odramagadhi）。我将讲述它们的特征。”②《舞论注》的作者新护在注释这句话时写道：“地方风格如何得来？之所以叫做地方风格，是因为它告诉我们世界上不同地方的各种服装、语言和行为方式。”③ 婆罗多和新护使用的“地方”（desa）一词，既可以表示地方、地区、区域，还可以表示国家。由此看来，地方风格论的确是古代印度的平行研究。在婆罗多看来，南方（即南印度）风格具有丰富的舞蹈、歌曲和乐器，主要运用艳美风格，表演机灵、甜蜜和妩媚。阿槃底（即西印度）风格主要运用崇高风格和艳美风格。般遮罗（即北印度）风格主要

① 黄宝生：《梵语诗学论著汇编》（上册），北京：昆仑出版社，2008 年，第 93 页。

② Bharata, *Natyasastra*, Vol. 2, ed. by Pushpendra Kumar, Delhi: Nyu Bharatiya Buka Karaporesana, 2006, p. 469.

③ Bharata, *Natyasastra*, Vol. 2, ed. by Pushpendra Kumar, Delhi: Nyu Bharatiya Bbuka Karaporesana, 2006, p. 470.

运用崇高风格和刚烈风格，缺少歌曲，具有武戏的动作和步姿。婆罗多没有对代表东印度风格的奥达罗摩揭陀风格进行说明。后来，王顶指出，这种地方风格主要运用雄辩风格。

7世纪下半叶檀丁（Dandin）的《诗镜》（*Kavyadarsa*）出现了诗学风格论。值得注意的是，檀丁等人的诗学风格论并未遵循婆罗多的戏剧风格论，而遵循他的地方风格论模式。檀丁等人直接借用婆罗多在《舞论》中用来表述地方风格的术语，如阿槃底、般遮罗等。这既体现了婆罗多对梵语诗学的巨大影响，也显示梵语诗学风格论与梵语戏剧学地方风格论均带有平行研究的痕迹。

《诗镜》和婆摩诃（Bhamaha）的《诗庄严论》（*Kavyalankara*）同属现存最早的梵语诗学论著。一般认为檀丁就是古典梵语小说《十王子传》的作者，他在世年代大约在7世纪下半叶，稍晚于婆摩诃。关于两人孰先孰后的问题，学术界曾经众说纷纭。13世纪，《诗镜》传入中国西藏，后经藏族地区流入中国蒙古地区，对中国的藏族文学理论和蒙古族文学理论的形成产生了重要影响。它还被译为英语、德语等，在印度国内外多次出版。可以说，这是一部最早产生世界影响的梵语诗学著作。

《诗镜》共三章，六百六十颂，与《诗庄严论》一样，可视为印度早期文学理论的总结。与当时人们重视“诗的形体”相应，檀丁也用大量篇幅论述了庄严和诗病问题，旨在为作诗提供实际指导。但与婆摩诃不同的是，檀丁同时较全面地论述了风格（riti）和诗德（guna），成为第一部风格论著作，开启了梵语诗学风格论的方向。换句话说，檀丁既是庄严论的重要阐释者，还是风格论的开创者。

檀丁风格论的最大特点是，他始终将诗德与风格联系起来加以论述。檀丁将风格分为两种：“有许多语言风格，互相有细微差别。这里，描述其中明显不同的维达巴风格和高德风格。”[①]维达巴和高德是古代印度的地名，前者在南方，后者在东方。檀丁有时也称前者为南方派，后者为东方派。他的诗德主要指诗的语言特色或风格因素，但又被纳入广义的修辞方式（即广义的庄严）。不同的诗德对应于不同的风格。他把风格和诗德联系起来，认为诗德是区分风格的主要因素。他从音韵和意义表达的角度，列举了十种诗德：紧密、清晰、同一、甜蜜、柔和、易解、高尚、壮丽、美好、三昧。“相传这十种诗德是维达巴风格的生命，而高德风格通常显示出与它们相反。”[②] 檀丁还认为，易解、高尚和三昧是两种风格共有的诗德。大体上说，维达巴风格是一种清晰、柔和、优美的语言风格，而高德风格是一种繁缛、热烈、富丽的语言风格。

檀丁开创的风格论，在 8 世纪的伐摩那（Vamana）的《诗庄严经》（*Kavyalankara-sutra*）里得到发扬光大。“在檀丁的追随者中，伐摩那在风格论的发展史上享有最崇高的地位。”[③] 他的《诗庄严经》采用经疏体，共分五章，分别论述诗的身体、诗病、诗德、庄严和应用。他提出了十种诗德，并将每一种诗德分为音德和义德。他论述了三种风格即维达巴、高德和般遮罗风

---

① 黄宝生：《梵语诗学论著汇编》（上册），北京：昆仑出版社，2008 年，第 156—157 页。

② 黄宝生：《梵语诗学论著汇编》（上册），北京：昆仑出版社，2008 年，第 157 页。

③ Dharmendra Kumar Gupta, *A Critical Study of Daṇdin and His Works*, Delhi: Meharchand Lachhmandas, 1970, p. 140.

格。伐摩那是风格论体系的完成者。他以风格为核心，建构了自己的诗学体系。

伐摩那在梵语诗学史上首次提出诗的灵魂说。从此，梵语诗学史翻开了新的一页。很多诗学家沿着他的足迹向前迈进，不断提出新的灵魂说并展开激烈辩论，这极大地丰富了梵语诗学的内容。伐摩那说："风格是诗的灵魂。风格之于诗，恰如灵魂之于身体。风格是指特殊方式的词语组合。什么是特殊的词语组合？特殊的词语组合是诗德的灵魂。"① 这就是说，诗的灵魂是风格，而风格的灵魂是诗德。伐摩那在婆摩诃和檀丁论述的维达巴和高德风格基础上，增加了第三种即北方的般遮罗风格，这显示了他和檀丁等人对于婆罗多戏剧地方风格论的继承和超越。南方的维达巴风格具有壮丽、清晰等所有诗德。东方的高德风格具有壮丽和美好诗德，它具有长复合词且发音刺耳，缺乏甜蜜和柔和两种诗德。般遮罗风格具有甜蜜与柔和两种诗德。它缺乏壮丽和美好诗德，词语发音适中入耳，平坦舒缓。"诗以这三种风格为基础，就像画以线条为基础。"②伐摩那欣赏维达巴风格。他说："就三种风格而言，第一种应该采用，因为维达巴风格具有全部的诗德。不该采用其他风格，因为它们只有少量的诗德。"③ 他还认为："在维达巴风格中，可以完美地品味描写对象的诗德。只要

① Vamana, *Kavyalankara-sutra*, Varanasi: Chowkhamba Sanskrit Series Office, 1971, pp. 14—15.

② Vamana, *Kavyalankara-sutra*, Varanasi: Chowkhamba Sanskrit Series Office, 1971, p. 21.

③ Vamana, *Kavyalankara-sutra*, Varanasi: Chowkhamba Sanskrit Series Office, 1971, p. 22.

采纳维达巴风格，即使描写对象不引人注目的诗德也可以体会。”①

伐摩那将风格论发展为一个完善的理论体系。在他之前，檀丁使用“道路”（marga）或“方式”（vartman）表示风格一词。伐摩那不仅将风格扩大为维达巴、高德和般遮罗三种风格，还将风格一词固定为后来诗学家公认并通用的“riti”。

9世纪的楼陀罗吒没有过多论及前辈诗学家伐摩那的风格论，但他在不同的地方分别提到了四种风格，即般遮罗、罗德、高德和维达巴四种风格。② 他在伐摩那三种风格的基础上，增加了罗德风格。他依据复合词多寡而非诗德论述风格。

11世纪的国王诗学家波阇等人继承檀丁和伐摩那的路数，将风格按照地区分为六种即维达巴、高德、罗德、般遮罗、阿般底和摩揭托风格。后来的梵语诗学家承认风格这一诗学范畴，并以不同方式论述之。

属于比较文学平行研究领域的文类学（Genology）研究如何按照文学本身的特点对文学作品进行分类，研究各种文学类型的特征及其在发展中的相互影响与演变。文类学也可称为文体学或文体论，中国古代称为“文章流别论”。西方的文类学大致相当于中国的文体学，但各自的侧重点不同，中国的文体论似乎比西方的文类学更为庞杂、细致。③ 西方文类学研究历史悠久。西

---

① Vamana, *Kavyalankara-sutra*, Varanasi: Chowkhamba Sanskrit Series Office, 1971, p. 24.

② Rudrata, *Kavyalankara*, Varanasi: Chaukhamba Vidyabhawan, 1966, p. 21, p. 405.

③ 此处介绍参见陈惇、孙景尧、谢天振主编：《比较文学》，北京：高等教育出版社，1997年，第87—88页。

方古典诗学的文类理论起源于柏拉图，亚里士多德则是最早从理论上对文学进行分类的学者，他在《诗学》中论述了史诗、悲剧、喜剧等文学类型。中国古代文论著作《文心雕龙》等也大量论及文学类型或文学体裁的问题。就梵语诗学而言，婆罗多、婆摩诃、檀丁、伐摩那、楼陀罗吒、波阇、雪月、毗首那特和格维旃陀罗等人也有关于文类学研究的大量相关论述。下面举例说明。

婆罗多在《舞论》第二十章中具体论述了戏剧类型。[①] 他将戏剧分为十类，即所谓"十色"（Dasarupaka）。在表示戏剧的意义上，"色"（rupa）与"rupaka"和"natya"同义。"色"在梵语原文中含有形式、形象、外貌和颜色的意思，泛指一切可见事物。婆罗多认为戏剧是视听艺术，因此准确地把握了戏剧和诗歌的重要区别。婆罗多的戏剧分类，与亚里士多德"悲剧"、"喜剧"二分法不同，充分体现了印度戏剧理论繁琐的形式主义分析特征。婆罗多所说的十种戏剧类型分别是：传说剧（Nataka）、创造剧（Prakarana）、神魔剧（Samavakara）、掠女剧（Ihamrga）、争斗据（Dima）、纷争剧（Vyayoga）、感伤剧（Utsrstikanka）、笑剧（Prahasana）、独白剧（Bhana）和街道剧（Vithi）。他是依据戏剧风格进行分类的。之后，其他梵语文论家基本上沿袭婆罗多的戏剧类型划分，但大多数人增加了戏剧类型的数量，有的多达几十种。《舞论》第三十五章还把上述十种戏剧一分为二：文戏（sukumara natya）和武戏（aviddha

---

① 此处介绍参考黄宝生：《印度古典诗学》，北京：北京大学出版社，2000 年，第 67—78 页。

natya)。婆罗多指出："戏剧演出分为两类：文戏和武戏，依托各种情和味。传说剧、创造剧、独白剧、街道剧和感伤剧，这些戏剧称为文戏，依托人间生活……男角色多，女角色少，具有崇高风格和刚烈风格，这样的戏剧称为武戏。争斗据、神魔剧、纷争剧和掠女剧，行家们将这些戏剧称为武戏。"①

在印度古典诗学中，诗（kavya）被视为所有文学作品的总称。梵语诗学家的文类学观点围绕诗而展开，戏剧也被视为诗的一个重要组成部分。婆摩诃在《诗庄严论》中试图对他的时代的文学进行分类。他根据不同的标准对文学（诗）进行划分。如按语音特征分为散文体和韵文体；再按所用语言分为梵语文学、俗语文学和阿波布朗舍语文学；按题材又分成叙述天神事迹、虚构故事情节、与技巧有关和与经论有关等四类；按体裁，分成分章的大诗即叙事诗、表演的诗即戏剧、传记、故事和单节的诗即短诗等五类。这些对诗的不同分类显示，婆摩诃所谓的"诗"囊括了用梵语写成的所有文字形式。

关于诗的分类、风格和诗德，檀丁与婆摩诃的看法大同小异。檀丁认为，诗有三种形体：诗体、散文体、韵散混合体（戏剧和占布）。婆摩诃按体裁把诗分成分章的大诗即叙事诗、表演的诗即戏剧、传记、故事和单节的诗即短诗等五类，但檀丁取消了第五类单节诗。这是因为："单节诗、组诗、库藏诗和结集诗，这些分类没有提及，因为可以视为分章诗的组成部分。"② 檀丁

---

① 黄宝生：《梵语诗学论著汇编》（上册），北京：昆仑出版社，2008年，第103页。

② 黄宝生：《梵语诗学论著汇编》（上册），北京：昆仑出版社，2008年，第154页。

在传记和故事的认识上，与婆摩诃存在一些分歧。在他看来，传记和故事只是同一体裁的两种名称罢了，并无实质性区别。

与婆摩诃对诗的分类相比，伐摩那的分类自有特点。伐摩那先把诗分为二类："诗包括散文体（散文）和韵文体（狭义的诗）。"[①] 他的诗（Kavya）包括了散文体诗（gadya）即散文和韵文体诗（padya）即狭义的诗。他认为，散文分为芳香诗律型、花粉型和花蕾型等三类。根据诗律不同，韵文体诗分很多种。"这包括四个音步相似的常规诗、第一、第三音步和第二、第四音步分别相似的半常规诗以及所有音步不相似的非常规诗。"[②] 诗又可分为单节诗（短诗，即抒情诗）和分章的诗（大诗，即叙事诗）。在伐摩那看来，短诗和大诗是按顺序渐次完成的，这如同先后编织花环和花冠一样。"大诗是以短诗为基础写成的，这好比先编好花环，才能编织花冠。"[③] 伐摩那还有一个被后人认可的观点："所有的诗中，十色最为优美。"[④] "十色"是指婆罗多在《舞论》中划分的十种戏剧类型。伐摩那还认为："一切诗都产生于十色。"[⑤] 这说明，伐摩那对戏剧的地位是极端推崇的。这分明预示了后来的雪月、毗首那特和格维旃陀罗等人将诗直接分为可看的诗（drsyakavya，戏剧）和可听的诗（srayakavya）

---

① Vamana, *Kavyalankara-sutra*, Varanasi: Chowkhamba Sanskrit Series Office, 1971, p. 37.

② Vamana, *Kavyalankara-sutra*, Varanasi: Chowkhamba Sanskrit Series Office, 1971, p. 39.

③ Vamana, *Kavyalankara-sutra*, Varanasi: Chowkhamba Sanskrit Series Office, 1971, pp. 40—41.

④ Vamana, *Kavyalankara-sutra*, Varanasi: Chowkhamba Sanskrit Series Office, 1971, p. 41.

⑤ Vamana, *Kavyalankara-sutra*, Varanasi: Chowkhamba Sanskrit Series Office, 1971, p. 42.

两大类。

楼陀罗吒是梵语诗学庄严论和味论交接之际的过渡型诗学家。他的《诗庄严论》最后一章即第十六章专论文类。他说：“世上存在法利欲解脱这人生四大目标，诗人应该结合味把它们组织到章回诗（prabandha）中进行表达。诗中可分故事诗（kavyakatha）和传记（akhyayika）等两类章回诗。诗还可分为想象诗（utpadyakavya）和非虚构诗（anutpadyakavya），还可再分为大诗（mahakavya）和小诗（laghukavya）。”其中，想象诗是属于诗人的虚构，而非虚构诗基于历史传说等，诗人发挥想象的空间有限。他说：“在想象诗中，整个题材和主角除了来自诗人的想象外，还能来自何处？在非虚构诗中，题材和主角等等全都来自历史（itihasa），诗人基本上不能在什么地方完全按照自己的语言来描述。”① 楼陀罗吒还以作品篇幅为标准，将诗分为大诗和小诗两类。他写道：“在大诗中，人生四大目的被组织到其中进行表达。大诗充满了所有情味。在小诗中，人们可以认识四大目的之一。完整的小诗含有一种味，不完整的小诗包含多种味。”② 他还说，大诗描写主角对法利欲的追求，描写国王的三种神力即威严（prabhu）、谋略（mantra）和勇猛（utsaha），描写出征的情境和按照仪轨保护王国的战斗，还描写王国的山川河流、原野森林、湖泊荒漠、大海绿洲及世界万物。大诗还描写年轻男女之间的欢爱艳情。楼陀罗吒与前人及后人不同的地方在

① Rudrata, *Kavyalankara*, Varanasi: Chaukhamba Vidyabhawan, 1966, p. 414.

② Rudrata, *Kavyalankara*, Varanasi: Chaukhamba Vidyabhawan, 1966, p. 415.

于，他将故事分为大故事（mahakatha）和小故事（khanda katha）两类。他说："在大故事中，作者先以颂诗礼敬尊者、天神和老师，再概述自己的家世。"[①] 而小故事和小诗的特征有些近似。他说："小诗（ksudra kavya）和小故事描写主角的幸福、苦难，也描写婆罗门、随从和导师等人。小诗和小故事也描写悲悯味和分离艳情味（pravasa srngara），先写爱情，最后写主角的成功。"[②] 楼陀罗吒对传记的分析也和婆摩诃、檀丁略微不同。他说，传记也可以像故事那样使用散文体叙述，但它并非不能用偈颂体描述自己的家族世系。"传记中表示疑问或赞美之处可能是已经发生过的或神秘未知的事物，不过，只有亲眼所见，才能确信描述的东西是真实存在。"[③] 楼陀罗吒对戏剧的特征没有给予说明。

波阇（Bhoja）在《艳情光》（*Srngaraprakasa*）第十一章论述味时，涉及二十五种诗即作品的分类，以及十二种"色"（戏剧）和"次色"。其中，十二种戏剧分别是婆罗多的"十色"再加上那底迦（natika）和沙吒迦（sattaka）。[④] 沙吒迦是一种俗语戏剧。波阇把诗分为二十五类，在当时应该是非常详细的分类。二十四种戏剧（色和次色）的分类也是如此。这体现了波阇分析精细的一面。在接下来的第十二章中，波阇专门论述戏剧。

---

① Rudrata, *Kavyalankara*, Varanasi: Chaukhamba Vidyabhawan, 1966, p. 419.

② Rudrata, *Kavyalankara*, Varanasi: Chaukhamba Vidyabhawan, 1966, p. 423.

③ Rudrata, *Kavyalankara*, Varanasi: Chaukhamba Vidyabhawan, 1966, p. 422.

④ Bhoja, *Srngaraprakasa*, Vol. 2, ed., by G. R. Josyer, Mysore: Coronation Press, 1963, p. 461.

这在当时普遍忽视戏剧理论的梵语诗学家中不太多见。

在梵语诗学独立发展的早期阶段，出现了两部兼有诗学成分的往世书。这就是《火神往世书》（*Agnipurana*）和《毗湿奴法上往世书》（*Visnudharmottarapurana*）。往世书是印度古代神话传说集，共有大小往世书各十八部。往世书产生年代很早，但最后成书年代约在7世纪到12世纪。《火神往世书》是十八部大往世书之一，大约有11500颂。“《火神往世书》无论从哪个方面看都不是原创性著作，它只是一种百科全书式的编纂罢了。”[①]《火神往世书》关于味、庄严、风格和诗德的一些特殊见解，与后来11世纪的诗学家波阇有些相似。但由于《火神往世书》成书年代难以具体确定，因此无法判定谁受谁的影响。《火神往世书》第三百三十七到三百四十七章论述梵语诗学和戏剧学（一说为第三百三十六到三百四十六章，但依据笔者掌握的梵文版和英文译本看，第三百三十七章论述诗的定义和体裁）。作者在第三百三十七章中认为，诗应该包含情味，无诗病，有庄严。作者对诗的分类继承了前人的思想，但也有少数地方存在差异。例如：“诗有散文体、韵文体和混合体三种……散文体诗分为花粉型（curnaka）、花蕾型（utkalika）和诗律连声型（vrttasandhi）三类。每一个词语的音非常不柔和，不采用长复合词，这是花粉型散文体。采用长复合词的花粉型散文体应叫花蕾型散文体。诗中的词语大略或少量采用诗律，这是诗律连声型散文体。散文体诗可以分为传记（akhyayika）、故事（katha）、小故事

① P. V. Kane, *History of Sanskrit Poetics*, Delhi: Motilal Banarsidass, 1971, p. 9.

(khandakatha)、大故事（parikatha）和短故事（kathanika）等五类。”[①] 关于韵文体诗的分类，作者写道：“韵文体诗分为大诗(mahakavya)、结集诗（kalapa)、完整诗（paryabandha)、精选诗（visesaka)、组诗（kulaka)、单节诗（muktaka，短诗）和库藏诗（kosa)。”[②] 关于混合体诗，作者的观点是：“所谓混合体诗指各种诗，它分两类：可听的诗和表演的诗（戏剧)。混合体诗使用所有语言。”[③] 这些文体分类的观点综合了婆摩诃、檀丁与伐摩那等前辈诗学家的文类思想，但又体现了某些差异，但散文体诗的五分法在前人那里很难见到，韵文体诗的分类也很有特色。

雪月（Hemachandra）在《诗教》（*Kavyanusasana*）中论述诗的分类时说：“诗包括可看的和可听的。可看的诗又分为吟诵的和歌唱的。吟诵的诗包括十二类：传说剧、创造剧、那底迦、神魔剧、掠女剧、争斗据、纷争剧、感伤剧、笑剧、独白剧、街道剧和沙吒迦。”[④] 他还说：“可听的诗包括大诗、传记、故事、占布和短诗。”[⑤] 可看的诗指戏剧。吟诵诗（pathya）指表演的戏剧，而歌唱的诗（geyakavya）指歌剧，亦即次色。雪月在婆罗多的十色之外加上了那底迦和俗语剧沙吒迦（sattaka）两种。这和波阇对戏剧的分类是一致的。雪月的歌剧即次色分为十三类：相思剧、独白剧、游荡剧、吃醋剧、娱乐剧（小独白

---

① *Agnipurana*, Bombay: Anand Ashran Press, (1879) 1957, p. 538.

② *Agnipurana*, Bombay: Anand Ashran Press, (1879) 1957, p. 538.

③ *Agnipurana*, Bombay: Anand Ashran Press, (1879) 1957, p. 539.

④ Hemachandra, *Kavyanusasana*, Bombay: Nirnaya Sagar Press, 1934, p. 379.

⑤ Hemachandra, *Kavyanusasana*, Bombay: Nirnaya Sagar Press, 1934, p. 395.

剧）、笑谜剧、美女游戏剧、群体剧（黑天领舞剧）、乐舞剧、对话剧、是非剧、旋律剧、诗剧（情味剧）。雪月对波阇的十二类次色进行了筛选，保留八种，增加了五种。[①] 他对十三类次色逐一进行说明。例如，他认为，国王以语言掩饰内心情欲，行为思想温和适度，这是相思剧。次色中的舞蹈和音乐成份比之十色有过之而无不及。雪月关于各种次色的论述，对于研究印度古代戏剧有着很高的文献价值。

毗首那特（Visvanatha）的《文镜》（*Sahityadarpana*）第六章专论戏剧。他也把诗分为可看的和可听的两类，认为可看的是可以用来表演的戏剧即“色”。他先逐一论述了婆罗多和胜财均认可的十色，然后再在波阇等人的基础上，逐一论述十八种次色即次要戏剧。毗首那特对十八种次色的论述，扩大了梵语戏剧学的论述范畴，也保存了宝贵的历史资料。他在论述戏剧以后，还第三次对诗进行分类。他把诗分为传说诗、章回诗、库藏诗（诗集）、散文、故事、传记、占布和混合使用多种语言的迦伦跋迦。

与毗首那特同样生活在 14 世纪的格维旃陀罗（Visvesvara Kavicandra），其《魅力月光》（*Camatkaracandrika*）对诗即文学作品的分类相对简单。格维旃陀罗先把诗分为两类：“可看的诗分为三类：散文体、韵文体和散韵混合体。它也可以分为色和次色两类……可听的诗分为占布和次占布两类。”[②] 他还认为：

---

① 关于波阇的十二种次色，参见 Bhoja，*Srngaraprakasa*，Vol. 2，ed.，by G. R. Josyer，Mysore：Coronation Press，1963，p. 461. 另外，还可参见 V. Raghavan，*Bhoja's Srngaraprakasa*，Madras：Punarvasu，1963，p. 546.

② Visvesvara Kavicandra，*Camatkaracandrika*，ed.，by P. Sriramamurti，Waltair：Andhra University，1969，pp. 59—60.

"散文体、韵文体和散韵混合体诗被视为三类文体的话，无诗律的混合体散文在智者心中也属于散文体。"①

除了上述诸家以外，欢增（Anandavardhana）、阿伯耶·底克希多（Appaya Diksita）、曼摩吒（Mammata）和世主（Jagannatha）等梵语诗学家也有关于文类学方面的相关论述。他们还对文学作品进行品级评判。例如，欢增以韵为准绳，把诗即各种文学作品分为三类，即韵诗（dhvani kavya）、以韵为辅的诗（gunibhutavyangaya kavya）和画诗（citra kavya）。所谓韵诗是指暗示义为主、表示义为辅的诗。以韵为辅的诗是指表示义为主、暗示义为辅的诗，画诗是指缺乏暗示义的诗。在韵诗中，欢增更为重视以味为韵的诗。他对画诗持贬低立场。欢增从韵论派立场论诗，把韵视为评判文学作品优劣的唯一尺度，虽然有其合理的一面，但是也有些矫枉过正的趋势。因为，把一切画诗（音画诗和义画诗）排除在优秀作品的范畴之外，似乎有些不太合理。正因如此，后世的某些诗学家如底克希多等人，对欢增的画诗论立场进行抨击，以维护画诗应有的地位。不过，从印度古典文学理论发展角度来看，欢增第一次对诗即文学作品进行分类，这种文学品第论影响了后来的诗学家。他们如曼摩吒、底克希多和世主等人沿着欢增的道路继续探索和争鸣。这就使文学理论的探讨内容变得更加丰富多彩。例如，欢增将诗分成韵诗、以韵为辅的诗和无韵的诗三类，曼摩吒则更加明确地将之分别称为上品诗、中品诗和下品诗。阿伯耶·底克希多在《画诗探》（*Citra-*

① Visvesvara Kavicandra, *Camatkaracandrika*, ed., by P. Sriramamurti, Waltair: Andhra University, 1969, p. 59.

mimamsa）中颠覆了欢增和曼摩吒的文学品级论。他认为，诗中无暗示义的、只采用音庄严或义庄严的画诗（citrakavya）同样优美动人。这是对韵论派的驳斥，也是对“下品诗”画诗的艺术地位的维护。底克希多没有论述音画诗，而专门讨论义画诗。他说：“也许主要是因为义画诗缺乏魅力，不受诗学家重视，也得不到他们的认真思考。因此，此处不讨论音画诗，而开始详细阐释义画诗。”①格维旃陀罗依据魅力说，把欢增的以音庄严为主的音画诗称为有魅力的诗，把以义庄严为主的和以韵为辅的义画诗称为更有魅力的诗，把以暗示义为主的诗称为最有魅力的诗。梵语诗学最后一位大家世主在《味海》（*Rasagangadhara*）中虽然也以魅力为依据，对诗进行品级分类，但他的品级四分说与格维旃陀罗的品级三分说明显地不同。世主以魅力（可爱性）为准则，将诗分成最上品诗、上品诗、中品诗和下品诗四类。第一类即最上品诗是音和义居于附属地位，而暗示义占优，第二类即上品诗是暗示义不占主要地位，第三类即中品诗是表示义的魅力胜过暗示义，下品诗则是：“义的魅力为辅，音的魅力为主，这是第四类诗。”②世主在论述下品诗时，提到还有一种最下品诗，即完全缺乏义的魅力，只有音的魅力。他认为诗必须传达“可爱意义”，因此把这类诗排除在外。世主的最上品诗就是欢增所谓的韵诗，上品诗和中品诗就是欢增所谓的以韵为辅的诗，下品诗和最下品诗就是欢增所谓画诗中的义画诗和音画诗。世主还在《驳画诗探》（*Citramimamsakhandana*）中对底克希多的文

---

① Appaya Diksita, Citramimamsa, Varanasi: Chowkhamba Sanskrit Series Office, 1971, p. 30.

② Jagannatha, Rasagangadhara, Delhi: Motilal Banarsidass, 1983, p. 23.

学品级论进行驳斥。

总之，上述梵语诗学家对于文学作品的分类论述或品级评判，奠定了印度古代文类学理论的坚实基础。

比较文学主题学研究同一主题在不同民族文学中的表现形态、形成原因及发展过程。一般来讲，主题是指文学作品中通过形象、情节、意象等艺术因素所体现出来的观念和认识，是作品的主旨和中心思想。“具体而言，一般的主题研究探求的是某一部作品或某一个人物典型所表现的思想，重点在于研究对象的内涵，而主题学研究讨论的是不同时代、不同民族的不同作家对同一主题、题材、情节人物典型的不同处理，重点在于研究对象的外部——手段和形式。”① 以此标准衡量，梵语诗学家王顶（Rajasekhara）在《诗探》（*Kavyamimamsa*）中对文学创作主题和题材的探讨只具备主题学研究的雏形。

王顶指出，诗的主题来源包括：吠陀经典、法论、历史传说、往世书、弥漫差、正理论、佛教、顺世论、耆那教、湿婆教、利论、戏剧论、欲论等。他说：“诗学得益于一切经典。应该关心这些和其他知识，以提高学养。”② 诗的题材可分为天国、天国和人间、人间、地下、人间和地下、天国和地下、天国人间和地下等七种。这就是说，诗的描写对象是无限的。王顶的归纳基本上符合印度古代文学的创作实践，这也与印度的宗教哲学背景有关。

---

① 陈惇、孙景尧、谢天振主编：《比较文学》，北京：高等教育出版社，1997年，第115页。

② 黄宝生：《梵语诗学论著汇编》（上册），北京：昆仑出版社，2008年，第387页。

现代比较文学学科产生以来，两个作家或两部作品之间乃至三个作家、三部作品以上的比较研究非常普遍。即使彼此之间没有影响，只要存在一定的可比性，作家或作品之间的比较研究也可采取平行研究模式进行。在此意义上说，梵语诗学中存在一些类似的平行研究痕迹。例如，恭多迦的主观风格论和安主对作家作品优劣的评价便是如此。

恭多迦（Kuntaka）大约生活在10世纪。他的代表作是《曲语生命论》（*Vakroktijivita*）。他是梵语诗学曲语论的代表人物。恭多迦不赞成按照地区特征命名风格，因为如果那样，势必会导致承认无数种风格。他也不赞成将风格分成上、中、下三等。他认为风格分类应该依据诗人的“本性”，依据他们在才能、素养和实践方面的不同特点。这一观点类似于拉·封丹所说的“风格即人”，也接近于中国古代文论家刘勰的主张：“故辞理庸俊，莫能翻其才；风趣刚柔，宁或改其气；事义浅深，未闻乖其学；体式雅正，鲜有反其习：各师其心，其异如面。”[①] 恭多迦从诗德和曲语角度出发，详细论述了三种风格：“作为诗人创作方式的成因，有三种道路（风格）：柔美、绚丽和兼有两种的适中。”[②] 柔美的风格是指诗人不借重修辞技巧，而凭借自己的天赋才能，充分展现事物的天然本色。绚丽的风格是指作品借重技巧。“绚丽风格的奇妙性正是运用这些富有非凡魅力的庄严，从

---

① 刘勰《文心雕龙·体性》，郭绍虞主编：《中国历代文论选》（第一册），上海古籍出版社，1998年，第243页。

② 黄宝生：《梵语诗学论著汇编》（上），北京：昆仑出版社，2008年1月，第533页。

而展现诗句的曲折性。”① 前一种风格主要凭借诗人的天赋才能，绚丽风格更需要诗人后天的素养和实践。恭多迦认为后者难度较大，他把这种风格的写作比喻为在刀锋上行走。适中的风格介乎柔美和绚丽之间，是两种风格的混合。在这里，诗人的天赋才能和后天技巧同样发挥作用，两种风格的魅力互相竞争，满足读者的各种口味。可以看出，恭多迦这种结合语言技巧和作家性情才干的主观风格论，带有一丝比较研究的色彩。

安主（Ksemendra）是新护的学生。他生活在 11 世纪，其诗学代表作有《合适论》（*Aucityavicaracarca*）等。他在《合适论》中罗列了二十七种诗的构成因素：“他们认为，合适是诗的身体的命脉，它理应体现在构成诗的因素中。这些因素包括：词、句、文义、诗德、庄严、味、动词、词格、词性、词数、形容词、前缀、不变词、时态、地点、家族、誓愿、真理、气质、动机、本性、句义、创作才能、年纪、思想、称号和祝福，等等。”② 全书的内容就是依据这二十七种诗的因素，从正反两方面举例说明何谓合适，何谓不合适。显然，安主为了强调合适是诗的生命，试图表明这一批评原则能运用于诗的一切因素。其实，以上罗列的种种诗歌因素并非同等重要。不过，从另外一个角度看，安主的正反例举往往带有比较研究的色彩。例如，关于文学作品中文字或词语的恰当选择，安主专门以词的合适为例进行正反式比较论述。他认为：“妙语因有合适的词而动人心魄，

① 黄宝生：《梵语诗学论著汇编》（上），北京：昆仑出版社，2008 年 1 月，第 547 页。

② Ksemendra，*Aucityavicaracarca*，Varanasi：The Chowkhamba Vidyabhawan，1964，p. 9.

犹如花容月貌的女子额头点上麝香吉祥痣，或黑肤美女额头点上白檀香吉祥痣……诗中含有一个合适的词，其他词语熠熠生辉，全诗格外迷人。”① 安主举出戒日王的例子。戒日王在他的戏剧《璎珞传》第二幕中创作了这样一首诗：“两头在丰满的胸脯和臂部压迫下褪色/中间接触不到她的腰部，依然保持翠绿/这里因柔弱的手臂不断摆动，凌乱不堪/这张荷叶床表明这细腰女郎内心焦灼。”② 安主认为，这首诗中的“细腰女郎”一词用得十分合适，因为它贴切地点明女主人公处在相思病态。正是因为“细腰女郎”适合表示与心爱之人分离的女子，安主认为另外一位作家法称的一首诗中使用“细腰女郎”一词，虽然具有谐音效果，但因意义不合适而缺乏魅力，应该改用“美女”一类更加合适的词。

作为比较文学第一个学派的安身立命之本，影响研究几乎成了法国学派的代名词。影响研究主要是运用充分可靠的材料来阐明各民族文学之间相互联系、相互影响的事实，探讨其中的规律，获取文学交流中可资借鉴的经验教训。传统的影响研究把影响的过程划分出放送、传播、接受这三个方面，要求对这三个方面进行具体研究，以探究具体的影响轨迹。一般而言，影响研究包括重点研究对接受者所施加的影响的流传学、重点关注传播影响的放松者的渊源学，以及关注施加影响和接受影响之间的传播介质的媒介学等三种学问。在流传学和渊源学研究中，时常会伴随对于误读现象和阐释接受问题的研究。以此理论进行衡量，梵

① Ksemendra, *Aucityavicaracarca*, Varanasi: The Chowkhamba Vidyabhawan, 1964, p. 11.

② 黄宝生：《印度古典诗学》，北京：北京大学出版社，2000 年，第 388 页。

语诗学的影响研究显得暗淡得多，但在个别诗学家如王顶那里，我们还是可以发现一些影响研究的因子。

关于词音和词义的借用即文学借鉴问题，王顶有一些独到的看法。王顶以诗人的独创性为基准，将借用分成可取的和不可取两类。如果借用前人作品中含有双关或其他创造性技巧的词语，是不可取的。借用同样的词语而赋予新意，这是可取的。同样，在意义借用中，如果新作与原作相比，原作的诗意更动人，则借用是失败的。如果新作的诗意更动人，则借用是成功的。王顶认为："没有不偷的诗人，没有不偷的商人，善于掩盖，不受指责，便是成功者……只要音和义的表达富有创意，推陈出新，便可称作是大诗人。"① 这说明，王顶赞成合理的文学借鉴。王顶此处论及的文学借用既涉及到原作，又涉及到新作，这必然是一种文学影响与主动接受的创作互动。当然，王顶的原意应该是强调对接受影响者的研究。倘若考虑到古代印度邦国林立、作家众多的事实，王顶的论述应该说具备了流传学研究的基本要素。

第三节　梵语诗学跨学科研究雏形

比较文学美国学派代表人物之一亨利·雷马克曾经这样定义比较文学："比较文学是超出一国范围之外的文学研究，并且研究文学与其他知识和信仰领域之间的关系，包括艺术（如绘画、

① 黄宝生：《梵语诗学论著汇编》（上册），北京：昆仑出版社，2008年，第418页。

雕刻、建筑、音乐)、哲学、历史、社会科学(如政治、经济、社会学)、自然科学、宗教等等。简言之,比较文学是一国文学与另一国文学或多国文学的比较,是文学与人类其他表现领域的比较。”①

雷马克的上述定义便是包含了跨学科研究的比较文学经典定义。文学是一种社会意识形态,它不是一种孤立的存在。文学的发生发展与自然、社会、历史、文化、艺术等各个方面均发生这样那样的联系,有时候还受到其中某些条件的支配。如果将文学作品的语言、结构、主题等研究视为内部研究,那么,考察文学作品与社会历史等外部因素的联系就是文学的外部研究。比较文学的跨学科研究就是着眼于文学的外部研究,把文学与人类的其他知识领域以及其他创造性活动,作为两个比较基点,研究它们之间的种种关系,包括研究它们之间相互区别、相互渗透的关系,相互印证阐发和相互对立促进的关系等等,从一个新的层面认识文学的特征和本质。“跨学科研究虽然涉及广泛的领域,然而,它仍然以文学为中心,目的是为进一步揭示文学的特性与功能。”② 具体说来比较文学跨学科研究主要关注文学与哲学、宗教、语言学、心理学、文化人类学、逻辑学和自然科学等学科之间的联系。例如,当代生态文学研究、网络文学研究、文学人类学研究及文学与围棋的关系等等,便是典型的跨学科研究模式。

依照跨学科研究模式,梵语诗学存在很多比较文学研究因

---

① 亨利·雷马克:《比较文学的定义和功用》,张隆溪译,张隆溪选编:《比较文学译文集》,北京:北京大学出版社,1982 年,第 1 页。

② 陈惇、孙景尧、谢天振主编:《比较文学》,北京:高等教育出版社,1997 年,第 75 页。

子。这是因为，古代印度语言学、逻辑学（因明学）等十分发达，对梵语诗学影响甚巨，并且，古代印度文化经典具有浓烈的宗教哲学气息，梵语诗学受其感染不浅。因此，梵语诗学中的跨学科研究值得后人重视，并以比较文学视角进行考察和分析。下边对梵语诗学家以语言学、逻辑学、宗教哲学、心理学甚至绘画艺术等等入手论述诗学命题的情况作一简介。必须说明的是，由于梵语诗学家并未具备一种自觉的比较研究意识，也由于古代并无语言学等相关学科的明确分类，因此，他们的相关论述只能说是跨学科研究的雏形而已。

先看看梵语语言学在梵语诗学理论体系建构中的作用。黄宝生先生评价欢增利用语言学创立韵论时认为："总之，欢增发现了词的暗示功能是一种有别于表示和转示的独立功能。他借鉴梵语语法学中的'常声说'，将这种暗示功能命名为'韵'，并确认其为'诗的灵魂'，创立了梵语诗学中的韵论体系。"[①] 当代梵语学者的点评有力地佐证了梵语诗学跨学科研究的功绩，也说明了梵语语言学和梵语诗学天然相亲、不离不弃的姊妹关系。

文学是语言的艺术，文学理论即诗学自然与语言修辞结下不解之缘。梵语诗学也不例外。实际上，许多著名的梵语诗学家正是因为对语言问题的深入思考才完成其诗学理论建树。例如，婆摩诃、檀丁、欢增等人便是突出的例子。印度声明学（语法学）为"五明"（声明、工巧明、医方明、因明、内明）之首，被誉为"学问之源"。梵语语法学深深地影响了梵语诗学的产生和发展。梵语诗学家以语言学理论为工具，在梵语诗学中开辟了一片

① 黄宝生：《印度古典诗学》，北京：北京大学出版社，2000 年，第 340 页。

片崭新的天地。

印度古代的语言学成就在古代世界独树一帜。西方学者赞叹道："印度人在语言学上达到的高度是少有的。欧洲的语言科学直到19世纪才达到那样的高度，即使这样，很多还是从印度人那里学来的。"[①] 梵语诗学与梵语语言学（语法学）密切相关。印度学者认为："在前婆摩诃时期，梵语语法学是诗学的一个组成部分。"[②] 婆摩诃认为："想要写诗，就应该努力学习语法。依傍他人写诗，有什么乐趣？"[③] 梵语语法理论家对于语言的探讨，特别是对于语言和意义关系的探讨和争论，奠定了梵语诗学的基础。波你尼（Panini）的著作《八章书》（*Astadhyayi*）奠定了梵语语法学的基础。他规定的词格、词性北京:、词数和复合词乃至连声规则被后世学者继承，也在很多梵语诗学著述中有所反映。在他之后，公元前2世纪的波颠阇利（Patanjali）著有《大疏》（*Mahabhasya*），他接过波你尼的语言探索旗帜，继续思考语言问题。他指出，表达意义是词的唯一目的。他由此提出著名的"常声"（Sphota）说，常声说直接启迪了梵语诗学韵论的产生。常声说在7世纪著名的语法学家伐致呵利（Bhartrhari）那里得到了长足的发展。深受吠陀语言神圣论的影响，伐致呵利在他的《句词论》（*Vakyapadiya*）中，推崇语言，将语言的本质等同于梵，提出"声梵"（sabdabrahman，或译"音梵"或"词

---

① 转引自威廉·汤姆逊：《十九世纪末以前的语言学说史》，黄振华译，北京：科学出版社，1960年，第75页。

② V. M. Kulkarni, *Studies in Sanskrit Sahitya-sastra*, Patan: B. L. Institute of Indology, 1983, p. 122.

③ 黄宝生：《梵语诗学论著汇编》（上册），北京：昆仑出版社，2008年，第146页。

梵”）和“韵”（dhvani）的概念，并将语言与世界的创造联系起来进行阐释。例如，他在《句词论》开篇写道：“词（sabda，语音或语言）在本质上乃是无始无终的不灭的梵。它转化为各种事物（artha，意义），世界因此得以创造。”[①] 他还依据“梵我同一”的观念指出：“语言是说话者的最高自我，人们叫它伟大的如意神牛。精通语言的人可以亲证至高的梵。认识语言活动的本质，就可以享有梵甘露。”[②] 檀丁在《诗镜》中将语言的重要性推到无以复加的地步：“完全是蒙受学者们规范的和其他语言的恩惠，世上的一切交往得以存在。如果不是称之为词的光芒始终照耀，这三界将完全陷入盲目的黑暗。”[③] 这不禁使人想起伐致呵利的“声梵”（词梵）说。

梵语语言学家的思想理路直接影响了梵语诗学理论的产生和发展。以语言学家最关心的音义（言意）关系为例，从“梵语文学批评理论之父”[④] 婆罗多到梵语诗学史上最后一位大家世主，每一位诗学家都给予重视。可以说，对言意问题的关注构成梵语诗学发展的一条清晰线索。就庄严论而言，对于叠声、比喻、夸张、奇想等修辞法的分析是题中应有之义。对于曲语论来说，对于词性、词格、词数的曲折性即艺术性使用是主要议题。就韵论而言，它的整个体系的建立主要依赖语言学支撑。欢增等诗学家为韵论天才地注入新鲜的血液，人们随处可以发现梵语语言学对

---

① Bhartrhari, *Vakyapadiya*, Delhi: Motilal Banarsidass, 1971, p. 1.

② Bhartrhari, *Vakyapadiya*, Delhi: Motilal Banarsidass, 1971, p. 30.

③ 黄宝生：《梵语诗学论著汇编》（上册），北京：昆仑出版社，2008 年，第 153 页。

④ A. Sankaran, *Some Aspects of Literary Criticism in Sanskrit of the Theories of Rasa and Dhvani*, Delhi: Oriental Books Reprint Corporation, 1973, p. 17

韵论的影响痕迹。例如，伐致呵利认为：“思想中思考的词在先，再进入某种对象（意义），然后通过词的发音（dhvani，韵）表达意义。这种词既非前世、也非后世的业所产生，它由连续发音而致。没有前后次序的词被分割开来进行展示。”①再看欢增在《韵光》里对韵的定义：“若诗中的词义或词音将自己的意义作为附属而暗示那种暗含义，智者称这一类诗为韵。”②两相对照，不难发现，欢增实际上是借鉴语言学韵论来阐释新的诗学韵论，的确有推陈出新、豁然洞开之感。因此，印度学者认为：“我们的语法学家的观察很了不起，但我们的文学批评家的思考的确更为出色。”③ 欢增接下来还说明了他的动机和对语言学的倾心：“在学问家中，语法家是先驱，因为语法是一切学问的根基。他们把韵用在听到的音素上。其他学者在阐明诗的本质时，遵循他们的思想，依据共同的暗示性，把表示义和表示者混合的词的灵魂，即通常所谓的诗，也称作韵。”④ 另外一位诗学家毗首那特在《文镜》里写道：“句子是具有关联性、期望性和邻近性的词的组合。”⑤ 这简直就是对伐致呵利《句词论》探讨句义和词义的话的重复。王顶的“诗原人”（Kavyapurusa）概念也同样没有摆脱语言与诗学的紧密联系。世主对诗歌的定义没有超出音义或言

---

① Bhartrhari, *Vakyapadiya*, Delhi: Motilal Banarsidass, 1971, p. 10.

② 黄宝生：《梵语诗学论著汇编》（上册），北京：昆仑出版社，2008 年，第 238 页。

③ Tarapad Chakrabarti, *Indian Aesthetics and Sciences of Language*, Calcutta: Sanskrit Pustak Bhandar, 1971, p. 149.

④ 黄宝生：《梵语诗学论著汇编》（上册），北京：昆仑出版社，2008 年，第 242 页。

⑤ 黄宝生：《梵语诗学论著汇编》（下册），北京：昆仑出版社，2008 年，第 818 页。

意关系的范畴。他说："诗是传达可爱意义的言词。"[①] 世主之后不断出现的梵语诗学论著，对于语言问题的关注一如既往。解析一部梵语诗学发展史，某种程度上就是清理语言学对诗学渗透影响的历史。换个角度看，这也是梵语诗学家利用语言学理论进行诗学话语建构的历史。

因明和声明一样，同属五明之一。因明学是古代印度宗教哲学中以逻辑思想为主要内容的认识理论。由于逻辑学是现代的一种学科分类，也由于古代印度逻辑学高度发达，此处将梵语诗学家以因明逻辑入手进行诗学话语建构的情况单独作一简要说明。

因明（Hetuvidya）由两个梵文词即 hetu（因，理由，根据）和 vidya（明，明了，知识，智慧）合成而来。因明的字面意义是指通过使用推理的理由或根据来获得知识或智慧。因此，所谓"因明"就是借助一些论据来论证论点，通过对论证过程中主要环节的研究来获得知识，这就是逻辑推理。因明学总体上来讲是一种古代的逻辑学。

印度早期因明思想萌芽与古代印度婆罗门教关于祭祀规定的辩论有关，还与早于佛教或与佛教同时兴起的许多思潮或流派的思想交锋有关。最初适应历史发展的需要，对创立印度逻辑学或因明学作出重要贡献的是正理派。它是印度婆罗门教系统的六派哲学之一。正理派的逻辑理论主要关注推论式的学说和推论谬误的学说。正理派认为，推论或论证的形式由五部分组成：宗（命题）、因（理由）、喻（实例或例证，分同、异两种）、合（应用）和结（结论）。一般称为五支作法或五支论式。正理派在提出五

---

① Jagannath, *Rasagangadhara*, Delhi: Motilal Banarsidass, 1983, p. 4

支作法的推论式时，还对推理中的错误和辩论失败的原因作了极为细致的分析，论述了五种似因、三种曲解、二十四种倒难和二十二种堕负。

正理派的逻辑理论为印度因明学的建立奠定了基础。它提出了这一学说的基本形态、理论框架或讨论的主要问题。后来，佛教把印度的逻辑学向前大大地推进，佛教因明学比起正理派等的逻辑学说"更有深度，更具科学性"。[①] 陈那、商羯罗主（Samkarasvami）和法称（Dharmakirti）等人还对因明学进行改革，形成了重要的佛教新因明学。

除了正理派逻辑学和佛教因明学外，其他六派哲学也有一些涉及推理逻辑方面的问题。如数论派主张有三种获得正确认识的方式，即现量、比量和圣言量等三种量（pramana）。胜论派关注现量和比量的问题。弥漫差派更是推崇"量论"，他们中有的人提到了六种量：现量、比量、譬喻量、圣教量、义准量和无体量。上述诸家诸派逻辑学思想不同程度地成为梵语诗学家建构文学理论话语的思想资源，成为古代印度跨学科研究的先例。

婆摩诃在《诗庄严论》第五章中专论文学作品中的逻辑错误问题。他说："意义相违、原因相违、立论相违、经典相违、自明之理和现量相违，这些是宗病……与实际感觉矛盾，称作现量矛盾。例如，说'火是冷的，没有颜色'，或者，'月亮是热的'。"[②] 婆摩诃还看到了文学和经论的不同特性，因而建议道：

---

① 姚卫群：《佛学概论》，北京：宗教文化出版社，2006 年，第 427 页。此处关于因明的介绍参考了该书相关内容。

② 黄宝生：《梵语诗学论著汇编》（上册），北京：昆仑出版社，2008 年，第 141 页。

"精通正理（逻辑）的人在诗的运用中明显不同。诗涉及世界，经典涉及真谛。"① 有人认为，婆摩诃可能接受了佛教因明学代表人物之一陈那及世亲（Vasubandhu）的影响。当然，婆摩诃不是机械地接受佛教影响，他拒绝接受佛教关于界定言意关系本质的遮诠法（apoha vada）思维模式。对婆摩诃来说，应给事物以积极的意义，而不应该利用消极排除法来确定其实质。"这种拒绝姿态间接地证明了婆摩诃深谙佛教逻辑，也显示了他具有独立思考的精神。"② 婆摩诃以因明逻辑学思想阐释文学基本原理，这种跨学科阐释的模式在檀丁、欢增和新护等人那里屡见不鲜。这显示了逻辑学思想与文学理论无比亲密的跨学科联姻。

不过，最能显示这一跨学科联姻魅力的还数摩希摩跋吒（Mahimabhatta）以驳斥韵论的面目而苦心建构的推理论。欢增的韵论自问世之后，不断有诗学家提出异议，包括跋吒·那耶迦的《心镜》、穆古罗跋吒的《表示功能原论》等。恭多迦试图用曲语论取代韵论。然而，最重要的批评韵论的著作是摩希摩跋吒的《韵辨》(*Vyaktiviveka*)，这部著作不仅对韵论自身提出了许多质疑，而且在此基础上欲建新说，试图以推理论取代韵论。《韵辨》采用经疏体，共分三章。其中，第一章主要反驳韵论，欲以自己的诗歌"推理"（anumana）说来取而代之。这是全书的重点。摩希摩跋吒是在具体批驳韵论派的主张和例证时逐步提出推理论的，这显示了他和欢增等人一样随破随立的诗学建构策

---

① 黄宝生：《梵语诗学论著汇编》（上册），北京：昆仑出版社，2008 年，第 142 页。

② Sweta Prajapati, *Influence of Nyaya Philosophy on Sanskrit Poetics*, Delhi: Paramamitra Prakashan, 1998, p. 203

略，也体现了因明逻辑的论辩战术。

摩希摩跋吒在书的开头就点出他对韵论的反对姿态："向至尊无上的辩才女神致敬！为了说明一切韵都包含在推理中，我创作了《韵辨》。"[①] 他对韵论的批驳首先是从韵论派关于韵的定义开始的。他认为："经过分析，这种韵恰好属于推理而非别的什么。"[②] 摩希摩跋吒从词的功能问题入手对韵论加以批评。在韵论派看来，词有三种功能，即：表示、转示和暗示。而摩希摩跋吒认为词只有一种表示功能。一个单词所传达的意义始终只能是表示义。而由单词组成的句子的意义有两种：一种是表示义，另一种是推理义。推理义又分成三种：本事、庄严和味。"上面论述了本事、庄严和味等三种推理义。其中，在本事和庄严中，词是推理的基础。"[③] 本事和庄严也可以直接传达，而味只能通过推理。推理义又分成两类：直接推理和间接推理。总之，摩希摩跋吒只承认词有表示功能，而将转示和暗示功能纳入推理之中。他认为表示功能之外的其他功能均属于意义的范畴，不属于词本身。他打比方说，火有燃烧功能和照明功能，这两种功能既互相独立．又不分先后。而按照韵论派的主张，词的表示、转示和暗示三种功能既不互相独立，又分先后，即转示和暗示功能发生在表示功能之后。摩希摩跋吒据此认为，转示和暗示功能不属于词本身，而是推理。他说："能指和所指的含义基本上不可理喻，

---

① Mahimabhatta，*Vyaktiviveka*，ed.，by Madhusudana Misra，，Benares：The Chaokhamba Sanskrit Series Office，1936，p. 1.

② Mahimabhatta，*Vyaktiviveka*，ed.，by Madhusudana Misra，，Benares：The Chaokhamba Sanskrit Series Office，1936，p. 9.

③ Mahimabhatta，*Vyaktiviveka*，ed.，by Madhusudana Misra，，Benares：The Chaokhamba Sanskrit Series Office，1936，p. 113

这是因为，韵在推理以内也难以形成暗示……最好将韵当作推理以内的东西来认识。”①

摩希摩跋吒认为词的转示功能是推理的一种类型，隶属于表示功能之中。例如，韵论派常举“恒河上的茅屋”（gangayam ghosa）这个例子来说明词的暗示功能即韵。摩希摩跋吒认为，由于“恒河”一词的表示义不适用，于是依据恒河和恒河岸接近以及恒河岸上能建茅屋，推理出“恒河岸上的茅屋”的意思。也就是说，这个短语中的“恒河”一词被理解为“恒河岸”是通过推理，而不是“恒河”一词本身具有转示“恒河岸”的功能。

从烟推知火是印度古代逻辑推理（“比量”）的常用例举。正理派逻辑学家采用的是五支（宗、因、喻、合、结）推理论式。后来，佛教逻辑学家陈那将五支推理论式简化为三支（宗、因、喻）推理论式。无论是“五支”或“三支”，这种逻辑推理的要义，是通过认知与某种事物有必然联系（相随）的某种标志（相），认知某种事物（有相）。摩希摩跋吒认为表示义和暗示义之间的关系就是这种“相”和“有相”之间的推理关系，暗示义实际上是推理义。由此看来，以推理论来替代韵论的诗学主张，有着深厚的因明逻辑学背景。

摩希摩跋吒推理论的核心是以推理取代暗示即韵。除此之外，他与韵论派并无重大理论分歧。他跟韵论派一样，也承认味是诗的灵魂。韵论派认为通过暗示获得的意义更有魅力，他认为通过推理获得的意义更有魅力。韵论派将暗示义分为本事、庄严

---

① Mahimabhatta, *Vyaktiviveka*, ed., by Madhusudana Misra,, Benares: The Chaokhamba Sanskrit Series Office, 1936, p. 510.

和味三类，他也将推理义分为这三类。

在梵语诗学史上，推理论由来已久，摩希摩跋吒并不是首倡者。欢增在《韵光》第三章中就已对推理论作过评述和批驳。但摩希摩跋吒在书中集中探讨推理问题，仍然是有意义的。因为，推理问题实际上涉及文学理论中的形象思维和逻辑思维问题。形象思维和逻辑思维都可以通过语言文字表达，但在表达方式上是不同的。印度古代逻辑推理的表达方式是“五支”论式或“三支”论式。这种推理论式很难直接套用在文学创作和欣赏上。实际上，推理论者也不会这样读诗。显然，与诗歌推理论（kavyanumiti）相比，韵论更符合文学的本质和特征。摩希摩跋吒的推理论在梵语诗学史上没有实质性的影响。因为韵论的观念深入人心，摩希摩跋吒在后期梵语诗学家中没有获得支持者。但是，不管怎样，推理论对于韵论的挑战丰富了梵语诗学探讨的内容，这一点应该给予充分的肯定。因此，20 世纪初，印度两部同时出现的《梵语诗学史》都给摩希摩跋吒留下了论述的空间。如迦奈高度评价摩希摩跋吒的《韵辨》：“他的著作是梵语诗学的巨著之一，值得人们把它从毫无道理的被遗忘的命运中拯救出来。他的著作充满出色的论辩，展示了睿智博学、逻辑缜密、批评严谨和洞见深刻的一面。”① 当代印度学者认为：“如果说《韵光》的伟大在于它发现了暗示义的重要性，那么，《韵辨》的伟大在于，它首次尝试理解我们获得暗示义的程序背后的心理逻辑。”②

---

① P. V. Kane, *History of Sanskrit Poetics*, Delhi: Motilal Banarsidass, 1971, p. 254.

② C. Rajendra, *A Study of Mahimabhatta's Vyaktiviveka*, Calicut: University of Calicut, 1991, p. 197.

接下来再看看印度丰富的宗教哲学思想与梵语诗学话语的跨学科联姻。和中国文明相比，印度文明和以欧洲文明为核心成长起来的西方文明都属于宗教发达的两大文明。宗教对其政治、经济、文化的发展产生了巨大的影响。哲学是一个民族或一种文明真正成熟的标志。中国、印度和西方皆有历史悠久、辉煌灿烂的哲学思想。文学创作反映了作家的哲学世界观。文学理论也与哲学有着千丝万缕的联系。“要了解一个时代或一个民族，我们必须了解它的哲学。”① 有的学者认为，在古代印度，宗教与哲学关系密切，很难离开印度宗教讲哲学，所谓印度哲学也多为宗教派别中表述的哲学思想。可以说：“印度的宗教具有很强的思辨性，而印度的哲学大多带有宗教色彩。”②

古印度宗教在印度河文明时期就已经存在。印度河文明的时间范围大致在公元前 2500 年到前 1750 年。此后雅利安人进入印度，带来了新的文明。他们崇奉被视为天启的圣典吠陀（Veda）。吠陀是印度现存最古老的宗教历史文献。所谓吠陀时期大约在公元前 1500 年到前 800 年。四大吠陀本集中的《犁俱吠陀》包含了很多宗教哲学因子，也有很多的文学和诗学因素。吠陀时期，印度影响最大的宗教婆罗门教已经产生，它有三大纲领即吠陀天启、祭祀万能和婆罗门至上。印度宗教哲学最初产生在奥义书里。奥义书时期的范围大约在公元前 800 年到前 500 年间。在奥义书里，出现了印度哲学的一些基本观点，出现了相对成型的哲学理论，但这些哲学理论大多与宗教思想相混淆。奥义书可以

① 罗素：《西方哲学史》（上卷），何兆武、李约瑟译，北京：商务印书馆，2006 年，第 12 页。

② 姚卫群：《印度宗教哲学概论》，北京：北京大学出版社，2006 年，第 8 页。

视为印度宗教哲学产生的真正起点，或说是印度后世宗教哲学的源头。奥义书宗教哲学的主要内容是关于“梵我同一”的理论和轮回解脱的理论，其中某些原理和西方的新柏拉图主义哲学观念非常近似。公元前6世纪到前2世纪为印度的“史诗时期”。当时的印度思想界，出现了一股很强的新思潮，被称为“沙门思潮”，它主要指当时出现的反婆罗门教或非婆罗门教思想。新思潮种类很多，但后来得到持久发展并对印度后世产生重要影响的是佛教、耆那教和顺世论三个派别。例如，印度学者在分析味论发展的历史时认为：“可能正是佛教和耆那教的缘故使得‘平静’(santa)成为第九种味。”[①] 佛教是在批判和吸收改造婆罗门教的基础上形成的。早期佛教强调缘起的理论，认为事物是因缘和合的，否定有一个不变的实体如梵的存在，主张无常。这是它与婆罗门教的主要区别。耆那教和早期佛教的观念接近，也讲究轮回解脱，不信奉婆罗门教主张的梵。梵语诗学家雪月便是一位耆那教学者。从公元前2世纪到4世纪，印度婆罗门教哲学经过长期发展，终于形成了六个主要哲学派别，即数论派、瑜伽派、胜论派、正理派、弥曼差派和吠檀多派哲学。它们属于印度思想史上占主导地位的婆罗门教系统，都承认吠陀权威，被称为正统派哲学，以与佛教、耆那教等“异流三派”相区别。六派正统哲学和奥义书一样，成为梵语诗学家们常常引经据典的思想源头。公元4世纪到9世纪，婆罗门教开始逐步发展演化为印度教或“新婆罗门教”。至八、九世纪，著名的吠檀多派思想家商羯罗对婆罗

① V. Raghavan, *The Number of Rasas*, “Syriopsis”, Madras: The Adyar Library and Research Centre, 1940

门教进行大力改造，奠定了印度教理论基础。印度教虽然还存在多神崇拜，但主神崇拜已明显占据主导地位，主要有所谓“三大主神”即梵天、毗湿奴、湿婆。后来在宗教崇拜方面形成了所谓三大教派即毗湿奴派、湿婆派和性力派。这些崇拜一直延续到印度近代。[①] 印度教哲学思想对于梵语诗学的影响非常深厚。一个有趣的现象是，一些梵语诗学家不仅属于某个教派，还是宗教哲学家，这和柏拉图、普罗提诺等人的情况近似。例如，将味论引向梵语诗学高峰的新护便是如此。出生于克什米尔的新护不仅是最杰出的梵语诗学家，也是一位伟大的哲学家。“在他所信奉的克什米尔湿婆教中，他的话在所有哲学问题上都被视为权威。据说，新护是在完成他的主要哲学著述后，才撰写他的诗学论著的。”[②] 这说明，新护的诗学理论不可避免地与其宗教哲学思想水乳交融。

印度丰富的宗教哲学资源对梵语语言学和梵语诗学的影响非同小可。这还得回到宗教神话本身中寻找答案。在《梨俱吠陀》里，语言（Vac）是一位女神即后来的娑罗私婆蒂（也叫辩才女神或辩才天女），通过她，人们得以了解知识。她为神所创造。在奥义书中，她与生主（Prajapati）即梵天交欢，创造万物，后又复归于生主。在《薄伽梵往世书》中，她是梵天美丽绝伦的女儿。梵天看上她，与之生子。“作为梵天妻子和智慧女神，娑罗

---

① 参阅姚卫群：《印度宗教哲学概论》，北京：北京大学出版社，2006 年，第 3—7 页。

② J. L. Masson & M. V. Patwardhan, *Santarasa and Abhinavagupta's Philosophy of Aesthetics*, Poona: Bhandarkar Oriental Research Institute, 1969, p. 24.

私婆蒂可能代表的是创造万物必需的力量和智慧的统一体。"[①]很多梵语诗学家在著作开头或中间提到这位语言女神。如檀丁写道："确实，想要获得名声，就应该始终不倦侍奉辩才女神。"[②]恭多迦写道："向化身语言的娑罗私婆蒂女神致敬。她执掌文艺，如此可爱迷人。这是诗美的成因，本书的论题。"[③] 曼摩吒和毗首那特都向辩才女神亦即语言女神祈祷，如毗首那特在《文镜》开头写道："但愿美似秋月的语言女神驱除我心中的黑暗，始终照亮一切事义。"[④] 王顶的《诗探》中描写的"诗原人"诞生一事其实也是婉转地颂扬了语言女神。除了辩才女神，梵天、毗湿奴、湿婆等大神也是梵语诗学家争相供奉讴歌的对象。如婆罗多在《舞论》起首祈祷："向祖宗（梵天）和大自在天（湿婆）两位大神鞠躬致敬，我现在开始讲述梵天阐明的舞蹈。"[⑤] 欢增在《韵光》开头则歌颂毗湿奴。这些举动，充分点明了梵语诗学家尊神的共同姿态。

有学者指出，婆罗门教和佛教对待灵魂不朽的不同态度，使梵语诗学分成两派。梵语诗学早期代表人物婆摩诃和檀丁属于受佛教影响的一派，而稍后的伐摩那、欢增、王顶、胜财、安主和

---

① John Dowson. *A Classical Dictionary of Hindu Mythology and Religion, Geography, History, and Literature*, London: Routledge, 1953, p. 330

② 黄宝生：《梵语诗学论著汇编》（上册），北京：昆仑出版社，2008 年，第 163 页。

③ 黄宝生：《梵语诗学论著汇编》（上册），北京：昆仑出版社，2008 年，第 500 页。

④ 黄宝生：《梵语诗学论著汇编》（下册），北京：昆仑出版社，2008 年，第 811 页。

⑤ 黄宝生：《梵语诗学论著汇编》（上册），北京：昆仑出版社，2008 年，第 35 页。

曼摩吒等人属于受印度教影响的一派。[①] 其中的道理在于，在婆摩诃和檀丁那里，味只是一种庄严而已，而不是诗歌的灵魂。只有到了伐摩那那里，才开始出现诗歌灵魂（Atman）（可以视为“梵”的代名词）一说：“风格即为诗之灵魂。”[②] 后来，欢增、安主、曼摩吒等人也接受了诗歌灵魂之说，尽管他们关于何为诗歌灵魂存在很大分歧。对很多梵语诗学家而言：“更常见的是，声音和意义被视为组成诗歌的身体，诗歌的灵魂是味。”[③] 以身体和灵魂来解说诗学理论，这种独特的梵语诗学观只有放在印度宗教哲学背景中来解释，才能见其端倪。

公元前800年到前500年间出现的奥义书丰富多彩，其主要内容是关于“梵我同一”和轮回解脱的理论。由于很多梵语诗学家都是印度教徒，他们对于奥义书感到非常亲切，因此在诗学著述中加以吸收利用。如波阇认为，味是超越对常情的沉思而进入心中的品尝。所谓心中的品尝就是达到高潮的各种情转变成喜爱，返回自爱、自尊或艳情。因此，他认为自爱、自尊或艳情是唯一的味。他对味的这种独特思考受到奥义书宗教哲学的影响。

就其他几个主要哲学派别如数论派、正理派、瑜伽派、弥曼差派等而言，梵语诗学家们也在诗学阐释中直接或间接地加以利用。例如，欢增在涉及正理哲学以外，还提到弥曼差派哲学。欢增还模仿哲学家们论辩对话的著述体例进行诗学论述。新护的味

① Mool Chand Shastri, *Buddhistic Contribution to Sanskrit Poetics*, Delhi: Parimal Publications, 1986, p. 22.

② Vamana, *Kavyalankara-sutra*, Varanasi: Chowkhamba Sanskrit Series Office, 1971, p. 14.

③ K. Krishnamoorthy, *Indian Literary Theories: A Reappraisal*, Delhi: Meharchand Lachhmandas, 1985, p. 135.

论学说浸透了数论哲学、正理哲学和瑜伽哲学的思想因子。如他在《舞论注》中说："艺术感知要求依据直观的感知或形象的感觉。正如《正理经疏》中所说：'一切知识依靠感觉。'"[①] 这说明，宗教哲学思想成为梵语诗学话语建构的出发点。

梵的概念在印度还具有非常鲜明的宗教意味，如奥义书曰："大梵是智识/亦是阿难陀/乃为布施人/最后之归迹/亦属安立者/而能知彼者。"[②] 自婆罗多的《舞论》到世主的《味海》，以戏剧诗歌实践来追求梵我合一、追求解脱成为众多诗学家的共同关注点。婆罗多将梵这一概念的典型化身梵天视为戏剧的创造者便充分表达了他对"梵"的尊重："就这样，灵魂高尚的梵天创造了与吠陀和副吠陀密切相关的、具有娱乐性质的戏剧吠陀。"[③] 与梵合一意味着灵魂的"欢喜"（ananda），戏剧和诗歌的创作和欣赏也是朝向这一境界努力的体现。因此，胜财在《十色》里说："品尝是通过接触作品内容而产生的自我喜悦。"[④] 新护说："味被展示后，以一种不同于经验、回忆等等的方式被品尝。这种品尝与人性中的喜、忧和暗接触，含有流动、展开和扩大的形态。而由于喜占优势，充满光明和欢喜，表现为知觉憩息，类似品尝至高的梵。"[⑤] 在这里，品尝味成为追求梵我合一超越境界的一

---

① 黄宝生：《梵语诗学论著汇编》（上册），北京：昆仑出版社，2008 年，第 488 页。

② 徐梵澄译：《五十奥义书》，北京：中国社会科学出版社，1995 年，第 593 页。

③ 黄宝生：《梵语诗学论著汇编》（上册），北京：昆仑出版社，2008 年，第 37 页。

④ 黄宝生：《梵语诗学论著汇编》（上册），北京：昆仑出版社，2008 年，第 464 页。

⑤ 黄宝生：《梵语诗学论著汇编》（上册），北京：昆仑出版社，2008 年，第 482 页。

种宗教美学实践。

梵语语法学和宗教哲学等讲究形式分析和体系的建构，这一点对梵语诗学家的影响也非常明显。如婆罗多的《舞论》便是明显的例子，洋洋三十六章建构了一个宏伟的古代戏剧学理论大厦。全书涉及戏剧起源、戏剧表演中的语言、舞蹈、音乐、形体、妆饰、戏剧风格、类型、情节、戏剧角色和戏剧成功的评判标准等，仿佛是戏剧学百科全书，令后人叹为观止。在论述每一个方面时，婆罗多都要条分缕析地加以详细的分类解说，显示了形式分析的长处。此后的梵语诗学也继承了这一特点，并且有的还把它推向了畸形的极致，如庄严和韵的数目经过不断的分类，分别达到了令人瞠目结舌的115种和10455种。有的学者认为，西方思维主分析，东方思维主综合。“东西文化是不同的，其根源就在于东西思维方式的不同：西方主分析（analytical），东方主综合（comprehensive）。”① 倘若把印度思维视为东方思维之一的话，上述的论断准确性便要大打折扣。再看两个具体的例子。毗首那特在《文镜》中论述诗时先进行分类：“诗又按照可看的和可听的分成两类。其中可看的是表演的。”② 然后，他继承婆罗多和胜财的路数，将表演分为四类，再将戏剧分为“十色”，再分出十八种“次色”。欢增在《韵光》中对韵的详细分类也是如此。这分明体现出梵语诗学重分类解析的形式主义特点。婆摩诃和檀丁的庄严论体系、伐摩那的风格论体系、恭多迦的曲语论

① 季羡林：《比较文学》“序一”，陈惇、孙景尧、谢天振主编，北京：高等教育出版社，1997年。

② 黄宝生：《梵语诗学论著汇编》（下册），北京：昆仑出版社，2008年，第930页。

体系、安主的合适论体系、欢增的韵论体系等无不取法婆罗多的体系建构和形式分析，实际上就是取法于印度古代宗教哲学传统。用现代的眼光看，梵语诗学的形式分析和体系建构自然是利弊兼有。过分琐碎的分类和过分庞杂的体系自然有弊，但合理审慎的诗学分类和话语体系构建对于诗学理论的批评运用却是必不可少。中国古代文论现代运用之难，原因之一就是没有具备梵语诗学那般适合批评运用的体系。追根溯源，梵语诗学的形式分析比之西方有过之而无不及，而这又得归功于梵语诗学对印度宗教哲学思维的有机利用。这显然是古代印度跨学科研究的雏形。

现代心理学关注人的心理活动即各种情感变化。印度古代医学发达，但中国学者研究甚少。我们对印度古代心理学方面的知识更是缺乏足够的了解。尽管这样，通过分析，我们可以肯定，婆罗多和新护等人以近似于现代医学或心理学的概念或手法进行跨学科话语建构，为我们展示了梵语诗学的别样风采。戏剧情味论和诗学味论便是这方面最典型的例子。

关于人的基本感情，中国古人有七情说：“喜怒哀惧爱恶欲”（《礼记·礼运》），或六情说：“好恶喜怒哀乐”（《左传·昭公》）。另外，中国医学典籍《普济方》称七情为“喜怒忧思悲恐惊”。人的基本感情究竟应该是哪几种，很难作统一的规定。如果按照婆罗多《舞论》的说法，在艳情味、滑稽味、悲悯味、暴戾味、英勇味、恐惧味、奇异味和厌恶味等八种味中，艳情味、暴戾味、英勇味和厌恶味是根本的味，那么，人的基本感情也可以说成是爱、怒、勇和厌。而按照中国的习惯说法，也可以用“喜怒哀乐”来概括人的基本感情。因此，可以说，婆罗多确定八种味，是依据人的八种常情（即基本感情）：爱、笑、悲、怒、勇、惧、厌和惊。这些属于心理学范畴的人类情感，成为梵语戏剧学或诗学味论的安身立命之本。

在印度现存最早文献吠陀诗集中，味（rasa）这个词也用作汁、水和奶。从词源学上说，rasa 的原始义是汁（植物的汁），水、奶和味等等是衍生义。在奥义书中，味这个词也用作本质或精华。婆罗多却将生理学意义上的味化用为文艺心理学上的情味。在梵语文学理论发展史上，《舞论》的最大贡献是突出了味论。味论对印度文论发展产生了巨大而深远的影响。它涉及情、味及二者关系的论述。《舞论》第六章涉及对味的阐发。婆罗多认为："情由、情态和不定情的结合产生味。"[①] 这便是味的定义亦即味产生的程序。他认为，正如各种调料的混合产生味，各种情的结合也产生味。观众观赏戏剧表演，品尝到常情后获得心灵满足。因此，婆罗多的味是指戏剧艺术的心理效应，即观众在观赏过程中体验的审美快感。是情产生于味，还是味产生于情？婆罗多的理解是，味产生于情，而非相反。他说："正如树产生于种子，花果产生于树，味是一切之根，情确立其中。"[②] "味是一切之根"显示了味的核心地位。

新护的《舞论注》是一种创造性阐释，其中最重要的部分是对婆罗多关于味的定义的长篇注释。新护的味论融合了戏剧与诗歌等艺术门类。他指出："所有观众的心理意识中都有各种没有起始的潜印象。正是这种潜印象的一致性，形成感知的一致

---

① Bharatamuni, *Natyasastra*, Vadodara: Oriental Institute, 1992, p. 107.

② 黄宝生：《梵语诗学论著汇编》（上册），北京：昆仑出版社，2008 年，第 46 页。

性。”[①] 换句话说，通过潜印象机制和普遍化途径，观众或读者体验到常情，也就是品尝到味。这种超越文字的感知或没有起始的“潜印象”（vasana）接近于西方现代著名精神分析学家荣格的“原型”。新护味论具有深刻的现代意义，揭示了艺术创作中特殊和普遍的辩证关系，也揭示了艺术欣赏的心理根源，是梵语诗学的经典理论，代表了印度味论达到的最高成就。没有心理学角度的介入，达到这样的理论高度是不可能的。

综合上述，婆罗多重视观众或读者的情感模仿，关注戏剧的表现内容亦即审美对象，而新护则把重点放在观察和思考审美主体的心理机制上。新护以后，关注审美体验的主观味论占据了绝对优势。

大约在7世纪以前，梵语戏剧学家和诗学家们都遵循婆罗多的“八味说”。8世纪开始，诗学家们提出第九种“平静味”（santa rasa）。8世纪的优婆吒是最早提出此味的人，此后欢增确认了这种明显蕴含宗教解脱旨趣的平静味。新护赞同平静味，并在《舞论注》中对此进行阐发。新护之后，诗学家们普遍赞同平静味。这样，具有宗教内涵的平静味得以与艳情味等传统八味平分秋色。平静味的提出，与佛教和婆罗门教（印度教的前身）追求人生解脱息息相关。弃世绝欲、禅定和心灵宁静等等是这些宗教的共同特点。这反映在戏剧和诗歌文学中，便是平静味。欢增和新护等人的平静味论正是对彼时发达的宗教文学的理论归纳。再往后，出现了与尊奉毗湿奴大神相关的五种虔诚味，

① 黄宝生：《梵语诗学论著汇编》（上册），北京：昆仑出版社，2008年，第485页。

这是宗教思想在梵语诗学家心中的开花结果，也证明具有心理学性质的味论逐步完成了向心理分析与宗教美学思考相结合的味论过渡。

中国和西方古典诗学的共同旨趣在于将诗歌图画化和图画诗歌化。例如，苏轼赞美王维的诗歌时说："味摩诘之诗，诗中有画；观摩诘之画，画中有诗。"希腊诗人西摩尼德斯说："诗为有声之画，画为无声之诗。"罗马文论家贺拉斯也说："画如此，诗亦然。"朱光潜对此总结道："这种不谋而合可证诗画同质是古今中外一个普遍的信条。"① 以图画阐述诗歌不独是中西两大诗学体系的共同旨趣，梵语诗学也存在这种以绘画艺术考察文学特征的跨学科研究雏形。这在欢增和底克希多等人的"画诗论"中得到体现。

虽然都有以图画阐释诗歌的诗学传统，印度和西方的表现却存在差异。在印度，以图画阐释诗歌可以简单而准确地叫做"画诗论"，因为它与韵论派所谓"画诗"（citrakavya，相当于英语中的 figurative poetry）的概念紧密相关。在西方，以图画阐释诗歌可以宽泛地称为诗画论，它可谓严格意义上的诗画同质论。这与中国文论中的诗画同质论极为相似。

关于画诗的概念，印度学者分析说："以古典眼光看，画诗由庄严（修辞）构成，按照西方式的观点看，画诗又是图像诗或意象诗。画诗之所以也充满画趣，乃是因为它以音庄严等形式，

① 朱光潜：《诗论》，桂林：广西师范大学出版社，2004 年，第 104 页。上述引文悉据该书同页。

通过庄严或图案来表述。”[①] 这里的话暗示我们，印度的画诗乃是与修辞（庄严）和图案诗等密不可分。画诗的一大特点是，它重在强调诗歌的修辞手法和直观图像，与庄严的使用水乳交融。

16世纪的梵语诗学家阿伯耶·底克希多著有《画诗探》。底克希多也依据韵论，像欢增一样将诗分成三类，但他认为画诗只有音庄严，缺乏魅力，因此专论义庄严。欢增在《韵光》里这样提到画诗的概念：“以上是依据暗示义为主和为辅确定的两类诗。下面是另一类诗，称为画诗。画诗依据音和义分成两类：音画诗和义画诗。”[②] 他继续详细地解释与韵诗等相区别的画诗的特点：“另一类诗，缺乏味和情等等含义，缺乏展示特殊的暗示义的能力，仅仅依靠表示义和表示者的奇妙，仿佛是画，称作画诗。严格地说，那不是诗，而是诗的模仿品。其中一类是音画诗，诸如煞费苦心的叠声等等。另一类是义画诗，不涉及暗示义，以句义为主，缺乏味等等含义，注入奇想等等。”[③] 从欢增的论述来看，他所谓的“画诗”乃是一个贬义的词汇，这在西方诗学的诗画论中绝对难以想像。欢增之所以将画诗贬斥为不是诗歌的“诗的模仿品”，是因为他的诗学观以韵的蕴涵和味的唤起为核心和旨归，这又必须以批判和超越一味关注语言修辞的庄严论为前提。例如，欢增说：“总而言之：主旨不在传达味和情等等对象，只是

---

① Kalanath Jha, *Figurative Poetry in Sanskrit Literature*, “Introduction”, Delhi: Motilal Banarsidass, 1975.

② 黄宝生：《梵语诗学论著汇编》（上册），北京：昆仑出版社，2008年1月，第331页。

③ 黄宝生：《梵语诗学论著汇编》（上册），北京：昆仑出版社，2008年1月，第332页。

运用庄严，这是画诗的领域。”①

欢增提到的“煞费苦心的叠声”是他所谓“音画诗”（sabdacitra）的一种，这出现在庄严论著作中。例如，檀丁曾经在《诗镜》里详细地论述过各种叠声。按照他的说法：“音组重复，或有间隔，或无间隔，这是叠声……它们的混合类别不计其数。这些叠声或易或难。”② 檀丁提到了一些繁难的叠声，如逆向叠声、牛尿叠声和全旋叠声等。例如他说：“一首诗的两行诗句中的音节上下交叉的读法与两行诗句的读法相同，这称为牛尿，行家们认为这很难创作。”③ 既然行家们自己承认这种牛尿叠声诗“很难创作”，那就意味着它的确是“煞费苦心的叠声”。这种走火入魔的叠声诗即音庄严诗，被欢增不幸地纳入他心目中贬义的音画诗范畴，看来还是有一定的道理。

对于所谓“义画诗”（arthacitra），欢增的看法也同样是消极的。欢增说：“即使有时缺乏诗人的意图，而依靠表示义的能力，也能领会味等等，但这种领会显得十分薄弱。据此，我们可以认为这类诗无味，而归入画诗。”④ 这是对所谓义画诗的消极判断。这一看法仍然强调诗味的重要性，它成为韵诗的诗美因素，也是义画诗的软肋所在。欢增的二分法即音画诗和义画诗的概念在后来的曼摩吒那里得到继承。曼摩吒对音画诗和义画诗的

① 黄宝生：《梵语诗学论著汇编》（上册），北京：昆仑出版社，2008年1月，第332—333页。

② 黄宝生：《梵语诗学论著汇编》（上册），北京：昆仑出版社，2008年1月，第202—203页。

③ 黄宝生：《梵语诗学论著汇编》（上册），北京：昆仑出版社，2008年1月，第214页。

④ 黄宝生：《梵语诗学论著汇编》（上册），北京：昆仑出版社，2008年1月，第332页。

看法仍然是消极的，但他不同于欢增的地方在于，他从另外一个角度分析它们的“诗病”。他认为：“在音画诗中，缺乏词义的奇妙，或者，在义画诗中，缺乏词音的奇妙。”[①]

在画诗论基础上，梵语诗学家形成了印度最早的诗歌品级说。在论述画诗和韵诗等三类诗的基础上，欢增虽然没有明确提出诗歌品级说，但他对于画诗的贬低客观上已经形成了诗歌品级三分说的大体轮廓。明确提出梵语诗学品级三分说的欢增之后的曼摩吒。他说：“现在依次讲述诗的分类：暗示义胜过表示义，这是上品诗，智者们称为韵……暗示义不像这样，即暗示义居于次要地位的诗，是中品诗……有音画和表示义画而无暗示义，是下品诗。”[②] 当然，梵语诗学品级说并不是没有反对者。例如，毗首那特在《文镜》中说：“诗分成韵和以暗示义为辅两类。暗示义胜过表示义，这是韵，上品诗。”[③] 毗首那特没有认可下品诗的概念，也就意味着他没有接受韵诗的观念。这是因为他深受味论而非韵论的影响，遂以味为准绳，将诗分为韵诗和以韵为辅的诗两类，从而彻底排除了韵论派承认的第三类画诗。毗首那特对曼摩吒的上中下三品诗级的分类不以为然。这是品级说被打开的一个理论“缺口”。事实上，欢增和曼摩吒等人对画诗的极端贬低并非无懈可击。有的学者认为：“我认为画诗可以做到这点。它能唤起情味，也富有暗示义。因此，画诗只不过额外多了一层

---

① 黄宝生：《梵语诗学论著汇编》（下册），北京：昆仑出版社，2008 年 1 月，第 663 页。

② 黄宝生：《梵语诗学论著汇编》（下册），北京：昆仑出版社，2008 年 1 月，第 601－602 页。

③ 黄宝生：《梵语诗学论著汇编》（下册），北京：昆仑出版社，2008 年 1 月，第 903 页。

生动形象的优点罢了。”① 这是有道理的。如果将中国古代很多意味深长的写意诗作为理解的参照，我们就更能明白这一点。

通过前边的相关介绍可以肯定，梵语戏剧学和梵语诗学的确具有平行研究、影响研究和跨学科研究的思想因子或痕迹。这种情形与中国和欧洲古代的情形有些类似。这说明，作为一门现代学科，比较文学研究虽然是近现代欧洲学者的锐意创新，但其思想萌芽和实践运作却早已存在于东西方古代文明史中。承认这一点才能明白，东西方现代比较文学的诞生和发展并非空穴来风。

① Kalanath Jha, *Figurative Poetry in Sanskrit Literature*, Delhi: Motilal Banarsidass, 1975, p. 184.

第二章 印度比较文学的现代发端
（19 世纪末至 1947 年）

第一节 概 述

作为一门现代意义上的学科，比较文学诞生于欧洲。它的诞生不仅有着漫长的欧洲萌芽史，还与近代以来包括东方学家在内的欧洲学者，作家如威廉·琼斯、赫尔德、哥德和斯莱格尔兄弟等人对印度、中国、阿拉伯文学等的钦羡有关。这后一点往往为很多中国比较文学学者所忽略。比较文学的欧洲起源正好说明了这门学科天生的开放性和包容性。这是它自近代诞生以来虽屡经危机却仍旧枝繁叶茂、百舸争流的根本原因。

与中国比较文学的现代发端相似，印度比较文学的现代发端自然要联系欧洲比较文学学科的诞生和发展来进行考察。换句话说，中国与印度的比较文学虽然有着丰富的古代萌芽，但其成为一种自觉的正式的研究方法，还是在西方文学、西方文论以及西方比较文学理论传入之后才得以激发的。因此，在考察印度的比较文学开端之前，有必要简要介绍一下欧洲比较文学的近代兴起状况。

自古希腊和古罗马时代到近代时期，欧洲就存在比较文学研究的因子，如贺拉斯的《诗艺》论及罗马作家学习希腊典范便带有影响研究痕迹，近代时期的法国学者史达尔夫人论及欧洲南方文学和北方文学的异同则是典型的平行研究，而德国学者莱辛的《拉奥孔：论绘画和诗的界限》，属于典型的跨学科研究著作。在《拉奥孔：论绘画和诗的界限》中，莱辛以大量的艺术作品为实例，对诗和画作了细致的比较和分析。莱辛说："我用'画'这个词来指一般的造型艺术，我也无须否认，我用'诗'这个词也多少考虑到其他艺术，只要它们的模仿是承续性的。"① 但他很多时候还是指雕塑和绘画与诗歌的区别。他指出，诗和画的界限即诗歌和绘画的差别在于三点：第一，所使用的媒介不同。绘画以颜色和线条为媒介，而诗则以语言为媒介。"绘画用空间中的形体和颜色，诗用在时间中发出的声音。"② 第二，二者表现的题材不同。画适宜于表现空间并列的静止物体，而诗却更适合表现有时间先后的动作。第三，二者感受的途径不同。绘画要以眼观看，可以同时感知空间并列的对象，适宜于感受静止的物体；诗要用耳朵来听，只能在某一时刻听到声音之流某一点，对于静物不容易产生完整印象，而只适宜于感受动作的描绘。换言之，这三个区别实际上是所谓空间艺术和时间艺术的区别。莱辛的跨学科阐释可视为欧洲比较文学的经典范例之一。

① 莱辛：《拉奥孔：论绘画和诗的界限》，朱光潜译，北京：人民文学出版社，1979年，第4页。

② 伍蠡甫、蒋孔阳编：《西方文论选》（上卷），上海：上海译文出版社，1979年，第420页。

有的学者认为："如果说整个欧洲从古代至近代的文学研究为比较文学学科的诞生提供了历史的温床，那么19世纪到20世纪中期则是比较文学从真正出现到逐步发展并走向成熟的历史阶段。"① 19世纪末到20世纪初出现了比较文学的第一个学派法国学派。该学派的形成标志着比较文学学科的真正独立，也孕育着整个国际比较文学的新转折。法国学派为代表的欧洲比较文学的兴起有着很多复杂的因素。从古代到近代，基于二希文化（希伯来基督教文化和古希腊罗马文化）传统的欧洲对共同文化意识的追求，形成了比较文学的文化强心剂。而19世纪的欧洲，工业文明获得长足发展，资本主义的不断扩张、科学技术的不断创新等进一步强化了欧洲各国对统一文化身份的追求。另外，下述因素构成了比较文学学科成型的直接动因。席卷整个欧洲的浪漫主义思潮及对浪漫主义文学的研究进一步促进了各民族国家文学的互动交流。在世界主义传统的延续、浪漫主义思潮以及资本主义发展和扩张中产生的世界文学观念是促使比较文学兴起的强大思想动力。这以德国作家哥德在1827年首先提出"世界文学"和马克思、恩格斯于1848年在《共产党宣言》中提出的"世界文学"概念为代表。另外，当时的实证主义哲学以及科学主义的社会思潮为比较文学学科的诞生提供了思想观念和方法论。在上述诸多因素的综合作用下，19世纪末，欧洲比较文学开始成为一门独立的学科。它的开创和独立包括四个方面的标志：第一，比较文学术语的出现和普遍运用：1828年，法国学者维尔曼直接

① 曹顺庆主编：《比较文学学科史》，成都：巴蜀书社，2010年，第34—35页。此处介绍欧洲比较文学兴起参考该书相关内容。

在巴黎大学开设比较文学讲座时，使用了比较文学这一术语。1848 年，英国学者马修·阿诺德从法语中引入该词，造出了 Comparative Literature 这个新词，并在 1886 年由波斯奈特引入英国学术界。此外，同一时期，德国、意大利等国也出现了该词的德语版和意大利语版。第二，比较文学作为大学课程被正式设置。自 1828 年维尔曼在法国开设比较文学讲座以后，比较文学逐渐成为一些关注比较文学的欧洲国家的高等教育常设课程。体制化教育使得比较文学在欧洲的发展前景更为明朗。第三，比较文学杂志的出现，这以 1877 年匈牙利学者梅茨创办《世界比较文学》杂志为起点。第四，比较文学理论著作及研究成果不断问世。如 1886 年，英国学者波斯奈特出版了世界上第一部比较文学理论著作《比较文学》。1895 年，法国学者戴克斯特完成了第一篇比较文学博士学位论文《卢梭与文学世界主义的起源》。这些成果标志着比较文学在 19 世纪末开始出现稳步发展的趋势。

通过上述介绍可以发现，经过 19 世纪的酝酿、初创和发展，比较文学在欧洲已是一门渐成气候的国际性学科。不过，比较文学的系统化、学科化以及大量流传后世的学术成果还是出现在法国，即法国学派的诞生地。20 世纪前半叶，它的一些代表人物如戴克斯特、巴登斯贝格、梵·第根、阿扎尔、卡雷和基亚等人组成了法国比较文学庞大阵营。1954 年，法国比较文学协会成立，这标志着法国学派正式诞生。尽管此前产生过比较文学发展的第一次危机，即意大利美学家克罗齐对于比较文学的严肃质疑，但它仍然稳步发展。法国学派的理论体系以倡导关注有事实联系的影响研究（包括前面提到的渊源学、流传学和媒介学）为核心，重点在于清理国际文学关系史。法国学派的弊端之一便是文化沙龙主义的思想残余挥之不去，这将在此后兴起的比较文学美国学派那里得到克服和矫正。

欧洲比较文学在19世纪末20世纪初的初创和发展，不能不影响与欧洲政治和文化互动频繁的印度次大陆。当时的印度尚属英国殖民地，英语殖民教育使印度心理被殖民的同时，也使其打开了一扇瞭望学术风景的窗户。欧洲东方学家通过与印度文化的直面邂逅，深深地为之折服，他们通过翻译和研究，将印度文化经典介绍给西方学界，东西方学术双向互动正式形成。印度文化精英引入比较文学观念、进行比较文学实践与欧洲东方学几乎是同步进行的。

19世纪中叶，印度发生了民族大起义，英国与印度的殖民关系由此变得更加紧密。以此为契机，印度历史进入近现代阶段。随着印度与以英国为代表的西方在政治和经济诸方面的联系不断加强，印度与西方的文化互动逐渐加深，包括比较文学理论在内的西方文学理论也就在这种背景下被引入印度。

1757年6月23日，英国在普拉西战役中打败了印度军队，这为英国殖民者征服整个北印度奠定了基础。英国历史学家认为："一般认为，英国人在印度的历史是从1757年的普拉西战役开始的……很明显，对于现代印度社会的政治性变化而言，普拉西战役与1453年东罗马帝国的君士坦丁堡之沦陷之于15世纪欧洲文化界的影响一样重要。"[①] 此后，英国殖民者通过三次迈索尔战争（1767—1799）、三次马拉塔战争（1775—1819）和两次

① Percival Spear, *The Oxford History of India*, Delhi: Oxford University Press, 1981, p. 446.

锡克战争（1845—1849）等一系列殖民战争，到19世纪中叶，完成了对整个印度的征服，建立了庞大的英印帝国。但英国殖民者的残酷剥削，必然激起印度人民的反抗和斗争。1857年爆发的印度民族大起义是这一反抗情绪的总爆发。坚持两年的印度大起义虽然最后失败，但它给英国殖民者以空前沉重的打击，有力地推动了印度民族独立运动的发展。1858年8月，英国女王直接统治印度，总督成为女王在印度的直接代表。随着莫卧儿王朝土崩瓦解，英国对印度的殖民统治进入一个新的阶段。英属印度的政治、经济和社会文化发展也随之进入一个新的时期。英国人在印度殖民统治的建立，给印度社会带来了前所未有的革命性变化。1853年，马克思说："英国在印度要完成双重的使命：一个是破坏性的使命，即消灭旧的亚洲式的社会；另一个是建设性的使命，即在亚洲为西方式的社会奠定物质基础。"① 英国英国殖民者在印度采取铺设铁路、推广西式教育、教授英语、放宽新闻限制、社会改革立法以废除萨提制陋习等措施，对印度影响至大。印度学者认为："西方教育的传播，为印度政治觉醒的根源。"② 值得一提的是，英语教育的引进为西方思想观念在印度的传播提供了媒介。这种西方教育既是部分印度有识之士主动接纳西方思想、呼吸西方文化空气的自觉之举，也是殖民者在印度知识界培养东方代理人的潜在前提。英国殖民者推行英语教育的动机诚如斯言："一般地说，将一个印度人英国化的动机不容置

① 马克思、恩格斯：《马克思恩格斯选集》（第2卷），北京：人民出版社，1972年，第70页。

② 辛哈、班纳吉：《印度通史》（第四册），张若达等译，北京：商务印书馆，1973年，第1033页。

疑：印度人越是英国化，他就会变得越好、越文明。”[1] 他们的目的是通过英语教育，在印度培养一批肤色是印度的、文化思维是英国式的印度知识分子，以备文化殖民之用。

从积极意义上说，伴随英国的殖民入侵和资本主义生产关系的传入，西方先进的哲学和社会思想如人道主义等传入印度。新式教育亦即以英语教育为核心的西方教育对于印度青年接受西方文化创造了有利条件，这也为近现代印度文论家接受西方近现代文学理论并在文论著述中加以融会贯通做好了铺垫。这一时期，一些代表性文论家如泰戈尔和奥罗宾多以及此后的纳盖德拉等人在利用孟加拉语或印地语等印度地方语言进行文论著述外，甚至还同时采纳殖民者的语言即英语进行文学批评。这是印度近现代文论发展的重要特征，也是印度比较文学得以萌芽和草创的时代和思想前提。“印度文学的现代化（约开始于 19 世纪上半叶）是以英语的到来为起始点的。西方文学的各种思潮与体裁催化着印度文学进入 20 世纪。”[2] 西方比较文学理论对印度知识精英的影响背景就是如此。

某种程度上，印度比较文学的现代开端应该从 20 世纪初泰戈尔引入比较文学观念开始，但 19 世纪末印度知识界的思想积累乃至某些比较研究著述也为此奠定了基础。在印度学者探索东西方文学关系的论著中，有一本书非常独特，这就是初版于 1873 年、再版于 1976 年的《〈罗摩衍那〉抄自荷马史诗？答韦

---

① David Rubin, *After The Raj: British Novels of India since* 1947, London: University Press of New England, 1986, p. 47.

② 石海峻：《二十世纪印度文学史》“前言”，青岛：青岛出版社，1998 年，第 4 页。

伯教授》，作者是 K. T. 台楞。[①] 德国东方学家阿尔伯特·韦伯教授认为，印度大史诗之一的《罗摩衍那》的创作可能受到希腊史诗的影响。[②] 台楞利用自己渊博的学识，深入浅出，反驳了韦伯的观点。这是西方比较文学的萌芽时期，台楞的著作可视为印度最早的比较文学影响研究。值得注意的是，印度独立以前，部分印度学者对西方文学之于孟加拉语文学和旁遮普语文学等印度现代语言文学的影响给予了关注，并出版了自己的研究成果。这方面的著作包括 P. 森的《孟加拉语文学中的西方影响》[③] 和 H. M. 达斯古普塔的《西方对十九世纪孟加拉语诗歌的影响研究：1857—1887》[④] 等。

2003 年去世的 S. K. 达斯（Sisir Kumar Das，1936－2003）是印度比较文学界的元老之一。他生前担任德里大学印度现代语言系教授。1989 年，达斯曾经回忆道："八十年前，泰戈尔谈论比较文学，这是一门当时在西方有待确定身份和达成学术共识的学科，而在印度则罕为人知。"[⑤] 由此可见泰戈尔对于印度比较文学研究的现代发端有着巨大的开创性贡献。2005 年 3 月出版的第七届印度比较文学会议纪念文集《互动》，将 1906 年泰戈尔发表关于比较文学的演讲作为印度比较文学发展史重大事件的第

---

① Kashinath Trimbak Telang, *Was the Ramayana Copied from Homer? A Reply to Professor Weber*, Delhi: Publishers Parlour, 1976.

② Kashinath Trimbak Telang, *Was the Ramayana Copied from Homer? A Reply to Professor Weber*, Delhi: Publishers Parlour, 1976, p. 3.

③ Priyaranjan Sen, *Western Influence in Bengali Literature*, Calcutta: Saraswathi Library, 1932.

④ H. M. Dasgupta, *Studies in Western Influence on Nineteenth Century Bengali Poetry*: 1857－1887, Calcutta, 1935.

⑤ Amiya Dev & S. K. Das, eds., *Comparative Literature: Theory and Practice*, Shimla: Indian Institute of Advanced Study, 1989, p. 4.

一项，将奥罗宾多 1920 年发表系列论文《印度文学》作为第三项。

引人注目的事实是，印度比较文学发端期的实践与几位著名的印度文学理论家、宗教哲学家甚至政治家相关。这显示，比较文学作为当时的前沿学科，它对实践者的知识储备和理论视野提出了严峻挑战和高标准的要求。20 世纪初，印度比较文学的发端实践具体体现在泰戈尔、奥罗宾多・高士、A. K. 库马拉斯瓦米、V. 拉克凡等文学理论家和尼赫鲁、辩喜、拉达克里希南等学者或政治家的著述中。他们为 1947 年独立后的印度比较文学发展和繁荣打下了坚实的基础，提供了足资借鉴的范例。

另外，作为发端期的印度比较文学，它基本上是学者们各自为战的独立著述，没有形成统一的声音。这和后殖民时期比较文学学者们逐渐以集体力量发声，以赢得西方学界不同程度的关注有很大区别。

印度比较文学发端期里，具有世界文化视野并有独创性文学理论体系者以泰戈尔和奥罗宾多二人最为典型。泰戈尔和奥罗宾多两人不仅是印度现代文学巨匠，也是卓有建树的文学理论家。他们均有留学英国并浸淫于传统文化精华的双重经历，其文化心灵受到印度古典文化和西方文化的双重洗礼，因此，他们的文学理论也体现了东西合璧的特色，这和同一时期王国维融合中西精华而力求文论创新的姿态有些相似。泰戈尔不仅自觉地进行比较文学平行研究和影响研究实践，还利用传统的梵语诗学味论研究印度和西方文学，采取了当代中国学者所谓“双向阐释”的研究策略。泰戈尔的文论思想是印度近现代文论的重要组成部分，他的比较文学实践亦不例外。他以梵语诗学味论进行文学阐释是后殖民时期印度学者的一个典范。泰戈尔比较文学研究代表作有《沙恭达罗》、《爪哇日记》、《世界文学》、《现代诗歌》和《历史小说》等名篇。泰戈尔还在很多论文集或演讲中涉及比较文化的大命题，这包括《中国演讲录》、《人的宗教》和《诗人的宗教》等文集。

奥罗宾多是印度现代著名诗人和文论家，他的文论集《未来诗歌》提出了"未来诗歌"的设想。这是一种建立在精神进化论基础上的文学理论。奥罗宾多还以此理论为基础，对英语诗歌进行了历史纵向的研究和阐释。《未来诗歌》体现了奥罗宾多的人类关怀和世界意识，但因为他的"未来诗歌论"带有神秘的宗教美学色彩，他对西方文学的评价存在诸多问题。"未来诗歌论"也体现了奥罗宾多在殖民时期抵抗西方话语霸权的文化策略。同时，奥罗宾多也以此为核心而展开比较文学研究。另外，奥罗宾多与泰戈尔一样，把比较文学研究建立在比较文化的坚实基础上，他的很多论文证明了这一点。

这一时期里，还出现了 A. K. 库马拉斯瓦米（A. K. Coomaraswamy，1877—1947）和阿·泰戈尔（Abanindranath Tagore，1871—1951）等人的艺术美学著述。前者的英语著作在西方世界引起了一定的反响，为 20 世纪初期的西方学者了解印度的艺术奥秘成功地搭起了桥梁。后者的画论曾经出现了英文和法文译本值得关注。库马拉斯瓦米论述印度艺术的著作如《湿婆之舞》和《艺术本质的变化》等带有浓厚的跨学科研究色彩，并涉及中国、印度和日本的绘画及雕塑艺术。

除了泰戈尔和奥罗宾多等人外，著名印地语小说家普列姆昌德的文论著述也程度不同地涉及比较文学实践。他的著述既体现了对梵语诗学味论的历史继承，也体现了西方文学理论对印度文学理论及创作的渗透。

梵语诗学名著如《舞论》等的发掘、翻译和研究，两部梵语诗学史的出版，拉克凡等人的梵语诗学研究，这一切构成了近现代印度文论发展的有机组成部分。1947 年印度独立以前，著名的梵语诗学家 S. K. 代和 P. V. 迦奈几乎同时出版《梵语诗学史》，对博大精深的梵语诗学进行历史梳理。V. 拉克凡等学者先后出版《味的数量》和《梵语诗学一些概念研究》等梵语诗学研究著作。[①] 拉克凡的有关著述带有比较诗学的研究色彩。

尼赫鲁早年留学英伦，知识视野开阔，他的著述涉及源远流长的中印文化关系，并带有一些比较文化研究的色彩。他在《印度的发现》中论及了这一点。拉达克里希南是著名的比较宗教学家，他的相关论述也涉及中印文化比较的问题。师觉月和谭云山等人的著述均不同程度地涉及中印文化关系的探索，蕴含了比较文化研究的色彩。由于比较文化研究属于发端期印度比较文学研究的坚实基础，此章对此略作介绍。

除了上述诸家之外，很多印度方言文学评论家也以自己的著述程度不一地加入比较研究行列。这是因为，殖民主义时期，印度与西方的文学互动必然影响到文学评论。例如，很多印度方言文学评论家深受西方浪漫主义文论和唯美主义思想的影响。这包括印地语文论家 N. D. 巴杰帕伊（Nand Dulare Bajpeyi）、纳盖德拉（Nagendra，也译“纳根德罗”）和 H. P. 德维威迪

① V. Raghavan, The Number of Rasas, Madras: The Adyar Library and Research Centre, 1940. V. Raghavan, *Studies on Some Concepts of the Alankara Sastra*, Madras: The Adyar Library, 1942.

（Hazari Prasad Dwivedi）、孟加拉语文论家 M. 马宗达（Mohit Majumdar）和 N. R. 雷（Nihar Ranjan Ray）和马拉提语文论家 B. R. 唐贝（B. R. Tambe）等。他们为唯美主义思想而着迷，鼓吹艺术的自由，大量引用王尔德、布拉德雷（A. C. Bradley）和史文朋（Swinburne）等人进行著述，并以印度传统理论进行比较阐释。意大利文论家克罗齐（Croce）的表现主义美学观也受到印度文论家的高度关注。印地语文论家苏克拉把克罗齐的理论视为恭多迦曲语论的外国版。纳盖德拉在其印地语著作《印度诗学引论》（*Bharatya Kavyashastra ki Bhumika*）中，对克罗齐表现主义美学与恭多迦曲语论进行比较，指出了二者各自的优势与弱点。孟加拉语文论家 A. C. 古普塔（Atula Chandra Gupta）把克罗齐的美学观与新护的梵语诗学韵论进行比较。在浪漫主义文论之后，有两股西方思潮波及印度文学评论界。一是弗洛伊德的精神分析理论，二是马克思主义文艺理论。这些思潮对于文学评论家的比较研究不无影响。相对来说，后者对印度评论界的影响更胜一筹："马克思主义对印度的冲击更为广泛有力，几乎在所有印度语言中，都以更为系统的方式进行文学的社会学研究。这一批评流派的基本哲学是辩证唯物主义。他们相信，文学与社会经济状况存在重要的联系。他们以社会价值来取代精神和美学理想。"① 这种马克思主义的文学批评范式得到了印度社会的政治支持。因此，不同语言的印度文论家们都不约而同地采用了这种社会学的文学批评模式。这些学者包括印地语的

① Nagendra. *Literary Criticism in India*, "Preface," Nauchandi and Meerut: Sarita Prakashan, 1976, p. 29.

R. B. 沙尔玛（Ram Bilas Sharma）、乌尔都语的 E. 侯赛因（Ehtesham Hussain）、马拉雅兰姆语的 J. 孟达塞利（Joseph Mundasseri）、马拉提语的 S. 穆克提波塔（Sharatchandra Muktibodh）和孟加拉语的 N. 罗易（Niren Roy）等人。这种马克思主义批评模式也存在严重的局限，它执著于单一的意识形态和政治信念，从而使批评者的眼界受到限制，阻碍了他们对文学作品进行美学分析。相对而言，精神分析学在比较诗学研究中更受印度学者的青睐。他们有的人将之与波阇的艳情味论进行比较便是例子。

第二节　泰戈尔

泰戈尔（Rabindranath Tagore，1861—1941）是伟大的印度诗人、亚洲第一个诺贝尔文学奖获得者。他曾创作出数量巨大的诗歌、小说、戏剧、散文，同时，广阔的世界文化视野使他常常自觉进行比较文化论述和比较文学研究，他的相关著述成为印度比较文学发端期的重要成就。下边先对泰戈尔的东西文化比较作些简介，再对他的影响研究、平行研究等进行说明。

一　泰戈尔的比较文化论

先看看泰戈尔的东西文化比较论述。东方与西方本来是西方人的话语产物。泰戈尔与其他东方学者一道，接受了这种二元对立的西方话语。由于身处东方，他对印度、中国、日本等东方地区的文化特性非常熟悉或有所了解。他往往以整体的东方文化为载体，考察它在西方文化视角下的特性。这种认识往往又是以比较的角度展开论述的。如他认为，东方文化具有人际关系的合作性因子："农业文化，像印度和中国的，基本上是处理人类关系的文化，是调整相互间义务的文化。它深深植根于人类的精神生活。它的准则是合作，不是竞争。"① 东方人不看重物质利益的掠夺占有，他们偏好精神解脱，或是以泛道德主义的尺度去进行功利主义与理想主义色彩相交织的政治追求。他还认为，东方人的特点是对神灵或神灵化的人的崇拜："在亚洲，人们不认为人的高尚最伟大，而认为神才是伟大的……在我们东方，每个人都坐在强大自然的脚下，觉得自己无能而渺小。所以，一旦伟人出现，就把他推到人类之外，给予他神的地位。"②这些论述有其真实的一面，显示了泰戈尔对东方文化比较正确的理解。

与此相对，泰戈尔认为，西方人潜意识里有一种征服世界的竞争欲望："我们（东方人）称生活为生命的游戏，西方人称它为生命的搏斗。"③他认为，西方人的这种注重竞争占有的文化精神来源于古希腊的生活姿态。就欧洲文明而言，它是求变而非守旧意识造就的文明，它的进步主要在于欧洲社会对于现世此岸世界的肯定、对于人性的高度张扬。欧洲和亚洲的主要区别在于："欧洲有人的光荣，亚洲则没有。""欧洲承认永恒的个人权利，

① 刘安武等主编：《泰戈尔全集》第 24 卷，石家庄：河北教育出版社，2000 年，第 507 页。

② 刘安武等主编：《泰戈尔全集》第 23 卷，石家庄：河北教育出版社，2000 年，第 180 页。

③ 刘安武等主编：《泰戈尔全集》第 22 卷，石家庄：河北教育出版社，2000 年，第 195 页。

并为继续扩大这一权利而努力。那是一种不在乎建立社会秩序的努力，一种宁可违犯世俗规范或民族利益以实现个人目标的努力。”①泰戈尔此处的论述值得分析。

就东方而言，它提倡集体主义，看重群体和谐与社会秩序，当然，东方社会的合作协调是以秩序、等级和规范等为基础的，人际关系实际上被个体与群体的关系所遮蔽。这种关系不凸显个体而是贬抑个性的伸张，个人的独立性与主体意识皆被淹没，个人自然缺乏超越自我征服自然的信心魄力。从哲学思维角度看，西方传统的世界观与东方世界观相对立，前者呈现出二元论的基调。西方对自然万物或人类活动都有二元对立的思维倾向。在宗教信仰与形而上学方面，西方人固守二元论立场，因而超越世界与现实世界完全分离。无论就存在意义或价值意义言，前者（超越世界）均较后者（现实世界）为真为高。近代西方人就是在这种二元论世界观的思想氛围中，倾力追求现世物质文明的进步，另在现实世界之外，构筑真善美价值理想所能承兑的超越世界。由此来看，泰戈尔基本上正确阐述了东西方文化的一些木质差别。

其次，泰戈尔还从东西方文化的分散性与整合性来思考问题。他认为，东方文明内部存在着一种令人忧虑的文化分散性。1920年，泰戈尔在美国对前来拜访他的中国哲学家冯友兰先生说：“我们亚洲文明可分两派：东亚洲中国、印度、日本为一派，西亚洲波斯、阿拉伯等为一派。”他认为，由于在知识领域里缺

① 刘安武等主编：《泰戈尔全集》第19卷，石家庄：河北教育出版社，2000年，第347页。

乏合作，亚洲文明已经被分割成为古代史的不同篇章，没有形成一种统合的亚洲文化。亚洲的这种分散文化不能像欧洲文化那样影响到现代。“我们东方诸国，却如一盘散沙，不互相研究，不互相团结，所以东方文明，一天衰败一天了。”[①]他还说：“我们常常说‘东方文化’，但各种文化并不是建立在各亚洲国家精神合作的基础之上的。它的知识是无限的。……在阿拉伯和中国的学术中间是没有任何一致的，而且二者在许多问题上是对立的。”[②] 东方文明内部的文化分散现象，是一不可否认的历史事实。泰戈尔在此解构了东方文化天然一体的神话，从而还原了东方文化本貌。

泰戈尔认为，以欧洲为代表的西方文明具有文化同源的特点，而这一特点又赋予西方文明以现代世界先驱者的角色。他说，幸运的是，欧洲大陆的各个国家互相靠得很近。它们没有被大漠或高山所隔离。更幸运的是，欧洲所有的国家都信奉基督教。这就可以理解，欧洲各国的学术为何都是在共同文化基础上发展起来的。按他的话来说：“在建立统一宗教的同时，欧洲大陆上也建立了统一的学术。”即使后来欧洲各国走出了拉丁语的保护伞，在其本国用各自的语言开始发展学术，但是由于遵循合作的方针，“各国的学术开始形成一种体制，都汇集在一起。由此而产生西方文明，以合作为主的知识的文明，在学术领域里由许多部分合成的单方面的文明。”这与并不是建立在各亚洲国家

① 冯友兰：《与印度泰谷尔谈话》，陈崧编：《五四前后东西文化问题论战文选》，北京：中国社会科学出版社，1985 年，第 387 页。

② 刘安武等主编：《泰戈尔全集》第 24 卷，石家庄：河北教育出版社，2000 年，第 306 页。

精神合作基础上的东方文明形成鲜明对照。欧洲文明由于文化同源而导致其合作性强，它对于现代文明的贡献乃是有目共睹："在现代，欧洲的知识明灯在千百个枝头点燃起来。由于知识的影响，欧洲在整个地球上昂首屹立。"[①]欧洲先前那种民族君主国乃至现代民族国家的集合，已经分化繁衍为拉丁美洲、北美洲和欧洲三大亚文明板块。从文化形态看，欧洲和北美文明的西方性更强，其中尤以西方文明发源地的欧洲最为典型。由于文化同源性带来的文化亲和力，欧洲远非亚洲那么松散，后来的欧洲一体化很大程度上就建立在这样的基础上。由此可见泰戈尔观察论述之精微准确。

泰戈尔不单对东西方文化差异进行比较，他还在一个全新的高度上超越了较为狭隘的东西二元对立思维，从而在世界文化大视野下完成了世界意识的升华。

泰戈尔接近了德国著名学者斯宾格勒和英国历史学家汤因比的文化形态学思想理路。他用一种平等眼光对世界上各种文明进行打量。他认为，多种多样的人类文明皆有其存在的合理性，这种合理性来自于各种文明的基础相同："在印度或中国、波斯或犹太、希腊或罗马逐步发展起来的文明，如同几座具有不同的海拔气温和动植物群但却属于同一山系的山峰。在它们之间不存在绝对的交通障碍，它们的基础是同样的。"泰戈尔的诗化语言与钱锺书先生在《谈艺录》的序言中说过的话不无相似："东海西海，心理攸同；南学北学，道术未裂"。贯穿泰戈尔世界文化观

① 刘安武等主编：《泰戈尔全集》第24卷，石家庄：河北教育出版社，2000年，第307页。

的一条主线是东西方文明必须互相学习，在交流互动中共求发展："我们这个多姿多彩的世界，本来就是多种族共处和融合的产物。人类的进化有赖于种族的流动与交往。"[①] 泰戈尔衷心希望地球上存在一个彼此交融，共生共荣的世界文化"大观园"。

不管是承认世界文化多样性的合理存在，还是强调各种文化之间的互动交流，这都体现了泰戈尔鲜明的世界意识。他之所以具有这种宝贵的世界意识，是因为他在两个维度上超越了狭隘的民族国家与本土文化界限。时间上："只有一种历史，那就是人类的历史。一切民族的历史不过是这种巨大历史的一些篇章。"[②] 空间上：当今时代，由于交通方便，地理上的障碍几乎失去了它的现实意义，人们已经不再是个人而是不同民族之间的交往了。"现在我们面临的问题是一个独特的国家，这个国家就是这个地球。"[③] 泰戈尔在此提出了"地球国家"这个极具前瞻性质的概念。

总之，泰戈尔具有前瞻意识的东西文化比较思想，既为当代国际文化交流提供了理论资源，也为自己的比较文学实践奠定了坚实的基础。

① 刘安武等主编：《泰戈尔全集》第 19 卷，石家庄：河北教育出版社，2000 年，第 343 页。

② 泰戈尔：《西方的民族主义》，谭仁侠译，倪培耕编，《泰戈尔集》，上海远东出版社，1997 年，第 340 页。

③ 泰戈尔：《一所东方大学》，冯金辛译，倪培耕编 ：《泰戈尔集》，上海远东出版社，1997 年，第 389 页。

二　泰戈尔的比较文学实践

泰戈尔是印度比较文学研究开拓疆土的先驱。他对比较文学这一新兴学科所作的巨大贡献，使之成为饮誉世界的东方比较文学先驱者之一。事实上，泰戈尔学贯东西，具有广博的文化视野，具备了进行比较文学研究的有利条件。具体说来，泰戈尔的论述涉及了影响研究、跨学科研究、平行研究、总体文学、双向阐释等方面。

先看看泰戈尔带有影响研究色彩的相关论述。1927 年 7 月，泰戈尔访问了印度尼西亚的爪哇和巴厘岛。他注意到当地与印度文化传统的亲缘关系。泰戈尔关于印度对印尼文学文化的影响主要散布在他的题为《爪哇日记》的书信集中。爪哇文学的发展是与印度文化特别是与两大史诗的影响分不开的。当地许多作家的重要作品，大都取材于印度的两大史诗《摩诃婆罗多》和《罗摩衍那》。泰戈尔对于印度两大史诗在爪哇现实生活中的艺术再现作了仔细的观察。这是从流传学的角度进入比较文学文本研究的一种宝贵实践："《摩诃婆罗多》的故事占据了爪哇人的心。这部史诗里千姿百态的人物，出现在他们的文娱活动、诗作、歌曲和戏剧里。阿周那是他们心目中盖世无双的英雄。"①但泰戈尔发现，当地印刷出版的史诗《罗摩衍那》和《摩诃婆罗多》在内容上与印度的版本差别甚大。如这里的《罗摩衍那》，罗摩和悉多

---

① 刘安武等主编：《泰戈尔全集》第 20 卷，石家庄：河北教育出版社，2000 年，第 201 页。

是兄妹俩。他们几经波折，最后结为伉俪。而印度史诗里的罗摩和悉多根本不是兄妹。据此，泰戈尔认为，印度史诗形象鲜明地生活在爪哇人心目中，但又并非书面文学原汁原味的翻版。他注意到了生活在不同文明区域里的人在接受文学作品时的趣旨取向。

泰戈尔在以《爪哇日记》实践影响研究的同时，也在尝试文学与其他艺术形式的跨学科阐释。泰戈尔在观看巴厘岛的舞蹈时说，巴厘的舞蹈艺术家把印度的《往事书》故事诗变成了可以观看的叙事舞蹈。他借题发挥道："语句是诗的载体，语句的部分韵律体现于音乐的普遍规律……西方称看戏的人叫听众，但在印度，称戏剧为可看的诗。换言之，附丽于诗的表演，为眼睛提供看得见的艺术表演。"[①] 泰戈尔认为，诗歌与舞蹈可以融合成为一个有机的艺术载体，让人得到完美的艺术享受。

有论者认为，泰戈尔写于 1902 年的《沙恭达罗》是"一篇不折不扣的比较文学平行研究的论文"。[②] 这也是印度 20 世纪初最早也最典型的平行研究论文。他对莎剧《暴风雨》和印度古典梵语戏剧《沙恭达罗》作了比较研究。他认为，莎士比亚的《暴风雨》和迦梨陀娑的《沙恭达罗》之间有着一定的相同之处。但是，他强调，细心的读者很快就会注意到两者在意境上的巨大差异。他认为，这种差异主要体现在人与自然的关系上："沙恭达罗的美是大自然赋予的，而米兰达的美则受制于外部条件。""在莎士比亚的剧本中，没有一个具有《沙恭达罗》那种深深的平静

① 刘安武等主编：《泰戈尔全集》第 20 卷，石家庄：河北教育出版社，2000 年，第 204 页。

② 孟昭毅：《泰戈尔与比较文学》，《南亚研究》，1994 年第 1 期。

和从容不迫。”泰戈尔以重复歌德的话结束了他的这篇论文：“在《沙恭达罗》中，青春的美达到了一个更高的高度，把人间天上结合到了一起。”[①] 泰戈尔还把聚焦点从莎士比亚与沙恭达罗放大到西方戏剧与印度戏剧的比较及古希腊两大史诗与印度两大史诗的比较上。

泰戈尔善于从东西文化差异的角度入手对东西方文学进行平行比较，这是一种深层的比较文学研究。例如，他在《诗人的宗教》中的某些论述体现出这一研究旨趣。泰戈尔指出，印度文化的本质是森林文明，不同于西方的海洋文明，强调人与自然的密切关系，以及这种文化基因在文学创作中的表现。泰戈尔指出：“他们与世界完美的关系是融洽一致的关系。这一被古代印度的林中居民竭力鼓吹的完美理想贯穿于我们古典文学的心脏，目前依然在我们的心中占首要地位。在我们的史诗中叙述的传奇人物多集中在森林的浓阴下，通过他们的故事，传递林中居民的所有信息。”[②] 他对迦梨陀娑与莎士比亚、弥尔顿等西方诗人的作品进行比较，说明印度文学与西方文学中人与自然关系的不同。他指出：在莎士比亚的作品中，“由于民族和时代的传统思想而存在的大自然与人类的性格之间的鸿沟，不能说，大自然的美在他的作品里被忽略了，只是他不能在他的作品中承认：人类生活是和世上无穷无尽的生活互相渗透的真理。”他认为西方文学近代以来人与自然关系方面发生了很大的变化，而这种变化正是印度

① 刘安武等主编：《泰戈尔全集》第22卷，石家庄：河北教育出版社，2000年，第31页。

② 刘安武等主编：《泰戈尔全集》第21卷，石家庄：河北教育出版社，2000年，第221页。

思想影响的结果："我们看到较晚的英国诗人如华兹华斯和雪莱就有完全不同的看法，大体上可归因于欧洲在思想上的巨大变化，在这段特殊时期，由于新发现的印度哲学的影响，它惊动了德国人的心灵，引起其他西方国家的注意。"① 作为哲学家的泰戈尔，认识到不同地区的文化中都存在着两种对立的精神，"一种相当于征服的精神，另一种则是协调的精神。这两种精神在人类的生存上都有它们的道理和效用。"而他的理想是两种精神的协调与结合，认为"创造是敌对的力量——吸引力和排斥力——的协调一致。"② 由此论述可以发现，泰戈尔的比较文学研究建立在他的比较文化论基础上。

泰戈尔有时还以中国诗歌为例，对西方现代文学进行批判，显示了他的平行研究的另外一种风采。这表现在他的论文《现代诗歌》一文中。

泰戈尔不仅对中国文化情有独钟，而且与中国诗人诗心会通。他经常引用中国诗人的作品阐述自己的诗学思想。他在《现代诗歌》中借李白的诗考察西方话语"现代"的问题。他认为，所谓"现代"，是以永远亲近的姿态看待世界，以客观的意识全面地观察世界。他指出："中国诗人李白创作的诗已有上千年的历史，但他仍不失为现代诗人。他的观点就是现今观察世界的观点。"③ 他对李白的《长干行》评论说："这首诗没有一丝感伤的

① 刘安武等主编：《泰戈尔全集》第 21 卷，石家庄：河北教育出版社，2000 年，第 229 页。

② 刘安武等主编：《泰戈尔全集》第 21 卷，石家庄：河北教育出版社，2000 年，第 231—232 页。

③ 刘安武等主编：《泰戈尔全集》第 22 卷，石家庄：河北教育出版社，2000 年，第 259 页。

深沉的调门，也没有讽刺或缺乏信念的嘲笑。内容是十分陈旧的，然而其中不乏情味。由于在它的风格里少许采用了曲折的讽喻手法，这就成为‘现代’诗了。”他认为，与中国古代诗人李白的诗歌相比，“英国诗人的现代诗歌显得不够质朴自然，而且沾有污泥”。[①] 这种对中国古代诗歌的崇尚，说明泰戈尔与李白的诗心相通。

西方现代派文学的理念与泰戈尔的诗学思想相左，因此，在对西方现代主义文学的评论中，泰戈尔基本上持否定态度。《现代诗歌》其实是一篇针对西方现代主义诗歌的文学批评论文。他的武器之一就是李白的优美诗歌。在该文中，他列举了一些现代派诗人的作品，作了否定性的分析。泰戈尔反对现代主义的非理性化和非人性化倾向。在后来为论文集《文学的道路》写的序言中，泰戈尔进一步表达了自己的文学信念和对现代主义的批评：“总有一天，心灵会康复，人的永恒本性会复归，那时简朴的享受的良辰吉日又会到来，那时文学抛弃短暂的现代主义时髦东西，以真挚感情与永恒的文学相遇。”[②] 泰戈尔对现代主义文学的批判是与他对现代文明的批判相关联的，而这又是他的东西文化比较观所决定的。

泰戈尔不仅热爱中国艺术，而且由于对中国古代诗歌和其他中国艺术的接触和了解，使他对包括中国和印度文学艺术在内的东方艺术有了更为深刻和全面的认识，形成一种有别于西方的东

① 刘安武等主编：《泰戈尔全集》第22卷，石家庄：河北教育出版社，2000年，第261页。

② 刘安武等主编：《泰戈尔全集》第22卷，石家庄：河北教育出版社，2000年，第183—186页。

方诗学观念。他在《什么是艺术》中指出，东方艺术的伟大和美，尤其在日本和中国，因为，中日艺术家们看到了事物的灵魂。西方艺术家并不真正相信宇宙有一个灵魂。这是东方的信仰，而且东方对人类的全部精神贡献都充满了这一观念。为了宇宙灵魂，东方圣哲曾经静坐沉思，东方的艺术家通过艺术实践加入了这一行列。泰戈尔强调的是古代东方各国文化中人与世界统一性的信仰即“天人合一”思想在艺术中的表现，这是东西方诗学的根本性差异之一。由此可见，泰戈尔平行研究很见思想功力，这又与他广袤的文化视野和对东西文化性质异同的认识联系在一起。

西方学者认为，国别文学是墙内的研究，比较文学越出了围墙，而总体文学则居于围墙之上。总体文学的思想其实可以追溯到“世界文学”的发轫者之一歌德那里。泰戈尔早年曾经深受歌德的影响，歌德的世界文学观念对泰戈尔影响深刻。关于这一点，多年来已有不少印度学者撰文讨论。泰戈尔说过，凡只知道一种文学的人，根本算不得是知道文学。这反映了他必然要从总体文学的角度来研究文学。在1907年的著名论文《世界文学》中，他的总体文学构想终于以宣言的形式正式浮出水面：“我们的目的是，去掉那些无知和狭隘，从世界文学中观察世界的人。我们要在每一作家的作品里看到整体，要在这种整体里看到整个人类为表现自己所做的努力，现在是立下这样的决心的时候了。”① 这里分明可以看出他的“地球国家”观念的延伸变异和

① 刘安武等主编：《泰戈尔全集》第22卷，石家庄：河北教育出版社，2000年，第99页。

对歌德思想的印度化，在此他也成功地将自己的比较文化视野嫁接到比较文学研究领域中。他的这种总体文学思想对于当今中国乃至世界比较文学研究走向跨文明阶段具有重要的启示意义。

三　泰戈尔对味论的阐释运用

中国学者认为，泰戈尔既是印度民族诗学话语的嫡系传人，又是话语转型的代表人物。前者使其诗学具有鲜明的民族性，后者使其诗学具有强烈的现代性。“泰戈尔诗学是东方诗学话语从传统向现代转型的范本，其对外来理论的民族化阐释，对传统诗学范畴的现代性阐释，以及具有独创性的诗学范畴的建立，对于东方诗学的话语转型具有示范作用。”[①] 就泰戈尔对外来理论或西方文学的民族化阐释而言，它主要指泰戈尔对梵语诗学味论的现代阐释和批评运用。

印度近代启蒙运动的特点是民族文化复兴与社会文化现代化之间的矛盾统一，集民族文化传人和文化现代化领袖于一身的泰戈尔，通过民族文化的寻根、民族精神的弘扬和民族话语的重建，接通了印度民族精神血脉。近百年来，印度沦为殖民地，印度传统文化面临更为严峻的考验。“在西方文化的强力冲击下，印度传统价值体系崩坏，话语系统被解构，因此，只有重建民族话语，才能真正实现民族的解放和复兴。泰戈尔自觉承担起了在

---

① 侯传文：《话语转型与诗学对话：泰戈尔诗学比较研究》，北京：中国社会科学出版社，2010 年，第 319 页。此处论述多参考该书。

传统文化基础上重建民族话语的历史使命。”[1] 重建印度现代文学理论转型期的民族话语，必须以激活梵语诗学味论，对其进行现代阐释，并在具体的文学批评中运用之为前提。这正是泰戈尔所做的事情。

印度古典诗学以“味”、“情”、“韵”、“庄严”等为核心。味论是婆罗多戏剧学理论的核心。味是指戏剧艺术的感情效应，即观众体验的审美快感。按照他的规定，味有八种。味产生于常情，味与情关系紧密。这样，婆罗多就将生理意义上的滋味移用为审美意义上的情味。他所确立的味论深刻地影响了印度传统诗学即古典梵语诗学体系的建构和长期发展。味论是印度古代诗学的主流，印度传统诗学的审美意识在味论中得到充分的体现。公元 4 世纪定型的大史诗《罗摩衍那》的《童年篇》中就提到艳情、滑稽、悲悯、暴戾、英勇、恐怖、厌恶、奇异等八种味，可见味论已经进入诗歌领域。11 世纪新护等诗学家提出“喜以解味”作为审美的最高原则，并且认为鉴赏者心中要先有“味”，才能赏识创作者赋予作品的“味”。“味”的理论由客体进入主体，成为鉴赏者和创作者主观和客观双方一致的东西。12 世纪的曼摩吒的《诗光》认为诗的目的是通过“尝味”而达到的，14 世纪的毗首那特认为，诗是以味为灵魂的句子。可见，在长期的发展过程中，“味”的应用范围不断扩大，深入到诗学的各个方面，它本身的内容也不断丰富。因此，可以说，味论诗学贯穿印度诗学两千年的发展历程，容纳了印度各派的诗学思想，成为印

① 侯传文：《话语转型与诗学对话：泰戈尔诗学比较研究》，北京：中国社会科学出版社，2010 年，第 157 页。

度传统诗学的主流。“泰戈尔是印度传统味论诗学的现代传人。”[①] 他晚年时说过：“多年以来，我执著地谈论着情味文学的奥秘，人们可以从我各个时期的文章里认识它。”[②] 无论是早期文章还是后期论著，无论是理论建构还是作品批评，他都言必称“味”。泰戈尔的情味诗学是对传统味论诗学的自觉继承，他强调：“美的表现不是文学或艺术的主要目的，我国修辞经典说过有关这方面绝妙的话：‘诗歌是带情味的句子’。”[③]正是对“味论”诗学的继承和发扬，激活了印度民族诗学话语。泰戈尔将“味出于情”的诗学命题作了进一步发展。一方面，他从主体性诗学思想出发，强调“情”的内涵主要是情感，另一方面，他强调“味”是人的心灵与外在真实之间建立起来的一种审美关系，泰戈尔指出：“一旦世界的情味进入我们的心灵深处，就要把我们心灵的情味吸引到外面来。”[④] 由此，“味出于情”具有主观的情感与客观的情境之间双向交流的意义。“味出于情”是印度古代诗学的经典命题，它“反映了印度传统诗学的思维方式和言说方式，是印度传统诗学审美精神的重要表现。泰戈尔的重新阐释使民族传统诗学话语具有了新的生命力”。[⑤]

印度传统诗学的审美意识还表现为对美感及审美享受的重视

---

① 侯传文：《话语转型与诗学对话：泰戈尔诗学比较研究》，北京：中国社会科学出版社，2010 年，第 176 页。

② 刘安武等主编：《泰戈尔全集》第 22 卷，石家庄：河北教育出版社，2000 年，第 183 页。

③ 刘安武等主编：《泰戈尔全集》第 22 卷，石家庄：河北教育出版社，2000 年，第 186 页。

④ 刘安武等主编：《泰戈尔全集》第 22 卷，石家庄：河北教育出版社，2000 年，第 93 页。

⑤ 侯传文：《话语转型与诗学对话：泰戈尔诗学比较研究》，北京：中国社会科学出版社，2010 年，第 176 页。

和探讨。情与味的关系中已经涉及美和美感的问题，因为从审美主体的角度，味也可以解释为美感。然而印度传统诗学中还有一个更接近“美感”的概念，那就是“欢喜”。早在公元前 6 世纪前后的奥义书中已有“得味者欢喜”之说，虽然其中的欢喜主要是一个宗教哲学概念，但新护和波阇等诗学家的阐释使其具有了深刻的美学内涵。“欢喜”这一诗学概念的成型，使注重艺术实践方面的形式技巧转移到注重审美主体的审美享受方面。其后，历代诗学家都注重文学的欢喜即审美愉悦功能，如曼摩吒的《诗光》就将审美中的欢喜体验视为文学创作的首要目的。泰戈尔继承了这种诗学传统，他在《世界文学》一文中指出：“人通过种种情味和形象感受着自己的本性而获得快乐，并且无阻碍地观察着自己。文学中没有责任，只有快乐。”[①] 这种对味论的现代阐释和以喜解味的诗学理路，体现了泰戈尔激活民族诗学话语的创新精神和魄力。

泰戈尔作为印度传统文化积淀最深者，情味理论已成为他文化血液中不可缺少的因子。他不仅以自己的深厚文化底蕴和丰富学养激活味论诗学话语并给以现代阐释，还自觉地将味论运用到西方文学批评中。这与当代中国学者和印度学者一致提倡的双向阐释战略完全一致。因此，可以说，泰戈尔和王国维等人一样，是得风气之先且有意颠覆西方文论话语的强势地位的东方文学理论家。例如，在论及自己深为敬佩的英国戏剧家莎士比亚时，泰戈尔便运用了味论：“莎士比亚以自己的天才力量把我们许多人

---

① 刘安武等主编：《泰戈尔全集》第 22 卷，石家庄：河北教育出版社，2000 年，第 94 页。

感受的共同点凝聚在福斯塔夫的性格里，他没有把那些片段的感受硬性地粘合，而是把它们融化在想象的情味里进行加工创作。这样，我们的心较容易与它相结合，因为我们在其中获得了快感。”[①] 他还在《文学的革新》中写道：“尽管荷马史诗的故事情节是希腊的，但它所包含的诗歌创作的理想是具有普遍意义的。因此，酷爱文学的印度人也从希腊诗歌中汲取了情味。”[②] 泰戈尔对古希腊两大史诗也有论述。他认为，任何现代诗歌里也见不到两大史诗那样宏伟广阔的叙事气度。与此相比，弥尔顿的《失乐园》尽管有不同凡响的语言，奔腾澎湃的韵律，深邃恢弘的情味，但它“不是整个国家的财富，仅仅是受到图书馆尊敬的材料而已”。[③]

泰戈尔卓越之处不仅在于他以梵语诗学味论批评西方作家及其作品，还在于他以味论建构印度式的文学观念。在《历史小说》一文中，他引用《文镜》中的话说，诗歌的定义是“有味的句子”。他还认为，印度经典只谈到九种基本味，实际上，在另外许多未确定的味中可以提出一个“历史味”（Itihasa Rasa），它是史诗的生命。在《罗摩衍那》一文中，他说：“以英勇味为主的诗，一般被称为‘史诗’，这是群众的普遍看法。原因是，在那些主要以英勇味而自豪的国家和时代里，史诗自然而然以英

① 刘安武等主编：《泰戈尔全集》第22卷，石家庄：河北教育出版社，2000年，第296页。

② 刘安武等主编：《泰戈尔全集》第22卷，石家庄：河北教育出版社，2000年，第233页。

③ 刘安武等主编：《泰戈尔全集》第22卷，石家庄：河北教育出版社，2000年，第41页。

勇味为自己首要的味。"① 在这里，泰戈尔用印度味论重新阐发界说了西方的史诗（epic）概念。他认为，史诗是包含“英勇味”与“历史味”的结晶体。很明显，这是对西方文论话语极有价值的印度式阐释，也是西方文论印度化的典型例证。这与印度人把传入印度的老子著作《道德经》叫做“道奥义书”有异曲同工之妙。它对当今中国学者倡导西方文论中国化具有示范价值。

1907年的，泰戈尔在《世界文学》一文中向印度次大陆引进西方文论话语“比较文学”时便有意识地让印度本土话语与之“杂语共生”：“本文所评论的内容，在英语中称为 Comparative literature（比较文学），印度语叫‘世界文学’。”② 在此文中，他正式引进了“比较文学”一词，并将其涵义用梵语阐释之：Viswa Sahitya。Viswa（世界）加上 Sahitya（文学）构成泰戈尔关于比较文学的印度式定义即“世界文学”。对于西方术语的印度阐释，是泰戈尔对世界比较文学理论的一大补充。由上可知，奔腾不息的印度文化血脉使泰戈尔自觉地向传统寻求解读西方话语的钥匙，但其广博的文化视野又使他成为印度沟通西方的桥梁。当今世界的多元语境必然形成文学理论批评的杂语共生现象，随着本质主义和逻各斯中心主义的解构，杂语共生就是世界文化繁荣的象征。可以说，泰戈尔围绕传统诗学味论进行的杂语共生实践是对中国学者理论构想的超前回应。

在当今全球化时代，由于国际政治经济的不均衡发展，国际

① 刘安武等主编：《泰戈尔全集》第22卷，石家庄：河北教育出版社，2000年，第43页。

② 刘安武等主编：《泰戈尔全集》第22卷，石家庄：河北教育出版社，2000年，第97页。

文化界尚未真正形成多元文化语境，仍是西方理论话语的“集权统治”。在这种情况下，我们要实现中西对话，首先得做好古今对话；我们要从“失语”走向“得语”，就应该立足于本民族的立场，建立自己的理论话语体系。在这之前，东方文化圈的杰出代表泰戈尔已经向中国、印度乃至整个世界文坛展示了东方卓尔不群的“得语”实践。因为泰戈尔坚信：“世界今天仍然需要印度，在这日新月异、五彩缤纷的现代世界，印度式的修行能够很好地解决一切复杂问题。”①

第三节 奥罗宾多

奥罗宾多·高士（Aurobindo Ghose，1872—1950）是一位诗人、文学理论家、宗教哲学家和著名的民族独立运动战士。印度学者认为：“奥罗宾多、泰戈尔和 A. K. 库马拉斯瓦米是印度文艺复兴时期三位最有影响的文学批评家。他们拥有渊博的东西方文学和文化传统知识，精通几门语言，并且具有自觉的民族主义意识。”② 还有学者认为：“在印度现代文学史上，奥罗宾多是仅次于甘地、泰戈尔而具有广泛影响的人物。”③ 奥罗宾多出生于 1872 年。1877 年到 1893 年，他在英国接受完整的西方教育，并掌握了英语、法语、德语、意大利语、希腊语和拉丁语。他酷

① 刘安武等主编：《泰戈尔全集》第 23 卷，石家庄：河北教育出版社，2000 年，第 459 页。

② G. N. Devy, *After Amnesia: Tradition and Change in Indian Literary Criticism*, Bombay: Orient Longman, 1992, p. 112.

③ 石海峻：《20 世纪印度文学史》，青岛：青岛出版社，1998 年，第 21 页。

爱文学和哲学，博览欧洲古典及近现代文学和哲学名著。1893年，他回到印度，学习梵语和孟加拉语，虔诚地转向学习印度传统文化。他一生著述丰富，涉及宗教、哲学、文学等多个领域，主要英文著作包括《神圣人生论》（*The life divine*）、《人类循环论》（*The human cycle*）、《印度文化基础》（*The foundations of Indian culture*）、《未来诗歌》（*The future poetry*）等。作为著名宗教哲学家和诗人，他的诗作、特别是长篇史诗《莎维德丽》（*Savitri*）及其宗教哲学著作历来为学者们所关注，但其文学理论以及包含在文论著述里的比较文学研究却未能得到足够的重视。实际上，拥有东西文化视野和知识的奥罗宾多不仅对印度现代文论发展有很大的贡献，也以自己的著述对印度比较文学的现代发展作出了自己的贡献。泰戈尔的比较文学实践基本上是围绕着他包孕东西文化因子的“精神进化论”和“未来诗歌论”而展开的。换句话说，奥罗宾多的比较文学实践也是在东西文化比较框架下进行的。下边对此作一简介。

一　奥罗宾多的“精神进化论”

了解奥罗宾多的文学理论和比较文学实践，必须先对他的宗教哲学思想有个大致了解。他的“未来诗歌”（future poetry）论就建立在他的宗教哲学体系上。

1910 年 4 月，为躲避英国殖民当局的搜捕，便移居于印度东南海岸的法属殖民地本地治里。在这里，脱离了激进暴力运动的奥罗宾多隐居 40 年，一面修习瑜伽，一面著书立说，宣扬“精神进化”，直到 1950 年病逝。奥罗宾多的哲学体系被称为

"精神进化论"或"整体吠檀多"。其根本特点是，一方面继承印度教传统哲学思想即吠檀多不二论，另一方面又吸收了西方现代哲学思想和科学真理。他将东西方哲学进行调和，创立了自己的"精神进化论"体系。"这个体系，一言以蔽之，就是从纯精神出发，由纯精神转化为物质，再由物质转化为纯精神的过程。"①

奥罗宾多继承了传统吠檀多不二论的思想，承认梵是宇宙的本源，是世界万物的基础。万物起于梵，也归于梵。梵是无所不在的，它既是超越时空的超自然实体，又是时空中普遍存在的实体。为了区别于商羯罗的"摩耶论"的"不二论"，奥罗宾多将自己的哲学称之为"真实论"的"不二论"。他把世界上的事物归结为三类：物质、生命和心思。物质指一切无生命的现象，如矿物等。生命指一切有生命的现象，如植物和动物等。心思则指人的心理思维活动，即代表人。他认为这三者都是真实的存在，而不是虚幻的。这种思想是对商羯罗的超越。奥罗宾多明确反对商羯罗关于世界是虚幻的观点。他认为，"见蛇为绳"并不能证明世界是虚幻的。在他看来，梵是真实的，物质世界也是实在的。当然，这也就产生了一个问题：梵是超时空的纯存在，而万物却是时空中的存在，二者如何连接和统一呢？为了克服这个矛盾，奥罗宾多提出了"超心思"（overmind，overmental consciousness，或译"高级意识"）的概念，把它当作连接梵与世界万物的媒介物。顾名思义，"超心思"就是一种超越人的心理思维的意识，一种超自然意识。在奥罗宾多的宗教哲学体系中，一

① 巫白慧主编：《东方著名哲学家评传》（印度卷），济南：山东人民出版社，2000年，第498页。此处介绍多参考该书。

方面，梵通过超心思显现为世界万物，另一方面，万物在超心思所分化的无数“自我意识”的推动下得以进化，最终通过超心思还原于梵。

奥罗宾多把宇宙分为本体界和现象界。现象界包括物质、生命和心思。本体界包括梵和超心思。在他看来，本体界和现象界都是“精神”的表现方式。精神的形式有高低层次之分。梵是精神的最高形式，其次往下是超心思、心思、生命和物质。物质被视为精神的最低级愚钝的形式。“梵通过超心思，经心思、生命，下降到物质；物质再按照生命、心思、超心思的顺序还原于梵（神圣的存在）——这就是奥罗宾多所设计的整个世界演化的模式。不难发现，在奥罗宾多的哲学中，世界的演化过程是一个圆圈。梵是演化的起点，也是演化的终点。”①

奥罗宾多还指出，从心思到超心思的进化就是人向“超人”（superman）的转化过程。所谓超人，是指完全摆脱无知的束缚，具有真正智慧、无限力量和至高喜悦的人。这需要进行长期艰苦的瑜伽修炼才能达到。这一过程要经过三个阶段：心灵转化、精神转化和超心思的转化。一旦进化到超心思，就意味着上升到神圣的存在。总之，人转化为超人后，人的肉体、精神和心思也被神圣化了。超人必须用自己的智慧力量去照亮和启迪一切无知的人，把他们变为超人，从而彻底根除人类的无知状态，使整个人类精神化、神圣化，最终在人间显现“神圣人生”（divine life）的最高境界。“神圣人生”是人类的终极命运和理想目

① 巫白慧主编：《东方著名哲学家评传》（印度卷），济南：山东人民出版社，2000年，第508页。

标。奥罗宾多提出的“神圣人生”境界必然出现在人间的思想与印度传统观念有所区别之上的。因为，他主张所谓的“彼岸天堂”在现世可以实现，“神圣人生”就是这种美好境界的象征。“奥罗宾多改变了传统吠檀多的方向，否定了灵魂必须上升到不可知的彼岸，而把彼岸的天堂搬到地面上来。”[①] 1905 到 1908 年反英高潮失败后，印度人民苦难更加深重。奥罗宾多的这种“神圣人生”论客观上表达了印度人民解除殖民枷锁、企盼幸福天堂降临人间的强烈愿望。

奥罗宾多还把他的精神进化论搬到了社会领域，创立了自己的社会进化论思想。他预言，历史发展的最后一个阶段即社会进化的最终目标是“精神时代”或“精神社会”。这种极为美妙的“精神社会”寄托了奥罗宾多的人类大同理想。由此看来，奥罗宾多的精神进化论从个体的人延伸到人类社会。这种精神进化论或社会进化论与 19 世纪达尔文的自然选择为核心的科学的生物进化论“貌合神离”。正是在这种特殊的进化思想以及瑜伽实践的基础上，奥罗宾多的“未来诗歌”理论得以萌芽和开花。“奥罗宾多亲证‘超心思’，并建立一种可以称为‘超心思诗学’的诗学。”[②] 值得注意的是，他的史诗《莎维德丽》实际上是他的精神进化论或“超心思诗学”的文学实践。该作主题崇高，诗中真正的背景是宇宙，中心是人的心灵。史诗采用寓言、象征手法，将远古的吠陀智慧和现代科学思想融为一体，寻求现代人的

① 巫白慧主编：《东方著名哲学家评传》（印度卷），济南：山东人民出版社，2000 年，第 511 页。

② Amrita Paresh Patel & Jaydipsinh K. Dodiya, eds., *Perspectives on Sri Aurobindo's Poetry, Play and Criticism*, Delhi: Sarup & Sons, 2002, p. 126.

命运和出路。奥罗宾多强调精神的力量。这部杰作“将现代英语诗作为传达吠陀智慧的工具”。①

二 “未来诗歌论”要义

1914到1921年间，奥罗宾多在本地治里主编英文月刊《雅利安》(Arya)，发表自己的各种著述。他的文论著作《未来诗歌》最初就是在1917年12月到1920年7月间，以三十二期连载的方式陆续发表的。因此，《未来诗歌》也可以说是一部文论集，但由于写作和发表时间固定，其研究主题集中，分析逻辑比较缜密。奥罗宾多生前曾经对这些发表过的论文进行两次修订：一次是在1920年代末到1930年代初，他修订了其中的十七章；另一次是在1950年即他逝世前夕，他修订增删了二十章。这三十二篇论文一直没有修订完毕，因此，直到奥罗宾多逝世，《未来诗歌》仍然没有出版。它的正式出版是在1953年，即奥罗宾多逝世三年以后。1972和1985年两度再版的《未来诗歌》增添了奥罗宾多关于文学艺术方面的通信。1997年和2000年再版的《未来诗歌》增加了1942年奥罗宾多写的关于诗歌格律的长篇论文及其例诗，但却删除了奥罗宾多关于文艺的通信。

从2000年版的《未来诗歌》来看，它的主体分两部分。第一部分为奥罗宾多对“未来诗歌”的理论阐释，也包括他对英国诗歌发展史的回顾和评价。第二部分篇幅较小但依然重要，主要是依据“未来诗歌”理论探讨诗歌语言、韵律、诗歌审美功能等

---

① 石海峻：《20世纪印度文学史》，青岛：青岛出版社，1998年，第25页。

问题。总体来看，《未来诗歌》基本上概括了奥罗宾多主要的文论思想。

首先需要明确的是，奥罗宾多的"未来诗歌"主要指诗歌而非其他文学体裁，但是，他在论述诗歌理论时也不时涉及戏剧、小说或散文等体裁。受精神进化论的影响，奥罗宾多明确表示："像人体任一部分一样，诗歌也在进化（evole）之中。"[①] 他还认为，"诗歌的进步"（the progress of poetry）是"人类文化心灵进步的一个标志"。[②]"进化"与"进步"等词语影射了奥罗宾多的"诗歌进化论"亦即文学进化论。他的许多论述便渗透了这种"诗歌进化论"。按照奥罗宾多的观点，梵有上升和下降亦即进化和退化的过程。整个宇宙的演化就是梵先以超心思为媒介下降到现象界，然后现象界万物再通过超心思上升为"神圣存在"即梵的过程。进化过程就是物质经过生命、心思、超心思向梵逐渐上升的过程。受这种精神进化论的影响，奥罗宾多在论及诗人的视野亦即诗歌境界（poetic vision）时说："但是，与其他事物一样，诗歌的境界也必须遵循人类心智进化的规律，它根据时代和环境而上升下降，或高或低。通常，它遵从突然上升再急剧下降的先后顺序。"[③] 如果把形而上的诗歌境界比作形而下的物质，那么，它最初是从情感和想象阶段起步，再上升为知性智慧，但只有到了最高的精神启示阶段，诗歌才能完全达到获取最深刻的

① Sri Aurobindo, *The future Poetry*, Pondicherry: Sri Aurobindo Ashram, 2000, p. 205.

② Sri Aurobindo, *The future Poetry*, Pondicherry: Sri Aurobindo Ashram, 2000, p. 268.

③ Sri Aurobindo, *The future Poetry*, Pondicherry: Sri Aurobindo Ashram, 2000, p. 38.

诗性力量的境界。这自然包含了一个上升的进化程序。在这种理想诗歌境界的憧憬中，“未来诗歌”的面貌开始若隐若现。

奥罗宾多曾经感叹道：“因此，很难预言，未来诗歌究竟是何面貌?”[①] 不过，他认为，过去时代的诗歌已经作出了一些卓越的成就，未来的诗歌似乎将有机会努力拥有一个“更有意识的目标”。这个目标亦即理想的“未来诗歌”就是回归传统的吠陀颂诗（Mantra，也可译为“祭诗”、“赞歌”、“真言”等）所代表的神圣境界。他把礼赞神灵的吠陀颂诗视为“揭示诗歌意义和情感的最高形式”。他说：“但是，诗歌只有在它表达至高真理和最有力地表达这一真理的韵律及语言时才成其为吠陀颂诗。”[②] 这种“至高真理”的旨趣在于人与梵的有效沟通与交流。由此看来，奥罗宾多心目中的未来诗歌典范不在当代，而在远古吠陀时代。表达内心真实的“至高真理”的吠陀天启成为未来诗歌的模仿对象。奥罗宾多在给别人的心中解释了 mantra 的含义和“超心思”亦即“高级意识”的意趣：“mantra 是表达来自超心思灵感或高度灵感的力量与光芒的词语……你必须记住，超心思是一种超人意识，一直或完全能在超心思灵感中创作，意味着至少在人类层面有了一些本质的升华。”[③] 为此，奥罗宾多特别强调“精神实现”（spiritual realisation）即梵的亲证或梵我一如在未来诗歌创作中的核心地位。“未来诗歌就应该向这种精神实现敞

---

① Sri Aurobindo, *The future Poetry*, Pondicherry: Sri Aurobindo Ashram, 2000, p. 217.

② Sri Aurobindo, *The future Poetry*, Pondicherry: Sri Aurobindo Ashram, 2000, p. 218.

③ K. S. Srinivasa Iyengar, ed., *Sri Aurobindo: A Centenary Tribute*, Pondicherry: Sri Aurobindo Ashram Press, 1974, p. 157.

开视野，勾勒艺术的美，奉献天启般的语言。"① 这种未来诗歌具有更为宏大的视野，有助于人在世界上实现与神的交流。因此，人的思想感情、意识行为得以升华，灵魂心智得以完善，他将更加真实地洞见自己的本性和世界的意义，这将提升整个人类的神圣潜质和精神价值，宇宙自我的秘密也将得以揭示。"那些在自己生命和文化中完全实现这一切的民族将是迎来黎明的民族，那些完全具备这一境界并讲述天启的诗人，不管他们操何语言、为何种族，都会成为未来诗歌的创造者。"②

奥罗宾多之所以规定未来诗歌必须具有上述"神圣潜质"，与身为瑜伽行者的他看重精神修炼和灵魂进化有关。从某种意义上说，他的美学就是一种包裹在神学外衣中的宗教美学。他曾经在《神圣人生论》中写道："发现最高的美就是发现神……揭示和创造最高的美就是在我们的灵魂中体现神的生动形象和威力。"③ 由此，奥罗宾多对诗人的描述也就显得有些特殊。在吠陀梵语和古典梵语中，表示"诗人"的词 kavi 至少有五种以上的含义，它既指《梨俱吠陀》中的一位睿智的瞎眼仙人，也指《摩诃婆罗多》里一位见识非凡的仙人儿子。而表示"诗"的词 kavya 最初是指 kavi 的儿子。④ 这些宗教神话典故给奥罗宾多以

---

① Sri Aurobindo, *The future Poetry*, Pondicherry: Sri Aurobindo Ashram, 2000, p. 307.

② Sri Aurobindo, *The future Poetry*, Pondicherry: Sri Aurobindo Ashram, 2000, p. 308.

③ Sri Aurobindo, *The Human Cycle*, Pondicherry: Sri Aurobindo Ashram, 1992, p. 135.

④ Vettam Mani, *Puranic Encyclopaedia: A Comprehensive Dictionary with Special Reference to the Epic and Puranic Literature*, Delhi: Motilal Banarsidass Publishers Private Limited, 1979, p. 402.

深刻启示。他认为，具有非凡视野和最高境界是理想的未来诗人的重要天赋。他说："视野（vision）是诗人的标志性力量……诗人（kavi）在古人看来就是先知和真理的阐释者。"[①] vision 一词在奥罗宾多那里意味着视野或境界。杰出的诗人具有洞察和阐释自然与人生的宏阔视野与超凡境界，其诗作富于卓越的启示。依此衡量，奥罗宾多认为："不管他们之间有着多少差异，荷马、莎士比亚、但丁、义垤和迦梨陀娑均具有这种视野，这是他们之所以伟大的基本特征。"因此，这一类杰出诗人的共同点在于："诗歌真理的先知和真理语言的倾听者（kavayah satyasrutah）。"[②] 他说，只有诗人的灵魂才能发现事物，眼睛、心和思维的大脑只是灵魂的运用工具而已。"在这种情况下，我们才能获得真正的好诗。"进一步说，表达精神现实的吠陀颂诗（Mantra）般的诗歌语言只有在满足三个条件的情况下得以形成：特别优美的音韵格律、极其合适的言义结合以及灵魂对真理认识的最高境界。"所有好诗都来自这三种因素的结合。"[③] 奥罗宾多还认为，诗人与哲学家或先知的区别在于，后者讲述语言的真理和神的法则，而诗人则以美的意象或力量来揭示真理。奥罗宾多对诗人及其诗歌的论述既是他的宗教美学观的反映，也是他对文学创作规律的准确把握，同时也是他的未来诗歌论的重要组成部分。

---

① Sri Aurobindo, *The future Poetry*, Pondicherry: Sri Aurobindo Ashram, 2000, p. 31.

② Sri Aurobindo, *The future Poetry*, Pondicherry: Sri Aurobindo Ashram, 2000, p. 32.

③ Sri Aurobindo, *The future Poetry*, Pondicherry: Sri Aurobindo Ashram, 2000, p. 19.

关于文学的功能，梵语诗学庄严论代表人物婆摩诃认为：“优秀的文学作品使人通晓正法、利益、爱欲、解脱和技艺，也使人获得快乐和名声。”[①] 不过，在味论派代表新护看来，名声和快乐这二者，快乐更为重要。他认为，吠陀的教诲犹如主人，历史传说的教诲犹如朋友，唯独诗的教诲犹如爱人，因此，“欢喜”即审美愉悦是诗歌等文学作品的主要特征，也是其最重要功能。新护说：“正因如此，欢喜才被说成是主要目的。即使教导人生四目标，最主要的成果也是欢喜。”[②]梵语诗学对于文学功能的看法和审美愉悦的重视，在奥罗宾多这里得到继承并有所发展。他认为，富有启示意味并具有洞察力的诗歌应该“表达五种永恒力量的完美和谐：真、美、乐、生命与精神”。[③] 他说，“欢喜”这种精神深处的感情是诗歌愉悦和美的源泉。“欢喜”并非内在情感或外在形式引发的浅层快乐，它是精神层面的“持久快乐”，是一种“精神处于创造和体验之中的纯粹欢喜”。[④] 在他看来，诗中的乐和美“来自极度的欢喜，而非头脑简单的激动和生活琐事中的快乐”。新护和毗首那特等梵语诗学家把味（rasa）视为诗歌的灵魂。但是，在奥罗宾多心里，欢喜才是“诗歌之美

---

① 黄宝生：《梵语诗学论著汇编》（上册），北京：昆仑出版社，2008 年，第 113 页。

② K. Krishnamoorthy, ed., & trans. *Dhvanyaloka-locana, With an Anonymous Sanskrit Commentary, Charpter First*, Delhi: Meharchand Lachhmandas, 1988, p. 17.

③ Sri Aurobindo, *The future Poetry*, Pondicherry: Sri Aurobindo Ashram, 2000, p. 222.

④ Sri Aurobindo, *The future Poetry*, Pondicherry: Sri Aurobindo Ashram, 2000, p. 259.

的灵魂”。① 在这里，美即乐，乐即欢喜或审美愉悦。欢喜又与精神灵魂紧密相连。未来诗歌越是表现那种普遍的欢喜，它就越能成为诗歌愉悦和美的源泉，也就越能升华人类生活的境界。奥罗宾多还认为，感受诗歌之乐（poetic delight）的并非知识，也非想象，更非耳朵，而是灵魂（soul）。“语言越是直接浸入灵魂深处，就越是好诗。因此，只有增加耳朵等中介的愉悦，并把它转变为灵魂深处的欢喜，诗歌才能算是完成、或是圆满完成了自己的任务。”这种“神圣欢喜”（divine ananda）就是一种精神愉悦，它只能由诗人的灵魂来感受。“当诗人超越了自己作品的人类困境时，他也就成功地向那些准备接受的读者输送了欢喜。这种欢喜不是神圣的嬉乐，而是影响深远的启迪心智的力量。”②

由于格外强调文学的精神愉悦功能，奥罗宾多认为，未来的诗歌将会更加注重内在的灵魂动机、象征观念和富有深意的语言及行为描写。未来的戏剧、叙事文学和史诗创作也将面临同样的变革。例如，“未来戏剧”（the drama of the future）与以前的浪漫剧或悲剧的区别在于，它不再聚焦生活的实质或场面浩大的人物表演，而是着力表现内心世界的心灵剧。未来的戏剧不再纠结于现实主义或理想主义，它将破除此岸与彼岸、人类与神灵、梦幻与现实的差异。这将带来未来戏剧表演方式的变革。“未来戏剧不再阐释命运或业报轮回（karma），也不再阐释人类生活简单或复杂的自然困境。它将揭示自为命运的、生活及轮回主宰的

---

① Sri Aurobindo, *The future Poetry*, Pondicherry: Sri Aurobindo Ashram, 2000, p. 263.

② Sri Aurobindo, *The future Poetry*, Pondicherry: Sri Aurobindo Ashram, 2000, p. 12.

灵魂以及灵魂背后的宇宙精神的力量和运动。”[①] 奥罗宾多此处论述的心灵剧，实际上近似于神秘象征剧，反映了他受西方现代象征主义文学思想和印度宗教哲学观念的双重影响。

当然，由于内心表达的需要，对于未来诗歌而言，新的问题也就接踵而至：“如果我的建议没错的话，未来诗歌应该解决一个关于语言艺术的新问题。这是一种关乎宇宙精神和人类灵魂深处的语言，它不仅是另一种更加完美的视野，还是自我灵魂体验和精神视野的核心语言。”[②] 奥罗宾多认为，绝对理想的语言属于吠陀颂诗。“特别是，在吠陀颂诗中，诗歌获得了完美的表达。”吠陀颂诗是神的语言，带有神的魔力。这种“最高的语言力量”可以是一种“最终趋向完美进化的未来符号，正如趋向完美巅峰的诗歌意识”。[③] 这种诗歌语言观分明是他的精神进化论的产物。奥罗宾多将未来诗歌的理想语言视为“第三种直觉性的、充满启示的力量，或一种光彩熠熠的感人至深、沁人心脾的语言”。[④] 这些论述充分说明奥罗宾多的未来诗歌充满了宗教美学的神秘超验色彩。他曾经说过，一种更加完美的、有洞察力的未来诗歌“不会是一种表达深奥晦涩或远离人间烟火的神秘主义诗歌”。[⑤] 但是，他对未来诗歌的语言设计却颠覆了这一美好而

---

① Sri Aurobindo, *The future Poetry*, Pondicherry: Sri Aurobindo Ashram, 2000, pp. 284—285.

② Sri Aurobindo, *The future Poetry*, Pondicherry: Sri Aurobindo Ashram, 2000, p. 302.

③ Sri Aurobindo, *The future Poetry*, Pondicherry: Sri Aurobindo Ashram, 2000, p. 313.

④ Sri Aurobindo, *The future Poetry*, Pondicherry: Sri Aurobindo Ashram, 2000, p. 300.

⑤ Sri Aurobindo, *The future Poetry*, Pondicherry: Sri Aurobindo Ashram, 2000, p. 213.

合理的思想。

对于未来诗歌之于人类的积极贡献，奥罗宾多充满信心。这首先来自他对东方文学艺术之于世界文明积极贡献的肯定。他说，印度和中国、日本等远东国家的艺术和诗歌曾经创造了一种广大而宁静的精神氛围，使人们的灵魂体验得到美妙的平衡，这具有重要的精神价值。因此，奥罗宾多深信，印度土地上催生的未来诗歌“会使人类心灵得到更加复杂的美学和精神愉悦”，并体现一种“精神的宁静和欢喜”。这种未来诗歌将使“人与自然之间达成一种新的亲密关系”。[①] 正是这种未来诗歌理念，使他对诗歌功能的认识和对诗人的要求非同寻常。他说：“用美点染生活只是艺术和诗歌最肤浅的功能，将生活变得特别优雅高贵并十分富于意趣是它们更高的功能，但是，它们的最佳作用在于，诗人成为先知而向人类揭示他的永恒自我、向神灵展现永恒自我。”[②] 说到底，这种诗歌的最佳作用还是隶属于奥罗宾多精神进化论上的最高一环。

奥罗宾多在论述精神进化论时，将之延伸到社会思想和文学艺术领域，期望在现实世界实现“神圣人生”境界，“超心思诗学”的最高境界即吠陀颂诗所象征的“未来诗歌”境界也可作如是解。一言以蔽之，他艺术地改造了达尔文的生物进化论，以精神进化论为标准衡量西方文学的“进化”或“衰退”，以印度的等级体系来对抗某些欧洲学者关于东西方文明与野蛮、进步与落

---

① Sri Aurobindo，*The future Poetry*，Pondicherry：Sri Aurobindo Ashram，2000，p. 272.

② Sri Aurobindo，*The future Poetry*，Pondicherry：Sri Aurobindo Ashram，2000，p. 274.

后的二元对立话语。这是殖民时期东方学者关于文化解殖的尝试。奥罗宾多以“未来诗歌”体系打量英语诗歌，并为印度文化进行辩护，实质上是对麦考莱之流的文化拷问。

如此一来，奥罗宾多的未来诗歌论必然存在一些自相矛盾之处。他憧憬建立一种“共同的世界文化”，期望出现更多表达人性和谐与世界大同的、具有天启境界的“未来诗歌”，以促进东西方文化的平等交流和心灵融合，但是，他在具体论述中，从维护印度文化的立场出发，以印度的标尺和典范亦即奥罗宾多式的标准来衡量并贬低除莎士比亚等少数诗人以外的英国诗歌，这是矫枉过正的表现。换句话来说，不管奥罗宾多承认与否，他以印度的等级体系对抗西方的等级体系时，产生了一种新的等级制。他断言英语诗歌缺少精神天启的意识境界，实际上来自英语文化传统与吠陀奥义书传统的比较。“奥罗宾多试图将印度学家建立的等级体系颠倒过来，然而，这一体系框架仍然存在。在这一框架中，《未来诗歌》的原则是，未来的英语诗歌必须符合古代印度诗歌传统。”说到底，这是一种“将英国浪漫主义诗歌传统印度化的试验”。[1] 这种做法体现了奥罗宾多微妙复杂的矛盾心态。这也是殖民地知识分子面对西方文化所遭遇的尴尬，无奈的背后是“剪不断、理还乱”的深厚民族情结。

总体上说，奥罗宾多在殖民时期提出的未来诗歌论有其积极的历史意义和美学价值。他的出发点在于维护印度文化的尊严，消解西方文化的话语霸权。他呼吁建立一种普遍共同的“世界文

---

① G. N. Devy, *After Amnesia*: *Tradition and Change in Indian Literary Criticism*, Bombay: Orient Longman, 1992, p. 114.

化”，而精神进化论意义上的“未来诗歌”便是直达这一理想境界的桥梁。但是，当他以“未来诗歌”的新等级体系矫枉过正地考察或“裁剪”西方文学时，这种与吠陀和奥义书传统相关的印度标尺便显出了极不适应的一面。

三 “未来诗歌”视野中的西方文学

奥罗宾多认为，未来诗歌将更好地表达人类一体的存在意识，给人以精神和生命的愉悦以及更为强健的生命力。未来诗歌会使人类生活变得更加神圣和完美，并消除个人与民族的差异。他说：“未来诗歌的领域将包括真实地表现更大范围的人们的心理体验。”[①] 这种观念不可避免地将奥罗宾多的未来诗歌论导向一种世界主义意识。“奥罗宾多生于孟加拉，但却属于整个印度，甚至属于全人类。在他那里，东方与西方、南方与北方忘记了差异。”[②] 他坚信，所有的人类生活是一致的，“新的人类心灵”会不断趋向人类生活的整体一致。未来诗歌会向人们真实充分地展现人类、自然、世界和神的协调一致。他说：“了解自己的国家并不意味轻视、而是拓展我们国家的视野，使其人民获得更大力量。探究其他国家的灵魂是拓宽我们的边界，丰富和美化我们居住的这个地球。”[③] 正是在这种世界意识中，奥罗宾多以印度、

---

① Sri Aurobindo, *The future Poetry*, Pondicherry: Sri Aurobindo Ashram, 2000, p. 251.

② K. S. Srinivasa Iyengar, ed., *Sri Aurobindo: A Centenary Tribute*, Pondicherry: Sri Aurobindo Ashram Press, 1974, p. 1.

③ Sri Aurobindo, *The future Poetry*, Pondicherry: Sri Aurobindo Ashram, 2000, pp. 251-252.

中国等东方文化为参照，对英国文学为代表的西方文学进行打量。由于他具有非常渊博的西方文学和文化知识，又深谙印度传统文化精华，再加上20世纪初期西方的比较文学研究方法正通过诗人泰戈尔等人的努力传入印度，他在《未来诗歌》中自觉采纳了比较研究模式，对西方文学、特别是英国诗歌进行考察和探索。

黑格尔在《美学》中说过："每种艺术作品都属于它的时代和它的民族，各有特殊环境，依存于特殊的历史的和其他的观念和目的。"[①] 无独有偶，黑格尔之后的法国学者泰勒（H. A. Taine，1828－1893，又译丹纳）在他的《英国文学史·序言》中宣称，文学创作及其发展决定于三种力量或三个元素：种族、环境和时代。"有助于产生这个基本的道德状态的，是三个不同的根源：种族、环境和时代。"[②] 种族或曰民族包含人的先天的、生理的遗传因素，环境指地理因素，时代包含文化因素。奥罗宾多也受到了这种文学观念的影响，如他认为："诗人的作品不仅来自于自己和他所处的时代，还来自丁他所属的民族的思想状态。这个民族为他创造了精神、知识和美学传统及环境。"[③]

先就时代而言，奥罗宾多认为，古代人注重人与世界的和谐满足，关注内心的真实，如中国的"道"和印度的"个我"(Atman)，或如希腊人，同时关注人类的自然和深沉，并进行认

---

① （德）黑格尔：《美学》（第一卷），朱光潜译，北京：商务印书馆，1996年，第19页。

② 伍蠡甫，蒋孔阳编：《西方文论选》（下卷），上海：上海译文出版社，1979年，第236页。

③ Sri Aurobindo，*The future Poetry*，Pondicherry：Sri Aurobindo Ashram，2000，p. 41.

真严肃的思考。“相反的是，现代人并不刻意探究自己的灵魂深处。”他们并不关注人的内心真实与生活的欢乐美好，转而关注生活的效果。由于深陷困境，他们心神不宁，生活失去了和谐宜人的意趣。“这种差异导致了一种根本性的美学差异。”[①] 奥罗宾多此处论述的古今时代差异造成的“美学差异”，其实是对20世纪初西方文明遭遇信任危机的文化现象的思考。1917到1920年间，奥罗宾多以系列论文构思他的未来诗歌观，其时正值第一次世界大战后期。触目惊心而又变幻莫测的时代风云在他的美学思考中留下了深深的痕迹。关于时代对文学发展的影响，奥罗宾多还有一些思考，如他认为：“在希腊，高度发达的知识主义时代扼杀了诗歌。”[②] 他还说，现时代里，文学批评与自然科学大行其道，这对诗歌创作产生了深刻的影响。这种“时代精神”（the spirit of the age）不利于诗歌的健康繁荣。诗人的自然活力与影响力将受到制约。有一些人预测，现代人的诗歌和美学想象力正日益让位于科学化，诗歌不得不衰落而让位于科学。奥罗宾多赞同这一观点。他说：“理性时代”（an age of reason）不会“青睐伟大诗歌的创作。纯粹知识不能创造诗歌……诗歌的确也是真理的阐释者，但它却以内在美的形式出现。”[③] 应该说，这些话包含着“真理的颗粒”，它的价值至今仍未贬值。只要看看法兰克福学派的某些学者对资本主义时代文艺发展困境的思考和论述就

---

① Sri Aurobindo, *The future Poetry*, Pondicherry: Sri Aurobindo Ashram, 2000, p. 258.

② Sri Aurobindo, *The future Poetry*, Pondicherry: Sri Aurobindo Ashram, 2000, p. 209.

③ Sri Aurobindo, *The future Poetry*, Pondicherry: Sri Aurobindo Ashram, 2000, p. 211.

可以明白这点。

再就种族（民族）与环境对文学的影响而言，奥罗宾多也有很多自己的思考。他以东方文化为参照，结合对英国诗歌详尽细致的历史纵向梳理得出结论：中国和日本的诗歌是内心深处的直觉创造，体现了灵魂的欢喜。英国诗人们却没有借助灵魂的力量和境界创造出“潜藏于生活深处的欢喜”。[①] 在论及诗歌的语言风格时，他提到了生命风格、情感风格、智慧风格和想象风格等四种依次上升的进化式风格。想象风格是一种高级的理想风格，乔叟、斯宾塞、弥尔顿、济慈和雪莱等英国诗人的语言风格或多或少属于这类。但在奥罗宾多看来，这一风格并非完美。他说：“实际上，英国诗歌通常属于这类风格。但是，这类风格也不具备吠陀颂诗那种天启性诗歌语言的最高境界。英国诗歌具有某些天启的因素，但其更高境界被某些更外在的东西所遮蔽。”[②] 奥罗宾多对乔叟自近代以来的英国诗歌传统进行了历史研究。在论述布莱克、华兹华斯、拜伦、柯勒律治到雪莱和济慈等人为代表的浪漫主义诗歌时，他认为，他们都写出了一些优秀作品，但很多诗作仍未达到相当神圣的精神境界。以最年轻和最有天赋的浪漫主义诗人济慈为例：“他进入理想美的神秘庙宇（secret temple），但却无暇寻找道路进入最神秘的圣殿（the deepest mystic sanctuary）。在他那里，精神探索戛然而止。”[③] 奥罗宾多把布莱

① Sri Aurobindo, *The future Poetry*, Pondicherry: Sri Aurobindo Ashram, 2000, p. 265.

② Sri Aurobindo, *The future Poetry*, Pondicherry: Sri Aurobindo Ashram, 2000, p. 29.

③ Sri Aurobindo, *The future Poetry*, Pondicherry: Sri Aurobindo Ashram, 2000, p. 106.

克到济慈的英国浪漫主义诗人称为“黎明时分的诗人”（the poets of the dawn），影射他们的诗歌是英国诗歌“进化”道路上的第一步。他因此戏言道：“这个黎明未等来白昼，它仅仅只是一个早晨而已。”[①] 稍后，他在专论这批“黎明诗人”时认为，济慈和雪莱的创作能力未得充分发挥，拜伦则远离正道，布莱克孤芳自赏，柯勒律治和华兹华斯的知性思维使其偏离了诗人无比高贵的先知角色。“这六人都围绕着天启而徘徊，缺失了一些必需之物，自动或被动地裹足不前。人们不得不等待一个敬重其他次要神灵的时代到来。”[②] 毋庸讳言，这另外一个时代即维多利亚时代的诗人如德莱顿、丁尼生、史文朋和罗塞蒂等人似乎也有不少“缺陷”：“这些诗人取得了不小成就，但也损失不轻。因为，他们的诗歌具有更加进化的因素，但进化成分越多，失去的东西也就越多。”他们的语言和诗艺更加丰富，但和优秀的印度古典诗歌相比，却“缺失了精神实质和天启的预言性”。[③] 上述这种东西对比以分出艺术水准高下的做法，其实是奥罗宾多的精神进化论作祟的结果。英国诗歌是世界文学宝库的重要组成部分，虽然它也存在一些问题，但其审美价值经得起时间的考验。本来，具有宝贵的世界意识，奥罗宾多应该得出更多有价值的结论，但他的精神进化论仿佛一条中国晚清时代的男人辫子，阻碍了他的行动步伐。

① Sri Aurobindo, *The future Poetry*, Pondicherry: Sri Aurobindo Ashram, 2000, p. 106.

② Sri Aurobindo, *The future Poetry*, Pondicherry: Sri Aurobindo Ashram, 2000, p. 147.

③ Sri Aurobindo, *The future Poetry*, Pondicherry: Sri Aurobindo Ashram, 2000, p. 149.

当然，并非奥罗宾多关于西方文学的所有论述都是负面的。例如，奥罗宾多对莎士比亚和惠特曼等西方作家曾经给以高度评价。当然，这种积极评价的背后，还是他的精神进化论充当了规范和尺度。关于美国现代诗人惠特曼，奥罗宾多大加赞赏。他认为，惠特曼在诗歌创作方法上掀起一场革命。他是民主、自由、人类灵魂、自然界和全人类的先知。“他是一位大诗人。因为自己的力量、境界的不凡、风格的突出、个性与普世性的卓越，他是最杰出诗人中的一员。他的声音是荷马以来最荷马的声音。”① 奥罗宾多在回顾英国文学传统时认为，作为一位伟大的真正的戏剧诗人，莎士比亚不仅在自己的时代即伊丽莎白时代、也在整个英语文学史上独树一帜。“他的精神气质、创作方法和品格也相当独特。”他与其他英语诗人有着诸多不同：“正是生命精神中纯粹的创造性欢喜（creative Ananda）才成就了莎士比亚。”② 他认为，在莎士比亚身上，人类性格得以充分发育。“与其他所有诗人不同，莎士比亚在意念中完成了鲁莽的众友仙人的传奇功绩。他的境界力为他创造了一个‘莎士比亚世界’（Shakespearian world）……即使他确有缺点和谬误，这也不能贬低他，因为他的创作风格确实具有一种神圣的力量，使得那些缺点和谬误可以忽略不计。”③ 看得出，莎士比亚的伟大首先还在于他具有与

① Sri Aurobindo, *The future Poetry*, Pondicherry: Sri Aurobindo Ashram, 2000, p. 165.

② Sri Aurobindo, *The future Poetry*, Pondicherry: Sri Aurobindo Ashram, 2000, p. 79.

③ Sri Aurobindo, *The future Poetry*, Pondicherry: Sri Aurobindo Ashram, 2000, p. 80. 众友仙人是印度神话传说中著名的七仙人之一。他与婆罗门争夺如意神牛而互相斗法的故事十分有名，这在《罗摩衍那》和往世书中皆有描述。参见黄心川主编：《南亚大辞典》，成都：四人民出版社，1998 年，第 509 页。

众不同的宏阔的人类视野。这种视野属于奥罗宾多心目中精神进化的高级境界。奥罗宾多因此认为，作为诗人，莎士比亚通过笔下人物成功地展现了自己，并写出了一个与个人想象不同的“具有普遍意义的世界”。[①] 这个具有普遍意义的世界就是“莎士比亚世界”的核心。

四　其他相关比较研究

印度比较文学乃是以比较文化为其先导。近代与西方不断碰撞接触，不但催生了印度民族主义和身份认同意识，还促使一部分文化精英在东西文化大框架下进行跨文化比较，比较文学随之产生。在这方面，奥罗宾多与泰戈尔可谓二马当先、占尽风光。就奥罗宾多而言，他的比较文学实践与他的精神进化论存在着千丝万缕的联系。可以说，他与泰戈尔在印度比较文学发端期的成功实践，为后人提供了足资模仿的范例。奥罗宾多在印度比较文学发展史上应该占有至关重要的一席。他除了在前述《未来诗歌》中涉及比较文学研究外，还在《印度文化基础》等著作中对东西方文学进行比较研究。前边已经介绍了这方面的部分内容，下边再做些简单补充。

奥罗宾多的东西文化观首先是建立在一种强烈的民族文化自信基础上。他说：“印度保持自身并遵循自己的准则，就能最好

① Sri Aurobindo, *The future Poetry*, Pondicherry: Sri Aurobindo Ashram, 2000, p. 118.

地发展自己并服务于全人类。”①他认为，西方的生活方式是刺激生命并将之提升到更高水平，而印度方式则相反，印度人发现内在的精神力量，并用各种方式导引生命，促进生命力。在他看来，印度文明的精神导向导致了印度文化与欧洲文化的根本差异。在论述印度两大史诗时，他说，欣赏篇幅庞大、细节琐碎的印度史诗对于西方读者而言是漫无头绪、伤脑筋的事，而对于喜欢空间想像和对环境、性格感兴趣的印度读者来说，却是一种宜人的消遣。② 奥罗宾多有时也跳出印度与西方这种二元对立的思维模式，在世界文明视野中论述东西文化。他说：“我们不可能避开现代世界的主流观念和问题。这一现代世界仍然主要指欧洲，由欧洲心智和西方文明所主导的现代世界……但亚洲和印度只有在面对这些问题并给予解决办法后才能声称自己是成功者。这会检验自己的理念精神。”③ 他断言道：“东方与西方将从相反的两端汇合之，并在人性一致的生活中建立一种共同的世界文化(Common world culture)。”④“共同的世界文化”的预言虽然至今还是一个遥远的梦想，但它所包含的人类一体意识却弥足珍贵。

奥罗宾多的比较文学意识和实践建立在他那广袤的东西文化视野基础上。首先，他将目光集中在本土与西方文学的比较上。

---

① Sri Aurobindo, *The Renaissance in India and Other essays on Indian Culture*, Pondicherry: Sri Aurobindo Ashram, 2002, p. 38.

② Sri Aurobindo, *The Renaissance in India and Other essays on Indian Culture*, Pondicherry: Sri Aurobindo Ashram, 2002, p. 352.

③ Sri Aurobindo, *The Renaissance in India and Other essays on Indian Culture*, Pondicherry: Sri Aurobindo Ashram, 2002, p. 52.

④ Sri Aurobindo, *The Renaissance in India and Other essays on Indian Culture*, Pondicherry: Sri Aurobindo Ashram, 2002, p. 72.

以梵语戏剧家、诗人迦犁陀娑为例。奥罗宾多认为："迦犁陀娑与弥尔顿、维吉尔一道并列为最优秀的诗人艺术家，且其精神气质比之弥尔顿更为微妙细腻，比之维吉尔，其传达心声更为强劲有力。"[①]在他看来，梵语戏剧形式优美，但由于没有处理重大的生活题材，尚未上升到古希腊戏剧或莎士比亚戏剧的高度。迦犁陀娑的戏剧《沙恭达罗》代表了印度戏剧的最高成就。这是所有文学中最完美和迷人的浪漫剧。它有情味和行动的有趣转折，有细致的精神分析。它的对话和动作靠细致入微的暗示取胜，这与欧洲戏剧的角色化形成强烈反差。[②] 奥罗宾多还运用自己的批评标准，对心目中顶尖的十一位大诗人进行分类。印度两大史诗的作者瓦尔米基和毗耶娑、荷马、莎士比亚占据金字塔尖四席，中间是但丁、迦犁陀娑、埃斯库罗斯、索福克勒斯、维吉尔和弥尔顿，意外的是，德国大文豪歌德则屈居尾席。这是一种严肃而又不失风趣的比较游戏。从这十一位作家处理重大题材多寡来看，迦犁陀娑次之，其余各位皆与史诗性题材有关，因此，这种游戏性排位只能说体现了奥罗宾多个人喜好，实质上也是他的精神进化论使然。在论述东西方艺术时，他认为，西方艺术家被形式所吸引，而印度艺术家则与此相反，他们关心的是表现出无限自我的灵魂。[③] 在《印度文学》一文中，他还将目光投向东方的中国。他说，中国诗歌是独特的，更能为某些西方人士所欣赏，而

---

① Sri Aurobindo, *The Renaissance in India and Other essays on Indian Culture*, Pondicherry: Sri Aurobindo Ashram, 2002, p. 358.

② Sri Aurobindo, *The Renaissance in India and Other essays on Indian Culture*, Pondicherry: Sri Aurobindo Ashram, 2002, p. 366.

③ Sri Aurobindo, *The Renaissance in India and Other essays on Indian Culture*, Pondicherry: Sri Aurobindo Ashram, 2002, p. 270.

印度诗歌是雅利安人或雅利安化的民族的产物，反倒不为某些西方人所理解。①

在《未来诗歌》一书中，奥罗宾多多次将中国、日本、古希腊、波斯与英国文学进行比较论述。在该书中，他还预言，“未来诗歌”将融合东西文化精华，并可能首先在东方国家诞生。他似有将自己视为第一位“未来诗人”（future poet）的迹象。他的“未来诗歌”观即是他比较文化视野中“共同的世界文化”观念的艺术折射，也是他独特的宗教、美学、社会思想之结晶。

印度学者认为，奥罗宾多是根据梵语诗歌和现代欧洲文学来形成自己诗学观念的：“我们必须记住，他的诗学观是东方与西方诗歌理论的综合产物。”② 1907 年，奥罗宾多在一篇文章中用味、喜悦等梵语诗学观念来描述诗歌愉悦性情的本质。他与泰戈尔一样，自觉地运用印度文化标准评价西方文学作品，这可视为后殖民时期印度学者以梵语诗学为工具进行跨文化文本阐释的前奏之一。

第四节 A. K. 库马拉斯瓦米

在金克木先生看来，印度的美学亦即艺术哲学思想有自己的发展道路，其基本范畴和思维模式也与中国、西方不同。艺术实

---

① Sri Aurobindo, *The Renaissance in India and Other essays on Indian Culture*, Pondicherry: Sri Aurobindo Ashram, 2002, p. 317.

② Amrita Paresh Patel & Jaydipsinh K. Dodiya, eds., *Perspectives on Sri Aurobindo's Poetry, Play and Criticism*, Delhi: Sarup & Sons, 2002, p. 130.

践先于理论，印度很早就有各种艺术品。然现存文献中真正属于艺术理论的最早著作是《舞论》。另外，《毗湿奴法上往世书》中也涉及画论，但艺术理论与艺术创作之间存在不合拍的情况。另一方面，西方美学历来隶属于哲学，而印度哲学有浓厚的宗教色彩，不发展世俗艺术理论，哲学和美学的结合似不紧密。[①] 直到20世纪初，西方人还把印度艺术当作古玩，而不认可印度的绘画艺术，因为它不合西方的透视法和解剖学。后来承认了印度艺术，但不认为印度存在美学。在这种背景下，自20世纪初开始，身为美国波士顿美术博物馆（Boston Museum of Fine Arts）馆长的印度学者 A. K. 库马拉斯瓦米（A. Kentish Coomaraswamy，1877—1947）开始在西方著书立说，宣传印度乃至中国、日本的东方艺术理论，以使更多的西方学者了解印度乃至东方美学。他的艺术理论著述成为印度美学主动输入西方的最早尝试之一，对当时以及此后的西方学界了解印度艺术起到了指南的作用。他的美学著述对西方学界产生过影响，其著作在印度和西方不断再版。库马拉斯瓦米也可视为身处西方并借助英语传播理论的当代印裔学者的先驱之一。同时，我们还发现，库马拉斯瓦米的相关著述带有比较美学色彩，因为，通过印度艺术或东方艺术与西方艺术的对比研究，更能揭示东方艺术的独特奥秘和无穷魅力，也就更容易为西方学者所接受。

从1906年起，库马拉斯瓦米侨居美国，开始了长达三十多年的著述，向西方学界宣传印度的艺术和艺术理论。库马拉斯瓦

① 金克木：《略论印度的美学思想》，曹顺庆主编：《东方文论选》，成都：四川人民出版社，1996年，第59—61页。

米学识渊博，精通英语、法语、德语、梵语、巴利语，还对中国绘画理论颇感兴趣。他属于那个时代最博学的比较美学学者之一。他在著述中不忘东方学者的立场和学术使命，在殖民时期西方文化话语占据绝对强势的条件下，为印度、中国等东方艺术进行理论层面的正本清源，以比较美学的阐释方式，为东方艺术及艺术美学争取应有的地位。他的著述既带有平行研究的痕迹，也带有影响研究的色彩，同时，其论述自然以比较文化探察为基础和前提。他的代表作包括：《中世纪僧伽罗艺术》（*Medieval Sinhalese Art*，1908）、《印度能工巧匠》（*The Indian Craftsman*，1909）、《印度艺术引论》（*Introduction to Indian Art*，1913）、《拉吉普特绘画》（*Rajput Painting*，1916）、《湿婆之舞》（*The Dance of Shiva*，1918）、《吠陀新解》（*A New Approach to the Vedas*，1934）、《佛教象征主义原理》（*Elements of Buddhist Symbolism*，1934）和《艺术本质的变化》（*The Transformation of Nature in Art*，1934）等等。由于目的在于介绍印度的艺术，库马拉斯瓦米常常利用图文并茂的方式，向西方世界直观呈现印度古代雕塑和绘画。如《印度艺术引论》和《湿婆之舞》便是如此。他在书中插入大量印度古代艺术的图片。这里主要以《湿婆之舞》和《艺术本质的变化》等两本论文集为例，对库马拉斯瓦米关于印度艺术（包括绘画和雕塑等）的理论思考作些简介。

初版于1918年的《湿婆之舞》正如书名所暗示的那样，主要介绍印度的舞蹈、音乐、雕塑及原始佛教艺术的特点，也涉及印度的艺术美学观。在印度神话传说中，印度教三大神之一的湿婆是印度舞蹈的始祖，也称印度的舞王（Nataraja）。据说，他会跳108种舞蹈。宇宙就在他的舞蹈之中周而复始地走向毁灭和新生。库马拉斯瓦米认为，湿婆的舞蹈分三种，第一种是喜马拉雅山的黄昏之舞；第二种是人称 Tandava 的著名舞蹈，十臂的湿婆与女神一起激昂起舞，它表现的是湿婆毁灭世界的闇性一面；第三种是湿婆在宇宙中心大厅上所跳的被称为 Nadanta 的舞蹈。湿婆的舞蹈所承载的宗教文化含义异常丰富。库马拉斯瓦米引经据典予以详细解说。他对湿婆之舞的深刻内涵总结道："湿婆之舞的基本含义有三重：它首先是湿婆有节奏的表演形象，是圆环所代表的宇宙间所有行动的起源；其次，湿婆之舞旨在把不计其数的人们从幻觉的陷阱中解脱出来；再次，舞蹈的所在奇丹巴拉姆即宇宙的中央就在心中。"① 库马拉斯瓦米对湿婆之舞的介绍可谓详细之至，揭开了西方人蒙在它头上的神秘面纱。他还澄清了西方人斯密斯（Vincent Smith）对印度雕塑多臂现象的误解。

在对印度艺术观进行历史打量的过程中，库马拉斯瓦米首先追溯到吠陀艺术。他认为，吠陀艺术基本上是实用性的。"吠陀美学本质上属于对技艺的赏识。"② 在奥义书时期和巴利语佛教时期，求真是一大主题，而美学意识尚不清晰。由于宗教沉思的缘故，瑜伽开始与艺术创作发生联系。"在文学中存在大量的以艺术为瑜伽的情形。"③ 库马拉斯瓦米举的例子是蚁垤仙人创作

① A. K. Coomaraswamy, *The Dance of Shiva: Fourteen Indian Essays*, Bombay: Asia Publishing House, 1948, p. 93.

② A. K. Coomaraswamy, *The Dance of Shiva: Fourteen Indian Essays*, Bombay: Asia Publishing House, 1948, p. 40.

③ A. K. Coomaraswamy, *The Dance of Shiva: Fourteen Indian Essays*, Bombay: Asia Publishing House, 1948, p. 45.

史诗《罗摩衍那》前的瑜伽沉思活动。他还以克罗齐的表现主义美学观和荣格的精神分析美学思想对瑜伽艺术观加以阐释，并以《庄子》中的语言进行佐证："圣人之心静乎！天地之鉴也，万物之镜也。"[①] 他说："我们已经谈论过的瑜伽，其实对艺术家来说只是一种方式而非目的。"[②] 这种方式便是别具一格的创作路径。从3世纪到18世纪末，印度艺术中的瑜伽和虔信成分非常浓厚。库马拉斯瓦米还回顾了佛教对中国和日本艺术的深刻影响。他认为，在所有时代和所有的艺术品中，可以发现一个相似的现象：艺术家总是专注于他的创作主题。只有在以哲学家而非艺术家的身份深入沉思时，我们才发现，一件艺术品美的特质确乎游离于它的主题之外。因此，我们常常忘记，美总是和具体对象有关。库马拉斯瓦米说："美的理论是哲学家的事，艺术家自顾尽力表现美。"[③] 他还认为，20世纪初期的印度美学回归现实主义和享乐主义风格，成为一种描述性、个人化与感伤性的美学。

库马拉斯瓦米在对印度艺术进行理论观照时，还从梵语诗学原理出发，继续探讨美学问题。他把纯粹的艺术探讨延伸到一般的文艺美学层面。他主要依据《文镜》、《十色》和《诗光》来展开论述。他还对梵语诗学家关于诗的灵魂的探讨、关于味的产生过程、味的本质及诗的品级等均作了说明。库马拉斯瓦米对知音即理想读者（rasika）的理解是："知音领悟艺术家已经显示其迹象的美。知音并不需要把握艺术家的旨趣，因为每件艺术品都

---

① 张耿光译注：《庄子全译》，贵阳：贵州人民出版社，1992年，第220页。

② A. K. Coomaraswamy, *The Dance of Shiva*: *Fourteen Indian Essays*, Bombay: Asia Publishing House, 1948, p. 46.

③ A. K. Coomaraswamy, *The Dance of Shiva*: *Fourteen Indian Essays*, Bombay: Asia Publishing House, 1948, p. 48.

是产生很多种意义的如意神牛（kamadhenu）。在头脑里开始琢磨艺术品是什么前，他不用思考它是否美就会明了……诗人是天生而非造成的，知音亦然。他们的才能与艺术创造者相比，只是程度不同没有本质差异。”[①] 这是对知音即读者（观赏者）审美感受力的肯定。库马拉斯瓦米还认为：“美没有层次之分……文明人的艺术并不比野蛮人的艺术更美。”[②] 这种观点分明带有解构西方中心主义的思想痕迹，体现了他维护东方艺术尊严的立场。他还认为，美等待人们去发现，这一发现以虔诚的宗教沉思为前提。发现美即是知音读者的心梵合一的过程。这一观点明显受到毗首那特等梵语诗学家的深刻影响。在论及味的普遍化原理时，他对毗首那特和克罗齐的观点进行比较。这应该是世纪之交印度比较诗学的萌芽之一。

1914 至 1918 年，人类历史遭遇空前浩劫的第一次世界大战。西方文明遭遇空前的精神危机。在这种时代背景下，罗曼·罗兰等西方有识之士和泰戈尔、辜鸿铭等东方学者共同提倡以东方文化挽救西方的文明危机。库马拉斯瓦米身处美国，也敏锐地感受到这一强烈的时代气息。他也提倡亚洲和欧洲合作应对共同面对的问题。1916 年，他在一篇纪念莎士比亚的论文中写道，他相信，印度可以宗教哲学和生活哲学的智慧贡献于世界文明。他不赞同存在亚洲和欧洲性格的分野。他认为，越是深入探究，越能发现亚欧心灵的一致性。面对世界的躁动不安，他提出自己

---

① A. K. Coomaraswamy, *The Dance of Shiva: Fourteen Indian Essays*, Bombay: Asia Publishing House, 1948, p. 68.

② A. K. Coomaraswamy, *The Dance of Shiva: Fourteen Indian Essays*, Bombay: Asia Publishing House, 1948, p. 69.

的解决方案："我们必须祈求这样一个民族，人们以欧洲的精力行事，而以亚洲的冷静思考问题。"① 他再次以《薄伽梵歌》和《庄子》佐证东方思想的优越。

库马拉斯瓦米由于身处美国，对西方学者或作家眼中的东方境象洞若观火。他虽然也强调东西方携手合作，但对那种浪漫式的东方主义心态表示不满。他说："正是带着这种浪漫心态，欧洲和美国才这么看待印度……印度思想在很多方面被庸俗化和歪曲，成为模糊的、神秘的、女性化的思想，这使它蒙羞。"② 为此，库马拉斯瓦米在论述中往往采取主动出击姿态，以民族主义和比较文化双重视角论述东方文化和西方思想的异同。例如，他对尼采思想的解说是："权力意志论与独裁无关，它反对专制者的专制或大多数人的专制……它的目标是生命解脱（Jivan-mukta）。这已超越了正邪观念。这一观念也扎根于《薄伽梵歌》中。"③ 他还说："尼采的教导纯粹是一种无欲达摩（niskama dharma）。"④ 不仅如此，他还多次引用《庄子》或马鸣的佛教文本来阐释尼采的学说。这使尼采思想在东方智慧的观照下焕发出新的生机。

如果说库马拉斯瓦米在《湿婆之舞》中开始涉及正面阐释东方艺术的话，在 1934 年出版的《艺术本质的变化》中，他以一

---

① A. K. Coomaraswamy, *The Dance of Shiva: Fourteen Indian Essays*, Bombay: Asia Publishing House, 1948, p. 154.

② A. K. Coomaraswamy, *The Dance of Shiva: Fourteen Indian Essays*, Bombay: Asia Publishing House, 1948, p. 181.

③ A. K. Coomaraswamy, *The Dance of Shiva: Fourteen Indian Essays*, Bombay: Asia Publishing House, 1948, pp. 158—159.

④ A. K. Coomaraswamy, *The Dance of Shiva: Fourteen Indian Essays*, Bombay: Asia Publishing House, 1948, p. 159.

篇比较美学性质的长文《亚洲的艺术理论》(*The theory of art in Asia*) 系统地阐释了东方艺术美学思想。这是他正面传播东方美学的又一次努力。他主要以印度和中国的绘画理论为主，间杂了日本的绘画理论。他把中国与日本的理论称为远东的理论，以区别于印度艺术理论。他在文章开头写道："目前，亚洲思想理论几乎不可能不被欧洲歪曲地表述，所谓亚洲艺术的鉴赏大多属于明显的误解。本书中我们的目的是，把亚洲理论和合理的欧洲理论并置，不是把亚洲理论当作稀奇之物，而是将其当作表现事实和本质真理的理论。"① 从论述内容上看，这篇文章与其说是东西美学比较，不如说是中印美学比较。库马拉斯瓦米虽然也涉及印度与西方美学思想的比较，但更多的笔墨却落在中国和印度的绘画理论比较上。他主要寻找中印古代艺术（绘画）理论的相似点。当然，他也认为，从系统性来说，印度艺术理论要比中国更为发达。因为，在中国，艺术理论不是哲学家或文论家提出的，而是画家们的经验总结。这些判断显然并不完全符合中国艺术理论的历史发展。

中国南齐时的谢赫在他的《古画品录》的序中提到了绘画六法："虽画有六法，罕能尽该；而自古及今，各善一节。六法者何？一、气韵生动是也。二、骨法用笔是也。三、应物象形是也。四、随类赋彩是也。五、经营位置是也。六、传移摹写是也。惟陆探微、卫协备该之矣。"② 唐朝的张彦远在其《历代名

① A. K. Coomaraswamy, *The Transformation of Nature in Art*, New York: Dover Publication, 1956, p. 4.

② 转引自金克木：《印度文化余论》，北京：学苑出版社，2002 年，第 92—93 页。

画记》中的《论画六法》一节的开头便认可了谢赫的绘画六法。绘画六法成为中国古代艺术理论的重要组成部分。与此相应，印度存在所谓传统绘画“六支”（sadanga）理论。它首先出现在《欲经》的注释而非正文里。《欲经》注在说明正文第一章第三节第十六段论及的“六十四艺”时，引了一节诗即一个“颂”（sloka）来说明绘画。这一颂可译为：“形别与诸量，情与美相应，似与笔墨分，是谓艺六支。”①有的西方学者如英国人布朗（Percy Brown）认为，中国的绘画六法是从印度传来的。作为一位睿智博学的东方学者，库马拉斯瓦米并未盲从西方。他说：“谢赫的绘画六法与印度艺术理论有些相似，但是没有充分理由说明它起源于印度。”②库马拉斯瓦米对中国绘画六法非常感兴趣，他以印度绘画六支说、世亲（Vasubandhu）的《俱舍论》（*Abhidharmakosa*）、毗首那特的《文镜》、胜财的《十色》乃至日本传统的能剧艺术等为参照，对气韵生动、以形传神、形似、神似、气等中国术语进行探讨。他还提到中国古代画家吴道子和张僧繇的典故，并以《舞论》相佐证。

谢赫在《古画品录》中，将二十七位画家分为“六品”。而此后宋朝的刘道醇在断代绘画史《宋朝名画评》中只分了三品。他认为：“夫善观画者，必于短长功拙之间，执六要，凭六长，而又揣摩研味，要归三品。三品者，神、妙、能也。品第既得，是非长短、毁誉功拙自昭然矣。”这种分品方式最早是书品中运

---

① Vatsyayana，*Kamasutra*，Mumbai：Nirnaya Sagara Yastralaya，1891，p. 34. 译文见金克木：《印度文化余论》，北京：学苑出版社，2002 年，第 91 页。关于印度绘画六支的解说，见金克木此书相关内容。

② A. K. Coomaraswamy，*The Transformation of Nature in Art*，New York：Dover Publication，1956，p. 20.

用，唐代书法评论家张怀瓘在《书断》中以神、妙、能三品论定书法家的成就。之后，唐代绘画理论家朱景玄将之运用到画品上，并将“逸”品列在神、妙、能三品之上。和谢赫的三品说相比，朱景玄的四品说突出了宋人“以求气韵生动为旨”的美学追求。“逸、神、妙、能”这四品画论的提出使中国传统绘画的评价标准、审美品味上升到更高的精神境界。库马拉斯瓦米赞赏谢赫的三品说和朱景玄的四品说，他以梵语诗学家王顶的《诗探》进行印证。王顶把想象力分为两种即创作想象力和批评想象力。他认为：“创作想象力适合诗人。它分为三种：天生的、获得的和学会的……这三种想象力也就形成三种诗人：天生的诗人、实践的诗人和学会的诗人。天生的诗人展现前身的潜在印象，具有智慧。实践的诗人通过今生的实践展现语言才能，具有获得的智慧。学会的诗人通过教导和例举学会语言才能，缺少智慧。”[①] 库马拉斯瓦米认为，王顶的诗人三品说可以比拟于谢赫的艺术三品说。他说：“‘天生的’（sahaja，sarasvata）明显地与‘神’相对应；‘实践的’（aharya，abhyasika）包含熟练精通之意，对应于‘妙’；而‘学会的’（aupadesika）是指技艺而非习惯，对应于‘灵’。”[②] 这种以文学理论比拟艺术美学的做法，令人耳目一新。他还认为，朱景玄加上的第四品“逸”具有道家思想痕迹，带有哲学和文学色彩。

关于以中国为代表的东方绘画与西方绘画的区别，库马拉斯

① 黄宝生：《梵语诗学论著汇编》（上册），北京：昆仑出版社，2008年，第371页。

② A. K. Coomaraswamy, *The Transformation of Nature in Art*, New York: Dover Publication, 1956, p. 19.

瓦米正确地指出，西方绘画是设想画家从窗户或画框中望见被画的对象，而东方画家的描画对象存在于头脑中。因此，二者的表达方式便泾渭分明："西方的绘画仿佛是焦点透视而成，并且必须合乎视角原理；而中国风景画的描摹显然是散点透视而成。"① 既然是论述亚洲艺术，库马拉斯瓦米自然要涉及作为整体的亚洲艺术观。他认为，最能代表亚洲艺术特色的是中国和日本表达意象或神秘思想的、带有浓厚禅（dhyana，zen）意的绘画。在他看来，禅的本质不容易解释。禅的概念和内涵部分来自印度，部分来自中国道家思想，后来在中国和日本得到发展。他再次以庄子的语言现身说法道："圣人之心静乎！天地之鉴也，万物之镜也。"② 他还引了《庄子·天道》里轮扁回答齐桓公的话作为禅的注解："不徐不疾，得之于手而应于心，口不能言，有数存焉于其间。臣不能以喻臣之子，臣之子亦不能受之于臣。"③

库马拉斯瓦米在《艺术本质的变化》中，还对梵语诗学基本理论如味论、韵论等进行了解说，对一些重要的宗教哲学概念如"现量"（pratyaksa）、"神秘"（paroksa）和"印象"（abhasa）等进行辨析，也以《薄伽梵歌》为依据，对德国学者艾克哈特（Meister Eckhhart）的艺术理论进行印度式阐发。这承袭了他论述尼采思想的模式。他在论述印度古代文学作品如《沙恭达罗》和《小泥车》等时指出，必须从各个角度来欣赏印度艺术，这又首先要具备各种相关的学养，成为智者（pandita）、虔信者

---

① A. K. Coomaraswamy, *The Transformation of Nature in Art*, New York: Dover Publication, 1956, p. 29.

② 张耿光译注：《庄子全译》，贵阳：贵州人民出版社，1992年，第220页。

③ 张耿光译注：《庄子全译》，贵阳：贵州人民出版社，1992年，第236页。

(bhakta)、知音（rasika）或师尊（acarya）等等。[1] 这实际上是告诫西方学者，要正确认识东方艺术，必须尊重东方文化，走进东方文化的腹地认识之、理解之。遵循这样的思想逻辑，库马拉斯瓦米明确指出："我们必须把印度文明视为已知世界中迷信成分最少的文明。"[2]

总之，库马拉斯瓦米在 20 世纪初东方国家尚处殖民压迫的惨淡历史背景下，尽其所能，以比较美学的阐释形式向西方世界介绍东方艺术和东方艺术美学，为西方世界正确认识东方文化作出了不朽的贡献。库马拉斯瓦米跨越世界几大文明的学术视野和东方民族主义视角使其论述带有浓厚的比较美学色彩。他的著述与泰戈尔、奥罗宾多的相关论述一样，是印度比较文学发端期的典范之作，值得后来的学者认真思考。

第五节　普列姆昌德

普列姆昌德（Premchand，1880—1936）是印地语和乌尔都语作家。1880 年生于北方邦贝拿勒斯附近的拉莫希村。他一生创作了十五部中、长篇小说（包括未完两部），约三百篇短篇小说和一百多篇文学评论。《服务院》是其成名作，被誉为印地语文学中第一部优秀现实主义小说。长篇小说《戈丹》是其最优秀

① A. K. Coomaraswamy, *The Transformation of Nature in Art*, New York: Dover Publication, 1956, p. 109.

② A. K. Coomaraswamy, *The Transformation of Nature in Art*, New York: Dover Publication, 1956, p. 158.

的代表作。普列姆昌德在印度有小说之王美誉，其作品在印度很有影响。1953年，中国开始译介其小说，几十年来，已出版他的小说和文论中译本十余种。客观来看，普列姆昌德算不上一位自成体系的文论家，但在20世纪初到30年代期间，他以作家身份对很多文学现象和命题发表自己的看法，反映了当时印度文坛和文论界与西方文学和文论的互动。由于受到马克思主义进步文艺观的影响，他的一些观点在印地语文学评论界颇有代表性，并引起了后人关注。他的文学本质论、文学情味论、文学目的论、文学创作论等包孕了一些比较研究色彩，这里对此作些简介。

在论及文学的本质时，普列姆昌德认为："文学不是理智的产物，是心灵的产物。在知识和训诫不能成功之处，文学能赢得胜利。"[①] 这和西方古典文论家贺拉斯"寓教于乐"的思想有些相近。他还说："文学的基础是生活……但是，文学的乐趣相比之下则高尚神圣，它的基础是美和真。"[②] 这些话说明，文学的本质是建立在生活真实基础上且源自心灵创造的美和真。普列姆昌德认为，佛教徒的《佛本生故事》、犹太教的《旧约》、伊斯兰教的《古兰经》和基督教的《圣经》等宗教经典都是人类故事的结集。这些经典里的故事就是宗教的灵魂。由世界各大宗教的发端和起源，普列姆昌德推衍出文学的本质还是人类普遍情感的表达。他认为，文学本质上还是时代的反映和历史的记录，更是人类情感的永恒记录，是真正的心灵史。因为，文学家常常为自己

① 唐仁虎、刘安武译：《普列姆昌德论文学》，桂林：漓江出版社，1987年，第78页。

② 唐仁虎、刘安武译：《普列姆昌德论文学》，桂林：漓江出版社，1987年，第76页。

的国家和所处时代所影响。但他们属于自己的祖国，更属于全人类。“对于人类来说，人是最难解的谜……人类文化之所以能够发展，是因为人类希望理解自己。像心理学和哲学一样，文学也致力于探寻这一真理，区别仅仅在于文学在其中加入了趣味性，使其成为令人感到乐趣的东西。所以心理学和哲学只是学者们的，而文学则是全人类。”① 像美国小说《汤姆叔叔的小屋》对黑人奴隶制的抨击可以打动东西方读者的心。因此可以说：“真正的文学是永远不会衰老的，永远是新鲜的。哲学和科学随着时间的流逝不断发展着；但是，文学是心灵的东西，人的心灵是不变的。”《摩诃婆罗多》和《罗摩衍那》的时代已经过去，但是，这些作品让人常读常新。这是因为：“文学是真正的历史，因为文学中有自己的国家和时代的图画，而空洞的历史中是不可能有的……因为文学是自己的国家与时代的反映。”② 普列姆昌德对文学本质的论述渗透着印度民族复兴的美好愿望。

普列姆昌德的文学本质论与文学情味论（某种程度上近似于文学鉴赏论）联系紧密。他说：“文学与感情的关系比与理智的关系更密切。哲学、科学和伦理学依赖于理智，诗歌、长篇小说和散文诗依赖于感情。”③“文学的基础是感情的美，离开了这一点，一切都不能被称为文学。”④ 所谓“感情的美”实质上就是

① 唐仁虎、刘安武译：《普列姆昌德论文学》，桂林：漓江出版社，1987 年，第 124—125 页。

② 唐仁虎、刘安武译：《普列姆昌德论文学》，桂林：漓江出版社，1987 年，第 80 页。

③ 唐仁虎、刘安武译：《普列姆昌德论文学》，桂林：漓江出版社，1987 年，第 84 页。

④ 唐仁虎、刘安武译：《普列姆昌德论文学》，桂林：漓江出版社，1987 年，第 87 页。

他的文学情味论的基础。普列姆昌德虽然在文论著述中面向西方，但他从来就是扎根于印度的现实土壤和文化传统之中。他对梵语诗学味论推崇备至，常常自觉地运用它阐释自己的文学主张或进行跨文化文本分析，从而打上了比较研究的烙印，并与中国学者强调的双向阐释姿态几乎一致。这显示出他与泰戈尔、奥罗宾多等人以梵语诗学味论进行跨文化阐释的相似之处。他说："文学的'情味'据说有九种……文学在每一种情味中发现美……所以我们认为文学中只有一种情味，那就是艳情。从文学的观点看，任何一种情味都不是情味，不含艳情和不美的作品是不能被归入文学的。"[①] 之所以如此，原因在于，文学表达是以情味酝酿和情味品尝味为基础："只有思想和哲学基础的书，可以是枯燥的哲学著作，而不会是有趣味的文学……文学一旦失去了趣味，它就从文学的地位跌落下来掉进了宣传的领域。奥斯卡·王尔德或者萧伯纳等的凡是以思想为主的作品，都是无趣味的。我们之所以认为《罗摩衍那》是纯文学，不是因为它充满了思想或哲理，而是因为它字里行间都洋溢着美的情味。"[②] 普列姆昌德还利用味论评价东方文学经典。他认为，阿拉伯的《一千零一夜》没有一点道德说教的企图。"这部书包括了各种情味。但是，占主导地位的是奇异情味，而奇异情味是不容说教存在的。"[③]

1936 年 4 月，普列姆昌德在逝世前的一次文学会议上，发

① 唐仁虎、刘安武译：《普列姆昌德论文学》，桂林：漓江出版社，1987 年，第 76—77 页。

② 唐仁虎、刘安武译：《普列姆昌德论文学》，桂林：漓江出版社，1987 年，第 86 页。

③ 唐仁虎、刘安武译：《普列姆昌德论文学》，桂林：漓江出版社，1987 年，第 37 页。

表了题为《文学的目的》的演讲，具体地阐述了自己的文学目的论。早在1932年，他曾经认为："实际上，真正的乐趣从美和真中才能得到，而表现和创造这种乐趣则是文学的目的。"[①] 在这次演讲中，普列姆昌德对文学的目的亦即文学功能进行了新的阐释，对自己的文学创造阅读乐趣即品尝情味的观点进行了修正。他认为，要文学产生影响，它必须是反映生活真实的一面镜子。这一观点与西方文学思潮中的批判现实主义非常相近，反映了普列姆昌德对西方文论的积极回应。他说："给文学下的定义很多。但是，我认为最好的定义是'批评生活'。无论它以散文的形式还是以短篇小说的形式出现，或者以诗歌的形式出现，它都应该批评我们的生活，解释我们的生活。"[②] 按照他的看法，文学是时代的反映，文学兴趣正在急剧改变。文学除了反映男欢女爱、悲欢离合之外，还应该"考虑并解决生活中的问题"。文学应该负担起责任来，培育读者大众健康的兴趣，使其产生精神愉悦和爱美的意识，鼓舞他们战胜困难。"文学是艺术家的精神和谐的表现形式。谐和创造美，而不会毁灭美。文学培育我们忠诚、正直、同情正义与平等的感情……文学使我们的生活变得自然和自由。换言之，文学会使我们的心灵纯洁。这就是文学的主要目的。"[③] 普列姆昌德还把文学创作与变革印度惨淡的社会现实相联系。他认为，只有当作家反抗压迫剥削制度时，才会不满足于

---

① 唐仁虎、刘安武译：《普列姆昌德论文学》，桂林：漓江出版社，1987年，第76页。

② 唐仁虎、刘安武译：《普列姆昌德论文学》，桂林：漓江出版社，1987年，第132页。

③ 唐仁虎、刘安武译：《普列姆昌德论文学》，桂林：漓江出版社，1987年，第136—137页。

纸上谈兵，而会去建立“与美、健康的兴趣、自尊和人性不相抵触的制度”。“文学家的目的不仅仅是装饰文娱晚会和为娱乐准备材料，请不要把文学的水平降低到这等程度。它也不是尾随在爱国思想和政治后面的真理，而是举着火炬走在它们前面的真理。”[①] 普列姆昌德认为，作家是高举社会旗帜前进的战士，生活俭朴而眼光远大。真正的艺术家不可能自私自利地生活，因此，他主张面向广大人民创作。客观地看，普列姆昌德的文学目的论存在一个转变的过程。早在 1925 年，他以王尔德“为艺术而艺术”的唯美主义文艺观为基点进行理论推衍：“文学的最高理想是为了艺术才创作文学。谁也不会对‘为艺术而艺术’的理论有异议。以人的本性为基础的文学才能成为有长久生命力的文学……如果为宣传某一社会、政治和宗教的观点而创作文学，那么文学就会从自己崇高的地位跌落下来。这是毫无疑问的。”[②] 而到了 1936 年，他却认为：“文学的倾向不仅不局限于表现唯我主义或个人主义，而且它越来越成为心理学的和社会的。”[③] 这说明，时代的发展深刻地影响了普列姆昌德的文学目的论。因为，20 世纪 30 年代后期，现实主义文学与进步主义文学合流，成为席卷全印的文学运动。这场文学运动与甘地主义和马克思主义在印度的广泛传播密切相关。这一运动深刻地触及了普列姆昌德的文学观念。身为印度进步作家协会的领导人，他的文学思想

---

① 唐仁虎、刘安武译：《普列姆昌德论文学》，桂林：漓江出版社，1987 年，第 141 页。

② 唐仁虎、刘安武译：《普列姆昌德论文学》，桂林：漓江出版社，1987 年，第 45 页。

③ 唐仁虎、刘安武译：《普列姆昌德论文学》，桂林：漓江出版社，1987 年，第 142 页。

转变是非常自然的。印度学者注意到普列姆昌德文学思想的矛盾之处。他们认为，刁诡的是，普列姆昌德的全部作品都在批判“为艺术而艺术”的论点。“普列姆昌德把‘为艺术而艺术’的理论和国家繁荣昌盛的状况联系起来，本身就否定了‘为艺术而艺术’的普遍性……他在思想领域里解决这个矛盾不如在小说创作中解决得那么好。”① 这样的评价对普列姆昌德来说基本上合适。换一个角度看，普列姆昌德对王尔德文艺观的看法，对西方批评现实主义和马克思进步文艺观的思考，无不说明，他的论述本身便是比较研究的产物。

普列姆昌德主要以长篇小说和短篇小说闻名于世，因此，他的文学创作论也主要围绕这两种文学体裁而展开。他的相关论述契合了比较文学影响研究的某些思路。

1922年，他在《长篇小说创作》一文的开头承认长篇小说的西方源头：“与受欧洲的其他任何一种文学体裁的影响比较起来，印度人受欧洲的长篇小说的影响更大。长篇小说现在已经成为我们的文学不可分割的组成部分。”② 他还说：“长篇小说是栽种在印度的一棵西方的树苗。”③ 他还认为，印度各地方语言中的长篇小说创作已卓有成效。他以性格刻画为基点，把长篇小说作家分为“现实主义阵营”和“理想主义阵营”。前者如实描绘人物性格坏的一面，后者则对之加以艺术的遮蔽修饰。他提倡理

① 刘安武编选：《印度现代文学研究》（印地语文学），北京：中国社会科学出版社，1980年，第295页。

② 唐仁虎、刘安武译：《普列姆昌德论文学》，桂林：漓江出版社，1987年，第27页。

③ 唐仁虎、刘安武译：《普列姆昌德论文学》，桂林：漓江出版社，1987年，第43页。

想主义与现实主义的创作方法齐头并进。与对长篇小说的看法一样，普列姆昌德也认可短篇小说的西方来源。他说："我们应该大大方方地承认，像长篇小说一样，短篇小说艺术也是我们从西方学来的——至少今天的成熟形式是从西方学来的。"① 他认识到，相对于长篇小说来说，短篇小说容量有限，它容纳不下几种情味，几个人物的性格和过多的事件。

普列姆昌德还以比较的方式对文学批评之于印度文学创作的意义进行说明："批判在文学中的意义是无需赘言的。优秀文学的创作依赖于非常严肃的批评。在欧洲，这个时代被称为批评的时代……而在印地语中，要么根本没有批评，要有也是满纸恶意或者不真实的赞扬，就是说是表面的、肤浅的没有深度的东西。深入作品之中对作品进行本质的心理学的分析的批评家太少了。"② 这里的论述明显地以西方为参照。他还把文学发展与形成国语、进而达成民族团结和国家统一的目标结合在一起。他说："文学的觉醒是任何一个民族生气蓬勃的主要标志……我们国家的文学财富应该以国语的形式出现在世界上，而且它应该在世界文学中享有适当的地位。如果我们有勇气出现在世界上，那么有什么必要穿着英语的外衣出现呢？"③ 他的目标很明确："我们要创作文学，我们要使印地语成为印度的主要语言，我们要通

① 唐仁虎、刘安武译：《普列姆昌德论文学》，桂林：漓江出版社，1987年，第126页。

② 唐仁虎、刘安武译：《普列姆昌德论文学》，桂林：漓江出版社，1987年，第60页。

③ 唐仁虎、刘安武译：《普列姆昌德论文学》，桂林：漓江出版社，1987年，第101页。

过印地语播下民族团结的种子。”[①] 普列姆昌德以印地语文学为起点，将考察的视野扩大到世界文学，这使他的论述具有相当的高度。

由上所述可以发现，普列姆昌德不仅谈文学，还借机引入现实政治探讨，这使他的文论著述具有浓厚的现实主义色彩。这是他的文论观区别于泰戈尔和奥罗宾多等人的显著特征。不过，处于东西文化交融的殖民时代，普列姆昌德自觉采用比较研究的方式阐释自己的文学思想，这又是他与泰戈尔等人一致的地方。总之，普列姆昌德带有比较色彩的文论思想值得重视。

第六节 V. 拉克凡

在现代梵语诗学研究者中，V. 拉克凡（V. Raghavan, 1908—1979）是最有成就者之一。他的几部著作可以视为20世纪印度梵语诗学研究的标志性成果，这包括1940年出版（1967年修订再版）的《味的数目》（*The Number of Rasas*）和1942年出版的《梵语诗学概念研究》（*Studies on Some Concepts of the Alankarasastra*）等。1974年，V. K. 查利（V. K. Chari）曾经称赞他是“当今梵语研究领域最杰出的人物，梵语诗学最权威的拥护者”。[②] 拉克凡精通梵语、英语和泰米尔语。

① 唐仁虎、刘安武译：《普列姆昌德论文学》，桂林：漓江出版社，1987年，第61页。

② V. Raghavan, *Sanskrit Drama: Its Aesthetics and Production*, “Foreword,” by K. R. Srinivasa Iyengar, Madras: Paprinpack, 1994.

他是一位诗人、戏剧家和短篇小说家，也是一位睿智的梵语文学和诗学研究者。他曾经是马德拉斯大学梵语系主任，主编过《东方研究》（*Journal of Oriental Research*）等杂志。拉克凡的研究生涯虽然从20世纪30年到延伸到70年代，跨越了印度现代与当代史，但他关于梵语诗学的研究成果多发表或酝酿在印度独立以前。他的很多著述渗透了比较诗学研究的因素。

《梵语诗学概念研究》涉及诗相、庄严、自性、风格、合适、魅力和梵语诗学名称的历史考证等重要命题。书中引用了S. K. 夏斯特里（S. Kuppuswai Sastri，1880—1943）对梵语诗学基本原理进行总结的直观图，并对它进行阐释。夏斯特里在书中提出了梵语诗学话语模型图，将几个主要诗学流派以两个大小不同的圆圈进行归纳整理。庄严、诗德和风格等主要涉及语言风格，组成一个小的三角形，恭多迦的曲语论统而摄之。这就构成了梵语诗学第一个话语圈。关于第二个话语圈，用拉克凡的话转述就是："接下来，一个更大的诗学三角开始于对诗歌本质味的内涵和诗人如何描述、知音如何品尝它的过程方式的研究。所有这些都在合适论的最大话语圈内得到理解，合适涉及味和诗中所有的东西。所有其他理论都跟随开路先锋合适论发挥作用。如果一首出色诗歌的每一部分真有和谐或美的话，那就是合适性在发挥作用。"[①] 换句话说，味论、韵论和推理论组成第二个大的梵语诗学话语圈，合适论又统而摄之。拉克凡认为，第一个话语圈涉及的庄严、诗德、风格和曲语属于语言层面的"形式研究"，

① V. Raghavan, *Studies on Some Concepts of the Alankara Sastra*, Madras: The Adyar Library, 1942, pp. 256—257.

而第二个话语圈涉及的味论、韵论、推理和合适则属于文学内在本质的“内容研究”。[①] 这种形式和内容二分法的研究模式，显示夏斯特里和拉克凡受到了西方现代文论的深刻影响。这种以西释印的方式并不能避免受人诟病。例如，将合适论视为内容研究、将曲语论视为语言形式研究并不完全合理。因为，合适论也涉及字词的合适运用，曲语论也涉及对故事插曲或整篇作品的改写。尽管这样，拉克凡对夏斯特里话语模型图的现代阐释，丰富了梵语诗学综合研究的内容，拓展了研究的视野和空间。

1942 年 3 月 16 日，在为《梵语诗学概念研究》写的“前言”中，拉克凡提到他关于梵语诗学家波阇的研究著作：“在我的著作《波阇的〈艳情光〉》中，我论述了文学（Sahitya，也译‘音义结合’）、诗学语言（ukti）、诗病、诗德、曲语、庄严、韵和味。”[②] 该书即《波阇的〈艳情光〉》（*Bhoja's Srngara Prakasa*）于 1963 年再版。它厚达九百多页，作者在介绍波阇的巨著《艳情光》时，借机阐发自己的诗学见解，内容涉及整个梵语诗学体系。可以说，这部体大思精的著作是梵语诗学研究的一座“里程碑”。拉克凡在论述《艳情光》的每一个主题时，都以渊博的学识和开阔的视野将其纳入整个梵语诗学史进行纵向的比较思考。如论述波阇的庄严论时，拉克凡便以婆摩诃、檀丁、楼陀罗吒和恭多迦等人的庄严论为参照，考察每一种庄严的原创、继承或因袭。这使波阇的每一种庄严都显出历史的本来面貌。在历史

---

① V. Raghavan, *Studies on Some Concepts of the Alankara Sastra*, Madras: The Adyar Library, 1942, p. 256.

② V. Raghavan, *Studies on Some Concepts of the Alankara Sastra*, “Preface,” Madras: The Adyar Library, 1942. 笔者在印度时多方搜求，但仍未见到《波阇的〈艳情光〉》的初版，因此，无法断定它的初版年代。

比较视野中，拉克凡得出这样的结论："正如恭多迦把他的著作叫做《曲语论》，波阇似乎可以把自己的著作（即《艳情光》）叫做《庄严光》。"[①] 这一判断基本上符合波阇的泛庄严论立场。在论述波阇的味论时，拉克凡仍然采取上述历史比较法，对其泛味论立场进行理论思考。他认为，波阇有泛味论倾向即唯一艳情味论，同时也走向另一个极端，如他否认味的叫法，声称各种味是出于礼节才称其为味。拉克凡在研究波阇味论时，还深挖其背后蕴藏的印度宗教哲学根基，这使他的研究成果具有坚实的文化基础。

拉克凡还得风气之先，采取东西横向的比较诗学研究方法，对波阇味论和弗洛伊德的原欲理论进行跨文化研究。拉克凡认为："我们可以在弗洛伊德的精神分析学中发现与波阇理论惊人相似的地方。"[②] 首先，弗洛伊德和波阇都将文艺创作与心理分析联系起来加以考虑。在波阇那里，与现代心理学有一种"剪不断、理还乱"的微妙关系的"味"成为文学创作的必要前提。例如，他在《辩才天女的颈饰》第五章中说："诗达到可爱的境地，在于有味相伴。味被称作自尊、自爱或艳情。它在人的内在自我中，产生于前生的经验积累。它是自我各种性质的唯一根源。如果诗人充满艳情，诗中的世界便有味；如果诗人缺少艳情，诗中的世界就乏味。"[③] 这里，"自尊、自爱或艳情"、特别是其中的艳情味（近似于自爱）与文学创作成败得失关系莫大。而在弗洛

---

① V. Raghavan, *Bhoja's Srngaraprakasa*, Madras: Punarvasu, 1963, p. 417.

② V. Raghavan, *Bhoja's Srngaraprakasa*, Madras: Punarvasu, 1963, p. 503

③ Bhoja, Sarasvati-Kanthabharana, ed. *by Anundoram Barooah*, Gauhati: Publication Board, Assam, 1969, p. 238. 采用黄宝生译文，见《印度古典诗学》，北京：北京大学出版社，2000 年，第 326 页。

伊德那里，原欲即里比多是文艺创作的原动力，文艺的升华作用与此密切相关。弗洛伊德说："性力特别把文化活动提供给那些杰出的精力旺盛的人。"[①] 波阇和弗洛伊德一样，都将文学创作和心理动因结合起来考虑，反映了他们试图通过语言和宗教哲学以外的维度探索文学规律的共同立场。其次，拉克凡认为，在波阇广义的艳情味论和弗洛伊德的原欲论中，都有一个最基本的理论出发点。在波阇那里，"自爱"即艳情味是他独特味论的重要理论支点。在弗洛伊德那里，本我或里比多是其原欲论乃至整个精神分析大厦的基座。拉克凡认为，二人理论体系中的核心话语存在可比性，且其重要的基础地位非常类似。用他的话说就是："波阇把超验的味（自爱）当作一种基本的本我（ego）提出来。'我'或'人的自我意识'的内涵就叫做自爱。"[②] 拉克凡进一步说明这两个跨越时代地域的核心话语的联系："波阇的自爱艳情（ahankara srngara）可以称为精神分析学中的本我即伊德或里比多。里比多分为本我里比多（ego-libido）和客体里比多（object-libido）……本我里比多或内倾里比多就是波阇的灵魂自愉的自爱。当它向外部客观世界流溢时，就会成为各种形式的自尊。在这种自尊里，同一种本我里比多就是客体里比多。里比多就是包罗各种形式的爱的一般自爱（general ahankara）。"[③] 尽管相似，但自爱和里比多仍有差异。弗洛伊德与波阇理论之间有相通之处，但不同的是："波阇的理论更为透彻，更富哲理色彩，

---

① 转引自胡经之主编：《西方文艺理论名著教程》（下卷），北京大学出版社，2003年，第105页。

② V. Raghavan, *Bhoja's Srngaraprakasa*, Madras: Punarvasu, 1963, p. 502.

③ V. Raghavan, *Bhoja's Srngaraprakasa*, Madras: Punarvasu, 1963, p. 503.

而很少纠缠性欲问题。”[①] 弗洛伊德的里比多指涉的是与客体相联系的性本能，它包括性爱、自爱、对父母朋友的爱及对具体或抽象的观念的爱。波阇则将各种情（bhava）视为一种“喜爱”（preman），所有的情和包容各种情的喜爱都是自爱的一种体现。拉克凡的结论是：“波阇自爱中的里比多要比精神分析学家（弗洛伊德）的里比多所蕴涵的东西丰富得多。”[②]

在拉克凡看来，波阇的自爱与弗洛伊德等人阐述的自恋论也存在一些相似的地方。某种程度上，波阇的自爱也可以作为自恋来看待。这是因为，他论述过自我之爱（atma-kama），也曾经用《广林奥义书》中的语言来表示这种意思：“确实的，不是因为爱一切东西而一切东西可爱，是因为爱‘自我’而一切东西可爱（Aatmanastu kamaya sarva priyam bhavati）。”[③] 波阇还引用一首诗。这首诗讲的是一个男子把女子的爱转化为一种自恋。在另外一处，波阇描述一位女子的自恋。这种观念在弗洛伊德那里以纳西西斯的概念而出现。如此看来，波阇的自爱思想具有东西美学比较价值。

拉克凡认为，尽管波阇和弗洛伊德存在精神契合的地方，但是，他们之间由于时代地域和文化土壤的差异，仍然存在一些不同的地方。例如，波阇往往将自爱思想与宗教四目标（法、利、欲、解脱）联系起来加以考虑。这就不难理解，他为什么要论及法艳情、利艳情、欲艳情和解脱艳情。而弗洛伊德的里比多则在很多时候与心理分析有关，有时纯粹只与生理性欲有关，这是波

---

① V. Raghavan, *Bhoja's Srngaraprakasa*, Madras: Punarvasu, 1963, p. 503.

② V. Raghavan, *Bhoja's Srngaraprakasa*, Madras: Punarvasu, 1963, p. 503.

③ 转引自黄宝生：《印度古典诗学》，北京：北京大学出版社，2000年，第327页。

阇无法想像的。弗洛伊德的里比多一般不考虑其宗教含义。其次，波阇的“自爱味”即艳情味赋予读者观众以一切优雅风度和福祉，这是艺术升华。“自爱味的唤起使人们成为善于品尝味的人（rasika）。”① 在波阇的《艳情光》里，没有发现欢增和恭多迦使用的“知音”（sahrdaya）一词。波阇将“尝味者”和“知音”用作同义词。拉克凡解释道：“波阇用尝味者（rasikya）这个词表示这样的意思：人们的情感天性从自爱中完全得以释放。因此，这将产生一种理解他人情感的能力，一种同情力。”② 这就是说，波阇的艳情味除了探索诗人创作之谜外，还重视读者或观众的审美接受一维，而弗洛伊德则多探讨艺术家在里比多即原欲推动下怎么创造而升华自己的问题。这是两人的一个重要区别。从这些比较研究来看，拉克凡对波阇和弗洛伊德的理论探察很见功力，体现了梵语诗学研究者视野的开阔和心态的开放，彰显了波阇艳情味论远未过时的现代价值。

关于梵语诗学和文学研究，拉克凡还有两本论文集值得一提。一本是《新护及其著作》（*Abhinavagupta and His Works*），另外一本是《梵语戏剧美学及创作》（*Sanskrit Drama: Its Aesthetics and Production*）。二书均在拉克凡逝世后出版。前一部是拉克凡于 1932 到 1970 年间陆续写出的论文，围绕新护的著作及其文学理论、宗教哲学思想等进行论述。拉克凡将新护放在历史语境中进行考证，得出了很有价值的结论。初版于 1993 年的《梵语戏剧美学及创作》收录的文章也跨越了 20 世纪 30 到 70 年

① V. Raghavan, *Bhoja's Srngaraprakasa*, Madras: Punarvasu, 1963, p. 502.
② V. Raghavan, *Bhoja's Srngaraprakasa*, Madras: Punarvasu, 1963, pp. 478—479.

代。该书体现了拉克凡不凡的学识和兼收东西的研究模式。例如，拉克凡在1933到1934年间发表在《东方研究》杂志上的长文《戏剧法和世间法：婆罗多戏剧的理想主义和现实主义》（*Natyadharmi and Lokadharmi*：*Idealism and Realism of Bharata's Stage*），以西方文学理论模式观照《舞论》的戏剧表演原理。该文收入此文集中。拉克凡在文章里说："Dharma一词意味特征或特色。一般说来，戏剧法（Natyadharmi）和世间法（Lokadharmi）则分别意指自然世界的本来特征和戏剧表演的特色，它们又分别指理想主义和现实主义原理。"① 拉克凡打通古今东西，引入亚里士多德《诗学》中的戏剧原理和托尔斯泰、奥斯卡·王尔德等其他西方作家或学者的相关理论，并结合《舞论》的相关戏剧原理，对"戏剧法"和"世间法"进行考察，力求给予合理的现代定位。

综上所述，拉克凡是印度现代史上梵语诗学研究的杰出代表。他的成就为同时代人和后人研究梵语诗学指明了方向。同时，他也是印度现代比较文学发端期的重要人物之一。他对梵语诗学和西方诗学的比较研究具有重要的参考价值。

第七节　中印文化与文学关系

印度比较文学发端期的一个显著特点是，很多学者对于东西

---

① V. Raghavan, *Sanskrit Drama*: *Its Aesthetics and Production*, Madras: Paprinpack, 1993, p. 202.

方文化的异同特别敏感，并以各种不同的方式进行探讨。他们不仅对印度与西方文化关系进行探讨，还对中印文化关系进行探索。这使他们成为自觉的比较文化研究者。他们的相关论述为发端期的印度比较文学增添了丰富的色彩。尼赫鲁早年留学英国，视野开阔，他的著述涉及源远流长的中印文化关系，并带有一些比较文化研究的色彩。拉达克里希南是著名的比较宗教学家，他的相关论述也涉及中印文化比较的问题。师觉月、谭云山和 K. M. 潘尼迦等人的著述均不同程度地涉及中印文化关系的探索，蕴含了比较文化研究的色彩。由于中印文化关系研究属于发端时期，乃是印度比较文学研究的坚实基础之一，因而没有理由把他们排除在研究的视野之外。本节以尼赫鲁、拉达克里希南、师觉月和谭云山等人为例，对印度独立前的中印文化关系研究作一说明，其中对谭云山的介绍适当地延伸到印度独立以后。

一　尼赫鲁

贾瓦哈拉尔·尼赫鲁（Jawaharlal　Nehru，1889—1964）是印度现代史上具有世界影响的几大名人之一。他不仅是印度民族独立运动的卓越领袖之一，同时还是一位颇有才华、视野宏阔的作家。他于印度独立前的 1944 年写成《印度的发现》（*The Discovery of India*）。他在书中以印度文明论述为纬、以世界文明观照为经，纵横捭阖，挥洒自如，给我们展示了一方别有洞天的艺术天地。《印度的发现》篇幅庞大，涉及对印度历史文化的溯源思考、对英印殖民关系的思考、印度民族独立道路的探索，还涉及对中印文化交流的评价等等。同时，他的某些论述还涉及了印度与西方文学的比较研究。下边对此进行简介。

在《印度的发现》第五章中，尼赫鲁对于中国、印度和古希腊文化进行了比较。他虽然不太赞同使用东方与西方这些字眼，但也接受了这些西方人所造的词汇。首先，他认为，东西方各个民族具有自己独特的个性或优越性。他说："不论在东方或是在西方每一个国家，每一个民族都有它各自的个性和使命，以及依照自己的方式试行解决人生的各种问题。希腊在它自己的方式上有些东西是肯定而优越的；印度、中国、波斯也是如此。"[①] 这是一种合理的世界文明观。他认为，古希腊人更会享受现世人生，沉迷于创造的美，印度人和中国人却有所不同，这是因为："印度人对于眼前的人生也感觉到欢欣和谐，但他们同时也把眼光转向更深入的知识，他们的心中交织着一些奇奇怪怪的问题。中国人虽然也充分注意到了这些问题及其不可思议的地方，然而以其聪明智慧，避免跟它们发生纠缠。每一个种族用他们不同的方式共表现出他们人生的丰满和美妙。"[②] 这些观点有一定的道理，他揭示了古希腊人热爱现实生活、征服自然、开拓疆土的外向型性格，也说明了印度人追求智慧解脱、中国人追求世俗幸福的民族或种族性格。在论述古希腊和印度、中国等三大文明的生命力时，尼赫鲁说："历史证明印度和中国有着比较强固的根基，比较大的持久力，所以它们至今长存……古代的希腊……或者因为它过份地贯注于眼前的世界，所以结果它成为过去了。"[③] 尼

① 尼赫鲁：《印度的发现》，齐文译，北京：世界知识社，1956 年，第 181—182 页。

② 尼赫鲁：《印度的发现》，齐文译，北京：世界知识社，1956 年，第 182 页。

③ 尼赫鲁：《印度的发现》，齐文译，北京：世界知识社，1956 年，第 182 页。

赫鲁这些观点某种程度上揭示了中国文明、印度文明和古希腊文明这三大文明盛衰兴荣的基本原因。接下来，尼赫鲁还论及印度和希腊的历史文化交流问题，并对其中一些有争议的话题作出判断，如古希腊的偶像崇拜和古希腊戏剧是否对印度的神灵崇拜和梵语戏剧发生过影响。尼赫鲁的答案是否定的。他说："印度和希腊的文明虽然不可避免地曾经互相影响过，但是它们都坚强得足够保持住它们自己的东西，并循着它们自己的富有特色的路线发展下去。近年来，对于把一切都归之于希腊及罗马的那种由来已久的倾向，已经有了一种反应；亚洲的、尤其是印度的作用获得了重视。"[①] 尼赫鲁为此引用了一些西方学者的客观判断进行佐证。《印度的发现》从书名来看，便暗含了以民族主义视角对印度文明的文化灵魂和文明活力进行重新"发现"，因此，可以发现尼赫鲁在书中进行比较研究的目的和意图。这种暗含在"发现印度"中的比较文化研究进一步确立了作者对于印度历史文化和文明活力的民族自信。这和当时很多知识精英如泰戈尔、甘地等人的立场是一致的。《印度的发现》显示了尼赫鲁借鉴东方学家"发现印度"的方式，以内部视角"自我发现"印度文明的伟大之处，这是对近现代西方某些东方学家或比较文学学者"发现"东方文化的主动回应。正如泰戈尔以李白的古典诗歌为范例，回应西方文学理论家或思想家的"现代性"概念，尼赫鲁此处隐藏在比较文化研究视角中的"印度的发现"，将印度文明的伟大活力呈现在世人面前，这使他的比较研究具有一种隐蔽的意识形态考量。从这个意义上说，比较文化研究是尼赫鲁的学术出

---

① 尼赫鲁：《印度的发现》，齐文译，北京：世界知识社，1956 年，第 188 页。

发点，使其论述更具有说服力，也更有深度。

难能可贵而又非常自然的是，尼赫鲁并没有停止在比较文化研究层面，他还像泰戈尔一样，尝试着从比较文化层面进入比较文学领域。他除了探讨印度古典梵语文学与希腊文学有无影响联系之外，还介绍了欧洲一些印度学家对梵语文学的研究状况，并对梵语文学代表作家迦梨陀娑进行了重点考察。这使他的研究具有影响研究和平行研究相结合的痕迹。例如，他借用美国学者的观点评价迦梨陀娑道："诗辞的流利畅达并不希奇，智慧的理解力也并非十分难得。不过，能将这两者结合起来的，则自开天辟地以来，恐怕还不过十一二人。迦梨陀娑因为具有这种极为融合的结合能力，所以他的地位要在阿那克里温（Anacreon）、贺拉西（Horace）、雪莱之上而和萨佛克里斯（Sophocles）味吉尔、密尔顿并驾齐驱。"[①] 此处迦梨陀娑与之"并驾齐驱"者为索福克勒斯、维吉尔和弥尔顿，他们皆为欧洲古代文学史大家。尼赫鲁继续采取平行研究手法，以比较文化为基础，对古希腊悲剧和印度梵语戏剧进行比较研究。他说，希腊戏剧的主要基础是悲剧，也就是关于人性邪恶的问题。另一方面，梵语戏剧表现出完全不同的特征。这是因为："梵剧中没有可以和希腊悲剧中所含有的力量和庄严相比拟的东西。的确，梵文中根本没有悲剧，因为悲惨的结局是不许可的。它们从来就不讨论这些根本问题，因为剧作家接受的是一般人所承认的那种宗教信仰，例如生死轮回、因果报应等等……不过，人生一般地是被上述的那些信仰所支配的，戏剧作家们也没有去辩驳。戏剧和梵文诗通常是和印度

① 尼赫鲁：《印度的发现》，齐文译，北京：世界知识社，1956 年，第 193 页。

精神一致的，很少看得到对它反抗的痕迹。编写剧本有严格的规则，很难违犯。”[①] 尼赫鲁的这些观点是非常有道理的。在梵语戏剧学著作中，如流血和杀戮等场面都是禁止在舞台上进行展示表演的。而古希腊悲剧理论家亚里士多德认可悲剧是高尚人物等的毁灭，赞同血腥场面的表现，这些戏剧理论的分野分明显示了古希腊悲剧和印度梵语戏剧在表现方式和表达内容上的差异，归根结底，这体现了古希腊文明和印度文明的差异。

再回到印度和古希腊戏剧理论的差异上来。仔细推敲会发现，代表古希腊与印度戏剧理论精华的净化说（Katharsis，又译陶冶说，宣泄说，泄疏说）与味论之间的区别是明显的：“净化说只涉及怜悯和恐惧两种感情，而味论却涉及所有感情。因此，味论大步流星地走在了净化说的前头。”[②] 有的学者认为，味既是戏剧模仿或表演的客观对象，也是观众体验的美学愉悦。与味论相比较，净化说存在一些“明显的缺陷”：首先，它不能得到满意的解释或验证；其次，它只局限于悲剧的体验，不能如味那样运用于其他文学形式；再次，净化说只有“净化或治疗功能”，不能像味那样，使人“得到一种积极的美学体验”。[③] 这些论断似乎有些过于简单片面，有扬此抑彼之嫌。不过，上述学者的话说明，在亚里士多德的净化说与婆罗多的味论之间，源自东西方民族文化特性的差异决定了他们的理论分野。这在他们的理

---

① 尼赫鲁：《印度的发现》，齐文译，北京：世界知识社，1956 年，第 197—198 页。

② R. L. Singal, *Aristotle and Bharata: A Comparative Study of Their Theories of Drama*, Punjab: Vishveshvaranand Vedic Research Institute, 1977, p. 56.

③ M. S. Kushwaha, ed. *Dramatic Theory and Practice Indian and Western*, Delhi: Creative Books, 2000, p. 12.

论体系建构中反映出来。如果将亚里士多德的“怜悯”和“恐惧”近似地视为婆罗多味论体系中的“悲悯味”和“恐惧味”的话，可以说，按照婆罗多戏剧理论指导创作，梵语戏剧唤起的是各种复杂情味，而符合亚氏理论模式的希腊悲剧唤起的只有两种情味。究其实，二人不同的戏剧功能观决定了他们的不同关注点。一个关注的是心灵的净化，另一个强调灵魂的解脱。婆罗多视戏剧为“第五吠陀”，这意味着戏剧“可以引导处于‘争斗时代（Kaliyuga）’的人们超越纷争和自我受到奴役的痛苦，而抵达纯粹的情感解脱”。而亚里士多德在悲剧中看到了人们的生存境况，他认为，戏剧表演唤起的怜悯与恐惧“能够创造无可比拟的美学体验”。[①] 由此不难理解，为何亚氏推崇悲剧及其净化效果，婆罗多却津津乐道于各种情味的产生和体验。由此可知，尼赫鲁对于希腊悲剧和梵语戏剧的比较研究是很有价值的。它预示着后来的印度比较诗学研究者必将关注东西方文学背后潜藏的不同文化基因。

再看看尼赫鲁对中印文化关系的探索和一些思考。

在《印度的发现》的“中译本序言”里，尼赫鲁说，中国和印度有着“几千年来和平相处的值得自豪的记录。它们已经有过许多交往，但这些交往是和平的，是文化上的。这是举世无双的记录。”[②] 这种以和平而非暴力掠夺式进行的互动交流在他心目中是值得珍重的美好回忆。为此，尼赫鲁在该书第五章设立一节

---

① S. J. Robert Antoine, “Bharata and Aristotle”, in Amiya Dev, ed. Jadavpur *Journal of Comparative Literature* (*Vol*. 16—17), Department of Comparative Literature, Jadavpur University, Calcutta, 1979, p. 25.

② 尼赫鲁：《印度的发现》，“中印本序言”，齐文译，北京：世界知识社，1956年，第1页。

"印度与中国"。他回忆道："在千年以上的中印两国的交往中，彼此相互地学习了不少知识，这不仅在思想上和哲学上，并且在艺术上和实用科学上。中国受到印度的影响也许比印度受到中国的影响为多。"[①] 事实也的确如此。中印文化交流在秦朝以前就已经开始，到两汉时代进一步扩大。西汉时期，交流重点是在物质文明的交流和交流渠道的探索上；东汉时期，又开始了精神文明的交流，主要的标志事件是佛教传入中国的中原地区。[②] 千年的中印交流，不仅给中国以巨大的异邦精神文明财富的滋养，也给中国带来了印度药方、棉花、糖和布匹等东西，对中国的裨益一直延续到今天。

尼赫鲁说："中国与印度互相接近，并开展了很多接触，这是得力于佛教的。"[③]这是符合中印文化交流史实的。尼赫鲁用一种健康平和的心态看待中印文化交流，并由此发现："中印之间的关系是相互交流的，许多中国学者也来到了印度。在最著名的学者之中，遗留有旅程记录的是法显、宋云、玄奘和义净。"[④]他重点记叙并评价了玄奘和义净。他还引用了玄奘在《大唐西域记》里有关印度的实录。这说明他对玄奘之于印度文明的伟大贡献是非常钦敬的。尼赫鲁还详尽地谈论了另一位著名人物义净。他发现，义净提到印度时总称为"西方"。他对义净热爱印度文化和推动中印文化交流持高度赞赏态度。

对于近代以来的中印交流停滞问题，尼赫鲁在《印度与中

---

① 尼赫鲁：《印度的发现》，齐文译，北京：世界知识社，1956年，第246页。
② 薛克翘：《中印文化交流史话》，北京：商务印书馆，1998年，第21页。
③ 尼赫鲁：《印度的发现》，齐文译，北京：世界知识社，1956年，第238页。
④ 尼赫鲁：《印度的发现》，齐文译，北京：世界知识社，1956年，第239页。

国》中作出了一些探讨。他说，佛教在印度的没落几乎使中印两国学者的往来完全间断，虽说中国的香客仍偶然有来印度访问佛教圣地。他认为佛教在印度的衰落是导致中印文化往来急剧减少的直接原因。他同时还点出了殖民侵略给中印人民交往所带来的"厄运"。的确，英国殖民者利用中印英三角鸦片贸易曾为自己带来了无以记数的商业利益，并将许多印度人当作雇佣兵派往中国镇压太平天国起义和义和团运动，这在无形中加深了大规模佛教文化交流停止后的中印文化心理隔阂，也在中印人民的交往中设置了人为的路障。应该说，尼赫鲁的观察分析是很深刻的，基本上符合历史发展事实。当然，作为一个经受西方思想洗礼的眼界开阔的学者兼政治家，尼赫鲁对于中印关系的未来前景持乐观态度。

在《印度的发现》中，尼赫鲁还多次显示了他对中国文化的熟悉热爱。他与泰戈尔一样，常常引用老子、孔子等人的中国文化元典来说明自己的理念。他在论述当代问题时说："在今天的政治经济的世界中就是追求强权，然而等强权到手之后许多其他的价值又丧失了。政治的机诈和阴谋代替了理想主义，怯懦和自私代替了无私的勇气……强权和武力都不能控制精神，尽管它们可能使精神硬化和粗糙化。孔子说：'三军可夺帅也，匹夫不可夺志也'。"[①] 他还用孔子来说明积极入世之心态和引用老子来解释修身养性之方略。

更加难能可贵的是，尼赫鲁在把孔子、老子及佛陀等与西方名人进行并列时，他实际上已经达到了一个新的认识高度："佛

① 尼赫鲁：《印度的发现》，齐文译，北京：世界知识社，1956年，第745页。

降生时，正是印度有着一个惊人的精神激动和哲学探索的时代。不仅仅在印度有这种情形，因为那也是老子、孔子、琐罗亚斯德、毕达哥拉斯的时代。”① 尼赫鲁所言的这些伟大智者，正是1949年德国哲学家雅斯贝尔斯在他的《历史的起源与目标》一书里提出“轴心期文明”理论所涉及的人物。雅斯贝尔斯认为，公元前800年到前200年间，以前500年为中心，地球上各地区发生了精神运动，这标志“轴心期文明”的诞生。人类的精神基础正是在这一期里同时独立地在中国、印度、波斯、巴勒斯坦和希腊开始奠定。雅斯贝尔斯指出：“这个轴心位于对人性的形成而言最卓有成效的历史之点，自它以后，历史产生了人类所能达到的一切。”“直至今日，人类一直靠轴心期所产生、思考和创造的一切而生存。”② 从这个意义上来说，尼赫鲁对中国文化的关注使他达到了一个视野开阔的哲学家应该达到的智慧高度。

二 拉达克里希南

S. 拉达克里希南（Sarvalli Radhakrishnan，1888—1975）是现代印度著名学者、哲学家、政治家，曾于1962年到1967年担任印度总统。拉达克里希南对于东西方哲学宗教研究颇深，著述颇丰，但其具有比较文化成分的还数《东方与西方宗教》(1933)、《印度与中国》(1947) 等。

拉达克里希南（下简称拉氏）曾经两度访华。第一次是

---

① 尼赫鲁：《印度的发现》，齐文译，北京：世界知识社，1956年，第207页。

② 转引自许启贤主编：《世界文明论研究》，济南：山东人民出版社，2001年，第158页。

1944年5月以学者身份访华讲学，第二次是1957年9月以印度副总统身份再次访华。《印度与中国》一书以他首次访华讲学内容为基础写成。有学者认为，拉氏的《印度与中国》“比较粗糙，完全依赖于第二手资料，舛误甚多，有主观臆造材料的嫌疑”。[①]拉氏在书中全面地论述了印中文化的异同及其互动关系。在关于中国文化的论述中，作者聚焦于中国教育传统以及儒、道、佛三家思想。这里以他带有比较文化研究色彩的儒道佛思想论述为例，进行一番简略介绍。

首先，我们来看一看拉氏对儒家思想鼻祖孔子的相关论述。

拉氏认为，孔子的主要教义在于“使人格适应于社会秩序。”孔子教人孝道、家庭、爱情等伦常之理，也教人忠于国家、热爱邻里。“如果所有社会成员都能履行其独特的社会职责，那么社会就获得了良好的秩序。而当每个人都履行其社会职责的时候，我们也就实现了‘大同’。”[②] 为了说明他的理解，他还引用了《礼记·礼运》中的语言以资佐证。拉氏对孔子“大同”思想的精髓之把握基本上是准确的。与欧洲人重视个人权利的文化观相反，中国人一向把整体的利益放在个人之上，以为国家社会服务为荣。就家庭观念而言，强调个人对家庭的义务。中国人的政治观念便由此引申而来。中国人希望天下的人像一家人一样和睦相处，从而产生了天下一家的“大同”思想。如《论语》说：“四海之内皆兄弟也。”这便接近于拉氏所说“社会主义世界联邦的

① 张立文等主编：《中外儒学比较研究》，北京：东方出版社，1998年，第260页。

② 何兆武主编：《中国印象——世界名人论中国文化》，桂林：广西师范大学出版社，2001年，第383页。

蓝图”。当然，天下一家的大同思想即中国人产生了整体大于个人的观念，从而抑制了西方意义上自由民主人格的产生，又导致中国产生了以中央集权为特点的内敛性强的君主专制制度，这一点在拉氏那里没有得到揭示。

中国文化内核是强调个人对社会的义务而非权利，强调个人为社会服务，修身、齐家、治国、平天下。这一点深得拉氏的赞同。因为，在强调个人义务而非个人权利的这一点上，印度文化与中国文化殊途同归，尽管中印文化中的“义务”概念之内涵相去千里。拉氏认为，孔子“整理确立了中国古代的社会与政治理想，其中不仅包括个人清白与社会职责的规则，而且包括宗教仪式、祭神典礼以及对于死者的崇拜。礼的宗教，犹如摩西法律与摩奴法典一样，在他人中间确立了孝与道德约束的必要性。这正是印度人称之为达摩的东西，是既关于个体也关于社会的。”① “达摩”（dhamma）是梵文（dharma）的巴利语形式。它有“存在规律、既定秩序、法则、道德、善行、责任和义务”等含义。它是一个非常独特的印度概念，既是哲学概念，又是宗教概念，也是伦理道德概念。这样看来，拉氏是带着印度本土思想观念来与孔子进行跨文明的千年对话。

有学者认为，与西方的“理性政治”相比，中国是一种“情感政治”。“虽也辅之以法律和道理，但基础是建立在‘亲亲’的‘仁义’之上的，儒家所主张的‘仁政’，就是以情感为基础的政治思想。”② 仁政思想发端于孔子。与谈论“礼乐”一样，拉氏

---

① 何兆武主编：《中国印象——世界名人论中国文化》，桂林：广西师范大学出版社，2001年，第384页。

② 曹顺庆：《中外比较文论史》，济南：山东教育出版社，1998年，第444页。

也只是表面地谈到了这一点："庄子所记载的孔子与老子的一次对话，强调了孔子的道德是某种外在的东西这种观点……对于孔子之道德的这种批评，并不是非常公允，因为孔子所强调的是内心情感——仁的发展。"[①]"孔子为我们树立了一种圣君的理想，圣君是集道德良知与圣人的沉着以及现实政绩于一身的统治者，是黑天神与阿周那的结合。"[②] 这里，拉氏再次运用印度本土思想来解读孔子的政治哲学。这显示了中印文明内在特质的某些相似性。

关于孔子思想中的"神学"成分，拉氏的论述比较详尽。他认为："孔子对于神学问题的缄默，正如在佛陀那里一样，也许是出于他对于伦理的忧虑。"这种忧虑即孔子担心超自然的信仰容易使人民发生分裂，因此不予强调。"他意识到了人的知识的局限。但是，我们并不能说孔子缺乏一种关于无限的神秘感。通过某种表述性的缄默，他暗示了人类精神的有限性以及神圣的神秘感觉。他确信从古代一直传到他那里的那个超验之天的实在性。天是世界万物的创造者、保存者、毁灭者，也是宇宙秩序的护卫者，它明察一切并判断一切。孔子回答了《梨俱吠陀》中伐楼拿的问题，也回答了伊朗人阿胡拉·玛兹达的问题。"[③] 拉氏此处同样运用比较文化的途径来对孔子的思想进行读解。

接下来，拉氏转入对孔子缺乏宗教思想的批评。他认为，严

---

① 何兆武主编：《中国印象——世界名人论中国文化》，桂林：广西师范大学出版社，2001 年，第 386 页。

② 何兆武主编：《中国印象——世界名人论中国文化》，桂林：广西师范大学出版社，2001 年，第 391 页。

③ 何兆武主编：《中国印象——世界名人论中国文化》，桂林：广西师范大学出版社，2001 年，第 387 页。

格说来，孔子不是一个宗教思想家，他要求的是一种新的社会观而不是新的宗教态度，所以他非常谨慎地回避了任何超世俗的探索。孔子的现世主义相信人是为社会而创造的，他无意于探究非社会的人。“他的宗教观点、宗教实践及其伦理与社会观点并没有形成一个统一的系统。他的宗教看来只不过具有形式上的特征。他的言辞缺乏一种炽热的虔诚。对于我们自身存在之最深刻部分的忽视，乃是所有人本主义法则的根本缺陷。”① 在另一处文章中，拉氏对孔子也是褒中有贬：“孔子给了我们做一个好公民的格言。他接受了他那个时代的流行观念，褒扬对天的崇拜以及对祖先与神灵的祭祀，但是他没有明确的形而上学思想，没有把道德律令与天的崇拜结合起来。宗教之情感的与沉思的方面在孔子那里都被忽视了。”②

由上叙述可以发现，拉氏对于孔子注重社会和人性改造但却缺乏印度或西方式宗教超越的思想体系颇有微词。他接受了一些西方学者对孔子的判断。这可视为对孔子先入为主的“文化误读”。事实上，孔子是中国历史上划时代的人物和最有影响的思想家。孔子的仁说体现了人道精神，是他那个时代的思想精华。孔子以后，儒学成为显学，两汉后更是逐渐成为中国社会占统治地位的思想，对中华民族精神性格的形成，具有重大的影响。当代社会里，儒家思想已经化为中国文化的有机血脉。进一步说，拉氏的论述也启示我们在当今跨文化交往中保持一种平和包容的

① 何兆武主编：《中国印象——世界名人论中国文化》，桂林：广西师范大学出版社，2001 年，第 389 页。

② 何兆武主编：《中国印象——世界名人论中国文化》，桂林：广西师范大学出版社，2001 年，第 404 页。

心态是多么的重要。和而不同，应是国际文化交流的最高境界。

对于中国道教及其思想鼻祖老子，拉氏也有论述。与泰戈尔及许多西方思想家对道家思想的赞口不绝相比，拉氏对道家思想的认同程度是极其有限的。

拉氏首先从道教在理论上的“缺陷”谈起，他认为：“道教给中国一种超验的神秘主义，并试图实现那种在中国人心目中根深蒂固的、要从外部世界的羁绊中解放出来的渴望。但是，它没有发展出一种有可能满足人的‘理性’要素的形而上学。绝对与现实世界之间关系的确切本质、这两者之间的中介力量，并没有通过任何系统性的阐发而引导出来。在宗教方面，它也不能给出一种令人满意的体系。”① 拉氏在这里将道教思想对俗世生活的超脱点了出来，但他仍然用印度宗教及西方宗教哲学模式去解读道教思想，从而得出偏颇的结论，即道教没有开出他所认同的“令人满意的体系”。

拉氏探讨了尊崇道家思想的道教与佛教的历史渊源，这其中自然包含了中印文化的比较研究。他说：“为了试图满足民众的宗教需要，道教接受了许多佛教的原理与仪式，并使老子上升到佛的地位。有着各种戒律的道教寺院制度是根据佛教的模式建立起来的。道藏也是根据佛藏的模式而确立起来的。天堂和地狱也取自佛经，不过加上了中国名字，并且由那些中国的神来管辖，这些中国神是该民族奉为神圣的历史英雄。道士以及道姑的等级则通过模仿佛教而形成。在唐代，老子受到特别的尊崇并逐渐上

---

① 何兆武主编：《中国印象——世界名人论中国文化》，桂林：广西师范大学出版社，2001 年，第 392 页。

升到与佛陀等同的神圣地位。”[①]

拉氏在这里谈到的道佛关系的确是一个非常重要的历史现象。佛教传入与兴盛对道教的诞生有刺激和促进作用。佛教在息欲、超俗等方面又与道家、道教较为接近。佛道二教在中国的兴起处于同一历史时期，两者互相依存又互相排斥，其结果是双方共同得益，共同发展。在南北朝时期，佛道斗争尤为突出。道教是一个善于实行“拿来主义”的宗教，佛教的现成教规、教义及教团组织形式正可为其所用。道教徒一方面攻击佛教，另一方面又剽取佛经制作大量道书，吸取佛教轮回、劫运、慈悲等教义，用以充实自身。“正是由于佛教的介入与影响，道教才在汉末魏晋崛起，并在南北朝以后具备了一个上层大教的规模和面貌。”[②]另一方面，唐代佛教禅宗的形成与发展，也受到老庄思想影响。北宋以来，儒释道三家不少人倡导三教归一。全真道合一三教，大幅度地融摄佛、儒之学，其教义教制体系中，道释交融成分为大。全真道效仿禅宗，标榜“不立文字”，注重宗教修炼实践。由此可知，拉氏论及道教对佛教思想的吸收摄取，是有道理的。

拉氏将道家思想与中国儒家思想乃至印度宗教思想作了一番对比。他说：“老子这种对于另一个世界的强调，是和限定人的社会生活并使其适应于时代变化需要的儒家传统大相径庭的。”[③]这里的一褒一贬显示了拉氏对中国文化的有所取舍。他还认为，

① 何兆武主编：《中国印象——世界名人论中国文化》，桂林：广西师范大学出版社，2001 年，第 393 页。

② 任继愈主编：《中国道教史》，上海：上海人民出版社，1990 年，第 18—19 页。

③ 何兆武主编：《中国印象——世界名人论中国文化》，桂林：广西师范大学出版社，2001 年，第 395 页。

儒家强调人的理性，而道家则蔑视它。与道家思想不同的是，佛教的理想是积极行动的理想。他不无道理地认为：“道家的形而上学接近于奥义书思想，而其修炼方法则接近于瑜伽的方法。”①

关于佛教，拉氏首先论及印度佛教中国化的特点：“当佛教进入中国人思想的时候，它与儒家和道家的思想相混合而发展形成了一种独特的中国样式。它既强调禅定的智慧，也强调对于社会的服务。通过其认知、情感以及意志等方面的统合，佛教思想深深地吸引了知识阶层以及富有精神者的兴趣。”② 拉氏的论述基本上符合中国佛教产生发展的历史事实。佛教传入中国以前，中国已经拥有高度发达的以儒家为主体的思想文化体系。它欲扎根中国，必须先适应中国社会，与佛道思想相结合，实现中国化。幸运的是，佛教具有很强的适应性。到隋唐时期，带有鲜明中国特色的佛教宗派已经形成，这标志佛教中国化过程的基本完成，它在思想上已经与中国传统文化融会结合。中国佛教的天台宗、华严宗、禅宗最具民族特色，其他还有法相宗、密宗、净土宗等。这些佛教宗派的特点是，把中国道家和玄学的本体论与印度大乘佛教的以空、真如或佛性为本体的宇宙论会通结合，并依据般若中观学说的“不二法门”，提出现象与本体圆融无碍、“体用相即”的佛教哲学；把儒家的善恶伦理规范和道德说教，吸收到佛教中的最通俗最易于为民众接受的善恶报应和轮回说教之中，在统摄人的精神世界和制约人的行为方面起到了儒家所起不

---

① 何兆武主编：《中国印象——世界名人论中国文化》，桂林：广西师范大学出版社，2001 年，第 395 页。

② 何兆武主编：《中国印象——世界名人论中国文化》，桂林：广西师范大学出版社，2001 年，第 396 页。

到的作用。[1] 这样一来，佛教思想中国化的任务就轻松多了。

因为拉氏是一个著名的比较宗教学家，他在论述佛教时，便常常不由自主地将它与中国的道家及儒家思想进行比较分析。但由于他的材料来源多是二手的，再加之其印度本土视角，因此，其论述便多见不甚妥当之处。如他认为，孔子缺乏深沉的宗教精神，因此，比较而言，佛教是有价值的。在拉氏看来，由于相信吃金丹能够长生不死，道教产生了“某种程度上的堕落”。拉氏引用1869—1909年任哈佛大学校长的美国人艾略特（Charles Eliot）的话说：“在唤起人类之情感与精神方面，如果道教优越于儒教的话，那它却低于佛教。”接下来是一位英国基督教传教士评价，他认为，中国的所有宗教都是包含着各种迷信的“较为低级的宗教”，不适宜于发展一种“开明的精神”，“佛教一直是中国宗教中最有效力的精神因素。”他引用的最后一位学者是来自挪威的基督教传教士。挪威传教士说，一切关于人的思想、观点、憧憬、痛苦、悲伤、渴望、对众生之深切同情等，都在佛教那里刻下了深深的痕迹，因此，“如果人们希望理解中国，那么他就必须以佛教的观点来看待它”。[2] 从这些论述和引用可以看出，拉氏关于佛教以及道儒思想的评价有些偏颇，而引用西方人对中国文化的“误读”更加深了他自己的“文化误读”。

拉氏认为，中国佛教有一种“退化”的趋势。拉氏发现，中国人缺乏深厚的宗教情感，因此，“中国的佛教亟须改革。”改革

① 杨曾文：《中国佛教史论》，北京：中国社会科学出版社，2002年，第24页。

② 何兆武主编：《中国印象——世界名人论中国文化》，桂林：广西师范大学出版社，2001年，第404页。

手段有二，一是以正确的关于自然及其规律的知识对人民进行教育，破除人民的泛灵论信仰和对魔鬼的恐惧。二是返回真正的宗教语境中去。拉氏说："要实现宗教性质的改革，最为根本的要返回到历史上的佛陀那里……中国的佛教徒实际上必须回到佛陀及其沉思方法那里去，并为世界而工作。"① 拉氏以一位宗教哲学家的思想姿态，希冀着用革新宗教的方法来革新当时"弥漫"着"实利主义"的中国局面，这和泰戈尔1924年访华时的观感类似，反映了他们对当时中国国情缺乏了解，因此，他们的文化误读也就不可避免。且看拉氏的总括性断言："如果中国的统治者接受古代皇帝的传统而尊重所有的宗教，如果佛寺庙宇及其僧侣能够使自己现代化，那么中国将会出现一次伟大的宗教觉醒。"② 站在今天的角度进行分析，我们发现，虽然说他的建议并非完全谬误，但在那个时代，中国最需要的不是"伟大的宗教觉醒"，而是一种伟大的现实觉醒。

拉氏于1933年在伦敦初版的《东方与西方宗教》是在作者于曼彻斯特学院和牛津大学发表的系列演讲基础上汇编而成的文集。这些演讲中的前四篇分别发表于1929年到1930年间，而最后一篇即论述泰戈尔思想的演讲是他在1931年12月发表于加尔各答泰戈尔七十岁生日庆典上。该著主要涉及印度宗教思想与西方基督教思想的对比研究。全书共分五章，标题分别为"比较宗教"、"东方与西方宗教"、"混沌与创造"、"受苦的革命"和"泰

① 何兆武主编：《中国印象——世界名人论中国文化》，桂林：广西师范大学出版社，2001年，第406页。

② 何兆武主编：《中国印象——世界名人论中国文化》，桂林：广西师范大学出版社，2001年，第408页。

戈尔”。全书重点涉及比较宗教学的还数第一、二章，此处只介绍这二章关于东西文化比较的主要内容。

在第一章中，作者体现了自己渊博的学识，他信手拈来地引用西方学者的著述，提到了马克斯·穆勒、爱德华·泰勒、詹姆斯·弗雷泽和J. E. 卡朋特等人。他论及印度与西方宗教的差异，并涉及比较宗教学的研究方法、研究价值和存在的问题等。关于比较宗教学的研究价值，拉氏认为：“比较宗教学会告诉我们，所有的宗教都有自己的发展历史，没有哪个宗教是终极完美的。宗教是一种运动，是一种发展。它完全是一种新陈代谢式的真实发展。每一种宗教都有旧的残余成份。进一步说，即使我们对目前的宗教不满意，我们还可以期待一种更完美的宗教。”①他还认为：“如进行恰当的研究，比较宗教学有助于我们信仰神的普世性，也可促进我们对人类的尊重。”②

第二章是《东方与西方宗教》。拉氏一开始就承认，要在一个讲座的时间内处理东西方宗教比较的主题是不可能的。他只能就一些主要问题作些探讨。他认为：“人类文化史上，亚洲和欧洲代表互补的两面。亚洲代表精神的（spiritual）一面，欧洲代表知识的（intellectual）一面。有时候，这两股思想潮流的相遇会使双方受益无穷。”③ 按照拉氏的观点，这种相互受益的文化相遇在历史上曾经大规模地出现过三次。它们分别是：印度和埃

① S. Radhakrishnan, *East and West in Religion*, London: George Allen & Unwin Ltd., 1958, p. 19.

② S. Radhakrishnan, *East and West in Religion*, London: George Allen & Unwin Ltd., 1958, p. 32.

③ S. Radhakrishnan, *East and West in Religion*, London: George Allen & Unwin Ltd., 1958, p. 43.

及智慧影响古希腊的毕达哥拉斯和柏拉图哲学思想，公元前 327 年亚历山大入侵印度打通了印度和西方的文化交流通道，伊斯兰教对西班牙和地中海地区的进犯。拉氏认为，对于东方在三次文化相遇中给予西方古希腊罗马文明、基督教文化和现代西方文明的影响，再怎么高度评价也不为过分。拉氏话锋一转，他说："关于人类未来最有希望的事实是，世界上各个民族的人们正在团结起来。无论思想还是生活，东方和西方都不可能再彼此孤立。迄今为止，那种偶然短暂的东西方交流已经逐步变得稳固。"① 关于东西方宗教的起源，拉氏还认为："就宗教而言，印度代表东方……希腊和罗马代表西方。进一步说，在现存宗教中，没有哪个宗教起源于西方。这些宗教都是在印度、伊朗和巴勒斯坦发育而成的，其中一些宗教传播到了西方。"② 这包括由东方传播到西方后打上鲜明西方烙印的基督教，而佛教和印度教只局限于东方。这些论述都是经得起历史考证的智慧断言。

在论述东西方思想和人生态度的差异时，拉氏继续东西二元对立的模式，这虽然说有一定的道理，但未免太过于绝对化。因为，拉氏所谓的东方或东方宗教，其实很大程度上是指印度而言，但他同时又把宗教性并不十分突出的中国文明包括在内，这就使其结论显得有些以偏概全的嫌疑。例如，拉氏这样说："西方思想是理性的、伦理的、积极而实用的，东方思想却更多地倾

---

① S. Radhakrishnan, *East and West in Religion*, London: George Allen & Unwin Ltd., 1958, p. 44.

② S. Radhakrishnan, *East and West in Religion*, London: George Allen & Unwin Ltd., 1958, p. 46.

向于内在生命和直觉思维。”[①] 这就把中国儒家思想倾向于积极入世和经时济世的态度抹杀了。另外，拉氏认为，东方宗教培育内在生命，它寻求获得精神自由。本质上，这是通过个人在山顶或寺庙里独居苦修后获得的。在西方，宗教是一种社会和群体的现象行为，它维护社会的稳定。西方宗教与神秘的民族主义相混合，而东方宗教却有普遍主义的因素。东方宗教产生圣人和英雄，旨在个人灵魂解脱而非稳定社会，西方却把宗教变成一种维护社会稳定的政治体系。他还说：“我们看到，西方具有行动中的人的现实主义东方具有艺术家的敏感直觉和造梦者的想象。来自于希腊哲学的西方文化的理想是，将人们锻造为能在国家并为国家充分展示力量的公民。在东方，高尚的人是在整个世界里都感到安逸满足的人。”[②] 从这些论述来看，拉氏的比较宗教学研究仍然是以印度代表东方，虽然他的论述不无道理，但还是犯了前述以偏概全的错误。当然，考虑到拉氏主要是通过过滤后失真很多的英文译文来了解中国文化，而且，他在殖民主义时期的宗主国里宣讲印度和西方文明的宗教差异，带有为东方文化争取平等地位的美好心愿，他的以偏概全似乎可以理解。

在后边三章里，拉氏还向西方介绍了奥义书哲学、瑜伽哲学思想，他还论述了黑格尔、马克思和列宁等人的思想，并论述了莎士比亚和泰戈尔这两位东西方最杰出的文学代表的作品及其思想。这显示了拉氏包容东西的胸怀。

---

① S. Radhakrishnan, *East and West in Religion*, London: George Allen & Unwin Ltd., 1958, p. 48.

② S. Radhakrishnan, *East and West in Religion*, London: George Allen & Unwin Ltd., 1958, p. 57.

三 师觉月和谭云山

师觉月与泰戈尔、谭云山一道是对国际大学中国学院贡献最大的三杰之一。师觉月早年曾经到法国跟随著名汉学家列维、伯希和、马伯乐等人学习中文和中国佛教，打下坚实的中文基础和中国佛教的知识基础，后回到国际大学中国学院任教。中国学者称他为“印度第一个专门研究中国学的学者”。[①]师觉月的研究重点之一是中国佛教。1923年到1926年间，师觉月在法国攻读博士学位期间，撰写了博士论文《中国佛教圣典》。该论文自1927年出版至今，一直为中国佛教研究者所青睐。他为国际学术界所推崇的著述包括《印度——中国丛书》、《印度与中国的千年文化关系》（下称《印度与中国》）等。就《印度与中国》这部被当作印度学生教科书的著作而言，的确称得上“近代中印交流史上的标志性著作”。[②]这本书主要涉及以佛教为媒介的中印古代文化交流史。《印度与中国》全书分八章，具体涉及中印古代物质交流、人员往来概况、佛教在中国传播和影响概况、印度接受中国文化影响和中印文明异同点等重要方面。师觉月利用丰富的中文和梵文资料，围绕佛教这条文化“红线”，对中印古代文化交流进行了仔细梳理。该书是印度汉学研究发轫期里的巅峰之作，使印度对于中印文化交流史的研究站在一个理想的起点上。

---

① 邓兵：《20世纪印度的中国研究》，北京大学东方文学研究中心编：《东方研究》，北京：国际文化出版公司，2002年，第544页。

② 郁龙余等：《梵典与华章：印度作家与中国文化》，银川：宁夏人民出版社，2004年，第486页。

师觉月在书中对访印的几位高僧给予详细记述和高度评价。例如，他对玄奘的评价是："不仅在唐朝，而且在所有时代的中印文化关系史上，都扮演了最重要角色的人是玄奘。"① 这个评价是千真万确的。师觉月还对玄奘译经和创立佛教宗派的情况作了介绍。对于研究中印古代文化关系最有史料价值的是回到东土大唐后的玄奘和二位印度高僧之间的三封通信，师觉月在书中作了介绍，再次重温中印友好往来的历史。这些信分别是公元 652 年 5 月，中印度摩诃菩提寺的两位僧人亦即玄奘的朋友智光（Che-kuang 即 Jnanaprabha）和慧天（Hui-t'ien 即 Prajnadeva）托人捎给玄奘的信（准确地说，是慧天代表他和智光写给玄奘的信），以及公元 654 年玄奘的回信。在两位印度高僧写给玄奘的充满深情厚谊的信中，有这样一段重要的话，它暗含了"千里送鹅毛，礼轻情义重"的中国习俗："我们送您两块白布，以表达我们并非健忘之辈。旅途遥远，请别介意礼物的微不足道。我们祈望您接受之。至于您想搜寻的经论，请给我们一份书目。我们将抄录下来送给您。解脱大师，我们要让您知道的就是这些。"② 玄奘在印度赢得许多美名，如"大乘天"（Mahayanadeva）或"解脱天"（Moksadeva）等。这里的"解脱大师"（Moksacarya）也是其中之一。有意思的是，师觉月对于这段话非常欣赏，竟然将它放在扉页上以为题词，以表示纪念玄奘和智光、慧天之间的友情往来。他还加了题目："To friends in China"。原文如此：

---

① Prabodh Chandra Bagchi, *India and China*: *A Thousand Years of Cultural Relations*, New York: Philosophical Library, 1951, p. 68.

② Prabodh Chandra Bagchi, *India and China*: *A Thousand Years of Cultural Relations*, New York: Philosophical Library, 1951, p. 81.

"To show that we are not forgetful. The road is long, so do not mind the smallness of the present. We wish you may accept it."题词下面是汉字"示不空心，路远莫怪其少。愿领。"师觉月的这种举动表达了对中印古代亲切往来的纪念，也定下了该书研究的基调：追寻中印文明友好交往的历史踪迹，为中印文明的亲切度把脉。

人们都知道，印度是个历史意识淡薄的国家，这导致印度古代中世纪史研究的极大困难。在这样的语境中，中国去印高僧们的著述和回忆录显得非常珍贵。师觉月通过对佛教文献在中国的传播得出一个正确的结论："不求助中国如此热心保存给后代的文献，不仅是佛教历史，就连印度文明史的各个方面都不能进行恰当地研究。"[①] 师觉月在书中对印度支那半岛的两种文化源头作了比较中肯的分析："因此，印度支那自古以来就成了中国和印度两个世界的缓冲国。在那里，随着印度雅利安文化的缓慢发展，还开始有规律地吸收来自北方的中国文化。"[②]

在"两大文明的结合"一章中，师觉月说，尽管中印两国人民住在不同的气候带，说着不同的语言，具有不同的宗教文化传统，但二者可以在一个共同的平台上对话，并为创造一个"共同文明"而同舟共济、齐心协力地努力。他认为，这么做的理由比我们平常想象的还要根深蒂固得多。"中印人民的文化和社会理想存在许多共同之处。人们可以发现，在许多不同的措词表达方

① Prabodh Chandra Bagchi, *India and China*: *A Thousand Years of Cultural Relations*, New York: Philosophical Library, 1951, p. 145.

② Prabodh Chandra Bagchi, *India and China*: *A Thousand Years of Cultural Relations*, New York: Philosophical Library, 1951, p. 21.

面，中印存在相似处。”[①] 他举出了一些例子加以说明。如中国的“天”和印度的伐楼那（Varuna，吠陀中为天地创造者）都与天堂秩序有关：“在古代印度教万神殿里，有一位如同中国的天那样的神，他就是吠陀中的伐楼那。”[②] 中国的天子与印度的王（Rajan），中国的祖先崇拜和印度对祖先灵魂的祭祀（Pitriyajna）相似。中国的道与印度奥义书中的梵（Brahman）非常相似。孔子提倡的礼则与印度法论（Dharmasastras）中的某些论述相似。

在印度汉学界，师觉月有一个开创性的理论建树。他认为，中印文化交流看起来完全是单向度的，因此没有谁试图去发现中国文化对印度生活思想的影响。很难寻觅外国思想对古代印度的影响痕迹。但师觉月深信：“即使稍微留意一下，我们也能发现中国对印度生活思想的影响痕迹。”[③] 为此，他在第八章中探讨了中国对印度的文化影响。师觉月同意玄奘在《大唐西域记》里的观点，即梨和桃来源于中国。他还补充说，朱砂（硫化汞）、瓷器、各种蚕丝（Cinamsuka）以及茶和荔枝的种植都应该来源于中国。他还认为，更重要的是，中国对于印度的某些文献编撰和神秘信仰也有影响。在他看来，“严格地说，我们在古代从来没有形成书写历史和历史年代的传统”。在印度的《往事书》和类似著作中，都搜寻不到严格意义上的历史记载。但有趣的是，

---

① Prabodh Chandra Bagchi, *India and China*: *A Thousand Years of Cultural Relations*, New York: Philosophical Library, 1951, p. 174.

② Prabodh Chandra Bagchi, *India and China*: *A Thousand Years of Cultural Relations*, New York: Philosophical Library, 1951, p. 175.

③ Prabodh Chandra Bagchi, *India and China*: *A Thousand Years of Cultural Relations*, New York: Philosophical Library, 1951, p. 197.

中世纪时克什米尔和尼泊尔都开始安排官方编年史作者记载朝廷统治者的统治历史。师觉月的推论是："书写朝代编年史对于印度传统来说如此新异，以至于人们不禁把它归结为中国的影响。"① 师觉月还重点探索了中国哲学家老子的《道德经》对印度宗教哲学思想的深刻影响。

印度独立以前，在此传播中华文化贡献最大者是华裔旅印学者谭云山。因为他常年居住印度直到逝世，本节将他纳入研究范畴。② 1928年9月，中国学者谭云山应泰戈尔之邀到印度国际大学任教。他在教学之余，大量从事中国历史文化和中印文化关系的研究，共出版了十七种英文、十三种中文著作，是印度独立前除巴克齐外研究中印文化关系最力的学者。根据笔者2005年2月下旬在国际大学中国学院收集的资料来看，他的英文著述包括《中印间的文化交流》(1937)、《当代中国佛教》(1937)、《中国现代史》(1938)、《中国与印度》(1938)、《什么是中国宗教》(1938)、《国际大学中国学院与中印文化学会》(1944) 等。他还为交情甚好的国民党元老戴季陶写的文章如《带给印度的福音》(1948) 作序。印度独立以后，谭云山宝刀不老，他发表了大量研究成果，如《亚洲间文化合作与亚洲联合》(1949)、《中印文化的"不杀生"》(1949)、《中国文明与中印文化精神》(1950)、《意识的感召与中印关系》(1950)、《和平之道》(1950)、《中国

---

① Prabodh Chandra Bagchi, *India and China: A Thousand Years of Cultural Relations*, New York: Philosophical Library, 1951, p. 199.

② 2005年11月11日，谭中先生致笔者电子邮件中就其父谭云山先生国籍一事解释说，谭云山先生从来自称"国际主义者"，因此没入印度籍。谭中自己因为时代不同，而且在印度国立大学教书，经常出国开会拿中国护照很不方便，就申请得到印度籍了。谭中现在定居美国，他拥有美国和印度双重国籍。

语言文学史》(1952)、《中国佛教的一些方面》(1963)等。他的研究是独立以后印度汉学界的重要成果。印度学术界对他非常尊重，在谭云山留印三十周年之际，印度学者出版了一本纪念文集《谭云山教授和印中文化关系》，收录了一些印度名家对于谭云山表示敬意的文章。[①] 1998年，国际大学在谭云山逝世十五年后出版了谭云山文集《中印文化》，收录了他各个时期的代表作。[②]

谭云山的很多著述是印度学生的启蒙教材，他力求以浅显的语言将中国历史文化解说得条理清楚、通畅易懂。他在著述中认为，中国的儒家思想与佛陀三学、四摄相有对应和一致的地方。在他看来，中印交往可以追溯到周朝时期。在1960年写的一篇文章中，他以《易经》、张载思想、曹植诗歌来解释印度现代哲学家奥罗宾多的“高级意识”(high consciousness)思想，并为世界把脉。他还认为，《易经》近似于印度最古老的宗教哲学元典《犁俱吠陀》(*Rigveda*)，而中国的普世主义包括自然宇宙观和人类社会生活两方面。

谭云山曾经怀着中印文化合璧的理念，在题为《印度和中国的文化交流》的讲演中深情地说道：“印度和中国自然是一对姐妹国家。她们的共同点和联系是巨大而亲密的……我们发现没有任何两个国家能与我们中印相比。”[③] 谭云山在论及印度对中国影响时说：“就印度文化影响中国文明而言，几乎难以言表。从哲学角度来看，从魏晋时期起，孔子儒家思想和道家思想就与印

① V. G. Nair, *Professor Tan Yun-Shan and Cultural Relations between India and China*, Madras: Solar Works, 1958.

② Tan Yun-shan, *Sino-Indian Culture*, Santiniketan: Visva-Bharati, 1998.

③ Tan Yun-Shan, *Cultural Interchange between India and China*, 2nd edition, The Sino-Indian Cultural Society, Chungking and Santiniketan, 1940, p. 2.

度思想紧密结合在一起。”[①] 为此，他举出不少实例进行说明。谭云山还提出一个重要的问题：既然印度影响中国宗教哲学如此深厚，为什么中国文化影响印度如此微弱？为什么那么多印度经典译成中文，而中国的巨著却很少译为梵文？谭云山给出了三个答案：首先，印度可能在一个时候曾经受到中国文化的影响，但事过境迁，便不了了之。其次，印度人民宗教感情非常强烈，他们只是向其他民族传播宗教福音，而不愿接受其他地方的福音。再次，中国人积极接受和吸收其他优秀文明成果，却不愿向其他文明传播自己的文化。“总之，我觉得中国从印度获益良多但却回报甚少。因此，她应该心存感激，有义务酬答印度。”[②]

谭云山对于他心目中的中国宗教还有很多相关论述，并常常自觉地将中国宗教思想与印度宗教观念进行比较，得出一些有价值的结论。这是由他意念中的“中印文化”思想体系决定的。在中印关系乌云漫天的 1960 年，谭云山在一篇题为《中印文化中的宇宙之母和中国的世界主义》的文章中指出，印度宗教哲学概念中的“宇宙之母”（Universal Mother），在梵语中依照她的能量和伟力可以叫做“大性力”（Mahasakti），而按照她的表现则可叫做“神女”（Mahadevi）。谭云山继而以中国文化话语解释道：“在中文里，这个‘宇宙之母’叫做‘太极’或‘空’。它们和梵语的概念在意义上非常相似。”[③] 在这篇文章里，谭云山可

① Tan Yun-Shan, *Cultural Interchange between India and China*, Chungking and Santiniketan, 1940, p. 9.

② Tan Yun-Shan, *Cultural Interchange between India and China*, Chungking and Santiniketan, 1940, p. 12.

③ Tan Yun-Shan, *The Universal Mother in Sino-Indian Culture and Chinese Universalism*, Santiniketan, 1960, p. 1.

能是触时代之景生中印文化比较之情，引用中国哲学元典《易经》与奥罗宾多的宗教哲学思想进行比较。他认为，当代人类将“宇宙之母”进行分割并兄弟相争、自相残杀，这离奥罗宾多倡导的“高级意识”太远了，这一趋势“不仅将毁灭整个人类文明，也会毁灭全人类自身”。①看得出，谭云山的中印哲学文化比较大有深意。谭云山还对所谓“中国世界主义”作了界定：“中国世界主义主要有两个方面：自然或宇宙即宇宙观，社会与人类即人类生活观。这两个方面紧密联系着，有时还彼此交融。中国世界主义是人性化的，它以人类为核心。”②

最有意义的是，谭云山对中印文化关系的清理催生了他的“中印文化”思想。其核心是联合中印，发展一种以不杀生为特征、以互识互补为目的的共同文化即“中印文化”。他曾经说过：“‘中印文化’这一新名称是 15 年以前杜撰的。”③ 时间大约在1934—1935 年中印两国建立中印文化学会期间。在提倡中印文化基础上，他还提倡“中印学”。中印文化是一尊神，具有不同面孔，中国文化是其中国脸，印度文化是其印度脸。中印学就是研究中印两张脸之间的共鸣呼应。通过中印文化之间的互相认识，也就达到更好地认识自我文化之目的。中印学包含了历史、哲学、文学、医学、政治学乃至理科各种学问，是一种综合性学科。④“中印文化”或“中印学”思想实质是提倡一种中印大同

---

① Tan Yun-Shan, *The Universal Mother in Sino-Indian Culture and Chinese Universalism*, Santiniketan, 1960, p. 6.

② Tan Yun-Shan, *The Universal Motherin Sino-Indian Culture and Chinese Universalism*, Santiniketan, 1960, p. 9.

③ Tan Yun-shan, *Ahimsa in Sino-Indian Culture*, Santiniketan, 1949, p. 2.

④ 谭中：《谭云山与中印文化交流》，香港：香港中文大学出版社，1998 年，第 96 页。

的理念，对于谭云山的儿子谭中关于中印文化关系的思考和实践均有直接影响。谭云山与巴克齐一样，也在中印文化的对比中寻找一些相似点，以证明中印邻居文化的亲和力，达成中印文化的大同境界。谭云山对中印学亦即中印文化大同思想的倡导值得中国学者关注和研究。

第三章　当代印度比较文学的发展

（1947 至 1980 年）

第一节　概　述

1947 年，在印度反英斗争的强大压力下，英国政府被迫决定把它在印度的权力移交给印度人。当年 6 月，在新任印度总督蒙巴顿的精心策划下，所谓的“印度独立方案”即“蒙巴顿方案”出笼。这个方案规定，在穆斯林人口占多数的地区实行自治，允许他们成立独立的自治领。按照方案的安排，穆斯林占多数的各省区进行投票，结果是，东孟加拉、西旁遮普、信德、俾路支、西尔赫特和西北边境省都愿意加入巴基斯坦。7 月 15 日，英国国会正式通过了《印度独立法案》，决定将分为印度和巴基斯坦两个独立的自治领。当年 8 月 14 日，巴基斯坦自治领成立，8 月 15 日，印度自治领成立。从此，印巴开始分治。在分治初期，印度教徒与穆斯林矛盾进一步加剧，引发了史无前例的教派大仇杀，造成了几十万人死亡和数百万人无家可归。英国人“分而治之”的策略和印、伊之间的宗教争端，为以后印巴两国的矛盾冲突埋下了祸根。正是这种历史和政治地理原因，除了极少数地方外，本章中对印度当代比较文学发展史的介绍只限于在印度自治领基础上发展起来的当代印度。

对于一个有着五千年历史的东方古国，印度的文明传承一直香火不断。虽然它曾经在历史上遭受过多次外族入侵，包括英国人对它内部文化各个方面前所未有的改造和殖民化，但它都保存了自己最核心的文明价值体系。印度独立以来，虽然其现代化道路步履蹒跚，且至今还不同程度地存在着教派冲突、种姓制度、贫穷失业等内部问题，但它毕竟是世界上最大的民主国家，民主体制使它在现代化道路上从未完全丧失发展活力。印度独立以后，怎样实现大国抱负，是摆在开国总理尼赫鲁及其他领导人面前的一道难题。尼赫鲁之后到瓦杰帕伊执政时期（1964—1998）的三十多年为印度大国战略的调整和持续推进期。通过 20 世纪 60 年代“绿色革命”，印度的农业问题得到了缓解。70 年代印度发展解决牛奶自给自足的“白色革命”取得了可观成绩。80 年代印度又开始了“蓝色革命”的征程，增加出口创汇能力。80 年代以来，印度经济发展速度明显加快。

1947 年的政治独立使印度比较文学的发展进入当代时期。与近现代印度比较文学的萌芽发端类似，当代印度比较文学也是在西方比较文学思潮的影响下发展起来的。这不可避免地影响到它的内容和实质。印度学界与西方学界长期以来的密切联系使得比较文学的概念和方法在印度得以持续传播。20 世纪 50 年代以来的半个多世纪里，西方文论界各种新的思潮此起彼伏，结构主义、解构主义、西方马克思主义文论、新历史主义、后殖民主义、女权主义等不断吸引世界文学理论界的目光。每一种新出现的西方文论都会在印度某种程度地引起反响。就 20 世纪 50 到 80 年代而言，西方比较文学以美国学派的崛起为标志和契机，大力提倡没有事实联系的比较文学平行研究和跨学科研究，进一步推动了世界比较文学的全面发展。以倡导影响研究著称的法国学派在美国学派的冲击下开始自觉的学术反思，立场开始向美国学派靠拢，并对此前作为学派根基之一的形象学作出系统的理论阐释。两大学派的视界融合给东西方比较文学的持续发展带来了良好的效应。作为一个具有悠久比较文学传统并与西方学界保持紧密联系的东方国家，印度当仁不让地顺应了比较文学发展的时代潮流。因为印度学者普遍精通英语，他们吸纳和利用西方学界的成果非常及时，并能轻松自如地发表或出版自己的英文研究成果，达到及时与西方学界进行互动交流之目的。这种学术互动对于印度比较文学的发展非常必要，事实证明，它也结出了丰硕的成果。在这样的背景下，比较文学开始在印度文化和学术语境中发展起来，它的重要标志便是比较文学学科体制建构的突破即贾达瓦普尔大学比较文学系的建立。

迄今为止，当代印度比较文学发展刚刚过去六十多年，在这样一个相对短暂的时间距离里，要对它进行全面而合理的总结和评价，难度很大。因为，一些比较文学研究成果有待于深入探讨，很多文学现象还没有达到“尘埃落定”的地步。一些比较文学研究者已经故去，一些仍然健在。这给客观评价印度当代比较文学的发展带来了很多困难。因此，关于当代印度比较文学的发展，本章和下一章只在现有材料基础上，力所能及地作些简单介绍。同样的道理，本章在写法上与前一章有所区别，不再为某个学者设立专题。

印度独立六十多年来，印度比较文学界除了大量的理论著述外，还在比较文学课程设置和教学推广、比较文学组织机构的设立、比较文学专业杂志的创办、比较文学会议的组织、国际比较文学会议的参与、印度与东西方文学比较研究和比较印度文学研究等各个方面取得了不俗的成绩。就当代印度比较文学而言，笔者拟分两个部分进行研究。首先是 1947—1980 年的发展时期，这一部分计划研究后殖民语境下印度比较文学体制建构的突破性进展即贾达瓦普尔比较文学系的建立运作及比较文学专业年刊的创办。还将重点探讨三十年间印度学者关于印度和西方文学关系的比较研究、梵语诗学和西方诗学比较研究以及比较印度文学研究的大致情况。为了叙述的方便和学术思路的清晰，这一部分少数地方如介绍贾达瓦普尔大学比较文学系时将突破时间限制，延伸介绍到世纪之交。由于 20 世纪 80 年代以来印度比较文学得到全面的繁荣，第二部分将检视 1980 至今印度比较文学的繁荣状况。这一部分将介绍印度第二个比较文学系的产生和发展、印度各地比较文学教学科研的开展、印度比较文学团体的产生和发展及印度学者在比较文学各个领域取得的研究成就等等概况。

本章首先涉及贾达瓦普尔大学比较文学系的建立和运作。这是印度当代比较文学在学科体制建构方面的突破性进展，也是整个亚洲当代比较文学发展的一块里程碑。该系的设立是印度比较文学发展史上的一桩盛事，它体现了一部分眼光敏锐的印度学者立足本土、面向世界的勇气，这也是对泰戈尔、奥罗宾多和库马拉斯瓦米等前辈学者的思想继承。几十年来，该系集中了印度比较文学界的著名学者，为印度比较文学发展作出了杰出的贡献。除了成绩可观的比较文学教学和科研外，特别值得一提的是，该系创办的第一份、也是迄今为止全印唯一一份专业性比较文学杂志，为推动印度比较文学的发展立下了不可磨灭的功劳。1961年，印度第一份比较文学专业杂志即年刊《贾达瓦普尔比较文学学报》（*Jadavpur Journal of Comparative Literature*）诞生，到2005年为止，共出版42期。该杂志主要涉及比较文学研究方面的学术问题，同时也介绍欧美和亚洲等地比较文学的发展概况。可以说，没有贾达瓦普尔大学比较文学系，印度当代比较文学发展将会是另外一番完全不同的面貌。

其次，本章将介绍印度学者关于印度和西方文学关系的比较研究。由于历史上长期成为英国殖民地，也由于与西方有着悠久的历史文化联系，印度与西方的文学关系成为世界比较文学研究的最佳标本之一。毫无疑问，印度学者对此格外关注。他们在这方面的成果非常丰富。他们探索的重点之一便是印度与英国的文学互动、特别是英国与印度的殖民文学关系。20世纪80年代前出版了很多关于这方面的研究著作。印度独立以后，印度学者对西方文学之于印度现代语言文学的影响继续予以关注，并出版研究成果。80年代以前出版的这方面著作包括K. M. 乔治的《西方对马拉雅兰姆语言文学的影响》[①] 和M. P. 柯西尼的《旁遮普语文学中的西方影响》等。[②] 除了上述影响研究模式外，还有很多关于东西方作家的平行研究成果，如P. B. 阿查利雅的《莎士比亚、迦梨陀娑和薄婆菩提的悲喜剧》便是一例。

---

① K. M. George, *Western Influence on Malayalam Language and Literature*, Delhi: Sahitya Akademi, 1972.

② M. P. Kohli, *The Influence of the Western on Panjabi Literature*, Ludhina: Lyall Book Depot, 1969.

印度独立以后，梵语诗学研究更加受到重视，迄今为止，很多相关研究专著不断涌现。值得关注的是，独立以来至 20 世纪 80 年代末，印度学者继承殖民主义时期一些前辈学者的研究模式，围绕梵语诗学进行了两种极为重要的学术探索，即梵语诗学与西方诗学比较研究和梵语诗学的现代批评运用。例如，前述 1951 年初版的潘迪亚的《比较美学》第一卷是印度学界最早的比较诗学著作之一。

另外，本章还将简单介绍 20 世纪中后期逐步兴起的“比较印度文学”（comparative Indian literature）研究。这是与书写统一完整的印度文学发展史一致的学术举措，也是独具特色的印度比较文学研究模式。仔细分析，这一研究模式在欧洲比较文学发展早期即法国学派阶段即已出现，在苏联比较文学和当代中国比较文学发展过程中也不鲜见。纳盖德纳主编并于 1976 年出版的《印度文学批评理论》便是比较印度文学研究的标志性成果之一。纳盖德拉与 I. N. 乔杜里主编并于 1977 年出版的论文集《比较文学》涉及比较印度文学的理论探讨。20 世纪 80 年代以后，比较印度文学出现非常迅猛的发展势头。

印度方言地区学者对于东西方文学比较研究的热情很高。他们除了英文著述外，很多还运用自己所在区域的印度现代语言进行著述。以泰米尔语地区为例。泰米尔语学者对于比较文学研究非常感兴趣，他们在印度独立以后取得了很多成就。这主要反映在他们对泰米尔诗歌的比较研究方面。例如，S. V. 皮拉伊（S. V. Pillai，1891—1956）的《史诗时代》（*Kaviya Kalam*，1952）以比较方法研究印度史诗。S. S. 塔尼纳亚康（S. S. Taninayakam）的《泰米尔语纯诗》（*Nature Poetry in Tamil*，

1953）对泰米尔古典诗歌和梵语、希腊语、拉丁语和英语古典诗歌进行比较研究。斯里兰卡的泰米尔语学者 K. 盖拉萨巴蒂在《泰米尔英雄诗》（*Tamil Heroic Poetry*，1968）中，以希腊史诗等其他语言文学的英雄诗歌为参照，研究泰米尔桑伽姆文学中的诗歌。V. 罗摩克里希纳（V. Ramakrishna）的《甘班和弥尔顿》（*Kambanum Miltanum*，1962）和拉库纳塔（Raghunathan）的《帕拉提亚和雪莱》（*Bharatiyam Selliyum*，1960），顾名思义，都是对泰米尔古代诗人和西方著名诗人的比较研究，而 S. S. 奈都（S. S. Naidu）的《甘班的〈罗摩衍那〉和图拉西的〈罗摩衍那〉》（*Kamba Ramayanam and Tulasi Ramayanam*，1969）是对印度方言文学改编的史诗的比较研究，这是一种典型的比较印度文学研究。

遗憾的是，由于笔者不谙印度各种现代语言，也无力搜集相关资料，本章和下一章不涉及以印地语、孟加拉语和泰米尔语等各种印度现代语言出版的比较文学著作。不可否认，除了英语著述外，各种印度现代语言的比较文学著述也非常丰硕。对于这方面成就的学术总结只能寄望于精通印地语、孟加拉语、马拉提语、泰卢固语、乌尔都语和泰米尔语等印度现代语言的中国学者。在此意义上说本书是抛砖引玉之作，确非谦辞。

第二节　贾达瓦普尔大学比较文学系

1947 年 8 月 15 日，印度第一任总理尼赫鲁在德里红堡发表历史性的“午夜演说”，宣布印度的独立。从此，印度比较文学实践进入新的发展时期。六十多年来，印度比较文学获得了长足的发展，世纪之交，印度比较文学更是出现了全面繁荣之象。本章主要介绍印度独立到20世纪80年代以前的印度比较文学发展概况。这一时期，印度比较文学取得重要成就的标志便是贾达瓦普尔大学比较文学系的建立和卓有成效的运作。该系主办的比较文学学报是印度学界参与世界比较文学对话的重要渠道，也是该系五十多年来最为辉煌的成就之一。为了叙述的方便，本节对贾达瓦普尔大学比较文学系相关情况的介绍将突破时间限制，延伸到世纪之交。

一　比较文学系概况

加尔各答是泰戈尔的出生地。他一生的文学创作与学术活动均与此地密切相关。印度第一个比较文学系也在此地诞生绝非偶然。1906年，泰戈尔曾经在加尔各答民族教育委员会（National Council of Education）发表关于比较文学的演讲。十分巧合的是，该机构竟然成了贾达瓦普尔大学（Jadavpur University）的前身。由此看来，比较文学系在该校的设立似乎是早有定数。

1949年，加尔各答大学聘请了R. 哈克勒主讲比较文学，其讲义于1952年由加尔各答大学以《比较文学研究》为题发表。1956年，与加尔各答大学同处一城的贾达瓦普尔大学设立了比较文学系。该系的诞生地即为1906年泰戈尔发表关于比较文学的演讲的所在地。这从一个侧面印证了泰戈尔对印度比较文学发展的巨大贡献。该系的创始人B. 鲍斯（Buddhadeva Bose）成为第一任系主任。这样，比较文学终于正式成为印度大学里的一门独立课程。它的诞生也告慰了泰戈尔的在天之灵。该系建立之初，由提尔亚德教授主讲比较文学，还聘请了两位美国的比较文学教授。该系1958至1959年共招生25人，其中13名女生，5位硕士生。20世纪50年代，该系教学大纲规定，本科生三年内必须精通梵语和法语或德语或孟加拉语，并学习印度与西方文学史。硕士生还需进行专题研究并撰写相关论文，同时攻读美学和研究各国文学之间的影响关系。

该系曾集中了印度比较文学界的一大批精英，如B. 鲍斯、S. 杜塔、N. 古哈、A. 达斯古普塔、P. 达斯古普塔、阿米亚德维、斯瓦潘马宗达、S. R. 乔杜里和N. D. 森等，他们为比较文学在印度的繁荣发展作出了重要贡献。他们中的一些学者如阿米亚德维先生曾经来北京大学进行学术访问，并与乐黛云、孟华等学者进行对话交流。

当然，该比较文学系的设立并非一帆风顺。S. K. 达斯曾在1987年回忆道，泰戈尔关于在印度进行比较文学研究的初衷无人怀疑，但是无人敢于在大学里设置这一西来的课程。"甚至在半个世纪过后，当比较文学系首次在印度落地生根时，许多人皱起眉头，更多的人则公开质疑它的学术地位之合法性。在比较文学系设立31年后的今天，尽管印度的大学数目翻倍，但比较文学系的数量却未能增加。"① 但无论如何，贾达瓦普尔大学比较文学系的设立是印度比较文学发展史上的一桩盛事。它体现了一部分眼光敏锐的学者立足本土、面向世界的勇气。

---

① Amiya Dev & S. K. Das, eds., *Comparative Literature: Theory and Practice*, Shimla: Indian Institute of Advanced Study, 1989, p. 4.

2005年8月，作为中国内地第一位访问该系的学者，笔者在贾达瓦普尔大学同该系退休教授、国际比较文学学会前副会长阿米亚·德维先生、当时的系主任I. 昌德教授和该系高级讲师S. C. 达斯古普塔女士进行了学术对话。德维先生告诉笔者，此前有华裔美国学者欧阳祯（Eugene Eoyang）访问该系。达斯古普塔女士告诉笔者，2005年该系招收45人攻读学士学位，60人攻读硕士学位，25人攻读博士学位。该系目前有10多位教师，其中女教师5人。教师中多半具有博士学位。该系主要教授以下课程，如印度文学、欧洲文学、梵语诗学、民间文学、佛教及耆那教文本，还有关于不同国家文学如孟加拉文学、加拿大文学等的“区域研究”（Area studies）。达斯古普塔女士当时正在主持高级研究中心的工作。该中心计划将中日印古代文学研究纳入视野。另外，该比较文学系还定期举办比较文学专题讲座。

根据当时该比较文学系主任昌德教授赠与笔者的相关资料可以发现，2003—2005年，贾达瓦普尔大学比较文学系教师主要包括以下学者：

斯瓦潘马宗达教授（Swapan Majumdar），主要研究翻译、印度比较文学、中世纪印度文学和泰戈尔；

I. 昌德高级讲师（Ipshita Chanda），主要研究非洲文学、戏剧和通俗文化；

S. C. 达斯古普塔高级讲师（Subha Chakraborty Dasgupta），主要研究比较文学理论、接受美学和通俗文学；

S. 查托巴迪耶高级讲师（Suchorita Chattopadhyay），主要研究东西方文学关系、英国文学、德国文学和加拿大文学；

S. 般迪雅巴迪耶高级讲师（Sibaji Bandyopadhyay），主要

研究性属、政治与文化、民族主义与文学、殖民文学与文化互动、儿童文学与文学理论；

K. 潘贾比高级讲师（Kavita Panjabi），主要研究拉美文学、文化研究、妇女研究与文学理论；

A. 马宗达讲师（Aveek Majumdar），主要研究孟加拉语文学、印度文学和印度美学；

S. 高士讲师（Suman Ghose），主要研究印度古典文学、通俗文学和加拿大文学；

R. 齐德拉卡拉讲师（R. Chitrakala），主要研究泰米尔语言文学、英语文学与妇女研究；

S. K. 曼达尔讲师（Sujit Kr. Mandal），主要研究英语文学和诗歌。

这些资料显示，该系的师资力量比较雄厚，教师们的研究方向与当代世界比较文学所关注的东西方文学关系、文学理论及后现代思潮等基本吻合。美中不足的是，该系没有学者专攻中国文学、日本文学、东南亚文学或阿拉伯文学，亚洲文学被忽略必然会影响学科结构、授课质量与学术研究。

该系在本科和硕士课程的设置上，主要考虑让学生学会阅读世界文学的方法，进而将这些方法运用到具体的文本研究中。为此，该系的课程设置也采取了灵活多变的方式。它的本科课程既关注印度和西方的文学发展历史，也重视让学生了解不同语言文学在特定时期的互动联系和文学运动的历史发展。在此基础上，该系要求硕士阶段的学生关注比较文学主题学、文类学和主要的比较研究方法，以展开比较文学的影响、接受或文学变化等方面的研究。

根据昌德教授2005年提供的资料显示，该系比较文学本科三年共六个学期的课程设置如下：

第一学期：比较文学概念和发展轨迹、泰米尔语言文学1；

第二学期：泰米尔语言文学2、世界古代文学1、世界古代文学2；

第三学期：中世纪文学1、中世纪文学2、欧洲文艺复兴文学；

第四学期：从新古典主义到欧洲浪漫主义、孟加拉语文学中的印度文学因素1（分孟加拉语授课或英语翻译授课两种，供学生选择）、印度现代文学比较（comparative modern Indian literature）1、文学与其他艺术；

第五学期：西方文学中的现代性、孟加拉语文学中的印度文学因素2（分孟加拉语授课或英译授课两种，供学生选择）、现代孟加拉语文学1（孟加拉语授课或英语翻译授课）、比较文化研究；

第六学期：现代孟加拉语文学2（孟加拉语授课或英语翻译授课）、印度现代文学比较2、文学交流、西方与印度思想的旅行。

该系两年制比较文学硕士课程设置如下：

第一学期必修课：比较文学概论、叙事文学1、戏剧文学1、抒情文学1；

第二学期必修课：叙事文学2、戏剧文学2、抒情文学2、当代文学概论；

第三学期必修课：文学交流1、文学交流2、非洲文学1、加拿大文学1、孟加拉国文学1、拉丁美洲文学1；

第四学期必修课：文学交流 3、非洲文学 2、加拿大文学 2、孟加拉国文学 2、拉丁美洲文学 2。第四学期选修课为：文学大事、跨文化的文学研究、翻译研究。

以上课程绝大部分是比较文学硕士必修课，有的课程也对其他专业学生开放。这显示了该系开放办学的方针。

这里举一个例子，以便更为具体地了解该系比较文学的教学内容。以硕士生第一学期的比较文学概论为例，它主要是让学生了解比较文学主要研究领域的一般问题，其中主要包括五个部分：（1）比较文学史：比较文学理论与方法、比较文学与理论、不同视野的比较文学或当前比较文学的问题；（2）主题学：关键词阐释、神话与神话改写、主题与阐释或神话改写的问题；（3）文类学：西方文类学及其分类基础、印度文类学及其分类基础、文类学的现代视野或文类与反文类或边缘与经典；（4）历史系谱学：非西方和西方文化与文学史中的时间概念、分期问题或底层历史阅读、后殖民国家的文化史书写；（5）文学内部研究：关键词阐释、接受美学或文学比较学、多元系统中的联系与演绎或后殖民国家语境中的文学接受。该系给比较文学概论课开列的一些参考读物包括苏珊巴斯奈特的《比较文学引论》（1993 年版）、查尔斯伯恩海姆的《多元文化时代的比较文学》（1995 年版）、阿米亚德维的《印度比较文学》（1984 年版）、阿米亚德维和 S. K. 达斯主编的《比较文学：理论与实践》（1989 年版）和克劳迪奥纪廉等人的比较文学著作。

除此而外，该系教授还自行编写或主编比较文学方面的教材，上述阿米亚德维的《印度比较文学》便是一例。再如 S. C. 达斯古普塔主编的《印度文学研究：文类学》和 I. 昌德主编的

《印度文学研究：文学史编写》也是比较文学专业的学生教材。[①]这种举措无疑将促进该系比较文学的教学和研究。这一情形和当今中国高校如北京大学、四川大学、苏州大学等自行编写出版比较文学教材基本类似。达斯古普塔主编的文类学研究著作包括以下论文：苏普里雅·乔杜里的《认识文类》、S. K. 达斯的《外国文类的吸纳》、I. 昌德的《文类学中的经典与边缘：拒斥、抹煞或改写》、阿瓦德西·库马尔·辛哈的《梵语诗学中关于文学作品的分类》、卡皮尔·卡布尔的《印度的小说理论》、E. V. 拉玛克里希纳的《悠长的歌：文学中的抒情传统》、曼苏尔·纳泽尔的《短篇小说探索》、帕斯卡·穆卡帕迪亚的《重新思考殖民文类：以孟加拉游记为例》、阿南达·拉尔的《戏剧的真实：关于印度戏剧的思考》、E. 哈尔德的《话音语姿：作为表演文本的口传叙事》、卡维塔·潘贾比的《传记文学：跨文化政治与美学》、阿米亚·德维的《尾声：文学类型》。从这些篇目来看，印度学者对于文学类型的论述比较全面，基本能够满足研究生的学习需要。[②] 顺便说明一下，印度学者 V. K. 查利对梵语诗学中的文类学理论有过研究，参见 P. C. 霍根与 L. 潘迪塔主编《文学中的印度：关于美学、殖民主义和文化的比较研究》一书中 V. K. 查利的论文《梵语诗学中的文类学理论》。[③]

从上面的介绍来看，该系的本科生和硕士生课程设置基本合

---

① Subha Chakraborty Dasgupta, ed., *Literary Studies in India: Genology*, Kolkata: Jadavpur University, 2004. Ipshita Chanda, ed., *Literary Studies in India: Literary Historiography*, Kolkata: Jadavpur University, 2004.

② 本书对于印度学者关于文类学、主题学等等的研究，由于没有掌握足够的资料，没有专题介绍。

③ P. C. Hogan & Lalita Pandit, eds., *Literary India: Comparative Studies in Aesthetics, Colonialism, and Culture*, Delhi: Rawat Publications, 1997, pp. 63-77.

理，但若从世界文学与比较文学结合交融的角度看，它还存在一些不足，这就是前边提到的对于亚洲文学的忽略。从笔者实地考察该系的情况来看，之所以出现这种美中不足，应该与部分学者的西方中心思想有关，但更主要的是与该系缺乏亚洲语言文学方面的教师有关。

20 世纪 80 年代以前，除了贾达瓦普尔大学比较文学系之外，其他印度大学也开设了比较文学课程。例如，1974 年，印度大学基金委员会（UGC）接受 R. K. 古普塔的建议，同意在德里大学现代语言系设立比较文学硕士课程，后又变更为级别稍高的哲学硕士（M. Phil.）即副博士课程。

另外，在印度学者举行一系列比较文学会议的基础上，印度比较文学团体也在七十年代进入紧锣密鼓的筹备之中，为 20 世纪 80 年代以来印度比较文学学会的正式成立打下了坚实的基础。1976 年，纳盖德拉教授在德里大学组织了比较印度文学学术讨论会。1977 年，德里大学沙拉万学院英语系组织了一次比较文学专题讨论会。这是印度历史上规模最大的全国性学术讨论会，与会者初步酝酿成立印度比较文学学会。1979 年，印度南方的马德拉斯成立了比较文学研究院，该院于次年出版了系列讲座文集《比较文学》。

二 《贾达瓦普尔比较文学学报》简介

1961 年，印度第一份比较文学专业杂志即年刊《贾达瓦普尔比较文学学报》（*Jadavpur Journal of Comparative Literature*）诞生，到 2005 年为止共出版 42 期。这是印度目前唯一一份公开发行的比较文学专业学刊。某种程度上，它在印度比较文学发展中的作用甚至超过了《中国比较文学》在中国比较文学发展中所起的作用。长期以来，该学报体现了论文发表和学术反响的双重国际效应。迄今为止，先后有四人担任该刊主编。他们是：1961—1963 年任主编的 B. 鲍斯（Buddhadeva Bose）、1964—1982 年任主编的 N. 古哈（Naresh Guha）、1983—1995 年任主编的阿米亚·德维（Amiya Dev）和 1996 年起任主编的斯瓦潘·马宗达（Swapan Majumdar）。该学报主要涉及比较文学方面的学术问题，同时也介绍欧美和亚洲等地比较文学的发展近况。随着时间的推移，该学报关注的重点之一转向比较印度文学研究的理论鼓吹和实践操作。值得注意的是，某些西方学者也注意到了这一动向。如美国哈佛大学学者大卫·达姆罗什（David Damrosch）最近的一篇论文便观察到《贾达瓦普尔比较文学学报》日益重视内部区域文学比较的"相对较多的印度特色"。①

该学报在中国比较文学研究界基本上不为人知，这也反映了 20 世纪 60 年代以来中印两国文化互动很不理想的一面。半个多世纪以来，该学报发表了很多质量上乘的英文论文，有时还有一些孟加拉语论文。这些论文见证了印度比较文学的当代发展与繁荣历程。为方便中国读者了解该刊基本概况，笔者在此以 2005 年在贾达瓦普尔大学比较文学系图书室搜集到的相关资料为依据，选择其中一些年份的学报论文题目进行介绍。

1961 年 3 月出版的学报创刊号刊载了九篇英文论文，它们

---

① 大卫·达姆罗什：《比较的世界文学：中国与美国》，朱红梅译，高旭东主编：《多元文化互动中的文学对话》，北京：北京大学出版社，2010 年，第 56 页。

包括：美国比较文学学会会长及国际比较文学学会会长 W. P. 弗里德利西（Werner P. Friederich）的《德国晚期浪漫主义的政治失误》、S. 达塔（Sudhindranath Datta）的《诗歌的必要性》、S. 罗易（Satyendranath Roy）的《罗塞蒂的诗歌与绘画关系研究》、时任该刊主编的 B. 鲍斯的《陀思妥耶夫斯基和波德莱尔：受难的双生子》、W. 勒赫德（Werner Reheeld）的《弗兰兹·卡夫卡的〈审判〉》、N. 巴塔查利亚（Narendranath Bhattacharya）的《戏剧中的命运》、D. 迈克库松（David Mc-cutchion）的《创造和巧构：德莱顿在时代背景下对〈安东尼和克里奥佩特拉〉的改编》、1964 年起任学报主编的 N. 古哈的《泰戈尔在西方》和 S. J. P. 发隆（S. J. Pierre Fallon）的《泰戈尔与世界文学》等。

1963 年出版的第三期学报包含了一篇孟加拉语论文和六篇英文论文，它们包括：一位日本学者（Saburo Ota）的《日本的比较文学》、H. 弗伦茨（Horst Frenz）的《约翰·埃尔文论尤金·奥尼尔》、B. 鲍斯的《泰戈尔作品的翻译》、N. 古哈的《叶芝与印度》、W. 斯罗特（Walther Schroeter）的《德国古典戏剧中的〈麦克白〉》和 D. 迈克库松的《莎士比亚和席勒的〈强盗〉》等。

1968 年出版的第八期学报刊载五篇论文、一篇关于泰戈尔英文作品的书目和一篇书评，论文包括：C. D. 纳拉辛哈（C. D. Narasimhaiah）的《作为自由表演的叶芝诗歌》、S. J. R. 安东尼（S. J. Robert Antoine）的《希腊悲剧和梵语戏剧》、阿米亚·德维的《〈沙恭达罗〉、〈后罗摩传〉、〈辛柏林〉和〈冬天的童话〉的悲喜剧磨难》、N. 森（Nabaneeta Sen）的《瓦尔米基的〈罗摩衍那〉和〈罗怙世系〉：口传诗与古典诗的文体结构比较》、A. 鲍斯（Amalendu Bose）的《〈七片森林〉中的“叶芝十载”》等。

1974年出版的第十二期学报包括八篇论文，其中有两篇孟加拉语论文。这些论文包括：S. J. R. 安东尼的《卡略佩和罗摩的尝试》、N. D. 森（Nabaneeta Dev Sen）的《东西方史诗主题结构比较研究》、A. G. 斯托克（A. G. Stock）的《叶芝和暴力诗》、R. K. 考尔（R. K. Kaul）的《文学批评家圣·勃夫的成就》、D. 高士（Damayanti Ghosh）的《T. S. 艾略特作品中作为拯救方式的羯磨》和S. 穆克吉（Sujit Mukherjee）的《我们时代的“诗探”：论印度文学史的一些问题》等。

1976至1977年出版的第十四至十五期学报包括一篇孟加拉语论文和七篇英文论文，它们包括：S. J. R. 安东尼的《关于动作的结构主义分析》、T. G. 麦因卡（T. G. Mainkar）的《印度比较文学》、M. 麦克米兰（M. Macmillan）的《英国大学的比较文学研究》、阿米亚·德维的《文学史与比较文学：方法论质疑》、K. M. 乔治（K. M. George）的《印度文学语境中的马拉雅兰姆语》、B. 鲍斯的《〈摩诃婆罗多〉的故事》和J. S. 梅萨米（Julie Scott Meisami）的《哈菲兹诗歌中的统一和结构》等。

1978至1979年出版的第十六至十七期学报刊载了八篇论文和一篇书评。论文包括A. 潘尼迦（Ayyapa Paniker）的《西绪弗斯、加缪和纳兰纳塔的〈狂人〉》、S. J. R. 安东尼的《婆罗多和亚里士多德》、N. 古哈的《非洲小说的模式》、M. 穆克吉（Meenakshi Mukherjee）的《形式的变迁》、B. 鲍斯的《〈摩诃婆罗多〉的故事》（续）、A. G. 斯托克的《天鹅和鸽子》、约翰·费泽尔（John Fizer）的《比较文艺学中作为启发式的现实和具象》、D. 马图尔（Durgalal Mathur）的《波德莱尔是否知晓济慈》和N. D. 森的《当下的印度文学概念》等。

1980至1981年出版的第十八至十九期学报刊载了九篇英文论文和一篇孟加拉语论文及一篇书评。这些英文论文包括：S. J. R. 安东尼的《〈俄狄浦斯王〉和〈沙恭达罗〉中的诅咒》、S. K. 达斯（Sisir Kumar Das）的《西方文学术语及其印度改写》、A. R. J. 穆罕默德（Abdul R. Jan Mohamed）的《齐努阿·阿切贝：殖民语境与现实主义的产生》、M. S. 帕蒂和J. K. 纳耶克（M. S. Pati & J. K. Nayak）的《印度历史与印度文学》、P. 达斯古普塔（Probal Dasgupta）的《西班牙文学、双语作者和翻译》、S. M. 胡克斯（Sister Maeve Hughes）的《搜寻史诗的盖尔人：早期盖尔语文学引论》、G. 莱尼（Gwendolyn Layne）的《迦丹波利和构造谎言的艺术：故事叙述研究》、G. 提库（Girdhari Tikku）的《泰戈尔作品的波斯语新译》和N. 古哈的《叶芝和日本》等。

1989至1990年出版的第二十八期学报刊载了八篇英文论文，它们包括：P. 塔格里（Pramod Talgheri）的《理解异质文化中的“他者性”：体验身份认同的差异》、G. 辛哈（Gurbhagat Singh）的《寻找公分母：西方结构主义和印度诗学的韵》、J. 贾延（Jasbir Jain）的《文化相对主义及其观点：奈保尔、乔杜里和福斯特》、C. T. 因德拉（C. T. Indra）的《文化相对主义和泰米尔小说：以西沃桑卡利的〈桥〉为例》、A. 潘尼迦的《真实历史与小说：般吉姆·钱德拉·查特吉和C.

V. 拉马纳. 皮拉伊》、G. 奥卡拉（Gabriel Okara）的《趋向发展一种非洲文学的非洲语言》、M. 森古普塔（Mahasweta Sengupta）的《跨文化翻译与变迁：关于"东方主义"观看的思考》和 H. 班纳吉（Himani Banerjee）的《种族意识、戏剧和政治：十九世纪的孟加拉语戏剧》等。

1990 至 1991 年出版的第二十九期学报包括一篇孟加拉语论文和七篇英语论文。这些论文包括亨利·雷马克（Henry H. H. Remark）的《比较文学中的民族性：利弊得失》、斯瓦潘·马宗达（Swapan Majumdar）的《民族文学与比较文学：印度的视角和观点》、B. 查克拉沃迪（Bikash Chakravarty）的《孟加拉语文学史中的"现代"定位》、A. 巴拉（Alok Bhalla）的《神圣与邪恶的空间：哥特式小说中的哥特式教堂及其毁灭》、S. C. 达斯古普塔（Subha Chakraborty Dasgupta）的《一种新兴文类的结构性力量：论孟加拉语小说》、S. 般迪约帕迪亚（Sibaji Bandyopadhyay）的《帕德拉罗卡羞怯的魅力：走向婆罗托庇雅》和阿米亚·德维的《自下而上的比较文学》等。

1991 至 1992 年出版的第三十期学报刊载了一篇孟加拉语论文和八篇英文论文，它们包括：S. D. 塞勒布里尼（S. D. Serebriany）的《一位俄罗斯印度学家解读的维克拉姆·赛特的〈金门〉》、P. 达斯古普塔（Probal Dasgupta）的《后现代的降临和孟加拉语诗歌》、斯瓦潘·马宗达的《十分荒凉的小路：探寻中世纪印度文学中的帕克蒂》、阿米亚·德维的《今日之泰戈尔：写给非孟加拉语读者》、A. 般迪约帕迪亚（Arundhati Bandyopadhyay）的《两部印度戏剧中的局外人观念：〈伊万·因德拉基特〉和〈图格拉克〉》、K. 潘贾比（Kavita Panjabi）的《印度和拉美女性纪念性书写的一般定位及其社会功能》、S. C. 达斯古普塔的书评和P. 乔杜里（Purna Chowdhury）的《耶维斯·谢弗莱尔的〈比较文学〉》等。

1993至1994年出版的第三十一期学报刊载了十一篇英文论文，它们包括：安德勒·勒维（Andre Levi）的《关于误译和重译》、A. M. 勒维（Anne Marie Levi）的《〈罗摩衍那〉在挪威》、I. 昌德（Ipshita Chanda）的《论作为文学体裁的追寻神车》、阿米亚·德维的《解读〈恰·马纳·阿塔·恭塔〉》、C. 罗洽（Colleen Roach）的《媒介理论和文学理论中的文化帝国主义概念：以爱德华·赛义德和尼古基·瓦·西昂戈的著作为例》、斯瓦潘·马宗达的《挪用"他者"：莎士比亚作品的印度语翻译》、R. 瑟提（Rumina Sethi）的《帝国主义面具：抵抗与反对》、乌玛·达斯古普塔（Uma Dasgupta）的《T. S. 艾略特和爱德华·汤普森的几封书信》、K. 潘贾比论A. 巴拉的两部著作即《加西亚·马尔克斯和拉丁美洲》和《拉美作家引论，附研究与传记文献》、P. 乔杜里的《皮埃尔·布鲁内尔和耶维斯·谢弗莱尔主编的〈比较文学〉》和S. C. 达斯古普塔的《迦亚德维的模仿文化：当代印地语小说中的存在主义美学》等。

1996至1997年出版的第三十四期学报刊载了五篇英文论文，它们包括：P. M. 托马斯（Patrick Michael Thomas）的《游吟诗人、萨满和宫女：欲望的汇流》、S. K. 达斯的《建构"印度文学"》、H. 班纳吉的《当前印度戏剧中对种姓的表现：阿隆·穆克吉的〈政治正确剧〉》、V. S. 布朗（Vivian S. Brown）的《诗歌语言的操纵：杜·贝雷〈摩尔人的古董〉中清晰的碎片化》和D. 森和S. 查克拉沃迪（Debalina Sen & Sucharita Chakraborty）的《印度比较文学教学模式的转变》等。

1997 至 1998 年出版的第三十五期学报刊载了一篇孟加拉语论文和五篇英文论文，它们包括：芭芭拉·戈达德（Barbara Godard）的《文化间书写》、S. K. 达斯的《莎士比亚在印度》、M. 沙尔玛（Meenakshi Sharma）的《英国、英语和印度眼中的英语》、B. 查克拉沃迪的《泰戈尔与翻译的意义》和 S. 罗易（Sitansu Roy）的《泰戈尔的真实观：宇宙中的人》等。

2000 至 2001 年出版的第三十八期学报刊载了十篇英文论文，它们包括：S. E. 拉尔森（Svend Erik Larsen）的《经典：霸权的悖论》、A. 古哈（Anasuya Guha）的《罗马埃及在〈安东尼和克里奥佩特拉〉中的建构：比较和解决》、S. K. 达斯的《马克斯·穆勒论印度文学》、A. 毛利亚（Abhai Maurya）的《亚历山大·普希金：革命的浪漫主义者还是审慎的现实主义者?》、N. 穆克吉（Narayan Mukherjee）的《印度学在法国的发展》、J. 纳亚克和 S. 摩诃巴特拉（Jatindra Nayak & Sujit Mahapatra）的《驯服丛林：解读吉卜林的〈丛林之书〉》、A. K. 莫汉迪（Arun Kumar Mohanty）的《分裂的意象：关于戈兵纳塔·莫汉迪〈祖先们〉和齐努阿·阿切贝〈土崩瓦解之物〉的比较研究》、华裔学者欧阳桢（Eugene Eoyang）的《认清自己的位置：论托颇尼米的身份认同》、M. 阿萨杜丁（M. Asaduddin）的《解脱的缪斯：孟加拉的乌尔都诗歌及其英语译作》和 S. 纳迪格（Sumatheendra Nadig）的《槃迦普塔噶鲁》等。

2002 至 2003 年出版的第四十期学报刊载十篇英语论文，它们包括：B. 因德拉古鲁（Bhavatosh Indraguru）的《印度诗学和西方批评理论中建构思想的意义》、B. 扎查利亚（Binu Zachariah）的《基督在跨文化中的虚构》、N. 查克拉巴蒂（Nilanjan Chakrabarti）的《旅行文学的阐释：法国涉印旅行描写研究》、S. C. 达斯古普塔的《口传书写：翻译的问题》、S. K. 达斯的《从山地到原野》、韩国学者李宗霍（Lee Jeong Ho）的《泰戈尔对洪用武诗歌的影响》、I. N. 乔杜里（Indra Nath Choudhuri）的《现代主义与印度自治》、M. 比斯瓦斯（Moinak Biswas）的《超越差异的主体：论马尼克·般迪约帕迪亚作品中的一贯情节》、I 钱德的《后殖民时代的翻译》和 G. C. 贝黑拉（Guru Charan Behera）的《吉利西·卡纳德〈哈亚瓦达纳〉里的"闲适的恋爱花"：关于莎士比亚的文化挪用》等。

2003 至 2004 年出版的第四十一期学报刊载了十二篇英文论文，它们包括：阿米亚·德维的《在单一和众多之间：重新思考印度文学》、A. K. 辛哈（Avadesh Kumar Singh）的《介于母亲与儿媳之间的争吵：再论尼纳坎塔的〈萨苏瓦胡妮·拉黛〉》、B. 奈卡尔（Basavaraj Naikar）的《血红的眼睛：关于〈哈姆莱特〉的文化改写》、N. 穆克吉的《杰拉德·德·勒瓦尔与印度》、I. N. 乔杜里的《艺术传统的延续：和谐、不和谐与超越及泰戈尔的艺术观》、R. S. 米什拉（Rabi Shankar Mishra）的《韩特的奥利雅作家目录：一个东方学家的档案》、J. K. 纳亚克的《运用常识：腊拉·纳根德拉·库马尔·雷的奥利雅杯百科全书〈比比塔宝库大全〉》、S. K. 达斯的《古代孟加拉文学中的城市》、E. O. 艾克（Edward O. Ako）的《厄内斯特·海明威、德里克·沃尔科特和〈老人与海〉》、B. 乔杜里（Bibhash Choudhury）的《辩证的伦理学：文本解读》、D. 科斯特（Didier Coste）的《文学是比较的、全球的还是星球的：关于一些后殖民美国立场的批判》和斯瓦潘·马宗达的《强制的与自然的多元文化主义：比较文学概述》等。

通过对上边十六份比较文学学报的论文介绍，可以发现以下几个特征：

第一，《贾达瓦普尔比较文学学报》从创刊号开始就体现了泰戈尔世界文学观对后世印度比较文学学者的启示和影响，也体现了比较文学这一学科包容东西方学术观点的开放眼光。这些均体现在学报所刊论文的广泛的国际代表性方面。例如，1961 年 3 月出版的学报创刊号刊载的九篇英文论文包括了美国比较文学学会会长及国际比较文学学会会长 W. P. 弗里德利西的《德国晚期浪漫主义的政治失误》，该期还刊登了其他几位西方学者的论文。1963 年出版的第三期学报刊载了一位日本学者的论文《日本的比较文学》，它还刊载了几位西方学者的论文，如 D. 迈克库松的《莎士比亚和席勒的〈强盗〉》等。1974 年出版的第十二期学报刊载了西方学者 A. G. 斯托克的《叶芝和暴力诗》，1976 至 1977 年出版的第十四至十五期学报刊载了西方学者 M. 麦克米兰的《英国大学的比较文学研究》，1980 至 1981 年出版的第十八至十九期学报刊载了西方学者 S. M. 胡克斯的《搜寻史诗的盖尔人：早期盖尔语文学引论》，1989 至 1990 年出版的第二十八期学报刊载了非洲学者 G. 奥卡拉的《趋向发展一种非洲文学的非洲语言》，1990 至 1991 年出版的第二十九期学报刊载了美国著名比较文学学者亨利·雷马克的《比较文学中的民族性：利弊得失》，1993 至 1994 年出版的第三十一期学报刊载了西方学者安德勒·勒维的《关于误译和重译》和 A. M. 勒维的《〈罗摩衍那〉在挪威》，1996 至 1997 年出版的第三十四期学报刊载了西方学者P. M. 托马斯的《游吟诗人、萨满和宫女：欲望的汇流》。由此可以发现，这种论文刊载的国际意识成为学报一贯坚持的方向。21世纪以来，该学报仍然坚持刊登国外学者的论文：2000至2001年出版的第三十八期学报刊载了旅美华人学者欧阳桢的《明白自己的位置：论托颇尼米的身份认同》，2002至2003年出版的第四十期学报刊载了韩国学者李宗霍的《泰戈尔对洪用武诗歌的影响》，2003至2004年出版的第四十一期学报刊载了西方学者E. O. 艾克的《厄内斯特·海明威、德里克·沃尔科特和〈老人与海〉》和D. 科斯特的《文学是比较的、全球的还是星球的：关于一些后殖民美国立场的批判》。

第二，该学报所刊论文反映了这样一个事实，即半个世纪来印度比较文学研究出现了重点转移。换句话来说，20世纪中期，印度学者强调印度与西方文学关系的梳理、关注西方文学研究，但到了后来，他们除了继续清理东西方文学关系和重视西方文学研究外，开始把目光转向印度文学史的书写和印度各方言文学的比较研究上。例如，1961年出版的学报创刊号刊载了S. 罗易的《罗塞蒂的诗歌与绘画关系研究》、时任该刊主编的B. 鲍斯的《陀思妥耶夫斯基和波德莱尔：受难的双生子》、N. 古哈的《泰戈尔在西方》和S. J. P. 发隆的《泰戈尔与世界文学》等。这明显体现了西方文学研究和印度与西方文学关系研究在印度学者心目中的重要地位。1963年出版的第三期学报刊载了N. 古哈的《叶芝与印度》、W. 肖罗特的《德国古典戏剧中的〈麦克白〉》和D. 迈克库松的《莎士比亚和席勒的〈强盗〉》等。1974年出版的第十二期学报刊载了N. D. 森的《东西方史诗主题结构比较研究》和S. 穆克吉的《我们时代的“诗探”：论印度文学史的一些问题》。接下来的第十四至十五期学报刊载了阿米亚·德维的《文学史与比较文学：方法论的质疑》和K. M. 乔治的《印度文学语境中的马拉雅兰姆语》，第十六至十七期学报刊载了N. D. 森的《当下的印度文学概念》。这似乎显示印度学者的关注重点开始有了某种微妙的变化。这一变化一直延续至今。例如，1990至1991年出版的第二十九期学报刊载了斯瓦潘·马宗达的《民族文学与比较文学：印度的视角和观点》和阿米亚·德维的《自下而上的比较文学》，1996至1997年出版的第三十四期学报刊载了S. K. 达斯的《建构"印度文学"》。2003至2004年出版的第四十一期学报刊载了阿米亚·德维的《在单一和众多之间：重新思考印度文学》，也刊载了B. 奈卡尔的《血红的眼睛：关于〈哈姆莱特〉的文化改写》。第四十期和四十一期学报典型地体现了印度比较文学学者关注的重点产生了明显的变化，即从以往关注东西方文学互动变为同时关注东西方文学关系和印度文学的内部比较研究（亦即后文将要论及的"比较印度文学"）。

第三，按照比较文学法国学派和美国学派的研究主张，清理有着事实联系的文学关系和研究没有事实联系的文学现象成为比较文学研究者的不二选择。印度学者在学报上刊载的大多数论文也不例外。例如，1961年至2004年的学报刊载的论文中，属于这方面的论文包括：B. 鲍斯的《陀思妥耶夫斯基和波德莱尔：受难的双生子》、N. 古哈的《泰戈尔在西方》、《叶芝与印度》和《叶芝和日本》、阿米亚·德维的《〈沙恭达罗〉、〈后罗摩传〉、〈辛柏林〉和〈冬天的童话〉的悲喜剧磨难》、N. D. 森的《东西方史诗主题结构比较研究》、D. 高士的《T. S. 艾略特作品中作为拯救方式的羯磨》、S. K. 达斯的《莎士比亚在印度》、G. 辛哈的《寻找公分母：西方结构主义和印度诗学的韵》、J. 贾延的《文化相对主义及其观点：奈保尔、乔杜里和福斯特》、斯瓦潘·马宗达的《挪用“他者”：莎士比亚作品的印度语翻译》、N. 穆克吉的《印度学在法国的发展》、N. 查克拉巴蒂的《旅行文学的阐释：法国涉印旅行描写研究》等。从学报刊载的论文来看，虽然印度学者在印度和西方文学比较研究方面取得了很多成就，但整体而言，他们的研究也存在一大明显缺陷。那就是，严重忽视中国、日本，东南亚国家，西亚国家乃至非洲文学与印度文学的比较研究，也忽视东方文学之间的比较研究。虽然学报偶尔可见东方文学比较研究的因子，但由印度学者所撰的这方面论文非常罕见。这反映了西方中心主义对于印度比较文学研究界的严重侵蚀。与西方中心主义对中国的负面影响相比，它在此有过之而无不及。

另外，学报前期所刊印度学者论文基本上以文学现象和作品的比较研究为主，一般不涉及比较文学理论的探讨。到了后来，一些印度学者如阿米亚·德维和斯瓦潘·马宗达等人开始加入理论思考成分。但是，他们的理论思考又基本上以辩护比较印度文学合法性为旨归。

此外，学报所发文章除了少数孟加拉语论文外，无一例外均为英文论文。这使该学报在与西方学术界的对话中占据了有利位置。这和绝大多数中国比较文学学者使用中文发表研究成果形成反差。这种反差也是印度比较文学学者的声音在国际学术舞台上一直比中国比较文学学者的声音更加响亮的主要原因之一。

几十年来，该学报培养了一大批印度比较文学精英人物，例如，B. 鲍斯、N. 古哈、S. K. 达斯、阿米亚·德维、斯瓦潘·马宗达和S. C. 达斯古普塔等人便是如此。他们先后在学报上发表与印度和西方文学比较、比较印度文学等领域相关的多篇力作。S. K. 达斯、阿米亚·德维、斯瓦潘·马宗达等还以发表在学报上的论文为基础出版比较文学著作。这些著作不仅丰富了印度比较文学研究，还引起了西方比较文学研究者的关注，促进了印度与西方学界的良性互动。英国著名学者苏珊·巴斯奈特在《比较文学导论》一书中引用了斯瓦潘马宗达的观点，并加以评述。苏珊认为，印度等东方国家比较文学的发展冲击了欧洲中心论。“印度比较文学研究者的工作以转换视角（shift of perspective）为特征。”①

第三节　印度与西方文学关系研究

由于近代以来印度曾经长期成为英国殖民地，也由于印度与西方悠久的历史文化联系，很多西方作家都不同程度地参与到涉印题材创作的行列，因此，印度与西方的文学关系成为世界比较文学研究的最佳标本之一。印度学者对此自然格外重视。他们探索东西方文学关系的重点便集中在印度与英国的文学互动上，并以英国作家的涉印题材英语小说为主要探索对象。当然，这也不排除他们对于其他相关问题的研究，如泰戈尔与西方文学的互动、哥德等西方作家对印度的影响等等。例如，前述 A. 达斯古

① Susan Bassnett, *Comparative Literature: A Critical Introduction*, Oxford: Blackwell Publishers, 1993, p. 6.

普塔的《歌德与泰戈尔：东西方对话录》便是一例。[①] 本节拟对印度学者探索英印文学关系的一些代表性著作做些介绍。由于前面介绍《贾达瓦普尔比较文学学报》时已经涉及部分印度学者撰写的印西文学互动的论文，此处介绍不再重复。

印度独立至20世纪70年代末，印度学者在研究英国与印度的文学互动方面出版的著作包括：K. B. 拉奥的《鲁德雅德·吉卜林笔下的印度》、[②] M. N. 奈克主编的《印度对英语诗歌的回应》、[③] M. K. 奈克等主编的《西方作品中的印度镜像》、[④] K. 维斯瓦纳塔的《英语小说中的印度》、[⑤] S. D. 辛哈的《印度兵变小说》、[⑥] G. K. 达斯的《E. M. 福斯特笔下的印度》、[⑦] 和D. 高士的《T. S. 艾略特作品的印度思想》等。[⑧] 这里对这些著作的基本内容分别作一简介。

在这些著作中，集中探讨英印殖民文学互动的是K. B. 拉奥的《鲁德雅德·吉卜林笔下的印度》、G. K. 达斯的《E.

---

① Alokeranjan Dasgupta, *Goethe and Tagore: A Retrospect of East-West Colloquy*, Delhi: Lakherwal Press, 1973.

② K. Bhaskara Rao, *Rudyard Kipling's India*, Norman: University of Oklahoma Press, 1967.

③ M. K. Naik, *Indian Response to Poetry in English*, Madras: Macmillan and Company Limited, 1970.

④ M. N. Naik, *The Image of India in Western Creative Writing*, Dharwa: Karnatak University Press, 1971.

⑤ K. Viswanatham, *India in English Fiction*, Waltair: Andhra University Press, 1971.

⑥ Shailendra Dhari Singh, *Novels on the Indian Mutiny*, Delhi: Arnold-Heinemann India, 1973.

⑦ G. K. Das, *E. M. Forster's India*, London: The Macmillan Press Ltd., 1977.

⑧ Damayanti Ghosh, *Indian Thought in T. S. Eliot*, Calcutta: Sanskrit Pustak Bhandar, 1978.

M. 福斯特笔下的印度》和S. D. 辛哈的《印度兵变小说》等。在介绍这三本书以前，有必要先说说B. 辛哈的《英印小说扫描》。

辛哈的《英印小说扫描》初版于1934年，再版于1975年。这是笔者所见印度学者最早对英印殖民文学关系进行系统研究的著作。辛哈以“Anglo-Indian writers”（英印作家）来指代殖民时期进行涉印题材创作的英国作家，并以“The novels of Anglo-India”（英印小说）来称呼殖民时期英国作家创作的涉印题材小说。辛哈在该书初版序言中认为：“英印小说作家使得印度人将自己视为‘他者’，或如殖民统治着看待他们一样。”他同时认为，这种殖民小说也使印度人得以认识殖民统治者，将他们当成有血有肉的普通人进行观察和思考。[①] 他还在1975年版前言中认为，“英印小说”的独特性在于，它的起点和终点跨越了一百五十年的历程，它的终点以1947年英国退出印度、印度获得独立为标志。他说：“英印小说在当下并不比英国殖民统治时期更少引人注目，因为它提供了一面镜子，使我们得以观察现已成为印度历史一部分的认知姿态。”[②]

《英印小说扫描》分为十二章，标题分别是：(1) 引言，(2) M. 泰勒和吉卜林的其他先驱者，(3) 鲁德雅德·吉卜林，(4) 鲁德雅德·吉卜林及其创作流派，(5) 涉及英印作家生活的小说之一，(6) 涉及英印作家生活的小说之二，(7) 描写跨种族婚姻

① Bhupal Singh, *A Survey of Anglo-Indian Fiction*, “Preface,” London: Curzon Press, 1975.

② Bhupal Singh, *A Survey of Anglo-Indian Fiction*, “Foreword,” London: Curzon Press, 1975.

和欧亚混血人生活的小说，（8）印度政治与英印小说，（9）E. M. 福斯特和爱德华·汤普森，（10）英印小说中的印度历史，（11）神秘东方与英印神秘小说，（12）西方眼中的东方与英印小说描写的印度生活，等等。该书几个附录包括主要英印作家索引、英印作家作品、传记及其相关研究著作等。在引言中，辛哈对英印小说的三重含义作了说明：第一层是广义地指任何以英语创作的涉印题材小说，第二层是狭义地指专门描写在印英国人生活的小说，第三层更狭义的意思是指描写欧亚混血儿的小说。辛哈还把一个半世纪里的英印小说创作分为三个时期：第一时期从英国殖民总督沃伦·哈斯丁斯时期到 1857 年印度民族大起义为止，第二个时期到维多利亚女王谢世和 1901 年吉卜林的殖民小说《基姆》出版为止，第三个时期从 1905 年孟加拉分治到印度独立。辛哈甚至认为，第三期英印小说创作可以视为一直延伸到 20 世纪 70 年代。辛哈在著作中主要探讨 1930 年以前的英印小说。他的探讨充满历史意识，如在第二章中便对马娄、莎士比亚、瓦尔特·司各特、狄更斯和萨克雷等人创作中出现的印度元素一一进行了清理。辛哈的探索主要从吉卜林的真正前驱 M. 泰勒（Meadows Taylor）开始，然后在全面论述各个涉印题材英国作家的同时，重点探索了吉卜林、福斯特、L. H. 迈尔斯和爱德华·汤普森等人。他的研究在深入而全面地考察英印小说历史发展脉络的同时，注重对英国作家的跨文化创作进行审视。值得注意的是，辛哈的研究虽然于 20 世纪 30 年代起步，但其研究方法中蕴含的解构主义因素却与后来兴起的后殖民理论比较吻合。上述特征使得这一著作成为后世学者探索英印文学关系时不可或缺的重要参考。在此意义上，将之视为 20 世纪印度学者研究东西方文学关系的经典之作，应不为过。

K. B. 拉奥于1967年出版的《鲁德雅德·吉卜林笔下的印度》选择英国第一位诺贝尔文学奖获得者（1907年）、殖民文学代表作家吉卜林为研究对象。吉卜林是英国涉印题材作家的典型代表。他出生在印度，其生活与创作与印度结下了不解之缘。拉奥的著作分为七章，标题分别是：（1）吉卜林涉印题材作家的地位需要重新审视，（2）印度次大陆的民谣：孩童的意识，（3）英印人：矫揉造作的意识，（4）印度人：饱受煎熬的意识，（5）土邦印度：扭曲的意识，（6）基姆与印度混杂性，（7）重新审视吉卜林笔下的印度。拉奥对吉卜林的研究不仅涉及对其人格进行审视，也对其作品进行了全面的评价。他对吉卜林作品中体现的殖民者对殖民地臣民的"拯救"和"启蒙"意识进行了深入考察，并对产生这些意识的基督教文化因素和欧洲历史动因进行了追溯。拉奥对吉卜林在《基姆》中体现出的矛盾人格及其时代和文化成因也进行了深入的分析，并得出令人信服的结论。吉卜林所谓"白人的负担"和"东方西方永不相遇"的论调成为分析的重点之一。拉奥认为，《基姆》通过喇嘛带领基姆追寻箭河这一虚拟情节，体现了经过岁月磨难后的吉卜林向印度佛教皈依的心灵走向。[①] 拉奥有特色的地方还在于引入了比较研究的模式。他把吉卜林及其作品与E. M. 福斯特和约翰·马斯特斯（John Masters）两人及其作品进行比较。他称这三人是英印文学"最

---

① K. Bhaskara Rao, *Rudyard Kipling's India*, Norman: University of Oklahoma Press, 1967, p. 132.

重要的作家”，他们“代表了英印文学创作重要而不同的阶段”。[①] 拉奥把吉卜林置于英印文学的历史发展脉络中进行打量，从另一个侧面说明了吉卜林及其作品的特殊价值。通观全书，拉奥对吉卜林及其作品的评价颇见功力，保持了一定的理性判断，避免了情绪化、意识形态化的偏颇心态。这使该著成为印度学者研究东西方文学关系的又一部力作。

1977年出版的G. K. 达斯的《E. M. 福斯特笔下的印度》。该书共分六章，标题分别为：（1）传奇与现实的印度：福斯特1912至1921年间的印度书写，（2）虚假的迪瓦斯：福斯特眼中的土邦印度，（3）“以往的最大错误”：福斯特心目中的“民主帝国”，（4）“趋向瓦解帝国”：福斯特对印度不合作与基拉法运动的思考，（5）“穿越帝国废墟”：《印度之行》与后期印度书写，（6）关于印度教和伊斯兰教的一些思考。福斯特是殖民主义时期继吉卜林之后描写印度的最杰出的英国作家。达斯该著有别于拉奥上述论述吉卜林的著作的地方在于，他更偏重于从印度历史政治发展和英印殖民关系互动等角度来探索福斯特的《印度之行》。这是因为，《印度之行》本来就是一部印度和大英帝国殖民统治进行最后较量时期产生的跨文化文本。福斯特在书中所进行的历史和哲学思考，成为达斯探索的重点之一。他从甘地领导的非暴力不合作运动等历史背景入手，还涉及印度教和伊斯兰教等宗教因素，对福斯特的跨文化书写进行历史透视和宗教思考，以揭示隐藏在作品中的创作密码。达斯一方面认可福斯特的《印度

---

① K. Bhaskara Rao, *Rudyard Kipling's India*, Norman: University of Oklahoma Press, 1967, p. 10.

之行》对英国殖民统治的抨击和对在印英国人的种族优越意识的批判，另一方面也揭示了福斯特的矛盾心态：福斯特虽然以理解印度和印度人作为创作基调，但由于他对大英帝国统治在印的衰落持眷恋心态，使得这部小说“表现了一种典型的看待印度的帝国主义眼光”。[①] 达斯在著作中还对福斯特与泰戈尔和 M. R. 阿兰德等人的友好交往作了说明，还就福斯特对印度文明浓厚兴趣表示赞赏。达斯的著作和拉奥的吉卜林论著一道，为印度学界的东西方文学关系研究和殖民文学研究作出了应有的贡献。他们的著作为印度比较文学界向世界发出“印度声音”起到了很好的促进作用。

1857 年 5 月 10 日，印度大起义从米鲁特开始爆发，很快向德里及全印蔓延。这场震惊世界的民族大起义一直持续到 1859 年 4 月才被英国殖民者镇压下去。大起义的直接政治后果是东印度公司在印度统治的终结，其对英国人心理上的冲击可以用“强烈震撼”来形容。在漫长的英国作家印度书写史上，关于 1857 年印度民族大起义是一个挥之不去的话题。“1857”、“Mutiny”（叛变、兵变）和“Sepoy”[②]（印度士兵）等负载深重历史内涵的政治话语在英国小说及诗歌中屡见不鲜。到 1970 年代为止，

---

① G. K. Das, *E. M. Forster's India*, London: The Macmillan Press Ltd., 1977, p. 79.

② “Sepoy”有人译为“西帕依”，它来源于波斯语 Sipahi 或 Sipah，意为士兵，近代常常指英法殖民者军队中雇佣的印度土著士兵，是殖民者在印度进行征服和统治的工具。1757 年普拉西战役英国殖民者获胜便是有效使用这些“西帕依”士兵的成功一例。1857 年印度民族大起义前夕，英印军队约 24 万，其中“西帕依”便有 20 万，是印度当时唯一有组织的社会力量。在起义队伍中是反对英国殖民者的先锋和骨干力量。参阅黄心川主编：《南亚大辞典》，成都：四川人民出版社，1998 年，第 426 页。

光是以印度兵变为主题的小说，英国作家就创作了不少于五十部。这包括诗人丁尼生、小说家M. 泰勒、狄更斯、约翰·马斯特斯、G. J. 法雷尔等。S. D. 辛哈的《印度兵变小说》选择以描写1857年印度反英民族大起义为主题的五十五部英国小说为研究对象。该书分七章，标题分别是：（1）关于1857年兵变的看法，（2）虚构神话的当代小说：1857—1890，（3）英人自负膨胀的兵变神话：1891—1899，（4）神话优势的持续：1900—1909，（5）神话终止：1910—1947年的妥协年代，（6）后大英帝国时代小说，（7）观点和结构。从标题可以看出，作者将英国作家描写印度兵变即印度反英民族大起义的英语小说分为五个阶段进行分析。作者在分析中涉及瓦尔特·司各特、M. 泰勒和约翰·马斯特斯等英国作家的兵变小说。通过对表现这一特殊主题的小说的历史分析，作者清晰地画出了英国作家涉印题材作品的某种思想痕迹，即从虚构英军英勇顽强的神话到反思大起义的政治和历史起因的复杂过程。《印度兵变小说》集历史考察与文学探索为一体，是印度学者探索英印文学关系颇见功力的别致之作。

1971年，K. 维斯瓦纳塔的《英语小说中的印度》出版。该书分九章，标题分别为：（1）英语文学中的印度，（2）瓦尔特·司各特的《外科医生的女儿》，（3）M. 泰勒的《塔拉》，（4）吉卜林的《基姆》，（5）E. M. 福斯特的《印度之行》，（6）F. W. 贝恩的《一弯新月》，（7）L. H. 迈尔斯的《近和远》，（8）毛姆的《刀锋》，（9）回顾。作者认为，司各特的印度题材小说体现出罗曼蒂克印象，泰勒之作体现了历史，吉卜林之作是军营之作，福斯特之作体现了大英帝国的绝望，贝恩之作体现了东方主义视角，迈尔斯之作体现了他对于印度的哲学思考，毛姆之作属于神秘主义倾向。作者以英国作家涉印之作为序组织全书结构，再就每个作家作品的思想倾向进行考察，得出了一些有意义的结论。但通观全书，作者的论述显得有些偏颇，这与作者选取一些主要作家的作品为标本进行抽样分析不无关联。这不可避免会打上以偏概全的烙印。当然，本书的学术价值无法否认，考察英印文学关系，此书仍然是一本重要的学术参考资料。

达玛杨迪·高士于 1978 年出版了《T. S. 艾略特作品中的印度思想》。高士曾经于 1956 至 1962 年间在贾达瓦普尔大学比较文学系学习过比较文学，导师为该系创始人、著名比较文学专家 B. 鲍斯。后来，她到美国印第安纳大学学习，并以艾略特研究的论文获得博士学位。此书便是在她的博士论文基础上修订而成。全书除引言和结论外，共分九章，标题分别是：(1) 成长中的诗人，(2) 哈佛岁月，(3) 标准、在印度教的烛照下，(4) 佛教思想的影响，(5) 轮子和静止的点，(6) 羯磨（karma，业），(7) 命定和自由意志，(8) 摩耶（幻灭）之镜，(9) 静默观察者和双鸟。高士不仅以自己具备的印度文化优势，对艾略特两部重要代表作即《荒原》和《四个四重奏》里出现的佛教和印度教文化因素进行了深入研究，还对艾略特与印度语言文化的亲密邂逅历程进行了历史梳理。此书应被视为艾略特研究的经典之作。

M. K. 奈克主编的论文集《印度对英语诗歌的回应》于 1970 年出版。该论文集包含了部分比较诗学论文，部分论文涉及印度与西方文学的互动，如论及 T. S. 艾略特与奥罗宾多的比较和马修·阿诺德对印度文学的影响等。但真正集中体现印度和西方文学互动研究成果的还是另一本书。1971 年，M. K. 奈克、S. K. 德赛和S. T. 卡拉普尔三人主编的《西方作品中的印度镜像》出版。这是一部集中探讨西方作家涉印题材作品的论文集，作者包括 M. R. 阿兰德、K. R. S. 艾因加尔、M. K. 奈克、G. S. 阿穆尔、苏吉特·穆克吉和纳勒西·古哈等著名学者。论文集不乏颇见功力之作。这种印度学者探索东西方文学关系的集体合作成果实属难能可贵，它体现了印度学者对印西文学关系的格外重视。虽然该书作者并非全部属于比较文学学者，且部分学者并非认同比较文学这一西来学科，但其研究成果却为丰富印度比较文学研究作出了自己的贡献。全书二十四篇论文题目如下：（1）M. 泰勒与三种文化（G. S. 阿穆尔），（2）英国人的心态：20 世纪英国涉印题材小说（作者为 M. R. 阿兰德），（3）帕尔·库伯小说中的印度（W. W. S. 帕斯克），（4）风自东方来：英国诗人对《薄伽梵歌》的反响（阿玛伦杜·鲍斯），（5）愉快的相遇：鲁默·戈登的印度题材小说（S. K. 德赛），（6）吉卜林的印度故事（K. R. S. 艾因加尔），（7）威廉·琼斯的颂诗（L. S. R. K. 萨斯特里），（8）埃德温·阿诺德与印度（K. R. 马赫什），（9）普罗希特·斯瓦米和 W. B. 叶芝（S. M. 潘卡尔），（10）爱德华·汤普森：印度的囚徒（苏吉特·穆克吉），（11）F. W. 贝恩的创作艺术（K. M. 木塔里克），（12）约翰牛和池塘的偶像：论 L. H. 迈尔斯《毗湿奴的池塘》中的印度（M. K. 奈克），（13）印度克里希纳神的两面：论阿克里的《印度假期》和福斯特的《黛薇山》（普莱芒·南达库马尔），（14）弗罗娜·安妮·斯蒂尔：印度的爱恋者（达雅·帕尔瓦塔），（15）雪莱和印度（K. D. 培当卡），（16）T. S. 艾略特作品中的印度主题（P. S. 萨斯特里），（17）E.

M. 福斯特的《印度之行》(V. A. 沙赫尼),(18)毛姆和神秘主义:论《刀锋》(K. 维斯瓦纳塔),(19)梭罗与印度(K. R. 钱德拉色卡拉),(20)惠特曼的《印度之行》:精神上的奥德修斯(R. A. 德维),(21)论马克·吐温的《沿赤道航行》(塔库尔·古鲁普拉萨德),(22)约翰·斯坦贝克与东方主义思想(S. T. 卡拉普尔),(23)托马斯·曼作品中的印度传奇(纳勒西·古哈),(24)赫尔曼·黑塞的《悉达多》(S. B. 斯洛特里)。从上述篇目看来,该论文集主要探索西方作家受印度文化影响的情况而非相反。

就印度作家受西方文学的影响而言,也有一些印度学者以论文或著作的形式进行讨论。印度独立以后,印度学者对西方文学之于印度各现代语言文学的影响继续予以关注,并出版研究成果。20 世纪 80 年代以前出版的这方面著作包括 K. M. 乔治的《西方对马拉雅兰姆语言文学的影响》[①] 和 M. P. 柯西尼的《旁遮普语文学中的西方影响》等。[②] 限于资料和篇幅,此处不再涉及这一问题。

20 世纪 80 年代前,除了西方文学与印度文学的互动研究模式外,印度学者还有一些关于东西方文学的平行研究成果,如 P. B. 阿查利雅的《莎士比亚、迦梨陀娑和薄婆菩提的悲喜剧》便是一例。该书将三位不同时代、并无事实联系的东西方戏剧家放在一起进行分析,这是典型的平行研究。作者在该书中着力探

---

① K. M. George, *Western Influence on Malayalam Language and Literature*, Delhi: Sahitya Akademi, 1972.

② M. P. Kohli, *The Influence of the Western on Panjabi Literature*, Ludhina: Lyall Book Depot, 1969.

讨迦梨陀娑和薄婆菩提为代表创作的梵语戏剧和莎士比亚的悲喜剧之间的相似之处和差异点。例如，他认为，迦梨陀娑、薄婆菩提和莎士比亚都喜欢采用悲喜剧的方式结尾。三人都取法于古典作品，且都有发扬光大之势。三人在戏剧结构上相似，都打破了时间和地点统一的所谓“三一律”限制。三人都在戏里采纳了诗歌的形式。三人都同中有异地在戏里描写了自然。不过，三人都表现了人的妥协，在印度戏剧家这里，是人对命运的妥协。在莎剧那里，是人与人的妥协。作者还对三人所塑造的戏剧角色和表现的内容等进行了对比研究。作者认为：“在印度，人们的头脑被那些哲学观念（如业报轮回等）充斥着，精神的关注甚于物质，悲剧永远无法找到安身之地。”古代与现代西方关注世俗生活的悲剧意识与印度人关注精神层面的解脱是“不相协调的”。[①]这也造成了莎剧与梵剧的一些差异。作者认为，薄婆菩提几乎和莎士比亚一样伟大，而迦梨陀娑可以视为“印度的莎士比亚”。[②]

印度学者在20世纪六七十年代所进行的印度与西方文学的比较研究，为20世纪80年代以来印度比较文学研究的繁荣兴盛打下了坚实的基础。就东西方文学关系研究而言，20世纪80年代后它将进入一个成果丰硕的新阶段。

---

① P. B. Acharya, *The Tragicomedies of Shakespeare, Kalidasa and Bhavabhâti*, Delhi: Meharchand Lachhmandas Publications, 1978, p. 10.

② P. B. Acharya, *The Tragicomedies of Shakespeare, Kalidasa and Bhavabhâti*, Delhi: Meharchand Lachhmandas Publications, 1978, p. 243.

第四节　比较诗学研究的起步和发展

独立前，印度学者进行的梵语诗学研究应该视为民族主义意识勃发的一种标志。后殖民时期，印度学者的民族文化自信心空前增强。独立前已经开始萌芽的梵语诗学和西方诗学比较研究得以进一步发展。总起来看，20 世纪初期到印度独立，是印度学界进行印西诗学比较研究的萌芽期，拉克凡和克里希纳穆尔提等人是这方面的先驱者。20 世纪 50 年代到 60 年代末是印度学界进行梵语诗学和西方诗学比较研究的起步期，70 年代稳步发展，80 年代到 21 世纪初是梵语诗学和西方诗学比较研究的繁荣成熟期，发展到更多的学者集体利用梵语诗学阐释批评西方文学的新阶段。本节拟对 20 世纪 50 年代到 70 年代末印度学者的印西诗学比较概况进行简介。

如果说 20 世纪 50 到 60 年代是印度比较诗学研究的发轫期，那么，从 70 年代起，它已进入稳步发展期。在不长的时间里，出现了一些紧承拉克凡等人比较诗学研究路数的著作，且研究的范围和深度都有可喜的进步，同时，还前所未有地出现了比较戏剧学理论著作，尽快地填补了梵语诗学和西方诗学比较研究的一个空白点。这一时期，由于比较意识的渗透，一些学者在关于印度美学或诗学研究的著作中，继续添加比较研究的元素，这使他们的著作带有浓厚的比较意识。这反映了稳步发展期印度学者在比较诗学领域的新成就。

1947 年独立到 20 世纪 70 年代末的三十多年间，印度学者出版了一些重要的比较诗学（包括比较戏剧学）著作，其中有的著作冠以“比较美学”的字样。这些著作包括：P. 乔达里的《比较美学研究》(1953)、[①] 潘迪亚的《比较美学》（第一卷：印度美学）（1952—1959）、K. 查塔尼亚的《梵语诗学批评及比较研究》（1965）、G. H. 拉奥的《东西比较美学》（1974 年）、A. C. 舒克拉的《希腊与印度美学中的模仿概念》(1977 年)、[②] R. L. 辛格尔的《亚里士多德与婆罗多的戏剧理论比较研究》(1977)。另外，T. 查克拉巴蒂于 1971 年出版《印度美学与语言科学》，这是一本带有浓厚的跨学科研究特色的比较诗学著作。由于笔者没有掌握 P. 乔达里和 A. C. 舒克拉的著作，这里仅对上述其他著作作些简单说明。

潘迪亚曾经是拉克瑙大学新护美学与湿婆哲学研究所荣誉主任，他的《比较美学》（第一卷：印度美学）是在他提交给拉克瑙大学（Lucknow University）的博士论文基础上修订而成，1959 年版的第一卷是该书第二版。根据 1951 年 12 月 23 日 S. 拉达克里希南给该书撰写前言这点来看，该书当在 1952 年左右初版。潘迪还著有《比较美学》(第二卷：西方美学)，与第一卷互相呼应，1959 年出版。这体现了潘迪自觉的东西诗学比较意识。不过，这样的整体呼应框架自然降低了潘迪著作的比较成分和意识。潘迪的本意是待第一卷和第二卷完成后，再撰写第三卷即印度和西方美学比较研究，但却始终没有完成这项艰巨的

① Pravasjivan Chaudhari, *Studies in Comparative Aesthetics*, Santiniketan: Visva Bharati, 1953.

② A. C. Sukla, *The Concept of Imitation in Greek and Indian Aesthetics*, Calcutta, 1977.

任务。

从笔者掌握的《比较美学》（第一卷：印度美学）来看，它共分十一章，即第一章“印度美学史”、第二章“新护美学的湿婆教基础”、第三章“新护的美学理论”、第四章“味的种类”、第五章“新护的意义理论”、第六章“摩希摩跋吒对韵论的批评及其回应”、第七章“梵语戏剧的技艺”、第八章“戏剧类型”、第九章“梵语戏剧表演的本质”、第十章“诗学中的美学趋势”和第十一章“音乐艺术”。这本756页（正文616页）的英文著作主要围绕味论、韵论、梵语戏剧学等展开论述，兼及其他诗学派别和音乐艺术。通观全书，仍然能发现一些比较研究的痕迹。例如，在论述新护的美学思想时，潘迪所举的比较例子是黑格尔的美学思想。[①] 在论述梵语戏剧表演目的和婆罗多的戏剧情节五原素论（种子、油滴、插话、小插话和结局）时，潘迪以莎士比亚的戏剧理论和戏剧作品如《裘力斯·恺撒》（*Julius Cesar*）和《皆大欢喜》（*As You Like It*）等佐证说明。[②] 潘迪着重寻求梵语戏剧和莎士比亚戏剧的相同点。遗憾的是，由于潘迪本意是以三卷本巨著的形式进行规模宏大的东西方美学比较，但这一愿望始终未能实现，他的比较美学之梦只能由其他学者接着完成了。

如果说潘迪的《比较美学》（第一、二卷）代表后殖民时期印度比较诗学的蹒跚学步，那么，1965年，K. 查塔尼亚出版的《梵语诗学批评及比较研究》则开始在比较诗学道路上直立行

---

① Kanti Chandra Pandey, *Comparative Aesthetics* (*Vol*. 1), *Indian Aesthetics*, Varanasi: The Chowkhamba Sanskrit Series Office, 1959, p. 88, pp. 126—130.

② Kanti Chandra Pandey, *Comparative Aesthetics* (*Vol*. 1), *Indian Aesthetics*, Varanasi: The Chowkhamba Sanskrit Series Office, 1959, p. 387, pp. 420—428.

走了。查塔尼亚的著作分为十二章，标题依次为：（1）诗学情境，（2）诗学范围，（3）诗学结构，（4）诗学修辞，（5）风格与韵律，（6）韵的原理，（7）结构的内涵，（8）诗歌的目标，（9）美学与伦理，（10）诗歌与解脱，（11）毗耶娑的美学观，（12）自我边界的扩展。从这十二个主题设置来看，查塔尼亚显然是在现代诗学体系框架内重新审视和全面挖掘梵语诗学的价值。本书论述充满了自觉的比较意识。查塔尼亚在书中不时以西方诗学为参照阐释梵语诗学基本原理。具体地说，查塔尼亚涉及 T. S. 艾略特诗学观和婆罗多的味论思想比较、苏珊·朗格的思想与印度诗学比较、恭多迦诗学观和新批评派退特的"张力"说的比较、马拉美象征主义诗学观与欢增韵论诗学的比较、《舞论》的戏剧结构论和希腊戏剧结构论比较，新护和柯勒律治的"普遍化"原理比较，培根、叔本华和加缪和印度思想比较，布莱希特戏剧观和梵语戏剧理论比较，波阇的"艳情味论"和弗洛伊德的原欲"升华说"的比较，等等。该书还论及中国绘画的"飞白"论和虚实相生手法。该书还别开生面地运用梵语诗学味论原理阐释瓦莱里和 T. S. 艾略特的诗歌。[①] 这应该视为泰戈尔之后梵语诗学东为西用的最早尝试之一。查塔尼亚的这本著作是名副其实的比较诗学著作。他的难能可贵之处还在于，除了自觉的东西诗学对话以外，他还流露出对西方诗学阐发印度文学的有效性的质疑。他还对梵语诗学"画诗"论的局限进行思考。可以说，查塔尼亚的这部比较诗学著作紧承拉克凡和克里希纳穆尔提等人的

---

① K. Chaitanya, *Sanskrit Poetics: A Critical and Comparative Study*. Delhi: Asian Publishing House, 1965, pp. 324—333.

比较诗学意识，并将之发扬光大，这便使得梵语诗学的遗产价值得以在现代文化语境中重现光辉。该书结构严谨、思辨有力、结论发人深思。放在 20 世纪 60 年代的时代语境中，这部比较诗学著作的价值怎么评价也不过分。它标志印度比较诗学的春天即将来临。在此意义上，查塔尼亚的《梵语诗学批评及比较研究》应视为印度第一部严格意义上的比较诗学著作。

值得一提的是，R. C. 德维威迪（R. C. Dwivedi）于 1969 年编辑出版了一本会议论文集，即《梵语文学批评原理》。在这本论文集中，出现了几篇带有比较诗学意识的文章，如梵语戏剧和希腊戏剧理论比较、希腊罗马文论与印度美学比较、象征主义诗学和韵论的比较等等。①

1974 年，G. H. 拉奥出版了《东西比较美学》一书。拉奥在引言中提到了 A. K. 库马拉斯瓦米的《艺术本质的变化》和 K. C. 潘迪的《比较美学》，既显示了他对两位比较美学前辈学者的敬意，也体现出他的比较美学研究旨趣。该书分三部分，第一部分包括两章：（1）什么是艺术？（2）对于美学的当代定义；第二部分包括八章：（1）艺术可否阐释？（2）作为模仿的艺术，（3）作为游戏的艺术，（4）作为梦幻的艺术，（5）作为虚幻的艺术，（6）作为印象的艺术，（7）作为表现的艺术，（8）总结性的艺术阐释；第三部分包括五章：（1）印度的美学概念，（2）印度的艺术哲学，（3）艺术的价值，（4）艺术与社会，（5）艺术与自然。拉奥在书中以艺术模仿、艺术表现、艺术价值、艺术与社

---

① R. C. Dwivedi, ed., *Principles of Literary Criticism in Sanskrit*, Delhi: Motilal Baranarsidass, 1969, pp. 18—27, pp. 130—141, pp. 167—177.

会、艺术与自然、印度的艺术哲学和印度美学观等为主题，以新护等人的味论普遍化原理、欢增的韵论等梵语诗学理论和亚里士多德、康德、黑格尔、李普斯、雪莱、苏珊·朗格、克罗齐、弗洛伊德、鲍桑葵等古今西方美学家的思想进行比较，全面分析艺术美学的规律。例如，在论及“作为表现的艺术”时，拉奥提到了鲍桑奎、克罗齐、卡西尔和苏珊·朗格等人的美学思想，并以梵语诗学和印度哲学概念如味、韵、超凡现量（alaukikapratyaksa)、普遍化（sadharanikarana,)、有情（bhavika)、和真义(tatparya）等作为比较尺度。[①] 不可否认，这是一本名副其实的比较研究著作。

印度比较诗学的春天悄然来临还表现在，印度独立前并未展开的比较戏剧学研究开始萌芽。一些并非专论戏剧比较的著述或多或少地涉及印度和西方、特别是梵语戏剧和希腊戏剧理论实践的比较分析。这方面的著作包括：A. 兰伽查利亚的《梵语文学中的戏剧》、C. B. 古普塔的《印度戏剧起源及其迄今为止的发展》、H. R. 米什拉的《梵语戏剧中的味论》等等。例如，A. 兰伽查利亚在《梵语文学中的戏剧》中对梵语戏剧没有希腊悲剧的冲突观进行阐释，并从两个方面否认希腊戏剧影响印度戏剧之说的真实性。[②] H. R. 米什拉在《梵语戏剧中的味论》一书中将比较的触角伸向梵语戏剧和莎士比亚为代表的英国戏剧之比较上，从情节、角色表演、戏剧功能等诸多方面进行分析，得出了

---

① G. Hanumantha Rao, *Comparative Aesthetics Eastern and Western*, Mysore: D. V. K. Murthy, 1974, pp. 123—167.

② Adya Rangacharya, *Drama in Sanskrit Literature*, Bombay: Popular Prakashan, 1st edition, 1947, 2nd edition, 1967, pp. 141—154.

很多结论。作者否认印度存在悲剧，认为梵语戏剧里没有西方的悲剧和喜剧。[①] 上述学者的探讨为下一阶段比较戏剧学研究奠定了良好的基础。

1977 年，R. L. 辛格尔出版了《亚里士多德与婆罗多的戏剧理论比较研究》一书。作者 1975 年在旁遮普大学以比较戏剧学研究的论文获得博士学位。该书即在学位论文的基础上修改而成。这是笔者所见最早对印度和希腊戏剧理论进行专题研究的比较戏剧学著述。在此之前、乃至在殖民时期，已经有部分印度学者对印度和希腊戏剧理论的异同和印度是否受到希腊戏剧理论影响等重要学术命题进行探索，但以亚里士多德和婆罗多作为专题研究对象的著作还没出现。因此，说这本著作是印度的比较戏剧学开山之作，应不为过。该著正文 214 页，分为九章，标题分别为：（1）戏剧的起源，（2）婆罗多的味论，（3）亚里士多德的"净化"论和婆罗多味论的比较，（4）悲剧与快乐，（5）情节和戏剧整体性，（6）角色与人物表现，（7）措辞，（8）语言和风格，（9）其他相关问题和结论。该书从戏剧起源、戏剧功能、戏剧语言、戏剧风格、情节、背景、音乐、舞蹈等方面对亚里士多德和婆罗多的戏剧理论观进行全面而系统的异同比较，很多结论具有深度和力度。关于两人在各自文明发展史和戏剧理论史上的崇高地位及其深远影响，作者写道："在各自的文化领域里，亚里士多德和婆罗多已经影响文学批评理论达两千年之久。新的思想和观念产生又消失，但这两位圣人的著作却如灯塔挺立，给诗

---

① Hari Ram Mishra, *The Theory of Rasa in Sanskrit Drama*, Bhopal: Vindhyachal Prakashan, 1964, P. 666.

人、戏剧家、批评家和注疏家照耀着航向。《诗学》忠实的注释者包括布切尔（Butcher）、拜沃特（Bywater）、卢卡斯（Lucas）、埃尔斯（Else）和琼斯（Jones）等人，这就在很大程度上说明了亚里士多德诗学思想的精深博大。同样，从跋吒·洛罗吒到智王世主，当然也包括著名的新护等一长串学者的名字，他们一直继承着婆罗多的传统。所有这些学者，都以自己的方式详细解释婆罗多的观点，多姿多彩地展现他的味论的魅力和壮观。"[①] 作者认为，亚里士多德并未全面论述戏剧，婆罗多却做到了这一点。该书最有价值的地方在于对亚里士多德"净化"说和婆罗多味论的深入比较。作者认为，亚里士多德和婆罗多是东西方戏剧理论的创始人。"净化"说和味论是解析两人戏剧观差异的钥匙。《诗学》的核心在于阐释悲剧功能的"净化"（catharsis）理论和使人类活动显得崇高的"模仿"理论。《舞论》的核心是婆罗多所创造的印度傲视世界的文化遗产即味论。"味不仅是诗歌与戏剧的灵魂，也是音乐、舞蹈与绘画的灵魂。"[②] 辛格尔还认为，代表古希腊与印度戏剧理论精华的净化说与味论存在一定的联系。可以将净化视为一种渐变的现象，它来自观众味之体验的过程。也就是说，婆罗多的味论可以帮助我们以正确的方式从本质上理解亚里士多德的净化说。当然，二者之间的区别也是明显存在的："净化说只涉及怜悯和恐惧两种感情，而味论却涉及到所

---

① R. L. Singal, *Aristotle and Bharata*: *A Comparative Study of Their Theories of Drama*, Punjab: Vishveshvaranand Vedic Research Institute, 1977, p. 188.

② R. L. Singal, *Aristotle and Bharata*: *A Comparative Study of Their Theories of Drama*, Punjab: Vishveshvaranand Vedic Research Institute, 1977, p. 188.

有感情。因此，味论大步流星地走在了净化说的前头。”[①] 在辛格尔看来，由于梵语戏剧以创造美学情味和追求人生解脱为目的，它缺乏希腊意义上或曰亚里士多德式的西方悲剧。[②] 辛格尔在该书最后总结道：“两位作者都是戏剧学领域的先驱。由于整个世界的人类意识和感情相同，从根本上说，文学是这些东西的一种反映，希腊和印度的戏剧要素不可能差异悬殊。但是，这里也存在各自的价值观与喜好。根本的性格特征和文化观念也在塑造和影响人们的精神气质和思维方式。这使得《诗学》和《舞论》这些人类文化遗产显得各具特色。这种情况非但不会贬低人类文化传统的价值，相反，它只会使这一传统变得更加丰富和茂盛。通过愉快地对《诗学》和《舞论》进行比较研究，我相信，尽管它们之间有着许多的相似和差异，但从世界文化语境进行考察，《诗学》与《舞论》的理论是可以互相补充的。”[③] 可以说，这部著作将此前印度学者的比较戏剧学向前大大地推进了一步。它应该视为印度比较戏剧学的重要代表作，也属于比较诗学研究的代表作之一。

与此同时，一些学者从不同的角度出发，继续深化比较戏剧学研究的内容。例如，G. K. 巴塔的《悲剧与梵语戏剧》集中“火力”重点探讨印度的梵语戏剧是否存在悲剧的问题。作者认

---

① R. L. Singal, *Aristotle and Bharata: A Comparative Study of Their Theories of Drama*, Punjab: Vishveshvaranand Vedic Research Institute, 1977, p. 56

② R. L. Singal, *Aristotle and Bharata: A Comparative Study of Their Theories of Drama*, Punjab: Vishveshvaranand Vedic Research Institute, 1977, pp. 90—93

③ R. L. Singal, *Aristotle and Bharata: A Comparative Study of Their Theories of Drama*, Punjab: Vishveshvaranand Vedic Research Institute, 1977, pp. 197—198

为，梵语戏剧理论和实践存在片面之处，这导致了梵语戏剧缺乏悲剧意识。但例外的是，著名梵语戏剧家跋娑的《断股》和《迦尔纳出任》是“正规的悲剧（formal tragedies）”。[①] B. 巴塔查利亚于 1974 年出版《梵语戏剧和剧作法》一书，该书 1994 年再版。在书中，巴塔查利亚以一定的篇幅论述了梵语戏剧和希腊戏剧的异同。[②] 他对印度戏剧有无悲剧意识也进行思考。这也是这一时期各位论者共同关心的话题。

除了上述比较研究著作外，《贾达瓦普尔比较文学学报》和其他相关杂志、著作也在 20 世纪 60 至 70 年代刊登过一些比较诗学研究论文，此处按下不提。

值得一提的是，1971 年，T. 查克拉巴蒂出版了独具特色的比较诗学著作《印度美学与语言科学》。这种跨学科的比较诗学研究模式在 20 世纪 80 年代以后将会持续下去，并将为印度比较诗学的繁荣作出自己的贡献。后边将简单介绍该书内容。

由上所述可以看出，印度独立到 20 世纪年代末，它的比较诗学研究已经有了长足发展，研究视野进一步拓展，内容进一步丰富。这为下一阶段即 20 世纪 80 年代以来印度比较诗学的繁荣发展打下了坚实的基础。

---

① G. K. Bhat, *Tragedy and Sanskrit Drama*, “Preface,” Bombay: Popular Prakashan, 1974.

② Biswanath Bhattachrya, *Sanskrit Drama and Dramaturgy*, Delhi: Sharada Publishing House, 1994, pp. 390—415.

第五节　比较印度文学的兴起

20 世纪 60 年代起，印度比较文学界逐步兴起所谓“比较印度文学”（comparative Indian literature）研究。这是独具印度特色的比较文学研究。之所以将 comparative Indian literature 译为“比较印度文学”，是因为这一中文术语形象直观地表达了这种比较研究的内倾性。一句话，比较印度文学就是对印地语、孟加拉语、泰米尔语、马拉提语和乌尔都语等各种现代印度语言文学亦即所谓“方言文学”（Bhasa literature）进行内部比较的印度式比较文学。苏吉特·穆克吉的论文集《趋向印度文学史》和纳盖德拉与 I. N. 乔杜里主编的论文集《比较文学》等为比较印度文学的产生提供了理论辩护，而它的标志性成果之一便是 1976 年出版的纳盖德纳主编的《印度文学批评理论》。20 世纪 80 年代以后，比较印度文学出现了更加迅猛的发展势头。本节拟对比较印度文学产生的历史起因和 20 世纪 70 年代中理论与实践层面的比较印度文学研究作一简介。

先说说比较印度文学的历史文化成因。1947 年独立以来，教派冲突、种姓制度、贫穷失业、语言差异、分裂势力等内部问题不断困扰着印度朝野。在这些问题中，语言问题时而以极端形式体现出来，并偶尔发生流血冲突，这对以民主体制立国的印度是一个沉重的负担，阻碍了它在现代化道路上从容前进的步伐。如何将各邦众多的现代印度语言和文学作为一种文化资源整合起来，以促进印度的民族大团结，成为印度文化精英和领导阶层思索的内容。将语言不同的各邦文学进行梳理整合，以书写完整统一的印度文学史，成为印度知识精英、特别是印度文学史研究者和印度比较文学研究者的不二选择。由于地方语言众多和其他复杂的历史、地理及政治原因，“印度文学”（Indian Literature）的概念长期以来遂成为批评家们探讨的对象。在这一过程中，印度文学发展的历史考察也得以进行，由此形成当代印度文学批评的重要领域，同时，这也直接推动了比较印度文学的兴起。

著名学者 S. 拉达克里希南说过一句常为印度比较文学研究者们引用的话：“印度文学尽管以多种语言创作而成，但它只是一种文学（Indian literature is one though written in many languages）。”[①] 这句话揭示了“印度文学”这一概念蕴含的历史和政治意味。20 世纪中后期以来，很多印度学者沿着这一思路，对印度文学的概念进行了不同侧面的思考。比较印度文学亦即建立在现代印度各种“方言文学”基础上的内部文学比较正是在这一思考过程中产生的。

先看一位学者对“印度文学”这一概念的阐述。1979 年，著名卡纳达语学者 V. K. 戈卡克（Vinayak Krishna Gokak）出版论著《印度文学的概念》（*The Concept of Indian Literature*）。该书虽然旨在探索印度文学史的书写问题，并未直接涉及比较文学的理论探讨，但实际上却为比较印度文学的兴起作了理论的辩护。该书包括“世界背景下的印度文学研究”、“印度文学概念”、“古代和中世纪印度文学考察”、“现代印度文学”、“印

① see Vinayak Krishna Gokak, *The Concept of Indian Literature*, Delhi: Munshiram Manoharlal Publishers, 1979, p. 239.

度文学研究的区域性观点”和“印度文学研究”等六章内容。该书以“印度性”（Indianness）为红线，从古代、中世纪印度文学到东西文化碰撞中的印度文学，再到现代语境中的印度文学，均给以历史的探寻和理论的思索。这是该书的一大特色。戈卡克在书中写道：“印度文学是一种还是多种，是单数抑或复数？这一问题被人一再追问，它十分倾向于含蓄的暗示：印度文学是多种的和复数的文学，因为它是以多少世纪以来印度次大陆的人们不断丰富和使用的多种语言写就的。”① 他认为，现代印度语言主要来自两大语系，即梵语和达罗毗荼语，但“印度性”将印地语、孟加拉语、泰米尔语等各种语言文学联系在一起。“一个印度人就是一个全部继承而非部分继承印度文化传统的人。这种整体的文化意识是印度性的本质特征。”②戈卡克也承认，印度性和西方影响是印度现代文学成型的基础。他说：“事实上，印度现代文学的独立发展主要来自印度古代文学、印度经典、印度区域文化传统及西方的影响。”③

如果说戈卡克的著作只是在讨论印度文学史的书写中含蓄地暗示比较印度文学必要性的话，苏吉特·穆克吉于 1975 年出版的著作《趋向印度文学史》则坦率地把印度文学史和比较文学、比较印度文学联系起来。他说：“就我们的目的而言，重要的是，文学史和比较文学这两门相对年轻的学科在西方彼此日益接近。

① Vinayak Krishna Gokak, *The Concept of Indian Literature*, Delhi: Munshiram Manoharlal Publishers, 1979, p75.

② Vinayak Krishna Gokak, *The Concept of Indian Literature*, Delhi: Munshiram Manoharlal Publishers, 1979, p112.

③ Vinayak Krishna Gokak, *The Concept of Indian Literature*, Delhi: Munshiram Manoharlal Publishers, 1979, p111.

如在印度语境中得到惠顾，一门学科的世界观和另一门学科的策略将为印度文学史家的需求提供完美的答案。”[①] 穆克吉不仅讨论了书写印度文学史的几个重要步骤和具体方案，还对印度文学史与比较文学的理论关联进行考察。这是印度很多比较文学学者喜欢引用的一部力作。

为了说明比较文学研究方法在印度文学史书写中的极端重要，穆克吉首先在西方的学术研究和教学实践中寻求思想资源。在他看来，某些美国学者信奉比较文学即国际文学关系史的主张，他们的文学史书写注重欧洲文学的内部互动，也关注美国对欧洲文学的接受，这对印度不无启发。穆克吉说：“在这么做之前，我们必须好好思考一下另一门起源于西方的现代学科。西欧、美国和东欧比较文学研究的发展给文学史的撰写提供了一种全新的视野，而文学史如何撰写对于印度文学史的观念而言关系紧密。”[②]

穆克吉认为，在世界任何地方，文学史都是一门相对新颖的学科。直到 1774 年，托马斯·沃顿（Thomas Warton）出版《英语诗歌史》（*History of English Poetry*），第一部现代文学史终于出现。到了 19 世纪，随着现代世界新的民族国家形成，欧洲才开始认真关注文学史问题。“民族文学”（national literature）很可能就是这时起开始流行，给文学的概念注入了新的含义，即文学不仅是一种语言的特殊财富，还是一个民族的特殊财

① Sujit Mukherjee, *Towards a Literary History of India*, Simla: Indian Institute of Advanced Study, 1975, pp. 34—35.

② Sujit Mukherjee, *Towards a Literary History of India*, Simla: Indian Institute of Advanced Study, 1975, p. 32.

产。在19世纪欧洲民族主义思潮兴起的背景下，这种含义不难理解，但很明显，它却使那些语言历史和民族历史没有形成一致的民族国家（peoples）处于极为不利的境地。“因此，现代世界新兴的民族国家，特别是那些没有孕育一种可以证明自己民族身份的语言的国家，必须思考怎么为它们的文学文化绘制一种完全不同的坐标（coordinates）。”①

穆克吉认为，美国曾经遇到过文学的民族性问题，对于那些想建构一种印度文学观念的人来说，美国的例子很有参考价值。民族文学常常以一种民族语言来表达，这个事实不能排除民族文学可能会由不同国籍的人们使用同一种语言进行表述。1930年代，为了重新阐释文学的民族性观念，一些美国文学史家努力驳斥所谓“单一语言文学”（one-language-literature）的观念。他们成功地找到一种方法，将美国文学传统视为“欧洲文化而非仅仅是英国文学与美国环境进行互动”的产物。“同样，这一方法可以稍加调整以运用于印度。当然，这里存在一个重要的区别：美国文学通过思考分散的发展进程寻求身份认同，而印度文学必须通过思考团结统一的进程来辨认自己的身份。”②

根据对亚历山大·迪马等西方比较文学理论家的研究，穆克吉得出的结论是，必须以“泛印度性”（pan-Indian）和“区域性”（regional）取代比较文学的国际性和民族性概念。因为，只有这样，才会对印度有益。当然，这需要进行方法调整才能进入

---

① Sujit Mukherjee, *Towards a Literary History of India*, Simla: Indian Institute of Advanced Study, 1975, p. 27.

② Sujit Mukherjee, *Towards a Literary History of India*, Simla: Indian Institute of Advanced Study, 1975, p. 28.

研究阶段。穆克吉坦言，正如欧洲学者当初矢志不渝地建构“欧洲文学”的概念一样，“印度学者必须像欧洲曾经证明过的那样，证明文学关系同样是一个硕果累累的研究领域”。[①] 这个“同样丰富的研究领域”显然是指建立在“泛印度性”基础上的、对于各个区域文学进行整合的印度文学史书写。这种文学史研究的背后便是比较文学理论和方法的支撑。

苏吉特·穆克吉还在印度前辈学者那里寻求学术资源。1918至1920年间，奥罗宾多和阿苏托西·穆克吉先后鼓吹组织多语种的写作班子，以撰写一部印度文学史。阿苏托西·穆克吉为此在加尔各答大学成立了现代印度语言系，为日后编写印度文学史培养人才。他认为，孟加拉文学、印地语文学和古吉拉特文学等应该得到同样的重视。“只有当这成为可能，在适当的时候……一个独特的、统一的、真正独立的文学帝国才能在印度建立起来。”[②] 为此，阿苏托西·穆克吉明确提出，大学教育要为此作出贡献。他说：“如果我们必须形成印度的文学统一，我们将不得不尽力通过我们的大学达成这一点。”[③] 他的部分梦想在五十多年后终于实现。20世纪70年代在印度西姆拉召开的印度文学会议上，学者们一致认为，印度各种语言文学的教学和研究目的是，开创印度文学和教育的新纪元，扎扎实实地促进印度的民族团结事业。换句话说，各种现代印度语言的教学对保持民族统一

---

① Sujit Mukherjee, *Towards a Literary History of India*, Simla: Indian Institute of Advanced Study, 1975, p. 36..

② Sujit Mukherjee, *Towards a Literary History of India*, Simla: Indian Institute of Advanced Study, 1975, p. 10.

③ Sujit Mukherjee, *Towards a Literary History of India*, Simla: Indian Institute of Advanced Study, 1975, p. 57.

是必要的举措。苏吉特·穆克吉通过对阿苏托西·穆克吉以来印度文学史研究的考察得出结论，阿苏托西的目标只是部分地完成。苏吉特·穆克吉说："我们仍然没有实现的……是通过有组织的方式对各种现代印度语言文学进行比较研究，这种比较研究或者可以方便地称为'比较印度文学'（Comparative Indian Literature）。"① 苏吉特·穆克吉应该是印度学界最早提出"比较印度文学"这一概念的人之一。他承认，研究印度文学史的难度在于，任何一种现代印度语言文学的研究者都必须带有比较研究的立场才能胜任。他进而得出结论："这就是说，'印度文学'这个名称应该意味着，它是一种天生被比较研究和分析所孕育的学科。"② 如此看来，从比较文学走向印度文学、再走向印度文学史研究似乎成为一种不二选择。在这种必然的路径中，比较印度文学的产生顺理成章。

1977 年，纳盖德纳和 I. N. 乔杜里主编的论文集《比较文学》出版。这是一本从理论层面讨论比较文学的论文集。其中最后几篇文章论及比较印度文学和印度文学史的问题。例如 V. N. 提瓦利的《比较印度文学的基础》和 S. H. 瓦兹亚杨的《论比较印度文学的印度性》便涉及比较印度文学的理论探讨，而 I. N. 乔杜里的《比较文学与印度文学史》则从另一个侧面印证了在印度文化语境下开展比较印度文学研究的合法性问题。V. N. 提瓦利认为，印度是世界第二人口大国，有一百多种语

① Sujit Mukherjee, *Towards a Literary History of India*, Simla: Indian Institute of Advanced Study, 1975, p. 58.

② Sujit Mukherjee, *Towards a Literary History of India*, Simla: Indian Institute of Advanced Study, 1975, p. 60.

言，但是，没有谁为“比较世界文学”（comparative world literature）语境中的印度文学的地位进行定位，很少有严肃的学术著作探讨比较印度文学或印度文学的问题。提瓦利坚持认为：“为何存在明显差异和零散的不连贯，却必须有一个印度文学的概念？对于我来说，文学代表了人类的整个梦想……世界文学也许是个梦想，区域文学却是事实。”① 关于比较印度文学的研究基础，提瓦利不无道理地指出：“国家是一个，问题是相似的，环境也是同样的，但创作媒介即语言却不同……神秘主义、改良主义、民族主义的马克思主义、经验主义、纳萨尔巴里主义和新马克思主义等等都产生于不同语言的印度文学中。这应该是进行印度文学比较研究的合理基础。”② S. H. 瓦兹亚杨认为，印度学者只顾以西方的比较文学研究模式为准绳，忘记了印度文学研究的实际语境。他指出：“这里有东方，这里有印度理想，这里存在启迪所有几种语言文学的印度观念，这里有众多语言和众多文学。”③ 为此，他怀着美好的理想憧憬道：“如果印度的大学里创办比较印度文学系或印度文学系，我会满心欢喜的。”④ I. N. 乔杜里认为，为了对印度文学进行美学审视，必须发展自己的文学批评理论，以形成印度文学批评的“元语言”（meta language)。而对梵语诗学和西方诗学的比较研究有助于发展一种富

① Nagendra & I. N. Chaudhuri, eds., *Comparative Literature*, Delhi: Delhi University, 1977, p. 139.

② Nagendra & I. N. Chaudhuri, eds., *Comparative Literature*, Delhi: Delhi University, 1977, pp. 143—144.

③ Nagendra & I. N. Chaudhuri, eds., *Comparative Literature*, Delhi: Delhi University, 1977, p. 150.

④ Nagendra & I. N. Chaudhuri, eds., *Comparative Literature*, Delhi: Delhi University, 1977, p. 152.

有成果的“泛印度批评术语”（pan-Indian critical idiom），这可用来对印度文学史的许多方面进行美学评价。总之，形成印度文学研究的“元语言”和“泛印度批评术语”，是印度文学史研究的必由之路。“只有通过这样的研究，我们才可以获得一种文学意义上的‘印度文学’概念。”[①] 不言而喻，获得印度文学的概念亦即印度文学史的书写肯定离不开比较印度文学的方法论支撑。

20 世纪 70 年代起，《贾达瓦普尔比较文学学报》也不时推出论述比较印度文学和印度文学史的论文，为比较印度文学在印度的开展提供“火力支援”。例如，1976 至 1977 年的第十四至十五期学报刊载的 T. G. 麦因卡的《印度比较文学》和阿米亚·德维的《文学史与比较文学：方法论质疑》，1978 至 1979 年的第十六至十七期学报刊载的 N. D. 森的《当下的印度文学概念》等均是这方面的例子。

早在 20 世纪 60 年代，已经有部分学者涉及比较印度文学的研究。例如，1964 年，日后成为比较印度文学研究主将之一的著名学者 I. N乔杜里以《现代印地语和孟加拉语文学理论比较》为题撰写了自己的博士学位论文。虽然他认为自己的学术举措并非出于比较印度文学这一视角，但其成果足以使他成为这一研究领域的先驱者之一。

20 世纪 60 年代，由于比较印度文学的理论呼声日渐高涨，部分学者开始关注比较印度文学研究领域，推出了一些代表性成

---

① Nagendra & I. N. Chaudhuri, eds., *Comparative Literature*, Delhi: Delhi University, 1977, p. 162.

果。其中，最有代表性的学者当属鼓吹比较印度文学研究最为有力的德里大学教授纳盖德纳。他于 1976 年出版自己主编的《印度文学批评理论》。他组织了阿萨姆语、孟加拉语和古吉拉特语等十四种方言文学理论的研究者，撰写了这本总结印度文论史重要组成部分的著作。文学批评理论是文学发展不可或缺的部分。印度文学理论或印度文学批评理论在世界文学理论发展史上占有重要的位置。1923 年前后，两位梵语诗学家 P. V. 迦奈和 S. K. 代同时出版自己的《梵语诗学史》。此后，对于印度文论史进行系统梳理者罕见，这主要是现代印度语言复杂众多，假如单枪匹马，印度学者对如此丰富的现代语言只能"望语兴叹"，印度现代文论史也就很难一窥全貌。穆克吉曾经说过："然而，我们不要忘记，尽管文学史不是语言的历史，但文学作品却存在于语言之中，因此，文学史家在选择研究文献时需要历史语言学家、文本分析者和文学批评家的帮助。实际上，这些专家应该比文学史家先行一步，对于印度文学来说，尤其而且必然如此。在印度，单个文学史家不可能指望掌握印度人创作文学作品的所有语言。因此，单个印度学者不必奢望写出本文所倡导的那种文学史。这一研究主题的本质在于，它要求团体协作，成员们以互为补充的成就完成任务。"① 总之，纳盖德纳此书的出版可谓填补了印度文论史研究的空白，成为这一领域的开山之作。迄今为止，印度学界尚未出现第二本这一体例的文论史著作。同时，这一著作还应视为比较印度文学早期阶段的重要代表作。

---

① Sujit Mukherjee, *Towards a Literary History of India*, Simla: Indian Institute of Advanced Study, 1975, p. 30.

纳盖德纳发挥自己的理论研究特长，为此书写了一篇长达36页的序言即《印度文学批评理论》。他对印度文学理论的历史发展做了高屋建瓴的观察与论述。该书论及的印度各个地方语言的文学批评理论主要涉及印度宪法认可的十多种语言（英语和梵语除外），即阿萨姆语、孟加拉语、古吉拉特语、印地语、卡纳达语、克什米尔语、马拉雅兰姆语、马拉提语、奥利雅语、旁遮普语、信德语、泰米尔语、泰卢固语和乌尔都语等。毋庸置疑，正如各个地方语言叠加的复数文学构成了单数的印度文学，各种地方语言叠加的复数文论也构成了单数的印度文学批评理论。这是近现代印度文学和印度文论发展的独特之处。这也正是纳盖德纳主编此书的本意所在，它体现了比较印度文学研究者的学术旨趣。通观全书，有的语种的文学理论发展写得详细，但有的语种写得粗糙肤浅。例如，该书较详细地论述了印地语、孟加拉语和泰米尔语文学批评理论发展，对有的语种如克什米尔语的论述等则显得比较薄弱。该书题目中虽然没有出现"比较研究"和"文学理论发展史"等字样，但也不时透露出比较研究和历史探索的痕迹。例如，该书论述古吉拉特文学批评发展史时，认为它大致可以分为四个阶段：1860到1880年是第一阶段，1880到1920年是第二阶段，1920到1950年是第三阶段，第四阶段属于当代文论发展时期。[①] 再如，该书论述孟加拉语文学批评时，详细论述了泰戈尔对于其他印度作家的正负面影响。而在论述印地语等文学批评史时，作者对马克思主义思想、弗洛伊德精神分析论和

---

① Nagendra, ed., *Literary Criticism in India*, Nauchandi and Meerut: Sarita Prakashan, 1976, p. 35.

新批评等西方思想给予印度文学批评的影响进行说明，这属于典型的影响研究模式。整体看来，该书对于印地语、孟加拉语、泰米尔语等现代印度语言的文学批评理论之间的相互影响并未给予相应的关注，这在很大程度上削弱了该书的比较研究意图。

20 世纪 70 年代比较印度文学的兴起，是印度当代比较文学研究的重要组成部分。虽然它的早期阶段存在某些不足，但它却在理论鼓吹和文本实践方面为 80 年代以来该领域研究的迅速发展打下了坚实的基础。书写印度比较文学史，或书写印度当代文学史，不能缺少比较印度文学研究这独具特色的重要一章。

第四章　当代印度比较文学的繁荣
（1980年至今）

第一节　概　述

20世纪80年代以来，印度经济发展速度明显加快，90年代中期以后，其经济年增长率已经接近甚至超过7%。进入21世纪以来，印度经济发展进一步加快，国际地位进一步提高。这为印度大国战略奠定了较好的物质基础。一些印度领导人明确提出，力争使21世纪最初十年成为“印度的十年”，建设一个“新世纪的新印度”。2004年3月印度大选前夕，时任印度总理瓦杰帕伊在应邀参加《今日印度》论坛时演讲的题目引人注目：“未来印度：建设一个印度世纪。”当时的印度外交部长辛哈开门见山道：“我们今天在这里讨论建立一个印度世纪。”① 贯穿印度高层领导言辞的始终是一个表现其大国心态的关键词：“印度世纪”。一段时间内，印度官方民间都在议论一个话题即印度什么

① 印度驻华大使馆：《今日印度》，2004年第3期（总第51期）。

时候能够赶超中国，一些印度领导人甚至断言 21 世纪是印度的世纪。

冷战结束以来，一些知名的国际政治学者敏锐地注意到了印度崛起的态势。美国前国务卿亨利·基辛格在 1994 年出版的《大外交》一书中说，21 世纪的国际体系至少会有六大强权："美国、欧洲、中国、日本、俄罗斯，可能再加印度。"① 首创"文明冲突论"的亨廷顿将印度文明列为当代世界八大文明之一。美国南亚问题专家斯蒂芬·科亨观察到，印度跟中国、日本一样，正在发挥其影响亚洲大部分地区和世界其他地区发展的能力。"更确切地说，印度是一个在文化和文明方面颇有影响力、在政治和战略决策方面日趋成熟、具有领导力和正在崛起的国家。"② 他们都充分关注到印度崛起的势头之猛。事实上，印度不仅在政治、经济、军事诸方面发掘自己世界性的影响潜力，还在文化的跨国输出方面多有建树。这与近年来的迅速崛起带给印度更强的文化自信心有关。

20 世纪 80 年代、特别是 90 年代以来印度的迅速崛起，给印度比较文学发展带来了强劲的动力。从此，印度比较文学进入全新的繁荣和成熟发展时期。

先看看 80 年代以来比较印度文学的学科建设和学术活动的新发展。

首先是两个比较文学学会的最终合并。20 世纪 70 年代属于

---

① 亨利·基辛格：《大外交》，顾淑馨、林添贵译，海口：海南出版社，1998 年，第 16 页。

② 斯蒂芬·科亨：《大象和孔雀：解读印度大战略》，刘满贵等译，北京：新华出版社，2002 年，第 2 页。

比较印度文学学科合法化时期。1974 年，印度大学基金委员会批准 R. K. 达斯古普塔的建议，在德里大学现代语言系开设比较印度文学文学硕士课程，后升级为哲学硕士课程。1976 年，纳盖德拉教授在德里大学组织了一场比较印度文学学术讨论会，次年出版论文集即前述《比较文学》。1980 年，德里大学成立了比较印度文学学会（Comparative Indian Literature Association），N. 罗易教授致开幕词。独具特色的比较印度文学开始形成机制化的运转。该学会于 1984 年举办了首次全国性会议。比较印度文学即印度各地方语言文学之比较研究开始展示强劲实力。

1977 年，德里大学沙拉万学院英语系组织了一次比较文学专题讨论会。这是印度历史上规模最大的全国性学术讨论会，与会者初步酝酿成立印度比较文学学会。1979 年，印度南方的马德拉斯成立了比较文学研究院，该院于次年出版了系列讲座文集《比较文学》。1983 年，印度全国比较文学学会（Indian National Comparative Literature Association）正式诞生，同年在贾达瓦普尔大学召开了第一次全国学术会议。至此，两个全国性比较文学学会并行不悖地在同一个国家内部开展研究。这在世界比较文学发展史上是一个奇观。1984 年，印度南方喀拉拉邦的特里凡得琅成立了比较文学学会。1985 年，南方泰米尔纳杜邦的马杜赖成立达罗毗荼比较文学协会。1987 年，位于印度北方避暑圣地希姆拉的印度高级研究学院组织召开了为期一周的国际比较文学讨论会。中国学者乐黛云向大会提交了论文《中国比较文学的发展》。两年后出版会议论文集《比较文学：理论与实践》。该论文集代表了 20 世纪 70 到 80 年代印度比较文学研究的最高水平。

它既有印度学者与国际学者的对话，也有印度内部文学比较研究，既有关于国际比较文学发展的历史回顾和理论探讨，也有关于印度比较文学理论与实践的思考。在这种宜人的气候中，1988年，比较印度文学学会与印度全国比较文学学会携手成立印度比较文学学会（Comparative Literature Association of India，简称为 CLAI），学会诞生地是安德拉邦的首府海德拉巴。U. R. A. 穆尔提当选为学会第一任会长。这一历史性事件宣告印度比较文学已经走过乍暖还寒的春季和阴晴不定的夏季，来到属于收获的秋季。印度比较文学学会还创办了自己的内部刊物《印度比较文学学会通讯》（*CLAI Newsletter*），以利于会员们尽快了解最新学术信息，并及时发表最新学术成果。

总的说来，20 世纪 90 年代以来的印度比较文学发展势头良好，呈现出兴旺景象。虽然至今还有部分印度学者对于在印度开展比较文学这一西来学科的研究和教学持保留态度，甚至对一部分学者采取西方方法进行比较文学研究表示不满，但印度比较文学的发展前景仍然看好。为了解更详细真实的信息，笔者于 2005 年 7 月 20 日在印度古吉拉特邦通过电话采访德里大学现代语言系教授、国际比较文学学会副会长 C. 莫汉（Chandra Mohan）先生。他告诉笔者，印度现在已有十一个左右的比较文学研究中心从事比较文学研究，除贾达瓦普尔大学和南古吉拉特大学设立单独的比较文学系外，还有相当一些大学将比较文学与英语系等挂钩，培养比较文学专业的人才，或进行比较文学研究。莫汉先生所在的德里大学现代语言系开设比较文学课程，学生中有攻读学士、硕士或博士学位者。他自己指导的博士生主要研究东西方文学比较。

1990年以后，印度比较文学发展的一个新动向是开始定期组织全国性学术研讨会，将比较文学研究（包括印度特色的比较印度文学研究）进一步体制化、机制化，从而更快更好地与国际接轨。1990年，印度比较文学学会在喀拉拉邦的圣雄甘地大学举行了两个学会合并以来的第一次全国学术会议。次年，按照1860年印度学会注册法案，印度比较文学学会被正式注册为全印学术团体，其地位以法律形式承认之。1993年，印度比较文学学会在德里大学举办了第二次全国学术会议。同年，古吉拉特苏拉特市的南古吉拉特大学成立了印度历史上第二个、也是迄今为止第二个单独设立的比较文学系。该系有三名教员，系主任是阿斯文德赛教授，另有S. H. 高丽和D. D. 帕尔玛两位副教授，二者均为女性。笔者留学印度期间，曾于2005年7月13日至16日对该系进行学术访问，系主任德赛先生曾经到过中国、美国、英国等七个国家和地区参加国际学术会议。他介绍说，该系每年从大约一百到一百二十名申请者中筛选出四十名学生攻读硕士或博士学位。该系与贾达瓦普尔大学比较文学系的最大区别在于它主要是进行比较印度文学研究，其研究生毕业论文也多与此相关。该系只培养硕士生和博士生，属于研究生系。1994年，喀拉拉大学成立比较文学研究中心。1996年，在海德拉巴的泰卢固大学举行了第三次全国比较文学会议。此后，印度比较文学会议开始固定为两年召开一次。1999年、2001年、2003年、2005年分别在德里大学艺术与商业学院（主题是“通俗文学挑战经典”）、喀拉拉大学、迈索尔印度语言中央研究学院和南古吉拉特大学比较文学系举办第四、五、六、七届印度比较文学会议。几乎每届都有国外学者参加，反映了印度比较文学研究的开放性，也体现了世界学术界对于印度比较文学研究的高度重视。下面以笔者掌握的资料为基础，分别就 2003 和 2005 年举行的第六、第七届印度比较文学会议作一简介。

2003 年在迈索尔举行的第六届印度比较文学会议实际上也是一场国际比较文学会议，共八十多人参会，与会者中有欧阳桢和来自西方的 D. 菲格拉和 A. 洛佩茨等人。会议主题是：Linguistics Hegemony and Identity（语言霸权与身份认同），具体议题包括霸权与解殖、翻译、英语霸权与印度语言、文化身份与语言、诗学传统与区域身份、全球化、移民、政治与阐释等。为使中国读者了解全貌，此处对该次会议各小组发言的情况进行大致介绍。①

在第一天的会议中，来自香港的华裔学者欧阳桢作了涉及霸权与解殖的主题发言。会议第一组关注比较印度文学研究，具体涉及奥利雅语、印地语和孟加拉语文学中的身份认同和语言问题。A. K. 默哈巴特那（Ashok K. Mohapatra）的论文借助一本词典分析孟加拉语和奥利雅语转换之间隐含的文化身份问题，A. 杜贝（Asutosh Dubey）则论及杂志中印地语译为英语的情况，D. 查克拉巴蒂（Damayanti Chakrabarty）以两位印度作家的作品为例，探讨英语对印度日程生活用语的“侵袭”。会议第二组议题为“英语霸权和印度语言”。A. K. 德赛（Ashvin K. Desai）探讨了两位古吉拉特作家作品对西方价值观、哲学、诗学的吸纳，M. 阿萨杜丁（M. Asaduddin）博士论述印度英语

① 此处介绍主要依据 2005 年 7 月笔者访问南古吉拉特大学比较文学系时阿斯文·德赛教授等赠与笔者的印度比较文学通讯写成。See CLAI Newsletter，“Sisir Kumar Das Memorial Issue，” Delhi & Kolkata，Sep. 2004.

系以英文译本教授印度文学的现象，其他三位学者论及高等教育中孟加拉语的相关问题。会议第三组议题是“全球地方化”(Glocalization)。几位学者论及的问题包括印地语化的英语(Hinglish)在大众传媒中如何巩固富裕阶层的特权地位、某些旨在鼓吹保护濒危方言的作品透露出的精英意识和欧洲中心论、属下阶层和全球化问题等。会议第四组涉及后殖民文学，学者们探讨了罗辛顿·米斯特里作品中的流散、语言与身份认同，以及芭拉蒂·穆克吉的《嘉思敏》和裘帕·拉希里的《疾病阐释者》的比较研究等。会议第五组的议题是“文化身份与语言”，学者们宣读的论文涉及比较印度文学的议题。第一天会议还举行了特别讨论会。在第二天的会议中，欧洲学者A. 洛佩茨作了题为“帝国之后的白人性”的主题发言，涉及关于种族、特别是白人的后殖民批评。会议第六、七和八组的议题均为“属下文学和精英文学”，宣读的论文与印度达利特文学和比较印度文学有关。会议第九组的议题是“霸权与解殖”。学者们主要从葛兰西的文化霸权理论出发，关注印度文学霸权、通俗文化和大众传媒等问题。会议第十组的议题是“诗学传统与区域身份”，内容涉及基督教文化与印度文化的交锋、印度方言文学与英语的关系及电视连续剧的语言问题等。会议第十一组的议题是“霸权与翻译”。学者们探讨了英语霸权与印地语身份认同、印地语霸权与民族语言身份等问题。会议第十二组的议题是印度文学与英语霸权。S. 达斯古普塔(Sayantan Dasgupta)宣读的论文《印度方言文学、英语研究和比较文学的危机》，将方言文学作品的英语翻译的兴盛与印度英语文学的需要高涨联系在一起，并认为这一现象将会导致一种新的翻译理论。以英语论述印度各个方言文学成为

S. 萨特巴提（Sumanyu Satpathy）的探讨对象。在会议第十三组发言的几位学者，有的探索英语和卡纳达语文学的关系，有的如前述贾达瓦普尔大学比较文学系的 S. C. 达斯古普塔探讨泰戈尔论述的“世界文学”（visva sahitya）概念。会议第十四组的议题是“霸权：风格与文类”。第十五组的议题是“语言和区域的身份认同”，学者们主要围绕印度达利特文学及其与非洲、加拿大文学的比较研究而展开讨论。当天最后的特别讨论会论及全球化与霸权、多元文化语境中的身份认同与语言以及 A. 罗易的《卑微的神灵》和芭拉蒂·穆克吉的《嘉思敏》的比较研究。会议第三天的主题发言论及日本文学以及印度方言文学与英语的关系问题。会议第十六、十七组的发言涉及印度和西方文学比较研究以及全球化与文化研究问题。会议第十八组的议题是“政治与阐释”。学者们主要探讨文学边缘与中心、文化阐释与政治权力的问题。第十九组的议题是“霸权：语义学与翻译”。学者们主要从语义学角度探讨全球化时代的文化霸权现象。第二十组的议题是“语言、翻译与政治”，学者们关注马拉雅兰姆语文学中的后现代隐喻性话语所蕴含的意识形态、当代印度戏剧的文化混杂本质与范畴、非洲作家齐努阿·阿切贝与 A. 罗易作品比较、殖民语言的主体地位和双语混杂问题以及两部印度方言文学作品英语译本体现的文化霸权问题等。会议最后一组发言涉及马拉雅兰姆语文学对于底层人的艺术想象等。

2005 年 3 月在南古吉拉特大学举行的第七届印度比较文学会议，有一位来自法国的女学者参加，与会者总计一百七十人左右。该次会议主题是：Poetics of the Margins：Reinventing Comparative Literature（边缘诗学：重构比较文学）。具体议题分别是："文化身份与文学"、"全球化与特殊性"、"杂糅文学：移居与流亡"、"流散文学：最初的范围"、"主流文学与支流文学"、"殖民与后殖民范式"、"中心与边缘质疑"、"女性文学：超越与虚构"、"女性写作与属下研究"、"翻译"、"部落文学：霸权的威胁"、"古吉拉特文化身份和古吉拉特部落文学"等等。①

从这两届会议来看，印度当代比较文学研究者所关注的焦点紧跟世界比较文学潮流，他们注重语言问题、文化身份、翻译研究、流散与移居文学，中心与边缘问题、后殖民理论建构（包括G. 斯皮瓦克、霍米巴巴等海外印度学人的理论）、电影与文学跨学科研究、比较印度文学、后殖民文本解读（如分析V. S. 奈保尔、S. 拉什迪、芭拉蒂·穆克吉、A. 德赛、罗辛顿·米斯特里、贾布瓦拉等）及女性文学研究等。当然，这种研究的弱点与缺憾也是非常明显的，这一点将在后边谈到。

由于英语的优势，印度学者融入世界比较文学界自然轻松，且其声音不容被忽视。虽然一部分印度学者对于比较文学在印度的繁荣兴旺还持保留、观望甚至抵制态度，但这丝毫不影响热衷此道的印度比较文学学者参与国际对话的热情。2004 年 8 月，第十七届国际比较文学会议在香港举行，印度比较文学学会派出 9 人代表团参加，其中有德里大学的 C. 莫汉（该学者在此次会议上被选为国际比较文学学会副会长）、南古吉拉特大学比较文学系主任 A. 德赛、贾达瓦普尔大学比较文学系高级讲师 S. C.

---

① 此处介绍主要依据 2005 年 7 月笔者访问南古吉拉特大学比较文学系时阿斯文·德赛教授赠与笔者的印度比较文学会议纪念文集写成。see Aadan-pradan（互动），*Souvenir of 7th biennial international conference of the Comparative Literature Association of India*，March 21—23，2005，Department of comparative literature，South Gujarat University，Surat，India.

达斯古普塔博士等人。他们提交并宣读的论文涉及平行研究如A. 德赛的《泰戈尔与歌德的世界文学观》、后殖民文学研究如K. K. 纳雅克的《想像的家园：移民创作中的散居、置换与文化空心》等。

20世纪80年代至今的三十年里，印度比较文学进入繁荣发展的全新时期。印度学者不仅在比较文学学科理论、东西方文学关系、比较诗学研究、比较印度文学等传统优势领域取得了丰硕的成果，还紧跟世界比较文学潮流，在印度英语文学、文化翻译论、后殖民理论、流散文学、生态文学和中印文化、文学关系研究等各个领域取得了突破性进展。本章将对印度学者在上述方面的比较印度文学研究实绩进行简介。

第一，比较文学学科理论。20世纪80年代以来，一些学者对于比较文学的定义、功能进行了探索，并对如何开展印度语境中的比较文学研究展开了讨论。印度学者的理论探索，是包括中国、日本在内的东方学界对于当代世界比较文学理论的新贡献。印度学者的比较文学理论著作包括阿米亚·德维的《印度比较文学》(1984)、斯瓦潘马宗达的《印度视野中的比较文学》(1987)以及阿米亚德维与I. N. 乔杜里合编的论文集《比较文学：理论与实践》(1989)等。

第二，东西方文学关系。这是印度学者佳作迭出的优势领域。20世纪80年代里，印度学界继续涌现相关研究著作，如A. S. 布拉尔的《印度的神秘与真实：英国小说中的印度形象》(1985)和R. 斯勒主编论文集《世界文学中的印度形象》(1987)等。20世纪90年代以来，印度学者出版的著作包括A. 毛利亚主编的《印度与世界文学》(1990)、哈利西·特里维迪的

《殖民交流：英语文学与印度》(1993)、B. 拉江的《在西方的注视中：从弥尔顿到麦考雷的印度书写》(1999) 和 S. K. 达斯的《印度的西风颂：文学的交流》(2001) 等。

第三，比较诗学。印度独立到 20 世纪 70 年代末，印度的比较诗学研究已经有了稳步的长足发展，比较研究的视野进一步拓展，研究内容得以进一步丰富。20 世纪 80 年代以来，印度学者出版了很多比较诗学（包含比较戏剧学和比较美学）研究著作，如 S. 达雅古德的《西方与印度诗学比较研究》(1981)、B. 古普塔的《希腊印度的戏剧观：〈诗学〉和〈舞论〉研究》(1994) 和 C. 拉京德拉的《比较诗学研究》(2001) 等。他们的研究进入一个新的成熟阶段，其标志之一是梵语诗学的现代运用。

第四，比较印度文学。除了关注印西文学关系和比较诗学研究外，很多印度学者把精力倾注到比较印度文学研究中。由于得天独厚的语言优势，20 世纪 80 年代以来，他们在这方面也取得了非常丰富的成果。比较印度文学的大部分可观成绩基本上是近三十年里取得的。S. K. 达斯、阿米亚·德维和斯瓦潘·马宗达等人就比较印度文学的学科合法性问题继续进行深入的理论思考。《贾达瓦普尔比较文学学报》也时而登载这方面的论文，为比较印度文学在印度的展开继续摇旗呐喊。与此同时，各个方言文学之间的比较研究均取得了不俗的成绩。除了一些比较文学理论著作继续为比较印度文学进行理论鼓吹和辩护而外，文本层面或实践层面的研究著作包括 K. M 乔治主编的两大卷鸿篇巨制《比较印度文学》、S. K. 达斯两卷本《印度文学史》等。

第五，印度英语文学。由于印度与英国的殖民关系，英语在近现代印度文学和文论发展过程中，起着特殊的重要作用。印度英语文学成为印度比较文学的理想研究对象。印度本土学者对于印度英语文学非常重视，自独立以来，不断推出新著，对之加以评论。比较有代表性的著作包括 K. R. S. 因加尔的《印度英语文学》、C. D. 纳拉辛哈的《天鹅与鹰隼：印度英语文学论文集》、M. 穆克吉的《再生的小说》、M. N. 奈克主编的《印度英语文学论文集》和《印度英语文学面面观》、R. S. 帕塔卡主编的《印度英语小说的问题与前景》、V. V. N. R. 普拉萨德的《五位印度小说家笔下的自我、家庭与社会：拉江、拉贾·拉奥、纳拉扬、阿伦·乔西和阿妮塔·德赛》、K. A. 潘尼迦的《独立以来的印度英语文学》、G. N. 德维的《外语创作：印度英语文学论文集》、R. S. 辛哈和 C. S. 辛哈主编的《印度英语文学谱系史》以及 N. D. R. 钱德拉的《现代印度英语创作批评》第一卷和第二卷等。其中，因加尔的论著在 1963 年初版，1973 和 1983 年两度修订出版，长达 700 多页，成为一部带有史学性质的重要著作。

第六，流散文学。如果说诺贝尔文学奖偏好欧洲作家的话，英美一些重要文学奖如布克奖和普利策奖则青睐印度裔流散作家。到 2010 年为止，已有不少于五位印度（或印度裔）作家获得布克奖。他们包括 1971 年的奈保尔、1981 年的拉什迪、1997 年的阿伦达蒂·罗易（Arundhati Roy）、2006 年的基兰·德赛（Kiran Desai）和 2008 年的阿拉温德·阿迪迦（Aravind Adiga）等人。如加上有德国血统、后嫁给印度人并定居印度、再后来自动放逐英国的贾布瓦拉就是六位，因为她的长篇小说《炎热与尘土》获得 1975 年布克奖。这几位作家绝大多数住在西方，可以视为典型的后殖民流散作家。印度本土学者对于流散文学非常重视，不断推出新著，对奈保尔、拉什迪、芭拉蒂·穆克吉、阿妮塔·德赛、R. P. 贾布瓦拉、卡玛拉·玛拉康达雅和维克拉姆·赛特等散居海外的印裔作家加以评论。这方面的代表作包括 P. 潘沃尔主编的《新评 V. S. 奈保尔论文选》、R. K. 古普塔的《女性主义视野中的阿妮塔·德赛小说》、阿鲁纳·查克拉沃迪的《关于 R. P. 贾布瓦拉的共鸣和流亡研究》和纳根德·拉库马尔的《文化视野下的芭拉蒂·穆克吉小说》等。

第七，内部翻译论和文化翻译论。印度独立以来，特别是 20 世纪 80 年代以后，印度学者对于翻译问题多有论述，其中有的还以翻译理论获得很高的国际声誉，他们的成果在中国学术界也多有介绍或评述。娴熟的英语表述能力、独到的理论思考和当代印西学术交流的顺畅自由使印度的翻译理论快速地走向世界。一些印度学者对于印度各语言文学的内部翻译进行过深入思考。印度学界的文化翻译理论以著名印裔美国学者斯皮瓦克和特迦斯薇妮·尼南贾娜（Tejaswini Niranjana）这两位享有国际声誉的学者的理论为代表，其他印度学者或印度裔学者如霍米·巴巴和哈利西·特里维迪（Harish Trivedi）等人对文化翻译论也有一些深入思考。

第八，后殖民理论。与文化翻译论的著述相比，当代印度学者在后殖民理论方面的著述更为当前世界文学理论界和比较文学界所瞩目。这方面，有代表性的人物包括斯皮瓦克、霍米·巴巴、拉什迪等侨居英美的印度作家和文论家，但阿西斯·南迪（Ashis Nandy）、艾贾兹·阿赫默德（Aijaz Ahmad）、帕尔塔·查特吉（Partha Chatterjee）和拉纳吉特·古哈（Ranajit Guha）等印度本土学者关于后殖民理论的著述也不可忽视。上述诸家的著述成为印度比较文学研究的重要成果之一。

第九，中印文化与文学关系。20 世纪初，谭云山和师觉月等人进行过中印文化关系的初步探索。印度独立以来，其汉学研究虽然不及西方同行的汉学研究出色，但它一直存在着。1962 年中印边界战争导致印度学者倾向于研究中国政治、经济和军事等领域。20 世纪 80 年代以来，随着中印关系逐渐步入正轨，以中国历史、中国文学研究为主要内容的汉学研究开始出现新的气象。谭中、马尼克、狄伯杰和邵葆丽等人的中国文学研究值得重视。他们中的一些学者对于中印文化关系、中印文学比较等产生了浓厚兴趣。

第十，跨学科研究。印度学者在生态文学和电影文学等领域都有不同程度的造诣。这些方面的研究成果进一步丰富了印度比较文学的研究内容，拓展了比较研究的边界，为印度与西方比较文学界的跨文明对话创造了必要的前提。

接下来，笔者将依照上述次序对 20 世纪 80 年代以来印度比较文学研究的状况作一大致介绍。少数地方如对比较文学学科理论探讨和印度汉学研究部分的介绍将突破这一时间限制。

第二节　比较文学学科理论探讨

比较文学作为一种学术研究方法，最初在泰戈尔那里得到重视。他曾经在《世界文学》一文中，把比较文学（comparative literature）称为印度文化意义上的“世界文学”（visvasahitya）。他认为，经过时间的淘汰和提炼，文学就会确立起“关于人的本性和人的表达的一个永恒的理想。这双理想的手，掌握着新时代文学的航舵。如果我们根据这个理想来研究文学，那么我们就不得不依赖整个人类的思想智慧”。这就是泰戈尔关于世界文学的理想。对此，他进一步总结说：“如果在某文学作品里作家本身成为唯一描写的目标，那个文学作品就会湮灭，一个作家在自己的作品里用自己的感情体验人类的感情，体验整个人类的痛苦，这样他的作品在文学里就占有一定的地位。我们应该如此去理解文学……本文所评论的内容，在英语中称为 comparative literature（比较文学），印度语叫‘世界文学’。”① 泰戈尔关于世界文学的思想与德国大诗人歌德灵犀相通。歌德最早从普遍人性出发提出了世界文学的概念，但歌德的世界文学理想被西方学者的民族中心主义所代替，经过近百年的风雨过后，它在印度找到了知音。泰戈尔从普遍人性论出发提出世界文学思想，并以此改造西方的比较文学观念。这一做法深刻地影响了当代印度比较文学研究者的理论思考，尤其重要的是，对于很多学者坚持印度各方言文学比较研究的立场也产生了潜移默化的影响。

印度独立以前，学者们虽有比较文学实践之实，但却鲜见对比较文学进行理论考察。独立以后，随着印度民族自信心的进一步增强，随着第一个比较文学系于 1956 年在加尔各答成立，印度学者开始对西方意义上的比较文学理论和实践进行思考。20 世纪 70 年代起，印度比较文学界相继涌现一些探讨比较文学概念、原理及学科合法性等问题的著作，如纳盖德拉与 I. N. 乔

① 刘安武等主编：《泰戈尔全集》（第 22 卷），石家庄：河北教育出版社，2000 年，第 99 页。

杜里主编的《比较文学》(1977)、阿米亚·德维的《印度比较文学》(1984)、斯瓦潘马宗达的《印度视野中的比较文学》(1987)以及阿米亚德维与S. K. 达斯主编的论文集《比较文学:理论与实践》(1989)等。本节拟对部分印度学者关于比较文学学科理论的思考进行简介。为了叙述方便,此处将1977年出版的纳盖德纳等人主编的《比较文学》纳入论述范畴。

作为一门西方意义上的现代学科,比较文学当初兴起时,便受到了圈内人士和圈外人士的不断质疑和抨击。如意大利著名美学家克罗齐认为,比较是任何学科都可以应用的方法。比较文学没有理由成为一门独立的学科。比较文学法国学派代表人物之一基亚对此的回答是,比较文学不是文学的比较。按照他的理解:"比较文学是国际间的文学关系史。比较文学跨越语言或民族的界限,注视着两国或几国文学之间主题、书籍或情感的交流。他的工作方法必须与研究课题的多样性相适应。"① 后来,比较文学美国学派代表之一亨利·雷马克对基亚等法国学者的比较文学定义作了修改。他说:"比较文学是超出一国范围之外的文学研究,并且研究文学与其他知识和信仰领域之间的关系,包括艺术(如绘画、雕刻、建筑、音乐)、哲学、历史、社会科学(如政治、经济、社会学)、自然科学、宗教等等。简言之,比较文学是一国文学与另一国或多国文学的比较,是文学与人类其他表现领域的比较。"② 基亚和雷马克的定义可视为影响研究、平行研

---

① 基亚:《比较文学》王坚良译,干永昌等译:《比较文学研究译文集》,上海:上海译文出版社,1985年,第79—80页。

② 亨利·雷马克:《比较文学的定义和功用》,张隆溪译,张隆溪选编:《比较文学译文集》(北京大学比较文学研究丛书),北京:北京大学出版社,1982年,第1页。

究和跨学科研究模式的理论归纳，也可视为法国学派和美国学派的理论归纳。

印度学者由于语言的优势，对于西方的比较文学理论能及时知晓并作出回应，其中，值得关注的是他们对比较文学概念、功能、目的、方法和研究内容的界定和阐释。这些问题，在纳盖德纳和I. N. 乔杜里主编的《比较文学》、阿米亚德维的《印度比较文学》等著作中集中地得以论述。

关于比较文学的概念，一些学者各抒己见。德里大学印地语教授N. 贾延（Nirmala Jain）认为："作为一门学科的比较文学意味着超越纯粹语言和民族文学的界限。"[①] 这一说法不无道理。而R. C. 潘迪亚（R. C. Pandeya）认为，"比较文学"这个字眼对表述比较性的文学研究很方便乖巧，但有误导性。"因此，'比较文学'是个不恰当的名称（misnomer），因为它一无所指。"[②] 因此，探索比较文学的基础比起讨论印度或非印度的文学更有成效。纳盖德拉认为，至少在技术层面上说，比较文学是一个相对新颖的术语。"顾名思义，比较文学就是比较意义上的文学研究。"[③] 纳盖德拉不愿过多评价20世纪50年代出现在西方的比较文学危机说，他认为，比较文学既是一种研究方法，也是一种可以发展的学术概念。作为一种研究方法，比较文学可以比较同一种语言如印地语文学内部相同或不同的文学形式或思

① Amiya Dev & S. K. Das, eds., *Comparative literature: Theory and practice*, Shimla: Indian Institute of Advanced Study, 1989, p. 79.

② Nagendra & I. N. Chaudhuri, eds., *Comparative Literature*, Delhi: Delhi University, 1977, p. 53.

③ Nagendra & I. N. Chaudhuri, eds., *Comparative Literature*, Delhi: Delhi University, 1977, p. 13.

潮，也可以在两种或三种不同语言如孟加拉语、乌尔都语、奥利雅语和古吉拉特语文学中进行比较；它也可超越特定的国家界限进行比较，如马克思主义文艺批评在印度各语言文学与在俄语和欧洲语言文学之间的比较研究；甚至也可如同韦勒克所说的那样，研究文学与其他知识和信仰领域之间的关系。纳盖德拉的总结是："因此，比较文学研究可以局限于一种或两种语言文学内部，它也可以涵括一个国家如印度或跨越民族边界的不同语言文学，甚至它也可以在诸如艺术、心理学、哲学、宗教、历史与其他社会科学的知识领域的语境中观察文学。"① 纳盖德拉对克罗齐等人关于比较文学的质疑进行辩驳后，提出了自己关于比较文学功能或目的的看法。他说，比较文学为给人类提供某种核心的共同价值观铺平了道路。"比较文学会成为研究全部人类文明的序曲，最后，由于强调基本的人类价值，它还会导向和孕育一种真正的审美知觉，其本质超越了空间与时间的边界。"② 他还认为："一般而言，比较文学有两大目标：在更广阔的视野中研究文学以正确地欣赏文学，发展一种普遍适用的审美判断标准以孕育人类价值。"③ 这种思想和泰戈尔的世界文学思想乃至奥罗宾多的"未来诗歌论"有着本质联系。

当代旁遮普语文学批评家 H. 辛哈（Harbhajan Singh）认为："在我看来，比较文学是一种异质性的审美游戏（hetero-

---

① Nagendra & I. N. Chaudhuri, eds., *Comparative Literature*, Delhi: Delhi University, 1977, p. 14.

② Nagendra & I. N. Chaudhuri, eds., *Comparative Literature*, Delhi: Delhi University, 1977, p. 24.

③ Nagendra & I. N. Chaudhuri, eds., *Comparative Literature*, Delhi: Delhi University, 1977, p. 81.

aesthetic game)。"[①] 它必须跨越知识在人们之间竖起的障碍，为沟通人们心灵作出贡献。另一位印度学者法鲁基（Khwaja Ahmad Faruqi）与此观点相似，他认为："在印度，我们目光短浅，过于自负，从未在心里问过吉卜林的这个问题：'只了解英格兰，又能懂得英格兰多少？' 除非我们了解作为有机体的、其发展进程能为人所知的世界文学，我们不可能充分理解自己的民族文学。"[②] 这便是在印度语境中开展比较文学研究的心理前提。这和泰戈尔的世界文学观或比较文学观仍然一致。也有少数学者坚持认为，从世界文学的历史发展和东西方关系发展史来看，作为民族文学和总体文学中介的比较文学存在两个弊端："比较文学的欧洲中心主义和殖民主义。"[③]

关于比较文学的研究方法，穆罕默德·哈桑（Mohammad Hasan）认为，首要的是，必须掌握多种语言，了解数种文学，并熟悉这些文学背后潜藏的文化传统和习俗。比较文学也可以研究不同文学的相似主题、母题或结构，并在其他艺术门类和哲学思想映照下揭示其特点。比较文学不仅应揭示不同文学相似主题和结构间的社会经济动力，还应在整个人类文明的范畴内进行研究。这样，比较文学不仅可以采纳文本批评的方法，也可以采用社会科学的研究方法。哈桑最后说："比较文学只是考察文学的一种方法而已。它有自己的局限与不足。它不可能被视为全能全

① Nagendra & I. N. Chaudhuri, eds., *Comparative Literature*, Delhi: Delhi University, 1977, p. 47.

② Nagendra & I. N. Chaudhuri, eds., *Comparative Literature*, Delhi: Delhi University, 1977, p. 61.

③ G. N. Devy, *In Another Tongue: Essays on Indian Literature in English*, Madras: Macmillan, 1995, p. 25.

知的理解文学的方法。"[①] 另外一位学者纳勒西·古哈在谈到比较文学的研究方法时认为，比较文学应该研究一种以上的文学。因为，世界文学是互有历史和思想联系的一个整体，发现和研究这些联系是比较文学这门新的学科的特殊任务。比较文学也应该追随世界潮流，将美学比较与此前的历史关系研究结合起来。"同时，比较文学应该尽快延伸疆界，囊括东方文学，因为西方的比较文学研究者一般都不会涉及这一领域。这种延伸非常必要，因为我们首先关注的是理解自己的文学，我们对自己的文学要比其他什么东西都更加熟悉。"[②] 古哈还引用印度比较文学元老B. 鲍斯的观点说，印度的比较文学研究者应该关注自己所属的印度地方语言文学及古典的梵语或泰米尔语文学。同时，他还要关注古代到当代的西方文学。古哈这种立足东方文学，放眼西方的比较研究立场，是对泰戈尔文论思想的积极回应。这与很多中国当代比较文学研究者的立场基本一致。古哈还说："我认为，比较文学不是一个封闭的体系。重要的是，必须提出正确的批判性问题，这些问题涉及文学关系和美学范畴，非单一文学研究所能回答。"[③] 由此来看，古哈的思想综合了法国学派倡导的影响研究（以文学关系研究为核心）和美国学派倡导的平行研究（以无事实关联的美学比较为主）模式，这是对印度比较文学方法论的倡导。接下来对几部比较文学理论代表作进行简介。

---

① Nagendra & I. N. Chaudhuri, eds., *Comparative Literature*, Delhi: Delhi University, 1977, p. 74.

② Nagendra & I. N. Chaudhuri, eds., *Comparative Literature*, Delhi: Delhi University, 1977, p. 99.

③ Nagendra & I. N. Chaudhuri, eds., *Comparative Literature*, Delhi: Delhi University, 1977, p. 107.

阿米亚·德维于1984年出版的《印度比较文学》是20世纪80年代以来印度比较文学理论代表作之一。该书七篇论文分别为：(1) 文学史与比较文学，(2) 比较印度文学，(3) 比较西方文学，(4) 比较文学与印度英语研究的关系，(5) 如何研究比较印度文学，(6) 比较印度文学的课程设置，(7) 印度比较文学观念。他对西方比较文学理论的反思和关于比较文学印度化的思考集中体现了印度学者在这一问题上的立场和观点。阿米亚·德维在印度比较文学界首次提出了比较文学“印度学派”的口号，以与比较文学法国学派和美国学派的研究模式相区别：“25年前，艾金伯勒为辩驳比较文学法国学派的文学性时说过：‘比较不是理由’(Comparaison n'est par raison)。或许在印度学派（Indian school）即将诞生之际，我们应该提出一个不同的口号：‘比较正是理由’(Comparaison c'est vrai raison)。因为，我们的主张是，在一个多语种国家，特别是在一个既为多语种又属第三世界的国家，文学研究必然是以比较方式而展开。实际上，我们正在从事两种不同领域的比较文学研究：比较印度文学和比较西方文学。”[①] 所谓比较印度文学的含义已如前述，所谓比较西方文学是指跨文明的东西方文学比较。具体说来，它主要是清理印度与英语文学的关系。德维解释说：“我们所谓‘比较西方文学’的含义非常明显，尽管对西方比较文学研究者来说，此处对‘西方’一词的强调纯属多余。但是，这对我们来说是必要的，因为，除此之外，我们又怎么把自己文学的多语情境与对西方文学

① Amiya Dev, *The Idea of Comparative Literature in India*, Calcutta: Papyrus, 1984, p. 24.

的接受区分开来？当然，人们可以质疑：这种区分是否合适，这种亲缘关系是否暗示：我们对西方文学的接受也处在多语状态之中？答案当然是否定的。它以英语开始，现在大部分仍处于英语语境。那么，怎么证明我们需要比较西方文学？我们分几步来研究这一问题。首先，我们是否能以纯粹单一的文学方法研究英语文学或其他西方文学，换句话说，某些历史考察与美学审视的比较是否仍不时需要？其次，我们要考察一下我们接受西方文学的本质。第三，我们要看看，印度的英语研究（the English studies）是否具有自己的特色。"① 德维还进一步解释道："因此，对我们来说，研究英语文学意味着，要么完全模仿英美学界的研究方法，要么在也许没有多少了解的前提下也做一点比较文学研究。即便是研究英语文学，我们了解一点比较文学又有何妨，我们称自己为比较文学研究者又有何妨？毕竟，英语文学和我们对它的特殊反响并不矛盾。在英语文学和我们对整个西方文学的接受之间也不存在冲突。我们研究英语文学的两个问题特别值得人们关注。除此之外，人们认识到，在西方的学术氛围中，英语文学很少在孤立状态中进行研究。我所倡导的就是对比较文学研究的接纳和关于它的更理想教学。总之，如我们把这个问题的三个方面进行综合考虑，就会看出我所倡导的观点的合理性。这三个方面是：印度对英语文学的反响，英语在印度接受西方文学中的地位，我们对整个西方文学的接受。"② 可以说，德维和其他印

① Amiya Dev, *The Idea of Comparative Literature in India*, Calcutta: Papyrus, 1984, p. 24.

② Amiya Dev, *The Idea of Comparative Literature in India*, Calcutta: Papyrus, 1984, p. 31.

度学者关于比较印度文学的理论探讨，在某种程度上为建立所谓“比较文学印度学派”打下了理论基础。

斯瓦潘马宗达于 1987 出版的《印度视野中的比较文学》也是印度比较文学理论代表作之一。该书由系列论文组成，九篇论文是：(1) 印度视野的比较文学，(2) 多语境国家的民族文学，(3) 印度文学的历史分期，(4) 印度与西方的文学关系：文化输入与批评的问题，(5) 印度与西方的文学关系：范式与范畴的问题，(6) 殖民语境中的文化相对主义，(7) 殖民语境中的影响美学，(8) 殖民语境中的接受美学，(9) 印度比较文学学会。马宗达在书中论述了比较文学及其印度化的问题，还从文化相对主义、接受美学和后殖民语境论述了印度和西方的文学关系。他认为：“在欧洲，坚持比较文学方法只是一种选择而已，但在印度，它却是一种必需，一种必要，这是因为，印度是多语种的联邦制国家。”① 他认为，比较文学关注原创性的民族文学，这足以使其在印度和其他第三世界扎下根来。他呼吁对西方的比较文学进行印度式改造，以适应印度比较文学的实际语境。在马宗达看来，哥德的世界文学观念带有民族主义情结，他将世界文学等同于欧洲文学，从而不可避免地带有欧洲中心主义痕迹。他说：“可以发现，就世界文学概念而言，哥德并未完全抛弃一般白人将之等同于欧洲文学的做法。”② 这一观点后来为英国学者苏珊·巴斯奈特所引用。

---

① Swapan Majumdar, *Comparative Literature*: *Indian Dimensions*, Calcutta: Papyrus, 1987, p. 15.

② Swapan Majumdar, *Comparative Literature*: *Indian Dimensions*, Calcutta: Papyrus, 1987, p. 52.

阿米亚·德维和S. K. 达斯主编的论文集《比较文学：理论与实践》出版于1989年。1987年6月22至26日在西姆拉召开了“比较文学理论与实践”的学术研讨会。本书为此次会议的论文集。该书集中展示了20世纪80年代印度学者在比较文学研究方面的成果。该书分四个部分，分别是：“比较文学理论”、“文学关系”、“文学接受、主题、文类和文学运动”和“文学理论、文学史与翻译”。第一部分的理论思考共收录几篇文章，除了中国学者乐黛云介绍中国比较文学发展的论文外，其他文章的标题分别是：“孤独的缪斯”、“比较文学法国学派、加拿大关于比较文学的争论”、“走向非逻各斯主义范式的比较文学”、“印度语境的比较文学”、“印度比较文学及其教学探讨”、“为何比较印度文学”。在该书前言中，M. 查特吉认为：“作为一门学科，比较文学应使我们品尝民族边界以内文学的丰富性，也应使我们跨越民族边界。因此，比较文学是一门负有双重使命的学科。”①S. K. 达斯在《孤独的缪斯》一文中对印度比较文学的教学和研究现状进行了考察，呼吁突破印度和西方两极比较的模式，走向印度和世界文学比较的多维比较模式，将中国、日本等东方文学涵括在比较研究视野中。其他几位印度学者也对印度比较文学教学和研究状况、对印度比较文学面临的挑战等问题进行了论述。整体而言，该书在比较文学研究实绩方面的展示要优于理论思考。

R. K. 达万主编的论文集《比较文学》于1991年出版。该书除了具体的东西方文学比较研究外，第一部分的四篇论文从理

---

① Amiya Dev & S. K. Das, eds., *Comparative Literature: Theory and Practice*, “Foreword,” Shimla: Indian Institute of Advanced Study, 1989.

论上探讨比较文学，它们的标题分别是："比较文学个案研究"、"比较文学与美学：探寻重要秩序"、"印度比较文学研究新视野"、"为何在印度研究比较文学？"，R. K. 达万在论文中认为，比较文学研究的目的是寻找不同文学的异同及其背后潜藏的含义。比较文学应该使人对作家作品的理解更加深刻全面。"比较文学是文学学科，应被视为当代最重要的学术研究。东西方在这一研究中相遇，世界得以联合成为统一的整体。正如民族文学是民族历史的反映，在世界文学中，比较文学的研究成果也是文明进程的反映。"① R. S. 帕塔卡认为，早期法国学派的比较文学主张有狭隘的民族主义意识。他说："比较文学是特别迷人而具有挑战性的学科。"② 帕塔卡认为，比较文学应该关注民间传说、文类研究、主题研究、翻译研究和比较诗学等领域。印度与西方的诗学和美学比较是最有魅力的研究领域。他还认为："困扰比较文学的最主要问题来自缺乏全面而可行的方法论。"③ 他呼吁印度英语系的学生同时学习印度区域文学或曰方言文学、比较文学理论和印度英语文学，以夯实比较文学的研究基础。D. 普勒巴提对哥德和泰戈尔的世界文学观进行了优劣分辨，并指出了美国比较文学研究的缺憾，以对印度文学和比较文学研究进行把脉。

I. N. 乔杜里 4 的个人论文集《比较印度文学》虽然关注

---

① R. K. Dhawan, ed., *Comparative Literature*, Delhi: Bahri Pulications, 1991, p. 9.

② R. K. Dhawan, ed., *Comparative Literature*, Delhi: Bahri Pulications, 1991, p. 17.

③ R. K. Dhawan, ed., *Comparative Literature*, Delhi: Bahri Pulications, 1991, p. 28.

比较印度文学研究，但开头的几篇论文透露出对于比较文学方法论的思考。作者还对雷马克的比较文学定义及其跨学科研究的倡导进行了质疑。作者在论文中透露了1978年前后印度学界对比较文学学科合法性的质疑。①

2001年，S. K. 达斯出版研究东西方文学关系的个人论文集《印度的西风颂：文学的交流》。在引言中，他对西方的比较文学研究模式进行了批判。他对法国学派研究模式的缺憾进行了揭示。他认为，法国学派的比较文学研究强调权力政治、文化输出和文化影响者的优越感。强调影响和接受的研究框架有过于"欧洲中心化"的嫌疑，应该在比较文学研究中加入历史、心理学和文化政治角度的分析。达斯还认为，世界比较文学研究至今还在强调实证影响研究的法国学派和相对灵活自由的美国学派这两派之间摇摆。西方比较文学研究者忽略印度、中国等东方文学和拉美文学、非洲文学，带有浓厚的欧洲中心主义色彩。② 为此，达斯还引用了上海外语学院（现为上海外国语大学）学者远浩一的观点。

除了上述著作对比较文学进行理论思考外，其他一些著作和论文也对这一西来学科进行理论观照。《贾达瓦普尔比较文学学报》也不时发表论文，对比较文学进行理论考察。例如，近年来，文化研究或曰文化批评逐渐向比较文学研究领域蔓延，印度比较文学学者也真切地感受到这一点。斯瓦潘·马宗达就撰文表

① I. N. Choudhuri, *Comparative Indian Literature: Some Perspectives*, Delhi: Sterling Publishers Private Limited, 1992, p. 1.

② Sisir Kumar Das, *Indian Ode to the West Wind: Studies in Literary Encounters*, Delhi: Pencraft International, 2001, pp. 10—11.

示反感。他在题为《强制的与自然的多元文化主义：比较文学概述》的文章最后部分坦率地写道："对我们而言，将比较文学的当下危机作为毫不相干的问题视而不见，这也许是很不明智的。在印度那些满嘴理论、以术语装备起来的比较文学学者那里，也不难发现这一行为的迹象。我们当中一些最优秀的比较文学专家，完全遗忘了文学研究、特别是比较文学研究的方法工具，几乎完全折服于文化研究那撩人的气息，而文化研究这一领域复杂多变而难以界定，不能形成一门严格的学科。人们甚至可以略带讥讽地问一句：对于文化研究的特别关注是否意味着存心要把一门学科的严谨慎密变为一个随意表演的舞台？"[①] 马宗达同时观察到印度大学的学科设置对比较文学研究将产生积极的影响。他说："当前印度学术界，尽管比较文学专家们正日益转向文化研究，但单一文学研究领域（single literature disciplines，译者按：指印度各地方语言文学研究）却尽可能地容纳比较文学研究内容。迄今为止，单一文学研究者只关注研究内容，并不介意比较文学的方法和工具。没有比较文学，不论文本与文本之间、或文本与传统之间的关系如何地飘忽游移，都几乎没有办法进行确认。加之印度的就业市场正在萎缩，人们可以相当合理地期待，单一文学研究系（Single Literature Department）的课程设置，将会成为取代正宗比较文学研究的一种更为体面的方案。"[②] 尽

① Swapan Majumdar, "Multiculturalism: Forced & Natural, A Comparative Literary Overview," in Swapan Majumdar, ed., *Jadavpur Journal of Comparative Literature*, Vol. 41, 2003—2004, Calcutta: Jadavpur University, p. 143.

② Swapan Majumdar, "Multiculturalism: Forced & Natural, A Comparative Literary Overview," in Swapan Majumdar, ed., *Jadavpur Journal of Comparative Literature*, Vol. 41, 2003—2004, Calcutta: Jadavpur University, p. 143.

管这似乎是一种积极的变化，马宗达仍然没有放弃对文化研究冲击比较文学研究的深深忧虑。他接下来写道："另一方面，如果真的按照某些人下意识的随心所欲，把印度的比较文学课程变为比较文化研究（Comparative Culture Studies），这就会面临作出两种牺牲的风险：首先，很明显，文学将在课程内容中占有更少的分量；其次，经过检验的比较文学方法和正在成型的文化研究方法可能并不兼容，甚至会导致这种研究的失败。不过，也许可以建立一个'文化研究学院'（School of Culture Studies），不同知识领域在此形成各门课程，从而进行印度文化的综合研究。尽管我不是一个专家，可以就这样一个动议的必要性和可行性进行评判，但作为一个文学研究者，我确实有这样一种感受：在多元文化比较研究领域，我被剥夺了文学研究的合法地位。"①

特别值得一提的是，20 世纪 80 年代以后，关于比较文学印度化亦即比较印度文学研究的理论探察越来越多，占的比重也越来越大。这与比较印度文学日益受到学者们的重视有关，这推动了比较印度文学研究的繁荣发展。这一点将在后文涉及。总之，印度学者关于比较文学的理论思考、特别是对比较文学印度化的呼吁，丰富了当代世界比较文学理论，也对中国比较文学理论的发展具有启迪意义。

---

① Swapan Majumdar, "Multiculturalism: Forced & Natural, A Comparative Literary Overview," in Swapan Majumdar, ed., *Jadavpur Journal of Comparative Literature*, Vol. 41, 2003—2004, Calcutta: Jadavpur University, pp. 143—144.

第三节　印度与西方文学关系研究

S. K. 达斯认为："西方人对印度的发现，是印度历史上最重要的事件之一，也是人类文明史上最重要的事件之一。"[①] 这代表了大多数印度学者的看法。西方文学中的印度题材作品以及印度对西方的文学回应，理所当然地成为印度比较文学学者的首选研究课题。因此，不难理解的是，为什么 20 世纪 80 年代以来，印度比较文学界的东西方文学关系研究硕果累累。

20 世纪 80 年代以降，印度学界涌现出以下相关研究著作：G. S. 阿穆尔等主编《英联邦文学中的殖民意识》、[②] G. S. 阿穆尔主编《比较文学与比较语言学论文集》、[③] 因娜·瓦尔特的《L. H. 迈尔斯印度题材作品中的神话与象征》、[④] A. S. 布拉尔的《印度的神秘与真实：英国小说中的印度形象》[⑤] 和 R. 斯勒主编论文集《世界文学中的印度形象》等。[⑥] S. K. 米特拉于 1983 年出版孟加拉语著作《莎士比亚与孟加拉戏剧》。1987 年，

---

① Sisir Kumar Das, *Western Sailors Eastern Seas*, Delhi: Thomson Press, 1971, p. 1.

② G. S. Amur & S. K. Desai, eds., *Colonial Consciousness In Commonwealth Literature*, Somaiya Publications, 1984.

③ G. S. Amur, ed., *Essays on Comparative Literature and Linguistics*, Delhi: Sterling Publishers, 1984.

④ Inna Walter, *L. H. Myers: Myth and Symbol in his Indian Novels*, Delhi: Arnold-Heinemann, 1984.

⑤ Avtar Singh Bhullar, *India: Myth and Reality, Images of India in the Fiction by English Writers*, Delhi: Ajanta Publications, 1985.

⑥ Rita Sil ed., *Images of India in World Literature*, Delhi: National Publishing House, 1987.

由 S. 纳伽拉贾和 S. 维斯瓦纳塔主编的《莎士比亚在印度》出版。

20 世纪 90 年代以来，印度学者出版的这方面著作包括 K. C. 贝利亚帕的《英语小说中的印度形象：吉卜林、迈尔斯和拉贾·拉奥研究》、[①]哈利西·特里维迪的《殖民交流：英语文学与印度》、[②] B. 拉江的《在西方的注视中：从弥尔顿到麦考雷的印度书写》、[③] S. K. 达斯的《印度的西风颂：文学的交流》、[④] A. 毛利亚主编的《印度与世界文学》、[⑤] G. 森主编的《感知印度：洞察与探询》、[⑥] A. R. 拉奥和 M. S. 克里希纳主编的《当东方遭遇西方：英印及印英小说中的印度思想》、[⑦]普勒玛·乔达里的《殖民地印度与帝国电影制作》、[⑧] P. 潘沃尔的《吉卜林、福斯特与奈保尔作品中的印度：后殖民批评》、[⑨] G. 科萨尔的《奥

① K. C. Belliappa, *The Image of India in English Fictio: Studies in Kipling, Myers and Raja Rao*, Delhi: B. R. Publishing Corporation, 1991.

② Harish Trivedi, *Colonial Transactions: English Literature and India*, Calcutta: Papyrus, 1993.

③ Balachandra Rajan, *Under Western Eyes: India from Milton to Macaulay*, Oxford: Oxford University Press, 1999.

④ Sisir Kumar Das, *Indian Ode to the West Wind: Studies in Literary Encounters*, Delhi: Pencraft International, 2001.

⑤ Abhai Maurya, *India and World Literature*, Delhi: Indian Council for Cultural Relations, 1990.

⑥ Geeti Sen, *Perceiving India: Insight and Inquiry*, Delhi: India International Centre, 1993.

⑦ Adapa Ramakrishna Rao & M. Sivaram Krishna eds., *When East Meets West: Indian Thought in Anglo-Indian and Indo-English Fiction*, Delhi: Sterling Publishing Private Limited, 1994.

⑧ Prem Chowdhry, *Colonial India and the Making of Empire Cinema: Image, Ideology and Identity*, Delhi: Vistar Publications, 2000.

⑨ Purabi Panwar, *India in the works of Kipling, Forster and Naipaul: Postcolonial Revaluations*, Delhi: Pencraft International, 2000.

罗宾多与世界文学》、[1] R. D. 斯勒主编的论文集《世界文学中的泰戈尔形象》、[2] G. S. 阿穆尔等主编的《英联邦文学中的殖民意识》和《比较文学与比较语言学论文集》等。美国学者 P. C. 霍根与 L. 潘迪塔主编的《文学中的印度：关于美学、殖民主义和文化的比较研究》中，载有很多印度著名学者的涉及东西文学比较的论文。[3]

上述学者的著作可以分为两大类：第一类是以西方或印度作家为中心展开的比较研究，如因娜·瓦尔特的《L. H. 迈尔斯印度题材作品中的神话与象征》、S. 纳伽拉贾和 S. 维斯瓦纳塔主编的《莎士比亚在印度》、K. C. 贝利亚帕的《英语小说中的印度形象：吉卜林、迈尔斯和拉贾·拉奥研究》、P. 潘沃尔的《吉卜林、福斯特与奈保尔作品中的印度：后殖民批评》、R. 斯勒的《世界文学中的泰戈尔形象》和 G. 科萨尔的《奥罗宾多与世界文学》等。

第二类著作是对印度和西方文学关系的综合性研究，这又分为两种情况：一种是个人研究著作，如 A. S. 布拉尔的《印度的神秘与真实：英国小说中的印度形象》和 S. K. 达斯的《印度的西风颂：文学的交流》等，另一种是某位或几位学者主编的多位学者撰写的论文集，如 A. 毛利亚主编的《印度与世界文学》、R. 斯勒主编的《世界文学中的印度形象》和 A. R. 拉奥

① Goutam Ghosal, *Sri Aurobindo and World Literature*, Pondicherry: Sri Mira Trust, 2000.

② Rita D. Sil, *Profile of Rabindranath Tagore in World Literature*, Delhi: Khama Pblishers, 2002.

③ P. C. Hogan & Lalita Pandit, eds., *Literary India: Comparative Studies in Aesthetics, Colonialism, and Culture*, Delhi: Rawat Publications, 1997.

主编的《当东方遭遇西方》等。下边对上述某些著作的研究内容作一简介。

一 个案研究

印度学者以东西方作家为中心展开的比较研究，首先是以莎士比亚、吉卜林、E. M. 福斯特、L. H. 迈尔斯、保罗·斯各特等英国作家和泰戈尔、奥罗宾多等印度作家为核心而展开论述。当然，他们也有关于哥德、托尔斯泰、惠特曼等其他西方作家的比较研究，限于篇幅，对于这些非英国作家的比较研究在此按下不提。

在印度对西方文学的接受史上，莎士比亚无疑是最有分量的文豪之一。这也不难解释，为何印度学者、作家对莎士比亚的评价和研究蔚为大观。19 世纪后期开始，在此前对莎剧大量翻译改编的基础上，印度的莎士比亚研究开始起步，并不断结出硕果。迄今为止，莎士比亚是印度学者和作家评说历史最为悠久、成果最为丰富的西方作家之一。印度的莎士比亚研究除了以论著、论文形式进行外，还有各种各样的莎士比亚讲座、莎士比亚研究学会，以及关于莎士比亚研究的刊物。这使印度莎学研究成为世界莎学领域不可忽视的重镇之一。他们的研究成果绝大多数以英文发表。

早期对莎士比亚研究作出重要贡献的是印度著名作家、评论家和宗教思想家奥罗宾多。他将莎士比亚称为“英语诗歌中不可估量的最杰出的名字”。[1] 他在文论集《未来诗歌》中，将莎士比亚与他的“未来诗歌”理论挂钩。20 世纪早期，对莎士比亚进行评价的还有著名诗人泰戈尔，比较而言，泰戈尔对莎士比亚的评价没有奥罗宾多那么全面而系统。R. G. 萨哈尼的《东方视野中的莎士比亚》评价了莎士比亚在印度的地位，并以印度视角阐发莎士比亚的生活观念，由此认为莎士比亚悲剧观存在局限，莎士比亚本人缺乏宗教热忱。

20 世纪 40 到 50 年代，是印度从殖民时期走向民族独立的后殖民时期。也许是因为政治独立的严峻任务和独立后百废待兴的影响，二十多年里，印度的莎士比亚研究出现了一段明显的空白。60 年代开始，印度的莎学研究再次进入繁荣期，莎学论著不断涌现。1964 年，K. R. S. 艾因加尔出版了《莎士比亚的世界与艺术》，这是印度第一部关于莎士比亚的全面系统的研究著作。1965 年，K. D. 塞塔纳出版了《室利·奥罗宾多论莎士比亚》，将目光投向莎士比亚在印度的文化传播。1968 年，N. 曼辛哈出版《迦梨陀娑与莎士比亚》。70 到 80 年代，莎学研究论著有增无减。例如，1971 年，R. W. 德赛出版《叶芝与莎士比亚》，论述叶芝受莎士比亚影响的问题。1978 年，P. B. 阿查利亚出版前述的《莎士比亚、迦梨陀娑和薄婆菩提的悲喜剧》。1987 年，由 S. 纳伽拉贾和 S. 维斯瓦纳塔主编的《莎士比亚在印度》出版。这是根据 1984 年在海德拉巴举行的莎士比亚研讨会上提交的论文编辑而成。

---

① Sri Aurobindo, *The Future Poetry*, Pondicherry: Sri Aurobindo Ashram, 2000, p. 191.

20世纪末到21世纪初，印度的莎学研究著作仍然在不断地涌现。引人瞩目的是，自20世纪80年代以来，印度学者采取印度文化和印度文学理论视角研究莎士比亚的趋势有增无减，这在世纪之交成为一个新的学术亮点。有的学者站在世纪之交的坐标点上，开始对莎士比亚在印度的历史传播进行学术梳理，勾勒出一幅比较完整的莎士比亚跨文化旅行地图。总之，研究层面的不断拓宽，研究内容的不断深入，研究方法的不断创新，这一切，使得印度的莎学研究越来越为世界莎学界所瞩目。

就印度独立以来的莎学研究而言，除了上述论著外，还有不少著名的学者在各种杂志上发表论文，或撰写博士学位论文，对莎士比亚作品进行全方位的深入探讨。印度学者还积极参与国际莎学会议，向世界传达印度的莎学研究信息。例如，1996年4月，S. K. 达斯参加国际莎士比亚学会在美国洛杉矶举行的学术会议，并提交英文论文《莎士比亚在印度接受的复杂性和挪用》。迄今为止，印度已经创办了好几种莎士比亚研究杂志，如《莎士比亚季刊》（*Shakespeare Quarterly*）和《莎士比亚概览》（*Shakespeare Survey*）等。1979年由R. W. 德赛创办、至今仍在继续出版的半年刊《哈姆雷特研究》（*Hamlet Studies*）也许是世界上唯一一家专门研究莎剧人物的杂志。此外，莎士比亚戏剧很早就进入大学课堂，印度大学举办的各类学术研讨会常常涉及莎士比亚，各种莎士比亚研究机构或学会的先后问世，这些都给印度莎学的繁荣以及关于莎学的比较研究增添了无穷的动力。

印度学者关于莎士比亚的研究内容十分丰富，并积累了很多具有创新价值的研究成果。重要的是，20世纪80年代以来，印度学者的莎评很多都打上了跨文化比较研究的烙印。例如，德里大学英语系教授哈里希·特里维迪在2001年出版的论文集《印度的西风颂》中，探索莎士比亚在大英帝国殖民语境中与印度发生的文化联系。他以“文化挪用”的后殖民话语分析某些印度人的莎剧改编，还看出了一些莎剧改编者“逆写帝国”的姿态。① 另外一位印度学者A. 古哈在分析《安东尼与克莉奥佩特拉》的莎评论文中明显采取了后殖民理论的分析手法。古哈认为：“因为在殖民统治的话语中女性和外国人都是被统治的属下（sub-alterns），关于克莉奥佩特拉的形象建构便沾染了性别与种族主义的偏见……因此，克莉奥佩特拉体现了殖民话语中女性和非欧洲人的所有复杂的刻板印象。”② 在古哈看来，莎剧文本是一个极佳的后殖民批判文本，因为，在这出浪漫色彩浓厚的莎剧中：“东方被建构成心灵渴望的领土。”③

如果说平行研究使印度的莎学研究结出很多硕果的话，那么，影响研究和跨学科研究同样使印度的莎学研究成绩斐然。例如，有的印度学者着力探索莎士比亚戏剧在印度电影中的改编问题，这涉及跨学科研究莎剧传播的问题。还有的学者探索莎士比亚对印度各个地方语言文学发生的影响作用。这对全面认识莎士比亚在世界文学中的跨文化传播无疑具有独特而重要的学术意

① Harish Trivedi, *Colonial Transactions: English Literature and India*, Calcutta: Papyrus, 1993, pp. 31—32.

② Anasuya Guha, “Rome-Egypt Constructs in Antony and Cleopatra: Antithesis and Resolution”, in Swapan Majumdar, ed., *Jadavpur Journal of Comparative Literature*, Vol. 38, 2000—2001, Calcutta: Jadavpur University, p. 24.

③ Anasuya Guha, “Rome-Egypt Constructs in Antony and Cleopatra: Antithesis and Resolution”, in Swapan Majumdar, ed., *Jadavpur Journal of Comparative Literature*, Vol. 38, 2000—2001, Calcutta: Jadavpur University, p. 25.

义，丰富了世界莎学研究内容。这方面的代表作包括：J. P. 米什拉于1970年出版的《莎士比亚对印地语文学的影响》。S. K. 米特拉于1983年以孟加拉语出版的《莎士比亚与孟加拉戏剧》。二著分别探讨莎士比亚对印地语文学和孟加拉戏剧发展的影响。N. 阿鲁尔于1997年完成的博士论文《关于莎士比亚戏剧在泰米尔语中的翻译改编的研究》也属影响研究范畴。总之，印度学者一个多世纪来、特别是20世纪80年代以降以比较文学视角进行的莎士比亚研究，无疑是世界莎学研究的亮点之一。

L. H. 迈尔斯（Leopold Hamilton Myers，1881—1944）于1881年9月6日出生于英国，早年曾求学于剑桥大学。与《印度之行》的作者福斯特等人不同的是，迈尔斯从来没有到过印度。迈尔斯的主要作品是《远与近》（*The Near and the Far*，1929）、《迦利王子》（*Prince Jali*，1931）和《阿马尔王公》（*Rajah Amar*，1933），它们组成迈尔斯印度书写的三部曲，并在1935年以《根与花》（*The Root and the Flower*）为题出版。《根与花》后来赢得英国爱丁堡大学的两项大奖。1936年和1940年，迈尔斯分别创作了印度系列的最后两部长篇小说即《不可思议的辉煌》（*The Strange Glory*，1936）和《毗湿奴的池塘》（*The Pool of Vishnu*，1940）。迈尔斯前期创作的三部曲与《毗湿奴的池塘》一起构成了他的“印度四部曲”。曾经广泛阅读印度历史和宗教哲学的迈尔斯与其他英国作家不同，他集中精力描写16世纪莫卧儿帝国时期的印度。遥远而古老的中世纪印度为他的哲学思考和艺术描叙提供了合适的场景。迈尔斯还有一个写作目的，那就是“利用印度来抨击西方”。[①] 在他的《阿马尔王子》中，他就曾经借助于一个人物史密斯来表达了他对于盛行西方的物质主义与理性主义的厌恶和对东方直觉主义的赞赏。

印度学者因娜·瓦尔特的论著《L. H. 迈尔斯印度题材作品中的神话与象征》共分八章，分别是：(1) L. H. 迈尔斯的生平与艺术，(2) 迈尔斯对神话和象征的运用，(3)《远与近》中神秘与象征的统一，(4)《迦利王子》：集体与个人，(5)《阿马尔王公》：再生与转世，(6)《毗湿奴的池塘》：个人与神话，(7) 仪式和亲属的关系研究，(8) 结论：作为发现手段的神话。瓦尔特以荣格的精神分析论、原型理论、文化人类学等为理论根据，对迈尔斯的“印度四部曲”进行了逐一分析。瓦尔特认为，《远与近》不是一部历史小说。迈尔斯曾经受到瑞士心理学家卡尔·荣格的精神分析方法和原型批评理论的启发。他在描叙小说核心人物阿克巴大帝时有机地糅合了这些理论。在《远与近》中，阿克巴大帝仿佛是一个“集体性的超我”(collective superego)，一种由奥林匹亚的宙斯或希伯来的耶和华所象征的上帝似的“原型意象”。[②] 瓦尔特认为，迈尔斯的《迦利王子》可视为传奇故事的原型。《阿马尔王公》的故事发生在16世纪，但一定程度上可以说：“阿马尔就是迈尔斯自己的艺术写真。”[③] 瓦尔特还认为，通过神话和象征手段，迈尔斯将原型情境作为从本体论

---

① A. J. Greenberger, *The British Image of India: A Study in the Literature of Imperialism*: 1880—1960, London: Oxford University Press, 1969, p85.

② Inna Walter, *L. H. Myers: Myth and Symbol in his Indian Novels*, Delhi: Arnold-Heinemann, 1984, p. 29.

③ Inna Walter, *L. H. Myers: Myth and Symbol in his Indian Novels*, Delhi: Arnold-Heinemann, 1984, p. 102.

上探索上帝意义的一个手段，同时也探讨了宇宙和人生的神秘本质。在这一意义上，“近”可以视为熟悉而可感知的东西，“远”则是艰难的探索历程。如果说“印度四部曲”是一个哲学文化层面上的巨大隐喻的话，迈尔斯笔下16世纪的阿格拉就是20世纪伦敦的象征，毗湿奴的池塘则是一个纯粹的乌托邦。凭借艺术手法的多样和哲学探索的深度，迈尔斯应被视为与现代文学大师乔伊斯、D. H. 劳伦斯、E. M. 福斯特、弗朗茨·卡夫卡、托马斯·曼等并肩而立的文学家。[①] 瓦尔特的论著显示印度学者以西方现代文论考察西方印度题材书写的成熟，它是20世纪80年代以来印度学者研究东西文学关系的力作之一。

保罗·斯各特（Paul Scott，1920—1978）是20世纪英国文坛继吉卜林、福斯特之后最重要的涉印题材白人作家。他的一生创作了十三部长篇小说，其中大多涉及印度题材。他是后殖民时代书写印度最典型的一员。1977年即斯各特逝世前一年，他以反映后殖民时期英印复杂关系的《眷恋》（*Staying On*）获得英国的布克小说奖。1984年，伦敦图书销售理事会开展第三届“我们时代的最佳小说”评选活动，斯各特的《统治四部曲》（*The Raj Quartets*，1966—1975）和《眷恋》同时与威廉·戈尔丁（William Golding，1911—1994）的《蝇王》（*Lord of the flies*，1954）等作品一起，被列入30部“战后最著名的文学作品”之列。斯各特的《统治四部曲》成为后殖民时期西方英语世

---

① Inna Walter, *L. H. Myers: Myth and Symbol in his Indian Novels*, Delhi: Arnold-Heinemann, 1984, p. 258.

界反思和总结殖民时期英印关系亦即东西关系的最重要之作。[①]它包括情节联系紧密的四部长篇小说即《皇冠上的宝石》(*The Jewel in the Crown*, 1966)、《毒蝎的日子》(*The Day Of The Scorpion*, 1968)、《沉默之塔》(*The Towers Of Silence*, 1971)和《分赃》(*A Division of the Spoils*, 1975)。《统治四部曲》是"以大英帝国为主题的英印小说支流中的最有力度的作品"。[②]与西方和中国学术界对斯各特的冷落不同，印度学者对其印度题材作品非常重视。笔者2005年在印度留学时发现，早在1982年即斯各特逝世四年后，就有一位印度学者、萨达尔·帕特尔英语系博士候选人可汗(Abdulrazaq S. Khan)完成了关于斯各特研究的博士论文即《小说家保罗·司各特笔下的印度幻象》(*Paul Scott's India: A Novelist's Vision*)。可汗因此获得该校博士学位。笔者在萨达尔·帕特尔大学图书馆翻阅了该博士论文，从其附录的书信来看，发现作者可汗曾经在斯各特去世前夕，与其进行学术通讯，探讨其作品的相关问题。该论文结构为：(1)引言，(2)探寻印度，(3)帝国殖民统治，(4)自由斗争，(5)权力转移和分赃，(6)国家统一，(7)场景，(8)人民，(9)范式，(10)生活观念，(11)总结。附录中包括可汗与斯各特就其涉印题材作品进行讨论的英文书信。该论文从英属印度的殖民历史入手，将斯各特的作品、特别是《统治四部曲》放在殖民语境中进行探讨，比较全面而系统地揭示了斯各特印度书写的反思心

① 关于斯各特的《统治四部曲》，可参阅尹锡南：《英国文学中的印度》，成都：巴蜀书社，2008年，第165—194页。

② Hilary Spurling, *Paul Scott: A Life of the Author of The Raj Quarter*, New York: W. W. Norton & Company, Inc., 1991, p. 374.

态。该博士学位论文后来出版，但笔者在印度无缘得见。

K. C. 贝利亚帕的《英语小说中的印度形象：吉卜林、迈尔斯和拉贾·拉奥研究》是作者在博士学位论文基础上修改而成。作者选取了吉卜林和 L. H. 迈尔斯两位进行涉印题材创作的英国作家和著名印度英语文学作家拉奥作为研究对象，本身就蕴含了跨文化比较意味。全书分为五章，即引言、吉卜林、L. H. 迈尔斯、拉贾·拉奥和结论。作者在对三位作家的印度题材创作进行文本细读的基础上得出结论："吉卜林对印度的兴趣最为典型地代表了更为敏感的英国作家对印度的书写，而迈尔斯虽然没有完全忽视印度历史，但更为印度的哲学和宗教而着迷。与他们相比较，我们在拉贾·拉奥的作品里发现了关于印度的自己的形象。"① 可以看出，作者关注的焦点在于三位东西方作家表现的印度形象的真伪。

贝利亚帕横向地选取几乎同时代进行创作的三位东西方作家作为研究对象，与此相反，P. 潘沃尔却历史纵向地选取三位不同时代的英国涉印题材作家作为考察对象。他的《吉卜林、福斯特与奈保尔作品中的印度：后殖民批评》便是这一指导思想的产物。该书除引言和最后部分的结论外，主体内容分为五章，分别是：(1) 吉卜林关于英属印度的旅行印象，(2) 吉卜林小说中的印度：旅行者和他的旷野故事，(3) 福斯特探寻印度文化遗产的旅行写作，(4) 福斯特旅行印象中的《印度之行》，(5) 后殖民旅行者奈保尔。作者分别对这三位殖民作家和后殖民作家进行文

① K. C. Belliappa, *The Image of India in English Fictio: Studies in Kipling, Myers and Raja Rao*, Delhi: B. R. Publishing Corporation, 1991, p. 19.

本细读，找出三人的异同，并得出结论。他认为，奈保尔对印度的书写保持了对吉卜林和福斯特的思想承继，这说明殖民作家跨文化书写中蕴含的文化霸权姿态在后殖民时代不会轻易地消失，殖民文学与后殖民文学存在复杂微妙的思想联系。潘沃尔说："一个眼光敏锐的读者阅读《幽暗》时会注意到，吉卜林作品和奈保尔早期作品存在相似处。"① 他还说："在后殖民时期，一些作家的殖民和霸权心态并没有随着殖民地政治独立而消失。"② 当然，从吉卜林到福斯特再到奈保尔，关注的重心却发生了变化。吉卜林等人关心印度有无历史，而奈保尔则纯粹从后现代主义立场出发看待印度，从而主动地解构印度历史。③ 正如书名昭示的那样，潘沃尔的论著取后殖民批评的立场，对殖民文学和后殖民文学中的印度书写进行历史考察，这是世纪之交很多研究英印文学关系的印度学者不约而同的自觉选择。这也体现了印度学者在研究东西方文学关系方面的方法论变迁。

关于印度作家与世界文学关系的研究，泰戈尔和奥罗宾多等著名作家是印度学者的关注焦点。先以奥罗宾多为例。2000 年，G. 科萨尔的《奥罗宾多与世界文学》出版。该书主体部分由引言和十八篇文章组成，其中多数涉及奥罗宾多对西方文学的接受和化用。这些文章包括"惠特曼与奥罗宾多"、"波德莱尔与奥罗宾多"、"布莱克与奥罗宾多"、"爱默生与奥罗宾多"、"济慈与奥

① Purabi Panwar, *India in the works of Kipling, Forster and Naipaul: Postcolonial Revaluations*, Delhi: Pencraft International, 2000, p. 100.

② Purabi Panwar, *India in the works of Kipling, Forster and Naipaul: Postcolonial Revaluations*, Delhi: Pencraft International, 2000, p. 136.

③ Purabi Panwar, *India in the works of Kipling, Forster and Naipaul: Postcolonial Revaluations*, Delhi: Pencraft International, 2000, p. 136.

罗宾多”、“T. S. 艾略特与奥罗宾多”、“彼特拉克与奥罗宾多”和“王尔德与奥罗宾多”等。[①] 该书也对奥罗宾多对亚洲文学的影响、奥罗宾多对英语诗歌的论述进行探讨。此书旨在全方位探讨奥罗宾多与世界文学的关系，属于典型的文学关系研究。

再以泰戈尔研究为例。20 世纪 80 年代以来，泰戈尔研究的特色之处在于比较研究模式的广泛应用，使泰戈尔研究出现了很多新意，也使泰戈尔研究在世界文学的框架内得以进一步深化。例如，A. 毛利亚主编的《印度与世界文学》第十一章标题为“泰戈尔与世界文学”，对泰戈尔与克罗齐、T. S. 艾略特等西方作家或文论家进行比较研究。[②] S. K. 达斯在个人论文集中，对泰戈尔与西班牙诗人基门内兹（Juan Ramon Jimenez）的文学关系进行了深入探讨。[③] T. R. 沙尔玛主编出版了两部泰戈尔研究论文集《泰戈尔面面观》[④] 和《泰戈尔论文集》，[⑤] 其中有很多文章是对泰戈尔与雪莱、庞德等西方诗人的比较研究。一战前后，泰戈尔频繁地造访东西方世界。这不仅丰富了他的创作和思想，也促进了殖民主义时期的东西文学交流和文化互动。其中，他和阿根廷女作家兼翻译家维多利亚·奥坎波（Victoria Ocampo，1890—1979）的历史交往是印度和西班牙语文学交流史上

① Goutam Ghosal, *Sri Aurobindo and World Literature*, Pondicherry: Sri Mira Trust, 2000.

② Abhai Maurya, ed., *India and World Literature*, Delhi: Indian Council for Cultural Relations, 1990, pp. 543—591.

③ Sisir Kumar Das, *Indian Ode to the West Wind: Studies in Literary Encounters*, Delhi: Pencraft International, 2001, pp. 143—159.

④ T. R. Sharma, ed., *Perspectives on Rabindranath Tagore*, Ghaziabad: Vimal Prakashan, 1986.

⑤ T. R. Sharma, ed., *Essays on Rabindranath Tagore*, Ghaziabad: Vimal Prakashan, 1987.

的重要事件。1985 年，印度女学者黛森（Ketaki Kushari Dyson）出版孟加拉语著作《泰戈尔与维多利亚·奥坎波的友谊》（*Rabindranath o Victoria Ocampo sandhane*）。1988 年，印度文学院出版黛森的英语著作《在你鲜花盛开的花园里：泰戈尔和维多利亚·奥坎波的友谊》，该书 1996 年重印。书名取自泰戈尔在阿根廷养病期间接受奥坎波照顾时为其写的诗《最后的春天》中的句子。黛森在书中写道："由于主人公的特殊身份，泰戈尔和奥坎波的故事是文学史和文化史上意味深长的一章。这也是一种人类的故事，有着鼓舞和启迪后代的力量，其他人由此受益匪浅。它不仅让人明白，这种友谊是如何开始并建立起来的，并且还让人懂得可以怎样增进这种友谊。泰戈尔和奥坎波的友谊不仅是两个不同民族和文化之间的个人友谊，也是男人与女人之间跨越巨大代沟的一种友谊（这本身就是一种了不起的成就）。"① 带有比较研究性质的该著是印度学者在泰戈尔研究领域的力作。另外，《贾达瓦普尔比较文学学报》也常常不定期刊登比较研究泰戈尔与世界文学的论文。2002 年，尼赫鲁大学法国研究中心副教授 R. 斯勒主编出版《世界文学中的泰戈尔形象》，这是泰戈尔研究领域最有特色的比较文学著作。② 斯勒旨在世界文学的框架内定位泰戈尔巨大的文学感召力。该书分为三部分，第一部分"西方的反响"，其中的十一篇文章主要涉及泰戈尔在苏联、法国及阿根廷、墨西哥等西班牙语世界的文学反响。第二部分"拉丁

---

① Ketaki Kushari Dyson, *In Your Blossoming Flower Garden: Rabindranath Tagore and Victoria Ocampo*, Delhi: Sahitya Akademi, 1996. p. 351. 后文出自该书的引文一律随文标注页码，不再一一加注。

② Rita D. Sil, ed., *Profile of Rabindranath Tagore in World Literature*, Delhi: Khama Pblishers, 2002.

美洲的反响”共三篇文章，涉及泰戈尔与阿根廷、波多黎各和墨西哥知识界的历史交往。第三部分“亚洲的反响”共八篇文章，主要涉及泰戈尔对中国、日本等东亚国家文学和波斯文学、阿拉伯文学的影响，还涉及泰戈尔对乌尔都文学和印度现代文学的影响。作者主要以尼赫鲁大学各个语种的研究者为主，如来自该校俄罗斯研究中心的商卡尔·巴苏、来自西班牙研究中心的 E. G. 迦迪尔和 S. P. 甘古利、来自中国研究中心的谭中、来自日本研究中心的玛胡阿·拉瓦特、来自波斯研究中心的穆罕默德·哈桑和来自阿拉伯研究中心的 S. A. 拉赫曼等。他们均从第一手外文资料入手进行研究，保证了比较研究的学术性。

二 综合研究

如上所述，印度学者探讨东西方文学关系，主要是围绕英印文学关系而展开。特别是 20 世纪 80 年代以来，随着后殖民理论在世界比较文学界的传播，英印文学关系成为东西方学者关注的焦点之一，印度学者对此自然不会懈怠。他们除了前述对单个英国作家进行比较研究以外，更多的是对英国作家涉印题材创作进行系统的综合研究。

1985 年出版的 A. S. 布拉尔的《印度的神秘与真实：英国小说中的印度形象》着力探索英国作家笔下的印度书写的跨文化内涵。该书分六章：(1) 印度的神秘与真实，(2) 鲁德雅德·吉卜林，(3) E. M. 福斯特，(4) L. H. 迈尔斯，(5) 约翰·马斯特斯，(6) 结论：无法企及的印度之行。布拉尔从历史、政治、神话、宗教等错综复杂的视角出发，对一批殖民时期英国作家的作品进行考察，挖掘作品潜藏的殖民意识形态。作者也对福斯特和迈尔斯等人企图借作品探索东西方文化沟通的努力进行了思考。爱德华·约翰·汤普森（Edward John Thompson，1886—1946）和与他同时代的福斯特等人，都是进行印度书写的英国作家。有人认为："福斯特和汤普森是试图理解印度的两个最著名的英语小说家。"① 但布拉尔认为，由于这些英国作家身处殖民文化语境，不可能在作品中达成正常的文化交往意愿。他说："尽管福斯特试图摧毁吉卜林关于'白人负担'的神话，但却费尽心机创造了一个印度乃为'慌乱和神秘之地'的神话。"②

B. 拉江于 1991 至 1998 年间在印度、加拿大和美国发表关于西方作家印度书写的系列学术演讲。他的《在西方的注视中：从弥尔顿到麦考雷的印度书写》是在此基础上修改而成的著作。该书引言的题目是"处女航"，主体部分为九篇论文构成：（1）诗歌《露西雅兹》和亚洲读者，（2）榕树和无花果叶：论弥尔顿笔下的印度，（3）挪用印度：德莱顿笔下的大莫卧儿帝国，（4）詹姆士·密尔与《霍腾托特》，（5）黑格尔的印度话语和《原罪的惊讶》，（6）对女性的女性化：早期书写印度的女作家，（7）恐怖的神话学：骚塞的《克哈马的诅咒》，（8）认识亚洲：雪莱的《解放的普罗米修斯》，（9）麦考雷的机遇和《教育备忘录》。该书结语为"从中心到边缘"。拉江在引言中对以英国作家为主的西方作家表现印度的历史进行追踪梳理，他的研究采纳了赛义

① David Rubin, *After the Raj: British Novels of India since* 1947, London: University Press of New England, 1986, p. 22.

② Avtar Singh Bhullar, *India: Myth and Reality, Images of India in the Fiction by English Writers*, Delhi: Ajanta Publications, 1985, p. 11.

德、斯皮瓦克和霍米·巴巴的后殖民理论、帕塔尔·查特吉的民族主义思想以及德里达、福柯和托多诺夫等人的理论话语。作者的探索从 1572 年出版的葡萄牙诗人卡莫斯（Luis Vaz de Camoes）的《露西雅兹》（*The Lusiads*）开始。卡莫斯曾经于 1553 年随葡萄牙航海家瓦斯科·达·伽马进行殖民航海，到过印度果阿和中国澳门。与布拉尔一样，拉江也从殖民历史、政治、宗教、神话、心理学等多个角度切入西方作家的跨文化文本，清理、还原和曝光其中蕴含的殖民主义意识形态。拉江的论述主要围绕 17 世纪至 19 世纪这三个世纪里的涉印题材英国作家而展开，力求还原殖民主义时期跨文化书写的历史谱系。与布拉尔着力考察 20 世纪英国作家的跨文化文本不同的是，拉江的研究触角伸向了更为遥远的世纪，从而为系统地历史地考察西方作家印度书写史打下了坚实的基础。拉江不仅重点考察了弥尔顿、德莱顿、骚塞和雪莱等英国作家的印度书写，也考察了詹姆士·密尔和黑格尔这两位学者书中的印度书写，甚至还涉及殖民时代的吉卜林、福斯特和后殖民时代的保罗·斯各特、拉什迪等人的印度书写。该书充满了强烈的后殖民研究色彩，如作者认为，弥尔顿笔下的印度既与天堂和乐园相比拟，又是供撒旦和亚当等休憩之地。客观上，印度便有“被恐怖化的可能”。“尽管不是帝国主义作品，但《失乐园》又比任何其他经典诗歌更具有帝国主义色彩。”《失乐园》是繁衍帝国梦想的一种尝试。① 作者在结语中认为，中心和边缘这种二元对立的思维模式极大地影响和左右了

① Balachandra Rajan, *Under Western Eyes: India from Milton to Macaulay*, Delhi: Oxford University Press, 1999, p. 66.

英国作家思考和书写印度的方式。拉江最后强调，必须改变带着文化霸权心态艺术地“想象印度”的思维方式，必须了解鲜活生动的印度，进入印度文化精神的核心思考印度。他提醒人们说：“印度和西方的概念是巨大的简约化。对于使用帝国主义的霸权性语言以圈定一块清晰表达后帝国时期各种声音的领地这一可笑做法，人们不能无动于衷。如不想使这一讽刺成为令人尴尬的事情，我们就得承认，凭借自我想象的悠久而坚固的历史而将‘印度’的多样性进行强行合并，这在西方文化思想体系中占有重要的位置。‘印度’的多样性必须得到认识理解而非仅仅加以警示的机会。”[①] 一句话，印度必须主动或被动地拥有正确表达自己的机会和权利。拉江这部著作在反思英印文学关系、思考东西方文化不对等的表达权利方面是一个范本。作为比较文学研究著作，它具有无可替代的重要学术价值。它是印度乃至世界学术界后殖民文学研究的力作之一。

1993年，德里大学英语系教授、著名比较文学专家哈利西·特里维迪出版代表作《殖民交流：英语文学与印度》。他的书分三部分，第一部分为“英语文学在印度的接受”，包括四篇文章：“莎士比亚在印度：殖民语境”、“被翻译的东方主义：奥马尔·凯亚姆的波斯文、英文和印地语译本”、“民族主义、国际主义与帝国主义：泰戈尔在英国与西方”、“T. S. 艾略特在印地语中的接受方式”。第二部分为“印度在英语文学中的表现”，包括四篇文章：“拜伦与东方：从东方主义到自由”、“他是英国人，我

---

① Balachandra Rajan, *Under Western Eyes*: *India from Milton to Macaulay*, Delhi: Oxford University Press, 1999, p. 210.

是孟加拉人：泰戈尔与爱德华·汤普森”、“恒河已然沉陷：T. S. 艾略特对印度的文化利用”、“通往还是永别？E. M. 福斯特和爱德华·汤普森作品中的帝国政治”。第三部分为“重新调适：后殖民的议事日程”，包括两篇文章：“以英语阅读，以印地语创作：英语文学与印度创作”、“五界：在印度文学语境中教授英语文学”。[①] 特里维迪著作的结构可谓匠心独具而又自然天成。该书第一和第二部分的八篇文章分别探讨东方对西方的文化接受和西方对东方的文学表现，很好地体现了书名中的关键词“殖民交流”（colonial transactions）的本意。这里的 Transactions 意味着文化方面的一种交易、协商、利用、挪用或和解。这也意味着殖民时期的东西方文学交流往往伴随着文化信息互动的不对等乃至有意的失落或故意的扭曲，甚至在后殖民时期也长期存在这种根深蒂固、由来已久的“殖民交流”现象。以第一篇文章即“莎士比亚在印度：殖民语境”为例。特里维迪旨在探索莎士比亚在大英帝国殖民印度的历史和政治语境中与印度发生的文化联系。他以“文化挪用”的后殖民话语分析某些印度人的莎剧改编，还看出了一些莎剧改编者“逆写帝国”的姿态。他认为，殖民时期的莎剧翻译与复杂的政治语境纠缠在一起。莎剧中的西方观念被一些印度人用来质疑大英帝国对印度殖民统治的合法性。有的莎剧翻译者利用莎剧来增强民族自信，如 1912 年翻译过兰姆编的莎士比亚戏剧故事集的萨尔玛把莎士比亚称为“英国的迦梨陀娑”，并为梵语戏剧家、诗人迦梨陀娑比莎士比亚早生一千

① Harish Trivedi, *Colonial Transactions: English Literature and India*, Calcutta: Papyrus, 1993.

年感到自豪。萨尔玛一反东方学家和很多印度文化精英将迦犁陀娑称为“印度的莎士比亚”的做法，对莎士比亚进行了成功的“文化挪用”。因此，文学家莎士比亚被推到了政治的漩涡激流中重新接受审视。这是殖民语境中跨文化传播的题中应有之义。特里维迪说：“尽管一些印度翻译者通过莎士比亚的号角传播大英帝国的‘美德’，但其他的翻译者将他作为棍子敲打大英帝国。”[①] 可以说，特里维迪该著是 20 世纪 80 年代以来印度比较文学研究界的扛鼎之作。它以后殖民理论为出发点，进一步丰富了世界比较文学研究的内容，也必将为印度学者在东西方文学关系研究领域赢得自己的话语权。

值得一提的是，特里维迪还与西方学者理查德·阿伦一道，主编出版了大学教科书性质的《文学与民族：1800—1990 年的英国与印度》。[②] 该书的编撰也独具匠心，既突出了殖民时代的英印文学互动，也增加了后殖民时代英国作家或印裔流散作家涉印题材创作的分析。该书分为“文学与历史”、“大英帝国与殖民地”、“白人的负担”、“诗歌与民族”、“英国与印度的自由两难”、“甘地民族主义”、“碎片化的民族与生活”、“后殖民世界”与“后殖民混杂”等十一个专题。除了特里维迪和阿伦的适当论述和解说外，该书大部分篇幅都是殖民文学和后殖民文学的文本摘选，涉及威廉·琼斯、骚塞、吉卜林、叶芝、奈保尔和拉什迪、泰戈尔、普列姆昌德等作家的作品。该书的出版，无疑将有助于

① Harish Trivedi, *Colonial Transactions: English Literature and India*, Calcutta: Papyrus, 1993, p. 32.

② Richard Allen & Harish Trivedi, eds., *Literature & Nation, Britain and India 1800—1990*, London: Routledge, 2000.

英印文学关系、殖民与后殖民文学研究的进一步发展。

一些印度学者既极力鼓吹比较印度文学研究，又积极参与印度与西方文学关系的研究。例如，1985 年，N. B. 森出版了论文集《交汇点：比较文学论文集》。他在文集中对泰戈尔在西方的影响和东西方的史诗结构进行了比较研究。比较印度文学的创始人之一 S. K. 达斯逝世前两年即 2001 年出版了代表作之一《印度的西风颂：文学的交流》。该书分五部分，分别探讨印西文学关系史、莎士比亚在印度、印西史诗比较、哥德、惠特曼、泰戈尔等与东西方文学的关系等重要命题。达斯的研究为世纪之交的印度比较文学研究作出了表率。其他学者如阿米亚·德维等人也在研究印西文学互动和关注比较印度文学方面双管齐下、并行不悖。《印度的西风颂：文学的交流》除了引言外，主体部分的十六篇文章标题分别是：（1）印度的《西风颂》，（2）印度、哈尔赫德和早期英国东方主义，（3）莎士比亚在印度的接受：矛盾与挪用，（4）莎士比亚在印度语言中的翻译，（5）《伊利亚特》与《摩诃婆罗多》，（6）三位史诗中的女主人公：海伦、悉多和佩诺罗普，（7）《卖卡纳达跋达》：印度史诗和西方模式，（8）歌德与印度：走向世界文学，（9）惠特曼与印度诗歌：亲和与差异，（10）泰戈尔与基门内兹：心心相印的创造力，（11）人民的诗人巴勃罗·聂鲁达，（12）大海与航行，（13）在主人的国土上：印度的旅英游记，（14）印度文学中的洋大人与洋夫人，（15）通俗文学与大众读者，（16）历史视野下的印度比较文学。从这些篇目来看，达斯对印度和西方文学关系的研究比较全面而深刻，该书是世纪之交的印度比较文学代表作。值得一提的是，他还在引言中指出，印度与西方的文学交流（literary encounter）也有邂逅、冲突和交锋的含义，是互动、挪用和抵抗的文学交流史，是友好和敌意的文学传统之间的关系，它决定了印度与西方文化交流的本质。在引言的最后，达斯高瞻远瞩地将文学经典和东西文化交流的问题联系起来进行论述。他说："我们曾经为文学研究创造了经典，并在过去两个世纪里培育了经典，这两个世纪包含了我们的殖民史和后殖民的当下。随着我们日益了解自己国家的不同文学、了解西方不同国家和中国、日本、西班牙语地区和非洲等世界其他地方的文学，我们常常需要对文学经典进行考察和重建。文学评论的领域必须拓展，文学交流的问题也将在我们未来的文学研究中成为核心。今天，我们正站在十字路口。"[①]

C. S. 辛哈（Charu Sheel Singh）的著作《自我反省的实质：三篇比较研究论文》包含三篇长度不一的论文，它们是："燃烧的城市和永恒的虚无：从印度教和佛教哲学看 T. S. 艾略特的诗歌理论"、"雅克·德里达与佛教、佛教诗学"、"视野与结构：印度文化语境中的布莱克和惠特曼"。通观全书，三篇论文基本上以影响研究为主，间杂一些平行研究的美学思考。辛哈着力探索艾略特诗学观的印度宗教哲学因素，认为佛教哲学家陈那（Dinnaga）等人的遮诠法直接启迪了艾略特的非个性化思想。[②]辛哈还认为，德里达的解构主义思想与佛教的十二因缘论、印度语言观和奥义书思想靠得很近。他还认为，布莱克和惠特曼诗歌

---

① Sisir Kumar Das, *Indian Ode to the West Wind*: *Studies in Literary Encounters*, Delhi: Pencraft International, 2001, pp. 13—14.

② Charu Sheel Singh, *Self-Reflexive Materiality*: *Three Essays in Comparative Method*, Delhi: Associated Publishing House, 1997, p. 68.

中的某些文化意象来自于《梨俱吠陀》和《薄伽梵歌》等印度文化经典。辛哈的这部著作思维清晰、论述有力，实为高质量比较研究著作，值得中国比较文学界关注。某些中国学者与他的研究路数相似，如张祥龙的《海德格尔与中国天道》和张隆溪的《道与逻各斯》便是如此。一个明显的缺憾是，辛哈在该书中引用海德格尔论老子的话时，却误认为他是论述佛教思想。[①]

尼赫鲁大学的 R. 斯勒于 1987 年主编出版了论文集《世界文学中的印度形象》。[②] 该书是多位印度学者合作的结晶，主要探讨近代以来即 19 到 20 世纪初世界文学中的印度形象。它分为三编，一为"欧洲文学"，二为"亚洲文学"，三为"其他地区的文学"。第一编即探讨欧洲文学涉印题材作品的部分为全书重点，共有十三篇论文。其中，涉及德国文学的三篇，涉及英国文学的两篇，涉及法国文学的四篇，涉及俄罗斯文学的三篇，涉及西班牙文学的一篇。第二编五篇论文，分别涉及中国、波斯、阿拉伯、日本和印度尼西亚文学的印度形象。其中，谭中撰写了与中国有关的论文。最后两篇论文分别探讨拉美的墨西哥文学和非洲肯尼亚文学中的印度形象。斯勒该书从文本研究层面回应了法国学者倡导的形象学研究，其中很多篇什均为印度学者发前人所未发之作，的确具有很高的学术价值。不过，这种零散的论文汇集并未串联起一个世界文学框架内的整体的印度形象，这也显示了论文集劣势所在。

---

① Charu Sheel Singh, *Self-Reflexive Materiality*: *Three Essays in Comparative Method*, Delhi: Associated Publishing House, 1997, p. 138.

② Rita Sil, ed., *Images of India in World Literature*, Delhi: National Publishing House, 1987.

1985年2月下旬，德里大学组织了一场主题为“印度与世界文学”的国际学术研讨会。与会者来自世界各地，达三百人之多。时任印度副总统、后来任印度总统的文卡塔拉曼（R. Venkataraman）先生与会致开幕词。1990年，这次会议的论文精粹出版成册，此即A. 毛利亚主编的长达七百页的论文集《印度与世界文学》。[①] 这部论文集不仅在规模上、也在学术质量上超过了前述斯勒主编的《世界文学中的印度形象》。它是20世纪末印度学界研究东西方文学关系的集大成之作，具有承前启后的里程碑意义。该论文集分为十三个主题，分别是：“主题演讲”、“理论、概念与方法”、“印度与世界文学：史诗部分”、“印度与世界文学：亚洲部分（阿拉伯与波斯）”、“印度与世界文学：亚洲部分（中国、日本与印度尼西亚）”、“印度与世界文学：欧洲部分（法国、西班牙、意大利与拉丁美洲）”、“印度与世界文学：欧洲部分（德国）”、“印度与世界文学：欧洲部分（俄罗斯与苏联）”、“印度与世界文学：欧洲部分（保加利亚、捷克、斯洛伐克、波兰、南斯拉夫与匈牙利）”、“印度与英语文学”、“泰戈尔与世界文学”、“E. M. 福斯特与印度”、“汇流”。该论文集的作者绝大部分是印度学者。其中，谭中撰写了《中国文学中的古代印度》一文，西方学者L. 切卡斯基（L. Cherkassky）撰写了《泰戈尔与二十世纪二十年代的中国新诗》一文，这也是文集中两篇关于中印文学关系研究的论文。当然，另外一篇文章《蒙古和西藏文学中的〈五卷书〉情节》也可以视为涉及中印文学关系

① Abhai Maurya, *India and World Literature*, Delhi: Indian Council for Cultural Relations, 1990.

研究的论文。该论文集探讨英国与印度的文学关系（包括福斯特与印度）的论文达十八篇之多，占全部八十六篇论文近五分之一的篇幅，这充分显示了印度学者对英印文学关系在东西文学比较研究中的重要地位的清醒认识。文集的最后一部分九篇论文探讨印地语、泰米尔语、卡纳达语和马拉雅兰姆语等现代印度语言与西方文学的互动，这体现了选编者对于这一研究领域的重视。遗憾的是，由于各种复杂因素，对于历史悠久的中印文学交流，论文集没有充分体现出它在中印文学比较研究中应有的分量。

1986 年，印度奥斯马尼亚大学（Osmania University）英语系组织了一次为期三天的学术研讨会，主题是探讨英印文学关系。A. R. 拉奥和 M. S. 克里希纳主编的《当东方遭遇西方：英印及印英小说中的印度思想》于 1994 年出版，这便是那次研讨会的论文集。① 除了 C. D. 纳拉辛哈的引言外，全书包括十八篇论文，题目分别是：(1) 英印小说和印度英语小说中的《近与远》，(2) L. H. 迈尔斯小说中的印度哲学，(3) 在湿婆的脚下：F. W. 贝恩的东方故事，(4) “汝即彼”：阿尔都塞·赫胥黎《小岛》中的印度哲学主题，(5) 搜寻印度的珊瑚丛：《刀锋》对解脱的追求，(6) 趋向哲学信仰的调和：泰戈尔的《戈拉》研究，(7) 内在的神秘世界：奥罗宾多的《虚幻时间》研究，(8)《银色的朝圣》中的印度思想，(9)《更明亮的风格：一切与 H. 哈特有关》和《银色的朝圣》中的哲学，(10) 拉贾·拉奥作品中的自省与风度，(11) 拉贾·拉奥《蛇与绳》中的女

① Adapa Ramakrishna Rao & M. Sivaram Krishna eds., *When East Meets West: Indian Thought in Anglo-Indian and Indo-English Fiction*, Delhi: Sterling Publishing Private Limited, 1994.

性哲学，（12）“神圣”与“亵渎”：R. K. 纳拉扬作品中的神话辩证法，（13）活着的解脱：阿妮塔·德赛《今年夏天我们去哪儿》解读，（14）阿妮塔·德赛《今年夏天我们去哪儿》中的虚幻与真实，（15）阿伦·乔西小说中的印度教存在主义思想，（16）在否定与肯定之间：《戒欲》的探索，（17）作为瑜伽批评者的《黑色舞蹈家》，（18）印度英语小说中的师尊形象。从这些篇目看，有三分之一是关于印英文学关系的研究，另外的文章主要探讨印度作家或印度后裔流散作家如阿妮塔·德赛的英语文学。从这个角度看，本文集仍然带有浓厚的比较研究色彩。

N. B. 森（Nabaneeta Dev Sen）在 1985 年出版的个人论文集《交汇点：比较文学论文集》除了序言和一篇关于比较印度文学理论探讨的论文“今日之印度文学概念是否比较文学的别名”外，均为东西方文学比较的论文。其篇目依次为：“泰戈尔的‘国外化身’”、“西方的泰戈尔评论：神秘主义的乌云”、“良心与异化：阿尔伯特·加缪和马尼克·般迪约帕迪亚对局外人医生的描写”、“东西方史诗的主题结构”等。

前述阿米亚·德维和 S. K. 达斯主编并于 1989 年出版的《比较文学：理论与实践》也收录了部分探讨东西方文学关系的论文，其中，有的论文还从理论上探讨了东西方文学比较研究的问题。

G. S. 阿穆尔等主编的《英联邦文学中的殖民意识》和《比较文学与比较语言学论文集》集中了很多印度学者的比较文学论文。其中，在 1983 年一次学术研讨会提交论文基础上编撰而成的《比较文学与比较语言学论文集》分为三编，分别探讨比较文学理论和比较诗学问题、跨文化的翻译问题和东西方文学文本的具体比较。[1] 该文集不仅比较研究亚里士多德和婆罗多的模仿论，还探讨印度对西方的文学接受问题；不仅探讨跨文化翻译中的几个主要话题，还就莎剧的马拉提语译本、马拉提语的荒诞剧、美国黑人小说与印度达利特小说的异同等问题进行了探讨。

另外，G. 森主编的《感知印度：洞察与探询》[2] 和美国学者 P. C. 霍根与印度学者 L. 潘迪塔合作主编的《文学中的印度：关于美学、殖民主义和文化的比较研究》[3] 中，载有一些印度学者探讨东西文学关系的论文。除了这些著作之外，还有很多英文期刊杂志如《贾达瓦普尔比较文学学报》等不时刊载关于印度与西方文学比较研究的论文。近年来，印度学者关于东西方文学关系的研究著作日渐增多，对于印度与中国等东方文学关系的研究也开始得到某种程度的重视。它们与上述著作一道，构成了印度学者研究东西方文学关系的主体。

可以预料的是，随着全球化时代的到来，尽管比较文学研究在西方有衰落之象，印度和中国一样，必将在比较文学研究领域、尤其是在东西方文学关系研究方面大有作为，因为，这些国家处在古代、近代、现代乃至当代东西方文明碰撞和交流的最前沿。近水楼台先得月，印度比较文学研究也将在新的世纪里掀开新的一页，其中，最绚丽的地方当属印度学者的东西方文学关系研究。

---

① G. S. Amur, ed., *Essays on Comparative Literature and Linguistics*, Delhi: Sterling Publishers, 1984.

② Geeti Sen, ed., *Perceiving India: Insight and Inquiry*, Delhi: India International Centre, 1993.

③ P. C. Hogan & Lalita Pandit, eds., *Literary India: Comparative Studies in Aesthetics, Colonialism, and Culture*, Delhi: Rawat Publications, 1997.

第四节　比较诗学研究的繁荣和成熟

印度独立到20世纪70年代末，比较诗学研究日益受到学者们的重视，并有了稳步的发展。学者们的比较视野进一步拓展，研究成果进一步增多。在此基础上，80年代以来的三十年时间里，印度学者出版了一些新的比较诗学（包含比较戏剧学和比较美学）著作，繁荣了新时期的印度比较文学研究。这些著作包括：S. 达雅古德的《西方与印度诗学比较研究》（1981）、M. S. 库斯瓦哈主编的《印度诗学与西方理论》（1988）、A. 乔达里的《东西比较美学》（1991）、B. 古普塔的《希腊印度的戏剧观：〈诗学〉和〈舞论〉研究》（1994）、R. 穆克吉的《全球美学与印度诗学》（1998）、M. S. 库斯瓦哈主编的《印度和西方的戏剧理论与实践》（2000）和C. 拉京德拉的《比较诗学研究》（2001）等。此外，还有一些比较诗学研究论文散见于其他著作、期刊杂志上。印度学者的研究进入一个十分成熟的阶段，其标志之一是长期以来的东西方比较诗学研究催生了印度学界的民族文化自信心，使得他们将泰戈尔时代以来涓涓溪流般的梵语诗学批评（即以梵语诗学基本理论为工具进行东西方文学批评阐释）汇聚成“风景这边独好”的大河。简单地说，这种梵语诗学在东西方文学批评实践中的具体运用，就是梵语诗学的现代运用。本节拟分两个部分对此进行介绍，即先对20世纪80年代以来的一些代表性比较诗学著作进行简介，再就梵语诗学现代运用进行说明。

一 比较诗学代表作

与此前的研究著述类似，20 世纪 80 年代以来的比较诗学著作仍然包括梵语诗学与西方文学理论比较、梵语戏剧与西方戏剧理论比较以及印度传统美学与西方美学思想比较等三类。此处秉承前边的论述思路，将这三类比较研究统一视为广义的比较诗学研究。它们有的是个人研究著作，有的是多人论文汇编而成。此处主要对印度学者 80 年代以来出版的这三类比较诗学著作代表作进行简略说明。

1981 年，S. 达雅古德出版了《西方与印度诗学比较研究》一书。除序言外，该书分为五章，即“模仿还是幻象”、“作为普遍表达的艺术”、“诗歌想象”、“艺术的用途和效果”和“隐喻研究”。达雅古德信手拈来地引用印度梵语诗学和西方文学理论，对东西方共同的文学主题如模仿、想象、隐喻和艺术功用等进行比较分析，得出的结论比较有说服力。在他看来，不管是模仿论还是诗歌想象论、隐喻论，印度和西方都存在一些相似，但也存在很多差异。如他认为，崇高的概念在梵语诗学中缺席，而味论为印度独有。西方重视文学的社会功能，印度人的世界观决定梵语诗学偏重于文学的美学效益。他注意从印度和西方的宗教和哲学思想出发，挖掘这种诗学差异的潜因。如他对双方艺术表演理论的辨析是这样的：“亚里士多德的模仿论建立在他的认识论基础之上，而婆罗多的模仿概念扎根于原质三德论所体现的数论和吠檀多原理。”[①] 达雅古德不仅辨析双方诗学观的异同，还认为，这种差异可以作为互补的手段。例如，他说：“总之，可以说，作为普遍表达的方式，印度艺术理论中的‘戏剧法’（natyadharmi）和‘超凡’（alaukikatva）概念的确可以补充西方普遍表达的艺术理论，解释艺术作品如何成为象征。这在解释艺术本体论时可以提供有价值的帮助。”[②] 应该承认，这种思想符合东西方艺术理论的发展规律。当然，作者的意图也旨在显示梵语诗学在世界诗学体系中的重要地位。

值得注意的是，该书序言提出一个重要的观点：梵语诗学集中体现了印度古代诗学即古代文学理论的精华。这也可以视为比较诗学研究的自然产物。达雅古德在书中认为：“……在此意义上，只有梵语诗学才有资格称为‘印度诗学’……除了流行印度各地以外，梵语诗学也是迄今为止印度对诗学的最重要贡献。梵语诗学代表未受外来理论影响的纯正印度文艺观，与此相应，印度现代语言中的文学理论大多是对梵语诗学或西方诗学的重塑改造。”[③] 无独有偶，前边提到的德里大学教授纳盖德纳也认为：“与西方文学批评相区别的印度文学批评，几乎可以说是梵语文学批评的同义词。”[④] 两位学者的观点充分说明了梵语诗学在印度诗学发展史上的重要地位。即使梵语诗学衰落之后，它给予印

---

① Suresh Dhayagude, *Western and Indian Poetics: A Comparative Study*, Pune: Bhandarkar Oriental Research Institute, 1981, p. 81.

② Suresh Dhayagude, *Western and Indian Poetics: A Comparative Study*, Pune: Bhandarkar Oriental Research Institute, 1981, p. 85.

③ Suresh Dhayagude, *Western and Indian Poetics: A Comparative Study*, "Preface", Pune: Bhandarkar Oriental Research Institute, 1981.

④ Nagendra. *Literary Criticism in India*, "Preface", Nauchandi and Meerut: Sarita Prakashan, 1976.

度各地方语言文学理论的发展也起着决定性的作用。与西方诗学交汇融合后的现代印度文学理论，也仍然脱离不了梵语诗学的巨大影响。因此，梵语诗学可以说是印度诗学话语体系的典型代表，正如中国古代文论代表的中国文论话语体系。达雅古德在序言中还认为，印度诗学没有发展一种西方浪漫主义时期的诗歌象征理论，而西方诗学也没有印度那种包罗万象的阐述美学体验的味论。他在序言中还把婆罗多称为“印度诗学之父。”

1988 年，拉克瑙大学英语系教授 M. S. 库斯瓦哈主编的《印度诗学与西方理论》出版。库斯瓦哈在前言中说道，这本书主要是在西方文论思想的观照下检视印度诗学的成就和价值。库斯瓦哈在序言中说：“该书既针对梵语学者，也针对英语学者。前者可以借机审视当下语境中传统文学理论的有效性，后者可以从他们向来忽略的丰富遗产中学到一些东西。”① 这标志印度学者已经前进到从总体上考察梵语诗学现代价值的地步。这是印度比较诗学发展道路上承前启后的一本著作。库斯瓦哈在序言中发问，为何没有诞生一个文学批评的印度学派？这表明印度学者的思考已经达到了一个新的阶段。他接下来写道：“本书只是朝向这方面迈出的一小步。在书中，我们一些重要的英语学者第一次从东方视角出发，集中讨论印度诗学方方面面的问题，这大致体现了我们所谓的现代思维。重点在于批判性考察而非简单的诠释阐述，话语体系延伸到印度思想家以外。尽管这不是严格的比较研究，但却常常涉及西方理论家和批评家的比较参照，旨在发现

① M. S. Kushwaha, ed., *Indian Poetics and Western Thought*, “Preface,” Lucknow: Argo Publishing House, 1988.

印度诗学在多大程度上可以和几乎淹没印度心智的西方文学理论相抗衡……本书主要属于探索性质，它并非深思熟虑之论。它主要想唤起我们的英语学者和语言学家关注这一未得深入探索的领域。只有他们而非东方学家才能肩负起传播的重任，因为，只有他们才能以自己的术语展示印度诗学，使其为西方学者所理解。他们可以担当东方与西方之间的桥梁，一般来说，他们的努力将为一种世界文学批评史（a global history of literary criticism）铺平道路，在其中，印度诗学占有突出的位置。"①

库斯瓦哈主编的该书基本上由印度各地大学的英语系教授或学者撰稿。该书正文分为三个部分。第一部分是一般性比较，包括梵语诗学和西方古代、现代文论如阐释学、新批评等的比较研究。第二部分是专题性研究，以味论、普遍化原理、韵论、庄严论、诗德和风格论、曲语论、合适论等为基点，进行跨文化诗学比较。最后一部分的两篇文章是以梵语诗学为标准，对西方文学进行试验性批评。该书具体篇目是，第一部分：（1）印度诗学与西方美学的思考（K. R. S. 因加尔），（2）印度诗学与西方文学批评理论的比较研究（K. A. 潘尼迦），（3）印度诗学与现代阐释学，（4）印度诗学与新批评的立场研究，（5）婆罗多和西方戏剧观。第二部分：（1）味论、韵论与当代文学理论和文学批评（克里希纳·拉扬），（2）作为一般诗歌理论的味论（V. K. 查利），（3）T. S. 艾略特和味论（A. C. 舒克拉），（4）风格、诗德与西方的风格观（V. K. 戈卡克），（5）曲语和诗歌

① M. S. Kushwaha, ed., *Indian Poetics and Western Thought*, "Preface," Lucknow: Argo Publishing House, 1988.

语言（R. S. 帕塔卡），(6) 曲语和诗歌曲折化的方式，(7) 庄严论和隐喻论（卡皮尔·卡布尔），(8) 印度普遍化原理和西方美学理论，(9) 合适论（M. S. 库斯瓦哈）。第三部分：(1) 印度诗学和西方文学，(2) 以印度诗学解读《哈姆雷特》。从篇目来看，该书的比较研究涉及了梵语诗学所有主要理论，是对梵语诗学一次全面的检阅。该书很多撰稿者皆为著名的印度文学理论研究专家（如上述括号注明者），这也保证了此书的学术质量。该书和前面提到的达雅古德的著作一样，仍然采取异同比较法。例如，V. Y. 康塔卡在论及婆罗多和西方戏剧理论的差异时认为，就戏剧模仿而言，婆罗多强调戏剧模仿什么，而亚里士多德强调对行动的模仿，旨在追问戏剧的模仿技巧，即戏剧如何模仿。“如果说亚氏的模仿论旨在表现人的行动，《舞论》则旨在情味的唤起（rasotpatti）。”[①] 关于印度有无西方意义上的悲剧，K. A. 潘尼迦从印度与西方的宗教和哲学世界观出发进行了深入说明。他在文章的最后写道：“西方似乎太过关注经验主义或‘实际知识’（pratyaksajnanam，或译‘现量智慧’），这可能导致文学形式的发展没有止境。在印度，之所以盛行往世书之类的无限文学结构，是因为印度人的知识在很大程度上来自于推理（anumana，或译‘比量’、‘推论’）和直觉。因此，西方现实主义的发展可以在其信念的基础上得到解释，他们把感官感受到的一切视为真实。文学是‘生活的反映’的理论也就是来自这一信念。对待现实真理的根本的人道主义方法将人本身看作目的，视

---

① M. S. Kushwaha, ed., *Indian Poetics and Western Thought*, Lucknow: Argo Publishing House, 1988, p. 72.

为根本的价值，这就形成一种以时钟为衡量尺度的时间观。每一个人都是自足的实体，因而，死亡就是终结。这种观念潜藏在西方悲剧的后面。印度戏剧中既没有西方意义的喜剧，也没有西方意义的悲剧，因为，死亡被人视为通向另一种生命存在的道路。升天（svargarohana）或解脱（moksa）就是连被杀的恶魔都会发生的事情。将时间看作无限的连续，这与善良邪恶都是生命轮回过程的必要环节的观念相关。它们大抵就像氧气和二氧化碳的关系。在一系列连续的变化中，一个事物来自于另一事物，然后再回归其中。当每次出生都视为转世再生时，死亡也就无所畏惧，除非是演员在中间状态的舞台上模拟表演短暂的恐惧或死亡，但这也只是突出了恐惧或死亡本质上的昙花一现罢了。”①还有一位学者认为，印度古代在三大领域即诗学、语法和哲学领域取得了傲视成就，西方学界欣赏并研究印度古代宗教、哲学、艺术与文学甚至语法，但却相对冷落梵语诗学。该学者认为，这主要是因为，梵语诗学著作以简练而晦涩的风格写成，充满语言技巧，那些琐碎的细节、神秘的糟粕、古怪的术语和抽象的讨论，对任何一个没有准备的读者来说都是一个难以逾越的障碍。但如果全力以赴地对梵语诗学著作进行仔细观察、研究和思考，会揭示印度人在文学理论上表现出的博大精深的思想智慧，发现它比西方修辞学更为深奥，它已经上升到一种美学和语言哲学的高度。“印度发展起来的诗学充满逻辑、哲学、语法、认识论和

① M. S. Kushwaha, ed., *Indian Poetics and Western Thought*, Lucknow: Argo Publishing House, 1988, pp. 21—22.

玄学的问题。对它的系统研究最可能拓展新的知识视野。”[①]

1988年，R. S. 帕塔卡同时出版两部比较诗学著作，即《曲语和风格的概念》(*Vakrokti and Stylistic Concepts*)和《印度和西方诗学中的曲折诗歌》(*Oblique Poetry in Indian and Western Poetics*)，[②] 对印度和西方关于诗歌语言的艺术性曲折表达进行比较分析，并涉及恭多迦曲语论与西方诗学相关理论的比较阐述，这是一种微观性比较诗学研究。这种比较研究颇见功力，在崇尚宏观比较研究的印度比较诗学界特色突出。

进入20世纪90年代以来，印度比较诗学在此前基础上继续发展，并取得不少成果。例如，1991年，A. 乔达里出版《东西比较美学》。[③] 该书虽然题为比较美学之作，但实为比较诗学力作。该书分为六章，分别论述文学想象的本质、艺术模仿和艺术起源、味与西方的美、诗歌的目的与功能、语言暗示性和语言风格论以及东西方戏剧理论等等。乔达里在引言中说，他将本书局限于讨论印度和西方思想的相似点，但也论述印度美学独具的三大特点，即悲剧理论的缺失、文学功能的人生四目的说和味论。该著和钱锺书的《管锥编》一样，古今东西，上下千古，文学、宗教、语言、哲学与诗学理论全面打通，这使梵语诗学在世界诗学的坐标图上得以确定其横坐标和纵坐标的大致位置。遗憾的是，这部高水平的比较诗学著作至今没有译为中文，国内学界

---

① M. S. Kushwaha, ed., *Indian Poetics and Western Thought*, Lucknow: Argo Publishing House, 1988, p. 162.

② R. S. Pathak, *Vakrokti and Stylistic Concepts*, Delhi: Bahri Publications, 1988. R. S. Pathak, *Oblique Poetry in Indian and Western Poetics*, Delhi: Bahri Publications, 1988.

③ Angraj Chaudhary, *Comparative Aesthetics: East and West*, Delhi: Eastern Book Linkers, 1991.

难以了解其大概。

1998年，印度学界推出了两部比较诗学著作。一部是宏观比较，即R. 穆克吉的《全球美学与印度诗学》。另外一部是微观研究，即H. P. 潘迪的《提利雅得和恭多迦的风格论比较研究》。R. 穆克吉是老资格的梵语诗学研究者，早在1966年和1972年就先后出版了两部研究著作。这本比较诗学著作汇集了他毕生的研究功力。该书分五章，标题分别是：（1）希腊和印度的诗歌功用，（2）郎加纳斯和欢增论崇高，（3）英语文学批评理论和梵语诗学，（4）艺术象征和韵，（5）诗歌意象的突出特征。该书参考了很多此前出版的梵语诗学和比较诗学著作。作者的论述涉及婆罗多、婆摩诃、欢增、波阇、恭多迦、摩希摩跋吒、亚里士多德、郎加纳斯、雪莱、马拉美、瓦雷里、莱克·汉特等东西方诗学家。R. 穆克吉在挥洒论述中渗透着强烈的比较意识，旨在肯定梵语诗学的独特价值，例如，他认同查塔尼亚在1965年出版的比较诗学著作中论述的观点，即象征主义诗学观似乎只是欢增韵论的注脚而已。① 他还在序言中说："事实上，西方批评理论家们的观点仿佛只是《韵光》和《曲语生命论》之类不朽之作的注脚而已。"②

H. P. 潘迪从微观角度进入恭多迦曲语论和西方文论家提利雅得的诗学思想比较，从而在西方现代诗学参照中揭示了梵语诗学曲语论的独特价值。潘迪认为，由于提利雅德对梵语诗学有

---

① Ramaranjan Mukherji, *Global Aesthetics and Indian Poetics*, Delhi: Rashtriya Sanskrit Sansthan, 1998, p. 181.

② Ramaranjan Mukherji, *Global Aesthetics and Indian Poetics*, "Preface," Delhi: Rashtriya Sanskrit Sansthan, 1998.

过一些基本了解，他的曲折诗理论体系和梵语诗学曲语论存在诸多相似的地方。例如，他的直白诗和曲折诗之分和檀丁的自性、曲语之分相似。曲语论的形式分析在提利雅德那里也有近似的体现，但是论述的具体内容却有很大不同。提利雅德在论述曲折性时，将它分成感知性曲折、极其普遍性曲折和原创性曲折三种。相反，恭多迦将曲语分为因素、词干、词缀、句子、章节和作品等六种曲语。提利雅德主要是从作者因素区分曲折性，而恭多迦则从语言和作品结构因素来区分。关于达成曲折的方式手段，提利雅德论述了韵律、象征、语境、情节和个性化等五种基本原理。他认为，还存在许多其他曲折表述方式。在恭多迦那里，达到曲语效果的手段更加丰富多彩，其中，词干、词缀曲折等是提利雅德没有涉猎的。虽然两人都论述到情节或章节曲折，但是恭多迦的论述似乎更加精深细致。另外，他们还有一个最大的差别："提利雅德是西方人，他一点不理解味（rasa）的概念。味存在于印度、尤其是原始梵语诗歌中。他对味的精深微妙所知甚少。"① 相反，在恭多迦的曲语论中可以发现对审美情味的推崇。综上所述，恭多迦和提利雅德的曲语论或曲折诗论存在很多相似，也有明显的不同之处。

1994 年，印度南方卡利库特大学梵语系以研究摩希摩跋托的《韵辨》而著称的 C. 拉京德拉教授出版了《梵语诗学的跨文化研究》。该书主要是对梵语诗学和西方诗学基本原理进行跨文化比较研究。作者的创新之处在于，他强调将梵语诗学置于当代

① Hari Prasad Pandey, *Tilliyard and Kuntaka: A Comparative Stylistic Study*, Delhi: Bharatiya Kala Prakashan, 1998, p. 58.

西方语境中进行考察，以彰显其现代价值。拉京德拉感叹道："恭多迦对句子曲语的分析与结构主义、后结构主义的'话语分析'（discourse analysis）相比较，将会极有意思，但是，这一研究还未进入当代研究的视野。"[①]该书的基本内容为2001年拉京德拉出版的《比较诗学研究》一书所继承。除序言外，《比较诗学研究》一书主体分为十二章，分别论述诗歌本质和形式、诗歌创作原理、诗歌曲折表达方式、风格论、文学体验、韵（暗示或象征手法）的艺术等，作者还别出心裁地在后结构主义即解构主义和后现代文化语境中考察包括韵论在内的梵语诗学的价值。例如，第十一和十二章的标题分别是"后结构主义语境中的梵语诗学"和"韵论、文本和语境：后现代主义问题"。这是比较诗学的新维度，也是当前印度比较诗学研究者所倾心的一个视角。这体现了处于西方诗学强势话语包围中的一些印度学者开始"突围"，自觉地为梵语诗学进行当代学术意义上的文化定位。作者在第十一章中写道："随着结构主义的出现及其此后的兴盛，以及被称为后结构主义的运动逐渐兴起，西方文学理论正在经历引人注目的转变……在跨文化研究中出现了新的挑战，特别是考虑到，在一代又一代人想当然地提出基本批评主张时，文学领域的质疑心态正在不断增强。梵语诗学在解决这些问题时可能会大有裨益，即使它的许多思想在不断的质疑面前也会显得脆弱无力。"[②]他认为，结构主义最初是反对过分关注文学史和传记批评等外在特

① C. Rajendra, *A Transcultural Approach to Sanskrit Poetics*, Calicut: University of Calicut, 1994, p. 42.

② C. Rajendran, *Studies in Comparative Poetics*, Delhi: New Bharatiya Book Corporation, 2001, p. 127.

征的文学理论，试图回归文本，发现文学的内在结构。在特定的话语体系框架内，作者与读者间含蓄的契约关系使得句子产生了不同的意义。写作的特定风格就是“书写”（ecriture），一种特定的“书写”习惯决定了诗歌或戏剧的阅读。拉京德拉接着写道：“尽管期待在梵语诗学中发现结构主义理论的所有洞见不太合理，但大体上存在这样的事实，梵语诗学的研究旨趣是结构主义的。有趣的是，现代结构主义激发了对于古典修辞学和文类学批评的兴趣，到目前为止，这些东西大体被忽略了。与古典修辞学一样，梵语诗学在研究具体修辞手法如明喻和隐喻等的结构方面贡献卓著。文类批评在梵语诗学中也很热门……关于文学作品情节的分析，对于拐走少女、夫妻分离、战争和国王得势等不断出现的主题的确认，可在檀丁和婆摩诃等作者的著作中发现，这很容易使人想到现代批评家在神话批评和民间传说研究中采用的结构主义分析模式。”①

作者还认为，梵语诗学的旨趣是结构主义，但与罗兰·巴特等人的思想大相径庭，并优于后者。这是因为：“结构主义另外一个方法的局限在于它声称文学批评可以成为一门科学（science）。”② 作者还对德里达解构主义思想与梵语诗学、佛教思想的异同进行了深入分析。对于德里达解构主义思想与欢增韵论为代表的梵语诗学的异同，拉京德拉论述道：“然而，在文学理论方面，即使大略相当于解构主义的思想都很难在印度诗学中找

① C. Rajendran, *Studies in Comparative Poetics*, Delhi: New Bharatiya Book Corporation, 2001, p. 129.

② C. Rajendran, *Studies in Comparative Poetics*, Delhi: New Bharatiya Book Corporation, 2001, p. 130.

到，印度诗学一直是结构主义倾向。然而，欢增早于德里达提出，无限的韵的含义要高于语言所表达的字面意义，尽管承认明确的字面意义本身与解构主义方法相对立。欢增指出语言具有韵的功能，这和德里达的'踪迹'观惊人地相似……不过，韵论确认作者意图为文本阐释的关键，证据在于，欢增试图发现《罗摩衍那》和《摩诃婆罗多》等史诗的终极意义。然而，解构主义者并不集中探索作者的创作意图。事实上，解构主义相信，对于一个封闭而统一的文本的置换取代，可以作为实现无限意义链（endless chain of signification）的一种方式。"[①] 在另一处，拉京德拉继续论述道："韵论和后结构主义主要的思想差异是，前者承认现存文本具有明确而固定的字面意义，后者则否认这一点。韵论认为，聪明的读者利用富于想象的探索可以实现文本的理解，而解构主义者喜欢将阅读视为从一种能指向另一种能指无限滑动的过程，文本终极意义的认识被无限地阻塞。"[②]

关于德里达解构主义思想与佛教思想的比较，拉京德拉指出："德里达坚持认为，完全理解意义是一种幻想。所有的语言交流都以彻底的不确定性为特征。语言不可能积极地传达真理……语言并不指称明确有效的事物，而试图造成一个事物到另一个事物间的差异。德里达的语言理论非常自然地提醒印度读者想起佛教的'遮诠论'（Apoha）原理。'遮诠论'认为，语言并不确认什么，只是从一个所指滑向另一个所指的事物。这种思想立

---

① C. Rajendran, *Studies in Comparative Poetics*, Delhi: New Bharatiya Book Corporation, 2001, p. 133.

② C. Rajendran, *Studies in Comparative Poetics*, Delhi: New Bharatiya Book Corporation, 2001, p. 140.

场的涵义意味深长。"[①] 拉京德拉还说："语言是一种否定性的延异体系，不是一种积极的指称……这种后结构主义思想，是德里达从索绪尔语言学理论发展而来，它和佛教的遮诠论（Apoha vada）惊人地相似，排除了普通语言或文学语言存在固定字面意义的可能。"[②]和庄子认为"道不可言"相似的是，印度大乘佛教也强调语言不能表达佛法，因此只能采取否定式即遮诠式表述。德里达的诗学观在某种程度上的确接近了东方式否定思维的路径。为了表达言虽不能言、但却非言无以传的悖论困境，德里达建议仿照海德格尔给存在一词加上删除号的方式，即用"在删除号下写作"的办法来解决难题。在拉京德拉看来，德里达的折中立场和韵论派的文本阅读观有些相似，因为后者也认可具体句子的复义性，但它没有达到解构主义如此偏激的地步。因为："实际上，韵论寻求的是文本后面的'真正的暗含义。'"[③] 韵论派虽然也主张"遮诠"似地排除表示义和转示义，但它并不否认近似于终极意义的暗含义的存在。这和德里达思想形成对照。

韵论派将阅读视为知音读者以想象力认识作者原始意图的尝试，而解构主义的接受美学观将阅读视为从一个能指滑向另一个能指的不间断过程，取消了作者的地位，在此，文本的终极意义不能得到明确的认识。据此，拉京德拉对解构主义代表人物之一希利斯·米勒等人的观点不置可否。他说："后结构主义的观点

① C. Rajendran, *Studies in Comparative Poetics*, Delhi: New Bharatiya Book Corporation, 2001, p. 131.

② C. Rajendran, *Studies in Comparative Poetics*, Delhi: New Bharatiya Book Corporation, 2001, p. 140.

③ C. Rajendran, *Studies in Comparative Poetics*, Delhi: New Bharatiya Book Corporation, 2001, p. 142.

否定了诸如作者原创性之类的崇高思想。因为，文本被视为与互文性语境有联系，是心声和踪迹的网络。这种多重复杂网络使得文本的在场（presence）得以感知。不论是《摩诃婆罗多》还是《云使》，没有哪个文本可以视为虚幻的书写，而只是当作材料编织而成的网络，它可与此前的文学相联系。”[①] 拉京德拉以欢增的韵论为武器，摧毁了否定文本意义不可感知的解构主义的接受美学观。他说：“欢增将文学作品的互文性视为文学中不可避免的现象，并在《对话篇》中全面论述了这个问题。然而，即使承认一部文学作品可能和另一部作品存在一些表面相似，欢增仍然强调作者原创性的必要。废除作者和文本之类约定俗成的概念以及文学品级的观念，在批评实践中不可能行得通。从终极意义的角度看，这些概念或观念的重现几乎类似吠檀多不二论中的世俗世界……当然，要草率地将一切人类传统遗产视为无意义的东西而摒弃是很容易的，但是，要在这方面坚持绝对的独断也大体是同样困难的。在如此复杂的情况下，韵论正好派上用场，因为，它认可文本的某种确定性及其意义，即使文本的涵义经历了显著的变化。”[②] 综上所述，毋庸置疑，拉京德拉的比较诗学研究代表了当前印度学术界的一个新动向。

世纪之交，印度学界推出了两部比较戏剧学研究著作。1994年，B. 古普塔的《希腊印度的戏剧观：〈诗学〉和〈舞论〉研

① C. Rajendran, *Studies in Comparative Poetics*, Delhi: New Bharatiya Book Corporation, 2001, p. 142.

② C. Rajendran, *Studies in Comparative Poetics*, Delhi: New Bharatiya Book Corporation, 2001, p. 143.

究》一书出版。[①] 该书除序言外，分为三个部分，第一部分四章的标题分别是："引言"、"《舞论》的日期"、"希腊和印度戏剧中的印欧信仰"、"作为节日仪式的戏剧"。第二部分七章的标题分别是："再论亚里士多德和婆罗多的基本观念"、"模仿论"、"模仿的手段"、"希腊和印度的戏剧空间比较"、"视觉内容"、"听觉内容"、"戏剧类型和戏剧结构"。第三部分一章："情感变化和情味的产生"。继 1977 年 R. L. 辛格尔出版《亚里士多德与婆罗多的戏剧理论比较研究》一书十七年后，古普塔延续了对于亚里士多德和婆罗多两位东西方戏剧理论巨匠的探索热情。从全文结构和论述内容来看，两本书存在不少论述雷同之处，当然也有很多不一致的地方。例如，两书都论述到味论和"净化"说的差异、戏剧模仿、戏剧语言、情节、角色和戏剧音乐舞台背景等戏剧诸元素。但是两人的观点并不完全相似。从古普塔的书尾参考文献目录缺乏《亚里士多德与婆罗多的戏剧理论比较研究》一书可以推断，不知是有意还是无意，他没有参考辛格尔在 1977 年出版的博士论文。

2000 年，由库斯瓦哈主编的《印度和西方的戏剧理论与实践》出版。[②] 世纪之交诞生的这本论文集具有很高的学术价值，其中有多位著名学者撰写的论文。全书除序言外，一共收录了十三位印度和德国学者的论文。论文的主题包括婆罗多和亚里士多德戏剧理论比较、印度与西方戏剧风格比较、对梵语经典戏剧

---

① Bharat Gupt, *Dramatic Concepts Greek & Indian: A Study of the Poetics and the Nañya ÷astra*, Delhi: D. K. Print World, 1994.

② M. S. Kushwaha, ed., *Dramatic Theory and Practice Indian and Western*, Delhi: Creative Books, 2000.

《沙恭达罗》的重新建构或解构、关于模仿论的新思考、梵语戏剧学视野中的莎士比亚戏剧解读、布莱希特戏剧理论视野中的印度古典戏剧解读等等。这说明，经过几十年的比较戏剧学研究，一些印度学者自觉地向东西方戏剧理论的双向阐释靠拢。这和比较文学中国学派所倡导的跨文明对话有着惊人的异曲同工之妙。这说明，比较戏剧学研究已经发展到一个前所未有的新阶段，而这又与比较诗学研究的新发展密切相关。

在上述比较诗学和比较戏剧学著作外，也有一些从宗教、哲学或语言学角度探讨诗学问题的跨学科研究著作。这将在后面予以介绍。

除了上述著作外，还有部分著作涉及比较诗学研究。例如，1984 年，R. S. 提瓦利出版带有启蒙导论性质的《印度古典诗学研究》。该书是作者在拉克瑙关于梵语诗学的系列讲座基础上修订而成。该书按照味论、韵论、庄严论、风格论、合适论、庄严论和戏剧理论等项逐一介绍，而它的特色在于每一章的末尾，都有关于西方文学理论和梵语诗学的比较论述。

1985 年，宝刀不老的 K. 克里希纳穆尔提出版《印度文学理论重估》一书。该书主体两部分，第一部分大标题为“印度与西方理论比较”。作者延续了 1968 年出版的博士论文的比较意识，不仅比较了印西诗学基本原理，还将梵语诗学的当代命运进行考量，并以梵语诗学为依据对英语诗歌进行阐释。

T. G. 麦因卡于 1985 第三次出版的博士论文《梵语戏剧理论和剧作法》共分四章，其中最后一章专门论述西方戏剧理论存在的与婆罗多戏剧关节论相似的地方。这一章的标题为“《舞论》的戏剧理论和西方戏剧理论的相似处”。作者将婆罗多的戏剧论与莎士比亚等多位西方戏剧论者的观点进行印证比较。[①]

20 世纪 80 年代还有一部系列著作需要提一下，这便是帕德玛·苏蒂于 1983、1988 和 1993 年分三次出版的三卷本《印度美学原理》。1988 年出版的该书第二卷已被译为中文。苏蒂的三卷《印度美学原理》论述的范围非常广泛，远远超出了梵语诗学的范畴，属于名副其实的印度美学著作。难能可贵的是，苏蒂在书中多处进行印度与西方美学思想的比较分析，[②] 这使该书增添了一丝比较诗学的色彩。

1990 年，V. K 查利出版《梵语文学批评》。该书包括引言和九个主题，如"味：诗歌与情感"、"情感的本质"、"情感的逻辑"、"意义的模式：隐喻"、"韵"、"风格和意义"等。该书的学术品位很高，到处渗透自觉的比较意识，颇具比较诗学研究的力度和气势。查利比较的对象涉及梵语诗学家婆罗多、欢增、新护等人与卡西尔、苏珊·朗格、维特根斯坦、刘若愚等西方文论家。该书作者对梵语诗学和西方文论都非常熟悉，因此，其比较分析往往能切中肯綮，给人颇多新意和启迪。这又对西方英语世界的学者了解梵语诗学精髓带来了契机。

世纪之交，另外一些印度学者虽然没有打出比较诗学研究的旗号，但是，他们在著作中仍然体现了一种难能可贵的比较诗学意识。这使印度比较诗学的发展有了广泛的群众基础。这方面的例子很多。例如，1993 年，S. 潘迪等主编的《古代印度诗学概

---

① T. G. Mainkar, *Sanskrit Theory of Drama and Dramaturgy*, Delhi: Ajanta Publications, 1985, pp. 177—187.

② Padma Sudhi, *Aesthetic Theories of India*, *Vol*. 1, Poona: Bhandarkar Oriental Research Institute, 1983, pp. 17—35, pp. 46—48; Padma Sudhi, *Aesthetic Theories of India*, *Vol*. 3, Delhi: Intellectual Publishing House, 1993, pp. 26—32.

览》一书出版。此书刊载了一些学者的比较诗学论文。P. C. 穆拉里马达万先后于2000年和2002年主编并出版《印度文化面面观》和《印度阐释学理论》二书。在前一本书中，一些学者探讨了索绪尔语言学理论对印度语言学理论的继承关系，还有的学者探讨德里达解构主义思想和印度佛教“遮诠法”思想的相似。《印度阐释学理论》除引言外，包括46篇论文，如《印度对语言学的影响》、《语法学和文学理论》、《印度文学批评理论》、《“生命吠陀”科学中的阐释哲学》、《印度阐释学理论的发展》、《古代印度阐释学面面观》、《阐释学基本大纲》、《阐释学与传播原理》、《阐释学战略文化》、《阐释学理论》、《往世书中的生态学思想》、《吠陀中的生态学原理》、《阐释学与印度诗学》、《吠陀阐释的历史性》、《阐释学与阐释的韵论》、《正理论和胜论的句义》、《再生的理论和罗摩传奇》、《韵论者论作者意图》、《阐释伐致呵利的不同观点》、《作者意图和阐释学》、《新正理论的阐释论》、《吠檀多不二论对大诗的阐释》，等等。在《印度阐释学理论》一书中，学者们一如既往地探讨印度和西方诗学、美学和语言学理论的比较，其中，阐释学和欢增韵论的比较是一个新的维度。可以说，P. C. 穆拉里马达万和拉京德拉等人的努力标示着印度比较诗学今天和明天的方向。

通观独立以来印度比较诗学研究成果，似乎可以得出这样的结论：达雅古德的《西方与印度诗学比较研究》、M. S. 库斯瓦哈主编的《印度诗学与西方理论》、V. K. 查利的《梵语文学批评》、A. 乔达里的《东西比较美学》、R. 穆克吉的《全球美学与印度诗学》、C. 拉京德拉的《比较诗学研究》和1965年查塔尼亚出版的《梵语诗学批评及比较研究》等几部著作是印度学界比较诗学研究的代表作。它们和B. 古普塔的《希腊印度的戏剧观:〈诗学〉和〈舞论〉研究》、R. L. 辛格尔的《亚里士多德与婆罗多的戏剧理论比较研究》等一起，构成了印度比较诗学(比较戏剧学)研究“金字塔”的塔尖。

至此，我们对20世纪80年代以来的印度比较诗学探索做了一番简略的回顾。可以发现，随着时间推移，印度比较诗学研究越来越得到重视，成果也越来越丰富。很多学者尝试将现代和当代的西方诗学思想拿来与梵语诗学进行比较，以验证梵语诗学的现代运用价值，并拷问西方当代诗学的命运和前途。这是印度比较诗学的新动向。目前，它已发展到梵语诗学在当代文化语境中进行批评运用的新阶段。印度的比较诗学研究分微观和宏观两个方面，但总体上看，进行宏观比较的多于微观比较者。和一些中国学者一样，很多印度学者限于语言解读能力、更由于根深蒂固的西方中心主义思想作祟，一门心思只在梵语诗学和西方诗学之间进行比较，根本没有想到或没有能力进行梵语诗学和中国古代文论、或进行梵语诗学和阿拉伯文论的比较研究，而这样的比较才是比较诗学作为总体文学的根本宗旨。目前要在印度学界改变这一局面，绝非易事。此外，还有一个非常值得注意的现象。和梵语诗学译介研究一样，梵语诗学和西方诗学比较研究到了二十世纪后期，国际化趋势越来越明显，这就是中国学者的加入。这自然极大地丰富了梵语诗学和西方诗学比较研究的国际阵营，促进了这一比较的健康发展，同时也为改变单纯的印西诗学比较或单纯的中西诗学比较带来了新的契机。因为，中国学者的加入，本身就是另外一种文化视角的考察。这自然影响到比较诗学的研究方法和内容。还有，中国学者如黄宝生、郁龙余等人的中印诗学比较也特别值得关注。

二　梵语诗学的现代运用

印度学者认为，梵语诗学“应该成为世界文化遗产的一部分”。[①] 在印西美学与诗学的深层比较中，印度学者建立了一种文化自信，即古典梵语诗学与西方现代文论一样，皆具现代运用价值，二者可以互补，前者可以解决后者力所不逮的问题。一百年来，以泰戈尔等人为起点和代表，印度学者利用古典梵语诗学理论如味论、韵论、庄严论、曲语论、合适论等分析评价东西方文学已经蔚然成风。可以将泰戈尔以来的这种梵语诗学现代运用命名为“梵语批评”或曰“梵语诗学批评”。[②] 梵语诗学批评目前在印度国内是一个热门话题，但同时也是一个备受争议且引起国际学术界关注的命题。如《逆写帝国》的几位西方作者早在20世纪末就对这一现象进行追踪：“印度学者和批评家曾经纠缠于这样的争论中：传统的东西在多大程度上适合于印度文学的现代批评。”换句话说，梵语诗学味论、韵论、庄严论等在评价印度文学或西方文学时是否比“进口”的西方理论更加合适。《逆写帝国》的几位作者判断说：“至少在一定程度上，这种争论是关于解殖的争论。”[③] 按照比较文学中国学派理论鼓吹者的说法，

---

① C. D. Narasimhaiah, ed., *East West Poetics at Work*, Delhi: Sahitya Akademi, 1994, p. 36

② 参阅尹锡南：《梵语诗学的现代运用》，《外国文学研究》，2007年第6期。

③ Bill Ashcroft, Gareth Griffiths, & Helen Tiffin, *The Empire Writes Back: Theory and Practice in Post-colonial Literature*, London and New York: Routledge, 1989, p. 117.

以东方文学理论阐释西方文学属于双向阐释的一种，当然也属于比较诗学研究的范畴或延伸，因此，此处便对梵语诗学在印度当代语境中的批评运用进行简要说明。

如果要从学理上追踪现代梵语诗学批评的源头，印度现代文学发展史上的两个著名人物即奥罗宾多·高士和泰戈尔不能忽略。他们的梵语诗学批评实践是一种不自觉的成功的“解殖”尝试。它预示着后殖民时代的印度学者将在这一既定道路上走得更远。

独立后一段时期，印度学者的梵语诗学批评乏善可陈。时间进入20世纪60年代后，情况有了变化。1965年，K. 查塔尼亚在印西诗学比较著作中利用味论和印度宗教文化精神阐释西方现代诗人保尔·瓦莱里和T. S. 艾略特的诗歌。[①] 1971年，维斯瓦纳塔在对殖民时期英国作家F. W. 贝恩（Francis William Bain，1863—1940）书写印度的小说进行评价时再次运用了泰戈尔式的味论点评法。维斯瓦纳塔称贝恩为“味宝库”（Rasakosa）。[②] 查塔尼亚和维斯瓦纳塔的味论阐释法，掀开了后殖民时期印度学者进行梵语诗学批评实践的序幕。次年，著名学者K. 拉扬出版《诗歌中的韵与直白》。他用新批评派和法国象征派的诗歌理论对T. S. 艾略特和华兹华斯等人的英语诗歌进行分析，不时又以欢增的韵论进行印证。他说：“我常常从梵语诗学里引进一些概念，但无一例外都是为了从另外一个角度讨论英语诗歌

① K. Chaitanya, *Sanskrit Poetics: A Critical and Comparative Study*. Delhi: Asian Publishing House, 1965, pp. 320—327.

② K. Viswanatham, *India in English Fiction*, Waltair: Andhra University Press, 1971, p. 134.

创作和批评观念。”① 这说明了拉扬欲以韵论对西方诗歌理论的功用作一补充的心理。

几乎与维斯瓦纳塔的味论点评同步，部分印度学者在进行一种自觉的学术反思，其中以迈索尔大学的 C. D. 纳拉辛哈教授和尼赫鲁大学英语教授 K. 卡布尔等人为典型。1965 年，在迈索尔大学讨论欧洲与印度文学批评传统的一次学术研讨会上，纳拉辛哈呼吁道：“过去几个世纪里，我们在印度一直可悲而焦急地追赶别人的历史。如果我们不能超越而只能赶上别人的过去，那么已经到了追赶我们自己历史的时候了。”② 纳拉辛哈所谓“追赶历史”实际上就是回归梵语诗学与文学传统。这是对泰戈尔的回应，也预示着印度学界将在某一个方向进行长期的探索和努力。1974 年，苏吉特·穆克吉在《贾达瓦普尔比较文学学报》上发表文章说，应该承认，西方文论与印度文学水土不合，不能用来评价印度文学。但悲哀的是：“尽管亚里士多德和朗吉努斯至今还在西方文学评论中有用武之地，我们印度却不能让我们的诗学遗产发挥任何作用。”穆克吉承认：“在一个西方占统治地位的世界里，很难完全忽略西方的标准。”但穆克吉坚信：“如果文学是特定文化的产物，它的价值最终要靠来自那一文化的标准来评价。”③ 这里，穆克吉分明已经将梵语诗学批评的缘由点了出来。2005 年 3 月，极力鼓吹梵语诗学批评的尼赫鲁大学英语教

① Krishna Rayan, *Suggestion and Statement in Poetry*, “Preface”, London: The Athlone Press, 1972.

② Naresh Guha, ed., *Jadavpur Journal of Comparative Literature*, Vol. 12, Calcutta, 1974, p. 140.

③ Sujit Mukherjee, “ ‘Kavyamimaüsa’ for Our Times: A Note on the Problems of Literary History in India”, in Naresh Guha, ed., *Jadavpur Journal of Comparative Literature*, Vol. 12, Calcutta, 1974, pp. 139—140.

授卡皮尔·卡布尔在接受笔者访谈时说过一番意味深长的话："印度受到西方影响已经多年，印度教育体制已被西方取代，印度传统思想文化不受重视。印度人在心智上已经成为西方的附庸。西方的成为理论，而印度的东西则变成论据。某种程度上可以说，印度已经停止思考，我们在思想观念上依赖于西方，失去了独立性。三十年前，我决定教授梵语诗学理论和哲学，提倡运用印度诗学理论来评价西方文学。我认为，印度的必须成为理论，让西方的成为论据。如果我们能够独立地运用自己的诗学理论发言，而不再一味借重西方话语，那我的初衷便实现了。"① 卡布尔为此身体力行。从 20 世纪 70 年代开始，他先后组织力量将一些梵语诗学名著如《诗探》和《味海》等翻译成英语，让英语系的学生首先进入梵语诗学的传统话语空间。他的这一工程至今还在进行中，并已扩大到梵语语言学、哲学经典范畴。

在卡布尔之后，一些学者不断加入梵语诗学批评的理论鼓吹和实践行列中。纳盖德拉 20 世纪 70 年代观察到，以往以西方文论评价东方文学的单向阐释正在让位于双向阐释："过去只是单向阐释，现今开始了双向阐释。我们用西方批评术语来阐释印度文学批评原理，同时也用印度诗学来解释西方文学理论。因此，一种普遍适用的文学批评法则正在形成。"② 他认为，之所以如此，是因为印度拥有历史悠久且能有效阐释文学基本问题的诗学传统，其次也是因为印度学者拥有熟练掌握印度和西方文学理论

① 尹锡南：《新世纪中印学者的跨文化对话：印度学者访谈录》，《跨文化对话》19 辑，南京：江苏人民出版社，2006 年，第 251 页。

② Nagendra, *Literary Criticism in India*. "Introduction," Nauchandi and Meerut: Sarita Prakashan, 1976, p. 36.

体系的独特优势。但是，如历史地看，印度学界的梵语诗学批评在进入20世纪80年代后更为典型且更见成效。1984年1月和1985年5月，在印度南部城市迈索尔的“韵光文学标准中心”(Literary Criterion Centre，Dhvanyaloka)分别举行了两次学术研讨会，主题分别是“建构共同的印度诗学”和“建构一种民族文学的观念”。这两次研讨会开始严肃地探讨运用韵论批评印度文学的问题。学者们的讨论结果是，梵语诗学的确可以“非常容易用来阐释和评价各种印度语言文学”。①

1988年，M. S. 库斯瓦哈编辑出版《印度诗学和西方理论》一书。他在序言中抨击印度评论界唯西方理论马首是瞻、甘愿充当西方理论注脚的现状。他引用别人的话问道，为什么印度“没有产生一个文学批评的印度学派”?② 他在书中收录了大量有关梵语诗学与西方诗学比较的论文，还别出心裁地收入了S. C. 古普塔的一篇文章即《印度诗学烛照下的哈姆雷特》，对莎剧进行印度式研究。

克里希纳·拉扬在1987年和1988年连续出版两部书即《文本与亚文本：文学中的韵》和《燃烧的灌木丛：印度文学中的韵》。他总结十年前的初衷说：“在我于1972年出版的书《诗歌中的韵与直白》中，我尝试利用9到11世纪梵语诗学中的味韵论模式和法国象征主义诗学及新批评理论构建一种崭新的‘韵

---

① Krishna Rayan, *The Burning Bush: Suggestion in Indian Literature*, Delhi: B. R. Publishing Corporation, 1988, pp. 10-11.

② M. S. Kushwaha, ed., *Indian Poetics and Western Thought*, “Preface”, Lucknow: Argo Publishing House, 1988.

论'(theory of suggestion)。"[①] 他在《文本与亚文本》中，按照东西结合的"新韵论"对弥尔顿、叶芝、贝克特等人的西方文本逐一进行阐释。在次年出版的《燃烧的灌木丛》中，他又以同样的方式对包括梵语、英语、孟加拉语、印地语在内的16种印度语言文学的精选代表作进行阐释。1991年，拉扬出版《印度文学理论的批评实践》。他在序言的开头说："这本书提出的并非什么全新的理论，而是从印度诗学体系和近来及当下的西方理论中发展而来。"[②] 应该说，拉扬是一个具有创新意识的睿智者。他既未远离梵语诗学传统，又没有抛弃西方诗学，而是结合二者，试图创立一种融合东西的新理论。他将这一新理论既运用在西方文学的分析上，也用来衡量印度内部多语言文学的成就。拉扬在梵语诗学批评的理论建树和实践操作方面，是一个非常特殊的人物。某些印度学者评价他说："拉扬因为运用梵语诗学核心要旨阐释英语文学和印度文学而声名鹊起。"他的四部论著使他成为一个"非常厉害的当代批评家"。[③]

进入20世纪90年代后，印度学者的梵语诗学批评实践稳步前进，并时有"惊人之作"面世。1991年，由印度文学院与迈索尔韵光文学标准中心联合主办了一次历史性的学术讨论会，主题与后来结集成册的书名相同："East West Poetics at Work"(东西诗学批评实践)，这一主题非常鲜明地体现了印度学者化古

---

① Krishna Rayan, *Text and Sub-text*: *Suggestion in Literature*, "*Preface*", Delhi: Arnold-Heinemann Publishers, 1987.

② Krishna Rayan, *Sahitya*, *a Theory*: *For Indian Critical Practice*, " Preface", Delhi: Sterling Publishers, 1991

③ C. S. Singh & R. S. Singh, eds., *Spectrum History of Indian Literature in English*, Delhi: Atlantic Publishers and Distributors, 1998, p. 118.

典为实用、从清谈到运作的清晰思路。与会者包括著名的学者 C. D. 纳拉辛哈、R. P. 德维威迪、拉扬、K. 克里希纳穆尔提、M. S. 库斯瓦哈等。这些来自印度各地的二十五位学者中，包括了梵语、英语和其他语言的学者。I. N. 乔杜里在开幕式致词中呼吁印度学界尽快重建文学评论标准，以利西方读者以合理方式欣赏印度文学。他承认这是一项巨大的工程。纳拉辛哈认为，印度人虽然近期在自然科学与工程技术方面有了些成就感，但是在谈论自己的文学艺术时，判断标准却不是自己的。纳拉辛哈有些无奈地说："众所周知，只有在吃饭和作爱方面没有人替得了你！"[①] 他的失望和愤懑溢于言表。这次迈索尔研讨会是梵语诗学批评发展史上分水岭式的大事件。与会大多数学者提交的论文多是以梵语诗学标准来分析阐释印度与西方的文学作品，如 R. 穆克吉的《韵论的运用：评"希腊古瓮颂"》、D. 梅农的《味韵诗学能否有助于我们理解济慈的作品》、C. N. 拉马钱德拉的《曲语论的运用检测》、C. N. 室利纳塔的《霍普金斯诗歌中的曲语》、R. 拉马钱德拉的《印度诗学观照中的李尔王》、V. R. 拉奥的《印度诗学视野中的洛丽塔》和 A. 潘尼加的《作为文学评论标准的合适论》等。这次研讨会的一大特点是，学者们打破了以往集中于味论和韵论的现代运用的格局，将合适论、曲语论等其他梵语诗学流派的理论悉数拿来进行批评运用。这次集团亮相吹响了梵语诗学现代运用的嘹亮进军号。研讨会对梵语诗学批评的发展起到了极大的促进作用。

---

① C. D. Narasimhaiah, ed., *East West Poetics at Work*, Delhi: Sahitya Akademi, 1994, p. 5.

V. K. 查利在1990年出版的《梵语文学批评》中也采取了梵语诗学批评的方法，对中国古代诗人李白的诗歌《玉阶怨》(英译为“Jewel Stairs’ Grievance”) 进行解释。该诗全文为：“玉阶生白露，夜久侵罗袜。却下水晶帘，玲珑望秋月。”[①] 他引用了庞德的评价后，再说出自己对该诗各种场景和意象排列的阅读印象：“人们可以把诗中这种描写称为‘味韵’(rasa-dhvani)，因为诗中的女性‘并没有说出什么抱怨的话’。”[②] C. S. 辛哈的《自我反思的实利主义：比较研究三论文》于1997年出版，探讨了印度教和佛教哲学视野中的T. S. 艾略特诗歌理论、德里达与佛教思想的互动及印度视野中的布莱克和惠特曼作品。[③] 这是在印度文化视野中分析阐释西方作品，批评的标尺当然是“印度造”。

当然，直到20世纪末，印度国内对梵语诗学现代运用的反对呼声也没有停止过。著名比较文学专家阿米亚·德维评价纳拉辛哈主编的《东西诗学的批评实践》时说，该书价值不大，因为，梵语诗学只是印度诸多诗学体系中的一支，为什么偏偏要用梵语诗学来解读西方文学。按照他的观点，以梵语诗学来评价莎士比亚是没有害处的。他话锋一转：“问题是理解莎士比亚，你

---

① 萧涤非等撰写：《唐诗鉴赏辞典》，上海：上海辞书出版社，1997年，第244页。也可参见：《李白诗选注》编选组：《李白诗选注》，上海：上海古籍出版社，1978年，第49页，该书中将“水晶帘”写为“水精帘”。

② V. K. Chari, *Sanskrit Criticism*, Honolulu: University of Hawaii Press, 1990, p. 130.

③ Charu Sheel Singh, *Self-Reflexive Materiality: Three Essays in Comparative Methods*, Delhi: Associated Publishing House, 1997.

得回到历史深处。"[1] 这样来看，他基本上否认了梵语诗学批评的现实意义。卡布尔也承认，他当初提倡梵语诗学批评时，遇到了相当大的阻力。联系德维的观点，可以发现，印度学界部分学者对于梵语诗学批评仍然持谨慎乃至反对心态。

尽管一直存在分歧，从 1991 年迈索尔研讨会到 21 世纪来临的十多年里，梵语诗学批评还是一如既往地向前发展。例如，1990—1995 年间，古吉拉特邦沙达尔·帕特尔大学梵语系主任 A. I. 塔戈尔教授就先后运用味论、韵论、庄严论等点评用古吉拉特语进行创作的诗人和小说家数人。1994 年，印度卡里库特大学梵语教授 C. 纳盖德拉在其关于梵语诗学跨文化研究的新著中，附录了一篇论文《作为诗艺的曲语：关于麦克佩斯的研究》。[2] 这是以曲语论研究莎士比亚的悲剧。同年，印度古吉拉特邦沙达尔·帕特尔大学英语系博士生 V. 朱普拉在导师 D. S. 米什拉指导下完成学位论文《关于莎士比亚主要悲剧的印度式研究》（*Shakespeare's Major Tragedies: A Study in the Context of Indian Approaches*）。作者利用味论等古典诗学理论对莎士比亚悲剧进行了出色的分析。前述的 M. S. 库斯瓦哈于 2000 年主编出版《印度和西方的戏剧理论与实践》，该书收录了印度国内外学者撰写的论文，它们包括《莎士比亚戏剧中的味韵》、《哈姆雷特的独白：以〈舞论〉为标准评价其本质和功能结构》、《从布莱希特的戏剧理论和实践看印度古典戏剧》和《解构与重

① 尹锡南：《新世纪中印学者的跨文化对话：印度学者访谈录》，《跨文化对话》19 辑，南京：江苏人民出版社，2006 年，第 256 页。

② C. Rajendran, *A Transcultural Approach to Sanskrit Poetics*, Calicut: University of Calicut, pp. 93—97.

构〈沙恭达罗〉》等。从这些题目便可以看出，库斯瓦哈在提倡梵语批评的同时，也在进行一种大胆的尝试，这就暗合中国学者提倡的“双向阐释”。库斯瓦哈在前言中直截了当地说：“我们需要一种双向的文学话语。”[①] 这是近年来印度梵语诗学批评的一种新动向。它体现印度学者在梵语批评道路上的自觉深省。

1997年，P. 帕特奈克出版了令学界耳目一新的著作《美学中的味：味论之于现代西方文学的批评运用》。这部论著是梵语诗学现代运用旅途上迈出的崭新一步。味论是印度古代文学理论的精华，也是世界古代文学理论的代表性话语之一。本书是印度、也是世界学术界第一本以东方文学理论系统阐释西方文学的著作。它有别于此前以单篇论文阐释西方文学的研究成果，也有别于以多种梵语诗学理论批评西方文学的论文集。K. 克里希纳穆尔提在该书前言中说：“我钦佩帕特奈克博士的韧劲和虔诚。他将味论分析用在了当代经典上。据我所知，这种尝试乃是同类书中的第一本”。[②] 帕特奈克在序言中认为，在一个理论正变得越来越技术化的学术世界里，干巴无味而又错综复杂的辩论正困扰着现代文论家。幸运的是：“味论使人感到神清气爽，明白易解。”[③]该书主体分为十一章。第一、二章介绍味论一般原理和九种味之间的关系。第三至十章分别利用九种味（艳情味、滑稽味、悲悯味、英勇味、暴戾味、奇异味、恐惧味、厌恶味和平静

---

① M. S. Kushwaha, ed., *Dramatic Theory and Practice Indian and Western*, “Preface”, Delhi: Creative Books, 2000.

② P. Patnaika, *Rasa in Aesthetics*: *An Appreciation of Rasa Theory to Modern Western Literature*, “Foreword”, Delhi: D. K. Print World, 1997.

③ P. Patnaika, *Rasa in Aesthetics*: *An Appreciation of Rasa Theory to Modern Western Literature*, “preface”, Delhi: D. K. Print World, 1997.

味）点评西方文学，偶尔也涉及中日印等东方文学。其点评的作家包括英国作家约瑟夫康拉德、科勒律治，德国作家海尔曼赫塞，法国作家加缪，奥地利作家卡夫卡，美国作家海明威等。在“结语”中，作者清醒而理智地设问：“九种味真的能包容人类所有情感吗？”[1] 看来，作者已经认识到，现代社会中的现代文学已带给味论不可忽视的挑战。但他还是自豪地说：“非常有趣地是，一种一千五百年以前的古老理论还能用来评价现代文学，而西方文学家却不得不提出新的理论来应对之。”[2] 他无比自信地说：“不管可能有多么完善，所有理论都会面对某些局限。如果一种理论能够满足一切情况，那它就只是一种理论而已。因为所有的理论都是不完美的，它们也就不能运用于某些语境中。但理论是活生生的东西，它会在成长变化中适应时代的需要。味论需要成长，需要再次成为生机勃勃的理论。这一点很重要，特别是当我们注意到这样一个事实：在过去四百年中，不幸的是，味论的发展非常缓慢。不过，味论能够用来评价现代文学这一事实，这就显示了它的普世性、超越时间的品质和富含的潜力。希望无比珍贵的味论能为现代批评家继续采用，以使古老文化传统长存于世。”[3]

2004年，印度古鲁古拉康格里大学英语系主任S. K. 夏尔玛教授出版《恭多迦之曲语论原理在英语诗歌鉴赏中的运用》。

---

① P. Patnaika, Rasa in Aesthetics: *An Appreciation of Rasa Theory to Modern Western Literature*, Delhi: D. K Print World, 1997, p. 251.

② P. Patnaika, Rasa in Aesthetics: *An Appreciation of Rasa Theory to Modern Western Literature*, Delhi: D. K Print World, 1997, p. 254.

③ P. Patnaika, Rasa in Aesthetics: *An Appreciation of Rasa Theory to Modern Western Literature*, Delhi: D. K Print World, 1997, p. 256.

该书是印度学界以梵语诗学理论系统阐释西方文学的第二部著作。“曲语”即“Vakrokti”是由两个梵语词汇组成：vakra 即“曲折的”，ukti 即“表述”。曲语论来源于婆摩诃的《诗庄严论》。恭多迦在前人基础上构筑了一个体系严密、操作性强的曲语论体系。他的曲语论由词音、词干、词缀、句子、故事成分和整篇作品的六种曲语构成。夏尔玛循着恭多迦操作性强的曲语论体系，对英国诗人雪莱、拜伦、济慈、华兹华斯、柯勒律治等人的诗歌进行曲语阐释。由于英语与梵语均属分析性语言，在性、数、格、词缀、分词、语态等诸多方面有共通之处，所以该书第二章“词音曲语”、第三章“词干曲语”、第四章“句子曲语”等的运用分析最为引人入胜，某些地方甚至比前述 1997 年帕特奈克那本运用味论进行梵语批评的著作更见功力，也更具说服力，当然对于梵语批评也就更具示范价值。作者在“结语”中说，该书有两大目的，一是探索梵语诗学与当今时代之相关性，二是按照印度传统知识视角，利用曲语论对英语诗歌或用世界上任何一种语言创作的诗歌进行评价。夏尔玛的结论是：“总之，经过恭多迦曲语论原理之检视，英语诗歌的优美被证明是实至名归的。”①

以上是对印度梵语诗学批评发展历史的简单回溯。

梵语诗学的现代运用已经走过了一百年历程。20 世纪 80 年代以来的梵语诗学批评运用更是令人瞩目。梵语诗学批评萌芽和发展的背后，到底有着怎样的政治文化背景？它的发展存在着哪

---

① S. K. Sharma, *Kuntaka's Vakrokti Siddhanta: Towards an Appreciation of English Poetry*, Meerut: Shalabh Publishing House, 2004, p. 271.

些问题？前景如何？

解释梵语诗学批评这一影响深远而复杂的文化现象，当然要联系到印度近代以来的历史发展。印度独立后，由于印巴分治的惨剧需要时间弥合人们心上的伤口，国内经济发展成为印度面临的最紧迫任务，再加上其他一些复杂因素，泰戈尔早年的主张与尝试暂时没有找到合适的接力手。但随着时间流转，印度有识之士开始以审慎的目光来反省评论界的某些作为。例如，1965 年，K. 查塔尼亚指出，诗学体验具有一种普世性，但印度知识界熟悉传统文化的人却患有一种“精神分裂症”。他们运用梵语诗学理论评价梵语诗歌，但在评价英语诗歌或用印度其他地方语言如印地语、孟加拉语等创作的诗歌时，却采取西方的评论标准。查塔尼亚直言不讳：“这不是一种正当之举。因为诗学体验的本质应该基本一致，不管它是采取哪种语言媒介。”[①] 以后，印度学者对于这些相关问题继续进行深入探讨。例如，库斯瓦哈对于印度学者、特别是印度英语学者唯西方马首是瞻的奴化思想表示不满。他认为，尽管如此倾心而持续地关注西方理论，印度英语学者并未在西方学术界成功地打上思想烙印。例如，1984 年版的《鹈鹕英语文学新指南导读》（*The New Pelican Guide to English Literature*：*A Guide for Readers*）可以视为现代英语学者的思想纪实，它选择的印度学者没有超过十来个，并且多集中在印度英语创作领域。印度英语学者的文学批评理论，几乎完全是衍生性和模仿性的东西。印度英语批评界如此可悲无能的状况起

---

① K. Chaitanya, *Sanskrit Poetics*, “Preface”, Delhi: Asian Publishing House, 1965.

因何在？他在书中写道："我们必须扪心自问，为什么我们的英语文学批评被贬斥为一直充当西方理论学说的注脚（foot-note）？纳迦拉江教授认为，这完全是因为我们不能孕育一种对英语的精神体悟（inwardness），或'祛除不了英语中蕴含的异域文化（alien culture）'。他或许是正确的，但问题是，这种对外语或异域文化（外语和异域文化紧密相连）的精神体悟是否真正可行？从本质上来说，这种体悟的尝试是否先天注定失败？因为，即使某人获得了这种对外语几无可能的精神体悟，他也不可能与那些在这种外语环境中出生成长的人相比。事实上，这是一种假想的误导，我们的英语文学研究者完全容易成为这一思想的牺牲品。他们没有意识到，这只不过是与《薄伽梵歌》（*Gita*）毫不含糊地提醒我们注意的他人之法（paradharma，或译他人之达摩）：'自己的达摩（one's own dharma 即 svadharma）虽然有些弊病，也较善施他人之达摩优胜，履行他人之达摩确有危险，顺应自己的达摩虽死犹荣。'因为，人只能属其所属，不能勉力他属。这种勉强最终会损害人的潜能，而这一潜能本来会得以培养成熟的。这一切已为长期以来如此运作的印度英语文学批评的贫乏拙劣而充分地证明。"① 从印度文化经典中获取精神动力后，库斯瓦哈毫不含糊地呼吁印度学者道："现在，我们需要做的就是扭转乾坤，即从遵循'他人之法'转向信奉'自己之法'，从'恋英癖'（Anglomania）转向'自恋'（metanoia）。我们必须与自

① M. S. Kushwaha, ed., *Indian Poetics and Western Thought*, "Preface", Lucknow: Argo Publishing House, 1988. 此处引文参见毗耶娑：《薄伽梵歌》，张宝胜译，北京：中国社会科学出版社，2007 年，第 48 页。笔者依照通行译法将该译本的"达磨"改为"达摩"。

己的根基、自己的土壤、自己的智慧和文化传统联系在一起。我们只能从真正属于我们而非借自他者的传统中创造出真正的文学与真正的文学批评理论。也许，这就是埃德蒙·格斯（Edmund Gosse）建议萨罗吉妮·奈都（Sarojini Naidu）在'印度精神启示'中创作诗歌的意涵。印度英语文学创作史也显示，只有当它不再模仿西方而坚守自己的根基时，才能获得国际文坛的赞赏。这就是说，只有当印度英语作家开始像印度人而非像英国人或欧洲人那么进行创作时，他才能获得国际认可。这正是"自我之法"的内涵所在。"[①] 库斯瓦哈还在提倡遵循"自我之法"的基础上呼吁印度学者尽快地"确立自己的身份"，具备"印度视角"。他说："印度英语文学批评还未吸取这一教训。至今为止，它完全依赖西方学界的批评思考，其发展为西方思想观念所左右。印度文学评论如果想确立自己的身份，发出货真价实的声音，这一焦点必须转换。它必须以自己的智慧和美学传统为基础，这些才能给它提供真实的营养。不过，这也不是说，印度英语文学批评将割裂与西方批评理论传统的联系。这既不可能也不可取。我们所希望的只是，印度英语文学批评在获益于西方的洞察力和思想之际，也应该具备独特的印度视角。只有当我们既研究探索印度美学、特别是印度诗学，同时也与我们平常关注和思考的西方文学批评理论保持一致，印度视角才能得以形成。"[②]

S. K. 达斯的观点也非常有代表性。他认为，人类文明史就

---

① M. S. Kushwaha, ed., *Indian Poetics and Western Thought*, "Preface", Lucknow: Argo Publishing House, 1988.

② M. S. Kushwaha, ed., *Indian Poetics and Western Thought*, "Preface", Lucknow: Argo Publishing House, 1988.

是不同族群、不同文化和不同意识形态交流的历史。从“邂逅”到“冲突交锋”再到“交流”，encounter 这个英文词的全部含义记录了不同文学传统间的互动、挪用和抵抗。“就我们身处其间的文明交流史而言，印度作家和印度读者的思想意识，大致为过去两个世纪以来在我们社会中并存的几种主要文化传统所决定。不同文学传统的同时存在，给我们的文学圈带来了持久的张力，影响到我们对自己的文学传统和对外国文学的反应的特点。19世纪中期开始，关于印度文本的阅读因其‘外国特性’（foreignness）而引人注目，这又时常和现代性的概念画上等号。对那些受过教育的印度人亦即麦考雷教育体制（Macaulayean dispensation）的寄生物来说，这便成了成就的标志。这也是为何我们对英国文学和其他欧洲文学的反应（通过英国人和其他中介人的调整干预）不能和法国人对英国文学或英国人对俄罗斯文学的反应简单相比的原因。我们的反应所处的情境乃外国统治者所赐，操控我们对英国文学和其他文学的反映的权力结构和使得欧洲文学之间的交流成为可能的权力结构区别非常之大。”[①] 达斯接着说，印度从殖民统治下获得解放并没有太多地改变这一状况。与此相反，西方文学观念的霸权气势更盛。“确实，对于这种霸权的抵抗已经存在，各种印度语言文学作品的数量和种类不断增长便是确证，但是，现今印度学者采用的所有批评方法本质上属于西方所有。西方的每一样‘珍宝’都左右着印度的批评观念。梵语和泰米尔语中现存的大量诗学文献仍然处于当代印度的思想体验之

① Sisir Kumar Das, *Indian Ode to the West Wind: Studies in Literary Encounters*, “Introduction,” Delhi: Pencraft International, 2001, p. 12..

外。我们甚至开始对自己的史诗（译者按：指印度两大史诗《摩诃婆罗多》和《罗摩衍那》）感到不安，因为它们篇幅庞大，进展缓慢，最重要的是缺乏统一。这即便不完全是、也主要是因为，作为评价标准的经典来自于困扰印度教育体制的欧洲传统。因此，它也困扰了印度的文化精英。结果是，我们已经忘记了怎样阅读自己的经典文学。当下印度文学批评面临的基本矛盾是，一方面，它几乎完全充当了西方文学经典和价值判断的附庸，同时，它也附庸风雅地承认文学具有的文化特性。我们心目中的经典不再来自梵语，这一状况在不远的将来不太可能出现什么变化。"[①] 达斯最后补充道："印度的学院派批评家们并不会对西方的强势存在、英语的扩张性市场和建构经典过程中的这种市场威权等感到特别不舒服。因为，普通读者（即以阅读文学作为消遣的男男女女）在评价经典上已是整体的趣味败坏，这一现象在一个正经历世俗化进程的民主社会里并不令人惊讶。然而，批评家们应该有社会责任来对文本进行价值判断，换句话说，来建立一种经典。我们曾经为文学研究创造了经典，并在过去两个世纪里培育了经典，这两个世纪的时间包括了我们的殖民史和后殖民的当下。随着我们日益了解自己国家的不同文学、了解西方不同国家和中国、日本、西班牙语地区和非洲等世界其他地方的文学，我们常常需要对经典进行评价和重构。文学探索的领域必须拓展，文学交流的问题也将在我们未来的文学研究中成为核心。我

① Sisir Kumar Das, *Indian Ode to the West Wind: Studies in Literary Encounters*, "Introduction," Delhi: Pencraft International, 2001, p. 13.

们今天正站在十字路口。"[①] 这些学者的思考和反省，从理论上储备了梵语诗学批评足够的精神食粮和动力，保证了梵语诗学现代运用从涓涓细流慢慢成为泓泓清泉，光可鉴人。

究其原因，印度学者自觉采用梵语诗学来评价东西方文学，的确还与前述《逆写帝国》的几位作者所谓的"解殖"行为有关。独立以来，印度部分学者坚持进行印西诗学比较，在深层的思想对话中，他们同尼赫鲁一样，也发现了印度的伟大。对于这些人来说，这种伟大就体现在梵语诗学的价值上。他们认为："如果在亚里士多德的火炬光焰照耀下能够发现印度古典文学价值的话，为何不可按照《舞论》和《韵光》的标准来阐释斯宾塞、萧伯纳、T. S. 艾略特、尤金·奥尼尔或华莱士·斯蒂文森?"[②] 这分明可以见出文化解殖的强烈诉求。

当然，从跨文化对话与比较诗学的角度看，印度学者一贯提倡梵语诗学对于东西方文学批评的现代运用，也与他们在长期的东西诗学比较中发现的文化差异有关。这使他们对西方理论的普遍适用性及以西释印的传统方式产生了深刻的怀疑，并在一定的时代前提下作出梵语诗学批评的战略转向。他们认为，以西方悲剧观来评价《沙恭达罗》会闹笑话。亚里士多德的史诗观也是不平衡的理论，以亚里士多德标准来评价印度两大史诗是可笑的、滑稽的。[③] 印度学界对于印西文化差异有了非常清楚的认识，这

① Sisir Kumar Das, *Indian Ode to the West Wind*: *Studies in Literary Encounters*, "Introduction," Delhi: Pencraft International, 2001, pp. 13—14..

② M. S. Kushwaha, ed., Indian Poetics and Western Thought, Lucknow: Argo Publishing House, 1988, p. 2.

③ C. D. Narasimhaiah, ed., *East West Poetics at Work*, Delhi: Sahitya Akademi, 1994, p. 114.

使他们对西方理论的印度运用不能不越来越产生怀疑或抵触情绪。这使他们中的一些思想激进者开始走到以西释印的反面。这是一种以印释西的“逆写帝国”。观察到这一动向的《逆写帝国》的几位作者敏锐地指出：“印度传统是如此丰富，因此，很难预料建立在对传统美学利用基础上的印度文学批评的未来发展。然而，我们无法不将其作为一种抵抗欧美新普世主义的政治行动而加以赞赏。”① 这一含有政治色彩的文化“模仿”还值得从印度内部发展来寻找学理依据。它与后殖民时期印度学者强烈的民族文化自信心有关。

说到梵语诗学批评，还不能不提到印度内部的复杂语言问题。独立后，印度曾经因此发生过严重的政治事件和社会动荡。现在，印度各邦实行三语并用的政策，即印地语、英语和各邦语言同时使用。在这样一个人口众多、语言复杂、社会问题不断的国家里，怎么保持国家统一，不仅是政治家们的焦虑，也是学者们关心的话题。在梵语诗学现代运用中，印度性又得到了一次强调和升华，这对增强印度的民族凝聚力似乎不无益处。

从目前看，印度梵语诗学的现代运用已成一定气候，但其存在的问题也不容忽视。梵语诗学批评发展到今天，已经走过了百年历程。但在它的发展背后，始终存在着许多不利的因素，有的是与梵语诗学本身有关的问题，有的来自其他方面。

K. R. S. 因加尔的观点比较独特。他既对印度充斥西方文学理论话语表示不满，也对转换视角、以梵语诗学理论评价西

① Bill Ashcroft, Gareth Griffiths, & Helen Tiffin, *The Empire Writes Back: Theory and Practice in Post-colonial Literature*, London and New York: Routledge, 1989, p. 121.

方文学持保留态度。他承认，存在印度文学批评界完全以西方理论为准绳的畸形事实。他写道："在印度，过去一百到一百五十年间，我们被迫接受或主动接受西方文学和文论，这两种接受方式最初是合二为一的。接下来，我们对印度文学重新产生兴趣，作为学习西方文学与文论的结果，我们拥有了新的灯光和眼光，并产生了新的困惑，有了一些后见之明（hindsight）。和《伊里亚特》放在一起进行观察，《罗摩衍那》似乎结构混乱，《摩诃婆罗多》更是条理不清。自然，还有迦梨陀娑，歌德曾经赞扬过他的《沙恭达罗》。那么，迦梨陀娑就是我们的莎士比亚，印度的莎士比亚。这些称呼听来顺耳，随着这种满足感不断地获得，我们的兴趣日渐浓厚。米切尔·墨图苏登·杜塔就是印度的弥尔顿……在显微镜下以文本批评模式剖析和审视文学作品，结果发现，就像莎士比亚的十四行诗作者不一，《薄伽梵歌》也出现了很多的作者。罗摩故事的历史真实性受到质疑……如果按照亚里士多德诗学进行研究并发现，《摩诃婆罗多》存在缺憾，如果我们不情愿地承认，梵语戏剧缺乏悲剧（兴许《断股》和《龙喜记》是例外），那么，当我们明白这一点时，自尊心会得到满足：罗摩刚好在即位登基的那天被流放，悉多被罗波那拐骗而走恰好是她苦苦期盼罗摩与金鹿一起归来的日子，这些和索福克勒斯的《俄狄浦斯王》和《安提戈涅》一样，都是完美的悲剧情境。"[①] 接着，因加尔调侃道，如果在亚里士多德的火炬光焰照耀下能够发现印度古典文学价值的话，为何不可按照《舞论》和《韵光》的标准来

① M. S. Kushwaha, ed., *Indian Poetics and Western Thought*, Lucknow: Argo Publishing House, 1988, pp. 1—2.

阐释斯宾塞、萧伯纳、T. S. 艾略特、尤金·奥尼尔或华莱士·斯蒂文森？部分印度学者曾经在《罗摩衍那》中的《阿逾陀篇》和《森林篇》里搜寻亚里士多德式的“错误”（hamartia，或译“过失”）、“突转”（perepeteia）、“发现”（anagnorisis）和“净化”（katharsis，或译“卡塔西斯”、“泄疏”、“宣泄”）。十车王或罗摩的溺爱妻子是否就是推动悲剧前进的“错误”？但是，《罗摩衍那》的作者压根不知道古希腊悲剧观或错误、突转与净化的概念，而且，索福克勒斯在创作悲剧杰作时也没有考虑过这些东西。因加尔说：“如果愿意的话，我们可以尝试运用味韵（rasa-dhvani）理论来研究西方文学，但就像在《沙恭达罗》或《昔拉波品》中臆断‘错误’或‘净化’一样，这也大体上只是一种知性行为，有趣倒是无疑，但并不必然带来什么新鲜的启示或提高诗歌欣赏的质量。长期以来，在一种文化环境里形成的这种并不幽默的批评运用，这种普罗克拉斯提斯式的勉强的批评模式，既不可取，也不会富有成效。如果说通过布拉德雷（Bradley）的理论考察莎士比亚偏离了真实一层，那么，通过《舞论》解读莎士比亚可能只是证明偏离了真实两层。最好直接阅读莎士比亚自己的作品。”① 上述话说明，因加尔对梵语诗学的现代运用基本上持审慎的态度。他在文章最后部分这样写道：“现在，我得停止在西方和印度诗学之间信马由缰，为此文作个小结。模仿论和味论，卡塔西斯（净化）和韵论各自意义复杂，充满变数，它们常常在美学反应和批评鉴赏方面显出差异，但这在所难免，因

① M. S. Kushwaha, ed., *Indian Poetics and Western Thought*, Lucknow: Argo Publishing House, 1988, p. 2.

为，文学创作和文学鉴赏的复杂过程没有一种统一的法则。尽管探索的是各种不同含义，但我仍然试图彰显模仿论和味论、卡塔西斯和韵论之间'遥远的亲情'（distant filiations）。我甚至愿意或被迫承认，我的论述只是一种不太严谨的思考而非确立固定的模式，将西方和印度思想合二为一，形成一种普遍的美学。"①这说明，因加尔主张梵语诗学与西方文学理论必须在印度文学批评实践中有机地统一起来。应该说，因加尔的观点有一定的道理。这也显示印度学者对梵语诗学现代运用的态度存在分歧。

在前述以味论诗学解读西方文学的书中，作者帕特奈克清醒而理智地认识到，现代社会包罗万象的文学已带给味论不可忽视的挑战。但他还是相信，一千五百年以前的味论诗学还能用来评价现代文学。他认为，运用味论评价现代作品，肯定会遇上一些困难。但理论是活生生的，它会在成长变化中适应时代的需要。希望归希望，客观存在的问题却不能否认。他自己也承认这一点，例如，他说："然而，现代文学给味论带来了某些不能简单忽略的问题。讨论聂鲁达和艾略特的时候，我们发现，在很多现代诗人的作品中，知识主义扮演了多么重要的角色。我们在艾略特的诗歌中发现太多的暗示，包括历史、宗教、神话和文化方面的暗示。如果人们要理解这首诗，必须首先理解和明白这些暗示。就大多数现代诗人而言，惯用语具有相当的私密色彩，即语言的运用非常的个人化。因此，就可能出现含混复义（ambigui-

① M. S. Kushwaha, ed., *Indian Poetics and Western Thought*, Lucknow: Argo Publishing House, 1988, p. 13.

ty)。"[1] 那么，怎么解决味论诗学批评运用中出现的问题呢？有学者认为，梵语诗学必须进行自身的现代转化。单就味论而言，九种味的处理太过简单化，不能完全包容现代作品。用味论阐释西方作品可能导致削足适履的结局。因此，在运用于评论之前，味的概念必须先行修正调适。

印度当代提倡梵语诗学批评的学者们对自己的传统诗学充满信心。他们相信："梵语诗学是普遍适用的（Sanskrit is universal）。"[2] 有的学者认为，味是独特的印度概念，但它又具有放之四海而皆准的价值。因此，用味论诗学评价东西方文学是恰当的。但事实上，味论诗学从婆罗多《舞论》中八个味的阐发到后来平静味、虔诚味等味的数目增加，更由于新护等人对味论诗学的宗教哲学式阐发，味论诗学已成为地道的印度诗学。以印度传统诗学解释当代不同文化圈的世界文学，的确是一种极大的考验。例如，运用曲语论分析汉语诗歌，由于汉语综合性语言的特点，可能会产生复杂的问题。当然，部分印度学者也认识到梵语诗学现代运用的一些问题。如 A. I. 塔戈尔便坦率承认："梵语诗学中的某些原理不能用来阐释西方文学……我们的某些诗学概念不能用在希腊悲剧的批评分析中。"每一种文学理论体系都有只适合本土批评的部分，当然也有普遍适用的地方。[3] 其他学者如卡皮尔卡布尔等也有类似的观点。这说明他们已经意识到梵语

---

① P. Patnaika, *Rasa in Aesthetics: An Appreciation of Rasa Theory to Modern Western Literature*, "Foreword", Delhi: D. K. Print World, 1997, pp. 252—253.

② 参阅尹锡南《中印对话：梵语诗学、比较诗学及其他》，《思想战线》，2006年第1期。

③ 参阅尹锡南《中印对话：梵语诗学、比较诗学及其他》，《思想战线》，2006年第1期。

诗学现代运用面临的严峻挑战。在此意义上说，因加尔的前述思考的确是先见之明。

梵语诗学现代运用面临的挑战还来自西方文论在印度的“动物凶猛”和“市场泛滥”。毕竟，印度是英国人几百年的殖民地，印度经历了长期的殖民文化体验，西方的思想已经成为现代印度思想血液的有机组成部分。泰戈尔对现代西方诗学的接受和改造便是一个明证。因此，印度学者在运用梵语诗学于文学批评的道路上，不可能规避西方诗学的影子。怎么处理梵语诗学与西方诗学在批评运用上的并行不悖，同处理梵语诗学的现代转化一样，是亟待攻克的时代难题。

第五节　比较印度文学的发展

20 世纪 80 年代以来，印度学者在比较印度文学方面取得了非常丰富的成果。比较印度文学的大部分可观成绩基本上是近三十年里取得的。S. K. 达斯、阿米亚·德维和斯瓦潘·马宗达等人就比较印度文学的学科合法性问题继续进行深入思考。《贾达瓦普尔比较文学学报》也时而登载这方面的论文，为比较印度文学在印度的展开继续摇旗呐喊。与此同时，各个方言文学之间的比较研究均取得不俗的成绩。一些有分量的比较印度文学研究成果不断涌现，例如，K. M. 乔治主编的两大卷《比较印度文学》便是这类著作。本节拟对印度学界关于比较印度文学的理论呼吁做些说明，再对比较印度文学的研究实绩进行简介。

一　比较印度文学理论探索

比较印度文学的产生与印度历史文化语境相关，更与印度文学史的书写密切相关。近代以来的“印度文学”观念来自西方对印度文化的话语建构。在印度这样一个历史悠久、文化发达但却存在复杂的语言、社会问题的国家里，怎样统合民心、整合国力资源是长期以来困扰人心的事。借用当初西方学者为“发现印度”而创造的新话语“印度文学”，通过比较印度文学研究寻找“印度性”，以期达成民族文化共识不失为一条良策。例如，U.乔西借用泰戈尔小说《戈拉》为“印度性”进行辩护。泰戈尔通过表现戈拉的觉醒暗示印度性可以超越印度：“真正的印度性是人性化的代名词。”[①] 还有一位印度学者 I. N. 乔杜里认为，印度文学存在一种“泛印度意识”。尽管印度文学是由不同语言创作的，但其间的“泛印度意识”清晰可辨。这种意识暗示一种内在的印度性：“这种泛印度意识来自于某些原型观念，这些观念是印度文化、历史和思想的产物。”[②] 还有学者认为：“最容易理解的是印度文学体现的差异性，最难明白的是它的一致性，这是一种内在和观念的东西……我们的问题是十五种或更多的语言怎么能够创造一种文学？我们怎么调适语言的复杂性与文学的单一性？”该学者认为，比较文学一个重要方面就是，为像印度这样

---

① Umashankar Joshi, *The idea of Indian literature*, Delhi: Sahitya Akademi, 1990, p. 44.

② I. N. Choudhuri, *Comparative Indian Literature: Some Perspectives*, Delhi: Sterling Publishers Private Limited, 1996, p. 32.

一个多语种国家的文学的民族性定位："印度性也就体现在这个国家的复数文学中。"[1] 在这种借比较印度文学寻找印度性、民族性的过程中，比较文学的印度特性也就一目了然。

有些学者认为，完整统一的印度文学并不存在。印度只存在泰米尔语文学、马拉提语文学、孟加拉语文学等地方文学。印度学者 D. 普勒巴迪据此提出一个问题："人们究竟能否谈论这样一个词语：印度文学?"[2] 他的问题正是对印度这样一个人称"世界缩影"的特殊国度的深层思考。印度号称"人种学博物馆"、"语言博物馆"和"宗教博物馆"。单就语言而论，其地位重要且拥有自己文学的至少在二十种以上。在这种语言背景上，印度文学既是单数，也是复数。如 S. K. 达斯便以"Indian literatures"和"Indian literature"两个并列术语指称"印度文学"。[3] 独具特色的"比较印度文学"正是在这种单数印度文学与复数印度文学并存的基础上产生的。印度比较文学协会制定的研究目标中，第三条明文规定，通过在印度各语言邦形成比较文学意识而促进全国性的互动交流。这使比较印度文学合法化，从而为比较印度文学的理论思考和批评实践提供了良机。

客观来看，前边提到的很多学者如 S. K. 达斯、纳盖德纳、N. B. 森、阿米亚·德维、苏吉特·穆克吉、U. 乔西、I. N. 乔杜里、斯瓦潘·马宗达和 S. C. 达斯古普塔等人均是

---

① K. M. George, ed., *Comparative Indian literature*, *vol*. 1, "*Preface*", Trichur: Kerala Sahitya Akademi, 1984.

② Amiya Dev & S. K. Das, eds., *Comparative Literature*: *Theory and Practice*, Shimla: Indian Institute of Advanced Study, 1989, p. 53.

③ Amiya Dev & S. K. Das, eds., *Comparative Literature*: *Theory and Practice*, Shimla: Indian Institute of Advanced Study, 1989, p. 101.

比较印度文学的理论鼓吹者。例如，N. B. 森（Nabaneeta Dev Sen）在 1985 年出版的个人论文集《交汇点：比较文学论文集》中便涉及比较印度文学的理论辩护。他在该书“序言”中回忆关于比较文学的思考历程时说：“什么是比较文学？它究竟研究什么？如何进行研究？二十五年前，当比较文学作为一门学科引入印度时，我还是一个比较文学专业的本科生，人们常常问我这些问题。现在我还常常听到这些问题。你比较哪些文学？这是另一个到处困扰比较文学的天真的问题。”森的回答是：“比较文学是一种观点，一种视野，它在文学批评上不仅跨越单一文学研究，也通过文学的跨学科研究，超越惯常的美学欣赏和历史批评的藩篱。”① 森的思考没有停留在此，他联系印度文学的实际情况进一步思考，并得出一些新的结论。这便是比较文学印度化的自然结果。他在文集第一篇文章“今日之印度文学概念是否比较文学的别名”中说：“印度从语言到种族、地理或宗教等等领域皆是一个巨大的复数，在这样一个多语种文学的国家里寻找单一的民族身份，即使不是吸引比较研究者最简单的挑战，也是最自然的挑战。”② 他还将印度性与印度文学、比较文学联系起来论述。他说：“并非是国旗给予我们印度性。并非仅靠外在标志、而要靠深层的内部真实才能获得印度性。这种基本的印度性……是我们解析印度文学观念的一把钥匙。”③ 因此，森认为：“所有的印

① Nabaneeta Dev Sen, *Counterpoints*: *Essays in Comparative Literature*, “Preface,” Calcutta: Papyrus, 1985.

② Nabaneeta Dev Sen, *Counterpoints*: *Essays in Comparative Literature*, Calcutta: Papyrus, 1985, p. 1.

③ Nabaneeta Dev Sen, *Counterpoints*: *Essays in Comparative Literature*, Calcutta: Papyrus, 1985, p. 4.

度学家，不管是现在的还是未来的，不管其承认与否，必须而且有必要成为合格的比较研究者……亨利·雷马克说过，比较文学在人们所见的民族文学和个人创作的文学上增加了一种切实可行的国际视野。就印度的情况而言，我们将把'国际的'这个术语改换为'民族的'，把"民族的"再改为'区域性的'"。[①] 论述至此，比较印度文学产生和存在的思想逻辑一目了然。

阿米亚·德维认为，印度文学只是对各种并列的现代印度语言文学的一种"推论"而已，这种推论可以将之导向一门教学的学科。他说："在这种意义上，印度文学是一种观念，一门学科，一种综合两种或更多印度文学的思考。因为它首先取比较的方法进行，称为比较印度文学似乎更加科学，这至少可以避免混淆……正如我前边说过的那样，比较印度文学或比较性的印度复数文学研究将会涉及文类学、主题学、文学史书写，并将关注印度文学的内部联系和外部关系。"[②]德维此处论及比较印度文学的几大研究领域，这对比较印度文学的展开具有重要的理论指导意义。2005年8月19日，阿米亚·德维在贾达瓦普尔大学比较文学系接受笔者访谈时仍然坚持自己的观点："'比较印度文学'是真正的比较文学。它对于研究互有关联的众多印度区域文学是一正确方式，因为印度次大陆每一区域都有自己独特的语言和文学。我们没有一种纯净的印度文化，它由许多种印度文化构成。从这个意义上说，'比较印度文学'是比较文学印度学派的重要特征之

---

① Nabaneeta Dev Sen, *Counterpoints: Essays in Comparative Literature*, Calcutta: Papyrus, 1985, pp. 2—3.

② Amiya Dev, *The Idea of Comparative Literature in India*, Calcutta: Papyrus, 1984, p. 52.

一。”①

S. K. 达斯也是比较印度文学的理论旗手之一。阿米亚·德维认为：“正是S. K. 达斯提出这样一种观点，比较印度文学可以提供一种必要的方法，使文学研究以印度视角而展开。”② S. K. 达斯在《为何比较印度文学》一文中为比较印度文学寻找学理依据。他说：“当我为比较印度文学作为有效的比较文学领域进行辩护时，我的所作所为并非因为西方的比较文学专门研究西方文学。我们应该努力反对文学研究中所有的狭隘思想，不管它是来自西方还是东方。比较印度文学的合法性可从两个方面进行讨论。不管比较文学的目标是什么，它都必须有一个坚实的基础。产生于印地语、泰米尔语、马拉提语或阿萨姆语等印度语言的印度文学，正好提供了切入研究的坚实基础。文学研究具体而非抽象的东西。它来自语言而又超越语言，它是文化孕育而成的。文学的意义和内涵都与文化息息相关。如果忽视一种文学和多种文学都是文化史的组成部分，建构文学世界主义的任何努力必将成为一种浅尝辄止的半吊子行为。我们必须从西方比较研究者那里汲取的教训就是，警惕这种半瓶子醋的浅薄比较。我们的比较文学必须成为比较印度文学，因为没有任何其他东西能够成为我们文学研究的基础。这不是沙文主义，只是对文学与民族关系的一种确认。我们不能把文学当作一种与民族或我们所处时代

---

① 尹锡南：《新世纪中印学者的跨文化对话：印度学者访谈录》，乐黛云等主编：《跨文化对话》，第19辑，南京：江苏人民出版社，2006年8月，第254页。

② Aadan-pradan（互动），*Souvenir of 7th biennial international conference of the Comparative Literature Association of India*，March 21—23，2005，Department of comparative literature，Surat：South Gujarat University.

无关的印象性知识进行研究。”① 达斯还在《走向比较印度文学》一文中说：“比较对我们而言是正确的理由，因为我们既是多语言、又是第三世界国家。”② 也就是说，多语言是印度社会和文学的一个事实。印度文学史即为一部多语种文学史。印度属于第三世界的事实提醒印度学界，不能轻易取法于西方比较文学。因为：“第三世界语境已对我们施加了某种心理限制。” S. K. 达斯在文章最后向印度学界呼吁：“为了使印度文学破除这些心理桎梏，我们必须从内部考察自己的文学，从而使我们不带偏见和成见地考察世界其他地区的文学。只有考虑到我们所处的历史语境，我们的比较文学观念才能产生。我们的长途跋涉不是从比较文学走向比较印度文学，而是从比较印度文学走向比较文学。”③

S. K. 达斯等人为比较印度文学正名的诚心可鉴，但若按照比较文学“中国学派”的跨文明研究标准来衡量，比较印度文学提倡者似乎要在跨文明和跨国界上栽两个学术跟头。实际上，多语言和第三世界语境只是印度学者自说自话，其根本目的已经隐藏在上面提到的印度比较文学研究目标第三条中。换句话说，比较印度文学的根本目的在于寻找一种“印度性”（Indianness），为多语言、多宗教、多人种、社会问题复杂的印度寻找文化纽带，从而达成国家团结统一的根本目的。换句话说，比较印度文学研究本身带有意识形态色彩，文学研究与政治责任、民族前途

---

① Amiya Dev & S. K. Das, eds., *Comparative Literature: Theory and Practice*, Shimla: Indian Institute of Advanced Study, 1989, pp. 99—100.

② K. A. Koshy, ed., *Towards Comparative Indian Literature*, Aligarh: Aligarh Muslim University, 1987, p. 19.

③ Amiya Dev & S. K. Das, eds., *Comparative Literature: Theory and Practice*, Shimla: Indian Institute of Advanced Study, 1989, p. 102.

在这里悄然而完美地结合起来。

古吉拉特著名学者 U. 乔西（Umashankar Joshi）在 1990 年出版《印度文学的观念》（*The Idea of Indian Literature*）一书。他在分析"印度文学"的概念时认为，是一些西方学者最先提出"印度文学"的概念。他说："正是德国诗人兼学者施莱格尔（August Wilhelm von Schlegel）早在 1823 年就提出'印度文学'的概念，不过他主要指的是当时刚传到西方的梵语作品。"[①] 历史而客观地看，乔西的观察是正确的。正如印度前总理 J. 尼赫鲁的书名所昭示的那样，西方学者对"印度文学"的命名，其实就是一种"印度的发现"。这是西方与印度的近现代文化相遇所带来的积极效应。乔西还认为，正是由于中世纪印度文学发展时期各地方语言文学的兴起，才导致当代学者思考"印度文学"这一概念的重要性。中世纪虔诚文学的普遍发展使得印度学者不可能对任一种印度现代语言文学孤立地进行研究。"必须在印度文学的整体语境中进行研究。中世纪文学使一门新的学科即比较印度文学（comparative Indian literature）成为必需。"[②] 这就把印度文学研究与自西方传入的比较文学方法天衣无缝地镶嵌在一起。

当然，如果联系俄罗斯与苏联时期的比较文学发展考察比较印度文学会发现，两个国家的这种内部文学比较其实有着某种相似之处。苏联为了对抗美国提倡平行研究而推行的"非民族化扩

---

① Umashankar Joshi, *The Idea of Indian Literature*, Delhi: Sahitya Akademi, 1990, p. 7.

② Umashankar Joshi, *The Idea of Indian Literature*, Delhi: Sahitya Akademi, 1990, p. 27.

张策略”，为了成为反资本主义阵营的中心，便突出东方文学研究和国内各民族文学之间的比较研究特色。这对俄罗斯比较文学的发展产生了重要影响。“总之，俄国比较文学发展历程显示出独特的民族性诉求：是认识和解决俄国民族问题的基本策略，也是俄国学院派实践建构民族诗学目标的重要学术场域，还是苏联时代对抗西方并表达俄国是东方阵营之中心的思想阵地，从而成为当代俄国重新确认民族身份的经典方法。”[①] 俄罗斯比较文学借内部文学比较或斯拉夫文学比较以确认自己的民族身份，这和印度比较文学研究者寻求联接印度各个语言区人民的“印度性”基本相似。S. K. 达斯的话显示，印度学者似乎受到苏联比较文学研究模式的影响。他在文章中写道：“人们可以说，比较西方文学是不同国家文学的研究，而比较印度文学是一个国家的不同文学研究，或按某人的说法，是对许多语言写成的一种民族文学的研究。那么，就比较文学的基本前提而言，比较印度文学是否就是一种倒退？当欧洲试图按照民族文学的标准划定比较文学的范围时，它只考虑到欧洲单语种的民族国家，瑞士和比利时是个例外。今天，当我们面对印度这样一个多语种的民族国家，或像苏联这样一个不同民族说着不同语言的国家时，关于民族文学关系的原理需要修正。语言、政治分界抑或文化都不是唯一的标准。英国人和美国人使用同样的语言，但他们却有不同的民族文学。然而，没有比较研究者将英国文学和美国文学研究视为严格意义上的比较文学。比利时、瑞士和加拿大的法语创作可否成为法语文学的一部分？印度英语创作是否英语文学的一部分？什么

---

① 杨乃乔主编：《比较文学概论》，北京：北京大学出版社，2002 年，第 190 页。

才是我们的判断标准，语言还是国籍？几乎没有可靠的标准。综合上述，比较文学必须同时在语言之内和语言之间进行。加拿大法语文学和法国文学关系研究，或美国与英国文学关系研究，不能排除在比较文学范围之外，因为此类研究是语言之内的研究。同样道理，关于孟加拉语和印地语文学的比较研究也不能排除在比较文学之外，因为它们是一种民族文学的组成部分。有时候，比较文学的两个维度依据国籍和文化而定，有时则依照文学史确立。政治边界充满弹性且时常重新进行划分。仅仅按照政治边界甚或民族的标准来看待文学不太妥当。"① 达斯认为，尽管比其他标准更加可靠，语言也不是万能的标准，因为，同一种语言可能是两种文学的媒介，如英国文学和美国文学就是如此。他说："因为政治和语言领域的变化，当民族文学观念正在内部受到腐蚀时，比较文学也必须完全抛弃这种观念。即使比较文学拥护者仍然坚持研究不同民族文学之间的关系，而不是研究一个民族的不同文学，那么，他们就会面对拥有许多文学的民族，或面对以多种语言写成的民族文学。印度恰好提供了这样一个案例。"② 阿米亚·德维则在《比较印度文学》一文中说："我一直不停地强调我们的第三世界语境，因为，我们没有任何其他方式充分认识过去一百五十年左右自己的文学。"③他还认为，俄罗斯与印度的比较文学研究存在一些微妙的差异。他说："在第三世界语境

---

① Amiya Dev & S. K. Das, eds., *Comparative Literature: Theory and Practice*, Shimla: Indian Institute of Advanced Study, 1989, pp. 98—99.

② Amiya Dev & S. K. Das, eds., *Comparative Literature: Theory and Practice*, Shimla: Indian Institute of Advanced Study, 1989, p. 99.

③ Amiya Dev, *The Idea of Comparative Literature in India*, Calcutta: Papyrus, 1984, p. 20.

中研究印度文学，比较文学扮演了一个特殊的角色。这种研究去掉了美国学派的比较氛围和俄罗斯历史主义学派（Russian Stadialism）的宽泛范围，尽管它看上去近似于法国学派的'事实联系'，但却并不为其包容。我们是否应该谈论比较文学的第四个学派？从其他方面来看，作为多语条件下文学研究的重要方法，比较文学显得非常独特。它预设了一种多语的思想意识。一定程度上，从俄罗斯比较文学研究者那里，我们本来应该想到一种相似的研究方法（我有权这么做，因为印度和俄罗斯的情况并不完全相似），但他们似乎没有沿着这样的道路发展。但我们必须这么做，我们进行比较研究的条件引人入胜。"[①]从达斯和德维上述论述来看，虽然存在一些微妙的差异，但苏联或俄罗斯学者重视内部文学比较与印度学者坚持比较印度文学研究的立场基本一致。

关于比较印度文学，印度国内学者大体上持赞成态度，但也存在一些不同的看法。他们认为，比较印度文学不能算纯粹的比较文学研究，因为比较文学研究要求跨越国家和文化边界。但它又是一种必然，目的是寻找印度性。比较印度文学有助于团结多语种、多宗教的印度人民。

印度学者强调比较印度文学研究重要性的独特立场引起了某些西方学者的注意。例如，著名英国学者苏珊·巴斯奈特曾经在她的《比较文学导论》一书中引用了斯瓦潘·马宗达的观点并加以评述。马宗达认为，虽然存在西方文学这一名称，其实，它是

---

① Amiya Dev, *The Idea of Comparative Literature in India*, Calcutta: Papyrus, 1984, p. 21.

由英国文学、法国文学、德国文学、西班牙文学、意大利文学、美国文学、加拿大文学等组成。每个国家的文学都是其中一个元素，都具有一些相似的文化特征。与此类似，语种众多的印度文学也是部分集合起来的一个整体。“因此，印度文学不仅完全应该与每一种西方文学进行比较，也可以和作为整体的西方文学进行比较。同时，方言的区域文学应该获得印度次大陆文学的要素地位。”① 换句话说，印地语、马拉提语或孟加拉语文学完全可以与西方文学进行比较研究，更别说它们之间可以进行内部比较了。苏珊认为，印度等欧美之外的国家的比较文学发展的确冲击了欧洲中心论。“印度比较文学研究者的工作以转换视角（shift of perspective）为特征。”② 她乐观地认为，印度学者的比较文学研究不存在危机。苏珊的话说明，S. K. 达斯、纳盖德拉、阿米亚·德维、N. B. 森和斯瓦潘马宗达等人坚持比较印度文学合法性的“转换视角”的立场，有力地克服了某些西方比较文学者当下的“危机意识”。

在某些中国学者看来，比较印度文学的内部研究模式有些奇怪，但它的确又是印度的历史文化产物，简单否定之不是一种科学的态度。平心而论，这种独特的比较印度文学研究对于当今世界程度不同地与印度有同样的语言和社会问题的国家而言，不失为一种有借鉴意义的方法。比较印度文学研究对于中国比较文学界未尝不是一块“可以攻玉”的“他山之石”。

---

① Swapan Majumdar, *Comparative Literature*: *Indian Dimensions*, Calcutta: Papyrus, 1987, p. 54.

② Susan Bassnett, *Comparative Literature*: *A Critical Introduction*, Oxford: Blackwell Publishers, 1993, p. 6.

二　比较印度文学实践

既然比较印度文学的最终目的是书写客观而统一的印度文学史，它的代表性成果也先在这一领域里出现。前述纳盖德纳1976年出版的《印度文学批评理论》便是明显的一例。20世纪80年代以后，类似著作继续出版。

盖德拉在1986年出版《文学的感情基础》一书。该书分为三编，即对梵语诗学味论进行现代阐释的“文学的感情基础”、探讨印度文学概念和历史发展的“印度文学”及印地语文学个案研究的“印地语文学”。在第二章中，纳盖德拉认为，虽然存在泰米尔文学、泰卢固文学或马拉提文学等各种区域文学的具体文本，但印度文学的统一性（unity）不容置疑。他说：“正如尽管宗教、思想意识和生活方式复杂多样而印度文化是统一的那样，不难发现，语言和表达方式众多的印度文学在本质上是统一的。某种程度上，印度文学的本质统一绝对不亚于它的复杂多样。”①纳盖德拉把印度各区域性方言文学的发展分为四个时期，即古代到15世纪、15到17世纪中期、17世纪中期到英国殖民统治建立以及此后的现代文学时期。他认为，各种印度现代语言的文学发展有着共同的政治、社会、历史和文化背景，拥有共同的文学遗产，同样感受到西方的巨大影响，表达的主题也很类似。印度的民族统一性建立在文化统一性基础之上。在纳盖德拉看来，印

① Nagendra, *Emotive Basis of Literatures*, Delhi: B. R. Publishing Corporation, 1986, p. 88.

度文学的观念与印度文化和印度民族的概念相联系。印度文学这一术语可以从两个层面来解释：它是印度不同语言文学的总称，也是对印度生活多样性的基本统一的文学反映。印度文学这一术语中的“印度”也有地理、社会、宗教、政治和文化等各种不同的含义，但每种内涵的基础是印度性。纳盖德拉最后给印度文学这一概念下的定义是：“印度文学是印度集体无意识或印度世界观的艺术表达。”①

与纳盖德纳等人的印度文学观相呼应，一些印度学者以自己的学术实践为比较印度文学这一独具特色的学科添砖添瓦。

早在19世纪50到60年代，德国著名东方学家马克斯·穆勒（Max Muller，1823—1900）出版了《古代梵语文学史》。②他在书中主要介绍吠陀时期和史诗时期以来的古典文学、哲学、宗教等方面的知识，并不涉及印度中世纪以后的文学。另外一位著名的东方学家温特尼兹（Maurice Winternitz，1863—1937）在20世纪初著有三卷本的《印度文学史》。③ 该书第一卷重要介绍吠陀、史诗和往世书等古典文学，第二卷主要介绍佛教和耆那教文学，第三卷介绍古典梵语诗歌、戏剧和小说，如《小泥车》

① Nagendra, *Emotive Basis of Literatures*, Delhi: B. R. Publishing Corporation, 1986, p. 109.

② Max Muller, *A History of Ancient Sanskrit Literature*, Delhi: Oxford & IBH Publishing CO., 1926.

③ Maurice Winternitz, *History of Indian Literature*, *Vol.* 1, *Introduction*, Veda, Epics, Puraōas and Tantras, trans. by V Srinivasa Sarma, Delhi: Motilal Banarsidass, 1981. Maurice Winternitz, *History of Indian Literature*, *Vol.* 2, *Buddhist Literature and Jaina Literature*, trans. by S. Ketkar & H. Kohn, Calcutta: University of Calcutta, 1933. Maurice Winternitz, *History of Indian Literature*, *Vol.* 3, *Part* 1, *Classical Sanskrit Literature*, trans. by Subhadra Jha, Delhi: Motilal Banarsidass, 1963.

和《十王子传》等，还包括迦梨陀娑的诗歌。英国东方学家、爱丁堡大学梵语与比较语言学教授 A. B. 基斯在 1929 年出版著作《梵语文学史》。该书五百多页的篇幅，分绪论篇、语言篇、文学和诗学篇、科学文献篇。[①] 绪论篇概要介绍梵语诗歌、戏剧、哲学等。语言篇介绍梵语、俗语和阿波布朗舍语的历史。文学和诗学篇是该书主体部分，主要介绍古典梵语文学和梵语诗学。科学文献篇主要介绍梵语词源学、语法学、法论、利论、欲经、哲学、宗教、医学、占星术、天文学和数学等。该书相当于印度古代文化的百科全书。上述西方作者无一例外，均未涉及内容丰富的近现代印度文学。加拿大多伦多大学的印度学家 A. K. 沃德尔在其《印度古典文学》第二卷中，也主要介绍吠陀、史诗等印度古典文学。美国华盛顿大学东方学家 H. H. 戈文（Herbert H. Gowen）在 1931 年出版的长达 571 页的《印度文学史：从吠陀时期到现在》中，仍然以大量篇幅介绍印度古代文学，而以 465 到 514 页的篇幅简要介绍印度中世纪文学，第 517 到 541 页介绍书写印度题材的英国作家，第 545 到 564 页扼要介绍了泰戈尔等印度现代作家。[②] 由此看来，西方学者书写的印度文学史要么局限于狭义的古代文学和广义的印度文化，要么以古代文学为主，对近现代印度文学作走马观花、浅尝辄止之举。究其原因，应该与印度近现代文学的复杂语言背景关联极大。

与西方学者的捉襟见肘相比，具有得天独厚的语言文化优势

---

① A. Berriedale Keith, *A History of Sanskrit Literature*, London: Oxford University Press, (1929), 1953.

② Herbert H. Gowen, *A History of Indian Literature: From Vedic Times to the Present Day*, Delhi: Seema Publications, 1975.

的印度学者表现出完全不同的学术姿态。他们相信，印度性或印度文化的统一性使书写完整统一的印度文学史成为可能。他们在观察和研究印度文学史的过程中分两步走：首先书写各方言文学史，再过渡到编写全面反映各个语种的印度文学史。除了少数学者外，大多数学者都是在印度独立以后进行方言文学史的撰写。这包括以各种方言为媒介写成的文学史著作，如 S. N. 沙尔玛（S. N. Sarma）撰写的阿萨姆语版《阿萨姆语文学史》（*Asamiya Sahityar Itivrtta*，1959）、S. 森（Sukumar Sen）撰写的孟加拉语版《孟加拉语文学史》（*Bangla Sahityer Itihas*，Vols. I-IV，1940—1963）、R. S. 穆迦尼（R. S. Mugali）撰写的卡纳达语版《卡纳达语文学史》（*Kannada Sahityada Itihasa*，1963）、M. 阿鲁纳查兰（M. Arunachalam）的十一卷泰米尔语著作《泰米尔文学史》（*Tamil Ilakkiya Varalaru*，1970—1980）等。其他如古吉拉特语、印地语、马拉雅兰姆语、马拉提语、奥利雅语等皆有该方言版的文学史著作问世。由于英语在印度各地非常流行，各个地方语言的学者也能熟练使用英语撰写本方言的文学发展史著作。这方面的例子很多，如 S. 森（Sukumar Sen）撰写的《孟加拉语文学史》（*History of Bengali Literature*，1960），后来此书修订再版时改名为《孟加拉语文学》（*Bengali Literature*，1971）、M. 恰维利（Mansukhlal Jhaveri）的《古吉拉特文学史》（*History of Gujarati Literature*，1978）、G. C. 巴特（G. C. Bhate）的《马拉提语现代文学史》（*History of Modern Marathi Literature*：1800—1938，1939）、和 G. V. 悉多跋底（G. V. Sitapati）的《泰卢固语文学史》（*History of Telugu Literature*，1968）等。上述学者编写的方言文学史论述的范围大都涵括古代到现代的方言文学。

如果说温特尼兹和戈文等东方学家的《印度文学史》是撰写印度文学发展史的第一步，那么，G. V. 悉多跋底的《泰卢固语文学史》等方言文学史是朝向这方面努力的第二步。因此，第三个步骤应该是撰写包括各个语种在内的完整的印度文学史。这便是比较印度文学研究的主要内容和最后目标。但是，纳盖德拉认为，到20世纪六七十年代为止，仍未出现统一完整的印度文学史著作。这是因为："那些对印度的民族和文化身份非常关注的精英分子，并未在意于她的文学身份。"① 但无论如何，上述学者以英语或各地方语言撰写的印度方言文学史为编写统一的印度文学史创造了必要的条件。

纳盖德拉在对印度学者的印度文学史编写和研究表达不满的同时，自己也着手进行这方面的工作。他在这方面的代表作非1976年出版的《印度文学批评理论》一书莫属。通观全书，有的语种如印地语和孟加拉语的文学理论发展写得详细，但有的语种则写得粗糙肤浅。迄今为止，印度学界尚未出现第二本这一体例的文论史著作。

2002年，马哈拉斯特拉邦的马拉提语学者G. N. 德维主编出版了带有印度文论选性质的《印度文学批评：理论与阐释》(*Indian Literary Criticism: Theory and Interpretation*)。他在书中编选了自古至今28位印度文论家的文论片断。这些文论家包括婆罗多、朵伽比亚尔、伐致呵利、檀丁、欢增、胜财、恭多

① Nagendra, *Emotive Basis of Literatures*, Delhi: B. R. Publishing Corporation, 1986, p. 99.

迦、新护、鲁波·戈斯瓦米、泰戈尔、奥罗宾多、S. 乔西、K. 克里希纳穆尔提、阿贾兹·艾哈默德及斯皮瓦克等人。这些精选的对象涵盖了古今东西，还包括了当代海外印度裔学者多人，充分体现了德维开放的学术胸怀。如不带偏见的话，该书对从比较印度文学角度撰写印度文论史意义重大。

在全面而统一的印度文学史撰写方面，20 世纪 80 年代至今又出现了一些新的著作，其中有两部巨著值得一提。一部是 S. K. 达斯所撰写的两卷本近现代印度文学史。[①] 相形之下，另外一部似乎更符合纳盖德拉等人心目中的印度文学史标准。这就是马拉雅兰姆语学者 K. M. 乔治（K. M. George，1914—）主编的两卷本《比较印度文学》（*Comparative Indian Literature*）。该著两册共计 1400 多页，分别在 1984 年和 1985 年由印度南方的喀拉拉文学院出版。这是迄今为止第一部完整统一的印度文学史。

K. M. 乔治主编的两卷本《比较印度文学》第一卷分为语言、民间文学、传统诗歌、现代诗歌、戏剧和小说等六部分，第二卷分为短篇小说、散文、传记作品、文学批评理论、儿童文学、文学运动和文学组织等六部分。最后还增加了两个附录。附录一是多格里语、英语、恭卡尼语、迈提里语、曼尼普尔语、尼泊尔语和拉贾斯坦语等七种其他印度语言文学创作简介，附录二是十五种语言的文学术语对照表和文学理论术语集锦等。乔治主

---

① S. K. Das, *A History of Indian Literature*: 1800—1910, *Vol*. 1. Western Impact: Indian Response, Delhi: Sahitya Akademi, 1991. S. K. Das, *A History of Indian Literature*: 1911—1956, *Vol*. 2. The Struggle for Freedom: Triumph and Tragedy, Delhi: Sahitya Akademi, 1995.

编的《比较印度文学》体现了印度文学史研究者和印度比较文学研究者的双重立场，将比较文学研究方法天然地移植到印度文学史写作方面，使之成为20世纪比较印度文学研究和印度文学史研究的代表作之一。与纳盖德拉《印度文学批评理论》的著述体例一样，该书的主体部分也是按十五种方言的首字母排序分类逐一进行介绍。介绍者基本上都是通晓各个方言文学的有造诣的学者。该著在每种文体的介绍中增加了梵语，这是和纳盖德拉的不同之处。每一种文体的介绍之前，都有一篇由著名专家写的引言，对本章内容进行介绍，也在印度文化的大语境中对每种文体的文学成就进行历史考察。例如，主编乔治亲自为语言、民间文学（与人合作）、文学运动与文学组织等三章写了引言，著名学者C. D. 纳拉辛哈（C. D. Narasimhaiah）为文学批评理论部分写了引言，著名英语作家安纳德（Mulk Raj Anand）为短篇小说部分写了引言，著名卡纳达语学者 V. K. 戈卡克为现代诗歌部分写了引言。

值得一提的是，1997 年即印度独立 50 周年之际，K. M. 乔治推出了他主编的、具有献礼性质的三卷本《印度文学杰作》（*Masterpieces of Indian Literature*）。此书第一、二卷就印度19种语言（包括梵语和英语）中的500部著作进行评价，介绍作家背景、作品内容提要及作品评述，第三卷列举了大量诗歌、戏剧和短篇小说的篇目并加以简介。此书可以视为对两卷本《比较印度文学》的深化，体现了乔治一以贯之的研究思路。

综上所述，到乔治主编的两卷本巨著为止，印度学者关于完整统一的印度文学史的撰写已经取得了重大的突破。不过，无论是纳盖德拉等人的印度文论史考察，还是乔治的印度文学史编撰，都还存在一些不能忽视的问题。例如，寻找“印度性”在这些著作中显得不是十分理想。另外，多人编著，难免会对著作的质量产生不利的影响。并且，语种繁多，且各语种的文学成就参差不齐，这使编著难以为各个语种的普通读者和研究者所一致公认。这些问题的克服，需要引入经过改造的比较文学研究手法才能做到。这在一些著作、特别是探讨印度方言文学比较的论文中得到了不同程度的克服。

作为一部划时代的印度文学史著作和特色鲜明的比较印度文学著作，《比较印度文学》与纳盖德拉的《印度文学批评理论》一样，在印度学界开创了一个新的学术研究时代。他们的著作为比较印度文学研究的深入开展起到了良好的示范作用。但客观地看，这两部著作也存在一些问题，如两书基本上只是对各个语种的文学或文学批评理论的发展进行历史梳理，很少或完全缺乏对于各个语种之间的互相联系进行深入探寻。换句话说，西方的比较文学影响研究、平行研究与跨学科研究模式移植到比较印度文学研究中时，还有一些亟待解决或完善的地方。同时，比较印度文学的深入开展，不可避免地影响到印度学者跨越东西方文明进行比较文学研究的精力与兴趣。多年来，他们纠结于印西文学比较，而在印度与中国文学、日本文学、东南亚各国文学乃至西亚波斯文学等方面的比较研究上，存在很多学术空白。当然，印度学者从来不乏创意，也不缺乏面向世界的胸怀和勇气，他们会和泰戈尔一样，在比较印度文学研究中不断地发现问题，也会不断地解决问题。

比较印度文学的研究实绩不仅体现在上述统一完整的印度文学史、印度文学批评理论史的撰写上，还表现在印度各区域文学即现代方言文学之间的比较研究上，甚至也表现在梵语诗学和泰米尔诗学等印度传统文学理论的比较研究上。这使比较印度文学的研究内容更加丰富，进而丰富了当代印度比较文学的研究内容。

以印度现代语言文学之间的比较研究为例，20 世纪 80 年代以来，出现了不少这方面的学术著作。例如，2005 年 7 月，笔者访问位于古吉拉特邦苏拉特郊外的南古吉拉特大学比较文学系时，该校英语系主任拉马克里希南教授展示过他的一本比较印度文学著作《创新：论马拉雅兰姆语、马拉提语和印地语诗歌中的现代性》。该书旨在探讨马拉雅兰姆语、马拉提语和印地语文学等三种印度语言文学中的现代性问题。[①] 此书契合前述阿米亚·德维提出的比较印度文学几大研究领域之一主题学的研究模式。换句话说，作者探索三种现代印度文学共同表达的现代性主题。这是典型的比较印度文学研究。

关于现代印度语言文学之间的内部比较，更多的研究成果体现在各类著作所收录的论文之中。例如，G. S. 阿穆尔的论文《M. R. 安纳德的〈不可接触者〉和西沃拉姆·卡兰塔的〈朱玛之鼓〉的个人意识与社会现实》、[②] 阿米亚·德维和 S. K. 达斯主编的《比较文学：理论和实践》中的两篇论文《自我认识：后殖民时期印地语和乌尔都语短篇小说评论》和《现代性在古吉

① E. V. Ramakrishna, *Making It New*: *Modernism in Malayalam*, *Marathi and Hindi Poetry*, Shimla: Indian Institute of Advanced Study, 1995.

② G. S. Amur, ed., *Essays on Comparative Literature and Linguistics*, Delhi: Sterling Publishers, 1984, pp. 117-129.

拉特语和孟加拉语诗歌中的兴起》、[①] I. N. 乔杜里的论文《现代印地语和孟加拉语戏剧中的戏剧社会学和美学价值》等等都是这方面的研究成果。[②] 1989 至 1990 年出版的第二十八期《贾达瓦普尔比较文学学报》刊载的《真实历史与小说：般吉姆·钱德拉·查特吉和 C. V. 拉马纳. 皮拉伊》和 1991 至 1992 年出版的第三十期该学报刊载的《两部印度戏剧中的局外人观念：〈伊万·因德拉基特〉和〈图格拉克〉》也是比较印度文学性质的论文。其他各种学术期刊上也屡见这类比较研究的论文。另外，在近年来召开的历届印度比较文学会议上，关于比较印度文学的论文更是比比皆是，这是比较印度文学繁荣的一个例证。

在印度传统文学理论的比较研究方面，也出现了一些研究成果。如果不拘泥于现代印度语言文学比较的话，这也可视为一种特殊的比较印度文学研究。例如，有的学者对梵语诗学和泰米尔文学理论的比较研究便带有浓厚的比较印度文学色彩。

在古代，发达的泰米尔语文学催生了一些泰米尔语法书，其中以公元前四世纪左右出现的朵伽比亚尔（*Tolkappiyar*）的《朵伽比亚姆》（*Tolkappiyam*）最为著名，它是目前现存最古老的泰米尔语法书。Tolkappiyam 意思是古书。Tol 的意思是古代的，而 kappiyam 意思是保护。这就是说，朵伽比亚尔讲述语法，意在“保护语言的纯洁性”。[③]《朵伽比亚姆》分三卷二十七

---

① Amiya Dev & S. K. Das, eds., *Comparative Literature*: *Theory and Practice*, Shimla: Indian Institute of Advanced Study, 1989, pp. 240—259.

② I. N. Choudhuri, *Comparative Indian Literature*: *Some Perspectives*, Delhi: Sterling Publishers Private Limited, 1992, pp. 183—195.

③ J. M. Somasundaram Pillai, *A History of Tamil Literature*, Madras: Azhahu Printers, 1968, p. 50.

章，一千六百颂。第一卷《正字篇》(*Eluttu*)，讲述泰米尔文字的字形、拼写和发音规则；第二卷《词源篇》(*Sol*)，讲述泰米尔词语的构成、种类及其在句中的变格规则等；第三卷《题材篇》(*Porul*)，主要讲古代泰米尔语文学的各种题材，内容丰富，是书中最重要的部分。从内容上看，《朵伽比亚姆》不是一般意义上的语法书，它包括了文学创作的各个方面。例如，《题材篇》第六章论述文学作品中的感情。第七章讲文学修辞中的比喻手法，第八章讲诗歌的体裁、结构和韵律，即作诗法。因此，大体说来，《朵伽比亚姆》包含了梵语诗学中的庄严论、“诗人学”和味论甚至韵论等因素。“《朵伽比亚姆》总结了古代泰米尔语言文学的规律和法则，使之规范化和系统化，成为后世泰米尔语言文学发展的指南，其影响是十分深远的。”[①] 换句话说，朵伽比亚尔可以视为泰米尔文学理论之父。遗憾的是，《朵伽比亚姆》所代表的泰米尔文论传统在朵伽比亚尔之后突然断裂。这与婆罗多《舞论》所代表的梵语文论传统在后来得到发扬光大形成强烈反差。

《朵伽比亚姆》所代表的泰米尔文论相对于梵语诗学的独立性问题被一些印度学者反复地加以探讨。其中，尼赫鲁大学的梵语和泰米尔语教授 K. 米拉卡什就是其中一位。她不仅在 20 世纪末出版了《〈朵伽比亚姆〉和〈八章书〉》(《八章书》即波你尼的梵语语法书）一书，还出版了《泰米尔语和梵语文学批评理论：〈朵伽比亚姆〉和梵语诗学》一书，对梵语诗学和《朵伽比亚姆》的文论思想进行比较研究。通过对朵伽比亚尔与婆罗多和

---

① 季羡林主编：《印度古代文学史》，北京：北京大学出版社，1991 年，第 143 页。

欢增等人理论的对比分析（包括味、韵、庄严修辞、文学主题、诗歌定义等），米拉卡什引用别人的观点说："既然婆罗多和朵伽比亚尔都曾提到前人著作，那就不好说哪种文化传统借鉴了另一种文化传统。"① 米拉卡什认为，尽管梵语诗学家认可朵伽比亚尔的地位，但是，他是在泰米尔独特的文化氛围中进行著述。除了《舞论》之外，其他梵语诗学著作都产生在《朵伽比亚姆》之后。《朵伽比亚姆》本身没有受到梵语文论著述的影响，但是，后来部分注疏者利用梵语文论原理阐释朵伽比亚尔的著作，这就使后人误认为朵伽比亚尔受到了婆罗多等人的影响。她的结论是，《朵伽比亚姆》是独立的泰米尔语文论的象征："朵伽比亚尔的诗学贡献具有独创性，他没有受到梵语诗学的影响，因为，在他和婆罗多的著述方法上，我们能发现两种文化传统更多的差异。"② 这里所说的两种文化传统指对印度文明发展史影响深远的雅利安文化和达罗毗荼文化传统。由上所述不难发现，米拉卡什对印度两种传统诗学体系即梵语诗学和泰米尔诗学的比较研究无疑应视为比较印度文学研究最重要的成果之一。

综上所述，近半个世纪以来，由于众多学者的理论鼓噪和文本实践，比较印度文学不仅在理论著述上成绩可观，且引起西方学界的重视，在具体的比较研究方面也涌现了不少的成果。比较印度文学业已成为独具印度特色的比较文学研究。它的出现和长期存在将在世界比较文学发展史上写下浓墨重彩的一笔。这种印

① K. Meenakshi, *Literary Criticism in Tamil and Sanskrit*, Chennai: International Institute of Tamil Studies, 1999, p. 125.

② K. Meenakshi, *Literary Criticism in Tamil and Sanskrit*, Chennai: International Institute of Tamil Studies, 1999, p. 125.

度化的比较文学研究对于拯救比较文学危机、对于中国语境中的比较文学研究创新有着不可忽视的重要参考价值。当然，这种印度式研究也存在一些不容忽视的问题。相信印度学者会在实践中不断反思、不断解决这些问题。

第六节 印度英语文学研究

由于印度与英国的历史文化和殖民政治关系，英语在近现代印度文学发展过程中起着特殊的重要作用。英语是外来语言，印度英语文学自然带有浓厚的跨文化色彩。泰戈尔的英语诗集《吉檀迦利》在1913年获得诺贝尔文学奖，拉贾·拉奥（Raja Rao，1908—2006）、R. K. 纳拉扬（R. K. Narayan，1906—2001）、M. R. 安纳德（Mulk Raj Anand，1905—）等现代印度英语文学三大家的出现，均标志着印度英语文学取得了举世瞩目的成就。印度独立以后、特别是20世纪80年代后，随着一批印度作家或有印度血统的后殖民作家在世界文坛的迅速崛起，印度英语文学重新吸引了世界文学爱好者和文学研究者或新奇或尊敬的目光。印度本土学者对于印度英语文学非常重视，自独立以来，不断推出新著加以评论。比较有代表性的著作包括K. R. S. 因加尔的《印度英语文学》、[①] C. D. 纳拉辛哈的《天鹅与鹰隼：

① K. R. Srinivasa Iyengar, *Indian Writing in English*, Delhi: Sterling Publishers Private Ltd., 1983.

印度英语文学论文集》、[①] M. 穆克吉的《再生的小说》、[②] M. K. 奈克主编的《印度英语文学论文集》[③] 和《印度英语文学面面观》、[④] R. S. 帕塔卡主编的《印度英语小说的问题与前景》、[⑤] V. V. N. R. 普拉萨德的《五位印度小说家笔下的自我、家庭与社会：拉江、拉贾·拉奥、纳拉扬、阿伦·乔西和阿妮塔·德赛》、[⑥] K. A. 潘尼迦的《独立以来的印度英语文学》、[⑦] G. N. 德维的《外语创作：印度英语文学论文集》、[⑧] R. S. 辛哈和 C. S. 辛哈主编的《印度英语文学谱系史》、[⑨] N. D. R. 钱德拉主编的《现代印度英语创作批评》第一、二卷等等。[⑩] 其中，因加尔长达七百多页的论著在 1963 年初版，1973、

---

① C. D. Narasinhaiah, *The Swan and the Eagle*: *Essays on Indian English Literature*, Shimla: Indian Institute of Advanced Study, 1968.

② Meenakshi Mukherjee, *Twice-Born Fiction*, Delhi: Arnold-Heinemann, 1974.

③ M. K. Naik, et al. eds., *Critical Essays on Indian Writing in English*, Dharwar: Karnatak University, 1972.

④ M. K. Naik, ed., *Aspects of Indian Writing in English*, Delhi: Macmillan, 1979.

⑤ R. S. Pathak, ed., *Indian Fiction in English*: *Problems and Promises*, Delhi: Northern Book Centre, 1990.

⑥ V. V. N. Rajendra Prasad, *The Self*, *the Family and Society in Five Indian Novelists*: *Rajan*, *Raja Rao*, *Narayan*, *Arun Joshi*, *Anita Deaai*, Delhi: Prestige Books, 1990.

⑦ K. Ayyappa Paniker, ed., *Indian English Literature since Independence*, Delhi: The Indian Association for English Studiers, 1991.

⑧ G. N. Devy, *In Another Tongue*: *Essays on Indian Literature in English*, Madras: Macmillan, 1995.

⑨ Ram Sewak Singh & Charu Sheel Singh, eds., *Spectrum History of Indian Literature in English*, Delhi: Atlantic Publishers and Distributors, 1998.

⑩ N. D. R. Chandra, ed., *Modern Indian Writing in English*: *Critical Perceptions*, *Vol.* 1, Delhi: Sarup & Sons, 2004. N. D. R. Chandra, ed., *Contemporary Indian Writing in English*: *Critical Perceptions*, *Vol.* 2, Delhi: Sarup & Sons, 2005.

1983 年两度修订再版，成为一部带有文学史性质的重要著作。印度的一些英文期刊如《印度英语研究》（*Indian Journal of English Studies*）和《印度英语创作》（*Journal of Indian Writing in English*）也常常刊载论述印度英语文学的文章。顺便提一下，印度英语文学越来越成为印度学者和中国学者所关注和研究的对象。[①] 除了上述对印度英语文学进行整体研究的著作和期刊外，对于单个作家的研究也有很多的成果，尤其是对拉贾·拉奥、纳拉扬和 M. R. 安纳德等早期英语三大家的研究更为普遍。20 世纪 60 到 70 年代里就有一些关于三大家的研究成果，80 年代后更为丰富，有的还将他们与其他印度英语作家乃至吉卜林、福斯特等英国作家进行比较研究。关于三大家的研究论文不计其数，单是著作也可举出很多，例如，关于拉贾·拉奥的研究著作有 C. D 纳拉辛哈的《拉贾·拉奥》[②] 和他指导的女博士 S. A. 纳拉扬的《拉贾·拉奥其人其作》。[③] 后者的著作是她在 1971 年提交给迈索尔大学的博士学位论文《拉贾·拉奥和印度英语小说》的基础上修改而成。纳拉辛哈的书除引言外，包括四

① 例如，21 世纪初开始，北京大学外国语学院的印度语言文学博士点培养了杨晓霞、王春景、刘朝华、李美敏、张玮、王鸿博等年轻学者，他们均选择拉贾·拉奥、R. K. 纳拉扬和阿妮塔·德赛等印度（印裔）英语作家作为学位论文研究对象并以此获得了学位。其中，有的博士论文已经修改出版（例如：王春景：《R. K. 纳拉扬的小说与印度社会》，石家庄：河北教育出版社，2010 年）。中国其他高校如四川大学、深圳大学、苏州大学等也有不少学者选择印裔流散作家进行研究，如笔者曾经指导过的比较文学硕士生曾琳选择芭拉蒂·穆克吉、刘慧选择维克拉姆·赛特、蒋明霞选择贾布瓦拉、徐振选择奈保尔为研究对象。笔者 2004 到 2005 年留学印度时发现，印度很多大学英语系博士候选人喜欢选取印度英语文学作为学位论文的研究对象。

② C. D. Narasimhaiah, *Raja Rao*, Delhi: Arnold-Heinemann Publishers, 1974.

③ Shyamala A. Narayan, *Raja Rao*: *Man and His Works*, Delhi: Sterling Publishers, 1988.

章：短篇小说、《甘特普拉》、《蛇与绳》、《猫和莎士比亚》。后者的著作除了论述纳拉辛哈提到的作品外，还增加了论述《克里洛夫同志》一章。关于纳拉扬的论著包括 B. S. 戈雅尔主编的《R. K. 纳拉扬评论集》[①] 和 C. N. 室利纳塔主编的《关于 R. K. 纳拉扬的近期论文选》。[②] 两本论文集中的作者均有一半为西方学者，这显示了纳拉扬的国际声望，也显示印度英语文学在西方得到相应的重视。2006 年 10 月 10 日至 12 日，印度学界在纳拉扬的故乡迈索尔召开纳拉扬诞辰 100 周年纪念暨国际学术研讨会，与会者来自世界各地，研究纳拉扬小说的中国学者、河北师范大学文学院的王春景副教授参会并发言。[③] 这是到会的唯一一位中国学者。

就印度英语文学而言，西方学界也推出了一些研究成果。一般说来，印度学者和西方学界习惯将奈保尔、拉什迪、阿妮塔·德赛和维克拉姆·赛特等散居海外的印度裔作家与纳拉扬、安纳德、阿米塔夫·高士和阿伦达蒂·罗易等印度本土英语作家一道统统视为印度英语作家进行考察。本节研究只涉及印度本土英语文学诸多复杂问题，而在下一节单独考察印度学者包括印度裔流散作家在内的流散文学研究。印度学者关于印度英语文学的研究内容非常丰富，限于篇幅，本节只能对近几十年来印度学界相关研究的某些方面择其要者介绍一二。

---

① Bhagwat S. Goyal, *R. K. Narayan: A Critical Spectrum*, Meerut: Shalabh Book House, 1983.

② C. N. Srinath, ed., *R. K. Narayan: An Anthology of Recent Criticism*, Delhi: Pencraft International, 2000.

③ 关于这次研讨会的具体情况，见王春景：《纳拉扬国际学术研讨会》，《外国文学评论》，2006 年第 4 期。

一 概念辨析

首先看看印度英语文学的概念辨析。根据 N. D. R. 钱德拉等印度学者的考证，表达"印英的"的英文单词是 Indo-Anglian，它首先出现在 1883 年。当时在加尔各答出版了一本书，题目中含有 Indo-Anglian Literature（印度英语文学）的字眼。从印度本土学者的眼光来看，这本书是印度英语文学最初的范本。1943 年，因加尔用 Indo-Anglian Literature 作为自己当年出版的处女作的书名。后来，因加尔以这个英文标题一再出版新著，Indo-Anglian Literature 即"印度英语文学"的称谓不胫而走，逐渐风行印度文学界。到了现在，作为印度对世界英语文学的重要贡献，Indo-Anglian Literature 即"印度英语文学"这一术语已经被印度学界广泛接受。

钱德拉认为："事实上，Indo-Anglian（印英的）这个术语是被杜撰来以区别于另外一种叫做 Anglo-Indian（英印的）的关于印度的创作。后者指的是英国人涉及印度主题、背景和动机的文学作品。"① 有的学者认为，Anglo-Indian Literature（英印文学）是指在印度生活的英国人写作的印度题材作品。这种英印文学带有强烈的印度本土色彩，业已成为英语文学的一部分。当然，也有部分学者遣词造句时，喜欢采用 Indo-English 而非 Indo-Anglian。因为，Indo-Anglian 意指印度与英国两个国家之间

① N. D. R. Chandra, ed., *Modern Indian Writing in English: Critical Perceptions*, *Vol*. 1, Delhi: Sarup & Sons, 2004, p. 2.

的关系，而非表示一个国家的语言。但是，因加尔坚持认为，使用 Indo-Anglian 这个术语的好处在于，它既可作形容词“印英的”，也可以用做名词“印英人”，而 Indo-English 则不能这么用。因此，Indo-Anglian 这个词语使用起来非常方便，且生动形象，完全能够表达印度英语文学的涵义。V. K. 戈卡克认为，Indo-English 应该用来指称翻译作品，即被译为英文的印度方言文学作品。它也可以用这个词语来表达：Indian literature in translation。照此标准，某些印度学者关于《罗摩衍那》的英文译作就可以归入这个范畴。钱德拉总结道：“综上所述，可以说，相对于上边所讨论的任一术语，因加尔使用的 Indo-Anglian 一词已经获得大家一致公认。因此，我们可以将 Indo-Anglian Literature 视为印度作家用英语创作的、以印度为主题和背景的文学。”① 而因加尔认为：“印度英语文学既是印度文学，也是英语文学的变种。它既吸引印度人，也应该使英国人感到有趣。”②

二　历史分期

N. D. R. 钱德拉认为：“般吉姆·查特吉·钱德拉（1838—1894）是创作英语小说的第一个印度人。他的《拉贾·莫汉的妻子》（*Raj Mohan's Wife*）标志着印度英语小说的开端。这部小

① N. D. R. Chandra, ed., *Modern Indian Writing in English: Critical Perceptions*, *Vol*. 1, Delhi: Sarup & Sons, 2004, p. 3.

② K. R. Srinivasa Iyengar, *Indian Writing in English*, Delhi: Sterling Publishers Private Ltd., 1983, p. 6.

说出现在 1864 年。”[①] 其实，早在般吉姆的英语小说出现之前，近代印度思想启蒙家拉姆·莫汉·罗易（Ram Mohan Roy, 1772—1833）等人的英语散文就已经出现。例如，他在一篇题为《传教士与三个中国信徒的对话》的讽刺性短文中，借一场东西方对话描摹了中国人的机智。[②] 这些情况表明，如果从罗易开始英语写作的 19 世纪初算起，广义上的印度英语文学也至少有着两百多年的发展历史。很多印度学者对印度英语文学的历史分期进行过探讨。这里介绍两位学者的观点。

因加尔曾经将印度英语创作（Indian English writing）亦即广义的印度英语文学分为五个时期，按年代顺序依次是：1820—1870 年，1870—1900 年，1900—1920 年，1920—1947 年，1947 年至今。印度学者 J. 贾延（Jasbir Jain）并不赞成这一分期。他认为，这种分期在 20 世纪末的学者看来，显然已经过时了。钱德拉也把印度英语文学发展史分为五个时期。他的着眼点主要是印度英语文学的代表性文体小说。他认为，19 世纪中期到 1930 年为印度英语文学的第一个发展时期。它涉及文体发展的问题，即西方浪漫主义和历史主义创作观的协调，这一时期也是印度开始争取民族自由的开端。第二个时期是指 1930 到 1950 年间。M. R. 安纳德、R. K. 纳拉扬和拉贾·拉奥开始创作并崭露头角。1950 到 1970 年代末是第三个发展时期。这一时期，一些比纳拉扬等英语三大家更年轻或与之大约同龄的印度英语作

---

① N. D. R. Chandra, ed., *Modern Indian Writing in English: Critical Perceptions, Vol.* 1, Delhi: Sarup & Sons, 2004, p. 28.

② Tan Chung, ed., *Across the Himalayan Gap: An Indian Quest for Understanding China*, Delhi: Gyan Publishing House, 1998, p. 28.

家开始登上创作的舞台，他们是桑塔·罗摩·拉乌（Santha Rama Rau，1923—）、卡玛拉·玛拉康达雅（Kamala Markandaya，1929—）、巴帕尼·巴塔查利雅（Bhabani Bhattacharya，1906—）、阿提亚·侯赛因（Attia Hossain，1912—）、纳扬达拉·萨格尔（Nayantara Sahgal，1927—）、阿妮塔·德赛（Anita Desai，1937—）、阿伦·乔西（Arun Joshi，1939—1993）、库斯万·辛格（Khushwant Singh，1915—）和曼诺哈尔·马尔贡加尔（Manohar Malgonkar，1913—）等等。第四个时期指1980到2000年。它以拉什迪1981年出版的轰动东西方世界的《午夜诞生的孩子》为标志和开端。这一时期的印度英语作家尽情地自由展示语言、奇想、反讽等写作技巧。维克拉姆·赛特（Vikram Seth，1952—）、阿米塔夫·高士（Amitav Ghosh，1956—）、沙西·德鲁尔（shashi Tharoor，1956—）、罗辛顿·米斯特里（Rohinton Mistry，1952—）、芭拉蒂·穆克吉（Bharati Mukherjee，1940—）、阿伦达蒂·罗易（Arundhati Roy，1960—）、裘帕·拉希里（Jhumpa Lahiri）、乌帕马尼亚·查特吉（Upamanya Chatterjee）和沙西·德斯潘德（Shashi Deshpande，1938—）等人。其中，穆克吉和赛特等人大多数时候居住在英美进行创作，显示出流散作家的基本特色，这和以前在印度定居的印度英语作家很不一样。贾延对这种分期的学理依据解释说："上述分期主要是考虑到这些因素：文学发展，文学定义，主题的开拓，更为明晰的语言自由意识，散居和身份诉求。"① 作为

① Ram Sewak Singh & Charu Sheel Singh, eds., *Spectrum History of Indian Literature in English*, Delhi: Atlantic Publishers and Distributors, 1998, p. 60.

一家之言，贾延学术探索的勇气值得肯定。客观来看，他的分期有一定的道理。照此分法，21世纪初应视为第五个时期，英语文学中关于创作主题、创作风格的实验性质越来越多。阿妮塔·德赛的女儿基兰·德赛等人的崛起是第四、第五个时期里值得注意的现象。

三 代表作家

在长期的研究过程中，印度学者对印度英语文学代表作家的认识开始明朗。以老资格的研究者C. D. 纳拉辛哈为例。20世纪80年代，他在K. M. 乔治主编的《比较印度文学》一书中负责介绍印度英语文学发展史。他分类介绍各体英语文学及其代表作家。如在英语诗歌部分，他把T. 杜塔（Toru Dutt，1855－1876）、S. 奈都（Sarojini Naidu，1879—1949）、奥罗宾多和泰戈尔视为殖民时期即印度独立以前的代表性诗人，把D. 莫内斯（Dom Moraes）、尼斯姆·厄泽基尔（Nissim Ezekiel，1924—）、P. 拉尔（P. Lal，1929—）和卡玛拉·达斯（Kamala Das，1934—）视为后殖民时期的代表诗人。纳拉辛哈心目中的优秀小说家是纳拉扬、安纳德和拉贾·拉奥等英语小说三大家以及G. V. 德赛尼（G. V. Desani，1909—）、M. 阿兰塔纳拉扬（M. Ananthanarayan，）、巴帕尼·巴塔查利雅、曼诺哈尔·马尔贡加尔、阿伦·乔西、卡玛拉·玛拉康达雅、阿妮塔·德赛和库斯万·辛格等人。纳拉辛哈心目中理想的短篇小说家非纳拉扬等三大家莫属。纳拉辛哈认为，奥罗宾多和泰戈尔的英语戏剧成就有限。其他戏剧家的成绩也不突出。关于英语写成的文学批评理论，纳拉辛哈认为，奥罗宾多的《未来诗歌》、A. K. 库马拉斯瓦米的《艺术本质的变迁》和《湿婆之舞》、M. 西里亚南（M. Hiriyanna）的《艺术体验》（*Art Experience*）、K. R. S. 因加尔的《印度英语文学》、M. 穆克吉的《再生的小说》和他自己的《天鹅与鹰隼》是优秀之作。但是，不知何故，他忽略了泰戈尔的文论。从上述这些列举可以看出，纳拉辛哈认为，印度英语文学中的诗歌、小说乃至文学批评理论皆有很大成就，但戏剧次之。对于英语小说家的认定，因加尔在 1983 年出版的大部头著作《印度英语文学》中也基本上遵循纳拉辛哈的选择标准。

1997 年，隐居英国且备受争议的海外印度作家拉什迪不甘寂寞，与人合编了总结五十年来印度英语文学创作实绩的《1947 至 1997 年间的印度文学精品》。① 他在书中精选了三十二位印度英语作家的作品片段，涉及的作家包括尼赫鲁、纳扬达拉·萨格尔、S. H. 曼陀（Sadat Hasan Manto，1912—）、G. V. 德赛尼、N. C. 乔杜里、卡玛拉·玛拉康达雅、M. R. 安纳德、R. K. 纳拉扬、维达·梅塔（Ved Mehta，1934—）、阿妮塔·德赛、R. P. 贾布瓦拉（Ruth Prawer Jhabvala，1927—）、S. 雷（Satyajit Ray，1921—1992）、萨尔曼·拉什迪、帕德玛·皮莱娜（Padma Perera）、乌帕马尼亚·查特吉、罗辛顿·米斯特里、B. 希德瓦（Bapsi Sidhwa）、I. A. 瑟利（I. Allan Sealy）、沙西·德鲁尔、萨拉·苏来丽（Sara Suleri）、F. 坎迦（Firdaus Kanga，1959—）、A. 阿帕查纳（Anjana Appachana）、阿米塔·乔

① Salman Rushdie & Elizabeth West，eds.，*The Vintage Book of Indian Writing*：1947—1997，London：Vintage，1997.

杜里（Amit Chaudhuri，1962—）、阿米塔夫·高士、基多·西利哈南（Githa Hiriharan，1954—）、基多·梅塔（Gita Mehta）、维克拉姆·赛特、维克拉姆·钱德拉（Vikram Chandra，1961—）、A. 瓦基尔（Ardashir Vakil，1962—）、穆库拉·科萨万（Mukul Kesavan）、阿伦达蒂·罗易和基兰·德赛等人。和纳拉辛哈的选单相比，拉什迪的这份选单有些特点。他选取了尼赫鲁、纳拉扬和安纳德等卓有成就的老作家作品片段，也照顾了乌帕马尼亚·查特吉、阿米塔夫·高士、基多·哈利哈南和阿伦达蒂·罗易等长期居住在印度的中青年作家。但他有意无意地忽略了拉贾·拉奥、阿伦·乔西、库斯万·辛格和曼诺哈尔·马尔贡加尔等优秀的印度本土英语作家。他还把作品不受印度欢迎的奈保尔剔除在外，却选录了同样不受印度读者欢迎的 N. C. 乔杜里的作品片段。还有一个特点，那就是，拉什迪所选取的篇目涉及很多和他自己一样散居印度之外的印度裔英语作家，即 A. 阿帕查纳、N. C. 乔杜里、卡玛拉·玛拉康达雅、维达·梅塔、阿妮塔·德赛、R. P. 贾布瓦拉、萨拉·苏来丽、萨尔曼·拉什迪、帕德玛·皮莱娜、罗辛顿·米斯特里、B. 希德瓦、I. A. 瑟利、沙西·德鲁尔、F. 坎迦、A. 瓦基尔和基兰·德赛等十六人，这些人占了他所选取作家人数的一半。其中维克拉姆·赛特在印度、美国、中国和英国等地散居、基多·梅塔在英国、美国和印度之间来往，维克拉姆·钱德拉在孟买和华盛顿之间自动放逐。和纳拉辛哈相比，拉什迪表现了非常开放的心态，他高度重视越来越成为印度英语文学主力军的海外印度英语作家。但是，他忽略众多的印度本土作家作品，把眼光投向更多的后殖民英语作家，这似乎又是他身为后殖民英语作家一员的本能反映。不过，应该承认，拉什迪的选单和纳拉辛哈的选单各有特色，均可以作为向世界文学界展示印度英语文学实绩的载体和标本。

G. N. 德维编选的《印度文学批评理论》(2002) 一书选取婆罗多以来二十多位印度文论家的文论片段，其中有十二位是以英语进行文学评论的。他们包括泰戈尔、奥罗宾多、斯皮瓦克和K. 克里希纳穆尔提等人。这说明，英语在印度文学批评理论的构建过程中，起到了非常重要的作用。

四　创作的核心问题

印度学者 J. 贾延 (Jasbir Jain) 认为，印度学者们对印度英语文学的关注点主要集中在五个方面："使用英语对印度现实生活进行艺术表达、读者的问题、关于印度英语文学印度性的阐释、在选择写作主题时可能遇到的限制以及历史分期问题。"① 这说明，在印度学者眼中，印度英语文学，主要是英语小说必须面临创作语言、阅读受众、印度性亦即作家的身份诉求、创作主题选择和文学史分期等几个方面的考量。很明显，贾延此处涉及的印度英语文学，包括印度本土英语作家的创作，但有时也指流散海外的印度英语作家作品。历史分期已经谈过，这里简单谈谈其他几个问题。

先看看印度英语文学创作的语言问题。在 R. S. 帕塔卡看

① Ram Sewak Singh & Charu Sheel Singh, eds., *Spectrum History of Indian Literature in English*, Delhi: Atlantic Publishers and Distributors, 1998, p. 56.

来，印度英语文学发展面临着两大难题。一是身份诉求，二是表达的媒介即英语。他和其他学者一样，都以英语小说为例进行分析。这是因为："语言对小说家来说比对诗人更为重要……因此，其他问题如印度性、读者、主题和文学史分期都来自于语言问题。"[①]R. S. 帕塔卡认为："困扰印度英语小说家的另一个问题与表达的语言媒介有关。他必须用并非自己母语的一种语言进行写作……有些人也认为，作家必须尽力解决本土意识和获得的语言媒介之间常常发生的冲突。"[②] 其实，早在印度前，印度英语作家即已开始思虑语言这一创作媒介的问题。1937 年 12 月，拉贾·拉奥在伦敦出版英文小说《甘特普尔》。他在该小说的前言中写道，几乎每一个印度乡村都有自己的传奇故事。而他想在《甘特普尔》中讲述的是自己乡村的当代编年史。他接着说："这种讲述并不轻松。你不得不用不属于自己的一种语言传达自己的精神实质。你不得不传达在外国语言中似乎没有正确传达出的种种被遮蔽和忽略的思想意识。我使用'外国的（alien）'这个词，然其对我们而言并非真的陌生。就像从前的梵语和波斯语一样，英语成了我们的智慧因素，但它却无法成为我们的情感载体。我们天然都是双语者，许多人用自己的语言和英语写作。我们不可能像英国人那么创作，也不应该那么做。我们也不能只以印度人的方式创作。我们已经成熟，把偌大的世界视为自己的一部分。因此，我们只能采取一种方言（dialect）的表达方式，有朝一

---

① Ram Sewak Singh & Charu Sheel Singh, eds., *Spectrum History of Indian Literature in English*, Delhi: Atlantic Publishers and Distributors, 1998, p. 56.

② R. S. Pathak, ed., *Indian Fiction in English: Problems and Promises*, Delhi: Northern Book Centre, 1990, p. 9.

日，它会被证明同爱尔兰英语或美国英语一样独具特色、绚丽多姿。唯有时间会证明这点。”[①] 拉奥此处的开放心态和折中立场也是独立以来很多著名的印度英语作家的文学实践。拉奥还认为：“创作语言之后的问题是创作风格。印度的生活节奏必须融入我们的英语表述中去，如同美国或爱尔兰的生活节奏已经融入了他们的创作中。在印度，我们思维敏捷，出口成章，一有行动便雷厉风行。印度的太阳下必定有着什么东西，使得我们跌跌撞撞而又依然前行。我们的道路永无穷尽。”[②]与此观点相类似，V. K. 戈卡克建议，印度英语作家们使用的英语应该代表一种独具特色的进化的规范语言：“在这种规范语言中，其身体是正确的英语惯用法，但其灵魂是印度式的色彩、思想和想象。”[③] 另一位学者认为，要想让英语为己所用的话，必须主动出击：“现在，情况变得很明显，印度性（Indianness）不可能强加于英语上……为了表达思想意识，作家必须把它改造为合适的创作工具。”[④] 从纳拉扬到拉什迪，很多印度英语作家都是遵照改造英语以适合自己表达需要的写作战略前进的。这是一条为写作实践所证明了的成功经验。

帕塔卡还认为：“印度英语小说家必须面对的首要和最大的问题与他的身份诉求有关……印度英语小说家面临的最大挑战是

---

① Raja Rao, *Kanthapura*, “Foreword,” Bombay: Oxford University Press, 1947.

② Raja Rao, *Kanthapura*, “Foreword,” Bombay: Oxford University Press, 1947.

③ V. K. Gokak, *The Poetic Approach to Language*, London: Oxford University Press, 1952, pp. 93—94.

④ R. S. Pathak, ed., *Indian Fiction in English: Problems and Promises*, Delhi: Northern Book Centre, 1990, p. 19.

他的身份诉求。现代小说中散居者的身份探索是一个普遍的主题，但对绝大多数印度英语小说家来说，这种身份探索具有特别印度式的紧迫性。”[①] 而在某些学者如维克多·安南特（Victor Anant）看来，很多印度英语作家是流离失所的文化孤儿，冲突中诞生的孩子，世事变迁的产儿。他们“依赖拨弄文化分裂症（cultural schizophrenic）获得的利益怡然自得地活在边界上”。[②] 这说明，印度英语作家的身份诉求是一种很复杂的跨文化现象。一般说来，身份的迷失会导致心理疏离（alienation）。而心理疏离或“无根”（rootlessness）意识正是某些印度英语小说非常普遍的主题。这种“无根的文学”（rootless literature）完全疏离了印度大众，也无视于印度现实社会。如 N. C. 乔杜里便认为自己是“工业文明时代的流浪者”。[③] 帕塔卡认为，居住在印度的这些英语作家的身份诉求与民族身份认同遇到障碍有关。他说：“作家们在寻求自己的个人身份时，也在努力寻找民族身份。和在西方寻求身份认同不一样，在印度这样一个国家里，对身份的探寻与其说是个人的行为，不如说是社会性的。在印度，个人意识与民族意识紧密相连，个人的身份探索遂成为宏观的民族身份危机。”[④] 那么，有无解决身份迷失难题的办法呢？有的学者指出：“印度性不可能从外部灌注到作品中，他必须内化为作家

---

① R. S. Pathak, ed., *Indian Fiction in English: Problems and Promises*, Delhi: Northern Book Centre, 1990, p. 7.

② R. S. Pathak, ed., *Indian Fiction in English: Problems and Promises*, Delhi: Northern Book Centre, 1990, p. 7.

③ N. C. Chaudhuri, *The Autobiography of an unknown India*, London: Macmillan, 1951, p. 262.

④ R. S. Pathak, ed., *Indian Fiction in English: Problems and Promises*, Delhi: Northern Book Centre, 1990, p. 8.

的意识。在无法与西方传统绝缘的条件下，他必须完全真诚地意识到自己的印度性。但不幸的是，绝大多数印度英语作家在感情和思想上都缺乏这种意识。他们属于那种把自己的思想嫁接在西方生活与思维方式上的小集团，因此成为情感无根的牺牲品。"①的确，印度英语作家、特别是散居海外的印度作家遇到这种身份危机，与他们中的很多人在西方接受英语教育、接受西方传统文化洗礼有关。由此，他们获得了一种看待印度本土的西方视角，其身份危机也就此萌芽。

印度英语作家创作主题的选择也是印度学者关注的重点之一。作家们的创作主题从印度本土延伸到异域风情。他们既选择表现古老传奇、神话、历史事件、社会罪恶、自由斗争、印巴分治的心灵创伤、东西方相遇的悲剧困境、完整家庭破裂后的感情疏离、农业人口向城市的迁徙、对西方物质文化毁坏人际关系和败坏传统价值信仰的抨击等，也选择在故事中穿插印度哲学和精神信仰。只是到了 20 世纪后期，一些印度英语作家模仿西方，开始表现疏离、文化无根或感情空虚、精神迷惘等主题。作品中的超现实主义和存在主义等思想偶尔可见。R. S. 苏克拉（R. S. Shukla）认为，在生活基础上选择恰当的表达主题并不难，难的是有的作家依照个人偏好，专注于表达一些过于狭隘的个人体验。用苏克拉的话来说是："印度英语小说家主要的难题是，他常常和普通人绝缘，很少像安纳德和纳拉扬那样，从广大的普

---

① R. S. Pathak, ed., *Indian Fiction in English: Problems and Promises*, Delhi: Northern Book Centre, 1990, p. 22.

通人生活中汲取创作素材。”[①] 有的作家发现西方对印度的宗教神话有兴趣，就在作品中穿插了一些自己不太明白的宗教哲学思想，其实这些东西混乱模糊，读者也不容易理解。苏克拉认为，即使是《蛇与绳》这样的杰作在这方面也难辞其咎。不过，20世纪末，一些积极的变化正在发生。一些年轻的印度英语作家开始认识到西方人的困境，从而以积极姿态客观地表达印度普通男女的灵魂所思和印度发展的积极因素。苏克拉对于印度英语作家不时获得英语世界的布克奖、普利策奖等西方奖励不以为然。他说：“这些作家最好的奖励一直应该是他们被绝大多数印度读者所接受。只要他们的作品确有价值，自然会获得国际上认可。仅仅将外国和印度的角色和事件搅拌在一起，他们不可能赢得这一切。”[②] 苏克拉最后呼吁印度英语作家：“是时候了，我们应该明白这一点：只有首先在民族的河流中学会游泳，才能继续在汹涌澎湃的人类海洋中巡游。”[③] 苏克拉上述首先的确有许多真知灼见，对于一些西化厉害的印度英语作家不啻于一剂苦口良药。他的意思是，越是民族的，就越能成为世界的。他强调印度英语作家立足文化本位的书写立场。当然，他对书写个人感情的作家持否定态度，这是比较偏激的。毕竟，全球化时代里，社会变化给人们、特别是给大都市人们的心灵带来更多的冲击，城市病不计其数。在这种情况下，部分印度英语作家、特别是散居海外的印

① R. S. Pathak, ed., *Indian Fiction in English*: *Problems and Promises*, Delhi: Northern Book Centre, 1990, p. 20.

② R. S. Pathak, ed., *Indian Fiction in English*: *Problems and Promises*, Delhi: Northern Book Centre, 1990, p. 23.

③ R. S. Pathak, ed., *Indian Fiction in English*: *Problems and Promises*, Delhi: Northern Book Centre, 1990, p. 24.

度英语作家如阿妮塔·德赛、巴拉蒂·穆克吉、卡玛拉·玛拉康达雅和R. P. 贾布瓦拉等人，书写个人内心体验几乎成为他们与这个世界对话的唯一途径。这些人已经在印度之“河”游过泳，他们登上西方海岸线后，只能在另一种海洋中或艰难或轻盈地游动。

J. 贾延认为：“读者仍然是一个关键而重要的问题。外国读者意味着外部导向的写作，这是一种远离自己文化或专门描写异域风情的距离写作。”[1] 这就可以解释为什么很多散居英美的作家如拉什迪、奈保尔屡屡遭到印度学界或印度读者的严厉抨击。不过，英语文学的读者问题在印度国内还有另外的含义。印度是世界上第三大英语出版国，仅次于英美两国。但事实上，由于文盲多的缘故，印度的英语读者只占总人口的百分之几。因此，英语文学爱好者主要是印度大都市的知识阶层、海外散居者。也正是因为这个缘故，一些印度学者极力提倡将印地语、孟加拉语、泰米尔语等各种印度语言中的文学佳作翻译为英语，以供懂英语的读者和学者们阅读。这项工作由印度文学院等机构主持，迄今为止，已经出版了很多这方面的英译作品。

印度英语文学的地位究竟如何？一些学者对此观点不一。G. N. 德维认为：“印度英语文学是一种奇特的文化现象……事实上，印度英语文学是印度文学中最新的和最不发达的一支。”[2] 因加尔对于印度英语文学的评价是：“将印度英语文学仅仅视为

---

① Ram Sewak Singh & Charu Sheel Singh, eds., *Spectrum History of Indian Literature in English*, Delhi: Atlantic Publishers and Distributors, 1998, p. 56.

② G. N. Devy, *In Another Tongue: Essays on Indian Literature in English*, "Preface," Madras: Macmillan, 1995.

英语文学的小小支流并不合理。”[①] 而早在 1945 年，因加尔主编出版过一本论文集，题目是《印度对英语文学的贡献》(*The Indian Contribution to English Literature*)。此书后来再版，这表明，他已经认识到殖民主义时期印度英语文学的独特价值。就当代印度英语文学的作用和世界影响力而言，一位学者评价说："现在，印度英语文学无疑已经成为向范围更为广阔的英语世界传播印度观念的最普通的工具。”[②] 这些话有一定的道理。以中国学界为例，很多中国读者了解印度文学，也是通过泰戈尔诗歌集《吉檀迦利》等英语文学的中文翻译而进行的。布克奖、普利策奖乃至泰戈尔赢得的诺贝尔文学奖，都为西方世界了解印度文化观念创造了必要的前提。在印度国内，由于英语的特殊地位，英语文学作品也为印度读者与研究者带来了无比丰盛的精神食粮或研究素材。当然，那些对印度进行歪曲描写的英语文学也在客观上传播了畸形的印度形象，这在印度国内常常有所反弹、甚或强烈反弹。

至此，我们对印度学者关于印度英语文学的观察和理论思考有了一些了解。最后再简单地谈谈 20 世纪中后期到 21 世纪初印度英语文学研究的历程及其新动向。

---

① K. R. Srinivasa Iyengar, *Indian Writing in English*, Delhi: Sterling Publishers Private Ltd., 1983, p. 5.

② H. M. Williams, *Indo-Anglian Literature*, 1800—1900, Madras: Orient Longman Ltd., 1976, p. 109.

五　新的研究动向

印度学者自20世纪60年代起，便已经开始历史地观察印度英语文学的发展。这以因加尔的K. R. S. 因加尔的《印度英语文学》(1963) 为代表。此后到80年代，印度学者继续推出这方面的研究成果，例如，C. D. 纳拉辛哈的《天鹅与鹰隼：印度英语文学论文集》(1968)、M. N. 奈克主编的《印度英语文学论文集》(1972) 和《印度英语文学面面观》(1979) 等。在1984到1985年出版的、K. M. 乔治主编的两卷本《比较印度文学》中，纳拉辛哈粗线条地梳理了印度英语文学发展的历程及每一文体的代表作家。

随着拉什迪的长篇小说80年代初在西方英语世界突然走红，印度英语文学开始以崭新的姿态集体亮相，西方学界开始对包括印裔流散作家作品在内的印度英语文学刮目相看。这进一步激发了印度的英语文学研究。20世纪90年代以来，研究印度英语文学的著作在印度急剧增加，这不仅包括研究纳拉扬、安纳德等老作家的著作或论文，还包括对中青年作家的研究著作或论文。同时，对印度英语文学进行整体打量的研究成果也层出不穷。下边这些便是例子：R. S. 帕塔卡主编的《印度英语小说的问题与前景》(1990)、V. V. N. R. 普拉萨德的《五位印度小说家笔下的自我、家庭与社会：拉江、拉贾·拉奥、纳拉扬、阿伦·乔西和阿妮塔·德赛》(1990)、K. A. 潘尼迦的《独立以来的印度英语文学》(1991)、R. S. 辛哈和C. S. 辛哈主编的《印度英语文学谱系史》(1998)、M. K. 奈克和S. A. 纳拉扬的

《印度英语文学：1980—2000》(2001)、[①] G. 库马尔的《印度英语文学新视野》(2001)、N. D. R. 钱德拉的《现代印度英语创作批评》(第一卷，2004；第二卷，2005) 等等。

随着印度英语文学的迅速发展，理论探讨也提上了议事日程，这就是 G. N. 德维的《外语创作：印度英语文学论文集》(1995)。他对印度英语文学发展、英语文学翻译、英联邦文学等问题进行了论述。部分涉及印度英语文学理论思考的还有拉什迪 1981 到 1991 年的论文集《想象的家园》。[②] J. 贾延则编选了印度英语文学批评文选即《创作理论：作家论创作》。[③] 他的书和 G. N. 德维的历代印度文学理论选刚好构成一个完整的时间谱系。

20 世纪 90 年代以后，以印度英语文学为主题的学术研讨会也很普遍。根据笔者在印度期间的观察，很多学术讨论会把印度英语文学与印地语、孟加拉语或马拉提语等各种印度地方文学联系在一起加以讨论，这便是比较印度文学的研究模式。

和此前的某些研究方法或立场不同，20 世纪 90 年代以来的印度英语文学研究迅速实现"与国际接轨"，即在评价作家或作品时态度更加灵活开放，研究对象开始向海外作家的流散写作看齐，有时候也取比较文学的研究手段，研究方法追随西方理论。顺便说一下，对于印度学界的流散作家研究，将在下一节介绍。

---

① M. K. Naik & Shyamala A. Narayan, *Indian English Literature 1980—2000: A Critical Survey*, Delhi: Pencraft International, 2001.

② Salman Rushdie, *Imaginary Homelands: Essays and Criticism* (1981—1991), London: Grant Books, 1991.

③ Jasbir Jain, ed., *Creating Theory: Writers on Writing*, Delhi: Pencraft International, 2000.

很多印度学者评价印度英语文学时，也常常借用后殖民理论进行解读。例如，O. P. 朱勒迦的著作《后殖民小说中殖民意识的叙述》就是如此。[①] 该书从后殖民理论的角度对拉贾·拉奥、纳拉扬等印度英语作家进行全面的考察。全书除前言、序言和结语外，分为五章，标题依次为："后殖民小说的殖民意识叙述之阐释"、"殖民混杂：身份与疏离"、"历史与小说"、"结构的原理和小说策略"、"被解殖的英语"。从这些标题来看，就可明白作者的思想资源主要来自后殖民理论。

在研究心态上，一批著名的老资格批评家表现出强烈的民族主义精神。例如，在印度英语文学研究方面完全堪称权威的纳拉辛哈便常常如此，他在论述奈保尔等作家时，往往会表达对印度后殖民作家和西化派作家的反感。他在 K. M. 乔治主编的《比较印度文学》一书中把著名宗教哲学家辩喜（Swami Vivekananda, 1863－1902）和尼赫鲁视为印度英语文学发展的先驱人物，因为他们的英语著述为印度作家采纳英语作为创作语言提供了范本。他还把 N. C. 乔杜里 1951 年出版的《一个不知名的印度人自传》（*Autobiography of an unknown Indian*）视为印度英语作家的反面教材。他还在论述小说时，驳斥了奈保尔认为印度小说是对西方小说的模仿。纳拉辛哈认为，印度自古就有小说，印度叙说故事的传统历史悠久，这影响了拉贾·拉奥等印度英语作家。与西方作家相比，他们站得更高，看得更远。这就是为什么纳拉扬的《向导》要比奈保尔的《神秘按摩师》更吸引

---

① Om P. Juneja, *Post Colonial Novel: Narratives of Colonial Consciousness*, Delhi: Creative Books, 1995.

人，拉贾·拉奥的《蛇与绳》比 E. M. 福斯特的《印度之行》更加重要。“因为，《蛇与绳》从《印度之行》结束的地方开始。”①

综上所述，随着时间的推移，印度英语文学在印度学界越来越得到重视，研究成果越来越丰富。虽然很多学者并未将自己的研究当作比较文学的产物，但它的确具有特殊的比较色彩。印度英语文学研究自然不能排除在比较文学研究范围之外。鉴于印度学者这方面的研究成果具有国际影响，中国学界应该予以关注。

第七节　流散文学研究

如果说诺贝尔文学奖偏好欧洲作家的话，重要的英语文学奖如英国的布克奖和美国的普利策奖均青睐属于流散一族的印度裔英语作家。到 2010 年为止，已有五位印度（或印度裔）作家获得布克奖。他们是：1971 年的奈保尔（V. S. Naipaul）、1981 年的拉什迪（Salman Rushdie）、1997 年的阿伦达蒂·罗易（Arundhati Roy）、2006 年的基兰·德赛（Kiran Desai）和 2008 年的阿拉温德·阿迪迦（Aravind Adiga）。如加上有德国血统、后嫁给印度人并定居印度、再后来自动放逐英国的贾布瓦拉就是六位，因为她的长篇小说《炎热与尘土》获得 1975 年布克奖。至今已有十本左右与印度题材有关的作品获得布克奖。维克拉姆·

① C. D. Narasimhaiah: *Raja Rao*, “General Introduction,” Delhi: Arnold-Heinemann Publishers, 1974.

赛特以长篇小说《如意郎君》获得了1993年布克奖提名。裘帕·拉希里（Jhumpa Lahiri）获得了美国的普利策奖。阿妮塔·德赛（Anita Desai）、芭拉蒂·穆克吉（Bharati Mukherjee）、罗辛顿·米斯特里（Rohinton Mistry）、维克拉姆·赛特（Vikram Seth）等人也获得过西方的文学奖项。随着奈保尔、拉什迪、阿妮塔·德赛、R. P. 贾布瓦拉、维克拉姆·赛特、芭拉蒂·穆克吉、卡玛拉·玛拉康达雅（Kamala Markandaya）、基兰·德赛和裘帕·拉希里等一大批印度裔流散作家在西方文学界声名鹊起，印度学界开始关注他们的流散创作，有的学者还以更加包容的心态评价这些海外流散作家。1996年12月，拉贾斯坦大学举办了题为“Expatriate Writing：Theory and Practice”（流散写作：理论与实践）的学术研讨会，会议论文结集出版，这就是J. 贾延主编的、大量涉及印裔流散文学的《印度流散作家：理论与实践》。近年来，包括博士候选人在内的印度学者越来越把目光投向印裔流散文学，这些领域的研究成果正变得越来越丰富。多年来，印度比较文学会议也把印裔流散文学列为重点探讨对象。由于印度实行双重国籍制，芭拉蒂·穆克吉、拉什迪、维克拉姆·赛特和罗辛顿·米斯特里等印裔流散作家均具有印度与美国、英国或加拿大国籍。这和华裔美国作家或华裔加拿大作家只有居住国国籍的情况显然不同。印度学者往往视芭拉蒂·穆克吉和拉什迪等人为印度英语作家。关注海外印度流散作家是世纪之交印度英语文学研究和比较文学研究的一大亮点。印裔流散作家在印度学界与华裔英美作家在中国学界走红互相呼应。

本节拟对印度学者关于印裔流散作家的研究进行简介。先对相关的研究著作分类择要说明，并对其研究特点进行概括。[①]

一　个案研究

20世纪80年代以来，散见于《贾达瓦普尔比较文学学报》等各种刊物的、涉及印裔流散文学研究的单篇论文不计其数，限于篇幅，此处不予归纳。在笔者所见范围内，就研究单个印裔流散作家而言，值得一提的是下面这些著作（包括论文集）：

关于奈保尔的研究著作有：C. B. 乔西的《V. S. 奈保尔的流亡之声》、M. K. 雷主编的《关于V. S. 奈保尔论文集》、P. 潘沃尔主编的《新评V. S. 奈保尔论文选》、V. S. 巴特尔的《论V. S. 奈保尔笔下的印度》等。

C. D. 乔西的著作在1994年出版，七年后即2001年奈保尔获得诺贝尔文学奖。除引言外，该书主体部分分为六章。引言和第一章"流亡的声音"主要论述奈保尔流亡意识的实质和历史文化动因。乔西联系奈保尔的流亡意识来阐释其身份认同危机。他认为，就奈保尔而言，流亡和家园是同一枚硬币的两面。奈保尔流亡的基本动机是"寻求身份认同。他的创作便是发现自我的过程。当被一刀斩断实际的家园以后，他用语言来重建小说中的家园"。[②] 艾勒克·博埃默认为："奈保尔在文学上真正效仿的是

---

① 关于流散（Diaspora）一词，有的学者认为译为"离散"更妥。清华大学王宁先生认为，随着世界学界对流散文学研究的深入，"流散"一词已取得中性含义。故此处仍取一般译法。王宁的观点见高旭东主编：《多元文化互动中的文学对话》，北京：北京大学出版社，2010年，第172页。

② Chandra B. Joshi, *V. S. Naipaul: The Voice of Exile*, Delhi: Sterling Publishers Private Limited, 1994, pp. 3—4.

康拉德。”[1] 乔西也将创作过《黑暗之心》的康拉德拿来作为解释奈保尔存在主义思想的一个来源。他认为：“在‘存在的阴影’中关注自己命运这点上，奈保尔无疑是康拉德的继承人。”[2] 他认为，奈保尔还未具备深刻的洞察力和丰富的知识来就印度文明和印度教进行权威评判，但他同时承认，奈保尔对印度的某些批评是诚实的印度人不会拒绝的。作为一个“逆写帝国”的后殖民作家，奈保尔的复杂性远远超过了人们的想象。乔西清晰地意识到：“奈保尔的近期作品（指《印度：百万叛变的今天》）显示出一种关心和完全容纳印度的姿势，而这点恰恰将他与写作《中间通道》和《印度：受伤的文明》时的奈保尔拉开了距离。”[3] 第四章“从观光客到定居者：头四部小说”论述《米格尔大街》、《神秘的按摩师》、《埃尔维拉的选举权》和《比斯瓦斯先生的房子》等四部小说。第五章“流亡的自由”论述《斯通先生和骑士朋友》、《岛上的旗帜》、《模仿人》和《在自由的国度》等四部小说。第六章“没有遗产可以继承之地”论述《游击队员》、《河湾》和《抵达之谜》等三部小说。第四到第六章按照奈保尔生活与创作发展的历史线索进行追溯，深入考察了其创作蕴含的后殖民文化信息。通观全书，作者着力挖掘奈保尔生活背景和时代文化对其创作的历史影响，论述有力，考证翔实，是一部研究后殖民流散作家奈保尔的力作。

---

① 艾勒克·博埃默：《殖民与后殖民文学》，盛宁、韩敏中译，沈阳：辽宁教育出版社，1998年，第204页。

② Chandra B. Joshi, *V. S. Naipaul*: *The Voice of Exile*, Delhi: Sterling Publishers Private Limited, 1994, p. 5.

③ Chandra B. Joshi, *V. S. Naipaul*: *The Voice of Exile*, Delhi: Sterling Publishers Private Limited, 1994, p. 87.

V. S. 巴特尔基于博士论文修改而成的《论V. S. 奈保尔笔下的印度》比之乔西的著作缩小了研究范围。他集中研究奈保尔的“印度三部曲”即《黑暗地带》、《印度：受伤的文明》和《印度：百万叛变的今天》，考察奈保尔与母邦印度爱恨交加的文化互动。他的著作在2005年即奈保尔获诺贝尔文学奖后出版，该书除前言和序言外，分为九章：(1) 奈保尔其人其作，(2) 奈保尔的思想意识：三重身份，(3)《黑暗地带》对印度的批判，(4)《印度：受伤的文明》：奈保尔的印度文化观，(5) 奈保尔评价印度的一些错误，(6) 对印度民主的考验，对印度世俗主义的威胁，(8) 奈保尔的写作风格，(9) 结论。

作为奈保尔研究最新著作之一，巴特尔主要从奈保尔的印度现实观察、历史论述和文化身份认同等三方面考察“印度三部曲”。例如，面对奈保尔对于印度贫困问题的描述，巴特尔质问道：“奈保尔想展示什么？蔑视还是痛苦？很明显，这是一种轻蔑而非痛心。如果他对印度有同情心的话，他绝不会写出那些东西来。”之所以如此，原因在于，奈保尔是“通过西方眼光来评判印度”。[①] 面对奈保尔的解构主义姿态，巴特尔指出：“没有任何个人或组织，任何党派或学会会赞成奈保尔的观点：食盐进军是没有任何严肃意义的象征之举……我们不能像奈保尔那样将食盐进军视为一个象征符号。它的确是对印度民族主义的一大贡献。要是甘地不将印度视为一个民族，这一成就根本不可能实现。”[②]

---

① Vasant S Patel, *V. S. Naipaul's India*: *A Reflection*, Delhi: Standard Publishers, 2005, p. 97.

② Vasant S Patel, *V. S. Naipaul's India*: *A Reflection*, Delhi: Standard Publishers, 2005, p. 162.

奈保尔说："印度缺少意识形态，这是甘地和印度的双重失败。印度人民没有国家观念。"① 巴特尔认为，奈保尔是错误的，因为："如果不是甘地，谁又赋予印度人以国家观念？奈保尔没有意识到，他忽视了甘地的伟大业绩，从而扭曲了自己的视线。"② 巴特尔以还原历史的方式进行反驳。就其文化身份，巴特尔说，奈保尔可以说是"双重流亡或曰二次流亡者。""我们可用不同的术语来表述他的身份，如被放逐者、侨民、流亡者、移民、避难者或无家可归者"。③ 巴特尔还认为："奈保尔用他的笔力，将平凡男女关于殖民地的真实体验意象化。这是他对我们理解当代人困境的重大贡献。"④ 他的评价比较中肯地揭示了奈保尔身份探索的当代意义。通观全书，和乔西的著作相比，巴特尔对奈保尔的印度三部曲显然是取批判姿态，这多少有些影响该书某些论断的客观理性。但是，巴特尔对于奈保尔印度书写的深入考察是基于印度历史现实的，这又体现出该书的重要学术价值。总体来看，这本著作是近年来关于奈保尔印度三部曲研究很有价值的一部。

M. K. 雷主编的《关于 V. S. 奈保尔论文集》⑤ 和 P. 潘沃尔主编的《新评 V. S. 奈保尔论文选》均在奈保尔获得诺贝

---

① 奈保尔：《印度：受伤的文明》，宋念申译，北京：三联书店，2003 年，第 206 页。

② Vasant S Patel, *V. S. Naipaul's India: A Reflection*, Delhi: Standard Publishers, 2005, p. 161.

③ Vasant S Patel, *V. S. Naipaul's India: A Reflection*, Delhi: Standard Publishers, 2005, p. 74.

④ Vasant S Patel, *V. S. Naipaul's India: A Reflection*, Delhi: Standard Publishers, 2005, p. 324.

⑤ Mohit K. Ray, ed., *V. S. Naipaul: Critical Essays*, Delhi: Atlantic Publishers & Distributors, 2002.

尔文学奖之后出版，这体现了印度学界对于奈保尔的高度重视。两书收录的论文绝大多数为印度学者所撰。其中有的文章在奈保尔获奖之前发表过。雷主编的论文集包括以下这些篇目：“奈保尔：不是印度人的印度人”、“身份问题：论奈保尔的印度游记和特立尼达游记”、“奈保尔小说：关于殖民社会祖先记忆的影响和自我分裂的故事”、“奈保尔的《半生》：两难境地中的身份探索”和“《米格尔大街》和《半生》的比较研究”等。

P. 潘沃尔的论文集包括以下这些篇目：“奇怪的动机：基拉米提亚变为周游世界者”、“奈保尔和历史的负担”、“清醒地带：奈保尔和狄里帕·帕达恭卡尔对话录”、“《黑暗地带》的重新定位”、“后殖民的生存寓言：奈保尔的《岛上的旗帜》”和“为诺贝尔奖欢呼”等。其中，奈保尔与印度记者对话录即“清醒地带：奈保尔和狄里帕·帕达恭卡尔对话录”发表在 1993 年 7 月 18 日的《印度时报》上。从上述篇目来看，印度学者对奈保尔的论述非常全面。他们主要围绕奈保尔的印度书写及其文化身份探索等问题进行探讨。例如，关于奈保尔的身份追问，潘沃尔在该书引言中说：“奈保尔对自我身份和周围世界的探索，如关于民族、历史、族群和文化的探索，已经形成一种广义的‘自我流亡诗学’。”[①] A. 格拉认为：“奈保尔提出了一个最大的问题，归纳了流散者独特的意识形态并超越了它。他是一个以主人的工具对抗主人和他自己人民的模仿人，是一个没有家园的人，

① Purabi Panwar, ed., *V. S. Naipaul: An Anthology of Recent Criticism*, Delhi: Pencraft International, 2003, P. 22.

一个陌生人。他在没有家园的世界里随遇而安。”[①]

关于拉什迪的研究著作有 G. R. 塔勒迦和 R. K. 达万主编的《拉什迪的小说》、M. 穆克吉主编的《拉什迪〈午夜诞生的孩子〉解读》和 G. 库马尔的《印度的审查制度：以〈撒旦诗篇〉和〈查泰来夫人的情人〉为例》等。[②] 塔勒迦的论文集作者除了三位西方学者外，其余全部来自印度。他们的论文涉及拉什迪的几部小说和文论集，包括《午夜诞生的孩子》、《耻辱》、《美洲虎的微笑》、《哈伦与海的故事》和《想象的家园》等。这些论文探讨的内容包括拉什迪小说的描写主题、文学技法、历史文化信息即拉什迪风波、拉什迪的宗教态度和拉什迪受到的传统影响等等方面。整体来看，印度学者对拉什迪的评价比较客观。如有的学者认为，拉什迪与奈保尔一样，加入了解殖英语的行列。“单单研究他对解殖英语（decolonizing English）的贡献就足以形成一本著作。”[③] 拉什迪获得布克奖的《午夜诞生的孩子》浓缩了整个 20 世纪印度的历史。“拉什迪证明，印度青年充满希望。如果印度是充满希望、蓬勃成长的国度、如果印度能产生一批拉什迪，它就会迎来充满希望的世纪。1978 年不会成为民族死亡的日期。”[④]就其继承的文学传统而言，R. K. 达万认为，拉什迪追随着君特·格拉斯、梅尔维尔、加西亚·马尔克斯、乔

---

① Purabi Panwar, ed., *V. S. Naipaul: An Anthology of Recent Criticism*, Delhi: Pencraft International, 2003, P. 26.

② Meenakshi Mukherjee, ed., *Rushdie's Midnight's Children: A Book of Readings*, Delhi: Pencraft International, 1999.

③ G. R. Taneja & R. K. Dhawan, ed., *The Novels of Salman Rushdie*, Delhi: Indian Society for Commonwealth Studies, 1992, p. 192.

④ G. R. Taneja & R. K. Dhawan, ed., *The Novels of Salman Rushdie*, Delhi: Indian Society for Commonwealth Studies, 1992, p. 193.

伊斯和贝克特等西方作家的书写传统。“与其说拉什迪是印度英语文学的一部分，不如说他是世界文学主流的一部分。”[①] 拉什迪与奈保尔是当今印裔流散作家中进行印度书写者成绩最为卓著的两位。有的学者认为，他们两人在将东方世界黑暗化方面做了相同的工作。拉什迪在《耻辱》中所描述的邪恶三姐妹住的地方尼沙普尔仿佛就是“奈保尔笔下的黑暗地带”。[②] 两人存在一定的思想差异：“与奈保尔不同，拉什迪将移居视为某种形式的再生，他还认为，作家能够按照自己纯粹的意愿来对新世界进行改写。”[③] 还有学者认为，二人的共同点在于，都加入了“解殖运动的战斗文学”阵营，因为他们都属于“第三世界的世界主义者”。[④]

M. 穆克吉主编的《拉什迪〈午夜诞生的孩子〉解读》由十二篇论文组成，其中六篇是印度学者所撰。他们对《午夜诞生的孩子》的书写主题、后现代主义技巧以及对印度女性的描写、对印度民族命运的思考等等进行了探讨。哈利西·特里维迪认为，尽管拉什迪口口声声利用英语创作征服英语，从而达到异军突起并最终能“逆写帝国”、消解帝国中心的美学旨趣，但其最终效果令人担忧，这是因为：“使用主人的语言不可避免地会以主人

---

① G. R. Taneja & R. K. Dhawan, ed., *The Novels of Salman Rushdie*, Delhi: Indian Society for Commonwealth Studies, 1992, p. 267.

② G. R. Taneja & R. K. Dhawan, ed., *The Novels of Salman Rushdie*, Delhi: Indian Society for Commonwealth Studies, 1992, p. 78.

③ G. R. Taneja & R. K. Dhawan, ed., *The Novels of Salman Rushdie*, Delhi: Indian Society for Commonwealth Studies, 1992, p. 232.

④ G. R. Taneja & R. K. Dhawan, ed., *The Novels of Salman Rushdie*, Delhi: Indian Society for Commonwealth Studies, 1992, p. 196.

的语气说话，会与主人妥协达成共谋。”[①]并且，一个明显的事实是：“并不清楚，拉什迪和那些与他同舟共济或追随他的人是否已经真的征服了英语，并因此在解殖英语事业中发起了重要的打击……但很明显的是，通过拉什迪对英语这样一种印度文学语言始料不及的卓越反应，英语确实又一次征服了全印！”[②] 根据拉什迪在小说中对床单的描述，R. B. 奈尔推断出其中的后现代解构意味：“这种碎片性由《午夜诞生的孩子》中那个‘穿孔的床单’（perforated sheet）的隐喻而体现出来。”[③] 拉什迪不欣赏甘地对印度未来的设计。对此，R. B. 奈尔认为：“甘地在拉什迪小说中引人注目的缺席意味着拉什迪欣赏尼赫鲁所设想的世俗民族主义印度，而非甘地所期盼的那个印度”。[④]

在《印度的审查制度：以〈撒旦诗篇〉和〈查泰来夫人的情人〉为例》中，G. 库马尔考察了奈保尔创作的心理动机以及《撒旦诗篇》在印度受禁的原因，他把该书和奈保尔的《黑暗地带》联系起来进行考察。库马尔认为，拉什迪思想中的西方因素是他解构东方宗教权威的一个原因：“拉什迪有一副西方的头脑，但却完全缺乏东方意识。”[⑤]

关于阿妮塔·德赛的研究著作有：乌莎·般德的《阿妮塔·

---

① Meenakshi Mukherjee, ed., *Rushdie's Midnight's Children: A Book of Readings*, Delhi: Pencraft International, 1999, p. 71.

② Meenakshi Mukherjee, ed., *Rushdie's Midnight's Children: A Book of Readings*, Delhi: Pencraft International, 1999, p. 72.

③ Meenakshi Mukherjee, ed., *Rushdie's Midnight's Children: A Book of Readings*, Delhi: Pencraft International, 1999, p. 57.

④ Meenakshi Mukherjee, ed., *Rushdie's Midnight's Children: A Book of Readings*, Delhi: Pencraft International, 1999, pp. 45–46.

⑤ Girja Kumar, *Censorship in India: With Special Reference to the Satanic Verses and Lady Chatterley's Lover*, Delhi: Vikas Publishing House, 1990, p. 46.

德赛小说的人物角色与冲突研究》、R. K. 达万主编的《阿妮塔·德赛的小说》、M. 索兰吉的《阿妮塔·德赛小说中的生存策略范式》和R. K. 古普塔的《女性主义视野中的阿妮塔·德赛小说》等。德赛在印度、英国和美国三地进行流散写作。她创作丰富，是当代印度学者争相评述的后殖民流散作家，其代表作包括《哭泣吧，孔雀》、《城市之音》、《今年夏天我们去哪儿》、《斋戒盛宴》和《伊萨卡之旅》等长篇小说。

乌莎·般德的《阿妮塔·德赛小说的人物角色与冲突研究》分为七章：(1) 引言，(2) 第三种力量和文学人物，(3) 进入黑暗通道，(4) 无边的虚幻，(5) 绝望的尽头，(6) 快乐的视野，从黑暗到光明。该书着意揭示德赛作品中的存在主义思想和人物心理刻画等方面。作者认为："阿妮塔·德赛并非刻画对外在事物的体验，而是表达对心灵所见的客观真实的认识……为此，她把握住流动世界中人物角色的激动、情感与情绪。这就是为何她的长篇小说和短篇小说人物都具有内在隐秘生活的独特个性。"①

R. K. 达万主编的《阿妮塔·德赛的小说》包括十一篇论文，分别论述德赛小说的一般特征、写作技巧、思想主题及各部具体作品，涉及《哭泣吧，孔雀》、《城市之音》、《今年夏天我们去哪儿》、《山火》、《白日悠光》、《海边村庄》和《在拘禁中》等。R. S. 帕塔卡认为："阿妮塔·德赛无可争议地属于当代最杰出的印度英语小说家之一。她表现了第二次世界大战以后开始兴起的、受人欢迎的女性意识的创造性表达。作为一位相当优秀

---

① Usha Bande, *The Novels of Anita Desai: A Study in Character and Conflict*, Delhi: Prestige Books, 1988, p. 18.

的小说家，德赛丰富了印度英语小说传统。”[①]

M. 索兰吉的《阿妮塔·德赛小说中的生存策略范式》分为六章：（1）引言，（2）陷入困境的鸟，（3）转身，（4）毁灭的戏剧，（5）织网，（6）结论。索兰吉主要探索德赛作品中的存在主义思想。作者认为，阿妮塔·德赛关注社会文化价值观飘忽不定的世界里，人们心灵深处感受的压力、焦虑和痛苦。“她是第一批首先从存在主义角度看待人生的印度英语小说家。”[②]“阿妮塔·德赛的小说注重描写人物生活中最困惑的部分。”[③]

R. K. 古普塔的《女性主义视野中的阿妮塔·德赛小说》包括六章内容：（1）引言，（2）印度和西方的女性主义传统，（3）主题研究，（4）阿妮塔·德赛小说中的男女关系，（5）人物刻画艺术，（6）结论。古普塔认为，印度独立以来，优秀的女作家们丰富了印度英语小说。其中，卡玛拉·玛拉康达雅和贾布瓦拉无疑最为耀眼。但这丝毫不影响阿妮塔·德赛的地位。“阿妮塔·德赛为印度女作家在英语小说方面的成就奉献了新的概念。”[④] 贾布瓦拉的小说刻意揭示社会环境，玛拉康达雅也着力于揭示人物背后的政治、经济、社会和文化因素，而德赛为印度英语小说的贡献在于她探索那种“困惑的思想，那种典型的印度新现象”。“因此，阿妮塔·德赛明显地走在了这批女作家的前

---

① R. K. Dhawan, ed., *The Fiction of Anita Desai*, Delhi: Bahri Publications, 1989, p. 17.

② Mrinalini Solanki, *Anita Desai's Fiction: Patterns of Survival Strategies*, Delhi: Kanishka Publishing House, 1992, p. 1.

③ Mrinalini Solanki, *Anita Desai's Fiction: Patterns of Survival Strategies*, Delhi: Kanishka Publishing House, 1992, p. 22.

④ R. K. Gupta, *The Novels of Anita Desai: A Feminist Perspective*, Delhi: Atlantic Publishers, 2002, p. 5.

面，揭示内心情感，揭示她的小说中的女性意识。”①

关于贾布瓦拉的研究著作有阿鲁纳·查克拉沃迪的《关于R. P. 贾布瓦拉的共鸣和流亡研究》等。贾布瓦拉生于1927年的德国，1939年举家逃亡到英国，后成为英国公民。1951年，她与一个印度建筑师结婚并移居德里，在那里定居二十四年。1975年，她离开印度定居纽约。贾布瓦拉的早期小说主要描写印度人，到了后来，她越来越关注在印欧洲人的命运，这与她自己的双重身份有关。查克拉沃迪该书分十二章，标题分别是：(1) 流散的传统，(2) 流散的体验，(3) 跨地的吸纳：《她追随谁》，(4) 传统与现代：《激情的本质》，(5) 物质主义者与理想主义者：《艾斯蒙德在印度》，(6) 追寻者和守护者：《户主》，天敌与天使：《准备战斗》，(8) 流散者的反应：《落后之地》，(9) 追寻者和受苦者：《新的领地》，(10) 复原：《炎热与尘土》，(11) 不起眼的主题：贾布瓦拉的短篇小说，(12) 寄生虫和性变态者：贾布瓦拉1975年后的小说扫描。从这些题目来看，作者意在揭示贾布瓦拉创作所代表的跨文化书写密码，为此在引言中还追溯了吉卜林到福斯特再到保罗·斯各特等人的英国作家印度书写谱系。《炎热与尘土》曾经给贾布瓦拉带来布克奖的荣誉。它延续了西方书写印度的传统，是对贾布瓦拉本人在印度二十四年痛苦生活的总结。查克拉沃迪认为，这部作品是作者“最后也是最有争议的关于印度的作品。比起她的任何其他作品来，《炎热与尘土》为她在印度招来了批评家们的辱骂，而在西方又获得

① R. K. Gupta, *The Novels of Anita Desai: A Feminist Perspective*, Delhi: Atlantic Publishers, 2002, p. 6.

大量的赞誉”。[①]

关于芭拉蒂·穆克吉的研究著作有纳根德拉·库马尔的《文化视野下的芭拉蒂·穆克吉小说》等。芭拉蒂·穆克吉是略晚于奈保尔、几乎与拉什迪同时进行创作的印度流散作家或曰移民作家。她于1940年生于印度，1969年获得美国爱荷华大学英语与比较文学博士学位。经过印度、加拿大和美国三地的不断辗转后，1980年，穆克吉最终定居美国。1988年，她以短篇小说集《中间人》获得美国“全国图书评论界奖”。库马尔该著分为六章：（1）引言，（2）创作意识的变化，（3）流放时期，（4）变迁过渡期，（5）移民期，（6）最后评价。在库马尔看来，穆克吉已被“公认为表达流亡与移居意识的代言人”。[②] 库马尔还认为，穆克吉的创作可以分为三个时期进行研究。从1971年出版处女作长篇小说《老虎的女儿》到1979年为第一个时期即自动流亡期；从1980年到1988年为第二个时期即自动流亡到移民定居的过渡期；1989年到1997年出版长篇小说《留给我》为第三个时期即移居期。与拉什迪一样进行跨界书写的穆克吉，也以一种“文化翻译”心态观察印度移民在北美的“身份翻译”。库马尔说：“穆克吉本人便是一个‘被翻译过来的人’（translated person）。穆克吉在小说中对印度与西方文化进行互译。”[③]

关于维克拉姆·赛特的研究著作有普拉萨德主编的《关于维

---

① Aruna Chakravarti, *Ruth Prawer Jhabvala: A Study in Empathy and Exile*, Delhi: B. R. Publishing Corporation, 1998, p. 203.

② Nagendra Kumar, *The Fiction of Bharati Mukherjee: A Cultural Perspective*, Delhi: Atlantic Publishers and Distributors, 2001, p. 14.

③ Nagendra Kumar, *The Fiction of Bharati Mukherjee: A Cultural Perspective*, Delhi: Atlantic Publishers and Distributors, 2001, p. 81.

克拉姆·赛特的近期论文》。维克拉姆·赛特曾经在牛津大学、斯坦福大学和南京大学学习。跨越印度、西方和中国三大文明圈的流散生活经历，对赛特的跨文化写作影响很大。赛特迄今为止创作甚丰，已经成为具有很高国际知名度的后殖民作家。1983年，他出版中国游记《自天池出发：穿越新疆西藏旅游记》。1985年出版第二部诗集《拙政园》，反映他在印度、中国、美国三地的生活感受。此书使他第一次获得英联邦国家诗歌奖。1990年和1992年，他分别出版诗集《你们那所有入睡者》和中国诗歌翻译集《三个中国诗人》。普拉萨德该书除引言外，包括十二位作者的论文，其中大多数为印度学者所撰。这些论文涉及赛特的几部中国题材作品和《如意郎君》和《相同的音乐》等长篇小说代表作。对于赛特关于中印对比的书写姿态，南迪妮·钱德拉正确地指出："和创作《黑暗地带》的奈保尔不同，赛特对印度的前途并不悲观，他的爱国主义精神使他不买奈保尔对印度文明全盘否定的账。然而，他读过的这本书中关于印度文明的批评部分，却帮助他从一个更好的角度观察中国。"① 钱德拉同时指出，赛特的中国游记并不完全具有"拯救和发现"使命的意识，而更多地属于西方那种为旅游而旅游的作品。但问题是，假如考虑到20世纪80年代中国特别是中国西藏地区是西方世界一直关注的地方，那么可以说："赛特的中国报道不可能'清白无辜'。尽管是受过西方教育的世界公民，一个印度人在东方色彩浓烈的地方

① GJV Prasad, ed., *Vikram Seth: An Anthology of Recent Criticism*. Delhi: Pencraft International, 2003, p. 27.

所看到的东西，实在是出于强烈的政治动机。”[①] 赛特的问题还可以向深处追问，那就是：“既然赛特的旅行动机是试图揭示普通中国人的心灵脉动，具有讽刺意味的是，他的旅行是一次顽固偏执的行为。这是因为，身兼作家、诗人和学者的赛特正在从事西方旅行者在精神方面的探索。他也在意识形态的面纱掩盖下企图发现真正的中国。”[②]

关于其他印裔流散作家如罗辛顿·米斯特里和卡玛拉·玛拉康达雅等人的研究，限于资料和篇幅，此处不再进行介绍。

由于印度学者常常把印裔流散作家视为印度英语作家，因而对于他们及其作品的研究往往是在关于印度英语文学的研究著作中进行。这方面的例子不胜枚举，如G. S. 阿穆尔和S. K. 德赛主编的《英联邦文学中的殖民意识》、[③] A. K. 辛哈主编的《当代印度英语小说》、[④] K. A. 潘尼迦主编的《独立以来的印度英语文学》、[⑤] V. V. N. R. 普拉萨德的《五位印度小说家笔下的自我、家庭与社会：拉江、拉贾·拉奥、纳拉扬、阿伦·乔西和阿妮塔·德赛》、G. 库马尔的《印度英语文学新视野》、[⑥] N. D. R. 钱德拉主编的《现代印度英语创作批评》（第一卷，

---

① GJV Prasad, ed., *Vikram Seth: An Anthology of Recent Criticism*. Delhi: Pencraft International, 2003, p. 22.

② GJV Prasad, ed., *Vikram Seth: An Anthology of Recent Criticism*, Delhi: Pencraft International, 2003, p. 27.

③ G. S. Amur & S. K. Desai, ed., *Colonial Consciousness in Commonwealth Literature*, Bombay: Somaiya Publications, 1984, p. 100.

④ Avadhesh K. Singh, ed., *Contemporary Indian Fiction in English*, Delhi: Creative, 1993.

⑤ K. Ayyappa Paniker, ed., *Indian English Literature since Independence*, Delhi: The Indian Association for English Studies, 1991.

⑥ Gajendra Kumar, *Indian English Literature: A New Perspective*, Delhi: Sarup & Sons, 2001.

2004；第二卷，2005）等等。[1] 例如，很多研究印度英语文学的著作中都要涉及奈保尔研究，C. D. 纳拉辛哈的论文集《印度批评界争鸣文选》就是如此。他就奈保尔第一次灰色的印度之行发表看法。他说，奈保尔所经历的是一种“无家无根者在无国无宗教也无赖以生息的一套价值信仰的情况下的痛苦体验”。这点出了奈保尔的悲剧所在。[2] K. A. 潘尼迦主编的《独立以来的印度英语文学》论及卡玛拉·玛拉康达雅、拉什迪、贾布瓦拉和阿妮塔·德赛等人。G. 库马尔的《印度英语文学新视野》论及的流散作家包括阿妮塔·德赛、罗辛顿·米斯特里等人，N. D. R. 钱德拉主编的《现代印度英语创作批评》第一卷论及阿妮塔·德赛和贾布瓦拉等人，该书第二卷论及奈保尔、拉什迪、芭拉蒂·穆克吉和裘帕·拉希里等流散作家。

二　综合研究

就综合而系统地研究流散文学的著作而言，印度学者也有很多创获。下边依据笔者掌握的资料，对其中几部代表作进行简单说明。

维内尔·克巴尔于 1989 年出版《第三世界流亡小说：印度、西非和加勒比作家的流亡小说研究》，这是印度学者系统而全面

① N. D. R. Chandra, ed., *Modern Indian Writing in English: Critical Perceptions, Vol.* 1, Delhi: Sarup & Sons, 2004. N. D. R. Chandra, ed., *Contemporary Indian Writing in English: Critical Perceptions, Vol.* 2, Delhi: Sarup & Sons, 2005.

② C. D. Narasimhaiah, *The Indian Critical Scene: Controversial Essays*, Delhi: B. R. Publishing Corporation, 1990, pp. 108—109.

地研究流散文学的翘楚之作。该书是作者基于提交给普纳大学的博士学位论文修改而成。该书在中国与西方学界皆有引用，很好地传播了印度在后殖民文学研究中的理论话语。关于研究目的，克巴尔在序言中写道："尽管出现了第三世界向大都市国家大规模移民的现象，流亡（expatriation）作为第三世界文学的一个主题，还没有得到全面完整的分析阐释。只有少数一些移民作家（migrant writers），偶尔在一些短文中得以探讨。迄今为止，还没有人考察过作为文类的流亡小说的美学内涵。本书希望填补这一空白（fill the gap）。"① 该书除序言外，主体为三部分计八章：（1）流亡意识，（2）殖民化对流亡的冲击，（3）移民体验：两个种族间的爱情、婚姻和离婚，（4）回顾：儿子对母邦乱伦与俄狄浦斯式的挣扎，（5）我们和他们：在冲突中寻求家园，（6）流亡对人物角色的巨大影响：作为观念的人，流亡对艺术技巧的巨大影响：隐喻作为创造现实的方式，（8）趋向沉默。从这些标题来看，克巴尔意在揭示第三世界流亡小说或曰流散文学背后隐含的跨文化密码。克巴尔引用的后殖民理论家包括赛义德、弗兰兹·法侬和诺斯诺普·弗莱等人，涉及的作家包括拉贾·拉奥、纳拉扬、安纳德、阿妮塔·德赛、卡玛拉·玛拉康达雅、奈保尔、拉什迪等印度英语作家或印裔流散作家，也涉及沃勒·索因卡、齐努阿·阿切贝、乔治·拉明、德里克·沃尔科特、帕特里克·怀特等其他所谓"第三世界作家"。该书既有关于流散文学的理论思考，也有关于东西方流散作家的文本考察，是名副其实的关于

---

① Viney Kirpal, *The Third World Novel of Expatriation*: *A Study of Emigre Fiction by Indian*, *West African and Caribbean Writers*, "*Introduction*," Delhi: Sterling Publishers, 1989.

流散文学的系统研究。

在序言中，克巴尔就第三世界、第三世界文学及其政治文化内含作了说明。这为印度流散文学研究进行了理论阐释与前瞻。在他看来，对于英联邦文学的持续争论说明这只是一个权宜的名称而已。由于这一称呼的政治和殖民意涵，人们一直对它存在抵触情绪。并且，英联邦文学局限于英语文学，排除了翻译作品。它还不承认那些非英国的欧洲前殖民地文学，然而，这一术语却一直用来指称“解殖文学”（literature of decolonisation）。克巴尔说：“在‘世界文学’、‘新文学’、‘第三世界文学’等诸如此类的其他术语中，我喜欢采用‘第三世界文学’（Third World Literature）这一术语表示那些既为发展中国家、又为非白人的、前殖民地世界的文学。这些国家在非白人的、前殖民地的历史方面存在相似，目前它们之间关系密切。再说，它们必须通过政治、经济、社会和文化诉求重新发现自己的身份，也是一种有趣的相似。这就使人顺理成章地把它们撮合在一起。”[①] 克巴尔认为，从理论上讲，第三世界指不结盟的世界，既非资本主义和第一世界，亦非共产主义和第二世界。但事实上，第三世界有的属于社会主义国家，有的属于资本主义世界，有的搞混合制经济。“因此，‘第三世界’这一术语只能用来宽泛地指称世界上这样的一些国家集团，它们是非白人国家，由于过去被殖民而贫穷不发达，目前正以高昂的代价努力发展，这些代价是富裕的西方白人的殖民和新殖民政策导致的。从经济学家的观点来看，‘第三世

① Viney Kirpal, *The Third World Novel of Expatriation*: *A Study of Emigre Fiction by Indian*, *West African and Caribbean Writers*, “*Introduction*,” Delhi: Sterling Publishers, 1989.

界'是贫穷和欠发达的同义词，但从社会文化角度看，它因其本土传统、民俗和信仰而视为富裕发达。正是因为后一方面即社会文化的富饶，第三世界作家刻意颂扬它，以为自己的民族找回它们的本土身份、尊严和自尊。第三世界流亡作家（expatriate writers）在这一点上的举动最为自觉和强烈。"① 在序言中，克巴尔还提出这样一个广为人引的观点："第三世界的流亡小说是政治性的。它以轻松自如的写作、无可比拟的强烈和清晰，重新创造了殖民化的原型体验。通过抵抗被它视为另一种殖民形态的西方化，它阐释了民族身份。它顽强地植入自己所属的本土传统，以抵消殖民主义所带来的长期恶果。"② 克巴尔此处的"第三世界流亡小说"（Third World émigré fiction）应该视为他在书中探讨的"第三世界文学"代名词。

在第一章开头，克巴尔引用了几位西方学者的观点。他们认为，这是一个"流亡的时代"或曰"自我流放的时代"，流亡作家亦即流散作家是"当代的普通人"，他们是流浪者，不想在任何地方扎下根来。20世纪早期和中期的伟大作家如W. B. 叶芝、约瑟夫·康拉德、T. S. 艾略特、贝克特和纳博科夫等人都可以视为在文化冲突之间"流亡"的"边缘人"。这一状况给世界文学带来了深远的影响："过去两个世纪以来，富有创意的

---

① Viney Kirpal, *The Third World Novel of Expatriation: A Study of Emigre Fiction by Indian, West African and Caribbean Writers*, "Introduction," Delhi: Sterling Publishers, 1989.

② Viney Kirpal, *The Third World Novel of Expatriation: A Study of Emigre Fiction by Indian, West African and Caribbean Writers*, "Introduction," Delhi: Sterling Publishers, 1989.

文学文化的关注点似乎正从中心向边缘移动。”① 与这些西方学者的观点相呼应，克巴尔说：“尽管流散现象在新近非常普遍，它对个人的巨大影响一如既往地复杂。自我流放不仅是从自己的国家到移民者相信会更加满意的国度的旅行，还意味着移民者斩断了自己和母国心心相印的联系。”② 在第四章开头，克巴尔认为：“在第三世界移民小说中，旅行主题大行其道。这是一些大陆之间、国家之间、城市和同一城市不同地点之间的旅行……小说中人物尽管竭尽全力也难以发现家园的无奈感人肺腑、令人唏嘘。对于他们而言，寻求家园不仅是对于空间身份、也是对于文化之根的寻觅。”③ 在结论部分的开头，克巴尔重复他的观点：“正是由于移民，这些自我流放者命中注定处于一种居无定所的状态，尽管他们进入过两种文化之中。”④ 在第八章开头，克巴尔根据弗莱的原型理论等西方思想资源，提出这样一个观点：“本书研究中考察的所有第三世界移民作家都在创作讽喻：政治的、历史的、道德的和玄学的寓言。这兴许是移民迁徙对小说最

---

① Viney Kirpal, *The Third World Novel of Expatriation*: *A Study of Emigre Fiction by Indian*, *West African and Caribbean Writers*, Delhi: Sterling Publishers, 1989, p. 3.

② Viney Kirpal, *The Third World Novel of Expatriation*: *A Study of Emigre Fiction by Indian*, *West African and Caribbean Writers*, Delhi: Sterling Publishers, 1989, p. 45.

③ Viney Kirpal, *The Third World Novel of Expatriation*: *A Study of Emigre Fiction by Indian*, *West African and Caribbean Writers*, Delhi: Sterling Publishers, 1989, p. 71.

④ Viney Kirpal, *The Third World Novel of Expatriation*: *A Study of Emigre Fiction by Indian*, *West African and Caribbean Writers*, Delhi: Sterling Publishers, 1989, p. 165.

重要的影响。”① 这和美国文学理论家杰姆逊的思想有些相似。

克巴尔不仅在书中着力思考第三世界流散文学理论，还以更多篇幅研究具体的流散作家。他的研究特点是，将时间和空间打通，对安纳德、拉贾·拉奥、奈保尔、拉什迪和索因卡、沃尔科特等第三世界作家进行混合研究，以探究殖民文学与西方后殖民流散文学、后殖民地本土作家创作等诸多复杂文学之间的微妙联系。在研究中加入安纳德和拉奥等印度英语作家，其实体现出克巴尔对后殖民流散文学的深层思考。在这种眼花缭乱、令人眩晕的“混杂研究”中，克巴尔力求发现他所谓“第三世界流亡小说”的特殊规律和普遍原理。例如，在论述印裔流散作家卡玛拉·玛拉康达雅的长篇小说《占有》(*Possession*，1963) 主人公瓦尔米基时，克巴尔认为：“瓦尔米基回归印度及其价值体系而不是倾心于卡罗琳所代表的英国及物欲主义观念，体现了第三世界流亡写作的基本模式。这一模式被另外一个印度流亡作家（指拉贾·拉奥）在《蛇与绳》中所重复。”② 综上所述，尽管克巴尔的理论思考和文本比较可能存在这样那样的缺陷甚或极端之处，但其敢于独辟蹊径以回应西方后殖民文学研究浪潮的勇气值得嘉许。他的著作可以视为当代流散文学研究的一个范本。

S. 曼达尔主编的《亚裔美国创作：小说》是研究亚裔、主要是印裔美国作家小说的论文集，绝大多数论文为印度学者所

---

① Viney Kirpal, *The Third World Novel of Expatriation*: *A Study of Emigre Fiction by Indian*, *West African and Caribbean Writers*, Delhi: Sterling Publishers, 1989, p. 136.

② Viney Kirpal, *The Third World Novel of Expatriation*: *A Study of Emigre Fiction by Indian*, *West African and Caribbean Writers*, Delhi: Sterling Publishers, 1989, p. 100.

撰，包括以下这些篇目：（1）D. 巴纳吉的《家园和我们》：重释齐德拉·巴纳吉·迪沃卡鲁妮和米娜·亚历山大作品中的南亚流散者身份认同，（2）U. 巴拉特的《知心姐妹：齐德拉·巴纳吉·迪沃卡鲁妮小说中的女性关系》、（3）S. 巴塔查利亚的《生活在美国：巴基斯坦裔美国作家的小说体验》，（4）A. 贾延的《南亚女性改写美国小说：米娜·亚历山大、芭拉蒂·穆克吉和芭蒲西·希达娃及其成长小说》，等等。上述论文的研究对象均为南亚裔美国作家，基本上不涉及华裔、日裔或韩国裔美国作家。这显示印度学者对南亚流散文学特别关注。[①]

同样由 S. 曼达尔主编的《亚裔美国创作：理论、诗歌与表演艺术》收录了一位中国学者赵小京（音译）和两位西方学者的论文，其他论文均为印度学者所撰，包括以下篇目：曼珠·迦伊德卡的《陀哩商古似的作家：印度人的国外创作》、L. 林迦查利的《论印度次大陆的女性流散写作》、S. 拉杰斯瓦兰的《殖民、后殖民与印度流散者历史书写的方法》、A. 南达的《从移民的"飘忽不定"到合理的"身份认同"：齐德拉·巴纳吉·迪沃卡鲁妮、沙弥丽·马宗达、米娜·亚历山大和普尔维·沙哈的诗歌中的横渡历程》、拉马·奈尔的《文本与语境：A. K. 拉玛努迦〈黑母鸡〉中的跨文化变异》、G. R. 卡塔利亚的《亚裔美国戏剧和后现代文本》和娑摩达特·曼达尔即该书主编的《汤水、色拉、混合辣酱与马萨拉：感受亚裔美国电影》等等。[②] 上

---

① Somdatta Mandal, ed., *Diasporic Imagination: Asian American Writing: Vol. 2, Fiction*, Delhi: Prestige Books, 2000.

② Somdatta Mandal, ed., *Diasporic Imagination: Asian American Writing: Vol. 3, Theory, Poetry & the Performing Arts*, Delhi: Prestige Books, 2000.

述论文均从跨文化和后殖民理论出发，分别论述亚裔美国创作的方方面面。如曼珠·迦伊德卡在《陀哩商古似的作家：印度人的国外创作》一文中，以南亚裔作家的流散写作进行了分析。在印度大史诗《罗摩衍那》中，甘蔗王族的后裔陀哩商古在众友仙人帮助下，想带着肉身升天，但遭到天帝因陀罗等众神阻拦而功亏一篑。众友仙人遂怒发神功，创造了另一组有星群的天空，与因陀罗的宇宙世界相抗衡。带着肉身的陀哩商古就此停留在那里，达到了肉身升天的目的。但是，他在众友仙人特意为他创造的这个新世界中立足的姿势有些奇特怪异："陀哩商古头朝下悬在那里，像一个不朽的神仙一样。"① 这个雄心勃勃的陀哩商古，打破凡身必先抛弃肉体才能升天的宗教神话惯例，在特意为他创造的另一空间立足，却获得了不幸的结局。迦伊德卡认为，陀哩商古的不幸实际上也折射了穆克吉本人的困境："从许多方面来看，陀哩商古的隐喻或许可以视为流散作家们的困境。"② 她认为可以从五个方面来进行说明。她还认为："家园是人们已经习惯的地方，是人们生息繁衍的熟悉之地。跨越这个熟悉的范围，就是流亡的国度。"③ L. 林迦查利在《论印度次大陆的女性流散写作》中认为，穆克吉等亚裔女性流散作家和拉什迪的乐观心态相似，而区别于奈保尔的灰色心态，她们的写作心态可以这样归纳："和拉什迪一样，印度次大陆的流散女小说家处于永久移居

---

① 蚁垤：《罗摩衍那》（一）：（童年篇），季羡林译，北京：人民文学出版社，1980年，第328页。

② Manju Jaidka, "The Writers as Trishanku: Indian Writing in a Foreign Space," Somdatta Mandal, ed., *Diasporic Imagination: Asian American Writing: Vol. 3, Theory, Poetry & the Performing Arts*, Delhi: Prestige Books, 2000, p. 10.

③ Somdatta Mandal, ed., *Diasporic Imagination: Asian American Writing: Vol. 3, Theory, Poetry & the Performing Arts*, Delhi: Prestige Books, 2000, p. 11.

状态，她们把文化疏离的痛苦转化为欢欣鼓舞，此地的流亡尽管伴随阵痛，也能帮助她们发现新的情感天地……她们用自己的片段回忆改写民族，从而创造自己的'想象的家园'。"[①]

就全面研究流散文学的著作而言，值得一提的还有J. 贾延主编的《印度流散作家：理论与实践》。[②] 该书除引言外，共十九篇文章，其中十八篇为印度学者所撰，主要探讨南亚裔流散文学。一些作者如阿西斯·古普塔（Ashis Gupta）等人便是印裔加拿大作家与学者。关于流散文学创作的理论思考有以下这些篇目：G. 辛哈的《流散作家与中心的问题：爱德华·赛义德和霍米·巴巴》、乌玛·帕拉玛斯瓦兰的《家园即你立足之地，愿你心安此地》、阿西斯·古普塔的《流散作家的杰作》和P. A. 亚伯拉罕的《加拿大与印度流散文学中的文化疏离危机》等。论及流散文学文本及流散作家的论文包括：S. M. 阿斯纳尼的《印度移民的身份危机：三部小说研究》、B. R. 纳戈帕尔的《后现代语境中的南亚移民女诗人》、拉珠尔·帕格瓦的《在当下的边界：芭拉蒂·穆克吉和罗辛顿·米斯特里的世俗策略》、J. 贾延的《地理疏离与流亡诗学：论阿西斯·古普塔和米切尔·昂达吉》、苏塔·奈的《昂达吉〈英国病人〉的思想与形式》、维纳·辛哈的《四维：阿西斯·古普塔在〈逝去的传统〉中对时间的处理》、A. K. 安萨里的《文本与亚文本：解读〈完美的平衡〉》、萨维塔·戈尔的《文学上的印度航程：罗辛顿·米斯特里

---

① Somdatta Mandal, ed., *Diasporic Imagination: Asian American Writing: Vol. 3, Theory, Poetry & the Performing Arts*, Delhi: Prestige Books, 2000, p. 34.

② Jasbir Jain, ed., *Writers of Indian Diaspora: Theory and Practice*, Delhi: Rawat Publications, 1998.

的〈完美的平衡〉》以及维纳·辛哈对印裔流散作家的访谈录《移民作家纤弱的自我镜像：阿西斯·古普塔访谈录》等等。这些论文有的源自前述 1996 年 12 月在印度西部拉贾斯坦大学召开的流散文学研讨会。会议邀请了一些来自加拿大的印裔流散作家兼学者如阿西斯·古普塔等人与会。此次会议得到了印度很多加拿大研究机构与学者的支持，如印度加拿大研究会会长、德里大学比较文学学者、印度比较文学学会秘书长、国际比较文学学会副会长的钱德拉·莫汉（Chandra Mohan）也倾力支持。这本论文集多篇涉及印裔加拿大作家如昂达吉和阿西斯·古普塔等人。这种与流散作家面对面交流并产生学术结晶的研究，是印度流散文学研究的优势。印裔作家的英语创作和印度学者关于他们的英文论文，使印度流散文学研究一开始就站在世界学术传播的前沿位置。

另外，还有其他一些学术著作和论文集涉及印裔流散文学研究。如米拉喀什·穆克吉的《神秘莫测的地方：文化和文学记忆》就是一例。[①]

综上所述，可以发现印度学者研究流散文学的一些特点，此处做些简单探索。

在研究方法上，印度学者喜欢采用女性主义、后殖民主义和跨文化比较等思想资源或理论模式。这与印裔流散文学本身所具有的丰富的跨文化内涵密切相关。例如，R. S. 帕塔卡主编的《印度英语小说的问题与前景》（1990）的论文既有以精神分析论

---

① Meenakshi Mukherjee, *Elusive Terrain: Culture and Literary Memory*, Delhi: Oxford University Press, 2008.

解析安纳德的作品，也有以原型理论来解读拉贾·拉奥的《蛇与神》，既有以存在主义解读阿妮塔·德赛的长篇小说《山火》(Fire on the Mountain)，也有以后殖民理论探索拉什迪对文化疏离的艺术描写，还有以东西方对话的姿态探讨贾布瓦拉的长篇小说《艾斯蒙德在印度》(*Esmond in India*)。N. D. R. 钱德拉的两卷本《现代印度英语创作批评》也是如此。该书两卷中的多篇论文使用了女性主义、存在主义、后殖民主义等理论进行分析，多元文化主义、话语、流散写作、身份问题、身份探索等关键词在论文标题中随处可见。再以拉什迪研究为例。拉什迪在《午夜诞生的孩子》中有一段关于穿孔床单的描述。他自己非常珍视这一段，因为它一定程度上代表了他的解构主义技法。后来他在1997年与人合编印度英语文学作品选时，毫不犹豫地将包含这一段情节的那一章收录进去。[①] 娜丽妮·纳塔拉江在关于拉什迪的论文中认为，从女性主义批评的角度来看，拉什迪此处关于有孔床单的描写大有深意："床单上的空洞变成一种欲望的空间……当他治疗她的部分肢体时，他开始想象起她的整个身体。这与他想象自己的'整体'印度人身份而非克什米尔的地方身份相一致。"[②] 她认为，这是一种类似印度宝莱坞的电影制作法，与拉什迪曾为艺人的经历有关。

印度学者还有一种普遍的趋势，那就是将后殖民流散作家与殖民文学作家如吉卜林、康拉德和福斯特等人联系起来进行研

---

① Salman Rushdie & Elizabeth West, ed., *The Vintage Book of Indian Writing*: 1947—1997, Vintage, 1997, pp. 163—181.

② Meenakshi Mukherjee, ed., *Rushdie's Midnight's Children*: *A Book of Readings*, Delhi: Pencraft International, 1999, p. 170.

究。以奈保尔研究为例。这方面最典型的例子当属前面提到的P. 潘沃尔的《吉卜林、福斯特与奈保尔作品中的印度：后殖民批评》。潘沃尔历史纵向地选取三位不同时代的英国涉印题材作家作为考察对象，其中的奈保尔又属印裔流散作家。潘沃尔认为，奈保尔对印度的书写保持了对吉卜林和福斯特的思想承继。他说："一个眼光敏锐的读者阅读《黑暗地带》时会注意到，吉卜林作品和奈保尔早期作品存在相似处。"① 他还说："在后殖民时期，一些作家的殖民和霸权心态并没有随着殖民地政治独立而消失。"② 其他印度学者的著作也有这一趋势。例如，乔西在论著中将创作过《黑暗之心》的康拉德作为解释奈保尔存在主义思想的一个来源。他认为："在'存在的阴影'中关注自己命运这点上，奈保尔无疑是康拉德的继承人。"③ 旁遮普大学迈尼教授说："奈保尔笔下的印度不是我们的印度。"他认为，《黑暗地带》是"向自我内心世界进发、通往个人意识的刚果地区的旅行。它是奈保尔式的《黑暗之心》。"④ 不仅是研究奈保尔，研究其他流散作家如拉什迪、芭拉蒂·穆克吉和阿妮塔·德赛等人时，印度学者也常常采取历史比较的方式，为后殖民流散创作进行历史定位。

印度学者的流散文学研究成果斐然，在国际学术界引起很多

---

① Purabi Panwar, *India in the works of Kipling, Forster and Naipaul: Postcolonial Revaluations*, Delhi: Pencraft International, 2000, p. 100.

② Purabi Panwar, *India in the works of Kipling, Forster and Naipaul: Postcolonial Revaluations*, Delhi: Pencraft International, 2000, p. 136.

③ Chandra B. Joshi, *V. S. Naipaul: The Voice of Exile*, Delhi: Sterling Publishers Private Limited, 1994, p. 5.

④ G. S. Amur & S. K. Desai, ed., *Colonial Consciousness in Commonwealth Literature*, Bombay: Somaiya Publications, 1984, p. 101.

反响。但是，他们的研究也存在一些不容忽视的问题。例如，有的印度学者对于奈保尔、拉什迪、芭拉蒂·穆克吉等人的印度书写的评价，带有强烈的民族主义情绪，这在一定程度上影响了文学研究的客观理性。例如，印度学者对于奈保尔关于印度卫生习惯的负面描写反应异常激烈。早在1965年即《黑暗地带》出版第二年，迈索尔大学纳拉辛哈教授在一篇文章中进行反驳："奈保尔对印度人大便谈得太多了!"在纳拉辛哈看来，某些印度人随地大便实际上是印度农业社会向城市化社会转轨期发生的正常现象，越来越多的无地者涌进城市，而相应设施供不应求。纳拉辛哈认为："奈保尔先生应该学会接受这些明显的事实，然而他却指责印度人对这些熟视无睹。"[①] 纳拉辛哈的早期论断对后来印度学者的影响甚大，如旁遮普大学D. S. 麦尼教授认为，使《黑暗地带》得以出名的是奈保尔对印度人随地大便的"发现"。他不无尖刻地说："奈保尔对于这一问题太过痴迷，使人纳闷，他是否真的也患便秘。"[②] C. 查特吉则怀疑，奈保尔对于印度的负面描写是否"给白人提供一本真实可信的通往印度的指南"?[③] 从印度学者的反应来看，奈保尔的描写触动了他们敏感的神经。奈保尔以人类学家田野调查的方式进行创作，将印度的负面放大，展示给他心目中的西方读者，这当然会招致部分印度学者的批判。

---

① C. D. Narasimhaiah, *The Indian Critical Scene: Controversial Essays*, Delhi: B. R. Publishing Corporation, 1990, p. 107.

② G. S. Amur & S. K. Desai, ed., *Colonial Consciousness In Commonwealth Literature*, Bombay: Somaiya Publications, 1984, p. 100.

③ Purabi Panwar, ed., *V. S. Naipaul: An Anthology of Recent Criticism*, Delhi: Pencraft International, 2003, p. 109.

印度学者的流散文学研究实质上是一种地地道道的跨文化研究，带有后现代研究的解构色彩。他们的优势在于具有双语（如印地语和英语、孟加拉语与英语）甚或三语的解读能力，这使他们的印裔流散文学研究比之西方或中国学者更有特色。但是，他们和研究华裔美国文学的中国同行一样，注重透视跨文化文本的政治、历史甚或其他各个方面的内涵，忽略甚至完全放弃对于流散文学的美学价值的思考。他们的流散文学研究是一种文化研究而非文学研究，这就自动放弃或过滤了对于流散文学的文学性的深度体验。语言层面的文学技巧、结构方面的文学叙事等等基本不在考察的视野中。无论对于流散文学创作，还是对于流散文学研究，这均非福音。

另外，和中国学者关注华裔流散文学、特别是华裔美国文学一样，印度学者的流散文学研究主要关注印裔流散作家、尤其是印裔英国作家、印裔美国作家和印裔加拿大作家。目前，中国已经有一些学者如西北大学梅晓云、苏州大学黄芝和笔者等人关注印裔流散文学，其中，梅晓云曾经出版关于奈保尔研究的论著，并以南亚裔女性流散作家的研究课题获得教育部基金项目的资助，黄芝以关于当代印度英语小说的研究课题获得了 2010 年中国教育部人文社会科学研究青年基金项目的资助。奈保尔和拉什迪逐渐成为中国的学术研究热点，芭拉蒂·穆克吉、阿妮塔·德赛和维克拉姆·赛特等人也逐渐进入学界的视野中。反观印度学界，很少有人关注华裔流散作家的研究。这是他们关于流散文学研究的最薄弱环节。这可能与华裔流散作家缺少引起世界学术界高度关注的奈保尔和拉什迪式代表作家有关。毕竟，汤婷婷和谭恩美等人没有斩获诺贝尔文学奖或布克奖。但是，华裔流散文学作为世界流散文学的重要组成部分，对其研究也是认识中国文化在海外传播变异的机会，印度学者在此领域应该有所重视。笔者所见的范围内，也有极少数例外，例如，2005 年印度第七届比较文学会议上，印度西孟加拉邦布达万大学英语系高级讲师 H. 拉希里（Himadri Lahiri）提交的论文涉及华裔流散文学：《表述流散的边缘性：汤婷婷的〈女勇士〉和〈中国佬〉比较研究》（*Representing Marginiality in the Diaspora*：*A Comparative Study of Kingston's The Woman Warrior and China Men*）。这说明，印度学者近年来有人开始关注华裔流散文学。

第八节　内部翻译论和文化翻译论

因为历史上外族侵略频仍，语言众多，东西方文化不断碰撞，内部各种地方语言并行不悖，印度遂成为一个翻译传统悠久的文明古国。印度独立以来，特别是 20 世纪 80 年代以后，印度学者对于翻译问题多有论述，其中有的学者还以文化翻译理论获得了很高的国际声誉，他们的成果在中国学术界也多有介绍或评述。娴熟的英语表述能力、独到的理论思考和当代印西学术交流的顺畅自由使印度的翻译理论快速地走向世界。中国学者谢天振等人倡导跨文化的译介学研究，印度学者虽然没有从字面上提出这一理论，但他们的内部翻译论和文化翻译论与中国的译介学理论有一些相似之处。那就是，印度学者的翻译理论均带有浓厚的语际文化分析色彩，自然也打上了一丝比较文学或比较文化研究的烙印。本节拟对某些印度学者近年来关于印度各语言文学内部翻译的研究、斯皮瓦克和特迦斯薇妮·尼南贾娜（Tejaswini Niranjana）这两位享有国际声誉的学者的文化翻译论以及其他印度学者如哈利西·特里维迪（Harish Trivedi）和 R. 辛格（Rajendra Singh）等人对文化翻译论的反思和诘问进行简介。需要再次说明的是，之所以将斯皮瓦克纳入研究视野，是因为她的双重国籍的缘故。很多印度学者也是如此处理。后边将霍米·巴巴纳入后殖民理论的介绍范围，道理相同。

一 印度文学的内部翻译

如同翻译给中国文化的发展带来了深刻影响一样，翻译也给印度文化的发展带来了深远影响。印度学者 D. K. 达斯（Debendra K. Dash）、D. R. 帕塔奈克（Dipti R. Pattanaik）和苏吉特·穆克吉（Sujit Mukherjee）等人对印度的翻译历史做了介绍和分析。

在达斯和帕塔奈克看来，从公元前 5 世纪到公元 1 世纪，即佛教传播的早期阶段，巴利文和俗语并未与梵语之间有任何的互相翻译，因为翻译意味着佛教对婆罗门教的接受。印度教在笈多时代获得了稳定的发展。佛教在印度境内开始失去活力，并为印度教所同化。这时期，古典梵语文学进入繁荣时期。很多印度学者来到中国学习汉语和藏语后，便把梵文佛经译为汉语和藏语。有的甚至译为中亚语言。一些中国学者如玄奘到了印度后，学习梵文，日后也参与这种翻译工作。这时期还出现了巴利文佛经译为梵文的举措。这些佛教学者开创了一个多语种翻译的新时代。尽管这样，梵语仍然作为精英语言而使用，俗语为普通人所使用。这显示语言的等级秩序仍未打破。“因此，很长时期里，高雅的梵语文化基本上没有受到翻译实践的影响。因为神圣的哲学文本和经典诗歌仍排除在翻译之外，没有人想到必须对可能成为高雅文化一部分的翻译进行理论思考。印度缺乏翻译理论建构可以归于这一现象。”①

苏吉特·穆克吉对印度的翻译历史及其作用进行过观察和思考。在他看来，印度历史上各方言文学对《罗摩衍那》和《摩诃婆罗多》等文化经典的翻译，实质上是一种“改写式翻译”(translation as new writing)。穆克吉认为：“印度的翻译与世界其他地方的翻译总是不合拍。”② 他所谓的“不合拍”应该是指印度翻译史，总是把梵语经典译为阿萨姆语、孟加拉语、古吉拉特语和印地语等方言而非相反。这使梵语成为后殖民视角下的一种“主人语言”(master language)。它预示着后来漫长时间里关于梵语经典的单向度翻译。如波斯语在印度也是这样一种情形。虽然莫卧儿帝国时期，波斯语是统治者的官方语言，但它却未能成为一种统治性的语言。为了满足好奇心，阿克巴等人命人将奥义书和《薄伽梵歌》等梵文经典译为波斯语，以为文化传播之用。18世纪开始，英国人如沃伦·哈斯丁斯(Warren Hastings)开始命一批印度学者把《摩奴法论》从梵文译为波斯文，再由欧洲学者从波斯文译为英文。1785年，查尔斯·威尔金斯(Charles Wilkins)把《薄伽梵歌》直接从梵文译为英文。1789

① Paul St-Pierre & Prafulla C. Kar, eds., *In Translation Reflections, Refractions, Transformations*, Delhi: Pencraft International, 2005, p. 141.

② Rukmini Bhaya Nair, ed., *Translation, Text and Theory: The Paradigm of India*, Delhi: Sage Publications, 2002, p. 26

年，威廉·琼斯则以同样方式把《沙恭达罗》译为英文。1786年，琼斯还在当时的亚洲学会（Asiatic Society）上发表论文，声称他发现梵语属于印欧语系。“翻译因此成为19世纪得以建立的新学科即比较语言学的基础。翻译还开拓了一片学术研究的新领域即所谓的印度学（Indology）。”①

随着时代的发展，梵语这种印度古代语言的单向度翻译视角被颠覆。一些西方人为着某种文化传播的目的，开始把孟加拉语和印地语等印度现代方言文学作品译为英语。西方学者坦率地承认，印度学者比西方人更适合翻译印度的文化经典。总之，18到19世纪，英国和美国学者大量地将梵语著作译为英文，19世纪末，印度学者开始加入这一工作，但更多的是把印度方言文学作品译为英文。泰戈尔在20世纪初以英语翻译自己的诗集并借此获得诺贝尔文学奖，其实早在情理之中。但遗憾总是存在，例如，穆克吉认为：“我们印度所缺乏的正是一种或几种翻译理论。正如我在开头说过的那样，这可能是因为，这么多个世纪以来，我们忙于翻译而忘记停下来进行理论思考。”②

G. N. 德维观察到这样一个事实：“后殖民时期几十年里，印度翻译界出现了一种新趋势：大多数印度作家争先恐后地将自己的作品译为英语。这类从印度语言译为英语的作品数量不断增长。当下时代，把作品译为英语成为印度各地方语言作家们的一

---

① Rukmini Bhaya Nair, ed., *Translation*, *Text and Theory*: *The Paradigm of India*, Delhi: Sage Publications, 2002, p. 27.

② Rukmini Bhaya Nair, ed., *Translation*, *Text and Theory*: *The Paradigm of India*, Delhi: Sage Publications, 2002, p. 28.

种地位象征。”[1] 面对这样一种似乎合理实则畸形的内部翻译现象，印度学者萨基·马修（Saji Mathew）撰文进行探讨。马修在他的论文《从区域到泛印度：趋向后殖民翻译的异型实践》中，对于印度当代文学过度集中的英语翻译现象进行了思考，并在此基础上提出了一些解决的方案。

马修在论文开头写道，后殖民印度翻译界存在一个迷宫似的棘手局面，那就是，印度多语种的复杂现实使得语际翻译成为一种必须，哪怕这种翻译可能会产生翻译文本是否会得到“印度读者”理解的问题。他说：“即使从现实层面考虑，我暂时同意英语翻译，但很明显，如果这一文本没有同时译为印度其他方言，单向度的英语翻译并不合理。我称之为趋向‘异型’的翻译实践，也许会成为后殖民翻译的思想方法。”[2] 这种解决方案的目的是达成翻译的目标之一，即形成不同语言之间的文化平等。

马修的担忧是有根据的。印度独立以后，双语主义成为后殖民翻译的一大特征，即使印度社会实际上是以多语种为特征的。在马修看来，后殖民时期印度翻译界的民族文化工程便是将印度各种语言文学译为一种世界通用语即英语。对于印度社会或是把英语视为高人一等的语言的作家或译者来说，这样一种现象充满了语言与文化霸权的矛盾张力。这种语言霸权在很多英语翻译中都存在着。多数情况下，方言文学的英文译者都把方言作为第一语言即母语。很少有方言文学的英文译者是把英语作为母语或在

---

① G. N. Devy, *In Another Tongue: Essays on Indian Literature in English*, Madras: Macmillan, 1995, p. 151.

② Paul St-Pierre & Prafulla C. Kar, eds., *In Translation Reflections, Refractions, Transformations*, Delhi: Pencraft International, 2005, p. 151.

英语机构完整地接受过英语教育。这就可以想见，印度的翻译是一种“人往高处走”的态势，即从方言到英语。大多数时候，把方言文学作品译为英语者是以方言为母语者，因为，以英语为母语者不屑于与方言文学打交道。这也可以说明，为何很少有英语作品被译为方言，而为数众多的方言文学作品却被译为英语。当然，造成这一现象的原因还与当今印度人把英语视为一种社会通用语（lingua franca）有关。马修一针见血地指出：“在印度语境中，似乎只有通过英语才能做到这一点，英语是这个国家少数人掌握的殖民遗产。正是这一尴尬处境造就了那些通过英语翻译作品的后殖民译者。为印度读者而从方言译为英语，以便让整个国家可以交流。这种影响范围的局限性潜伏着它的反讽。”①

之所以是一种“反讽”，这是因为，英语译者们向各方言地区的读者们传播文学的目的在很大程度上是无法实现的。印度只有不到百分之四的人口掌握英语，其他的人无法阅读英语，这使译者们借译作激起全民族思想互动的愿望注定落空。从这个意义上来说，后殖民翻译者无视印度多语种的民族现实，在语言与民族国家亦即英语与印度之间形成一种“危险的均等”。正是在此意义上，那些底层研究者（subaltern studies）可以大胆地阐述“翻译的政治”（politics of translation），因为，国家（nation）一词在这里意味着受过英语教育的大都市人。马修讽刺说：“同样，那些将方言译为英语的后殖民译者和说英语的群体一道，背起了代表整个国家的包袱。因为期盼国家团结，这种包袱只能越

① Paul St-Pierre & Prafulla C. Kar, eds., *In Translation Reflections, Refractions, Transformations*, Delhi: Pencraft International, 2005, p. 153.

来越重。”①

马修观察到这样一种情形：“现今英语不仅是印度的强势语言（powerful language），它还是强权的语言（language of power）。”② 为了抵御这种“强权的语言”的危害，苏吉特·穆克吉等印度学者提出“重新书写”（new writing）英语以塑造“第三种语言”（third language）的口号，这启发了马修的思维。他说：“就一般意义的翻译研究而言，‘第三种语言’的是绝对值得赞赏的观点。它恢复了‘重写’的理念，使我们把翻译作品视为‘原创作品’。”③ 关于“第三种语言”的本质，马修提到了拉贾·拉奥在《甘特普尔》的“序言”中讲过的话。他的理解是，拉奥其实是暗示英语作家必须采纳一种另类风格的英语进行创作。也就是说：“作为翻译语言，我们需要一种被颠覆的英语（a subverted English）。”④ 按照某些人的观点，这种“被颠覆的英语”必须变成无数小写的英语即 englishes。这就把压迫者的语言变成它的自我作对者。这样一来，印度译者的英语成为反对话语霸权的语言，最终把印度英语译者从英语中解放出来。但在马修看来，这种颠覆语言以解放印度英语译者的做法还存在很大的局限性。因为，这种颠覆性的“第三种语言”即使成形，它也只局限于受过英语教育的城市中产阶级，而没有考虑到广大下层读者。

① Paul St-Pierre & Prafulla C. Kar, eds., *In Translation Reflections, Refractions, Transformations*, Delhi: Pencraft International, 2005, p. 153.

② Paul St-Pierre & Prafulla C. Kar, eds., *In Translation Reflections, Refractions, Transformations*, Delhi: Pencraft International, 2005, p. 153.

③ Paul St-Pierre & Prafulla C. Kar, eds., *In Translation Reflections, Refractions, Transformations*, Delhi: Pencraft International, 2005, p. 154.

④ Paul St-Pierre & Prafulla C. Kar, eds., *In Translation Reflections, Refractions, Transformations*, Delhi: Pencraft International, 2005, p. 154.

因此，关于印度文学内部翻译的思考还没有终结。

马修发现，印度很多大学英语系的课程考试中包含了“印度翻译文学”(Indian Literature in Translation)。他从考察复杂的“印度文学”(Indian Literature) 的概念入手，对于“印度翻译文学”提出质疑。他认为：“印度翻译文学的概念似乎暗示，存在一种同型文化的叙事。在我看来，一堆来自不同文化的翻译文本不可能突然产生同型文化模式的叙事。这和标准印度英语的想法或克拉拉文学院的印度文学观念一样，是同样虚无缥缈的梦想。那种所谓‘第三种语言’的唐突提法抹杀了文本之间的文化差异，因为它们当初就是一种想象性的建构……利用同型文化的方式分析方言文本的英语翻译，这是否认我们自己的地方性经验。”[①] 总之，在马修看来，将印度方言文学作品翻译为英语，会产生两个负面结果。一是译者会不自觉地加入英语文学的霸权话语塑造之列，二是译者会通过英文向更大范围的读者施加这种英语权力。这种做法会使印度社会陷入殖民历史和当代新殖民的“文化困境”中。因为，克什米尔人也好，泰米尔人也好，孟加拉人也好，不一定非用英语来进行思想交流。这就使马修自然想到了作为国语的印地语。能否向印度各方言地区的读者介绍方言文学作品的印地语译本？马修同样深表怀疑。他认为，和英语一样，印地语在印度某些地区如南印度便遇到了使用范围的限制。换句话说，在马修心目中，贵为国语的印地语也只能算作众多印度语言中的一种。如果对后殖民时期印度的语言地图作一番历史

① Paul St-Pierre & Prafulla C. Kar, eds., *In Translation Reflections, Refractions, Transformations*, Delhi: Pencraft International, 2005, p. 156.

而政治的考察，我们发现，他的话似乎有些道理。因为语言问题而发生流血冲突，这在当代印度并非奇闻。

在论述方言文学作品的英译本或印地语译本的负面因素之后，马修最后提出了自己的解决方案。他说，为了打破英语的垄断话语，有力地展示方言文学作品的魅力，必须采取一种新的办法，那就是，译者将同一种文本翻译成尽可能多的印度语言。这种做法可以把译者从大都市人的“统一文化空间”解放出来，多语种的文本传播也会同时确认印度作为民族国家的语言复数性。马修把这种多语种翻译叫做“异型翻译”（heterographic translation），以与强化和霸权化某种特定语言如英语的“同型翻译”（homographic translation）相区别。“同型翻译”会把底层文化推向印度知识界宏阔领域的边缘地带。“也许，鼓励异型翻译，是在印度这样一个多语言的国家里获得去语言中心的目的的一种方法。”① 马修最后说道：“因此，后殖民印度翻译界必须履行使命，以使印度社会更多的不同理解成为可能，同时完成跨越语言边界的任务。”②

从上边的论述来看，马修显然受到了福柯、德里达等人的解构主义思想的深刻影响。他在论文中也直接点到了福柯与德里达的名字及其理论以为“精神外援”。首先应该肯定，马修打破后殖民印度的英语“霸权”现象有其合理的一面，毕竟，印度广大方言地区的下层民众掌握英语者为数甚少。以各种方言文学的英

---

① Paul St-Pierre & Prafulla C. Kar, eds., *In Translation Reflections, Refractions, Transformations*, Delhi: Pencraft International, 2005, p. 159.

② Paul St-Pierre & Prafulla C. Kar, eds., *In Translation Reflections, Refractions, Transformations*, Delhi: Pencraft International, 2005, p. 160.

语译本进行传播，的确存在实践和理论层面的一些弊端。他提倡多语种翻译方言文学作品的方法，并呼吁政府的财政支持，这的确不失为一条颇具创意的路线。但是，马修在论述时似乎忽略了英语和印地语在印度现代文化发展中的历史作用，有些矫枉过正的嫌疑。毕竟，英语作为印度独立以后的辅助官方语，为印度的现代进步和国际文化传播，作出了应有的历史贡献。当年甘地等印度独立运动领导人鼓吹印地语的国语地位，也是为建立一个语言统一、团结和谐的新印度设计的路线图。当然，马修借印度文学的内部翻译问题进行的理论思考，无疑具有重要的启迪意义。他把一个关乎民族文化兴衰和印度各民族统一团结的翻译问题上升到了"翻译的政治"高度，这是值得首肯的一点。

二　文化翻译论

印度作为第三世界的一个代表性国家，它在国际翻译理论界发出的最响亮声音当属特迦斯薇妮·尼南贾娜（Tejaswini Niranjana，1958—）和 G. C. 斯皮瓦克的文化翻译论。

按照中国学者近年来对翻译概念的认识，它可以指以符号转换为手段、意义再生为任务的一项跨文化交际活动。某些学者对翻译的定义是："翻译是把一套语言符号或非语言符号所负载的信息用另一套语言符号或非语言符号表达出来的创造性文化活动，它包括语际翻译、语内翻译和符际翻译。"[①] 从这个定义来

---

① 曹明伦：《翻译之道：理论与实践》，石家庄：河北大学出版社，2007 年，第 129 页。

看，它与尼南贾娜等印度学者心目中的翻译概念存在一些差异。印度学者的翻译论述主要是在后殖民主义和解构主义等西方思想浸淫下，对文学翻译进行文化、政治、经济等多个维度或层面的理论思考。他们并不真正关注文学语言符号的跨文化转换，而更多地关注社会历史、人生体验等各个领域的隐喻意义上的文化翻译。他们如尼南贾娜等当然也会偶尔涉及具体文本的跨文化翻译，但其重点不在分析语言信息的准确传递与否，而在阐释翻译背后的心理机制和历史文化动因。例如，深受德里达解构主义思想影响的尼南贾娜对某些翻译文本的解读是："由遏制性力量形成的翻译被转化为一种破坏性的、撒播性的翻译。重译引发的解构拓展了后殖民空间，因为它把历史带给了合法性。"[①] 对于尼南贾娜和斯皮瓦克等人来说，跨文化翻译中的错译和误译乃是最佳的分析对象，因为其中隐藏着解构主义所欲解构的历史语境中的思维机制。此乃文化翻译的要义之一。这和谢天振等人的译介学理论有些相似。

先看看尼南贾娜的文化翻译论。她是位于南印度安德拉邦首府的海德拉巴大学英语系教授，美国芝加哥大学客座教授。作为著名的"庶民学派"（Subaltern Studies School）后期重要代表人物之一的尼南贾娜，还是一位作家兼翻译理论家。她关于翻译问题的思考集中体现在 1992 年出版的《为翻译定位：历史、后结构主义和殖民与语境》（*Sitting Translation*：*History*，*Post-structuralism*，*and the Colonial Context*）。顾名思义，尼南贾娜

---

① Tejaswini Niranjana，*Sitting Translation*：*History*，*Post-structuralism*，*and the Colonial Context*，Berkeley：University of California Press，1992，p. 186.

的翻译论的确与历史、解构主义和后殖民理论结下了不解之缘，是一种不折不扣的文化翻译论而非语言文学翻译论。同时，它也可视为一种借助翻译研究之名包裹起来的文化批评理论或国际文化政治论。以中国学界目前的流行词汇归类的话，它还可以称为"文化诗学"。这在《为翻译定位》中表现得非常明显。该书分为六章，标题分别是："引言：翻译中的历史"、"再现文本与文化：翻译研究与人种学"、"寓言和历史主义批判：解读保罗·德曼"、"政治与诗学：保罗·德曼、本雅明和译者的任务"、"解构批判和历史：德里达论本雅明"和"混乱的翻译：后结构主义与后殖民文本"。由这些标题也可猜出尼南贾娜书中强烈的解构主义色彩和东西文化对话意识。

尼南贾娜在该书的开头即写道："在后殖民语境下，成问题的翻译成了引发再现、权力和历史性等问题的意味深长的地方。"① 这样，该书的基调就此定下，主要是讨论翻译与文学再现、政治权利和殖民历史等的关系。她接着写道："作为一种实践形式，翻译建构了殖民主义掌控下不对称的权力关系……一般而言，翻译依赖于西方哲学有关实在、再现和知识的概念。"② 据此，她认为，在殖民语境下的翻译产生并支持着一种概念体系，而这一体系又逐步渗透到西方哲学话语体系中。翻译还产生一种遏制性战略（strategies of containment），强化了对殖民地描述的霸权话语。在这种过程中，翻译的话语参与了对殖民文化

---

① Tejaswini Niranjana, *Sitting Translation*: *History*, *Post-structuralism*, *and the Colonial Context*, Berkeley: University of California Press, 1992, p. 1.

② Tejaswini Niranjana, *Sitting Translation*: *History*, *Post-structuralism*, *and the Colonial Context*, Berkeley: University of California Press, 1992, p. 2.

的定型程序。“翻译的功能是透明地表现既已存在的东西，尽管这种‘本原’是由翻译本身所造就的。”① 在对翻译的历史和政治含义进行说明之后，尼南贾娜坦率地承认：“至此，非常清楚的是，我使用‘翻译’（translation）一词并非只表示一种跨语际的翻译程序，而是称谓所有的问题。”② 为此，她求助于拉丁语、希腊语、德语和法语等西方语言表示翻译的词汇如 translatio、metapherein、ubersetzung 和 traducteur 等，以表明翻译可以联合阐释与阅读的力量，造成语言转化、进而造成文化思维变迁的事实。这就使她对翻译的理解向德里达的解构主义思想靠拢。她说，她论述翻译，并非要去解决什么译者的困境，也并非另立翻译之说以缩小跨文化的隔阂。相反，她是借反思翻译问题对翻译符号流通其间的一些思想体系进行解构主义式拆卸。因为，在她看来，关于翻译的论述的复杂多样，但都缺乏或压制了对翻译历史和不对称权力关系的自觉考察。她的任务就是历史而政治地考察和反思这一跨文化的翻译现象。换句话说，她是借文化和政治意义上的“定位”来为翻译进行历史还原式“定位”。

尼南贾娜对西方殖民印度的历史进行深度钩沉，同时涉及麦考莱、威廉·琼斯、黑格尔、詹姆士·穆勒等西方学者的印度话语。她的理论支撑点还是德里达和保罗·德曼等人的解构主义思想。她认为，德里达的双重书写理论有助于理论家对西方关于印度的历史叙事和翻译著作中明显存在的问题进行质疑。她的同胞

---

① Tejaswini Niranjana, *Sitting Translation*: *History*, *Post-structuralism*, *and the Colonial Context*, Berkeley: University of California Press, 1992, p. 3.

② Tejaswini Niranjana, *Sitting Translation*: *History*, *Post-structuralism*, *and the Colonial Context*, Berkeley: University of California Press, 1992, p. 8.

巴巴的混杂性叙事理论也给予她不少启发。她说："因此，混杂性可以视为后殖民理论的符码，它颠覆了本质主义的阅读模式，同时还指向一种新的的翻译实践。"① 她在考察途中感叹道："也许，历史和翻译在再现真理和在场的同样法则下运作，通过对差异的压制而创造条理分明、透明易解的文本，由此参与到殖民统治的进程里。"② 此处言及的"差异"应指翻译文本包含的跨文化信息，它被西方译者有意无意地予以忽略隐藏或改头换面。

翻译研究（Translation Studies）是20世纪中后期西方兴起的一门学科分支。这种翻译研究是在文化研究大潮下兴起的，可以归入比较文学研究范畴。它与传统意义上的翻译研究有很大差别。按照某些学者的说法，比较文学的翻译研究属于译介学研究。这是一种文化批评性质的翻译研究。译介学和传统翻译研究不同的地方在于：前者只关心译作的流传，不关心译作忠实与否；前者只关注两种文化的交流及相关文化现象，但不对之进行价值判断；前者的研究目的在于把任何译作都视为事实加以接受，并对翻译中文化意象的失落歪曲、不同文化的误解误释和文学翻译中的"创造性叛逆"等文化现象进行考察分析。"而从比较文学立场出发的翻译研究，也即我们这里所说的译介学研究，其实质是一种文学研究或文化研究，因为它并不局限于某些语言现象的理解与表达……因此，比较文学的翻译研究……更富美学成分。"③ 尼南贾娜对于跨文化翻译的见解无疑与译介学的某些

① Tejaswini Niranjana, *Sitting Translation: History, Post-structuralism, and the Colonial Context*, Berkeley: University of California Press, 1992, p. 46.

② Tejaswini Niranjana, *Sitting Translation: History, Post-structuralism, and the Colonial Context*, Berkeley: University of California Press, 1992, p. 43.

③ 谢天振：《译介学导论》，北京：北京大学出版社，2007年，第6页。

理论非常合拍。例如，她认为："忠实于原著的观念阻碍了翻译理论思考一种译作的力量（force）。例如，人们很少研究从非西方语言译入英语的译作及其帮助形成的殖民霸权（colonial hegemony）之间的紧密联系。"① 这说明，西方文学研究中的文化转向（cultural turn）的确深刻地影响了处于印西学术交流前锋的尼南贾娜。

作为一位激进的理论家，尼南贾娜激烈批评印度经典的西方译本。她说，翻译中的互文性，某些译作的经典本质和它们参与殖民臣服的实践，殖民主义时期借自西方语言的非线性历史观念，这一切就是某些西方学者所谓的"帝国科学"的"一种系统科学分支"。由此可见："翻译组成了一个互文性网络。"如威尔金斯翻译的《薄伽梵歌》和《摩奴法典》、威廉·琼斯翻译的《沙恭达罗》以及 H. H. 威尔逊翻译的迦梨陀娑作品等等。在尼南贾娜看来，这些译作"组成了一种经典，阐释殖民臣服，建构一种印度的性格、精神和生活方式。通过对影响不同语言关系的不对称权力关系的压制，形成了翻译中的'帝国科学'"。② 尼南贾娜借这些西方对印度文化的经典译本向早年的"帝国科学"开炮，其中分明继承了赛义德在《东方学》和《文化与帝国主义》中批判西方学者的东方主义逻辑的理论思路。果真要回到历史深处，那就得承认，即使不能排除威尔金斯等人的殖民主义思想或帝国主义意识，但他们在东西方文化交流中作出的历史贡献

---

① Tejaswini Niranjana, *Sitting Translation*: *History*, *Post-structuralism*, *and the Colonial Context*, Berkeley: University of California Press, 1992, p. 58.

② Tejaswini Niranjana, *Sitting Translation*: *History*, *Post-structuralism*, *and the Colonial Context*, Berkeley: University of California Press, 1992, p. 60.

还是值得肯定的。这些西方学者对东方经典的翻译中表现出的文化误读，值得在译介学范畴内认真研究。尼南贾娜对威尔金斯等人的解构主义批判，当然有其“为翻译定位”的战略考量，这无可厚非。但是，真理超出一定的范围，也就不成其为真理。

尼南贾娜对德里达等西方解构主义观“一股脑地接受下来”，从而在文化翻译论或文化批评上“走火入魔”。其实，通观《为翻译定位》全书，可以发现，贯穿其中的解构主义思想体现了尼南贾娜作为第三世界国家印度的公共知识分子立场，她借文化翻译论反思东西方历史互动表层下的汹涌暗流，揭示它对当代跨文化交流的启迪意义，这一点是值得肯定和赞赏的。但在很多时候，她也犯了把洗澡水和婴儿一块倒掉的错误。这是东西方世界很多后殖民理论家的通病，尼南贾娜站在典型的后殖民土地上进行文化翻译的定位思考，当然也无法避免这一弊病。

斯皮瓦克和赛义德、霍米·巴巴一道，被中国学者称为当代学界阐述后殖民理论的“三剑客”。作为享誉世界的女性主义和后殖民理论阐释者，她同时也是海外印度学者中论述翻译问题的最具影响力的人物之一。她在1993年出版论文集《教学机器之外》(Outside in the Teaching Machine)。其中的一篇论文“翻译的政治”涉及文化翻译论。该文被很多中国学者竞相引用或研究。这里做些简介。

在《翻译的政治》一文开头，斯皮瓦克引用西方学者的话写道：“若把语言看作建构意义的过程，那么翻译的政治本身便是一个重要的课题了。本文的题目即来源于此。”[①] 开篇即可见出文化翻译论者的解构主义痕迹。斯皮瓦克曾经翻译过印度孟加拉语女作家 M. 德维的小说和法国著名学者德里达晦涩艰深的哲学著作，有着丰富的翻译经验。因此，她以自己翻译 18 世纪孟加拉语诗歌为例，对文学翻译流程进行了阐释学式说明：“翻译就是最亲密的阅读行为。我翻译时，让自己帖服于（surrender to）文本。这些歌在记忆清楚形成前，家人已天天在咏唱着。它们让我感到莫名的亲切。在这种境况下，阅读和帖服产生了新的意义。”[②] 她稍后还这样写道：“由此，译者首先必须完全帖服于原文。她必须在文本中苦苦求索，穷其语言尽出，因为那修辞作用的一面会指向文本的静默，在那里语言不受限制地散佚开，而文本则是以其特有的方式去防止它的发生……译者必须付出努力赢取成为亲密读者的权利，否则便不能帖服于文本，不能对其特有的呼唤作出回应。”[③] 这说明，翻译就是译者和文本之间亲密无间的对话。这种对话的背后，就是一种现象学的历史还原。斯皮瓦克与尼南贾娜一样，在文化翻译论中加入了伽达默尔的思想元素。

关注译者帖服于原文语言的修辞作用是斯皮瓦克文化翻译论的第一个重点。为此，她举了德维小说 Stanadayini 的翻译例子。其中一个译本以 Breast-giver（乳房赠予者）翻译小说篇名，另

---

① 许宝强、袁伟选编：《语言与翻译的政治》，北京：中央编译出版社，2001 年，第 277 页。

② 许宝强、袁伟选编：《语言与翻译的政治》，北京：中央编译出版社，2001 年，第 279 页。

③ 许宝强、袁伟选编：《语言与翻译的政治》，北京：中央编译出版社，2001 年，第 283 页。

一个译本以 The Wet Nurse（奶妈）来作译文标题。斯皮瓦克认为，后一个译法不及前一个好。这是因为："在德维的小说里，乳房既是拥有作为商品的劳动力的器官，又是带有转喻作用的部分对象，以代替作为对象的他者。"[①] 小说就这样体现出马克思主义思想和弗洛伊德理论。然而这一切微妙的文化信息被译为《奶妈》的译者忽略了。因此，译者必须帖服于原文。

在斯皮瓦克看来，每一种语言都有其修辞性和逻辑系统，前者会对后者造成干扰和破坏。在对语言的修辞作用缺乏认识的情况下，就可能产生对非西方场景的新殖民主义建构。"后结构主义让我们看到能动者的出场要从语言的三层结构（即修辞、逻辑和静默）中去理解。我们必须尝试进入或指导这个过程，就像编导导演戏剧，或演员演绎脚本一样。这种努力与把翻译视为同义词、句法和地道色彩的问题是不相同的。"[②]

斯皮瓦克关注的第二个问题是译者对原文语言的社会和时代环境的鉴别能力。为此她说："第三世界女性写作的译者几乎得比西欧语言的译者要更好地武装自己，因为在翻译这一行，过去的殖民态度稍加改头换面，仍大量地充斥其间。"[③] 她还说："从原文到第三世界语言的翻译，往往是不同的政治活动。"[④] 因此，她还指出："梳理翻译的政治时，我们必须考虑语言在国际上的

---

① 许宝强、袁伟选编：《语言与翻译的政治》，北京：中央编译出版社，2001年，第282页。

② 许宝强、袁伟选编：《语言与翻译的政治》，北京：中央编译出版社，2001年，第280—281页。

③ 许宝强、袁伟选编：《语言与翻译的政治》，北京：中央编译出版社，2001年，第291页。

④ 许宝强、袁伟选编：《语言与翻译的政治》，北京：中央编译出版社，2001年，第292页。

地位。"①

斯皮瓦克的文化翻译论还有两个突出的特点。其一，她始终牢记第三世界的后殖民文化处境，不忘为第三世界代言。她从自己翻译德维的孟加拉语小说中得出体会："翻译德维使我认识到，三面结构在我的母语里与在英语里的运作是如何地不同。我又再次亲身体会到历史的反讽……我认为，第三世界翻译界人士有必要认识到时势现已逆转，那些后殖民地里真正能操两种语言的人现在反而占了些优势。"② 她告诫第三世界的译者，对自己所翻译的对象语言的文学创作概况应该大致了解，这样才能辨别哪些创作是好是坏。其二，斯皮瓦克的女性主义立场往往与她的文化翻译论互为连理，不可剥离。在她看来，把第三世界的语言译为英语时，民主的法则就变成了强权的法则，对第三世界的妇女尤其如此。她既关心第一世界女性写作、更关注第三世界女性的创作及其译本的问题。她基本上以女性文本、特别是印度女作家的文本为讨论对象。她严厉抨击一些西方女性主义批评家的翻译理念，即欧洲之外的女性主义文本都应该译为英语。她认为，这对第三世界女性而言有害无益。斯皮瓦克的论述和例举散发着浓厚的女性关怀气息，这使她对"翻译的政治"的文化批评染上了挥之不去的女性主义色彩。

斯皮瓦克的翻译观与德里达的翻译观存在契合点。作为政治和伦理任务的翻译是德里达论述翻译的重要命题。在德里达看

---

① 许宝强、袁伟选编：《语言与翻译的政治》，北京：中央编译出版社，2001年，第293页。

② 许宝强、袁伟选编：《语言与翻译的政治》，北京：中央编译出版社，2001年，第289—290页。

来，翻译是政治的行为，也是伦理的行为，要面临很多复杂因素的渗透和影响。斯皮瓦克翻译孟加拉语作家德维的小说，便是政治和伦理任务的双重考虑。她对翻译的理解也是如此。

通过上面介绍可以看出，尼南贾娜和斯皮瓦克的文化翻译论既同且异。她们均受到德里达和福柯等解构主义思想家的深刻影响，以解构姿态论述翻译问题。但是，尼南贾娜身处印度次大陆，关注更多的是印度历史深处、特别是殖民主义时期东西文化互动中潜藏的翻译“暗流”，并以此为契机和起点，言说自己的文化翻译论。而斯皮瓦克虽然身为印度裔学者，却长期身处美国学术圈，感受女权主义影响更为直接，且自动流亡第一世界的生活经历也使其特别关注第三世界与第一世界的文化生态失衡现象，因此，她在涉及文化翻译论时，目光就自然更多地投向女性、特别是第三世界女性。她更多的时候关注当代问题而非考察历史现象。究其原因，斯皮瓦克的翻译论是一种意识形态浓厚的政治翻译论或性别翻译论。

有的学者认为，“文化翻译”的概念最早由霍米·巴巴提出。巴巴认为：“作为一种生存战略的文化既是跨国界的，也是翻译性的。”① 巴巴的文化翻译论可以视为印度学者理解翻译的后殖民背景。他在 1994 年出版的代表作《文化的定位》（*The Location of Culture*）中说过：“文化翻译（cultural translation）的新颖性与瓦尔特·本雅明所描述的‘语言的异域性’相似。”②

---

① Homi K. Bhabha, *The Location of Culture*, London and New York: Routledge, 1994, p. 172.

② Homi K. Bhabha, *The Location of Culture*, London and New York: Routledge, 1994, p. 227.

巴巴还认为："翻译是文化交流的本质表现。"[①] 联系到巴巴的解构主义背景，他的"文化翻译论"蕴藏着非常复杂的东西。

文化翻译论是传统翻译学研究在文化转向（cultural turn）背景下产生的，它的研究对象不再局限于语言文学翻译的范畴。就文化翻译论的导向和实质而言，也有部分印度学者持怀疑态度。例如，德里大学英语系教授哈利西·特里维迪在《翻译文化与文化翻译》（*Translating Culture vs. Cultural Translation*）一文中对拉什迪和裘帕·拉希里等作家借小说主人公声称的跨语际"文化翻译"表示了担忧。他认为，所谓"新颖性"（newness）常常通过文化翻译产生，但也必须为后殖民或后现代世界保存那种古老的文学翻译。"因为，如果听任文学翻译在文化翻译时代里枯萎凋零，不久，我们将面对一个完全被翻译过的、单一语言的、单调文化的单调世界……翻译并不会帮助我们面对和体验他者文化，相反，它还会被一种单一语言的全球文化所同化。"[②] 在他看来，世界各地如印度等地的文化精英向第一世界的英美等国自动流亡，造成了很多的"新颖性"。这进一步巩固了英语的优势地位。第三世界的文化和语言没有人重视。按照西方词源学的说法，翻译还可引申出死亡和埋葬的意思。特里维迪进而说道："在这个文化翻译的美好崭新的畸形乌托邦世界里，翻译将会可笑地被回译为人类迁徙的、字面上的词源学意义……世界上很多本土语言和文学翻译之间的交流渠道看来会在文化翻

① Homi K. Bhabha, *The Location of Culture*, London and New York: Routledge, 1994, p. 228.

② Paul St-Pierre & Prafulla C. Kar, eds., *In Translation Reflections, Refractions, Transformations*, Delhi: Pencraft International, 2005, p. 259.

译时代奔向相同的命运：死后葬掉。”[①] 特里维迪此处既是对第三世界文化精英向西方迁徙产生的语言文化生态失衡表示担忧，也似乎包含着对印度学界和西方学界在文化批评大势下盛行文化翻译论的隐忧。再如任教于加拿大蒙特利尔大学的印度学者辛格教授指出，翻译理论研究者的成果有一些实际上并不属于翻译学范畴。因为，翻译理论与翻译实践脱节，出现了深深的鸿沟。翻译理论一般并不言及翻译实践，忽略了翻译的核心问题。辛格说："在我看来，当代翻译理论并非研究翻译的理论。"[②] 他还指出："在人文社会科学领域，看来，翻译学是唯一并不关心自身理论问题的学科。"[③] 在当今文化翻译论压倒文学翻译论的比较文学界，特里维迪和辛格的担忧可以给我们一些启迪或警醒。

第九节 后殖民理论建树

与翻译理论相比，当代印度学者在后殖民理论方面的著述更为世界文学理论界和比较文学界瞩目。这方面的代表性人物包括斯皮瓦克、霍米·巴巴、拉什迪等侨居英美的印度作家和文论家，但阿西斯·南迪（Ashis Nandy）、艾贾兹·阿赫默德（Aijaz Ahmad）、帕尔塔·查特吉（Partha Chatterjee）、拉纳吉特·

---

① Paul St-Pierre & Prafulla C. Kar, eds., *In Translation Reflections, Refractions, Transformations*, Delhi: Pencraft International, 2005, p. 260.

② Paul St-Pierre & Prafulla C. Kar, eds., *In Translation Reflections, Refractions, Transformations*, Delhi: Pencraft International, 2005, p. 57.

③ Paul St-Pierre & Prafulla C. Kar, eds., *In Translation Reflections, Refractions, Transformations*, Delhi: Pencraft International, 2005, p. 65.

古哈（Ranajit Guha）和米娜卡斯·穆克吉（Meenakshi Mukherjee）等印度本土学者关于后殖民理论的著述也不可忽视。鉴于印度的后殖民理论对中国和世界比较文学研究的巨大影响，本节拟就上述几位理论家的重要思想进行简介。

一 阿西斯·南迪

G. N. 德维说过："用性别隐喻的话来说就是，殖民交流是占统治地位的雄性文化（male culture）和被统治的雌性文化（female culture）之间的邂逅。阿西斯·南迪在他的著作《亲密的敌人》（1984）中对印度文化的心理分析显示，在殖民交锋中，印度试图展现自己文化性格中被动和雌性的一面……结果出现了雌雄同体的文化现象（androgynous cultural being）。"[①] 德维的话说明，阿西斯·南迪的理论话语有其独特之处，并对印度文学研究颇多启迪。但在后殖民文化批评中，南迪长期不被重视，几乎成了一个被忽略的人物。世纪之交，一些学者发现，他的后殖民理论有着极其重要的学术意义。西方学者罗伯特·杨在 2001 年出版的《后殖民主义的历史回溯》（*Postconolialism: An Historical Introduction*）中高度评价了南迪的理论。自此，他的学术地位不断上升。有的印度学者如安素曼·普拉萨德甚至认为，南迪在后殖民文化批评中的地位仅次于赛义德，而他 1983 年出版的代表作《亲密的敌人：殖民主义语境下的自我迷失和康复》

① G. N. Devy, *In Another Tongue: Essays on Indian Literature in English*, Madras: Macmillan, 1995, p. 11.

(*The Intimate Enemy*: *Loss and Recovery of Self under Colonialism*，下简称《亲密的敌人》）的学术价值不亚于赛义德的《东方学》。南迪著作丰富，但集中体现他的后殖民理论的还数《亲密的敌人》。因此，此处仅以《亲密的敌人》为例，对南迪的后殖民文化理论作些说明。

《亲密的敌人》是由两篇长文加一篇序言组成的一百来页小书。南迪在该书开头即说，他旨在为印度现代史上抗衡西方殖民主义的清白（innocence）行为及其各种各样的思想心态而辩护。在序言中扼要介绍自己的后殖民理论和写作初衷时，南迪写道："说到底，与传统的压迫不同，现代压迫并非自我与敌人、统治者与被统治者或神魔之间的交锋。它是非人的自我与客观的敌人、技术化的官僚及其具体的受害者、虚假的统治者及其施加在'臣民'上的可怕自我之间的一场战争……这本书的初衷是，探索支持或反对英属印度时期的殖民主义文化的精神心理结构与文化动力。但它同时也暗含着后殖民思想的研究。"[①] 他就这种现代条件下的"交锋"与"战争"分析道："与其说现代殖民主义通过军事和技术优势赢得辉煌，不如说它是通过创造与传统秩序不协调的世俗等级制的能力达到这一点的。"[②] 这种等级制的核心就是文明野蛮、进步倒退或西方东方的二元对立。南迪最有代表性的理论应该是他附着在现代性外表上的"二次殖民"（second colonization）概念。他认为，这种区别于旧殖民主义的新式

---

① Ashis Nandy, *The Intimate Enemy*: *Loss and Recovery of Self under Colonialism*, "Preface," Delhi: Oxford University Press, 1983.

② Ashis Nandy, *The Intimate Enemy*: *Loss and Recovery of Self under Colonialism*, "Preface," Delhi: Oxford University Press, 1983.

殖民主义有着文化心理殖民的特征。“这种殖民主义不仅在身体上、而且也在心理上进行殖民。它在被殖民社会中释放出的力量将永远改变他们的文化优势。”在这一进程中，“现代西方”的观念从地理概念进入被殖民者的精神意识中。也就是说，通过印度的知识分子，西方文化得以渗透，二次殖民得以成功。结果就是，西方无处不在。它既在外部也在内部，既在地理解构上，也在人的头脑中。“这基本上就是二次殖民及其抵抗的故事……毕竟，文明更关注继承帝国遗产的殖民主义。二次殖民将第一次殖民合法化。现在，二次殖民已经有了独立的基础。即使那些与第一次殖民战斗过的人常常愧疚难当地拥抱起二次殖民来。”① 在利用精神分析理论阐述二次殖民的自我作对特征时，南迪说：“因此，西方并非只是帝国主义观念的一部分。它的古典传统和批判性自我有时会抵抗现代西方。同样，印度教有奈保尔所谈过的那种印度性，而印度教也可以是泰戈尔所确认的那种印度性。”②

关于二次殖民的手段途径，南迪从殖民者和被殖民者文化心理互动的角度进行说明。这种互动其实就是一种同化或认同行为。南迪解释说：“在殖民文化里，与侵略者达成认同使统治者和被统治者形成牢不可破的二位一体关系。殖民统治者视印度人为必须进一步自我开化的神秘野蛮人。它把英国统治看成进步的代理人和一种使命。反之，不管爱恨，许多印度人把变得更像英

① Ashis Nandy, *The Intimate Enemy*: *Loss and Recovery of Self under Colonialism* , “Preface,” Delhi: Oxford University Press, 1983.

② Ashis Nandy, *The Intimate Enemy*: *Loss and Recovery of Self under Colonialism*, “Preface,” Delhi: Oxford University Press, 1983.

国人视为自己的救赎之道。”[①] 南迪发现，19 世纪里，印度的社会、宗教和政治改革运动以及很多文学运动都努力使“刹帝利精神”或刹帝利性格成为统治者和被统治者的真正区别，因为，刹帝利精神代表了崭新的真正的印度特性。南迪注意到，在英国殖民统治初期，殖民主义很少看到他们对印度的支配地位与英国传统社会男性支配女性存在什么联系，但在后来，男性的侵略性和代表阳刚气质的暴力倾向逐渐成了英帝国统治的坚实基础。与此同时，帝国主义意识形态也开始从欧洲人的阳刚气质和殖民地的女人气来解释和证明殖民主义的合理性，从而在政治和军事的殖民入侵与男性对女性的支配之间画上了等号。于是，英国文化成了男性文化或雄性文化的代表，男性的观念变得狭隘、片面，男人只要表现一点女性的气质便会被认为是危险的。在吉卜林和 E. M. 福斯特笔下，殖民地官员不仅不近印度的女色，而且他们的世界里也不太容得下女人。从现代心理学的角度看，人都是雌雄同体的。但在殖民文化中，我们看到的更多的是单性的男人，其阳刚之气显得单调刻板。政治、军事和性别联系起来，对殖民地人民的心灵产生了深刻影响。南迪讨论的性别问题可以进一步解释二次殖民问题。就殖民地人民而言，他们有的把刹帝利精神视为真正的印度性格，以此改变重塑印度文化身份。这在东方现代文化发展中是普遍现象。

二次殖民和一次殖民相似，它也突出强权政治，贬低人类温顺谦恭的美德，这是现代文化的病症，它使西方文化呈现“心理

---

① Ashis Nandy, *The Intimate Enemy: Loss and Recovery of Self under Colonialism*, Delhi: Oxford University Press, 1983, p. 7.

衰退”迹象，并向非西方社会传播这些“文化病毒”。正如南迪所言：“在这种文化中，殖民主义不再被视为一种绝对的邪恶。对殖民地臣民而言，它是合法政治权力被打败和自我去势的产物。对统治者而言，殖民剥削乃是一种生活观念偶然而遗憾的副产品，这种生活观念与高级政治经济组织协调一致。”[①] 二次殖民也是一种新殖民主义意识形态。例如，当今世界很多前殖民地国家常常放弃心理反抗，视西方文化为普世文化的标准，使地域文化成为全球文化。这是一种文化心理殖民。

南迪所关注的二次殖民和西方的进化论有密切关系。他说：“殖民主义忠实地护卫成长和发展的观念，在原始气息和孩子气之间划了一条新的平行线。因此，社会进步论不仅被引入欧洲个人生活领域，也被引进殖民地的文化差异领域。”[②] 他的结论是：“这种孩子气（childhood）的新概念与现今西方占统治地位的进步原则密切相关。”[③] 南迪还别出心裁地将进步理论以图表形式表达出来。图表的大意是，如果印度的精神面貌是 childlike 即淳朴无邪、天真无知且愿意学习并取得阳刚气质，那么，就通过西方化、现代化或基督教化进化之、改良之，变为西方同质文化基础上的伙伴。反之，如果印度的精神面貌幼稚天真且邪恶奸诈，那么就以各种手段镇压之，使之进化而成为好伙伴。

按照南迪的观察，殖民时期的一些孟加拉语作家便在文学创

---

① Ashis Nandy, *The Intimate Enemy: Loss and Recovery of Self under Colonialism*, Delhi: Oxford University Press, 1983, p. 10.

② Ashis Nandy, *The Intimate Enemy: Loss and Recovery of Self under Colonialism*, Delhi: Oxford University Press, 1983, p. 15.

③ Ashis Nandy, *The Intimate Enemy: Loss and Recovery of Self under Colonialism*, Delhi: Oxford University Press, 1983, p. 15.

作中表达了这种进化论的影响。南迪还观察到，辩喜等孟加拉语思想家也受到西方进化论和现代性观念的影响，开始讨论印度教改革问题。苏巴·钱德拉·鲍斯（Subhas Chandra Bose）等人也接受西方的线性进步历史观。而甘地并未直接回应孩子气和政治臣服之间的殖民同化隐喻。他避开历史，确信神话对历史编年的优势，因此规避了从原始性到现代性、从政治幼稚到政治成熟的单轨道。这种单轨道是殖民主义思想替臣服社会和“婴孩种族”（child races）所规定了的。甘地依此手段与殖民者的种族主义思想见招拆招。

南迪认为，殖民主义虽然使西方获得了巨大的经济利益，但也为此付出了心理学意义上的惨重代价。他认为，殖民主义是一个没有赢家的游戏，殖民者与被殖民者都成为受害者，以牙还牙。殖民反抗形式多样，但无论效颦还是反抗，都将西方文化视为可以崇拜的普世文化。效颦者向西方看齐，反抗者欲取而代之，将民族文化变为西方式的侵略性文化。效颦和对抗其实都是殖民主义劣根性的产物，他们最后都沦为殖民主义牺牲品。在南迪眼中，只有那些不参与殖民主义的非游戏者才是对殖民主义最有效的反抗。因为，这些非游戏者是一种积极力量，他们能对殖民主义进行自我认识和道德评判。通过心理选择和心理对抗，非游戏者逐步瓦解了西方的现代性亦即西方对非西方的二次殖民。在这方面，甘地的非暴力不合作思想应可视为一个典型案例。

按照南迪的观察，吉卜林、N. C. 乔杜里和奈保尔等人都拥有过徘徊东西方的文化身份分裂意识。吉卜林和奥罗宾多的对比更能说明问题。因为，吉卜林是文化意义上的印度孩子，却在政治和道德领域占据强势的西方语境中成长起来。奥罗宾多是文化意义上的西方孩子，后来却成为印度的精神领袖。吉卜林必须否认自己的印度性以成为真正的欧洲人，奥罗宾多获得印度性以确认自己的印度身份。尽管两人都是殖民主义精神机能障碍（psychopathology of colonialism）的牺牲品，但奥罗宾多更多地象征了印度对殖民主义造成的精神分裂意识的普遍反应。他一直保持着种族和人类进化的观念。他的“未来诗歌论”背后就有这种思想因素。南迪认为：“与吉卜林的灵魂疾病相比，奥罗宾多的思想疾病是关于人类困境的卓越认知。”① 但奥罗宾多对殖民主义的极端反应也表明，某种程度上，他也是西方进化论和殖民主义思想的牺牲品。其实，前述奈保尔、乔杜里等人未尝不是西方进化论和二次殖民包裹的殖民主义思想的“牺牲品”。因此，他们在东方文化和西方文化两边都不能上岸，成为文化心理上永远流浪的后殖民人。这是二次殖民带给他们的文化宿命。

由上所述可以发现，南迪是一个独具特色的后殖民理论家。他以精神分析论为基础，对东西方文化交流进行了别开生面的探索。他的二次殖民理论对于分析现代跨文化交流的很多复杂个案具有典型的意义。他以一个社会学家、心理学家的身份涉猎文学和文化研究领域，并多所建树，这反映了当前比较文学研究文化转向的真实一面。

二　斯皮瓦克

斯皮瓦克（Gayatri Chakravorty Spivak，1942—）比她的同

---

① Ashis Nandy，*The Intimate Enemy*：*Loss and Recovery of Self under Colonialism*，Delhi：Oxford University Press，1983，p. 86.

胞阿西斯·南迪小五岁。她早年在加尔各答接受大学教育。1959年毕业于加尔各答英语系。此后，她离开印度来到美国康奈尔大学攻读硕士学位，后以叶芝研究在衣阿华大学获得博士学位，导师是著名的解构主义代表人物保罗·德曼。斯皮瓦克在西方语境中接受了严格的学术训练，但印度文化、印度现实生活体验和印度学界的反殖民思想也影响着她的研究。就像其他很多侨居海外的印度学者一样，斯皮瓦克的学术研究包含了西方和印度的双重元素。“当今时代，斯皮瓦克是获得国际声望的最著名的女性主义批评家，也是少有的堪称为影响真正全球范围知识生产的人。”① 抛开印度文化和印度现实政治的背景观察和探索斯皮瓦克，只能得出非常肤浅的结论。而如果无视斯皮瓦克的西方学术熏染和她所处的西方文化语境，关于她的研究更是隔靴搔痒。

对斯皮瓦克来说，女性主义是其关注问题的一个基本落脚点。她的后殖民理论其实就是以妇女问题为核心、以马克思主义和解构主义思想为基本方法而展开的一种思想体系。因为她往往能在妇女问题上深入浅出，拓展更加宏阔的思维天地，涉及解构主义和后殖民主义的基本命题和范畴，因此，人们更乐于称其为后殖民理论代表人物。她虽然也论及具体的印度或西方文学文本，但更多的时候却关注宗教哲学、社会伦理、政治文化等诸多领域的复杂现象。对于斯皮瓦克的研究是目前中国比较文学与世界文学研究界的一个热点。作为一位典型的后殖民女性主义理论家，斯皮瓦克的思想复杂远非一篇论文可以涵括。因此，限于篇

① Donna Landry & Gerald Maclean, eds., *Selected Works of Gayatri Chakravorty Spivak*, New York and London: Routledge, 1996, p. 2.

幅，这里主要介绍一下她的某些后殖民女性主义思想。

斯皮瓦克曾经研究过印度裔作家拉什迪和印度本土孟加拉语作家 M. 德维（Mahasweta Devi，1926—）等人的作品，也研究过《简·爱》等经典的西方文学作品，她的研究是对赛义德后殖民文本解读的延伸。赛义德为我们揭示了西方对东方的话语控制，可是他没有关注西方霸权话语遮蔽下的东方抵抗式话语。斯皮瓦克在赛义德所忽略的地方开始后殖民理论建构，延伸了赛义德的理论逻辑，也弥补了赛义德的缺陷。

斯皮瓦克著有《在其他世界：文化政治论文选》（*In Other Worlds*：*Essays in Cultural Politics*，1987）、《庶民研究选读》（*Selected Subaltern Studies*，1988，与人合编）、《后殖民批评家：访谈、策略与对话》（*The Post-colonial Critic*：*Interviews*，*Strategies*，*Dialogues*，1990）、《教学机器之外》（*Outside in the Teaching Machine*，1993）、《后殖民理性批判：趋向即将消亡的当代史》（*A Critique of Postcolonial Reason*：*Toward a History of the Vanishing Present*，1999）和《学科的死亡》（*Death of a Discipline*，2003）等等。她还把德里达的解构主义哲学代表作从法文译为英文即《论文字学》（*Of Grammatology*），并于 1976 年出版。她从孟加拉语翻译过德维的三部小说集。具体说来，斯皮瓦克关于后殖民主义的讨论主要见于她的上述论著中，其中，《学科的死亡》则从世界文学背景谈论了比较文学的衰亡与拯救。她的大部分论著都在中国学界得到了及时介绍和研究，这使她的印度视角在中国学术理论建树中发挥了重要的作用。

斯皮瓦克对于后殖民理论的最大贡献是将第三世界妇女视角

带入这一研究领域。她对西方女性主义代表所有女性发言的合法性提出了严肃的质疑，显示了她身为印度和美国双重国籍及跨文化身份的优势和特色。她从此前女性主义关注男女性别差异过渡到关注第三世界与第一世界女性的文化差异和命运遭际，以建树自己的印度视角。庶民研究对她关注第三世界妇女、特别是生活在底层的印度妇女命运帮助极大。例如，斯皮瓦克在《庶民能否发言》（也译为《底层人能说话吗？》）一文中说道："底层人能说话吗？为警惕底层阶级的继续建构精英要采取什么对策呢？在这个语境中'妇女'的问题似乎是最有问题的。显然，如果你是穷人、黑人和女性，你便在三方面有问题。"[①] 她在论文中以大量印度文学作品及现实生活个案为例，对底层妇女命运进行追问。她在该文最后写道："底层人不能说话。在全球洗衣店的名单上实际上并没有虔诚的'妇女'。再现并未枯萎。作为知识分子的女性知识分子肩负一项受限制的使命，对此，她绝不能挥手否认。"[②] 这里的话约略相当于她的第三世界女性主义宣言。当然，斯皮瓦克之反对西方某些女性主义者的立场并不说明她放弃女性主义立场，而是为了彻底贯彻女性主义既定的远大政治理想和普世关怀。

常为中国学者所征引的论文《国际架构下的法国女性主义》是对西方女性主义立场的质疑。该文写于 1981 年。斯皮瓦克注意到了法国女性主义者替第三世界妇女立言的弊端，对此加以严

① 斯皮瓦克：《底层人能说话吗？》，陈永国译，陈永国等主编：《从解构到全球化批判：斯皮瓦克读本》，北京：北京大学出版社，2007 年，第 115 页。

② 斯皮瓦克：《底层人能说话吗？》，陈永国译，陈永国等主编：《从解构到全球化批判：斯皮瓦克读本》，北京：北京大学出版社，2007 年，第 128 页。

肃的批评。她说："我试图说明的一点是：为了充分了解第三世界，并拓展读者范围，必须重视这一领域巨大的异质性。第一世界的女性主义者必须明白并放弃身为女人的优越意识。"[①] 斯皮瓦克还对克里斯蒂瓦在《中国妇女》中按照西方女性视角表述中国妇女所造成的失真进行了批评，并分析西苏等法国女性主义者的理论偏差。她认为："把妇女解放等同为生殖解放，那将把反性别歧视带入穷途末路。"[②] 斯皮瓦克确认这样一个生理学原理："男性和女性的性欲（sexuality）是不对称的。"[③] 因此，她还从男女两性在性行为和性体验上的不对称，以"性高潮"、"阴蒂切除"和"子宫"等灼人的字眼探讨了法国女性主义的一些观点，如非生殖的性快感是妇女追求的目标，以表达自己对女性命运直接而深层的关怀。

1985 年，斯皮瓦克发表了一篇有名的论文《三个女性的文本与帝国主义批判》。该文将重点放在对英国 19 世纪经典文学的阐释上。她探讨了夏洛蒂·勃朗特的《简·爱》、玛丽·雪莱的《弗兰肯斯坦》和里斯的《茫茫藻海》等三部英国小说中的帝国主义殖民话语。斯皮瓦克对《简·爱》等的探讨将这些女性主义个人叙述放置在帝国主义文化语境中进行进后殖民解读。斯皮瓦克在该文开头认为，如果我们忘记帝国主义意识是英国文学创作的一部分，那么，就不可能正确解读 19 世纪英国文学。她表达

---

① Gayatri Chakravorty Spivak, *In Other Worlds: Essays in Cultural Politics*, Methuen: New York and London, 1987, p. 136.

② Gayatri Chakravorty Spivak, *In Other Worlds: Essays in Cultural Politics*, Methuen: New York and London, 1987, p. 150.

③ Gayatri Chakravorty Spivak, *In Other Worlds: Essays in Cultural Politics*, Methuen: New York and London, 1987, p. 151.

了对西方女性主义立场的遗憾和失望："尤其不幸的是，女性主义的文学批评迅速崛起以后，便以它独特的视角复制了帝国主义原则。对欧洲和英美的女性主题文学的近乎孤立主义的尊崇，确立了女性主义的激进规范。"① 斯皮瓦克还认为，在《简·爱》中："伯沙的作用是使人兽之间的界限变得模糊不清，由此削弱她即便不是在神圣法律的名义下，也应该在精神的名义下禀有的权利。"② 该文为后殖民文学批评提供了一个范本。

2003 年，斯皮瓦克出版了《学科的死亡》。在这本一百来页的小书中，她对当前世界比较文学的困境提出了质疑。这本书的题目其实是深有寓意，正所谓向死而生之意。斯皮瓦克并非要宣布比较文学这门学科的"死刑"，而是提倡在比较文学内部进行改革，以应对铺天盖地的文化批评或文化研究思潮对比较文学研究的负面影响。她的主张是，以区域文学研究即国别文学研究来弥补比较文学研究的文化转向的弊端，从而使这门学科走向新生。同时，她极力主张比较文学研究必须关注欧美以外的第三世界文学研究，走出跨文化研究的新途径。她在书中这样说道："正如我所期待的那样，新型比较文学必须涉猎更为古老的少数族裔文学：非洲、亚洲和西班牙文学。"③ 2006 年 3 月，斯皮瓦克应清华大学邀请来华讲学。她在接受中国学者的访谈时说："真正阻碍我们的是我们自己的褊狭思想、民族主义和以西方为

---

① 斯皮瓦克：《三个女性的文本与帝国主义批判》，王丽丽译，张京媛主编：《后殖民理论与文化批评》，北京：北京大学出版社，1999 年，第 108 页。

② 斯皮瓦克：《三个女性的文本与帝国主义批判》，王丽丽译，张京媛主编：《后殖民理论与文化批评》，北京：北京大学出版社，1999 年，第 117 页。

③ Gayatri Chakravorty Spivak, *Death of a Discipline*, New York: Columbia University Press, 2003, p. 84.

中心的论调。当提到亚洲、非洲、拉美国家的人民时，我们都觉得他们不值一提，唯一值得称道的就是美国和欧洲，这就是比较文学运作的方式……比较文学应该渗透进美国的区域研究内部去。这确实是一种政治性策略……我们一定要思考比较文学，要学习不属于你的本族文化的语言。比较文学的再次崛起只是一厢情愿的想法，比较文学在其最鼎盛的时候，也没有达到其应有的力度。”① 斯皮瓦克的这些话对于中国比较文学研究也具有十分重要的指导意义。

三　霍米·巴巴

霍米·巴巴出生于1949年，比斯皮瓦克小七岁。他出生在孟买，有着波斯人的血统。巴巴幼年时在印度接受教育，成年后来到英国，师从于著名学者、马克思主义理论家特里·伊格尔顿，在牛津大学获得博士学位。2000年起，巴巴到哈佛大学任教至今。他以探讨殖民与后殖民理论、文化变迁与权力、公民身份问题以及世界主义等问题享誉当代学界。近年来，他多次来到中国，同中国学术界进行交流，这进一步传播了他的后殖民理论。

作为后殖民理论“三剑客”之一，巴巴是三人中年龄最小的。他的著作相比起来也是最少。他关于后殖民理论的著述，主要体现在他的编著《民族与叙事》（*Nation and Narration*，

---

① 生安锋、李秀立：《后殖民主义、女性主义、民族主义与想象：佳亚特里·斯皮瓦克访谈录》，《文艺研究》，2007年11期。

1990）和论文集《文化的定位》（*The Location of Culture*, 1994）中。哈佛大学出版社即将出版他的新作《全球尺度》（*A Global Measure*）；哥伦比亚大学出版社也将出版他的《叙述的权利》（*The Right to Narrate*）。令人惊讶的是，巴巴每发表一篇论文或出版一本文集，总会引来世界各地学者竞相征引或讨论。有人评价他说："在所谓后殖民文化批评理论有影响的运动中，他是最重要的思想家之一。"① 作为西方后殖民理论代表人物之一，巴巴的理论建树主要表现在这样几个方面：他创造性地融合了马克思主义与解构主义，在文学批评中发展了文化批评的研究模式；他的混杂理论影响了当代全球化语境中的民族和文化身份研究，为第三世界批评家提出了进入西方学术主流并发出自己声音的具体策略；他的模拟概念及对殖民文学和后殖民文学的细读对于第三世界批评家有着反对霸权话语或重构文学经典的示范价值；他的文化翻译论冲击了此前占主流地位的以语言转换为主的文字翻译论，从文化层面"消解了以语言为中心的逻各斯中心主义，为翻译研究领域内出现的文化转向铺平了道路"。② 在巴巴看来，赛义德忽略了东方对西方霸权话语的抵抗空间。我们应该倾听那些跌落到殖民主义历史以外的被压迫者即底层人的声音。这是他和赛义德拉开思想距离的地方。此处以《民族与叙事》和《文化的定位》为例，对巴巴的后殖民理论进行简略介绍。

---

① David Huddart, *Homi K. Bhabha*, New York and London: Routledge, 1995, p. 1.

② 王宁：《叙述、文化定位和身份认同：霍米·巴巴的后殖民批评理论》，《外国文学》，2002年第6期。此处对巴巴的后殖民理论介绍，参考该文观点及其某些译文，特此说明。

先看看巴巴在《民族与叙事》中表达的主要观点。巴巴编著这本文集的主要目的在于验证民族主义叙事的真伪问题及破解其后隐含的政治文化密码。他在导言中开门见山道："如同叙事，民族在神话时代就失去了自己的起源，只有在心灵的目光中才能充分意识到自己的视界。这么一种民族或叙事的意象似乎有些不太浪漫然极具隐喻，但正是从那些政治思想和文学语言传统里，民族才作为十分有力的历史观出现在西方。"① 这就是说，民族本身是一种文学艺术性的叙事而已，叙事充满了不确定的因素，因此，也就没有一种确定的民族起源和民族历史。"如果说赛义德的后殖民批评始于对东方主义的批判，那么巴巴的后殖民批评也可以说始于对民族神话的解构，正是这种对民族之本质性的解构，从某种程度上奠定了巴巴的后殖民批评理论。"②

在《民族与叙事》中，巴巴提到了一个后殖民意味浓厚的关键词"含混复义"或"模棱含混"或"模棱两可"（ambivalence）。他在此前和此后的著述中一以贯之地使用这个词语，以表达他反本质主义和反文化本真性的混杂（hybrid）叙事策略。关于这种"模棱含混"的特征和叙事策略，巴巴这样解释道："本书所探索的正是现代社会模棱两可的文化再现。如果民族的模棱含混是其处于过渡状态的历史、不确定的概念和各种词汇变化的问题，那么，它便会影响到象征民族性意义的民族叙事和话

---

① Homi K Bhabha, *Nation and Narration*, London and New York: Routledge, 1990, p. 1.

② 王宁：《叙述、文化定位和身份认同：霍米·巴巴的后殖民批评理论》，《外国文学》，2002 年第 6 期。

语。”[①] 这就是说，后殖民批评或后殖民写作必须从殖民话语的内部进行颠覆运作，使其含混不纯，消解其固有的权威性，以达到批判和颠覆殖民主义霸权话语的目的。因此，巴巴还指出：“通过民族叙事言说来研究民族，并不仅仅是关注有关民族的语言和修辞表达，还在于试图改变概念对象本身。”[②] 这就是说，巴巴通过解构主义理论探索民族叙事的策略不是目的，而是达到最终建构后殖民理论新话语的一种手段而已。

巴巴在《民族与叙事》的最后部分，收录了自己的一篇论文即《播撒：时代、叙事及现代民族的边缘性》（*Dissemination: Time, Narrative, and the Margins of the Modern Nation*）。该文论及很多重要方面，如民族和时代、少数族裔和文化失范、语言变异等问题。通过该文，巴巴重新建构了一种处于叙事状态的民族，即处在历史状态之中的民族。循着民族叙事的这一逻辑，巴巴认为：“现代性边界的或然性体现在民族空间含混矛盾的暂时性中。文化和社群的语言被置于当前的裂缝上，成为民族历史的修辞手段。”[③] 在解构现代民族的意义时，巴巴也一以贯之地关注民族文化身份认同的问题。他指出，文化认同常常与克里斯蒂瓦所谓的“身份缺失”（loss of identity）和法农描述的文化不确定性（cultural undecidability）相联系。具有集体一致性的民族语言有时会处于危机之中。“法农和克里斯蒂瓦试图重新阐释

---

① Homi K Bhabha, *Nation and Narration*, London and New York: Routledge, 1990, p. 2.

② Homi K Bhabha, *Nation and Narration*, London and New York: Routledge, 1990, p. 3.

③ Homi K Bhabha, *Nation and Narration*, London and New York: Routledge, 1990, p. 294.

这种象征性程序，通过这一程序，关于民族、文化和族群的社会想象成为话语的主体和心灵认同的客体。”①

在论述解构主义色彩浓烈的关键词“播撒”（dissemination）时，巴巴还提到很多关键词，例如：“民族性的文化建构”（cultural construction of nationness）、“作为叙事策略的民族的模棱含混”（ambivalence of the nation as a narrative strategy）、“文化现代性”（cultural modernity）、“民族寓言”（national allegory）和“作为隐喻的民族”（the nation as metaphor）等等。② 这些词汇使巴巴的解构主义外衣下包裹的后殖民理论变得异常丰富和更加艰深。

1994 年，巴巴出版了自己的代表作《文化的定位》。这本著作集中了巴巴于 20 世纪 80 年代到 90 年代初撰写的重要论文，全面系统地体现了他以探讨身份认同和少数族裔为核心的后殖民理论。

巴巴在解释为何要把西方现代文化置于后殖民理论视野中予以“文化定位”时说，认为理论必须是一种社会和文化所特有的精英语言，实际上是自欺欺人。他深信，西方某些学院派理论家的思想地位必然要“置于帝国主义或新殖民主义西方的欧洲中心主义档案里”。③ 巴巴为了区别于西方主流的学术倾向，对西方中心的思维模式予以严厉抨击。

---

① Homi K Bhabha, *Nation and Narration*, London and New York: Routledge, 1990, p. 304.

② Homi K Bhabha, *Nation and Narration*, London and New York: Routledge, 1990, pp. 292—293.

③ Homi K Bhabha, *The Location of Culture*, London and New York: Routledge, 1994, p. 19.

巴巴在《文化的定位》中提到一个来自拉什迪的关键词语“第三度空间”（the third space）。这一概念使他的理论再度充满张力，并在当代后殖民文学的个案分析中具有重要的批评运用价值。巴巴认为：“阐释的一致从来不像陈述句中出现的‘我’与‘你’的联系那么简单。意义的产生要求将两个不同地方的事物移动到一个‘第三度空间’里。这个‘第三度空间’即代表双方语言的一般情况及其表达的特殊暗示，这种以表演性和习惯性策略为主导的语言表达是它自身无法察觉的。”①

巴巴对此前一直关注的身份认同有过论述。他认为，身份认同的哲学传统是对人类本质的反思过程。人类学视野中的人类身份差异体现在人类本质或文化的分野中。“在后殖民文本中，身份认同问题重新提起，它是一种关于文学表现框架和空间的持久问题。在这一空间里，迷失的人、隐秘的眼等有关东方的陈词滥调与它的差异及‘他者’（Other）发生冲突。”②

巴巴还就全球化时代的文化趋同与文化多样性问题发表了自己的看法。在他看来，文化多样性是一个认识论的对象，文化差异可以用来建构文化认同体系。如果文化多样性是一个伦理学、人种学和比较美学范畴的话，那么文化差异便是一个暗示的过程，通过这一过程，文化的丰富性得以表达。“文化多样性是认可已定的文化内容和风俗习惯。由于它处在相对主义的时间框架

---

① Homi K Bhabha, *The Location of Culture*, London and New York: Routledge, 1994, p. 36.

② Homi K Bhabha, *The Location of Culture*, London and New York: Routledge, 1994, p. 46.

内，因此便产生了多元文化主义、文化交流或人类文化的自由概念。”①

巴巴试图发现一种可以摧毁殖民主义话语的模仿性含混言说，以达到解构殖民主义话语的目的。他认为：“后启蒙时代的英国殖民主义话语常常以一种模棱含混而非虚假的强调发言。倘若殖民主义以历史的名义操控权力的话，它便时常通过闹剧的形式施自己的权威……在从殖民想象高尚理想向其低俗的模仿性文学效果的闹剧性转折中，模拟以最神秘莫测和最有效的殖民权力和知识策略之一而出现。”② 既然模拟是以闹剧形式出现，那么，巴巴的策略就是论辩而非抵抗。这大约是他能够在主张多元和差异的美国学术界得到认可的原因。

关于模拟的特征，巴巴指出：“因此，我称作模拟的那种殖民话语模式的权威体现出一种不确定性：模拟以差异的形式表现出来。这种差异本身就是拒绝的过程。因此，模拟其实是一种双重表述的符号，是关于改革、规约和律令的复杂策略，它将权力形象化时也就‘挪用’了他者。”③ 巴巴还认为，模拟必然产生其行为主体即“模拟人”(mimic man)。在他看来，在英国文学史中，便可很容易发现模拟的清晰痕迹。巴巴的混杂叙事理论和模棱含混等概念其实也可视为对拉什迪小说的理论思考和总结。例如，他在论述拉什迪的《撒旦诗篇》时认为，小说中对于主人

① Homi K Bhabha, *The Location of Culture*, London and New York: Routledge, 1994, p. 34.

② Homi K Bhabha, *The Location of Culture*, London and New York: Routledge, 1994, p. 85.

③ Homi K Bhabha, *The Location of Culture*, London and New York: Routledge, 1994, p. 86.

公的表述暗示了“民族叙事是模棱含混的身份认同的地方。”①

在《文化的定位》中，巴巴继续阐释此前的一些概念，并创立了一些新的概念，如“之间性”或“间性”（in-between）、“模拟”（mimicry）、“表演”（performance）和“挪用”（appropriate）等等。

总之，必须承认，巴巴的学术贡献有着深刻的当代价值。正如别人评价的那样：“的确，殖民主义时代仍在延续，后殖民主义视角有助于对我们被殖民的当代进行全新的认识。巴巴的著作就是创造这一后殖民视角的主要动力。”② 巴巴的后殖民批评策略是以一种介乎于游戏性和模拟性之间的独特方式来削弱西方强势的霸权话语，即表面上模仿西方主流话语，实则通过这一游戏性和模拟性削弱和破坏了西方的思维和创作方式的贯性。他和斯皮瓦克等人不同之处在于，他把后殖民主义话语仅仅看做论辩而非抵抗性质。这也许是他身在西方、身不由己的缘故。

近年来，巴巴的后殖民理论发生了新的转向：从居于第一世界内部后殖民论辩逐步转向关注真正的后殖民地人民的反殖民斗争，并对过去的游戏性和模拟性风格有所超越。2002 年 6 月，巴巴访问中国。他在清华大学发表了主题演讲，并接受了中国学者的专访。从他的演讲和发表论文来看，他逐渐开始关注“少数族裔”问题。在巴巴看来，“少数人化”（minoritization）实际上标志着另一种形式的全球化，这一概念远比人类学意义上的少数

---

① Homi K Bhabha, *The Location of Culture*, London and New York: Routledge, 1994, p. 167.

② David Huddart, *Homi K. Bhabha*, New York and London: Routledge, 1995, p. 2.

人概念优越。2010 年，巴巴应邀来北京大学访学并发表数次演讲。

四 拉什迪

20 世纪 80 年代后最有代表性的后殖民作家拉什迪（Salman Rushdie，1947—）由于长期身处欧洲，思想敏锐活跃，容易感染西方的后现代主义思想非常便捷，这在他的创作中反映得最为明显。一般认为，拉什迪的创作具有很强的实验性，而这又直接来源于他的后殖民思想。他的论述带有强烈的后现代气息和解构主义旨趣，涉及历史书写、文学与政治关系、第三世界民族叙事、文化身份建构与文化混杂、移民散居问题及英联邦文学、对英语语言的内部颠覆改写等诸多方面。他的思想及其作品对于霍米·巴巴的后殖民理论产生过深刻的影响。

拉什迪站在后殖民的土地上，以一种复杂的眼光阅读过去和现在。他的结论是："历史始终是复义不定的。历史事实很难确立，人们可以赋予它不同的意义。真实来自我们的偏见、误解和无知，如同来自我们的感悟和理解。"①拉什迪告诉读者，每个人可以有自己对于历史、世界的不同理解。历史的歧义含混造成历史书写的文学文本的阅读张力。在这里，拉什迪与西方文化界的新历史主义学派产生了思想契合。

就哲学世界观而言，与霍米·巴巴一样，拉什迪受到了马克

---

① Salman Rushdie, *Imaginary Homelands: Essays and Criticism* (1981—1991), London: Grant Books, 1991, p. 25.

思主义思想的影响。他曾经将自己的政治思想与马克思学说挂钩，并认为马克思主义对印度等东方国家仍然有用。拉什迪不同于一些严肃的书斋学者，他的创作充满了政治激情。1982年，在一篇题为《想象的家园》的文章中，拉什迪展示了一个有着高度政治意识的作家机智而犀利的一面："作家与政客是天然的对手。双方都想按照自己的印象表述这个世界，他们在同一领域里进行争夺。小说是拒斥那种以官方政客版展现事实的一种方式。"① 1984年，拉什迪在另一篇文章中说："如果作家们把描述世界的营生拱手让给政客们，那将是历史上一个巨大而可耻之极的弃权行为。"② 这充分体现了拉什迪关注社会政治的程度。他对此身体力行。他说："我发现，我的小说不能避开政治问题。当今时代，个人与国家事务的距离如此之小，使得我们再也不能埋头写作，而对大众社会视而不见。"③拉什迪敏锐的触角不仅深探到印度和巴基斯坦即他的两个母国文化内部，还探索到英国社会内部。1982年，他在一篇题为《英国内部的新帝国》的文章中，对英国歧视外来移民的种族主义行为猛烈开火，大胆地抨击了撒切尔夫人的新帝国论。

拉什迪的第三世界民族叙事对他的同胞霍米·巴巴的后殖民理论是一种文本启迪。如果说赛义德的后殖民理论开始于批判东方主义，巴巴的后殖民理论则脱胎于民族神话的解构。在这种解

---

① Salman Rushdie, *Imaginary Homelands: Essays and Criticism* (1981—1991), London: Grant Books, 1991, p. 14.

② Salman Rushdie, *Imaginary Homelands: Essays and Criticism* (1981—1991), London: Grant Books, 1991, p. 100.

③ Salman Rushdie, *Imaginary Homelands: Essays and Criticism* (1981—1991), London: Grant Books, 1991, p. 376.

构神话的过程中，巴巴建构了一种现代的民族，即一种存在于历史叙述之中的民族。巴巴认为，民族如果追溯它的源头的话，只是一个神话而已。作为现代意义上的民族观念，来自西方的政治和文学传统。他认为，拉什迪的《撒旦诗篇》意图是重新阐释西方意义上的民族边界问题。拉什迪通过对意义、时间、国家、文化疆界和历史传统的系列消解暗示着，民族文化的根本变革将会导致生活与写作的崭新形式。在此意义上，巴巴将《撒旦诗篇》赞誉为“混杂的民族叙事的先声”。[①]

拉什迪以本人“行为艺术”般的跨文化生活实践及其文学创作，生动地阐释了“混杂”、“身份”、“文化翻译”和“边缘写作”等后殖民文化关键词。

因为时时处于一种自动流亡或曰自动流放、自动放逐的状态，拉什迪对于个人体验有很深感慨：“移居他国必定失落自己的语言与家园。”他由此引申开来：“但是移居者不单只为自己的行动而改变，他也创造自己的新世界。移民可能会蜕变，但正是在这种混杂化过程中，新颖性涌现出来。”[②] 这说明，拉什迪不甘寂寞，要在移居或曰自动流亡的语境中发出自己独特的“拉什迪声音”。《撒旦诗篇》最典型地体现了拉什迪的上述思想旨趣。有论者说：“拉什迪的《撒旦诗篇》给予我们无数视角，让我们观察那些在这个世界里穿梭往来的精神文化孤儿。”这是一本

---

① Catherine Cundy, *Salman Rushdie*, Manchester & New York: Manchester University Press, 1996, p. 106.

② Salman Rushdie, *Imaginary Homelands: Essays and Criticism* (1981—1991), London: Grant Books, 1991, p. 210.

“对自己身份表达质疑的书”。[1]

拉什迪将“翻译”（translation）、“隐喻”（metaphor）与“移居”（migration）三个英语单词联系在一起，进行他别出心裁的翻译理念阐释。拉什迪的“翻译”理念已超越了纯粹的语言范畴而达到人生哲理和政治文化层面。《撒旦诗篇》也可以视为通过这一特殊翻译产生的混杂性即新颖性。移居者不断“翻译”他们所接触的异文化，也在异文化中被“翻译”而改变原来的文化身份。

1983年，拉什迪在《英联邦文学并不存在》的文章中，对习以为常的“英联邦文学”概念进行质疑。他将“英联邦文学”这一术语称为不真实的想象的怪物，一种相当奇特的“经典怪物”：“它长着狮子头，有着山羊腰，拖着毒蛇尾。”[2] 拉什迪的反感与他带有强烈解构意识的世界文学观有联系。在拉什迪看来，尽管英国、爱尔兰、美国等地的英语文学要比印度等国的英语文学历史悠久，但倘若将世界各地相对年轻的英语文学贯以“英联邦文学”的称呼，这只能是一个丑陋的名字。因此，拉什迪说：“所谓‘英联邦文学’，不过是奉‘英语文学’为正统，或是像我的那位朋友一样，将英国的英语文学作为中心，使世界其他地区的英语文学边缘化。”[3]

解构主义诗学观否定意义的终极性，倡导意义的游戏性，否

---

① Dan Cohn-Sherbok, ed., *The Salman Rushdie Controversy in Interreligious Perspective*, Lewiston: The Edwin Mellen Press, 1990, p. 131.

② Salman Rushdie, *Imaginary Homelands: Essays and Criticism* (1981—1991), London: Grant Books, 1991, p. 63.

③ Salman Rushdie, *Imaginary Homelands: Essays and Criticism* (1981—1991), London: Grant Books, 1991, p. 70.

定结构主义的语言中心论。拉什迪用他的文本实践充分地证实了这一点。拉什迪“解殖英语”和《逆写帝国》的作者们思想相似，都是解构“神圣”和去“中心”。拉什迪的“语言体操”采取复调音乐式组合。他深信，文学的长处在于它是“进行对话的场所，是展现语言斗争的地方”。“在任何社会里，文学都是这样一个所在，我们在自己大脑的隐秘处，可以听见各种声音以各种可能的方式谈论世间万物……世上不管哪里，文学对话的小屋一旦关闭，文学大厦之墙迟早就会坍塌下来。”[①] 他的文学对话观使他和倡导狂欢化诗学和复调小说理论的俄罗斯思想家巴赫金接上了思想血脉。巴赫金诗学观和解构主义思想有相似处，都强调打破逻各斯中心主义，以狂欢化的平民思维方式颠覆理性思维结构。从实际效果来看，拉什迪文本实践的确在某一程度上达到了这一境界。

一个复杂的问题是，巴巴的重要使命是从内部摧毁西方中心主义堡垒，他的策略是从内部使其失去本真性，进而消解其权威性。但具讽刺意味的是，巴巴身在西方，不可避免地受到西方中心论的影响，他无意间重复了西方之于第三世界的思维模式和话语霸权。

五 “庶民学派”思想管窥

如前所述，当代印度学者在后殖民理论方面作出了为世界学

---

① Salman Rushdie, *Imaginary Homelands*: *Essays and Criticism* (1981—1991), London: Grant Books, 1991, p. 429.

界所瞩目的成就。须知，这些成就的取得，在一定程度上与印度本土学者和海外印度学者三十年来联合进行的“庶民研究”（Subaltern Studies，也称“属下研究”或“底层人研究”）有很大关系。这方面的代表人物包括拉纳吉特·古哈（1923—）、斯皮瓦克（1942—）、阿米塔夫·高士（1956—）、查克拉巴蒂（Dipesh Chakrabarty，1942—）、格彦·潘迪（Gyan Pandey，1951—）、格彦·普拉卡斯（Gyan Prakash，1952—）、帕尔塔·查特吉（Partha Chatterjee，1947—）等主要执教欧美大学的印度学者，以及尼南贾娜（1958—）、萨米特·萨卡（Sumit Sarkar，1951—）、萨伊德·阿明（Shahid Amin，1950—）和苏伊·萨茹（Susie Tharu，1943—）等主要在印度本土执教的学者。以上诸人组成了“庶民学派”（Subaltern Studies School）的研究阵营。其中，最为重要的“庶民研究”理论家当属拉纳吉特·古哈、斯皮瓦克和帕尔特·查特吉等人。该学派也称“庶民研究小组”（Subaltern Studies group，也称“底层人研究小组”）。印度“庶民学派”的思想可视为印度后殖民理论的重要组成部分。

庶民学派从 20 世纪 70 年代后期开始在印度酝酿，到 1982 年正式形成，至今差不多三十年历史。庶民学派起源于南亚历史研究，但现在它早已超出了历史学范畴，影响了诸多学科领域的研究。就文学研究而言，庶民研究的影响尤其明显。90 年代后殖民批评日益式微的时候，庶民学派提出了“内部殖民”的概念。这样，后殖民批评就从关注东西方不平等的权力关系转向思考后殖民民族国家如何复制了殖民主义的不平等权力关系。庶民学派促使后殖民理论家关注第三世界的民族主义、教派主义与殖民主义的关系，并冲击了西方女性主义忽略第三世界女性命运的畸形研究模式。“庶民学派是第一个对西方学术界产生深刻影响的第三世界的思想流派，在一定程度上改写了世界既有的学术版图。”① 因此，这里以查特吉和古哈两人为例，对庶民学派的后殖民批评举例说明。此处只选取查特吉译为中文的《民族主义思想与殖民地世界：一种衍生性话语?》和古哈的英文著作《位于世界史边缘的历史》为标本，对庶民研究者的复杂思想管中窥豹。

查特吉是印度加尔各答大学政治学教授，加尔各答社会科学研究中心主任，美国哥伦比亚大学人类学教授。他是庶民学派最主要的理论家。他把后殖民批评推向了后民族研究，也是系统研究后殖民民族主义形成及其与殖民主义关系的第一人。查特吉的民族主义研究三部曲即《民族主义思想与殖民地世界：一种衍生性话语?》(*Nationalist Thought and the Colonial World*: *A Derivative Discourse*? 1986，下简称《民族主义思想》)、《民族与碎片：殖民与后殖民历史》(*The Nation and Its Fragmednts*: *Colonial and Postcolonial Histories*, 1993）和《可能的印度：政治批评文选》(*A Possible India*: *Essays in Political Criticism*, 1997）被列入西方多个人文社会学科的必读书目。

查特吉在《民族主义思想》一书中，主要研究印度的民族主义产生和发展及其后殖民语境下的命运问题。查特吉对于西方传入的民族主义话语保持着清醒的头脑。他对民族主义隐含的意识形态话语及其在印度语境中的作用向来持谨慎态度。例如，他

① 陈义华：《后殖民知识界的起义：庶民学派研究》，北京：中央编译出版社，2009 年，第 1 页。此处对庶民学派的介绍多处参考该书。

说："民族主义否认所谓的殖民地人民是次等人的说法。他们断言落后民族也能使自己'现代化'，并保留自己的文化认同。这就产生了一种话语，它既挑战殖民的政治统治的主张，又接受'现代性'这一理智前提，而这正是殖民统治的基础。我们怎样在民族主义话语中解决这些互相矛盾的因素呢？"① 这样一个问题，使得查特吉陷入对民族主义问题的思考之中。他坚持印度学者的第三世界本位立场，决意找寻一条适合印度历史发展的解释民族主义的新路径。他说："反省过去时代民族主义作家在思想上的斗争，使我们意识到了自己将理论和实践结合起来的方式；在评估他们对各种政治可能的断言时，我们也开始考虑今天我们所面对的各种政治可能……我们的著作代表着战斗的檄文，我们希望在通向更为开放，更加自省的话语之路上，可以走得再远些。"②

从阐释印度民族主义发展史角度考虑，查特吉决定分为三个历史时段进行剖析。他说："为了解决这个问题，我将打破民族主义思想与国家形式结合的预设，把它分为三个阶段。我将其分为分离期、策略期和完成期。论点是为了使民族主义思想具有范式的形式，这三期是意识形态的必经阶段。"③

在这种三期范式框架中，查特吉认为，小说家班吉姆·钱德拉·查特吉（1838—1894）是印度第一批阐释民族主义思想的

① 帕尔塔·查特吉：《民族主义思想与殖民地世界》，范慕尤、杨曦译，南京：译林出版社，2007年，第44页。

② 帕尔塔·查特吉：《民族主义思想与殖民地世界》，范慕尤、杨曦译，南京：译林出版社，2007年，第66页。

③ 帕尔塔·查特吉：《民族主义思想与殖民地世界》，范慕尤、杨曦译，南京：译林出版社，2007年，第64页。这三个时期在陈义华的译本中被译为"离开"（departure）、"行动"（manoeuvre）和"抵达"（arrival），参见该译本第86页。

人。他属于分离期的代表人物。班吉姆没有从物质或身体方面探讨历史上印度长期受外族统治的原因，而是从文化角度进行思考。他认为，印度人天生缺乏对自由的追求和印度社会缺乏凝聚力这两个原因导致了印度历史上久受外侮的结果。班吉姆还断言："一个孟加拉作家巴布·钱德拉那特·鲍斯研读沙恭达罗一个小时，抵得上整个欧洲对迦梨陀娑的评论，甚至包括哥德那著名的赞颂。"① 这是对麦考雷等人贬低印度文化价值的直接回应。查特吉纠结的心理是分离期印度知识分子的典型心态。

在查特吉看来，分离期发生在民族意识和后启蒙时期的理性主义思想交汇期。这使印度学者认识并接受了东西方文化的本质差异。西方学者认为欧洲文化的现代特性使欧洲近代发展得到了强大的文化基础，而传统的东方文化缺少这些特性，因此注定走向贫穷和屈服。但民族主义者认为，通过集体的努力，通过接受西方文化的现代性，这种落后的状况会得以改变。问题就此产生："但是，这难道不会抹杀那些标志着本民族文化与西方文化区别的特性么？在分离期民族主义思想形成了如下标志性的答案：它断言西方的优越是由于其文化是物质性的，例如它的科学技术以及对进步的热衷。而东方的优越则在于文化的精神方面。非欧洲国家真正的现代化有赖于把西方文化的物资优势和东方文化精神上的伟大结合起来。"② 而班吉姆所有的论述是对分离期民族主义思想的典型阐释。

---

① 帕尔塔·查特吉：《民族主义思想与殖民地世界》，范慕尤、杨曦译，南京：译林出版社，2007 年，第 78 页。

② 帕尔塔·查特吉：《民族主义思想与殖民地世界》，范慕尤、杨曦译，南京：译林出版社，2007 年，第 64 页。

查特吉明白，班吉姆等人的民族主义理想必然是精英分子的行动纲领而已，只有充分接受西方文化理念的“最先进的知识分子”才能做到。而广大印度民众还“沉浸在几个世纪以来迷信和非理性的民间宗教时期”，很难指望他们接受民族主义思想。这需要外力推动他们的觉醒。在查特吉看来，在殖民地国家中，资产阶级要实现政治和意识形态上的转变，就会面临这种两难的处境。解决的办法就是“消极革命”。它需要发动群众进行反殖斗争，但又要把斗争控制在一定范围内。查特吉认为：“这一点是在策略期完成的，这是一个含有很多相冲突的可能性的关键时期。它将‘阵地战’和‘运动战’的因素，结合到一个密不可分的进程中。它通过谴责‘现代’，巩固了‘民族’的历史地位；借助于反资本主义的意识形态，为资本主义生产的扩张做了准备。换句话说，‘凭借着融合反题的一部分来发展正题’。通过对圣雄甘地思想的研究，我对这一时期做了阐释。”①

查特吉认为，到了完成期，民族主义思想在印度得到了最全面的发展，成为一种关于秩序、权力和理性的系统话语。这一时期，民族主义思想不仅在印度社会得到了统一的独立的表述，还成功地掩盖或消弭了此前印度各阶层之间存在的冲突和分歧，涵盖了它自身形成过程中的各个方面，最后成为一种系统性话语。查特吉认为：“它寻求在统一的国家生活中，实现这一民族主义思想的统一体。完成期的民族主义话语，就是消极革命在讲述自己的历史。通过对贾瓦哈拉尔·尼赫鲁的研究，我完成了对最后

---

① 帕尔塔·查特吉：《民族主义思想与殖民地世界》，范慕尤、杨曦译，南京：译林出版社，2007年，第64—65页。

一个时期的阐释。”[①]

在书的最后，查特吉不无深意地断言道：“民族主义已经完成了：它现在将自己建构成为一种国家意识形态；它已经将民族的生活借用作了国家的生活。它是理性而进步的，是理性的普遍前进的一个特殊表现；它已经接受了全球权力的现实，接受了世界历史在别处的事实……民族主义的历史已经穷尽了它自身吗？这样一个结论是没有根据的。”[②]

对于《民族主义思想》一书的得失，有的学者评价道：“查特吉的《民族主义思想与殖民世界》正式开启了庶民学派的赛义德转向……但是查特吉发展了赛义德的后殖民批评，因为在此之前很少有学者对于第三世界的民族主义进行理论化的研究……对于民族主义作为一种意识形态讨论很少，查特吉弥补了这一缺陷。”[③] 当然，查特吉和赛义德也存在相似的问题，那就是对于东方文化进行简化处理，没有顾及其复杂内涵和多变因素。如查特吉将班吉姆、甘地和尼赫鲁三人作为印度民族主义思想发展三期的代表人物进行后殖民批评话语体系的建构，本身就是一种简约化的典型表现。他们对于后启蒙理性这一概念的分析和运用也不理性。查特吉对于班吉姆等人的分析有时也显得绝对化、简单化，甚至存在偏差和失误。尽管这样，查特吉的《民族主义思想》开启庶民学派理论转向的首创之功不可否认。

---

① 帕尔塔·查特吉：《民族主义思想与殖民地世界》，范慕尤、杨曦译，南京：译林出版社，2007年，第65页。

② 帕尔塔·查特吉：《民族主义思想与殖民地世界》，范慕尤、杨曦译，南京：译林出版社，2007年，第232页。

③ 陈义华：《后殖民知识界的起义：庶民学派研究》，北京：中央编译出版社，2009年，第85页。

拉纳吉特·古哈现执教于澳大利亚，他是庶民学派的发起人，也是该学派早期最主要的理论家。他是《庶民研究》前六期的主编。他将文学叙事与历史研究结合起来，将叙事学的研究模式运用到历史现象的研究上，取得了巨大的成功。他的研究范式是庶民学派早期方法论的主要资源。他的代表作包括《没有霸权的统治：殖民地印度的历史与权力》（*Dominance without Hegemony: History and Power in Colonial India*，1998）、《位于世界史边缘的历史》（*History at the Limit of World History*，2003）和《殖民地印度农民起义面面观》（*Elementary Aspects of Peasant Insurgency in Colonial India*，2005）等等。由于《位于世界史边缘的历史》涉及到对于黑格尔历史哲学观的庶民式批判亦即后殖民批判，牵涉到范围广阔的东西文化对话，因此，此处以该书为例对古哈的庶民理论进行检视。

《位于世界史边缘的历史》分为五个部分："引言"、"历史事实和世界的散文"、"历史散文或世界史的虚构"、"体验、惊奇与历史事实的悲哀"、"后记：历史编纂学的贫困：诗人的抨击"。书后还附录了泰戈尔的一篇短文"文学中的历史事实"。古哈开篇即道出写作该书的宗旨。他对英国人的印度史编写的弊端表示不满，进而说道："这就是为什么我认为，印度学者自己必须努力利用印度式的印度历史编纂学，来还原他们的历史。"①

古哈对黑格尔的批判贯穿了《位于世界史边缘的历史》的始终。他在"引言"中认为，黑格尔的 die Weltgeschichte（世界

---

① Ranajit Guha, *History at the Limit of World History*, New York: Columbia University Press, 2002, p. 1.

历史）概念其实是西方启蒙运动的产物。这样一种黑格尔式理念实质上 Geist（精神）或理性对非欧洲历史进行检视，加以剔除。古哈认为，这是一种哲学式的 Aufhebung（扬弃）：“同样的原因，作为世界上真实存在的人的历史被扬弃而成为历史哲学，具体生动的人类历史被迫屈服于世界历史。”[①] 这样一来，世界历史沿着哲学的高度攀升，达到了道德意识的层面。古哈把这样一种经过黑格尔精心改造的观念历史叫做“帝国主义时代的婴儿”。[②] 他认为，这里可以发现黑格尔世界史观的局限。这可达到殖民主义的目的，即以“虚假的帝国主义历史语言”诱使殖民地臣民相信他们永远处在一种“前历史”（Prehistory）状态或“前历史”地带。古哈坦言道：“我们更关注的是，殖民历史的再现是如何被垄断政治的狭隘阐释所操控。正是这种历史编纂学的缺陷才使我们对这种思想束缚产生警醒。”[③] 古哈认为，从被殖民者的角度来看，黑格尔式的世界史观和西方学者印度史编撰的缺陷在于，它是利用殖民主义知识对殖民地进行统治的一种方式。这些手段都是殖民统治者想利用西方主导下的殖民地历史编纂来替代和切换殖民地学者的历史编纂学。但这一趋势引发了后殖民时期南亚历史编纂的“叙事革命”（narratological revolution）。古哈说：“因为与黑格尔的世界历史相联系，我们在这一‘叙事革命’背景下，必须认识印度历史、印度技艺，必须表达

---

① Ranajit Guha, *History at the Limit of World History*, New York: Columbia University Press, 2002, p. 3.

② Ranajit Guha, *History at the Limit of World History*, New York: Columbia University Press, 2002, p. 4.

③ Ranajit Guha, *History at the Limit of World History*, New York: Columbia University Press, 2002, p. 5.

研究者的观点。我们曾经在世界历史观为我们设计好的架构内研究，因此过于迷信它而未能认识到，需要对之进行挑战和改变。”①

在黑格尔看来，世界历史无非就是自由意识的进展。“自由本身便是它自己追求的目的和‘精神’的唯一的目的。这个最后目的便是世界历史。”② 对此，古哈的答复是：“黑格尔历史哲学的主题是‘精神’（Geist）的历史而不是世界历史。”③

针对黑格尔的印度史观，古哈进行了批驳。他说，在欧洲启蒙运动时代，“没有书写，就没有历史”成为格言，而在后来的黑格尔那里成为相似的表述：“没有国家，就没有历史。”如此一来，印度历史就被天然地安置在世界历史的边缘，作为世界历史亦即欧洲历史或西方历史这一中心的陪衬。黑格尔心目中的“前历史”话语体系就此产生。古哈讥讽道：“黑格尔并不知道，他以国家为标记在历史上画出一道边界，已被证明是画在沙滩上的一条线。很明显，他一直在重复他在1830年说过的谬论：纵然有丰富的智慧和精神财富，印度没有历史。他再次引用他以一般现在时强调的话：印度仍然没有历史（It still does not have a history）。”④ 为了反驳黑格尔“印度没有历史”的断言，古哈举出了两个例子。其中一个例子是，1800年，英国东印度公司的

---

① Ranajit Guha, *History at the Limit of World History*, New York: Columbia University Press, 2002, p. 5.

② （德）黑格尔：《历史哲学》，王造时译，上海：上海书店出版社，2001年，第19页。

③ Ranajit Guha, *History at the Limit of World History*, New York: Columbia University Press, 2002, p. 31

④ Ranajit Guha, *History at the Limit of World History*, New York: Columbia University Press, 2002, p. 10.

官员威廉·卡雷（William Carey）请求孟加拉学者 R. 巴苏（Ramram Basu）写作一本讲述孟加拉国王的历史传记，以为了解孟加拉地区历史文化之用。巴苏写出了这本史传性质的书即《国王波拉塔跛底提亚传》（*Raja Pratapaditya Caritra*）。此书的历史价值被当代印度比较文学学者如 S. K. 达斯等认可。古哈这里的两个例子属于典型的庶民研究路数。不仅如此，古哈还以泰戈尔关于印度历史与印度古代文学紧密相关的谈话为例，继续进行辩论。他把这篇孟加拉语文献翻译为英文附录在后，作为又一种宝贵的"庶民话语"，以驳斥黑格尔的世界历史观，将印度史从世界历史的边缘拉回中心。

总之，庶民学派是成果丰富、思想复杂的后殖民理论流派，它的很多代表人物的思想在中国还仍然是研究者忽视的领域。期待未来的学者关注到这些问题。

以上是对印度本土学者和海外印度学者关于后殖民理论建树的大致介绍。限于篇幅，还有一些重要的理论家没有介绍。例如，印度学者阿贾兹·阿赫默德的《阶级、民族与文学论》（*Aijaz Ahmad*：*In Theory*：*Classes*，*Nations*，*Literatures*，Bombay：Oxford University Press，1992）便是一本重要的后殖民理论著作。阿赫默德在书中建议，后殖民批评需要全部改弦易辙，即转向马克思主义的文化批评范畴。在他看来，马克思主义文化批评比之后殖民批评，具有很多优势。他还认为，如果强调民族主义批评模式，将会贬低其他形式的抵抗话语。当然，阿赫默德的批评话语仍然具有文化批评的性质，但是他更为强调批评与政治挂钩。关于后殖民流亡的问题，阿赫默德的结论是，流亡者都扩大了"流亡"（exile）一词的基本含义。该词原来是一种隐喻，后来就作为描述自动流亡或移民状态的标签。“于是‘流亡’本身成为一种精神状态，与物质生活状况无涉。流亡、移民和职业志向成为同义词，而且，它们之间有何区别的确已难以分解。”① 阿赫默德还对西方文化语境中的“第三世界文学”概念进行了仔细的辨析。他的结论是：“无论如何，第三世界文学的概念之所以能够成立，是因为它与处在支配地位的、典范的传统相对，甚至在那些无意中借用了美国非洲裔早已特有的模式和目标的地方也是如此。”② 对于阿赫默德等印度学者的后殖民理论，中国学界还需要更多的关注。毕竟，他们的印度声音是世界后殖民理论和比较文学研究领域最为重要、也最为“喧哗与骚动”的一支。

第十节　中印文化与文学关系

20 世纪初，尼赫鲁、师觉月和谭云山等人进行过中印文化关系的初步探索。印度独立以来，其汉学研究虽然不及西方同行的汉学研究热闹，但它一直存在着。1962 年中印边界战争导致印度学者倾向于研究中国政治、经济和军事等领域。20 世纪 80 年代以来，随着中印关系逐渐步入正轨，以中国历史、中国文学研究为主要内容的汉学研究开始出现新的气象。K. M. 潘尼

① 巴特·穆尔·吉尔伯特等编撰：《后殖民批评》，杨乃乔等译，北京：北京大学出版社，2001 年，第 362 页。

② 巴特·穆尔·吉尔伯特等编撰：《后殖民批评》，杨乃乔等译，北京：北京大学出版社，2001 年，第 363 页。

迦、谭中、玛妲玉和马尼克等人的中印关系研究和中国文学研究值得重视。他们中的一些学者对于中印文化异同、中印文学比较等产生了浓厚兴趣。虽然历届印度比较文学会议都难以见到关于中印文学关系的研讨，印度学者仍然把这一领域纳入学术研究视野，如一些比较文学研究著作中或多或少地收录了谭中等人关于中印文学关系等方面的论文。因此，本节拟对印度学者这方面的研究作一简介。这里先简单回顾K. M. 潘尼迦、谭中和玛妲玉等人的中印文化关系研究，再就20世纪80年代以来谭中等人对中印文学关系的研究进行说明。为了叙述的方便，某些地方的探讨回溯到印度独立初一段时期。

一　中印文化关系

印度独立以前，研究中印文化关系的学者，最有代表性的是师觉月、谭云山、尼赫鲁和拉达克里希南等人。印度独立后，K. M. 潘尼迦、K. P. S. 梅依、谭中、玛妲玉（Madhavi Thampi）和狄伯杰（B. R. Deepak）等是研究中印文化交流的热心者。其中，潘尼迦和谭中等人涉及中印文化比较的问题。

印度独立后，中印文化关系仍然是印度学者的首选课题。1948—1952年间，曾经先后担任印度驻中华民国大使及中华人民共和国首任大使的K. M. 潘尼迦（Kavalam Madhava Panikkar，1895—1963），在其于古吉拉特的M. S大学（Maharaja Sayajirao University）发表关于中印关系的系列讲稿基础上，1957年整理出版了《印度与中国的文化关系研究》。该书主体分引言和“印度与中国”两部分，附录包括“中印关系中的西藏”、

“中国朝圣者在印度”和“印度与中国在艺术方面的互动”等三部分。该书总体上继承了师觉月的研究思路。潘尼迦论及敦煌文化、中国（云南）—缅甸—印度的南方丝绸之路、中印交通的陆路和水路、郑和下西洋、佛教中国化等涉及中印文化交流的重大问题。他还提及鸠摩罗什、菩提达摩等印度来华高僧和莲花生等藏传佛教密宗人物。他也高度赞扬中国去印高僧对于印度文明发展史的重要意义：“事实上，每一个印度学者都知道法显、玄奘和义净的名字。”[①] 他认为，这些中国人的名字在印度比鸠摩罗什和菩提达摩的名字更为人所知。他对玄奘尤其推崇：“即使今天，中印两国对于他的记忆永葆青春。”[②] 他还承认：“中文里保存的印度文献内容广泛，要不是印度学者的翻译和中国学者的悉心保护，这些文献可能已经完全不存于世。”[③] 潘尼迦总体上与巴克齐成功地进行了思想对接。他认为，中印文化往来绝对不是单向交流：“中印文化交流充满活力，延伸了如此漫长的时期，否认中国文明影响印度是荒唐无稽的。”[④] 为此，他举出了中国文化影响印度绘画艺术等方面的例子。

印度当代著名宗教哲学家K. S. 穆尔提（K. Satchidananda Murty）曾经数次应邀来华访问，在中国人民大学和中国社会科学院发表学术演讲，他与季羡林、黄心川等中国学者有过接

---

① K. M. Panikkar, *India and China: A Study of Cultural Relations*, Bombay: Asia Publishing House, 1957, p. 25.

② K. M. Panikkar, *India and China: A Study of Cultural Relations*, Bombay: Asia Publishing House, 1957, p. 83.

③ K. M. Panikkar, *India and China: A Study of Cultural Relations*, Bombay: Asia Publishing House, 1957, p. 46.

④ K. M. Panikkar, *India and China: A Study of Cultural Relations*, Bombay: Asia Publishing House, 1957, p. 64.

触。穆尔提在1976年出版了涉及中国哲学的著作《远东哲学》(*Far Eastern Philosophy*)。穆尔提在书中进行了中印古代哲学比较。在他看来，《易经》哲学的玄妙境界与印度的吠陀哲学和奥义书思想是相似的。① 穆尔提对佛教与中国的文化关系进行了分析。他认为，中国历史上对印度佛教的接受、吸收、修正、创造和传播是“世界历史上最引人注目的事件之一”，是开创新纪元的大事件。佛教进入中国不是由于征服者的强加，也不是来自更高级的侵略性民族或传教士的撒播。中国接受佛教思想并未放弃自己的文化遗产，或视中国文化为低等的文化。相反的是：“中国始终倾心于儒家和道家思想遗产并为之自豪。大多数中国人从来没有成为佛教徒，中国的生活方式一直是中国式的。”② 穆尔提关于中国接受佛教的历史状况之考察是真实可信的，符合历史事实。穆尔提还以自己对中国佛教的研究驳斥了一些西方汉学家在该领域的偏见失实。他承认，佛教进入中国后，中国世界观的确发生了改变。佛教也开始中国化，禅宗是这方面的一个极好例子。穆尔提还就菩提达摩（Bodhidharma）在中国佛教发展史上的地位和贡献进行论述。他说：“因此，菩提达摩的教诲把中国和印度的思想联结和融合在一起。”③

谭云山先生的儿子谭中（印美双重国籍）由于具有中英文双重优势，在中国文化与文学研究、中印文化关系和中印文学比较

① K. Satchidananda Murty, *Far Eastern Philosophy*, Mysore: University of Mysore, 1976, pp. 35—39.

② Tan Chung, ed., *Indian Horizons*, (Vol. 43, No. 1—2), Delhi: Indian Council for Cultural Relations, 1994, p. 225.

③ Tan Chung, ed., *Indian Horizons*, (Vol. 43, No. 1—2), Delhi: Indian Council for Cultural Relations, 1994, p. 238.

等领域独领风骚。可以说，谭中是迄今为止印度汉学界研究中国历史最杰出的学者。谭中在印度桃李满天下，他的很多弟子都热爱中国文化，积极投身中印友好事业，并能理性看待中印关系的波澜起伏，这与谭中的中国观对他们的熏陶和潜移默化的影响分不开。

20 世纪 90 年代印度学界的一个重要学术动向是，谭中开始酝酿中印文化大同的思路。为此，他主编出版了两本非常重要的书，即 1994 年出版的英文论文集《印度地平线》和 1998 年出版的里程碑论文集《跨越喜马拉雅的鸿沟：印度寻求理解中国》。这两本书的作者充分发挥各自所长，对中印文化关系问题进行探索。在前一本书里，一些印度学者就泰戈尔与中国、尼赫鲁与中国、谭云山与中国、柯棣华与中国、毛泽东和甘地思想比较等涉及中印关系史的重要议题进行阐发。前述穆尔提的论文就是其中的一篇。特别值得一提的是，该书一个名为“彼此理解”的专栏四篇文章中，第一、二篇文章分别是北京大学张敏秋的《中国的印度研究》和印度学者 G. 迪香卡的《印度的中国研究述评》，这体现了谭中欲以学术研究增进中印了解的苦心。在 1998 年出版的第二本书中，关于中印文化关系的论文也屡见不鲜，足见印度学者在该领域里的关注程度。例如，两位印度学者 G. 迪香卡和 V. R. 拉克凡分别就《孙子兵法》和《政事论》（或译《利论》）的战略外交思想进行比较研究，这是典型的跨文化比较。

谭中在 1994 年主编的《印度地平线》和 1998 年主编的《跨越喜马拉雅的鸿沟：印度寻求理解中国》中选编了印度学者和自己论述中国文化或中印文化交流的文章。谭中在论文中认为：“中国并非像一般人设想的那样从法国大革命进口‘平等’的观念，而是从印度的佛教运动那里进口的。”进一步说，佛教产生一种“斗争伦理”（struggle ethic）以平衡孔子略显寂寞的“和谐伦理”（harmony ethic），并且还给中国表达大同世界的“太平”理念注入了新的印度佛教文化元素“众生平等”（mahasamata）。[①] 2006年，谭中与中国学者耿引曾合作出版新著。他在书中集中探讨了中印文化交流和中印文化比较的问题。例如，他将佛教称为中印文化联系的桥梁。他指出，中国吸收佛教实际上是一种“借鸡孵蛋”，目的是为自己创造精神文明，佛教可以称为“surrogate religion”（孵蛋母鸡宗教），这是“国际宗教的一大发明”。[②]谭中认为，有了佛教，中国道教才发展成为一种比较完善的宗教，儒家才开始注重哲学理论的探讨。在他看来，中国对佛教的吸收不是囫囵吞枣，而是完全消化，是把佛教完全“我化”。这是一种人类文明史上的“双赢”现象。因为，一方面，佛教“中国化”以后仍然是佛教，另一方面，中国把佛教中国化了，佛教也把中国“佛教化”了。佛教对中国的贡献很大，中国对佛教的贡献也不小。谭中的这些思想是在中印文化大同的战略思维框架中形成的。他强调佛教使中印首先在文化上联为一体。谭中还认为，如果把佛教这一世界性文化运动比做接力赛跑，起跑的当然是印度文明，中国文明是在中途接棒，现在却跑到前列。至于佛教的中国化，它还有一个对人类文明的大贡献。佛教在印度是单身汉，在中国却是“子孙繁荣”的家长。中国佛教发

---

① Tan Chung, ed., *Across the Himalayan Gap: An Indian Quest for Understanding China*, Delhi: Gyan Publishing House, 1998, p. 138.

② 谭中、耿引曾：《印度与中国：两大文明的交往和激荡》，北京：商务印书馆，2006年，第337页。

展的最重要阶段，当是“禅宗”的诞生和成长。禅宗是外来印度文明与中国本土文明联姻的结果，它传入日本后，再变为印度、中国、日本三大文明结合的新文化。这种在日本诞生的新文化又在北美和其他地区传播，代表印度、中国、日本和其他地区文明的结合。“换句话说，中国禅宗的发明创造使佛教走出狭隘的圈子而变成国际文化交融的动力。”[①] 谭中将佛教对中国文明的贡献分为三类，一是对中国文化艺术各个方面都起了投入印度文化财富而使中国文化增值的作用。二是对中国社会政治稳定起了作用。三是塑造了一种“新的文明气质”。换言之，佛教对“中国气质”的发展起了六种效应，即阔界效应、乐观效应、镇定效应、慈悲效应、“真善美”效应和五湖四海效应。[②] 由这些观点来看，在将中国佛教思想精华进行当代阐释和“文化增值”的行列中，谭中不仅是印度、也是当今世界最有代表性的一位。

印度学者潘德（G. C. Pande）以《中国古代关于人的观点的思考》的论文探讨了佛教在中国走红的内在社会动因。他认为，尽管孔子和老子生活在两千年前，但他们那恒久不变的“仁”、“礼”和“道”的基本观念随着时代推移不断地塑造着中国文明。“在所有这些方面，我们都能在印度传统观念如‘达摩’（dharma）、‘净化仪式’（samskara）和‘磨羯’（marga）那里找到对应物。如果有哪两个文明可以恰当地称作友善的兄弟，这

① 谭中、耿引曾：《印度与中国：两大文明的交往和激荡》，北京：商务印书馆，2006 年，第 341 页。

② 谭中、耿引曾：《印度与中国：两大文明的交往和激荡》，北京：商务印书馆，2006 年，第 342 页。

就是印度和中国两大古典文明。”[1] 前述著名比较文学专家 I. N 乔杜里（Indra Nath Choudhuri）对老子在印度的影响和印度的反应作了探讨。他认为，不能仅仅认为佛教思想深刻地影响了中国，因为中国也在某种程度上影响了印度人的思维方式，这在《伊莎奥义书》中便能发现蛛丝马迹。《伊莎奥义书》中的太阳被人要求发光同时又聚敛光线，以便人们看到原人（Purusha）。这就代表一种静态和动态并存的永恒状态。乔杜里认为，这一现象在《道德经》里叫做“气”。乔杜里还认为，老子的“道”如同柏拉图的“逻各斯”（Logos）概念，是世界万物的规则，恒常不变。在印度教中可以用“梵”（Brahman）来表达，在佛教中可以用“Dharmakaya”（法身）来表示。道和吠檀多不二论有些类似，强调认识并遵循道的规律以达到“梵”的境界。乔杜里透露了一个信息，一位印度南方学者穆尔提（U. R. Anantha Murthy）已在 20 世纪 90 年代初将老子著作译为南方卡纳塔克邦的坎纳达语（Kannada）并出版，目的是了解西方人体悟“道”的局限。在东西方哲学三维立体的比较视野里，乔杜里的结论是：“道代表一种与西方认识行为截然不同的观念，但它却与印度的哲学宇宙观非常亲近。”[2] 乔杜里对老子思想和印度哲学关系的探讨是非常有意义的，他解释了印度自古以来欣赏老子的心理机制和内部动因。

---

① G. C. Pandey, “Reflections on the Classical Chinese Vision of Man,” Tan Chung, ed., *Indian Horizons*, (*Vol*. 43, *No*. 1—2), Delhi: Indian Council for Cultural Relations, 1994, p. 253.

② Indra Nath Choudhuri, “Indian Response to the Book of Tao,” Tan Chung, ed., *Indian Horizons*, (*Vol*. 43, *No*. 1—2), Delhi: Indian Council for Cultural Relations, 1994, p. 442.

在对中国佛教艺术方方面面的观察论述中，一些印度学者也多有贡献，如 Arputharani Sengupta，Priyatosh Banerjee，Bagyalakshmi，D. C. Bhattacharyya 等人。他们的相关探讨已经收录在谭中 1998 年主编出版的巨著《跨越喜马拉雅的鸿沟：印度寻求理解中国》中。

印度汉学界的毛泽东研究向来是一个热门话题。中国问题专家巴塔查吉曾经撰文就毛泽东和甘地两位伟人进行比较研究。巴塔查吉认为，表面看来，甘地与毛泽东完全不同。甘地以神的语言和宗教手段来阐释政治思想，而毛泽东却不这样，他是坚定的马克思主义者，信仰唯物主义。对甘地来说，达到公正平等的人类社会理想状态必须求助于非暴力手段，毛泽东则认为武装革命才是社会变革的接生婆。不过，甘地和毛泽东生活的时代背景相同，都痛苦地体验着西方殖民列强征服东方带来的民族屈辱，他们都面临抗衡西方的巨大任务，在甘地那里是抵抗“现代文明”或曰“西方文明”，在毛泽东那里是反对帝国主义或资本主义制度。巴塔查吉指出，甘地和毛泽东还存在四个方面的共同点，即参加民族大众争取民族独立的斗争事业，强烈的文化民族主义自豪感，各自在自己的国家以纺车为工具开展运动，以乡村改造和土地利用解决农民生计问题。[①] 应该说，巴塔查吉对甘地和毛泽东的这番比较是很有意义的，因为两位民族伟人的异同代表了中印现代历史发展的异同，体现了中印文明积淀和时代语境在他们身上的影响。巴塔查吉后来还继续这一比较思路，对甘地和毛泽

① Mira Sinha Bhattacharjea，“Gandhi and Mao：A Search for Similarities”，Tan Chung，ed.，*Indian Horizons*，(*Vol*. 43，*No*. 1—2)，Delhi：Indian Council for Cultural Relations，1994，pp. 255—264.

东的民族身份问题进行比较。①

1999 年，时为德里大学中日研究系（现在为东亚研究系）的中国问题专家玛妲玉（Madhavi Thampi）撰写了一篇重要的文章：《十九和二十世纪初期在华的印度士兵、警察和卫兵》。该文发表在《中国述评》上。玛妲玉后来还出版了《在中国的印度人：1800—1949》一书，探讨殖民主义时期在华印度人所作所为及其复杂命运。2005 年，她主编的《殖民主义世界的印度与中国》在新德里出版。玛妲玉对殖民主义时期里印度来华者分为三大群体进行研究。她根据大量文献分析得出结论，当时印度来华者主要是聚集在新疆、上海和中国香港等地，他们中的部分人主要在中国西部和东部从事商业贸易，一部分印度人在中国内地和中国香港担任士兵、警察和卫兵角色，充当替英国殖民者卖力卖命的雇佣兵。玛妲玉对这些在华印度人的命运及其与中国的关系进行阐释。她认为，不探讨 20 世纪印度在华士兵警察在中印民族运动感召下对英帝国主义的反叛，就不可能有一个完整的印象。从来到中国为英国服务起，他们便成为在中国内地和中国香港的英国殖民利益的真正威胁。玛妲玉在另外一处还谈到："在中国的印度人的民族主义与反帝活动很重要，因为它在一定程度上纠正了他们（在中国人眼中的）顺从帝国主义主子的'亡国奴'形象。它也显示了印度和中国民族主义运动的友谊不限制在少数领袖之间善意与友谊的言论上。它甚至在战场上表现出来：印度士兵与警察拒绝向中国人民开枪，中国政治人物把英帝国主

① Mira Sinha Bhattacharjea, "Gandhi and Mao: National Identity for an Alternative Future", Tan Chung, ed., *Across the Himalayan Gap: An Indian Quest for Understanding China*, Delhi: Gyan Publishing House, 1998, pp. 105—116.

义追捕的印度民族主义者保护起来——是和中国民族主义者合作的。”[①] 然而，好景不常，随着日本战败，部分印度人被指控和日本人合谋而遭到拘禁。于是，在华印度人感到前景黯淡，害怕遭到英国人和中国人的报复，因此，成百上千的印度士兵和警察蜂拥回国。“在印度人散居世界的历史上，这种完全彻底地离开定居国的行为是非常独特的。”[②] 这种彻底离开中国的行为带来的直接恶果就是当代中印文化交流的基础非常薄弱。应该说，玛妲玉的探索是开创性的，在她之前，中国学者林承节研究过殖民主义时期中印友好往来的历史，但玛妲玉却比中国同行缩小了探索范围，集中研究在华印度人的复杂命运，这使她的研究成果具有独特的学术意义，她不仅揭示了一个特殊群体的历史命运，还解释了当代中印文化交流基础薄弱的深刻原因。这是印度汉学界骄人的成绩。

2001 年和 2005 年，尼赫鲁大学中国问题研究专家 B. R. 迪帕克（汉名狄伯杰）先后出版《20 世纪前半叶的中印关系》和《1904 至 2004 年的印度与中国：一个世纪的和平与冲突》。身为“中国女婿”的狄伯杰本人曾经留学中国和英国，中文功底相当扎实。他大量利用中文文献研究中国近代以来的历史，颇有建树。他在当今印度汉学界是一位后起之秀。在《20 世纪前半叶的中印关系》中，狄伯杰认为，中印互动一直都是双向的，它包括精神文化与物质交流两个层次。狄伯杰还为 1947 年印度独

---

① 玛妲玉：《印度外交世家的中国情》，谭中主编：《中印大同：理想与实现》，银川：宁夏人民出版社，2007 年，第 309 页。

② Madhavi Thampi, “Indian Soldiers, Policemen and Watchmen in China in the Nineteenth and Early Twentieth Centuries,” *China Report*, 35: 4 (1999), Delhi.

立以来的印中关系进行分期。他说:“印度后解放时代的中印关系史可归纳为友谊、挫折和正常化。”具体说来,又可分为1947—1959年的第一阶段,1959—1988年的第二阶段,1988—1998年的第三阶段,1999年迄今的第四阶段。[①] 应该说,这一分期有其历史依据,它将几十年来跌宕起伏的中印关系史作了真实的归纳。狄伯杰对中印关系的未来抱着美好的愿望:“人们希望这两个亚洲巨人像他们在争取自由的斗争中所表现的那样,能够形成紧密的联系,踏上一条通往发展、和平与友好关系的道路。”[②] 狄伯杰宏阔的历史视野与良好的心态使他将中印关系的未来设计成玫瑰色调。在《1904至2004年的印度与中国》中,狄伯杰憧憬道:“希望中印两位亚洲巨人像争取自由斗争时期那样紧密团结起来,踏上发展、和平及友好关系的旅途。”[③]

二 中印文学关系

与对中国历史、中国哲学和宗教的研究相比,印度汉学界关于中国文学(狭义上的纯文学如小说、诗歌、散文、戏剧等)、特别是中国古代文学的研究显得非常单薄。其中原因值得分析。在中国文学某些领域如中国古代文学理论的研究方面,印度汉学界至今还是一片空白,与此形成鲜明对照的是,中国学术界对于

---

① B. R. Deepak, *India-China Relations in the First Half of the 20th Century*, Delhi: A. P. H. Publishing Corporation, 2001, p. 16.

② B. R. Deepak, *India-China Relations in the First Half of the 20th Century*, Delhi: A. P. H. Publishing Corporation, 2001, p. 32.

③ B. R. Deepak, *India & China*: 1904—2004, A Century of Peace and Conflict, Delhi: Manak Publications, 2005, p. 475.

印度珍贵的“世界文化遗产”梵语诗学不仅已有翻译，还进行了深入研究，并进行了中印古代诗学比较研究。印度汉学界钟情于中国历史、中国哲学宗教的研究，可能既与他们渴望认识和观察中国历史与现状的心态有关，也与他们以宗教情怀倾心阅读和思考中国哲学宗教有关。

1947 年独立以前，印度汉学界关于中国文学的纯学术研究几乎是一片空白。泰戈尔虽然有时就李白的诗歌发些议论，但不是真正的学术探讨。1947 年独立以后，印度学者开始进行中国文学的译介和研究。起初是谭云山和谭中父子及黄漪淑，后来有一些印度学者陆续加入研究中国文学的行列，他们包括尼赫鲁大学的马尼克（Manik Bhattacharya）、邵葆丽（Sabaree Mitra）、拉瓦特（D. S. Rawat）和达雅万迪（Dayawanti）；贝拿勒斯印度教大学的恰（Aditi Jha）和杜塔（Kamal K. Dutta）；德里大学东亚研究系的马杜拉（K. C. Mathur）、穆尔提（Sheela Murthy）和罗易（ Shreeparna Roy）。除了这些大学里的“学院才子派”外，另外还有其他一些有兴趣者正在加入进来。

由于中印文学比较、特别是中印古代文学关系研究涉及对于中国古代汉语的释读能力，而印度独立以来绝大多数中文功底好的学者都倾心于中国历史和现实问题研究，这就使印度学界的中印文学比较处于相对弱势的地位。当然，这并未影响一些学者如谭中等人的研究兴趣。一些学者通过中国文学的英文译作也进行过一些比较研究。下面依据笔者掌握的有限资料勉力对此作一简介。

首先看看谭中在中印文学关系研究方面进行的探索。

形象学研究是比较文学法国学派的理论主张之一。谭中睿智地发现了形象学研究在中印文学关系研究中的重要价值。他在1985年一至二月号的《中国述评》上发表文章《中国文学中印度形象的历史扫描》，对中国文化典籍如《汉书》和《后汉书》等涉及印度的记载进行分析，对中国关于印度的不同称谓进行清理。最早，人们将印度视为天堂一般的“佛国”，这是西晋的法显（337—422）在他的《佛国记》里对印度的叫法。但中国史书往往将印度称为带有宗教神圣意味的“天竺”，这一称呼随后成为印度固定的名称。这可以见出佛教对中国人的“天竺”印象形成的影响。后来，随着玄奘归国和他的《大唐西域记》问世，印度又逐渐成为“西天”。在“西天”形象的影响下，关于印度引人入胜的描述屡见不鲜。谭中还就中国历史上关于“中国”（Madhyadesa）是指代中国还是印度的一场辩论作了介绍。最后的结论是，“中国”指印度而非中国。经过谭中的考证，近代的梁启超是最早使用“中国”来指称中国的知识分子之一。而“天竺”一词大约在明朝时期不见于官方记载，但在中国民间传说里还依然存在。随着近代时期英国殖民者在中印间进行罪恶的鸦片贸易，印度的“天竺”形象已经销声匿迹。到了20世纪初期，随着中国向半殖民地地位不断坠落，印度成为一面反光镜，折射出中国的恐惧和惊慌，印度于是顺理成章地成为“亡国奴”形象，当时的一些著名作家如泰戈尔的崇拜者郭沫若就在文章中这样称呼印度。既然殖民主义时期的印度已经不再值得尊敬，梁启超之流转向尊崇中国传统文化。谭中对中国的印度形象变迁这样分析道，中国文学里的印度形象从带有佛法魔力的神奇土地变为“孤独无助的亡国奴”或“心甘情愿的殖民奴隶”，是对印度古代文明的辉煌文化面临现代文化挑战败下阵来的“悲哀评语”。①谭中对中国的印度形象变迁的历史轨迹和变迁的内外原因的解释是合乎史实的。

印度学者雷（Harprasad Ray）在《中国述评》1986年第一期撰文，就谭中那篇文章提出一些质疑。谭中的答疑文章也在同一期刊出。雷质疑“天竺”（Heavenly India）能否代表“印度”。谭中认为，在《汉书》和《后汉书》里，并没有以“天竺”之名来称呼印度。他说：“中国古代还需要一些时间才能形成‘天竺’的印象。到了隋唐时代或稍晚一些时候，‘天竺’这一术语被人接受了。”② 谭中在文章中还对雷提出的其他问题如中国对泰戈尔访华的反应进行答复。他认为，1924年茅盾批判泰戈尔访华，是因为他不是梁启超、胡适等自由派人士，而代表中国共产党“左派”。他还认为，印度学者应该意识到通过西方材料研究中国问题的局限性。

谭中不久又写出一篇文章《中国文学中的古代印度》，继续探索中国古代文学中的印度形象。他认为，古代中国翻译的佛经文学也是中国文学的一部分，其中也有中国人对印度亦真亦幻的印象记录。他说：“如果我们能将这些真实成分进行提纯，就会获得有关印度的许多信息。”但是，这有一个前提，必须花大力气将汉译佛经回译为印度语言。③ 谭中对中国的印度形象一如既

① Tan Chung, “Indian Images in Chinese Literature: A Historical Survey,” *China Report*, January-February, 1985, Delhi, p. 62.

② Harprasad Ray & Tan Chung, “Discussion: Indian Images in Chinese Literature,” *China Report*, January-March, 1986, Delhi, p. 54.

③ Tan Chung, “Ancient India in Chinese Literature,” Abhai Maurya, ed., *India and World Literature*, Delhi: Indian Council for Cultural Relations, 1990, pp. 239—245.

往地予以关注，为此，他从更为广泛的文化视野考察这一问题。进入21世纪以来，他撰写了一篇长文继续进行探讨。按照他的观点，中国文化眼睛中的同一个印度形象经历了几千年沧海桑田的变化。这种印度形象的变迁可以分成六个不同的阶段加以探讨，即神异阶段、敬仰阶段、虚无阶段、同情阶段、友好阶段和冷淡阶段。①

谭中在20世纪90年代的一篇文章《中国小说发展中的印度文化因素》中，以比较文学影响研究的模式对中印古代文学交流的重要命题进行探讨。他对中国古代文学中的变文、说话等体裁进行追踪，探索了中国古代小说的成长道路，以及印度文化因素在这一过程中发挥的重要作用。他认为，一千八百年前，中国文学中的小说成分已经具备，一千四百年前，中国已经产生了小说杰作，而五百年前则产生了伟大的小说。这使中国成为世界上小说创作首屈一指的国家。谭中说："中国必须感激印度文化使得她赢得这一殊荣。"但矛盾的是，印度文明并未给现代印度小说家留下可以在创作时借鉴利用的小说创作传统。他认为，中印文学发展史上的这一复杂现象的学术原因值得中印学者继续探讨。② 除了中国古代文学以外，谭中还涉及中国现代文学领域，他曾经在1998年自己主编的一本书里收录了自己的一篇文章《泰戈尔对中国新诗的启迪》，对中印现代文学交流史上的重要现

① 谭中：《中国文化眼睛中印度形象的变迁》，张敏秋主编：《跨越喜马拉雅的鸿沟：中国寻求了解印度》，重庆：重庆出版社，2006年，第31页。

② Tan Chung, "The Indian Cultural Factor in the Development of Chinese Fiction," Amiya Dev & Sisir Kumar Das, eds, *Comparative Literature: Theory and Practice*, Shimla: Indian Institute of Advanced Study, 1989, pp. 159—188.

象进行探讨。[①] 由上介绍可以看出，谭中对中印文学交流的研究投入了很大的精力。

谭中的夫人、华裔印度学者黄漪淑女士曾经研究过中国古代俗文学中的变文。她在《变文：受印度影响的一种中国文学》一文中，就变文的发生、发展及其印度文化因素进行了深入探讨。[②] 黄漪淑还向印度学界介绍中国诗人当代臧克家（1905—2004）。她在题为《中国诗歌发展的里程碑》的文章里认为，臧克家是中国革命时期和中国诗歌现代转型的漫长时期里的一座纪念碑。但是，矛盾的是，外国人谈起中国诗人，往往想到的是李白、杜甫、白居易、王维和苏轼等人，甚至毛泽东诗歌也有很多人关注，但想起臧克家诗歌者却很少。作者对臧克家的身世和创作生涯（包括他和毛泽东的个人往来）进行了历史追踪。她发现，尽管臧克家与毛泽东一样精通中国古体诗，但他的诗歌却没有鲁迅的《自嘲》和毛泽东的《雪》那么受人赏识，而鲁迅和毛泽东的还是旧体诗。黄漪淑认为："这暴露了中国现代诗歌所面临的尴尬。事实上，汉字最适合创作古体诗以达到一种'三维立体'的诗歌效果。"在黄漪淑看来，臧克家诗歌遭受冷遇还有一个原因。他大部分诗歌都是着眼于鼓动人民大众投身到爱国主义的革命行动中去。他是"议论诗"的先驱之一。在战争年代，不管他的诗歌多么直白，人们都欣赏之并受到感染。但是，随着时代的变化，诗歌爱好者要求的是诗艺而非口号式的沟通。黄漪淑

---

① Tan Chung, "Tagore's Inspiration in Chinese New Poetry", Tan Chung, eds, *Across the Himalayan Gap: An Indian Quest for Understanding China*, Delhi: Gyan Publishing House, 1998, pp. 335—354.

② Huang I-shu, "'Bianwen': A Genre of Chinese Literature with Indian Influence", *China Report*, 23: 3 (1987), New Delhi.

认为："也许，这是臧克家诗歌在今天丧失了魅力的原因之一。"[①] 黄漪淑在这里选取命运曲折坎坷的臧克家诗歌作为中国文学的一个标本，向印度学界展示了中国文学发展的一段特殊历史。

1998 年，谭中主编出版《跨越喜马拉雅的鸿沟：印度寻求理解中国》。该论文集共分为八个部分：（1）印度领导人在中国大学的演讲，（2）印度智者看中国（包括拉姆莫汉·罗易、泰戈尔、甘地、尼赫鲁、A. K. 库马拉斯瓦米和师觉月等人六人对中国文化的论述），（3）观察视角（包括中印关系的回顾和展望、毛泽东思想研究等），（4）文化与艺术（包括佛教对中印文化关系的建构等），（5）社会政治变化与经济发展（主要探讨中国的社会变化和经济发展），（6）历史和文学（包括泰戈尔与中国、《孙子兵法》与《利论》比较、中国当代文学与毛泽东思想研究等），（7）外交使节谈往事（印度外交官谈中国），（8）增进了解（主要涉及印度如何看待中国等问题）。这本论文集除了一些历史文献外，其他论文基本上由印度各个领域的著名中国问题专家撰写，传达了印度学界了解中国的强烈愿望。

在谭中 1998 年主编出版的该文集中，涉及中印文学关系的论文有前述印度比较文学元老之一 S. K. 达斯的《有争议的客人：泰戈尔 1924 年访华》和谭中的《泰戈尔对中国新诗的启迪》两篇论文。达斯对中印现代文学交流史的热点问题进行了探讨。其实，早在 1945 年，印度学者卡里达斯·纳格（Kalidas Nag）

---

① Huang I-shu, "Landmark Development in Chinese Poetry", *China Report*, 40：3（2004）, New Delhi.

就主编并在加尔各答出版论文集《泰戈尔与中国》(*Tagore and China*)。泰戈尔与中国的直面交流成为中印现代文学交流、中印现代关系史的重要个案。它在印度和中国历来是学者探讨的主要议题。S. K. 达斯对这一极为重要的交流个案自然不会轻易放过。达斯在谭中和谭文等人的协助下，参考并引用了很多民国时期的中文报纸杂志，还引用了西方学者的相关论著，对泰戈尔在中国的访问掀起的风波进行远距离透视。他对泰戈尔访华前的准备不足是这样说明的："他对五四运动后变幻莫测的政治舞台了解不够，对中国知识分子的思想变迁也没有清晰的认识。他没有意识到中国青年对孔子思想的强烈反对和腐朽封建文化的深恶痛绝，也就自然意识不到他极有可能会在中国激烈的内部纷争中遭到误解。"① 通过对中国知识分子关于泰戈尔的诸多反响的考察，达斯坚信，泰戈尔给予中国文化界的历史影响是深远的。他说："泰戈尔提出了两个基本问题，一个与传统和现代性有关，一个与惯常将现代化等同于西方化有关……泰戈尔没有提出任何实际的解决方案，也没能说服任何人如何协调古代文化精神与现代化的力量。他提出的问题只是加剧危机而已。这些问题可能会一时忽略，但不会永远忽略。这些问题不仅对中国也对印度非常重要。"②

由于很多复杂因素，中印古代文学比较研究在印度并未完全

① Sisir Kumar Das, "The Controversial Guest: Tagore in China," Tan Chung, eds, *Across the Himalayan Gap: An Indian Quest for Understanding China*, Delhi: Gyan Publishing House, 1998, p. 316.

② Sisir Kumar Das, "The Controversial Guest: Tagore in China," Tan Chung, eds, *Across the Himalayan Gap: An Indian Quest for Understanding China*, Delhi: Gyan Publishing House, 1998, p. 330.

展开。即使有学者对中印文学关系研究感兴趣，很多都倾心于泰戈尔与中国的文学互动。谭中和 S. K. 达斯就是如此，再如前述的比较文学专家阿米亚·德维也是如此。德维也曾经在论文中提到泰戈尔与中国某些知识分子那场云里雾里的误解。

值得一提的是，在谭中指导下于 1997 年以论文《鲁迅作品中的创造性过程和革命性话语》（*The Creative Process and Revolutionary Discourse in Lu Xun's Writings*）而获得博士学位的尼赫鲁大学中文教授马尼克对中印文学关系有过一些研究。马尼克于 1973 年在加尔各答大学开始学习中文。他曾于 1978 年 11 月到 1980 年 7 月间在北京语言学院学习中国现代文学，他于 2005 年夏季携妻第二次访华。马尼克是当代印度研究鲁迅的第一人，也是世界汉学界鲁迅研究不可忽视的著名学者。他曾以孟加拉语翻译了鲁迅小说《孔乙己》（1978）、以英语翻译了鲁迅杂文《文化偏执论》（2004），发表关于鲁迅的研究论文如《阿 Q 与国民性质疑》（1991）、《鲁迅的“人”的概念》（1995）、《一个作家的辉煌高度：我的鲁迅观》（1998）等。他还于 2004 年 3 月在国际大学举行的“汉语与其他语言的比较研究”学术研讨会上，发表题为“中国语言文学中的印度因素”的学术讲演。马尼克还于 1999 年和 2000 年分别主编出版了《我心中的中国形象》（*The Image of China in My Mind*）和《印中外交关系五十年》（50 *Years of India-China Diplomatic Relations*）两部著作。由于笔者未掌握他主编的这两部论文集，这里按下不提。

因为资料来源的局限、特别是由于语言的局限，笔者对于印地语、孟加拉语和其他印度现代语言中关于中印文学关系的探索一无所知，这些情况限制了本文的进一步探索。理想的研究只能留待未来的继续探索。

通过本节关于印度学界对中印文化关系和中印文学关系研究的简略介绍，我们发现，它远远不及印度学者对印度和西方文学关系的研究规模。这是目前印度汉学界和比较文学研究界的尴尬，也是他们的研究“瓶颈”所在。只有打破这个学术“瓶颈”，印度学界才能在中印文化和文学比较研究领域有所突破。可喜的是，一些印度学者如在北京大学学习过三年古代汉语的狄伯杰已经朝着这个方向迈出了坚实的步伐。他不仅撰写出版了教材性质的《中国文学史》，还编写汉英词典。另外，一些睿智的印度学者已经意识到语言问题并开始积极地反思。1986 年，印度中国问题研究专家迪香卡撰文认为，20 世纪 50 年代开始，印度对新中国的兴趣基本上被她的政治、社会、经济等国情方面的问题吸引过去。很多人想了解中国，但并非是她文化的一面，而是她现实的一面。1962 年中印边界战争爆发后，印度把中国视为“最危险的敌人”。印度很多人、包括印度外交部都认为，印度缺少了解中国现实的专家。因为，很多人想的是：“了解敌人非常重要。”在这种前提下，德里大学建立了中国研究系（后来发展为中日研究系乃至现在的东亚研究系）。关于中国的所谓“区域研究”（Area Studies）是采纳了美国在第二次世界大战期间为了了解敌对国而设立的研究模式。美国当时是研究对手苏联，后来又扩展到研究中国。在印度，初步设想是对“共产党中国”进行人类学、社会学、历史学、经济学、政治学、外交关系等各个角度的研究，但研究伊始，当局就默认中国政治研究优先挂帅的原则，还常常打着中国历史研究的幌子。结果是：“甚至在开始阶段，关于中国哲学、人类学、地理、语言、历史和宗教方面的研究全部出局。因为这些意图和目的，中国研究也就缩水为‘中国观察’（China watching）。”迪香卡承认，自己当时是中国研究系的一位教师，也错误地将“中国观察”当作自己的主要任务。而日本研究则逃脱了这一不幸，因为它不是印度的敌对国。迪香卡遗憾地承认：“‘中国观察’不再是中国研究，因为大家一心思考中国而使作为一大文明的中国消失了……这种‘中国观察’不需要熟悉中国的地理、朝代历史、文学、哲学、艺术、音乐或智慧演变。孔子也只能从共产党对这位圣人的抨击中得知……毛泽东继承的列宁主义遗产比起儒道佛法各家文化遗产来重要得多！”[①] 引文至此，我们再联系殖民主义时期中印交通阻隔的悲惨历史，不禁对中印学术互动的这段不幸历史而感慨万分。幸运的是，中印关系已经好转，但愿印度学界借时代东风，在中印文学比较研究领域做得更好，为丰富印度比较文学研究、也为征服横跨在中印人民间的文化心理上的喜马拉雅障碍而努力。

第十一节 跨学科研究举例

一般而言，跨学科研究指文学与其他学科之间关系的研究。这是美国学派首倡的一种比较文学研究模式。这种研究模式在印度比较文学界屡见不鲜，但并不是每一位进行这类研究的人都是自觉的比较研究者，换句话说，进行跨学科研究者，往往是其他

① Giri Deshingkar, “Sinology or Area Studies?” *China Report*, Vol. 1, 1986, New Delhi.

学科的学者而非专业的比较文学学者。这和中国的情形似乎有些不同。尽管这些著作或论文的作者不一定将自己的成果视为比较文学研究，但它们却符合比较文学研究的模式。印度学者的跨学科研究涉及宗教、哲学、语言学与文学的联系，也涉及电影文学和生态文学等领域。他们这方面的研究成果非常丰富，且多出现在 20 世纪 80 年代以后。篇幅所限，这里只选取几部代表作进行简介。

在印度比较诗学研究领域，有一些学者从宗教、哲学或语言学角度进行探讨，这客观上构成了诗学问题的跨学科研究。这方面的例子至少可以举出四个。它们是：T. 查克拉巴蒂的《印度美学与语言科学》、M. S. 萨斯特里的《佛教对梵语诗学的贡献》、S. 普拉迦巴提的《正理论对梵语诗学的影响》和 B. K. 马提拉尔的《语言与世界：印度对语言学的贡献》。

1971 年，T. 查克拉巴蒂出版了独具特色的比较诗学著作《印度美学与语言科学》。该书是在作者于 1970 年向贾达瓦普尔大学提交的博士学位论文的基础上修改而成，当初的论文题目是 *Indebtedness to the Alankarika to the Vaiyakarana*（《语法学对庄严论者的贡献，或译语法学对梵语诗学家的贡献》）。从当初的学位论文题目来看，很明显，作者着意于探讨梵语语言学（语法学）对于梵语诗学理论建构的积极意义。如前所述，这是一种典型的跨学科研究模式。该书分八章，标题分别是：（1）引言，（2）整体的表述和诗性体验，（3）诗性表述的秘密，（4）诗歌中的统一，（5）观念认知的神秘，（6）画诗的基础，象征化与象征性，（8）影响总论。

查克拉巴蒂在书中认为，梵语语言学对于梵语诗学影响甚大。不仅是庄严论、曲语论、风格论和韵论，味论和“诗人学”也和语言学有不解之缘。伐致呵利创造性地建构了有别于奥义书哲学的声梵论或词梵论（Sabdabrahman），这对梵语诗学产生了直接影响。查克拉巴蒂依据伐致呵利的词梵论和词义（音义）关系，将部分梵语诗学家分为两类：“在词义（音义）孰重孰轻的问题上，诗学家们的观点产生了分歧，进而形成不同的理论和流派（prasthanas）。在这种情况下，值得一提的是两个流派：以词为中心的流派和词义（音义）并重的流派。”① 他进而认为，王顶的“诗原人”和波阇的《艳情光》均强调词梵（音梵），可以归入以词（音）为中心的一派，而恭多迦和为世主的《味海》作注的纳格萨强调词义（音义）结合，属于词义并重派。查克拉巴蒂还认为，弥漫差哲学中的语言理论和伐致呵利等人的常声说一道，对韵论乃至新护等人的情味普遍化理论产生了深刻影响。诗学家也给语言学韵论注入了新鲜血液，他们与语言学家相比青出于蓝而胜于蓝，但后世学者忽略了这一点。世主维护隐喻的地位说明语言学挽救了新庄严论的危机。作者还认为，语言学家的句子不可分的观点启迪了某些诗学家诗歌结构不可分的思想。由于查克拉巴蒂具有扎实的梵语诗学和语言学功底，该书的论述具有相当的深度。这使本书成为印度比较诗学研究早期阶段的精品之一。这种跨学科的比较诗学研究模式在 20 世纪 80 年代以后继续存在，为印度比较诗学的繁荣作出了贡献。

M. S. 萨斯特里的著作《佛教对梵语诗学的贡献》着力探

---

① Tarapada Chakrabarti, *Indian Aesthetics and Science of Language*, Calcutta: Sanskrit Pustak Bhandar, 1971, p. 39.

讨佛教对于梵语诗学的影响，并认为承认诗歌有无灵魂决定了梵语诗学家究竟属于佛教信徒还是印度教徒。该书认为，婆罗门教和佛教对待灵魂不朽的态度差异，使梵语诗学分成两派。梵语诗学早期代表人物婆摩诃和檀丁属于受佛教影响的一派，而稍后的伐摩那、欢增、王顶和曼摩吒等人属于受印度教影响的一派。[①]其中的道理在于，在婆摩诃和檀丁那里，味只是一种庄严而已，而不是诗歌的灵魂。只有到了伐摩那那里，才开始出现诗歌灵魂（Atman）（可以视为"梵"的代名词）说。后来，欢增、安主、曼摩吒等人也接受了诗歌灵魂之说，尽管他们关于何为诗歌灵魂存在很大分歧。

S. 普拉迦巴提的著作《正理论对梵语诗学的影响》是在博士学位论文基础上修改而成的。该书分为八章："引言"、"正理论对词功能的影响"、"正理论对诗病论的影响"、"正理论对庄严论的影响"、"梵语诗学推理论"、"正理论的方法和梵语诗学"、"佛教因明学与梵语诗学"、"结论"。作者认为，婆摩诃接受了佛教因明学代表人物之一陈那（Dinnaga，或 Dignaga）以及世亲的影响。他在《诗庄严论》第五章中专门讨论因明和诗学的关系问题，例如："有（存在）等等产生于量。量分为现量和比量。两者涉及个别性和普遍性。"[②] 这说明他的确受到佛教逻辑学（因明学）的影响。当然，婆摩诃不是机械地接受佛教影响，他拒绝接受佛教关于界定言意关系本质的遮诠论即否定论。对婆摩

---

① Mool Chand Shastri, *Buddhistic Contribution to Sanskrit Poetics*, Delhi: Parimal Publications, 1986, p. 22.

② 黄宝生：《梵语诗学论著汇编》（上册），北京：昆仑出版社，2008 年，第 140 页。

诃来说，应给事物以积极的意义，而不应该利用消极排除法来确定其实质。“这种拒绝姿态间接地证明了婆摩诃深谙佛教逻辑，也显示了他具有独立思考的精神。”① 普拉迦巴提认为，随着佛教因明学的式微，正理论对于梵语诗学的影响更见功效。

B. K. 马提拉尔的著作以探讨梵语语言学的基本问题如音和义、句子和词语的关系、波颠阇利和伐致呵利的常声说等为主。虽然该书主旨在于研究梵语语言学，但却大量涉及韵论和曲语论、乃至德里达的解构主义思想，从而带有浓烈的比较诗学研究色彩。作者认为，婆摩诃和恭多迦的音义一体观与伐致呵利的语言常声说有着直接联系。“恭多迦向伐致呵利寻求答案。对于伐致呵利和梵语语法学家来说，句子确实是不可分割的一个整体。”② 无论是“能指的能指”，还是“延异”或“撒播”，都说明德里达对于能指/所指二元对立关系具有一种解构性战略。哲学意义上的一切存在没有什么终极意义可言。这和欢增创立的韵论形成鲜明的对比。在欢增等人那里，能指和所指并无西方的二元对立关系，而是如同印度大史诗《摩诃婆罗多》里迦尔纳的连体盔甲彼此交融，须臾不离。作者说：“在梵语中，我们只谈论一种语言和客体的关系，即表示义（所指）/表示者（能指）的共存（vacya-vacaka-bhava）。它和西方语言学中能指/所指（signifier-signified）泾渭分明的相当机械的用法很难产生共鸣。”③

① Sweta Prajapati, *Influence of Nyaya Philosophy on Sanskrit Poetics*, Delhi: Paramamitra Prakashan, 1998, p. 203

② Bimal Krishna Matilal, *The Word and the World: India's Contribution to the Study of Language*, Delhi: Oxford University Press, 1990, p. 172.

③ Bimal Krishna Matilal, *The Word and the World: India's Contribution to the Study of Language*, Delhi: Oxford University Press, 1990, p. 124.

逻各斯中心主义是以谴责或贬低书写文字的地位为基本前提的。作者认为："据我所知，这种贬低书写的传统在伐致呵利语言学理论得以滥觞的印度传统中明显缺席。因此，语言常声说没有什么贬义上的逻各斯中心主义……在伐致呵利的一元论语言观中，语言和书写完美地结合在一起（此处若言及语言'暴力'是没有意义的）。"[①]

一些印度学者的著作涉及电影文学研究，如普勒玛·乔达里的《殖民地印度与帝国电影制作：形象、意识形态与身份认同》、苏米塔·C. 查克拉沃迪的《1947—1987 年印度流行电影中的民族身份》[②] 和齐达南达·达斯古普塔的《彩绘之面：印度流行电影研究》[③] 等就是例子。在研究当代印度英语电影方面，米拉喀什·穆克吉的论文集《神秘莫测的地方：文化和文学记忆》中的一篇文章可以参考。这篇文章的题目是"印度英语电影"。[④] 它涉及印度艺术家在 1981 到 2007 年间拍摄的 52 部英语电影的综合分析。篇幅所限，此不赘述。这里主要对乔达里的著作进行简要说明。

乔达里的著作《殖民地印度与帝国电影制作》分为五章：第一章："引言"、第二章："鼓（1938）：穆斯林威胁的神话"、第三章："贡嘎·丁（1939）：印度教统治的恐惧"、第四章："雨季

---

① Bimal Krishna Matilal, *The Word and the World*: *India's Contribution to the Study of Language*, Delhi: Oxford University Press, 1990, p. 132.

② Sumita C. Chakravarty, *National Identity in Indian Popular Cinema*: 1947—1987, Delhi: Oxford University Press, 1996.

③ Chidananda Dasgupta, *The Painted Face*: *Studies in Indian Popular Cinema*, Delhi: Roli Books, 1991.

④ Meenakshi Mukherjee, *Elusive Terrain*: *Culture and Literary Memory*, Delhi: Oxford University Press, 2008, pp. 30—45.

来临（1940）：帝国主义、种族主义和性别关系”、第五章：“结论”。该著最初的写作动机来自乔达里为自己的性属研究搜集资料时的意外发现。他发现了一份殖民主义时期的电影资料，该电影讲述了1938年发生在孟买的“叛乱事件”。他由此向深度开掘，终于完成了这部以后殖民理论等思想资源论述帝国主义电影的著作。

在序言中，乔达里这样定义“帝国电影”：“帝国电影这个词现在公认为指主要在20世纪30到40年代制作的英国电影或好莱坞电影，主要表达一种与帝国题材相联系的帝国意识。英国电影和好莱坞电影观点相同，都推崇与帝国主义思想相应的意识形态和角色形象。好莱坞电影关注独特的帝国主义地位、文化、种族优越感和褊狭的爱国傲慢，它不仅着眼于英国，也着眼于整个西方白人世界。”[①] 根据乔达里的考察，所谓的帝国电影在1929到1939年期间达到制作鼎盛期，这些电影均以印度为主题。在最受人欢迎的十五部帝国电影中，包括《黑表》（*The Black Watch*，1929）、《孟加拉矛骑兵的生活》（*The Lives of a Bengal Lancer*，1935）、《轻装旅的进攻》（*The Charge of the Light Brigade*，1936）《维·维利·文基》（*Wee Willie Winkie*，1937）、《鼓》（*The Drum*，1938）、《贡嘎·丁》（*Gunga Din*，1939）和《雨季来临》（*The Rains Came*，1940）等。其中，除了1938年上映的电影《鼓》由英国拍摄外，其余的皆由好莱坞拍摄制作。作者坦言，他的帝国电影研究目的在于清理电影文学

① Prem Chowdhry, *Colonial India and the Making of Empire Cinema*: *Image*, *Ideology and Identity*, Delhi: Vistar Publications, 2000, p. 1.

与殖民主义意识形态之间的关系。他说："在把这些帝国电影当作认识殖民主义时期印度的社会史的所在时，我并不仅仅简单地分析这些电影本身，还利用它们理解帝国主义在印度的殖民权力的各种核心问题……我的研究将试图弄清这些帝国电影如何建构殖民主义世界，它们为何如此，这些建构对于殖民地人民意味着什么。因此，我的研究既关注文化的生产、也关注文化的消费。"① 换句话说，作者既关注帝国电影在西方殖民宗主国如何生产，也重视研究印度大众对这些殖民主义电影的反弹实况。电影文学研究在这里走向了互动性的文化研究，这种研究旨趣也与当下中国比较文学界的文化转向非常契合。乔达里在序言中还认为，好莱坞拍摄的涉及英国驻印殖民部队的电影多是表现白种男人优越意识的故事传奇，这些白人冒险来到外国，原始人、野生动物、毒蛇和叛逆国家使他们不得不成为"勇敢无畏的战士"。"因此，好莱坞表现的是电影版的东方主义和帝国主义话语。"② 这类电影的第一部是二十世纪福克斯公司（Twentieth-Century Fox）于1929年拍摄的《黑表》。好莱坞当然有迎合西方殖民宗主国大众消费观念的意图，但是，更加重要的是为整个西方殖民主义体系和帝国主义意识形态及军事、政治征服而服务。因此，20世纪30年代的好莱坞帝国电影成为讨论帝国主义意识形态的最佳场所。这涉及印度与西方关于殖民帝国电影的思想互动。

乔达里选择了《鼓》、《贡嘎·丁》和《雨季来临》等三部帝

---

① Prem Chowdhry, *Colonial India and the Making of Empire Cinema: Image, Ideology and Identity*, Delhi: Vistar Publications, 2000, p. 3.

② Prem Chowdhry, *Colonial India and the Making of Empire Cinema: Image, Ideology and Identity*, Delhi: Vistar Publications, 2000, p. 41.

国电影作为具体研究对象。《鼓》基于马松（A. E. W. Mason）创作的故事改编而成，表现所谓“穆斯林的威胁”，将印度穆斯林作为反动的原教旨主义者进行描画。该电影于 1938 年 12 月 1 日在孟买上映，但因为电影刻意歪曲印度人形象、殖民主义意识形态浓厚而遭到当地人民强烈抗议，殖民当局逮捕了不少抗议者，不过，电影也于 12 月 15 日终止放映。孟买当局为此发布了公告，警告引进外国电影的机构不要再引进类似《鼓》那样伤害印度人感情的电影。《贡嘎·丁》根据 1907 年诺贝尔文学奖获得者、殖民文学代表作家吉卜林的小说改编而成。这部电影的特色用乔达里的话说是：“《贡嘎·丁》表现了那些普通人民即顺服的印度大众对帝国的亲切、热爱、依赖和巨大的忠诚。”[①] 该电影用圣雄甘地影射师尊和贡嘎·丁两个角色，意在排除潜在的殖民地叛乱和强调对殖民当局的忠诚。它还刻意表达印度缺乏团结，暗示印度民族主义者不能解决印度现实问题，印度还不是一个团结的民族，独立的时机尚未成熟。《雨季来临》改编自 1937 年美国小说家布龙菲尔德（Louis Bromfield）出版的同名长篇小说，1939 年，二十世纪福克斯公司出品，于印度民族主义运动如火如荼的 1940 年在印度上映。为了达到殖民宣传的目的，电影制作方声称意在表现“现代印度的真实面貌”，它用宏大叙事手法表现印度的社会发展和进步，以及英印殖民关系的发展，并为英国殖民者继续留在印度寻求合理的依据。乔达里认为：“这部电影把印度各个土邦刻画为‘印度人的印度’，使对其解读变

---

① Prem Chowdhry, *Colonial India and the Making of Empire Cinema: Image, Ideology and Identity*, Delhi: Vistar Publications, 2000, p. 131.

得非常复杂，这从一个新的角度体现了帝国主义策略和英国殖民主义的思想遗产。”① 这部电影还从性别、种族和阶级几个方面表现了殖民关系。如它用白人妇女与印度男性的交往表现帝国主义意识形态和英国人的种族优越感。用乔达里的话来说就是：“所有这些都是与去势的男性相联系的刻板的女性特征。在忠实于白人女性这一点上体现的阳刚之气反映出所有反英行为的女里女气和低下无能。”② 电影还折射出一个信息：印度内部的威胁大于来自外部的威胁。乔达里认为，三部殖民电影的表达方式有很多差异，但共同点是明显的。他说：“三部电影的共同点在于，整个殖民统治的意识形态结构内在于电影的强势话语中。这些电影观点相同，都鼓吹英国殖民统治是优越的、文明的、现代的。它把帝国主义和秩序、理性联系起来，这些东西又是在与混乱无序和缺乏理性的比较中产生的，因此，它赋予在印殖民统治以合法性。”③

乔达里在书的最后还把考察的目光延伸到后殖民时期的西方电影上。在他看来，那些英语电影如二十世纪福克斯公司拍摄的《兰奇普尔的雨季》（*The Rains of Ranchipur*，1955）和《博瓦尼中转站》（*Bhowani Junction*，1956）探索了印度民族主义与英帝国主义之间的关系。这些怀旧性质的印度题材电影包含了英国人对刚刚逝去的殖民帝国的异样情感。乔达里说：“从很多方

---

① Prem Chowdhry, *Colonial India and the Making of Empire Cinema: Image, Ideology and Identity*, Delhi: Vistar Publications, 2000, p. 193.

② Prem Chowdhry, *Colonial India and the Making of Empire Cinema: Image, Ideology and Identity*, Delhi: Vistar Publications, 2000, p. 249.

③ Prem Chowdhry, *Colonial India and the Making of Empire Cinema: Image, Ideology and Identity*, Delhi: Vistar Publications, 2000, p. 242.

面来说，这些帝国统治罗曼司（Raj romances）的确可以称作怀念殖民统治的先驱。20世纪70到80年代这一怀旧情绪风行英国，它出现在一系列印度题材的电影和电视节目中。”这种“怀念帝国统治”或曰“帝国怀乡病”（Raj nostalgia）的电影在1980年拍摄的电影《眷恋》（*Staying On*）中以新的形式出现，即表现留印英国人的生活。在乔达里看来，这部改编于保罗·斯各特同名小说的英语电影也存在殖民主义的意识形态问题。他说：“这部电影比其他任何一部电影更能代表英国人关于印度的渴望，他们试图在道德上为帝国主义和它的殖民主义历史平凡昭雪。”[①] 综上所述，乔达里通过对帝国电影的历史研究，考察了殖民主义时期东西方权力话语不平衡的文化运作模式，并将之引申到后殖民时代的西方电影研究中，这种研究与前述印度学者的东西方文学关系研究模式基本一致。它既体现了印度和西方将殖民文学和后殖民文学打通研究的大势所趋，又揭示了后殖民时代东西方权力话语依然存在失衡的危险。乔达里的这部著作融合了电影、历史、国际政治、性属研究等诸多学科或领域，既是文化批评著作，也是当代电影文学、殖民文学研究的力作之一。

印度是一个宗教传统丰富的国度，佛教、印度教和耆那教等印度宗教都包含着浓厚的生态意识。印度古代文化经典如四大吠陀、往世书、两大史诗和迦梨陀娑的梵语诗歌等等，都蕴含着丰富的生态意识。在全球化时代来临的今天，世界比较文学界将生态文学纳入自己的研究视野，印度学者在得天独厚的文化土壤中

---

① Prem Chowdhry, *Colonial India and the Making of Empire Cinema: Image, Ideology and Identity*, Delhi: Vistar Publications, 2000, p. 267.

不甘落后，在这一领域取得了很多研究成果。和前边说的道理一样，这些学者一般不把自己的著作视为比较文学研究，但客观来看，他们的研究成果打上了生态文学研究的烙印，此处仍选取一个范本略加考察，这就是旁遮普大学梵语教授阿鲁纳·格尔于2003年出版的《环境与古代梵语文学》。该书使用了大量的图表，对梵语文化经典和生态问题的关系进行直观说明。一位印度学者为该书写作的前言中高度称赞格尔说："阿鲁纳·格尔教授值得赞扬和褒奖，因为她把我们智慧的仙人们在三千年前写就的古代梵语文学中的思想呈现给世人，这可以帮助政策制定者、计划者和决策者解决环境问题……已经到了这样一个时机了，印度应该在联合国大会上带头提出基于古代梵语文学的解决方案，以在新千年里把人类从迫在眉睫的环境问题的恶果中解救出来。"①

格尔该书虽然名为《环境与古代梵语文学》，但事实上，她在书中涉猎的古代梵语文学包括了所有重要的梵语文化经典，如吠陀文学、往世书、法论、奥义书和两大史诗等等。换句话说，该书是从广义上的印度古代文学论述生态问题。这使作者的视野变得更加开阔，论述更有力度。该书除前言和序言外，共分九章：（1）梵语文学与现代知识，（2）导论，（3）思想与环境，（4）健康与环境，（5）物质世界的本质，（6）环境污染，（7）生物多样性的保护，（8）《薄伽梵歌》与环境，（9）解脱的本质。在第一章"梵语文学与现代知识"中，格尔将梵语经典与现代知识体系联系起来进行阐释，以在现代学科意义上定位梵语文学和

① Aruna Goel, *Environment and Ancient Sanskrit Literature*, "Avant Propos," Delhi: Deep & Deep Publications, 2003.

文化的重要地位。在第二章“导论”中，格尔一开头就写道：“《梨俱吠陀》是探讨人类及其环境的最古老文献。”[1] 接着，他认为，有必要对印度古代文学中的生态学思想进行清理和阐释，以方便现代人更好地利用印度丰富古老的生态文化遗产。他还对古代印度的环境概念进行释义，他说：“梵语文学中的环境一词的涵义比印度、外国乃至联合国各种委员会和会议给出的解释还要范围更广。他们的解释大多数局限于探讨发达国家的问题，甚至连解决环境问题也只涉及它们。梵语文学显示，我们的祖先从未把森林、家畜、野生动物、人类和环境仅仅看作是一个集合体，而是将之整体视为韵律完美、和谐相处的生物景观。”[2] 接下来，格尔提纲挈领地论述了几个方面的问题，这包括“环境与可持续发展”、“印度哲学与环境”、“环境健康问题”、“环境与吠陀文学”、“印度环境工程的管理”、“古代梵语文学在提供关于环境科学知识中的作用”和“环境治理的危机”等议题。例如，在“环境与吠陀文学”的议题中，格尔认为，吠陀时代的诗人们已经预见并警醒人们保护环境的重要性。四大吠陀提醒人们必须每日献祭以“保护生态”。法论阻止人们破坏生物多样性和生态系统，因为这是违反宗教纲领的罪孽之举。《阿达婆吠陀》对环境问题的关注详细备至，显示了对生态问题的高度重视。往世书神话崇拜自然，倡导生态系统的完美和谐。即使是毗耶娑和瓦尔米基（义坙）及其后继者，都提倡人与自然世界的和谐相处。而

---

① Aruna Goel, *Environment and Ancient Sanskrit Literature*, Delhi: Deep & Deep Publications, 2003, p. 35.

② Aruna Goel, *Environment and Ancient Sanskrit Literature*, Delhi: Deep & Deep Publications, 2003, pp. 35—36.

《阿育吠陀》（也译《生命吠陀》）论及医学问题，更是注重保护植物在内的生态系统。格尔还认为："迦梨陀娑等梵语作家在各类作品中思考自然与人类的亲密关系。梵语作家的描述如此动人心扉，使人感到与自然融为一体。即使华兹华斯之类的英国作家也欣赏鲜花和自然之美。"① 格尔的论述是非常正确的，只要看看迦梨陀娑的梵语叙事诗《罗怙世系》就可明白这一点。迦梨陀娑在《罗怙世系》描绘了一位国王为求子嗣，甘心侍奉母牛南迪妮的感人故事。诗中的一位祭司对国王说："国王啊！要知道你的心愿实现，已为期不远，因为这头吉祥的母牛，一说到她，她就来到。你要过上一段林中生活，始终亲自陪随这头母牛，取悦她，就像取悦知识，要依靠复习，坚持不懈。她出发，你也出发，她停留，你也停留。她蹲下，你也蹲下，她饮水，你也饮水。"② 这实际上暗含着古代印度人对动物的尊重、对自然万物的敬畏。迦梨陀娑在第二章第三颂写道："这位优秀的国王名声远扬，心地仁慈，此刻把王后劝回，他保护这头母牛，如同保护以四海为乳房的牛形大地。"③ 接下来，诗人还这样描叙国王进入林中自然万物对他的爱戴亦即自然万物与人和谐相处的"理想国"幻境："他走进前来，如同风的朋友，风吹动柔嫩的蔓藤，向这位值得尊敬的国王撒下鲜花，如城中少女依礼抛撒炒米。即使他手中持弓，而看到他的身体，心中并无恐惧，表明他生性仁

---

① Aruna Goel, *Environment and Ancient Sanskrit Literature*, Delhi: Deep & Deep Publications, 2003, p. 47.

② Kalidasa, "Raghuvam÷a", C. R. Devadhar, ed., *Works of Kalidasa*, Vol. 2, Delhi: Motilal Banarsidass Publishers, 2002, pp. 19—20. 本节关于迦梨陀娑诗歌的三处译文，皆为黄宝生先生所译。后面不再一一注明。特此致谢黄先生。

③ Kalidasa, "Raghuvam÷a", C. R. Devadhar, ed., *Works of Kalidasa*, Vol. 2, Delhi: Motilal Banarsidass Publishers, 2002, p. 22.

慈而温顺，那些雌鹿如愿大饱眼福。他听到树丛中森林女神高声歌唱着自己的名声，那些竹子的缝隙灌满风，发出声响，起到笛子作用。沾有山间瀑布散发的水雾，带有树木轻轻摇动的花香，风儿侍奉这行为纯洁的国王，他没有华盖，因炎热而疲惫。一旦国王进入林中后，森林大火无雨也熄灭，繁花盛开，硕果累累，生物们也不恃强凌弱。”① 这是国王亦即人类代表对自然万物尊敬后换来的美妙结局。格尔所说印度古典作家思考的“自然与人类的亲密关系”，在迦梨陀娑诗歌中得到完美体现。在本章结尾，格尔总结道：“梵语文学满载把人类从可怕的环境污染压力中解救出来的技术、方法、理由和哲学。我们需要做的是，教育那些发达国家和发展中国家的人们停止掠夺自然以修建高楼大厦、巨型工业和核电厂。如果我们按照《薄伽梵歌》、吠陀文学和其他古代梵语经典的阐释使人们变得道德高尚，所有这些都可以做到。”②

接下来的几章，格尔以印度梵语经典为例，对关乎人类健康的环境问题的各个方面进行了详细的论述。例如，在第六章论述空气污染、水污染等环境问题时，她引用了《梨俱吠陀》、《夜柔吠陀》、梵书和《唱赞奥义书》等经典为之佐证。在第七章论述保护生物多样性的重要意义时，格尔先后引用了《摩奴法论》、《梨俱吠陀》、《夜柔吠陀》、《风神往世书》（有人认为它替代了《湿婆往世书》）、《鱼往世书》和《摩诃婆罗多》等等经典。在第

---

① Kalidasa，“Raghuvam÷a”，C. R. Devadhar，ed.，*Works of Kalidasa*，Vol. 2，Delhi：Motilal Banarsidass Publishers，2002，pp. 23—24.

② Aruna Goel，*Environment and Ancient Sanskrit Literature*，Delhi：Deep & Deep Publications，2003，pp. 55—56.

八章中，格尔对影响印度人生活巨大而深远的宗教经典《薄伽梵歌》之于环境问题的关系作了说明。她说："《薄伽梵歌》阐述了全部世界清晰、明确和科学的互相联系和互相依赖，这是整个宇宙的核心。世界上的所有生命皆由地、水、火、空、风构成。"① 为此，她引用了《薄伽梵歌》第十三章的颂诗进行说明："你要知道，在诸田中，我是知田，婆罗多！有关田和知田的智慧，都被认为属于我。"②这是黑天即大神毗湿奴化身对阿周那说的话。这里的"田"（ksetra）有"领域"之义，可以引申为宇宙万物。格尔还引用了《薄伽梵歌》第十四章的句子继续说明宇宙万物共生共荣的缘由："于各种胎藏中，恭底耶！萌发各种有形之物。梵是有形之物的孕育之器，我为播种者也为其父。"③格尔还在论及环境与世界公平、社会正义时引用《薄伽梵歌》第六章的两首颂诗进行说明："瑜伽行者永远应该把握自我，独居幽境，控制思想和自己，无所企盼，无所探求。选择清净的地方，安置自己的座位，座位稳固，不高不低，铺上布、皮和拘舍草。"④

由上所述可以看出，格尔此书意在利用古代梵语文学的思想智慧，为解决现代环境问题出谋献策。这一方面体现了印度学者

① Aruna Goel, *Environment and Ancient Sanskrit Literature*, Delhi: Deep & Deep Publications, 2003, p. 210.

② 毗耶娑：《薄伽梵歌》，张宝胜译，北京：中国社会科学出版社，2007 年，第 147 页。《薄伽梵歌》出自《摩诃婆罗多》中的《毗湿摩篇》，梵文参见 Vyasa, *Mahabharata*, Vol. 2, Poona: The Bhandarkar Oriental Research Institute, 1972, p. 1177.

③ 毗耶娑：《薄伽梵歌》，张宝胜译，北京：中国社会科学出版社，2007 年，第 157 页。梵文参见 Vyasa, *Mahabharata*, Vol. 2, Poona: The Bhandarkar Oriental Research Institute, 1972, p. 1179.

④ 毗耶娑：《摩诃婆罗多》（三），黄宝生、郭良鋆译，北京：中国社会科学出版社，2005 年，第 501 页。梵文参见 Vyasa, *Mahabharata*, Vol. 2, Poona: The Bhandarkar Oriental Research Institute, 1972, p. 1167.

为世界文明在当代的健康发展殚精竭虑的高尚风格，另一方面也体现了印度古代文学进入生态文学研究领域的巨大潜力。中国学界应该关注印度学者在这方面的探索，为中国语境中的生态文学研究寻求更佳的参照系。

以上就是当代印度比较文学繁荣阶段研究成果的大致介绍。由于当代印度比较文学还在迅速发展之中，本书的探索只是一种指南，不能穷尽它的方方面面。有志于研究印度比较文学历史和现状者，还得多方实地考察，收集更多的资料，以推进这一领域的研究。

余　论　中印比较文学发展的比较

前面已经对印度比较文学发展的历史线索进行了大致清理。在结束该书之前，笔者觉得很有必要对中国和印度这两个东方大国的比较文学发展进行一番简略比较，以探讨中国和印度比较文学的发展特色及优劣所在。中国学界对印度比较文学发展的历史源流从来没有进行过系统梳理，对于中印比较文学发展的异同的探讨也就显得更加必要。因此，下边先大致勾勒一下中国比较文学的发展轨迹，主要涉及中国内地的比较文学研究，再就中国与印度比较文学的发展进行简略对比，以找寻各自的独特性和它们的共同点。

第一节　中国比较文学的发展概况

1998 年，徐扬尚出版了中国第一部带有学科史性质的国别比较文学史著作：《中国比较文学源流》。从此开启了在中国进行国别比较文学史溯源研究的先河。虽然此前和此后曾经出版过曹顺庆主编的《比较文学史》和《比较文学学科史》，但是以专著形式对一个国家的比较文学整体发展进行集中探讨在中国却再也没有进展。当然，客观来看，必须承认，曹顺庆主编的《比较文学学科史》对于欧美、中国、印度和日本的比较文学发展史的分别探讨已经取得了显著成绩。另外，中国比较文学学会主办的《中国比较文学通讯》也偶尔登载介绍中国比较文学新时期发展的一般情况。其他很多相关著作或论文也有类似的介绍。因此，此处就以中国学者的相关研究对中国比较文学发展史进行简单的介绍。

徐扬尚认为，从古代到20世纪末期，中国的比较文学发展经历了几个阶段：渊源期（汉魏至清末）、萌发期（19世纪末至20世纪初）、形成期（新文化运动到20世纪30年代）、发展期（1934至1949年）、滞缓期（1949至1978年）、复兴期（1978至1985年）和繁荣期（1985至1995年）。在他看来，一部中国文化史，以汉唐时期、鸦片战争到五四新文化运动时期、20世纪末期为中外文化交流的三次高潮或三大文化转型期。中国比较文学发展与这三次文化转型关系密切。他说："一方面是说，中国比较文学的渊源流变取决于中国文化的三次转型；另一方面是说，中国比较文学源流的全部内容，正是中国文化的三次转型这一现象及其理论话语。第一次文化转型，造就了中国比较文学渊源（史前史）的滥觞（汉魏六朝）与高潮（隋唐）；第二次文化转型促成了中国比较文学的萌发与形成；第三次文化转型带来了中国比较文学的复兴与繁荣。”① 换句话说，整个中国比较文学发展史只有放在三次文化交流的大背景中才能得以深入考察。

中国比较文学渊源即史前史的形成，首先得力于中国各民族文化间的交汇融合，更主要的还与第一次文化大转型时期中外文化交流有关。“中国比较文学的渊源，主要是东方文化圈内的跨国界、跨民族语言文化的文学关系研究。其中又以研究印度佛教文化在中国的传播为主体，内容包括佛经翻译与求经活动。”② 中国古代的文化交流，使这一时期跨国界、跨民族语言的文学关系研究成为可能，其中的佛经汉译直接催生了早期的译介理论。译介研究、阐发研究、平行研究和影响研究等现代学科意义上的比较文学研究，基本上都能在中国古代找得到痕迹。中国古代比较文学渊源和西方的比较文学渊源相比，存在四大特色：“在成因上，依附或寄生于宗教文化的影响与接受；在内容上，以围绕佛典翻译而展开的译介学研究与阐发研究为主体；在形式上，表现为鸡零狗碎，杂陈于各种非文学的古典文献之中，缺乏系统性与针对性；以上三点，又同时显示出非纯文学比较研究的倾向。”③ 应该说，这种说法有一定的道理，它对中国古代比较文学渊源的总结基本上符合事实。

有的中国学者认为：“南北文学的存在与相互影响、相互比较在中国是一个明显的文化事实。在先秦就是北方的《诗经》与

---

① 徐扬尚：《中国比较文学源流》，“导言”，郑州：中州古籍出版社，1998 年，第 1 页。本节介绍多参考该书相关论述。

② 徐扬尚：《中国比较文学源流》，郑州：中州古籍出版社，1998 年，第 12 页。

③ 徐扬尚：《中国比较文学源流》，郑州：中州古籍出版社，1998 年，第 25 页。

南方的《楚辞》的相互对峙。”[①] 南北文学之间的比较，主要来自于中国南方和北方地域、风土人情存在显著差异。在《世说新语·文学篇》中，褚季野和孙安国、支道林之间的对话便有比较之意。《颜氏家训·文章》涉及南北士人欣赏趣味的差异。如果说初唐以前是广义上的南北文学比较，那么，到了初唐史家那里，则是名副其实的南北文学比较了。魏征在《隋书·文学传序》中有这样的话："然彼此好尚，互有异同。江左宫商发越，贵于清绮；河朔词义贞刚，重乎气质。气质则理胜其词，清绮则文过其意。理深者便于时用，文华者宜于歌咏，此其南北词人得失之大较也。”[②] 用当代学者的话说，魏征此处的话值得重视。因为："这一段文字既是跨国的比较，又是跨民族的比较，而且这种比较还有一大特色：不仅注重同的综合，而且注重异的对比。这恰恰是当代比较文学中国学派'异同比较法'的基本特征之一。”[③] 虽然这种判断不一定完全准确，但也说明了魏征的评论带有比较的色彩。

就中国古代意义上的译介学而言，"格义论"大概是最有代表的理论了。随着印度佛教传入中国和译经活动的逐步开展，格义论就此产生。格义是用中国固有的文化术语和义理来阐释和翻译印度佛教，必然会存在文化误读的问题。格义论作为中国特色的翻译理论，大抵具备了媒介学的因子。

董仲舒在《春秋繁露》中提到了具有某种比较意义的中国式

---

① 曹顺庆主编：《比较文学学科史》，成都：巴蜀书社，2010 年，第 576 页。此处论述多参考该书相关内容。

② 魏征、令孤德棻：《隋书》，北京：中华书局，1973 年，第 1730 页。

③ 曹顺庆主编：《比较文学学科史》，成都：巴蜀书社，2010 年，第 582 页。

接受理论“诗无达诂”：“所闻《诗》无达诂，《易》无达占，《春秋》无达辞。”① 应该说，中国古代的“诗无达诂”说已经具备了现代接受理论的若干要素，它既从主体的读者探讨接受心理，又从客观的文本出发探讨接受多样性的基础。它可以视为中国古代潜在的接受理论。

中国古代还存在一种萌芽状态的渊源学理论“溯流别”。它大量存在于中国文学中，或者溯文体的渊源，或者溯风格流派的渊源，追溯源头是其共同的特点。溯流别者在汉代主要表现为对赋的渊源探索，到魏晋南北朝时期则表现为对各种文体渊源的追溯。除文体上的溯流别、溯渊源外，魏晋南北朝时期最典型的例子还是钟嵘在《诗品》中所进行的溯风格流派的工作。

关于具体的作家或作品异同比较，这在先秦时代已经有了最初的表现，如《庄子·天下》和《韩非子·非十二子》等篇即是。汉代刘安、扬雄、班固、刘向、王允和王逸等人的文学批评中也大体反映了这一趋势。此后的曹丕、刘勰、钟嵘诸人也参与其间。南北朝之后，不仅作家、作品异同论有了深入发展，诗话、词话等对作家作品风格、技巧等方面的比较已经比比皆是，散文方面对唐宋文之间的比较研究也是例子。唐代元稹到韩愈、欧阳修、严羽诸人的李杜优劣论更是作家比较的显例。把上述例子视为中国比较文学“史前史”的一部分应该有一定道理。

中国古代存在不少事实上的跨学科研究，如诗乐关系论、诗画比较论和诗禅关系论。其中，诗画比较论以宋朝苏轼评价王维

① 苏舆撰，钟哲点校：《春秋繁露义证》，北京：中华书局，1992 年，第 95 页。

诗歌绘画时的“诗中有画”和“画中有诗”论为代表，而诗禅关系论则以《沧浪诗话》的作者严羽的以禅喻诗论为代表。严羽还借用具有宗教含义的禅来为诗歌鉴定品级。这和梵语诗学以来自语言学的韵为基准鉴定诗歌品级不同。

以上是中国古代比较文学渊源的“溯流别”。

中国近代史发端于1840年鸦片战争，止于1919年“五四”新文化运动。在八十年时间里，西方的比较文学学科开始兴起，它逐渐传播到东方的中国、日本和印度等地。中国经历了“三千年未有之大变局”，民族存亡和东西方文化交流交织在一起，形成了独特的历史景观，这对西方意义上的比较文学研究在现代中国的兴起有着深刻的影响。因此，这种说法是站得住脚的：“作为一门学科，比较文学是在中西方文化激烈碰撞的格局中于二十世纪初在中国出现的。比较文学登上历史的舞台是有着深刻的时代和历史原因的。”①

19世纪末，在洋务运动、戊戌变法、诗界革命和小说界革命等历史和文学运动的推波助澜中，近代中国的比较文学开始起航。这以黄遵宪、梁启超等人的相关著述为代表。二十世纪初到五四运动的二十年时间中，中国开始出现现代意义上的比较文学杰作。例如，王国维在1904年发表《尼采与叔本华》、《红楼梦评论》，他在1908年发表《人间词话》。他在《红楼梦评论》中引用叔本华的理论评价《红楼梦》，还在《人间词话》里以“写实”与“理想”等西方术语同中国古代文论互相参照。他还提出了“意境说”，以西方美学理论探讨中国文学传统。1908年，鲁

① 曹顺庆主编：《比较文学学科史》，成都：巴蜀书社，2010年，第624页。

迅发表论文《摩罗诗力说》，这也是中国比较文学的奠基性著作。

1919 年到 1949 年间，中国比较文学研究继续向前迈进。这涵盖了徐扬尚所谓中国比较文学研究的形成期（新文化运动到 20 世纪 30 年代）和发展期（1934 至 1949 年）两个阶段。五四时期，中国与西方的文化交流空前高涨，欧洲比较文学思潮迅速涌入中国，对中国现代比较文学进入学科自觉阶段起着很大的作用。在三十年时间中，比较文学学科建设、学术研究等取得了很多的成绩。就比较文学教学来说，19 世纪 20 年代起，一些大学纷纷开设中外文学比较的专业课程。1924 年，吴宓在南京东南大学讲授欧洲文学，后来在清华大学开设了中国第一门比较文学性质的课程“中西诗之比较”，此外，陈寅恪讲授过《佛经翻译文学》，朱光潜则讲授过《诗论》等。陈寅恪等人的课程曾经深刻地影响了季羡林，他一生的研究或多或少与比较文学研究有关。1929 到 1931 年间，英国剑桥大学教授、新批评派创始人瑞恰兹（I. A. Richards）来到中国任教，他在清华大学开设了正规的比较文学课程“比较文学”与“比较文化”。这是中国首次出现专业性的比较文学课程。这与印度比较文学草创初期也聘请欧美学者讲学基本相似。中国当时开设的其他比较文学性质课程还包括“文艺复兴时期的文学”、“中国文学中印度故事的研究”、“近代中国文学之西洋背景”和“翻译术”等等。

1919 年到 1949 年间，中国翻译出版了一些重要的比较文学著作，这包括日本学者本简久雄的《新文学概论》（1920 年，章锡琛译）、欧洲学者罗立耶的《比较文学史》（1931 年，戴望舒译）和梵·第根的《比较文学论》（1934 年，傅东华译）等。但这一时期最为重要的学术成就还是中国几位学者撰写出版的比较文学著作，这包括梁宗岱的《诗与真》（1935年）和《诗与真二集》（1936年）、钱锺书的《谈艺录》（1948年）以及朱光潜的《诗论》、杨宪益的《零墨新签》、李健吾的《咀华集》和李广田的《诗的艺术》等等。这些著作对中西文学、文化比较作了深入探索。另外，这一时期，还有很多学者撰写了比较文学方面的论文，进一步推动了比较文学研究的展开。这方面的论文包括：陈受颐于1929年至1931年间发表的《十八世纪欧洲文学里的赵氏孤儿》、《鲁滨孙的中国观》和《好逑传之最早的欧译》，钱锺书于1941年发表英文论文《十八世纪英国文学中的中国》，范存忠于1931年和1940年先后发表《约翰生、哥尔斯密与中国文化》和《十八世纪英国流行的中国戏》，等等。其中，钱锺书和范存忠等人在欧美留学，以中国文化在英国文学里的影响为题撰写论文。中国现代比较文学研究的展开为当代中国比较文学的发展打下了非常坚实的基础。

1949年到1978年是徐扬尚所谓的中国内地比较文学“滞缓期”（1949至1978年）。这一时期的三十年间，由于受到极“左”思潮的影响，比较文学这门西来学科被贬斥为资产阶级的、反马克思主义的“伪科学”，比较文学研究和学科建设都停顿下来，20世纪上半叶的比较文学研究传统未能得以发扬光大。当时各大高校的比较文学课程被一一取消。大陆的比较文学研究处于停滞和落后的状态。但是，就是在这样的情况下，一些学者仍然沉潜于比较文学领域，发表了一些高质量的研究成果，如范存忠的《〈赵氏孤儿〉在启蒙时期的英国》（1957）、冯雪峰的《鲁迅与果戈理》（1952）、曹未风的《莎士比亚在中国》（1954）和钱锺书的《读〈拉奥孔〉》和《通感》等等。在中国内地比较文学处于萧条期时，中国香港、中国台湾等地的比较文学却在持续发展之中。[①] 并且，十分令人高兴的是，海外华裔学者刘若愚和叶威廉等人在西方进行涉及中国文学的比较研究，把中国文学纳入世界比较文学范围，传播了中国文学的声音。如刘若愚在1962年出版的《中国诗学》一书中，把现象学理论运用于中西文论的比较研究。他还在1975年出版影响深远的、涉及中西文论比较的《中国文学理论》一书。叶威廉在1947年发表论文《东西比较文学模子的运用》，并于1976年在美国威斯康辛大学完成博士学位论文《中国中古文论和现代西方文论的形式主题：模仿、互文性、形象性和前景化》。

随着中国内地“十年动乱”的结束，中国比较文学进入徐扬尚所谓的复兴期（1978至1985年）和繁荣期（1985年以来）。一般学者认为：“1979年，钱锺书《管锥编》的出版标志着中国内地比较文学研究的复苏。”[②] 20世纪80年代是中国大陆比较文学迅猛发展的时期。1981年，北京大学创立了比较文学研究会，季羡林担任会长。1983年，在天津召开了第一次全国性的比较文学研讨会，中美双边比较文学研讨会也在北京举行。1984年，卢康华和孙景尧出版了中国学者自己撰写的第一部比较文学理论著作《比较文学导论》。1985年10月，中国比较文学学会在深圳大学成立，并召开了首届国际比较文学学术研讨会，参会者包括西方著名比较文学学者孟尔康（亦即著有《比较诗学》的厄尔·迈纳）、佛克玛和谢弗莱尔等人。以这些事件为标志，中国内地

① 关于台港等地比较文学发展情况，参阅邓时忠：《大陆台港比较文学理论研究》，成都：巴蜀书社，2006年。

② 曹顺庆主编：《比较文学学科史》，成都：巴蜀书社，2010年，第635页。

的比较文学开始进入全面发展的“快车道”。

从1978年至今的三十多年里，中国内地比较文学无论在学科建设方面、还是在学术研究方面，都完成了质和量的飞跃。①

首先，中国比较文学的学科建设取得了突破性进展。中国比较文学学会登记的会员在千人左右。比较文学学科体制化建设趋于成熟完善，课程教学多元化，内容更具本土特色和学术含量。这主要体现在几个方面，如比较文学专业硕士点和博士点不断增加，至今培养毕业的比较文学博士、硕士近千人左右。1985年，这方面的硕士、博士点为零，但到2008年，招收硕士的高校94个，招收博士的高校为26个。1993年，北京大学建立了中国第一个比较文学博士点和博士后流动站。1998年，苏州大学和四川大学也获批建立了比较文学博士点。此后，复旦大学、南京大学、北京师范大学、中山大学和福建师范大学等十多所大学建立了比较文学博士点。1998年，四川大学和首都师范大学分别成立了比较文学系。近年来，复旦大学也在酝酿成立比较文学系。北京大学、四川大学、上海师范大学的比较文学获得了国家重点学科称号。1998年，比较文学与世界文学进行合并，作为二级学科。同时，我们还出版了很多比较文学教材，2008年开设比较文学课程的学校为160所以上。我们还具有稳定的专业杂志、报纸和专业学术网站。如《中国比较文学》、《中外文化与文论》、《中国比较文学通讯》、《比较文学报》、《海外华文文学》、《文学

① 下边对近三十年来中国内地比较文学发展的情况介绍，主要依据中国比较文学学会主办的内部刊物《中国比较文学通讯》刊载的特稿“三十而立：比较文学在当代中国的复兴与发展（1978—2008）”，2008年第1期，总第60期。特此说明并致谢作者。

与人类学》以及《基督教文化学刊》等。中国比较文学学会迄今为止举行了九届国际学术研讨会，几乎每次大会都有不少的国际学者参会。这使中国比较文学研究迅速走向与国际互动的道路。这些会议的概括是：1985 年 10 月在深圳大学召开第一届学术研讨会暨学会成立大会，会议主题是："比较文学在中国的复兴"；1987 年 8 月在陕西西安召开第二届学术研讨会，主题是："文学的空间与局限"；1990 年 7 月在贵州省贵阳市召开第三届研讨会，主题是："欲望与幻想：世界文学格局中的中国文学"；1993 年 7 月在湖南省张家界召开了第四届研讨会，主题是："多元文化语境中的文学"；1996 年 8 月在吉林省长春市召开了第五届研讨会，主题是："文化对话与文化记忆"；1999 年 8 月在四川省成都市召开了第六届研讨会，主题是："迈向新世纪：多元化时代的比较文学"，260 余人参会；2002 年 8 月在江苏省南京市召开了第七届研讨会，主题是："新世纪之初：跨文化语境中的比较文学"；2005 年 8 月在广东省深圳大学召开了第八届研讨会，主题是："比较文学与当代人文精神：中国比较文学 20 周年的回顾与反思"；2008 年 10 月在北京语言大学召开第九届研讨会，主题是："多元文化互动中的文学对话"。2011 年 8 月将在上海复旦大学召开第十届中国比较文学研讨会，主题暂定为"当代比较文学与方法论建构"。第七、八、九届中国比较文学研讨会都有印度学者参加，其中，印度比较文学专家哈利西·特里维迪（Harish Trivedi）参加了 2005 年深圳会议，而印度汉学家狄伯杰（B. R. Deepak）参加了 2008 年北京会议，并于笔者在"中国与南亚文学关系"小组讨论会上就印度汉学界的中国文学研究的问题进行对话交流。另外，自 20 世纪 80 年代起，中国学者就不断地走出国门，参加各种规模的国际比较文学会议，融入世界学术话语权，为开展中国语境的比较文学语境积累了宝贵的经验。

就三十年来的比较文学学术研究而言，中国学者在两个方面齐头并进，成果丰硕。第一是撰写出版了大量反映中国学者观点的比较文学教材与比较文学理论著作约七十部，这包括乐黛云主编的《中西比较文学教程》和《比较文学原理新编》、陈惇、孙景尧和谢天振主编的《比较文学》、杨乃乔主编的《比较文学概论》、曹顺庆主编的《比较文学史》、《比较文学学科理论》、《比较文学论》、《比较文学教程》、《比较文学学》、《中西比较诗学史》和《比较文学学科史》、陈跃红的《比较诗学导论》、孟昭毅的《比较文学通论》、方汉文的《比较文学高等原理》和王向远的《中国比较文学二十年》等等。第二，中国比较文学学者大量的研究著作不断涌现，这以以下几个领域的成就最为突出：

(1) 中外文学关系研究。这方面的标志性著作包括范伯群、朱栋霖主编的《中外文学比较史（1898—1949）》、周发祥等主编的《中外文学交流史》、赵毅衡的《远游的诗神》、钱林森先后主持的两套大型丛书《外国作家与中国文化》和《中外文学交流史》以及周宁主编的《世界的中国形象丛书》等等。

(2) 比较诗学研究。这方面的代表作包括钱锺书的《管锥编》(1979)、王元化的《文心雕龙创作论》(1979)、宗白华的《美学散步》(1981)、曹顺庆的《中西比较诗学》(1988) 和《中外文论比较史·上古部分》(1998)、黄药眠、童庆炳的《中西比较诗学体系》(1991)、狄兆俊的《中英比较诗学》(1992)、乐黛云等主编的《世界诗学大辞典》(1993)、张法的《中西美学与文化精神》(1994)、杨乃乔的《悖立与整合：东方儒道诗学与西方诗学的本体论、语言论比较》(文化艺术出版社，1998)、余虹的《中国文论与西方诗学》(三联书店，1999)、饶芃子的《比较诗学》(陕西师范大学出版社，2000)、郁龙余等著《中国印度诗学比较》(昆仑出版社，2006)、史忠义的《中西比较诗学新探》(2008）等等。拙著《梵语诗学与西方诗学比较研究》（巴蜀书社，2010）与前述郁龙余所著构成了中西比较以外的另两个比较维度，即中印诗学比较和印西诗学比较。这使中国比较诗学研究涵括了世界三大原创性文论体系。这与西方比较诗学界的某些动向开始接轨。另外，海外华裔学者和台港地区学者的中西比较诗学研究也不容忽视，如张隆溪的英文著作《道与逻各斯》（冯川译，人民出版社，1998)、叶威廉的《比较诗学》(1983）和《中国诗学》(1992）等就是明显的例子。

（3）华裔流散文学研究。这一研究是20世纪80年代从台港澳文学引发出来的，最早被关注的是东南亚华文文学，后再触及北美、欧洲和澳新等地的华裔流散文学。1982年6月，广州暨南大学召开了第一次全国性研讨会。进入90年代后，海外华文文学和华裔流散文学的研究逐渐打破了语言的藩篱，演变为跨语言的华人流散文学研究。新世纪以来，暨南大学、复旦大学、四川大学、清华大学和南京大学等先后建立了海外华人和华裔文学与文化研究中心（研究所），其研究对象不再局限于华文、英文或其他语言的华人文学，而是总体关注“华人流散文学”。这方面的著作包括程爱民主编的《美国华裔文学研究》（北京大学出版社，2003)、蒲若茜的《族裔经验与文化想象：华裔美国小说典型母题研究》(中国社会科学出版社，2006)、陆薇的《走向文化研究的华裔美国文学》（中华书局，2007）和薛玉凤的《美国华裔文学之文化研究》（人民文学出版社，2007）等等。

（4）文学人类学研究。这是中国比较文学的一个新兴领域，但前景看好、发展十分迅猛。这方面的代表作包括萧兵和叶舒宪等的《中国文化的人类学破译》丛书、彭兆荣主编的《文化人类学笔记丛书》等。中国社会科学院、四川大学、复旦大学等高校先后招收文学人类学（或文艺人类学、艺术人类学）方向的硕士生和博士生。

（5）文学与宗教的跨学科研究。季羡林、张中行、刘小枫、杨慧林、孙景尧、张西平和刘耘华等人的著作值得关注。

（6）译介学研究。这以谢天振的著作《译介学》（上海外语教育出版社，1999）为代表。

除了这几个引人注目的研究领域外，电影文学研究、生态文学研究、少数民族文学比较研究、中国文学与东方文学比较研究、中国文学之外的东方文学与西方文学比较研究等领域也在三十多年时间里，取得了不少值得关注的成果。

以上为中国比较文学发展的历史轨迹的一般考察。下面对中国、印度的比较文学发展异同进行简略比较，其中，以 20 世纪以来、特别是 20 世纪 80 年代以来两国比较文学的发展为比较重点。

第二节　中印比较文学发展的异同

同为东方文明古国，同样拥有惨淡耻辱的近代史，同样不断地感受东西方文化冲突与融合带来的震撼，这些在中国与印度比较文学发展的道路上以各种方式体现出来。总体上看，中国与印度比较文学的发展存在诸多相似处，但在表面的相似之下，潜藏着更多的差异。这些相似和差异构成了东方比较文学发展的独特景观。下面对此进行简单说明。

中国与印度的比较文学发展存在一定的同步趋势。中印都在古代产生了比较文学的萌芽意识，并在近代和现代阶段出现了比较文学研究的杰作，当代比较文学研究在两国的文学研究史上掀开了崭新的一页。先看看古代的情况。译介研究、阐发研究、平行研究、跨学科研究和影响研究等现代学科意义上的比较文学研究，基本上都能在中国古代找得到痕迹。在印度，萌芽状态的平行研究和跨学科研究是其基本特征，而影响研究只是偶尔所见。译介研究以“格义论”为主，这是与印度佛典的汉译分不开的，而这种研究在印度古代罕见。梵语诗学也难以见到阐发研究的痕迹。萌芽状态的梵语诗学平行比较意识，首先存活在戏剧学论著《舞论》第十四章关于戏剧地方风格的论述中。此后，这种平行比较意识还渗透到梵语诗学风格论、文类体裁探讨、写作主题及作家或作品比较等方面。婆罗多所谓地方风格或地方色彩是指不同地区特有的服装、语言、习俗和职业。古代印度邦国林立，地方风格论便与这种历史地理因素息息相关，因此，说它带有浓厚的比较研究色彩实不为过。婆罗多认为，地区很多，但可以根据某些突出的共同特征，将地方风格归纳为四种。《舞论注》的作者新护在注释这句话时写道：“地方风格如何得来？之所以叫做地方风格，是因为它告诉我们世界上不同地方的各种服装、语言和行为方式。”① 婆罗多和新护使用的 desa 一词，既可以表示地方、地区、地域，还可以表示国家。由此看来，婆罗多地方风格论的确属于平行研究模式。后来，梵语诗学风格论把比较的地域具体为印度东西南北各个方位。在中国，平行研究和影响研究与南北文学比较相关。中国古代的南北文学比较形成了丰富的传统，许多著作不仅讨论南北文学之间的异同，还关注到南北文学之间的相互影响、借鉴。换句话说，它们的平行研究融合了影响研究。这和梵语诗学一般不讨论各种地方风格或语言风格之间的影响有区别。南北比较在中国文化与文学领域一直长盛不衰，并扩展到中国佛教、绘画艺术和戏曲表演等其他领域。直到民国初年，刘师培的《南北学派不同论》还在关注南北比较的问题。

属于平行研究领域的文类学研究如何按照文学本身的特点对文学作品进行分类，研究各种文学类型的特征及其在发展中的相互影响与演变。文类学也可称为文体学或文体论。中国的文体论似乎比西方的文类学更为庞杂、细致。中国古代文论著作《文心雕龙》等大量论及文学类型的问题。就梵语诗学而言，婆罗多、婆摩诃、檀丁、伐摩那、楼陀罗吒、波阇、雪月、毗首那特和格维旃陀罗等人也有关于文类学研究的大量相关论述。以婆摩诃为例。在印度古典诗学中，诗（kavya）被视为所有文学作品的总称。梵语诗学家婆摩诃在《诗庄严论》中按语音特征把诗分为散文体和韵文体；再按所用语言分为梵语文学、俗语文学和阿波布朗舍语文学；按题材又分成叙述天神事迹、虚构故事情节、与技

① Bharata, *Natyasastra*, Vol. 2, ed. by Pushpendra Kumar, Delhi: Nyu Bharatiya Buka Karaporesana, 2006, p. 470.

巧有关和与经论有关等四类；按体裁，分成分章的大诗即叙事诗、表演的诗即戏剧、传记、故事和单节的诗即短诗等五类。

关于具体的作家或作品异同比较，这在中国古代非常普遍。从元稹、韩愈、欧阳修、严羽诸人的李杜优劣论是作家比较的显例。梵语诗学中也有类似情形。安主在《合适论》中罗列了二十七种诗的构成因素。全书的内容就是依据这二十七种诗的因素，从正反两方面举例说明何谓合适，何谓不合适。安主的正反列举往往带有对不同作家的作品进行比较研究的色彩。

中国古代存在不少事实上的跨学科研究，如苏轼的“诗中有画”论、严羽的以禅喻诗论和诗歌品级论。在印度，注重语言表达的画诗论与苏轼的“诗画论”有些近似，但差异更大。梵语诗学借宗教术语表达诗学理念，比之严羽等人的跨学科实践有过之无不如。例如，新护说：“味被展示后，以一种不同于经验、回忆等等的方式被品尝。这种品尝与人性中的喜、忧和暗接触，含有流动、展开和扩大的形态。而由于喜占优势，充满光明和欢喜，表现为知觉憩息，类似品尝至高的梵。”①在新护看来，品尝味成为追求梵我合一的宗教体验。

在近代和现代时期，中印比较文学发展处在同一个“起跑线”上。双方都面临西方文化的强势侵入，在印度更甚。因为，作为英国的最大殖民地，英国殖民者的殖民方略里本来就包含了殖民文化政策。他们的目的是通过英语教育，在印度培养一批肤色是印度的、文化思维是英国式的印度知识分子，以备文化殖民

---

① 黄宝生：《梵语诗学论著汇编》（上册），北京：昆仑出版社，2008年，第482页。

之用。例如，1835年，英印殖民政府的总督立法成员麦考莱在《教育备忘录》中说道："我们现在必须尽最大努力在我们与我们统治的数百万人之间形成一个可以称作翻译的阶级；这样一个阶级的人，在血统和肤色上是印度的，但在兴趣、见解、道德和知识上都是英国的。我们可以放心地让那个阶级去纯化那个国家的方言土语，用从西方名词中借来的科学术语来丰富那些方言，并将其转译成适当的工具以向那里的民众传达知识。"① 在这样的时代前提下，中印睿智的学者或主动或被动地接受了包含比较文学在内的西方文化。从二十世纪初开始，中印比较文学研究开始步入起步阶段。中印两国历史上均有过比较文学研究的萌芽意识，吸纳了西方的比较文学研究模式后，各自开始取得骄人的成就。

20世纪初到"五四"运动的二十年时间中，中国开始出现比较文学奠基性著作，作者无一例外均是中国现代文学巨匠或著名文学批评家。如王国维在1908年发表的《人间词话》和1908年鲁迅发表的《摩罗诗力说》。1919年到1949年间，中国比较文学研究佳作继续涌现，如梁宗岱的《诗与真》（1935年）、钱锺书的《谈艺录》以及朱光潜的《诗论》等。就比较文学教学来说，20世纪20年代起，一些大学纷纷开设中外文学比较的专业课程。吴宓、陈寅恪和朱光潜等人教授的课程或多或少与比较文学研究有关。这和印度的情形相似。20世纪初，泰戈尔等人得西方风气之先，也在加尔各答等地进行比较文学课程的讲授。钱

① 转引自罗钢、刘象愚主编：《后殖民主义文化理论》，北京：中国社会科学出版社，1999年，第116页。

锺书和范存忠等人在欧美留学，撰写比较文学方面的论文。他们的研究是当代中国比较文学发展的基础。泰戈尔、尼赫鲁、奥罗宾多与陈寅恪、鲁迅、钱锺书、季羡林等人均有过留学经历，这对他们的比较文学著述不无影响。

某种程度上，印度比较文学的现代开端应该从 20 世纪初泰戈尔引入比较文学观念开始，但 19 世纪末印度知识界的思想积累乃至某些比较研究著述也为此奠定了基础。前述的印度学者 K. T. 台楞初版于 1873 年、再版于 1976 年的《〈罗摩衍那〉抄自荷马史诗？答韦伯教授》便是显例。[①] 这是西方比较文学的萌芽时期，台楞的著作可视为印度最早的比较文学影响研究。印度学者这种似乎早熟的比较文学研究，与它面对西方霸权话语时的强烈反弹有关。印度独立以前，部分印度学者对西方文学与孟加拉语文学、旁遮普语文学的关系给予关注，并出版了著作，这就是前述 P. 森于 1932 年出版的《孟加拉语文学中的西方影响》和 H. M. 达斯古普塔于 1935 年出版的《西方对十九世纪孟加拉语诗歌的影响研究：1857—1887》。这种东西文学关系比较在同时期中国学者那里也能看到，如方重于 1931 年发表论文《十八世纪的英国文学与中国》，钱锺书于 1940 年发表英文论文《十七世纪英国文学中的中国》。不同的是，中国学者一般侧重于考察西方文学里的中国文化因素，或探索中国文化对西方文学的影响，而印度学者侧重于探讨西方文学对印度文学的影响。

和中国的情况相似，印度比较文学发端期的实践也与印度现

---

① Kashinath Trimbak Telang, *Was the Ramayana Copied from Homer? A Reply to Professor Weber*, Delhi: Publishers Parlour, 1976.

代文学巨匠和著名理论家甚至政治家密不可分。这显示，比较文学作为一门精英学科，它不仅对中国、也对印度的实践者的知识储备和理论视野提出了高标准要求。20世纪初，印度比较文学的代表性成就体现在泰戈尔、奥罗宾多·高士、A. K. 库马拉斯瓦米、V. 拉克凡等文学理论家和尼赫鲁、辩喜、师觉月、拉达克里希南等著名学者或政治家的著述中。王国维、鲁迅和朱光潜与泰戈尔、库马拉斯瓦米等人一道，为当代中印比较文学发展和繁荣打下了坚实的基础，提供了足资借鉴的范例。另外，作为发端期的印度比较文学，学者们基本上各自为战，没有形成统一的声音。这和当时中国学者的情形基本一致。

20世纪初，中印学者均在进行自觉的比较诗学研究，朱光潜、钱锺书等人的相关研究和V. 拉克凡、库马拉斯瓦米、奥罗宾多等人的研究都涉及东方文学理论与西方文论的比较。中国学者如王国维、朱光潜等人自觉采用西方文学理论评价西方文学和东方文学，而在印度，泰戈尔和奥罗宾多等人也是如此。泰戈尔等人和中国同行不同的是，他们对梵语诗学味论的批评运用非常在意，并在具体的文学批评中一再实践。这说明，中印都在这一时期出现了阐发研究，但其具体操作却存在某些差异。

1947年印度独立以前，著名的梵语诗学家S. K. 代和P. V. 迦奈几乎同时出版《梵语诗学史》，对博大精深的梵语诗学进行历史梳理。在中国，同一时期里撰写出版中国古代文学批评史者不乏其人，如陈中凡的《中国文学批评史》(1927)、郭绍虞的《中国文学批评史》（上册，1934，下册，1947)、罗根泽的《中国文学批评史》、朱东润的《中国文学批评史大纲》等便是例子。罗根泽和朱东润的著作均在20世纪40年代出版。这说明，印度和中国学者均在西方文学强势输入面前，自觉清理自己的文化传统，这为两国以后的比较文学研究奠定了文献和理论的基础。

印度比较文学发端期里，一批学者自觉进行东西方文化比较，这方面的显例非尼赫鲁、拉达克里希南、师觉月和谭云山等人莫属。他们的著述或涉及印度与西方文化比较，或涉及中国文明与印度文明的亲属关系及文化差异的比较，属于典型的比较文化研究，当然也应该视为比较文学的坚实基础。有趣的是，当时的中国也有一批学者进行比较文化研究。这以梁漱溟、辜鸿铭、梁启超等人为代表。他们或关注中国与西方文化的差异，或重视中国与印度文化的比较和回顾中印兄弟文明的历史友谊。例如，梁漱溟的《东西文化及其哲学》涉及中国、印度和希腊三大文化的历史回顾和前途命运的比较问题，而梁启超也对中国与西方文化的比较感兴趣，还特别重视对中印文化关系的梳理。梁漱溟和梁启超、特别是后者的比较文化观，还与泰戈尔的比较文化观产生了某种思想契合，这是中印比较文学发展史的一段美好尘缘。提倡以东方文明拯救西方文明危机的泰戈尔 1924 年访华之际，梁启超已结束他的欧洲之行，完成了从反对中国传统文化崇尚西方文明到欲以中国文明拯救西方文明的思想转变。他不仅深情回顾中印历史友谊，还在他的《欧游心影录》（1920）记录了自己在东西文化观方面的思想转变，并重新引发了中国的东西文化论争。泰戈尔在中国颂扬包括中国文明在内的东方文明，抨击西方文明中的消极因素，这对于梁启超而言无疑是一种最好的兴奋剂。如此看来，就不难理解梁启超对访华的泰戈尔恭迎有加，并在演说中对泰戈尔高度赞扬。梁漱溟于 1921 年发表《东西文化及其哲学》一书，提出了西方文化、中国文化和印度文化的“三路向”说。他说：“质而言之，世界未来文化就是中国文化的复兴，有似希腊文化在近世的复兴那样。”他认为，在古代，希腊人、中国人、印度人各以独特的道路前行，成就三大文明的伟业。中国文明是没有走完第一路向便去走第二路向，于是便成为早熟的文化。同样，印度文化也属于“人类文化的早熟，他是不待第一路第二路走完而径直拐到第三路上去的……而最近未来文化之兴，实足以引进第三问题，所以中国化复兴之后将继之以印度化复兴。于是古文明之希腊、中国、印度三派竟于三期间次第重现一遭”。[①] 梁漱溟这种与当时欧化派（西化派）不同的比较文化或比较文明观，对中、西、印三种文化或文明都有所肯定。

综上所述，近现代时期，在东西方文化碰撞剧烈的时代前提下，中印两国的比较文学已经开始真正起航，这为当代中印比较文学的发展奠定了坚实的基础。

1947 年和 1949 年，印度和中国先后获得政治新生，成为独立的国家。从此，这两个东方大国的比较文学研究将开始各自不同的发展轨迹。六十多年的当代比较文学发展史显示，中印两国学者均关注很多相似的领域，但两国比较文学学科建设、两国比较文学研究的内容和方法却产生了很多差异。

首先，从时间上来看，中印比较文学的学科建设发展产生了极大的反差。在印度，比较文学发展在 20 世纪 50 年代便进入学科体制化时期，这便是 1956 年贾达瓦普尔大学比较文学系的建

---

① 梁漱溟：《东西文化及其哲学》，北京：商务印书馆，1999 年，第 202—203 页。

立，这也是亚洲国家最早建立的比较文学系之一。几十年来，该系集中了印度比较文学界的著名学者，为印度比较文学发展作出了杰出的贡献。除了成绩可观的比较文学教学和科研外，该系创办了第一份、也是迄今为止全印唯一一份专业性比较文学杂志——《贾达瓦普尔比较文学》，该杂志 1961 年诞生，到 2005 年为止，共出版 42 期。该杂志对于向西方学界传播印度比较文学的声音，对于沟通印度与西方的学术联系以及推动国内比较文学发展，均发挥了不可替代的作用。进入 20 世纪 90 年代后，印度出现了第二个比较文学系，虽然它以比较印度文学的内部比较为特色，但同样推动了比较文学研究的发展。反观中国内地，1949 年到 1978 年间的三十年是比较文学研究黯淡失色的一段时光。由于与西方的政治、文化互动存在某种畸形趋势，更由于国内的政治和文化气候使然，中国比较文学研究仿佛成为“被人遗忘的角落”。三十年里，中国内地比较文学研究陷入历史低谷，一些海外华裔学者如叶威廉、刘若愚等人在西方进行的中西比较诗学研究是这一期里的亮点之一。时间进入 20 世纪 80 年代后，在改革开放政策的引导下，中国经济迅速腾飞、综合国力迅速增强，中国内地比较文学也进入迅猛发展的阶段，从声势上讲，它已经胜过了印度比较文学界。首先，中国比较文学的学科建设取得了突破性进展。中国比较文学学会登记的会员在千人左右。比较文学专业硕士点和博士点不断增加，至今培养毕业的比较文学博士、硕士达千人左右。《中国比较文学》、《中外文化与文论》、《中国比较文学通讯》、《比较文学报》等专业性刊物和报纸先后创办。中文报纸《比较文学报》和英文刊物 *Comparative Literature: East and West*（《东西方比较文学》）先后在四川大学创刊，这一报一刊向世界很多国家和地区的比较文学学者免费赠阅，其中包括向印度的汉学家和比较文学学者赠阅。

从最能体现一个国家比较文学发展势头的学术研讨会来看，迄今为止，中印两国都召开了很多全国性比较文学会议。中国比较文学学会迄今为止举行了九届国际学术研讨会，分别是：1985年、1987年、1990年、1993年、1996年、1999年、2002年、2005年、2008年。再看印度。1983年，印度全国比较文学学会正式诞生，同年召开第一次全国学术会议。1988年，比较印度文学学会与印度全国比较文学学会携手成立印度比较文学学会（Comparative Literature Association of India，简称为CLAI）。1990年，举行了两个学会合并以来的第一次全国学术会议。1993年、1996年、1999年、2001年、2003年、2005年分别举办第二到第七届印度比较文学会议。中印两国的这些比较文学会议，几乎每届都有国外学者参加，反映了中国和印度比较文学研究的开放性，也体现了世界学术界对于中国与印度比较文学研究的高度重视。不过，相对来说，近年来，国际学者参与中国比较文学会议的人数要大大多于参与印度比较文学会议的人数。这似乎说明，由于中国比较文学发展势头更猛，一时间赢得了世界更多的目光。

就研讨会的内容来讲，中印之间存在一些差异。以2005年印度比较文学会议和2008年中国比较文学会议为例。2005年3月在南古吉拉特大学举行的第七届印度比较文学会议，有一位来自法国的女学者参加，与会者总计一百七十人左右。该次会议主题是："边缘诗学：重构比较文学"。具体议题分别是："文化身份与文学"、"全球化与特殊性"、"杂糅文学：移居与流亡"、"流散文学：最初的范围”、“主流文学与支流文学”、“殖民与后殖民范式”、“中心与边缘质疑”、“女性文学：超越与虚构”、“女性写作与属下研究”、“翻译”、“部落文学：霸权的威胁”、“古吉拉特文化身份和古吉拉特部落文学”，等等。2008 年在北京语言大学召开的中国比较文学第九届年会的主题是“多元文化互动中的文学对话”。具体议题为十八个，它们分别是：（1）文化转向后的翻译研究，（2）文学与宗教的互释，（3）比较文学的人类学视野，（4）中国与南亚、东南亚文学关系，（5）跨文化视野中的现代中国文学，（6）诗学：历史生成与现代阐释，（7）世界文学史与比较文学史：重建与新构，（8）流散文学与少数族裔文学，（9）跨文化语境中的中外文学关系研究，（10）东亚近代诸概念的生成与发展，（11）西方的中国形象，（12）外国人眼中的北京，（13）中国比较文学主体性，（14）文学期刊会议，（15）中国与“中国学”，（16）生态批评与文学，（17）跨文明对话与交际，（18）21 世纪的比较文学：学科建设与理论建构。①

从中印学界召开的这两次时间比较接近的会议来看，印度当代比较文学研究者关注的焦点紧跟世界潮流，他们注重语言问题、文化身份、翻译研究、流散文学、后殖民理论建构及女性文学研究等。而中国学界的关注范围更为广泛，包容了流散文学、翻译问题、比较诗学、中外文学关系、文学人类学、形象学、文学与宗教、生态文学及比较文学学科理论等诸多领域。虽然不能说这两次会议的具体议题暗示了当前中印比较文学研究的差距，

---

① 此处介绍参考《中国比较文学学会第九届年会暨国际学术讨论会大会文册》（2008 年 10 月，北京）的相关信息，特此说明。

但事实上它却昭示了两者之间某些研究旨趣的差异。中国学界虽然见证了1949年到1978年这三十年间比较文学的停滞萧条，但由于没有历史的负担，它反而在近三十年来甩开思想包袱，以无比开放的姿态拥抱西来的比较文学，从学科理论建构到比较文学的文本研究实践，都作出了不少的成就。中国比较文学学科体制化的成功和举国上下的研究生培养体制，使比较文学在中国当下形成无可争议的显学。虽然说成为显学不能完全掩盖中国比较文学发展中存在的诸多问题，但至少从声势上来看，印度比较文学界是无法相比的。迄今为止，比较文学在印度没有成为显学。长远地看，也没有成为显学的迹象。

就六十年来、特别是近三十年来的比较文学研究而言，中国学者在两个方面齐头并进，成果丰硕。第一是撰写出版了大量反映中国学者观点的比较文学教材与比较文学理论著作，这包括乐黛云主编的《中西比较文学教程》和《比较文学原理新编》、陈惇等主编的《比较文学》、杨乃桥主编的《比较文学概论》、曹顺庆主编的《比较文学论》、《比较文学教程》、《比较文学学》、陈跃红的《比较诗学导论》和王向远的《比较文学系谱学》等。反观印度学界，他们虽然也有纳盖德纳等主编的《比较文学》等著作探讨比较文学学科问题，但其整体关注显然不如中国同行，且其探讨重点在于比较文学印度化即“比较印度文学”（comparative Indian literature）研究的合法性问题。第二是中国比较文学学者还在以下几个领域作出了诸多贡献。例如，在中外文学关系研究方面，钱林森先后主持的两套大型丛书即九卷《外国作家与中国文化》和十八卷《中外文学交流史》是史无前例的浩大工程，旨在对东方、西方国家与中国的文学关系进行全方位清理。

印度学界近年来也有诸多著作探讨印度与世界的文学关系，但以如此巨大的规模集中探讨东方国家、西方国家与自己的文学关系，显然还未纳入印度比较文学学者的议事日程。印度学者虽然也探讨印度与东方国家的文学关系，但其重点显然在于印度与西方的文学关系。因此，像季羡林对中印文学关系的经典研究以及严绍璗和王晓平等人对中日文学关系的深入研究，在印度比较文学界罕见。从此角度来说，印度学界的西方中心主义思想要甚于中国。在比较诗学研究方面，钱锺书的《管锥编》(1979)、王元化的《文心雕龙创作论》(1979)、宗白华的《美学散步》(1981)、曹顺庆的《中西比较诗学》(1988)、黄药眠、童庆炳的《中西比较诗学体系》(1991)、乐黛云等主编的《世界诗学大辞典》(1993)、余虹的《中国文论与西方诗学》(1999)、饶芃子的《比较诗学》(2000)、郁龙余等著《中国印度诗学比较》(2006)和拙著《梵语诗学与西方诗学比较研究》(2010)等著作构成了中西比较、中印比较和印西比较的比较诗学三维空间。印度学者在六十年的研究中，也涌现了不少比较诗学和比较戏剧学、比较美学著作，甚至不乏在西方引起重视的比较诗学著作，但他们却因为语言问题和其他复杂因素，缺乏对中国文论与西方文论、中国文论与梵语诗学的比较研究，他们大体上只在梵语诗学和西方文论的一个维度亦即两点一线上进行比较。比较诗学奇妙的三维空间，尚未对印度比较诗学者产生吸引力。在流散文学研究方面，中国学者和印度学者表面看是“平分秋色”，但后者似乎超越了前者的成就。中国学者注意力集中在汤婷婷和唐恩美等为代表的华裔美国文学上，印度学者眼界更为开阔，他们重视印裔美国作家、印裔英国作家和印裔加拿大作家，因为奈保尔、拉什迪、贾布瓦拉、阿妮塔·德赛、罗辛顿·米斯特里、维克拉姆·赛特和拉希里·裘帕里等印裔作家的流散文学带来的世界声誉，他们不会无动于衷。由于华裔作家的世界影响力整体上讲不及奈保尔和拉什迪等为代表的印裔流散文学，也由于中国学者的著作基本上以中文出版，这就使得西方流散文学研究界对印度学者的英文著作关注度更高。

简单谈谈两个重要的、但却很少有人认真思考过的问题。首先，中国和印度学界对于比较文学学科理论的探讨，虽然都程度不一地进行过，但因印度学者着重点在于比较文学印度化的论述，使得他们的探讨大多不能再前进一步。除了S. K. 达斯等少数学者外，他们没有像中国同行那样执意探讨比较文学的跨越性问题。相反，以乐黛云、曹顺庆和王宁等为代表的中国学者，近二十年来对于比较文学从西方走向东方的必要性和可行性竭尽所能地进行论证，有的还应和中国台港学者在20世纪80年代初提出建立比较文学中国学派的主张，并在此基础上进行具体的研究设计。印度学界对于比较文学的跨文明研究没有多少专题论述，他们一般不重视考察比较文学从西方走向东方的跨文明研究问题。除了比较印度文学占据他们的注意力外，应该说，这也与西方学界历来重视对印度文学、文化的全面翻译和深入研究关系极大。同时，还与印度和西方学界都通过英文进行学术交流、信息互动频繁有关。换句话说，绝大多数的印度学者并未觉得西方学界的比较文学研究没有跨越印度与西方的“文化之墙”。可能正是这一立场，使得印度学界将主要精力放在如何消除西方比较文学的研究模式，从而专注于比较印度文学的内部要务上。在这种意义上，印度学者和中国学者其实都对西方的比较文学研究模式提出了质疑，如阿米亚·德维以“比较正是理由”与法国学派的“比较不是理由”相争，便是理所当然的题中之意。一些中国学者提出跨越比较文学研究的第三堵墙即“文化之墙”，则从另一个相反的角度呼应了印度学者的立场。如果我们在这个意义上进行考察，可以发现，中国比较文学的学科理论探讨，有时候看似激进，但却显得有些滞后。

其次，印度学者在梵语诗学现代运用即梵语诗学批评的问题上，既有百多年的批评实践，也有近几十年来的理论鼓吹。他们的理论和实践已经引起了西方学者如《逆写帝国》的几位作者的注意。反观中国学界，汉语批评是 20 世纪 90 年代由曹顺庆等少数学者提出并不断予以鼓噪的，但迄今为止，除了笔者和极少数学者偶尔实践之外，几乎没有什么理论和实践层面的回应。中国古代文论和印度梵语诗学都是世界文学理论的珍贵遗产，但梵语诗学的实践运用却远远地走在了中国古代文论的前头。其中的道理发人深思。这除了梵语诗学系统性强，非常便于现代批评运用外，还与印度很多学者在殖民主义的文化氛围中生活良久，从而意图早日走向文化解殖有关。汉语批评或曰中国古代文论批评无法达到梵语诗学批评的高度，这与中国古代文论现代运用的难度更大有关，更与中国学术界根深蒂固的西方中心主义思想关联极大。他们很多人将汉语批评讥讽为坚持民族本质主义之举。如果从争夺文化软实力的角度来考察，这个问题的答案应该非常简单。但是，多年来，一些学者在拥抱世界、容纳多元文化、积极主张文化相对主义这把“文化双刃剑”的幌子下，丧失了自己的本位文化立场，对刚埋下种子且尚未发芽的汉语批评群起而攻之，从而使中国古代文论批评过早地“胎死腹中”。当然，随着全球化时代的到来，随着中国学者逐渐认识到文化软实力的重要性，与中国古代文论批评相似的思想主张如再度“沉渣泛起”，也许不会很快就被判定“死刑”。印度梵语诗学现代运用的成功经验的确发人深思。

第三节　印度比较文学发展对中国的启示

作为世界比较文学界一支不可忽视的重要力量，当代印度比较文学界六十多年来的所作所为的确值得我们关注。它的很多研究成果和成功经验值得我们思考和学习，它的一些不足之处也值得我们反思并引以为鉴。

与中国学者相比，印度比较文学界最大的优势之一在于他们的语言表达能力。这里所说的语言是指他们基本上以当今西方学术界通行的“世界语”即英语发表论文或出版著作。虽然比较文学中国学派近三十年来不断进行理论阐释，但由于中国学者绝大多数成果以中文而非以英文发表，这就极大地限制了中国声音与西方思想的互动频率。反观印度，由于几乎所有学者都能以英文在印度国内或英美等西方国家发表论文、出版著作，他们的印度声音可以和西方学界达成即时共振。从泰戈尔、奥罗宾多、A. K. 库马拉斯瓦米和V. 拉克凡等老一辈学者，到当代一些著名比较文学学者如S. K. 达斯、阿米亚·德维、斯瓦潘·马宗达和阿西斯·南迪乃至海外印度学者如加亚特里·C. 斯皮瓦克、霍米·巴巴等人，他们全都熟谙英文，均以英文发表自己的研究成果。印度学者的英文著述在西方学界常常为人引用，当然不完全是英文载体的功劳，更主要的是他们睿智创新的意识使然，但设若他们的研究著述均以印地语或孟加拉语发表，可以设想，引用或关注者肯定寥寥无几。其中道理无需多言。前边提到的解构主义代表人物亦即“耶鲁四人帮”之一的J. 希利斯·米勒在清华大学发表演讲时认为，应该发展一种“新型的全球性、非欧洲中心化的比较文学”。[1] 在他看来，建立一种全球化性质的比较文学，关键是突破语言的限制，即学习和掌握非欧洲语言如汉语、日语和梵语等。米勒的反思意义重大，但是现阶段的西方学术界仍是英语霸权风行天下。汉语、印地语或日语、阿拉伯语等非英语的论文和著作要想在国际学术话语圈内（其实也是西方学术圈）得到思想回应，难度很大。虽然不能把中国、印度或日本等东方国家的学术研究完全寄望在西方学者的思想回应上，但现阶段的东西方学术话语不平衡或曰世界学术生态失衡现象又要求东方学者必须主动出击，以事实上已经成为世界语的英语和国际学界对话，以利于东西方学术交流，促进人类文化的良性循环和健康发展。这是在这样的时代背景下，印度学者的成功经验值得中国学者思考。例如，印度比较文学的发展引起了一些著名的西方学者的重视。英国著名学者苏珊·巴斯奈特曾经在她的《比较文学导论》一书中引用了当代印度比较文学理论家斯瓦潘·马宗达的观点，并加以评述。苏珊认为，印度比较文学发展的确冲击了欧洲中心论。“印度比较文学研究者的工作以转换视角为特

① 参见希利斯·米勒：《比较文学的（语言）危机》，李元译，载《中华读书报》，2003年10月22日。

征。"[1] 苏珊认为，印度比较文学的兴起，其实是民族意识觉醒的标志。印度等东方国家的学者的比较文学观念是建构性（constructive）的。她乐观地认为："这种形式的比较文学不存在危机意识。"[2] 苏珊来自西方强势话语圈的论调，既是对韦勒克等人所谓"比较文学危机"的反驳，也是对印度比较文学研究者锐意创新的肯定。无论对西方、还是对印度学界，这都是一种有益的学术互动。非常遗憾的是，中国很多比较文学学者言必称苏珊·巴斯奈特，但在阅读她的著作时，却有意无意地忽略了其中的重要信息。再如库马拉斯瓦米的比较美学论述、泰戈尔关于东西方思想比较的英语演讲、奥罗宾多杂糅东西方思想精华的"未来诗歌论"、斯皮瓦克和霍米·巴巴等人的后殖民理论著述，均在西方学界不同程度地引起反响。斯皮瓦克和巴巴的英文著述更是后来居上，将包含印度因子的比较文学理论以空前的速度和频率传播给西方和东方世界。当今世界比较文学界一些有影响的声音均与印度学者的创新意识有关，而中国学者在这方面的作为显得差强人意，这不能不说与印度学者的英文能力整体上远远优于中国学者有很大关系。虽然多年来我们一直在言说中国文论或文化"失语症"的问题，也论及中国古代文论现代转换、西方文论中国化、比较文学变异学、比较文学发展第三阶段、比较文学中国学派、跨文化或跨文明的比较文学研究等等重要课题，但在西方学界，我们的声音几乎无人倾听，也无多少思想反弹。当今时代

① Susan Bassnett, *Comparative Literature: A Critical Introduction*, Oxford: Blackwell Publishers, 1993, p. 6.

② Susan Bassnett, *Comparative Literature: A Critical Introduction*, Oxford: Blackwell Publishers, 1993, p. (8)

是文化软实力较劲的时代，比较文学研究既是沟通东西方文化心灵，也是体现一个民族创新思维和文化软实力的最好方式。为中国比较文学明天的发展着想，中国学者、尤其是年轻一代的中国比较文学学者，没有理由不努力掌握英语这一强势语言的表达能力。虽然比较文学已经成为中国语境中的显学之一，但要想在世界学术圈发出响亮的中国声音，除了不断地潜心研究、锐意创新之外，还得在语言上老老实实地下一番苦功夫。泰戈尔、奥罗宾多、库马拉斯瓦米、S. K. 达斯和斯皮瓦克等人均掌握几种外语，卓越的外语能力是他们研究著述的坚实后盾。这是印度学者给中国学者的启示。一般印度学者都至少熟悉印地语、英语和本邦语言，有的还懂得梵语。因此，他们进行比较文学研究具有先天的语言优势。英语作为印度国语即印地语的官方辅助语，对印度学者走向世界起到了极大的促进作用。由于天然的语言优势，印度比较文学学者融入国际学术圈非常容易。比起他们来，中国学者的难度自然非常大。但只要中国学者意识到这一点，坚持不懈地努力，差距是可以不断弥补的。目前，北京大学世界文学研究所所谓“新五四范式”的要求之一是，研究生的学术训练要关注五大洲，研习四门外文，至少要有两门是亚非国家的语言文学。酝酿成立比较文学系的复旦大学也在着手考虑让学生学习希腊文、拉丁文、希伯来文甚至梵文等古典外语。这些都是鼓舞人心的动向。

一个奇怪却又发人深思的现象是，中国学者凡是涉及外国文学研究者，大多乐意声称自己是比较文学研究者，这已经成为中国学界的一种时尚。偶尔可以发现，有的学者明明只是研究一个外国作家、或研究一个具体的外国文学文本或文学现象，但却并不排斥自己的比较文学研究者身份，不管这身份是自己主动添加还是别人赠送的。这在印度很难见到。印度学者一般并不刻意强调自己的比较文学研究者身份。在他们那里，比较研究只是一种研究手段而已。根据笔者在印度期间的观察，印度很多大学的英语系、印地语系或现代语言系，几乎都设有比较文学课程。这一方面是前述比较印度文学研究已经蔚然成风并深入人心，一方面也是因为比较文学学科体制化在印度至少已经有六十多年的历史，学者们已经习惯了这一研究模式，并不觉得它有多新鲜、多有趣。他们大多在淡定而理性的心态中从事比较文学研究，为印度和世界比较文学发展作出自己的贡献。而在中国，由于经历了1949年到1978年的三十年停滞，比较文学研究作为学者们睁眼看世界的一种有效方式，它的迅速走红也在情理之中。中国学者对于比较文学的浓烈兴趣，中国比较文学研究队伍的迅速壮大，客观上推动了中国与世界比较文学的发展，为东西方文化对话创造了必要的学术前提。但是，目前从事比较文学研究的中国学者中，的确还存在这样一些人，他们无论是知识结构、外语能力还是创新意识，都与印度同行差距不小。他们都需要下大力气进行脱胎换骨似的自我蜕变或自我超越，以成为从事比较文学这一贵族学科、精英学科的合格研究者。泰戈尔和库马拉斯瓦米从来不会声称自己是比较文学研究者，钱锺书和季羡林也不刻意声称自己是比较文学研究者，但他们的著述分别成为印度和中国比较文学研究的杰作。比较文学学者应该是不挂招牌的学者，他们应该以泰戈尔、奥罗宾多、S. K. 达斯、钱锺书和季羡林等前辈学者为榜样，在跨文化基础知识、外语能力等各个方面潜心修炼，争取为中国与世界比较文学研究作出自己的一份贡献。

在某些中国学者看来，比较印度文学的内部研究模式有些奇怪，但它的确又是印度的历史文化产物，简单否定之不是一种科学的态度。平心而论，这种独特的比较印度文学研究对于当今世界不同程度地存在语言问题的国家而言，不失为一种有借鉴意义的方法。例如，中国文学内部存在一些支流文学如藏族文学、蒙古族文学、彝族文学、土家族文学、苗族文学等，如果将这些支流文学即少数民族文学与汉族主流文学进行比较研究，或者在这些少数民族文学之间进行比较研究，将会给我们提供一种新的视角，使我们更好地书写一部完整的多民族的中国文学史。当然，这种借鉴只能是一定的方法论借鉴，不能将之上升到与跨文明比较文学研究同等的水平。毕竟，这种内部比较文学研究的局限性是一目了然的。它在中国语境中的展开有待比较文学学者们的进一步论证和设计。可喜的是，国内比较文学界已经有人突破了以往的思维定势，把中国各民族文学比较研究列入比较文学研究的范畴。他们认为，在中国进行少数民族文学的比较研究，可以开拓崭新的比较文学研究领域，建立有中国特色的比较文学。其次，通过比较研究可以更深入地发掘少数民族文学宝藏，展示中华民族的文学风采，并借此促进各民族文学之间互相补充，以求得共同的繁荣发展。[①] 还有学者提出了“少数民族文学缺失论”，并论述了它导致的“残缺的中国文学史”的危害。有的学者主张重视对中国多民族文学的研究，以“中华多民族文学史观”来统

---

① 方汉文主编：《比较文学基本原理》，苏州：苏州大学出版社，2002 年，第 136—137 页。

摄中华文学发展史，重写中华多民族文学史。[①] 这给开展中国语境下的多民族文学研究带来了新的契机。印度的比较印度文学研究实绩和理论思考对于中国少数民族文学研究界和比较文学研究界未尝不是一块“可以攻玉”的“他山之石”。

近年来，中国比较文学研究逐渐形成了一些约定俗成的领域，例如，2008 年在北京语言大学举行的比较文学年会，学者们分十八个议题探索比较文学的方方面面，这些探索包容了流散文学、翻译问题、比较诗学、中外文学关系、文学人类学、形象学、文学与宗教、生态文学及比较文学学科理论等诸多领域。反观印度学者，他们的比较文学会议没有如此精细地划分各自的“势力范围”，他们绝大多数学者的著作也没有贴上某某比较丛书之类的标签，但是这不妨碍他们的比较文学研究扎扎实实地向前推进。当然，很多中国学者如此苦心经营自己宝贵的“自留地”，也有很多不可与外人道尔的复杂因素。其实，思考一下比较文学研究的旨趣和最终目的，再思考一下比较文学研究者必备的基本素质，我们会发现，中国学者这么精细的划分，虽然客观上顺应了时代发展对学术领域精细化的要求，也一定程度上促进了中国比较文学的发展，但从长远来看，还是潜藏着危机的。这些危机将在多少年后逐步显现。虽然现在比较文学是中国官方认可的学科，也是受外国文学研究者和学生、尤其是研究生们热捧的学科，但若长期采取条块分割式的比较研究，单调呆板将会慢慢侵蚀在各自“自留地”辛苦耕耘的学者们的研究兴趣。因此，如何

---

① 徐其超：《文学史观与少数民族文学主体地位的缺失与构建》，王菊：《“中华多民族文学史观”的空间性思考》，二文均载《民族文学研究》，2009 年第 2 期。

处理好当代中国比较文学界条块分割和全面发展之间的关系，如何使比较文学与国别文学研究有机地结合在一起，如何保持文学研究与文化研究的有机统一，是中国学者当下的急务。印度学者S. K. 达斯和阿米亚·德维等人身兼几任的比较文学研究是印度学界的楷模，也应该是中国比较文学研究者的学习榜样。若再往前追溯考察，泰戈尔、奥罗宾多、钱锺书和季羡林等不挂招牌的中印前辈学者的研究实绩，更能让人清醒、催人奋进。

印度比较文学研究与中国比较文学研究一样，也存在一些不容忽视的问题。其中最主要的问题是，很多印度学者由于西方中心主义思想的严重侵蚀，也由于熟练掌握东方语言者不多、政治和文化气候不适宜等诸多复杂因素，对于历史上文学关系紧密的东方文学不够重视，这就导致他们对于印度文学与中国文学、日本文学、东南亚文学和阿拉伯文学之间的比较研究非常薄弱甚而出现空白。这种情况当然会影响印度比较文学走向全面而深入的研究境界。既然按照某些学者的观点，比较文学的最终目标是总体文学或世界文学研究，那么，放弃对印度文学与东方文学的比较研究，无异于放弃了观察世界文学的智慧之眼，这是得不偿失之举。它不仅会严重影响印度比较文学的长远发展，也会间接地影响印度与东方国家之间的文化互动、进而再影响印度与这些国家之间良性健康的政治互动。谭中先生大力倡导中印学界应彼此“寻求理解”，从某种意义上说，恰好印证了印度比较文学当代六十年发展道路上的某些畸形之处。看看 20 世纪前半叶泰戈尔、尼赫鲁、师觉月和谭云山等人对中印文学、文化关系的比较研究如何伴随中印友谊茁壮成长，我们就会明白，近六十年来的某些时期里，中国和印度之间不太理想的政治、文化互动，在多大程度上可以从中印学界那里寻找解释的线索。比较文学作为当今推动文化软实力发展的重要手段，值得中印学界思考。对于中国学者而言，长期以来存在的西方中心论虽然有了一些松动的迹象，但其“余毒”仍在，远未散去。印度比较文学研究踏入过的一些误区，中国学者经历过，有的还正在经历，因此，我们很有必要“三思而后行”。

当今之计，为中印比较文学共同繁荣的明天着想，两国比较文学学者应该早日意识到加强学术交流、寻求学术合作的必要性。虽然中印比较文学发展存在很多差异，但由于面对西方文化霸权，很多时候，我们面对的问题和承担的任务是相同或相似的。中印比较文学研究有很多成果可以互动交流，这可以促进彼此的健康发展。例如，近年来，中国学者对西方比较文学理论及其实践一直进行批判性思考，并发表了很多研究成果。这些成果有的以英文发表。笔者在印度访学期间，曾经把四川大学曹顺庆教授主编的英文杂志《东西方比较文学》赠送给阿米亚·德维和S. C. 达斯古普塔等比较文学学者，他们对中国学者关于西方比较文学的观点表示理解，但对有的思想持保留态度。在加尔各答接受笔者访谈时，阿米亚·德维说：“我没有关于比较文学的定义，很难对它进行定义。不过，我认为，韦勒克等人已经老了，他们关于比较文学的定义是有问题的。”① S. C. 达斯古普塔认为，比较文学的定义是随时变化的，没有什么一成不变的概念。通过对印度学者的研究成果的检视，可以发现，他们在接受

① 尹锡南：《新世纪中印学者的跨文化对话：印度学者访谈录》，乐黛云等主编：《跨文化对话》，第19辑，南京：江苏人民出版社，2006年，第254页。

法国和美国学者的比较文学定义基础上，再对其进行印度式改造，其直接产物就是比较印度文学和比较西方文学这两个研究方向的并行不悖。由于根深蒂固的西方中心论作祟，中国学界一心关注西方，因此，对印度学界的这些动向缺乏必要的了解。印度学界长期以来也缺乏对中国比较文学界基本动向的了解，他们对中国学界关于文化“失语症”、建立比较文学中国学派等理论思潮缺乏互动。照理说，中印学界面对西方话语的强势霸权，应该有很多共同话题可以探讨，在学术研究上、特别是在佛教文学研究、中印文学关系研究、中印古代文论比较等领域，应该采取合作研究的姿态，以达成理想研究之局面，但是，限于历史和现实的诸多复杂原因，这些合作研究的设想只能寄望未来。当然，过去三十年中，我们已经看到了一些鼓舞人心的迹象。例如，1987年，印度希姆拉的印度高级研究学院组织召开为期一周的国际比较文学讨论会。中国学者乐黛云向大会提交了论文《中国比较文学的发展》。两年后出版的会议论文集《比较文学：理论与实践》中全文收录此文。因此，印度比较文学界对中国比较文学发展的历史与现状有了初步的了解。20世纪末，中国比较文学学者王宁曾经不止一次撰文，探讨建立包括中国、印度和日本比较文学在内的比较文学“东方学派”的可能性。尽管至今应者寥寥，但从世界比较文学长远发展的趋势来看，他的倡议无疑包含着“真理的颗粒”。笔者2004—2005年留学印度期间，曾经倡议建立比较文学“中印学派”，并就此与印度学者交换了看法。这应视为对王宁倡议的一种积极回应。2001年，印度学者S. K. 达斯出版个人论文集《印度的西风颂：文学的交流》。在引言中，他对西方的比较文学研究模式进行了批判。他对法国学派研究模式的缺憾进行了揭示。他还认为，西方比较文学研究忽略印度、中国等东方文学和拉美文学、非洲文学，带有浓厚的欧洲中心主义色彩。为此，达斯还引用了上海外语学院（现为上海外国语大学）学者远浩一的观点。这显示达斯先生对中国比较文学的最新动态是关注的。他说："尽管有了新的研究领域，比较文学仍然在法国学派和美国学派所代表的极端立场之间摇摆，前一个学派认可强烈的经验主义和审慎严谨，后一个学派灵活性更强，并更富冒险精神。同时，批评理论发生了根本性变化，视听媒介的奇妙冲击已经深刻地影响了读者对作为人类活动之一的文学的理解。并且，世界各地巨大的政治变化导致新的国家出现，形成新的意识形态和政治组织，这些都迫使我们从不同的视角审视文学关系和文学交流的问题。几年以前，上海外语学院（译者按：现为上海外国语大学）的远浩一先生在一篇谈论比较文学中国学派的文章中写道：'如果文学流派的批评家们相信，法国学派和美国学派已经解决所有关于比较文学的基本问题，那么，他们就是在暗示，这两个学派没有遇到或思考过的问题要么应该不假思索地排除在比较文学之外，要么就以普罗克拉斯提斯方式（Procrustean manner）强行纳入固定的研究模式。然而，问题如此之多，我们对他们的立场不敢苟同。非洲和拉美文学的问题，以及包括中国文学在内的东方文学的问题可能受到忽视。'"① 华裔学者欧阳桢和笔者先后对贾达瓦普尔大学比较文学系和南古吉拉特大学比较文学系的访问，也在某种程度上增进了中印比较文学界的彼

① Sisir Kumar Das, *Indian Ode to the West Wind: Studies in Literary Encounters*, "Introduction," Delhi: Pencraft International, 2001, pp. 10—11.

此了解。在接受笔者访谈时，阿米亚·德维先生非常激动地谈到他在北京的访问，提起乐黛云和孟华等他见过的中国学者的名字。根据北京大学王邦维先生等人提供的信息，笔者 2005 年离开印度后，贾达瓦普尔大学比较文学系的高级研究中心曾经邀请中国学者去该系进行交流访学。2008 年 10 月，尼赫鲁大学的狄伯杰参加了在北京语言大学举行的第九届中国比较文学会议，并作关于季羡林研究的学术发言。2009 年 6 月 1 日，印度尼赫鲁大学中文系教授邵葆丽（Sabaree Mitra）女士在北京友谊宾馆面见笔者时，表达了访问四川大学比较文学系的要求。笔者向其简略地介绍了近年来中国比较文学的发展概况。笔者所在的四川大学文学院主办的《比较文学报》和英文期刊《东西方比较文学》都不定期寄往印度。假以时日，中印学界互动交流也许将迎来更为理想的局面。让我们中国比较文学研究者和期盼中印世代友好者拭目以待吧！

印度领导人和中印媒体近年来一再强调，中印两国是朋友，不是竞争对手。中印两国有二十五亿左右的人口，世界有足够的空间容得下两国合作发展。这些话也似乎可以拿来鼓励两国的学者：我们两家的比较文学研究者是朋友。我们需要合作，我们需要互惠双赢。

参考文献

一、中文部分

1. 中文著作

（英）艾勒克·博埃默：《殖民与后殖民文学》，盛宁、韩敏中译，沈阳：辽宁教育出版社，1998年。

（英）巴特·穆尔·吉尔伯特等编撰：《后殖民批评》，杨乃乔等译，北京：北京大学出版社，2001年。

北京大学东方文学研究中心编：《东方研究》，北京：国际文化出版公司，2002年。

曹顺庆：《中外比较文论史》，济南：山东教育出版社，1998年。

曹顺庆主编：《比较文学学科史》，成都：巴蜀书社，2010年。

曹明伦：《翻译之道：理论与实践》，石家庄：河北大学出版社，2007年。

陈惇、孙景尧、谢天振主编：《比较文学》，北京：高等教育出版社，1997年。

陈崧编：《五四前后东西文化问题论战文选》，北京：中国社会科学出版社，1985年。

陈义华：《后殖民知识界的起义：庶民学派研究》，北京：中央编译出版社，2009年。

陈跃红：《比较诗学导论》，北京：北京大学出版社，2005年。

陈永国等主编：《从解构到全球化批判：斯皮瓦克读本》，北京：北京大学出版社，2007年。

程爱民主编：《美国华裔文学研究》，北京：北京大学出版社，2003。

邓时忠：《大陆台港比较文学理论研究》，成都：巴蜀书社，2006年。

（美）厄尔·迈纳：《比较诗学》，王宇根等译，北京：中央编译出版社，1998年，第343页。

方汉文主编：《比较文学基本原理》，苏州：苏州大学出版社，2002年。

方汉文：《比较文化学》，桂林：广西师范大学出版社，2003年。

干永昌等译：《比较文学研究译文集》，上海：上海译文出版社，1985年。

高旭东主编：《多元文化互动中的文学对话》，北京：北京大学出版社，2010年。

郭绍虞主编：《中国历代文论选》（第一册），上海：上海古籍出版社，1998年。

何兆武主编：《中国印象——世界名人论中国文化》，桂林：广西师范大学出版社，2001年。

（德）黑格尔：《历史哲学》，王造时译，上海：上海书店出版社，2001年。

（德）黑格尔：《美学》（第一卷），朱光潜译，北京：商务印书馆，1996年。

（美）亨利·基辛格：《大外交》，顾淑馨、林添贵译，海口：海南出版社，1998年。

侯传文：《话语转型与诗学对话：泰戈尔诗学比较研究》，北京：中国社会科学出版社，2010年。

胡经之主编：《西方文艺理论名著教程》（下卷），北京：北京大学出版社，2003年。

黄宝生：《印度古典诗学》，北京：北京大学出版社，2000年。

黄宝生：《梵语诗学论著汇编》，北京：昆仑出版社，2008年。

季羡林主编：《印度古代文学史》，北京：北京大学出版社，1991年。

季羡林：《季羡林全集》（第14卷），北京：外语教学与研究出版社，2010年。

金克木：《印度文化余论》，北京：学苑出版社，2002年。

《李白诗选注》编选组：《李白诗选注》，上海：上海古籍出版社，1978年。

（德）莱辛：《拉奥孔》，朱光潜译，北京：人民文学出版社，1979年。

梁漱溟：《东西文化及其哲学》，北京：商务印书馆，1999年。

刘安武编选：《印度现代文学研究》（印地语文学），北京：中国社会科学出版社，1980年。

刘安武等主编：《泰戈尔全集》第19、20、22、23、24卷，石家庄：河北教育出版社，2000年。

刘建、朱明忠、葛维钧：《印度文明》，北京：中国社会科学出版社，2004年。

罗钢、刘象愚主编：《后殖民主义文化理论》，北京：中国社会科学出版社，1999年。

（英）罗素：《西方哲学史》（上卷），何兆武、李约瑟译，北京：商务印书馆，2006年。

陆薇：《走向文化研究的华裔美国文学》，北京：中华书局，2007年。

（德）马克思、恩格斯：《马克思恩格斯选集》第2卷，北京：人民出版社，1972年。

（英）奈保尔：《印度：受伤的文明》，宋念申译，北京：三联书店，2003年。

（印）尼赫鲁：《印度的发现》，齐文译，北京：世界知识社，1956年。

倪培耕编，《泰戈尔集》，上海：上海远东出版社，1997年。

（印）帕尔塔·查特吉：《民族主义思想与殖民地世界》，范慕尤、杨曦译，南京：译林出版社，2007年。

（印）毗耶娑：《摩诃婆罗多》（三），黄宝生、郭良鋆译，北京：中国社会科学出版社，2005年。

（印）毗耶娑：《薄伽梵歌》，张宝胜译，北京：中国社会科学出版社，2007年。

蒲若茜：《族裔经验与文化想象：华裔美国小说典型母题研究》，北京：中国社会科学出版社，2006。

任一鸣、瞿世镜：《英语后殖民文学研究》，上海译文出版社，2003年。

任一鸣：《后殖民：批评理论与文学》，北京：外语教育与研究出版社，2008年。

（美）斯蒂芬·科亨：《大象和孔雀：解读印度大战略》，刘满贵等译，北京：新华出版社，2002年。

石海峻：《二十世纪印度文学史》，青岛：青岛出版社，1998年。

石海军：《后殖民：印英文学之间》，北京：北京大学出版社，2008年。

史忠义：《中西比较诗学新探》，开封：河南大学出版社，2008年。

（印）谭中：《谭云山与中印文化交流》，香港：香港中文大学出版社，1998年。

（印）谭中、（中国）耿引曾：《印度与中国：两大文明的交往和激荡》，北京：商务印书馆，2006年。

（印）谭中主编：《中印大同：理想与实现》，银川：宁夏人民出版社，2007年。

唐仁虎、刘安武译：《普列姆昌德论文学》，桂林：漓江出版社，

1987 年。

王春景：《R. K. 纳拉扬的小说与印度社会》，石家庄：河北教育出版社，2010 年。

王向远：《比较文学系谱学》，北京：北京师范大学出版社，2009 年。

（美）威廉·汤姆逊：《十九世纪末以前的语言学说史》，黄振华译，北京：科学出版社，1960 年。

巫白慧主编：《东方著名哲学家评传》（印度卷），济南：山东人民出版社，2000 年。

伍蠡甫、蒋孔阳编：《西方文论选》，上海：上海译文出版社，1979 年。

萧涤非等撰写：《唐诗鉴赏辞典》，上海：上海辞书出版社，1997 年。

谢天振：《译介学导论》，北京：北京大学出版社，2007 年。

（印）辛哈、班纳吉：《印度通史》第四册，张若达等译，北京：商务印书馆，1973 年。

许宝强、袁伟选编：《语言与翻译的政治》，北京：中央编译出版社，2001 年。

徐梵澄译：《五十奥义书》，北京：中国社会科学出版社，1995 年。

许启贤主编 ：《世界文明论研究》，济南：山东人民出版社，2001 年。

徐扬尚：《中国比较文学源流》，郑州：中州古籍出版社，1998 年。

薛克翘：《中印文化交流史话》，北京：商务印书馆，1998 年。

杨乃乔：《比较文学概论》，北京：北京大学出版社，2002 年。

杨曾文：《中国佛教史论》，北京：中国社会科学出版社，2002 年。

姚卫群：《佛学概论》，北京：宗教文化出版社，2006 年。

姚卫群：《印度宗教哲学概论》，北京：北京大学出版社，2006 年。

（古印度）蚁垤：《罗摩衍那》（一）：（童年篇），季羡林译，北京：人民文学出版社，1980 年。

尹锡南：《世界文明视野中的泰戈尔》，成都：巴蜀书社，2003 年。

尹锡南：《英国文学中的印度》，成都：巴蜀书社，2008年。

尹锡南：《印度的中国形象》，北京：人民出版社，2010年。

尹锡南：《梵语诗学与西方诗学比较研究》，成都：巴蜀书社，2010。

余虹：《中国文论与西方诗学》，北京：三联书店，1999。

乐黛云、陈跃红等著：《比较文学原理新编》，北京大学出版社，2000年。

郁龙余等著：《梵典与华章：印度作家与中国文化》，银川：宁夏人民出版社，2004年。

郁龙余等著：《中国印度诗学比较》，北京：昆仑出版社，2006年。

张耿光译注：《庄子全译》，贵阳：贵州人民出版社，1992年。

张立文等主编：《中外儒学比较研究》，北京：东方出版社，1998年。

张隆溪选编：《比较文学译文集》，北京：北京大学出版社，1982年。

张隆溪：《道与逻各斯》，冯川译，成都：四川人民出版社，1998年。

张敏秋主编：《跨越喜马拉雅的鸿沟：中国寻求了解印度》，重庆：重庆出版社，2006年。

朱光潜：《诗论》，桂林：广西师范大学出版社，2004年。

2. 中文论文：

孟昭毅：《泰戈尔与比较文学》，《南亚研究》，1994年，第1期。

生安锋、李秀立：《后殖民主义、女性主义、民族主义与想象：佳亚特里·斯皮瓦克访谈录》，《文艺研究》，2007年11期。

徐其超：《文学史观与少数民族文学主体地位的缺失与构建》，《民族文学研究》，2009年第2期。

王春景：《纳拉扬国际学术研讨会》，《外国文学评论》，2006年第4期。

王菊：《“中华多民族文学史观”的空间性思考》，《民族文学研究》，2009年第2期。

王宁：《叙述、文化定位和身份认同：霍米·巴巴的后殖民批评理论》，

《外国文学》，2002年第6期。

（美）希利斯·米勒：《比较文学的（语言）危机》，李元译，载《中华读书报》，2003年10月22日。

尹锡南：《新世纪中印学者的跨文化对话：印度学者访谈录》，《跨文化对话》19辑，南京：江苏人民出版社，2006年。

尹锡南：《中印对话：梵语诗学、比较诗学及其他》，《思想战线》，2006年第1期。

尹锡南：《奈保尔印度书写在印度的反响》，《外国文学评论》，2006年第4期。

尹锡南：《梵语诗学的现代运用》，《外国文学研究》，2007年第6期。

尹锡南：《作为精神进化论的"未来诗歌论"》，《外国文学评论》，2011年第1期。

印度驻华大使馆：《今日印度》，2004年第3期（总第51期）。

郁龙余：《旧红新裁，熠熠生辉：简评〈东方文论选〉》，《外国文学研究》，1998年第1期。

中国比较文学学会主办：《中国比较文学通讯》，2008年第1期，总第60期。

《中国比较文学学会第九届年会暨国际学术讨论会大会文册》（2008年10月，北京）。

二、英文部分：

Acharya, P. B., *The Tragicomedies of Shakespeare, Kalidasa and Bhavabhuti*, Delhi: Meharchand Lachhmandas Publications, 1978.

Allen, Richard & Harish Trivedi, eds., *Literature & Nation, Britain and India* 1800—1990, London: Routledge, 2000.

Amur, G. S., & S. K. Desai, eds., Colonial Consciousness In Commonwealth Literature, Delhi: Somaiya Publications, 1984.

Amur, G. S., ed., *Essays on Comparative Literature and Linguistics*,

Delhi: Sterling Publishers, 1984.

Ashcroft, Bill, Gareth Griffiths, & Helen Tiffin, *The Empire Writes Back: Theory and Practice in Post-colonial Literature*, London and New York: Routledge, 1989.

Aurobindo, Sri, *The Human Cycle*, Pondicherry: Sri Aurobindo Ashram, 1992.

Aurobindo, Sri, *The future Poetry*, Pondicherry: Sri Aurobindo Ashram, 2000.

Aurobindo, Sri, *The Renaissance in India and Other essays on Indian Culture*, Pondicherry: Sri Aurobindo Ashram, 2002.

Bagchi, Prabodh Chandra, *India and China: A Thousand Years of Cultural Relations*, New York: Philosophical Library, 1951.

Bande, Usha, *The Novels of Anita Desai: A Study in Character and Conflict*, Delhi: Prestige Books, 1988.

Bassnett, Susan, *Comparative Literature: A Critical Introduction*, Oxford: Blackwell Publishers, 1993.

Belliappa, K. C., *The Image of India in English Fictio: Studies in Kipling, Myers and Raja Rao*, Delhi: B. R. Publishing Corporation, 1991.

Bhabha, Homi K., *Nation and Narration*, London and New York: Routledge, 1990.

Bhat, G. K., *Tragedy and Sanskrit Drama*, Bombay: Popular Prakashan, 1974.

Bhattachrya, *Biswanath*, *Sanskrit Drama and Dramaturgy*, Delhi: Sharada Publishing House, 1994.

Bhullar, Avtar Singh, *India: Myth and Reality, Images of India in the Fiction by English Writers*, Delhi: Ajanta Publications, 1985.

Chaitanya, K., *Sanskrit Poetics: A Critical and Comparative Study*. Delhi: Asian Publishing House, 1965.

Chakrabarti, Tarapad, *Indian Aesthetics and Sciences of Language*, Calcutta: Sanskrit Pustak Bhandar, 1971.

Chakravarti, Aruna, *Ruth Prawer Jhabvala: A Study in Empathy and Exile*, Delhi: B. R. Publishing Corporation, 1998.

Chakravarty, Sumita C., *National Identity in Indian Popular Cinema: 1947—1987*, Delhi: Oxford University Press, 1996.

Chanda, Ipshita, ed., *Literary Studies in India: Literary Historiography*, Kolkata: Jadavpur University, 2004.

Chandra, N. D. R., ed., *Modern Indian Writing in English: Critical Perceptions*, Vol. 1, Delhi: Sarup & Sons, 2004.

Chandra, N. D. R., ed., *Contemporary Indian Writing in English: Critical Perceptions*, Vol. 2, Delhi: Sarup & Sons, 2005.

Chari, V. K., *Sanskrit Criticism*, Honolulu: University of Hawaii Press, 1990.

Chaudhary, Angraj, *Comparative Aesthetics: East and West*, Delhi: Eastern Book Linkers, 1991.

Chaudhari, *Pravasjivan*, *Studies in Comparative Aesthetics*, Santiniketan: Visva Bharati, 1953.

Choudhuri, I. N., *Comparative Indian Literature: Some Perspectives*, Delhi: Sterling Publishers Private Limited, 1992.

Chaudhuri, N. C., *The Autobiography of an unknown India*, London: Macmillan, 1951.

Chowdhry, Prem, *Colonial India and the Making of Empire Cinema: Image, Ideology and Identity*, Delhi: Vistar Publications, 2000.

Cohn-Sherbok, Dan, ed., *The Salman Rushdie Controversy in Interre-*

ligious Perspective, Lewiston: The Edwin Mellen Press, 1990.

Coomaraswamy, A. K., *The Dance of Shiva: Fourteen Indian Essays*, Bombay: Asia Publishing House, 1948.

Coomaraswamy, A. K., *The Transformation of Nature in Art*, New York: Dover Publication, 1956.

Cundy, Catherine, *Salman Rushdie*, Manchester & New York: Manchester University Press, 1996.

Das, G. K., *E. M. Forster's India*, London: The Macmillan Press Ltd., 1977.

Das, Sisir Kumar, *A History of Indian Literature: 1800—1910, Vol. 1., Western Impact: Indian Response*, Delhi: Sahitya Akademi, 1991.

Das, Sisir Kumar, *A History of Indian Literature: 1911—1956, Vol. 2., The Struggle for Freedom: Triumph and Tragedy*, Delhi: Sahitya Akademi, 1995.

Das, Sisir Kumar, *Western Sailors Eastern Seas*, Delhi: Thomson Press, 1971.

Das, Sisir Kumar, *Indian Ode to the West Wind: Studies in Literary Encounters*, Delhi: Pencraft International, 2001.

Dasgupta, Alokeranjan, *Goethe and Tagore: A Retrospect of East-West Colloquy*, Delhi: Lakherwal Press, 1973.

Dasgupta, Chidananda, *The Painted Face: Studies in Indian Popular Cinema*, Delhi: Roli Books, 1991.

Dasgupta, H. M., *Studies in Western Influence on Nineteenth Century Bengali Poetry: 1857—1887*, Calcutta, 1935.

Dasgupta, Subha Chakraborty, ed., *Literary Studies in India: Genology*, Kolkata: Jadavpur University, 2004.

De, S. K., *History of Sanskrit Poetics*, *Vol.* 2, Calcutta: Firma K.

L. Mukhopadhyay, 1960.

Deepak, B. R., *India-China Relations in the First Half of the 20th Century*, Delhi: A. P. H. Publishing Corporation, 2001.

Dev, Amiya, *The Idea of Comparative Literature in India*, Calcutta: Papyrus, 1984.

Dev, Amiya & S. K. Das, eds., *Comparative Literature: Theory and Practice*, Shimla: Indian Institute of Advanced Study, 1989.

Devy, G. N., *After Amnesia: Tradition and Change in Indian Literary Criticism*, Bombay: Orient Longman, 1992.

Devy, G. N., *In Another Tongue: Essays on Indian Literature in English*, Madras: Macmillan, 1995.

Devy, G. N., *Indian Literary Criticism*, Hyderabad: Orient Longman, 2002.

Dhawan, R. K., ed., *The Fiction of Anita Desai*, Delhi: Bahri Publications, 1989.

Dhawan, R. K., ed., *Comparative Literature*, Delhi: Bahri Pulications, 1991.

Dhayagude, Suresh, *Western and Indian Poetics: A Comparative Study*, Pune: Bhandarkar Oriental Research Institute, 1981.

Dwivedi, R. C., ed., *Principles of Literary Criticism in Sanskrit*, Delhi: Motilal Baranarsidass, 1969.

George, K. M., *Western Influence on Malayalam Language and Literature*, Delhi: Sahitya Akademi, 1972.

George, K. M., ed., *Comparative Indian literature*, vol. 1, Trichur: Kerala Sahitya Akademi, 1984.

George, K. M., ed., *Comparative Indian literature*, vol. 2, Trichur: Kerala Sahitya Akademi, 1985.

Ghosal, Goutam, *Sri Aurobindo and World Literature*, Pondicherry: Sri Mira Trust, 2000.

Ghosh, Damayanti, *Indian Thought in T. S. Eliot*, Calcutta: Sanskrit Pustak Bhandar , 1978.

Goel, Aruna, *Environment and Ancient Sanskrit Literature*, Delhi: Deep & Deep Publications, 2003.

Gokak, Vinayak Krishna, *The Poetic Approach to Language*, London: Oxford University Press, 1952.

Gokak, Vinayak Krishna, *The Concept of Indian Literature*, Delhi: Munshiram Manoharlal Publishers, 1979.

Gowen, Herbert H. , *A History of Indian Literature: From Vedic Times to the Present Day*, Delhi: Seema Publications, 1975.

Goyal, Bhagwat S. , R. K. Narayan: *A Critical Spectrum*, Meerut: Shalabh Book House, 1983.

Greenberger, A. J. , *The British Image of India: A Study in the Literature of Imperialism*: 1880—1960, London: Oxford University Press, 1969.

Guha, Ranajit, *History at the Limit of World History*, New York: Columbia University Press, 2002.

Gupt, Bharat, *Dramatic Concepts Greek & Indian: A Study of the Poetics and the Nañya ÷astra*, Delhi: D. K. Print World, 1994.

Gupta, Dharmendra Kumar, *A Critical Study of Daõóin and His Works*, Delhi: Meharchand Lachhmandas, 1970.

Gupta, R. K. , *The Novels of Anita Desai: A Feminist Perspective*, Delhi: Atlantic Publishers, 2002.

Hogan, P. C. & Lalita Pandit, eds. , *Literary India: Comparative Studies in Aesthetics, Colonialism, and Culture*, Delhi: Rawat Publications, 1997.

Huddart, David, *Homi K. Bhabha*, New York and London: Routledge, 1995.

Iyengar, K. S. Srinivasa, ed., *Sri Aurobindo: A Centenary Tribute*, Pondicherry: Sri Aurobindo Ashram Press, 1974.

Iyengar, K. R. Srinivasa, *Indian Writing in English*, Delhi: Sterling Publishers Private Ltd., 1983.

Jain, Jasbir, ed., *Writers of Indian Diaspora: Theory and Practice*, Delhi: Rawat Publications, 1998.

Jain, Jasbir, ed., *Creating Theory: Writers on Writing*, Delhi: Pencraft International, 2000.

Jha, Kalanath, *Figurative Poetry in Sanskrit Literature*, Delhi: Motilal Banarsidass, 1975.

Joshi, Chandra B., *V. S. Naipaul: The Voice of Exile*, Delhi: Sterling Publishers, 1994.

Joshi, Umashankar, *The idea of Indian literature*, Delhi: Sahitya Akademi, 1990.

Juneja, Om P., *Post Colonial Novel: Narratives of Colonial Consciousness*, Delhi: Creative Books, 1995.

Kane, P. V., *History of Sanskrit Poetics*, Delhi: Motilal Banarsidass, 1971.

Keith, A. Berriedale, *A History of Sanskrit Literature*, London: Oxford University Press, 1953.

Kirpal, Viney, *The Third World Novel of Expatriation: A Study of Emigre Fiction by Indian, West African and Caribbean Writers*, Delhi: Sterling Publishers, 1989.

Kohli, M. P., *The Influence of the Western on Panjabi Literature*,

Ludhina: Lyall Book Depot, 1969.

Koshy, K. A., ed., *Towards Comparative Indian Literature*, Aligarh: Aligarh Muslim University, 1987.

Krishnamoorthy, K., *The Dhvanyaloka and Its Critics*, Delhi: Bharatiya Vidya Prakashan, 1968.

Krishnamoorthy, K., *Indian Literary Theories: A Reappraisal*, Delhi: Meharchand Lachhmandas, 1985.

Krishnamoorthy, K. ed., & *trans. Dhvanyaloka-locana*, *With an Anonymous Sanskrit Commentary*, *Charpter First*, Delhi: Meharchand Lachhmandas, 1988.

Kulkarni, V. M., *Studies in Sanskrit Sahitya—÷astra*, Patan: B. L. Institute of Indology, 1983.

Kumar, Gajendra, *Indian English Literature: A New Perspective*, Delhi: Sarup & Sons, 2001.

Kumar, Girja, *Censorship in India: With Special Reference to the Satanic Verses and Lady Chatterley's Lover*, Delhi: Vikas Publishing House, 1990.

Kumar, Nagendra, *The Fiction of Bharati Mukherjee: A Cultural Perspective*, Delhi: Atlantic Publishers and Distributors, 2001.

Kushwaha, M. S., *Indian Poetics and Western Thought*, Lucknow: Argo Publishing House, 1988.

Kushwaha, M. S., ed. *Dramatic Theory and Practice Indian and Western*, Delhi: Creative Books, 2000.

Landry, Donna & Gerald Maclean, eds., *Selected Works of Gayatri Chakravorty Spivak*, New York and London: Routledge, 1996.

Mainkar, T. G., *Sanskrit Theory of Drama and Dramaturgy*, Delhi: Ajanta Publications, 1985.

Majumdar, Swapan, *Comparative Literature: Indian Dimensions*, Calcutta: Papyrus, 1987.

Mandal, Somdatta ed., *Diasporic Imagination: Asian American Writing*: Vol. 2, Fiction, Delhi: Prestige Books, 2000.

Mandal, Somdatta, ed., *Diasporic Imagination: Asian American Writing*: Vol. 3, Theory, Poetry & the Performing Arts, Delhi: Prestige Books, 2000.

Matilal, Bimal Krishna, *The Word and the World: India's Contribution to the Study of Language*, Delh: Oxford University Press, 1990.

Masson, J. L. & M. V. Patwardhan, *øantarasa and Abhinavagupta's Philosophy of Aesthetics*, Poona: Bhandarkar Oriental Research Institute, 1969,.

Maurya, Abhai, *India and World Literature*, Delhi: Indian Council for Cultural Relations, 1990.

Meenakshi, K., *Literary Criticism in Tamil and Sanskrit*, Chennai: International Institute of Tamil Studies, 1999.

Mishra, Hari Ram, *The Theory of Rasa in Sanskrit Drama*, Bhopal: Vindhyachal Prakashan, 1964.

Mukherjee, Meenakshi, *Twice-Born Fiction*, Delhi: Arnold-Heinemann, 1974.

Mukherjee, Meenakshi, ed., *Rushdie's Midnight's Children: A Book of Readings*, Delhi: Pencraft International, 1999.

Mukherjee, Meenakshi, *Elusive Terrain: Culture and Literary Memory*, Delhi: Oxford University Press, 2008.

Mukherji, Ramaranjan, *Global Aesthetics and Indian Poetics*, Delhi: Rashtriya Sanskrit Sansthan, 1998.

Mukherjee, Sujit, *Towards a Literary History of India*, Simla: Indian

Institute of Advanced Study, 1975.

Mller, Max, *A History of Ancient Sanskrit Literature*, Delhi: Oxford & IBH Publishing CO., 1926.

Murty, K. Satchidananda, *Far Eastern Philosophy*, Mysore: University of Mysore, 1976.

Nagendra, *Literary Criticism in India*, Nauchandi and Meerut: Sarita Prakashan, 1976.

Nagendra, *Emotive Basis of Literatures*, Delhi: B. R. Publishing Corporation, 1986.

Nagendra & I. N. Chaudhuri, eds., *Comparative Literature*, Delhi: Delhi University, 1977.

Naik, M. K., *Indian Response to Poetry in English*, Madras: Macmillan and Company Limited, 1970.

Naik, M. K., *The Image of India in Western Creative Writing*, Dharwa: Karnatak University Press, 1971.

Naik, M. K., et al. eds., *Critical Essays on Indian Writing in English*, Dharwar: Karnatak University, 1972.

Naik, M. K., ed., *Aspects of Indian Writing in English*, Delhi: Macmillan, 1979.

Naik, M. K. & Shyamala A. Narayan, *Indian English Literature 1980—2000: A Critical Survey*, Delhi: Pencraft International, 2001.

Nair, Rukmini Bhaya, ed., *Translation, Text and Theory: The Paradigm of India*, Delhi: Sage Publications, 2002.

Nair, V. G., *Professor Tan Yun-Shan and Cultural Relations between India and China*, Madras: Solar Works, 1958.

Nandy, Ashis, *The Intimate Enemy: Loss and Recovery of Self under Colonialism*, Delhi: Oxford University Press, 1983.

Narasinhaiah, C. D., *The Swan and the Eagle: Essays on Indian English Literature*, Shimla: Indian Institute of Advanced Study, 1968.

Narasimhaiah, C. D., *Raja Rao*, Delhi: Arnold-Heinemann Publishers, 1974.

Narasimhaiah, C. D., *The Indian Critical Scene: Controversial Essays*, Delhi: B. R. Publishing Corporation, 1990.

Narasimhaiah, C. D., ed., *East West Poetics at Work*, Delhi: Sahitya Akademi, 1994.

Narayan, Shyamala A., *Raja Rao: Man and His Works*, Delhi: Sterling Publishers, 1988.

Niranjana, Tejaswini, *Sitting Translation: History, Post-structuralism, and the Colonial Context*, Berkeley: University of California Press, 1992.

Pandey, Hari Prasad, *Tilliyard and Kuntaka: A Comparative Stylistic Study*, Delhi: Bharatiya Kala Prakashan, 1998.

Pandey, Kanti Chandra, *Comparative Aesthetics (Vol. 1), Indian Aesthetics*, Varanasi: The Chowkhamba Sanskrit Series Office, 1959.

Paniker, K. Ayyappa, ed., *Indian English Literature since Independence*, Delhi: The Indian Association for English Studies, 1991.

Panikkar, K. M., *India and China: A Study of Cultural Relations*, Bombay: Asia Publishing House, 1957.

Panwar, Purabi, *India in the works of Kipling, Forster and Naipaul: Postcolonial Revaluations*, Delhi: Pencraft International, 2000.

Panwar, Purabi, ed., *V. S. Naipaul: An Anthology of Recent Criticism*, Delhi: Pencraft International, 2003.

Patel, Amrita Paresh & Jaydipsinh K. Dodiya, eds., *Perspectives on Sri Aurobindo's Poetry, Play and Criticism*, Delhi: Sarup & Sons, 2002.

Patel, Vasant S., *V. S. Naipaul's India: A Reflection*, Delhi: Standard Publishers, 2005.

Pathak, R. S., *Vakrokti and Stylistic Concepts*, Delhi: Bahri Publications, 1988.

Pathak, R. S., *Oblique Poetry in Indian and Western Poetics*, Delhi: Bahri Publications, 1988.

Pathak, R. S., ed., *Indian Fiction in English: Problems and Promises*, Delhi: Northern Book Centre, 1990.

Patnaika, P., *Rasa in Aesthetics: An Appreciation of Rasa Theory to Modern Western Literature*, Delhi: D. K. Print World, 1997.

Pillai, J. M. Somasundaram, *A History of Tamil Literature*, Madras: Azhahu Printers, 1968.

Prajapati, Sweta, *Influence of Nyaya Philosophy on Sanskrit Poetics*, Delhi: Paramamitra Prakashan, 1998.

Prasad, GJV, ed., *Vikram Seth: An Anthology of Recent Criticism*. Delhi: Pencraft International, 2003.

Prasad, V. V. N. Rajendra, *The Self, the Family and Society in Five Indian Novelists: Rajan, Raja Rao, Narayan, Arun Joshi, Anita Deaai*, Delhi: Prestige Books, 1990.

Radhakrishnan, S., *East and West in Religion*, London: George Allen & Unwin Ltd., 1958.

Raghavan, V., *The Number of Rasas*, Madras: The Adyar Library and Research Centre, 1940.

Raghavan, V., *Studies on Some Concepts of the Alankara Sastra*, Madras: The Adyar Library, 1942.

Raghavan, V., *Bhoja's Srngaraprakasa*, Madras: Punarvasu, 1963.

Raghavan, V., *Sanskrit Drama: Its Aesthetics and Production*, Madras: Paprinpack, 1993.

Rajan, Balachandra, *Under Western Eyes: India from Milton to Macaulay*, Oxford: Oxford University Press, 1999.

Rajendra, C., *A Study of Mahimabhatta's Vyaktiviveka*, Calicut: University of Calicut, 1991.

Rajendra, C., *A Transcultural Approach to Sanskrit Poetics*, Calicut: University of Calicut, 1994.

Ramakrishna, E. V., *Making It New: Modernism in Malayalam, Marathi and Hindi Poetry*, Shimla: Indian Institute of Advanced Study, 1995.

Rangacharya, Adya, *Drama in Sanskrit Literature*, Bombay: Popular Prakashan, 1st edition, 1947, 2nd edition, 1967.

Rao, Adapa Ramakrishna & M. Sivaram Krishna eds., *When East Meets West: Indian Thought in Anglo-Indian and Indo-English Fiction*, Delhi: Sterling Publishing Private Limited, 1994.

Rao, G. Hanumantha, *Comparative Aesthetics Eastern and Western*, Mysore: D. V. K. Murthy, 1974.

Rao, K. Bhaskara, *Rudyard Kipling's India*, Norman: University of Oklahoma Press, 1967.

Rao, Raja, *Kanthapura*, Bombay: Oxford University Press, 1947.

Ray, Mohit K., ed., *V. S. Naipaul: Critical Essays*, Delhi: Atlantic Publishers & Distributors, 2002.

Rayan, Krishna, *Suggestion and Statement in Poetry*, London: The Athlone Press, 1972.

Rayan, Krishna, *Text and Sub-text: Suggestion in Literature*, Delhi: Arnold-Heinemann Publishers, 1987.

Rayan, Krishna, *The Burning Bush: Suggestion in Indian Literature*,

Delhi: B. R. Publishing Corporation, 1988.

Rayan, Krishna, Sahitya, *a Theory*: *For Indian Critical Practice*, Delhi: Sterling Publishers, 1991

Rubin, David, *After The Raj*: *British Novels of India Since* 1947, London: University Press of New England, 1986.

Rushdie, Salman, *Imaginary Homelands*: *Essays and Criticism* (1981—1991), London: Grant Books, 1991.

Rushdie, Salman & Elizabeth West, ed., *The Vintage Book of Indian Writing*: 1947—1997, London: Vintage, 1997.

Sankaran, A., *Some Aspects of Literary Criticism in Sanskrit of the Theories of Rasa and Dhvani*, Delhi: Oriental Books Reprint Corporation, 1973.

Sen, Geeti, *Perceiving India*: *Insight and Inquiry*, Delhi: India International Centre, 1993.

Sen, Nabaneeta Dev, *Counterpoints*: *Essays in Comparative Literature*, Calcutta: Papyrus, 1985.

Sen, Priyaranjan, *Western Influence in Bengali Literature*, Calcutta: Saraswathi Library, 1932.

Sharma, S. K., *Kuntaka's Vakrokti Siddhanta*: *Towards an Appreciation of English Poetry*, Meerut: Shalabh Publishing House, 2004.

Sharma, T. R., ed., *Perspectives on Rabindranath Tagore*, Ghaziabad: Vimal Prakashan, 1986.

Sharma, T. R., ed., *Essays on Rabindranath Tagore*, Ghaziabad: Vimal Prakashan, 1987.

Shastri, Manmatha Nath Dutt, Trans., *Agnipuranam*, Vol. 2, Varanasi: The Chowkhamba Sanskrit Series Office, 1967.

Shastri, Mool Chand, *Buddhistic Contribution to Sanskrit Poetics*,

Delhi: Parimal Publications, 1986.

Sil, Rita, ed., *Images of India in World Literature*, Delhi: National Publishing House, 1987.

Sil, Rita D., ed., *Profile of Rabindranath Tagore in World Literature*, Delhi: Khama Pblishers, 2002.

Singal, R. L., *Aristotle and Bharata: A Comparative Study of Their Theories of Drama*, Punjab: Vishveshvaranand Vedic Research Institute, 1977.

Singh, Avadhesh K., ed., *Contemporary Indian Fiction in English*, Delhi: Creative, 1993.

Singh, Bhupal, *A Survey of Anglo-Indian Fiction*, London: Curzon Press, 1975.

Singh, Charu Sheel, *Self-Reflexive Materiality: Three Essays in Comparative Method*, Delhi: Associated Publishing House, 1997.

Singh, Ram Sewak & Charu Sheel Singh, eds., *Spectrum History of Indian Literature in English*, Delhi: Atlantic Publishers and Distributors, 1998.

Singh, Shailendra Dhari, *Novels on the Indian Mutiny*, Delhi: Arnold-Heinemann India, 1973.

Solanki, Mrinalini, *Anita Desai's Fiction: Patterns of Survival Strategies*, Delhi: Kanishka Publishing House, 1992.

Spear, Percival, *The Oxford History of India*, Delhi: Oxford University Press, 1981.

Spivak, Gayatri Chakravorty, *In Other Worlds: Essays in Cultural Politics*, Methuen: New York and London, 1987.

Spivak, Gayatri Chakravorty, *Death of a Discipline*, New York: Columbia University Press, 2003.

Spurling, Hilary, *Paul Scott: A Life of the Author of The Raj Quarter*, New York: W. W. Norton & Company, Inc., 1991.

Srinath, C. N., ed., *R. K. Narayan: An Anthology of Recent Criticism*, Delhi: Pencraft International, 2000.

St-Pierre, Paul & Prafulla C. Kar, eds., *In Translation Reflections, Refractions, Transformations*, Delhi: Pencraft International, 2005.

Sudhi, Padma, *Aesthetic Theories of India, Vol.* 1, Poona: Bhandarkar Oriental Research Institute, 1983.

Sudhi, Padma, *Aesthetic Theories of India, Vol.* 3, Delhi: Intellectual Publishing House, 1993.

Sukla, A. C., *The Concept of Imitation in Greek and Indian Aesthetics*, Calcutta, 1977.

Tan Chung, ed., *Indian Horizons*, Vol. 43, No. 1—2, Delhi: Indian Council for Cultural Relations, 1994.

Tan Chung, ed., *Across the Himalayan Gap: An Indian Quest for Understanding China*, Delhi: Gyan Publishing House, 1998.

Tan Yun-Shan, *Cultural Interchange between India and China*, Chungking and Santiniketan, 1940.

Tan Yun-Shan, *The Universal Mother in Sino-Indian Culture and Chinese Universalism*, Santiniketan, 1960.

Tan Yun-shan, *Ahimsa in Sino-Indian Culture , Santiniketan*, 1949.

Tan Yun-shan, *Sino-Indian Culture*, Visva-Bharati, 1998.

Taneja, G. R. & R. K. Dhawan, ed., *The Novels of Salman Rushdie*, Delhi: Indian Society for Commonwealth Studies, 1992.

Telang, Kashinath Trimbak, *Was the Ramayana Copied from Homer? A Reply to Professor Weber*, Delhi: Publishers Parlour, 1976.

Trivedi, Harish, *Colonial Transactions: English Literature and India*,

Calcutta: Papyrus, 1993.

Viswanatham, K., *India in English Fiction*, Waltair: Andhra University Press, 1971.

Walter, Inna, *L. H. Myers: Myth and Symbol in his Indian Novels*, Delhi: Arnold-Heinemann, 1984.

Warder, A. K., *Indian Kavya Literature*, *Vol.* 1, *Literary Criticism*, Delhi: Motilal Banarsidass, 1989.

Williams, H. M., *Indo-Anglian Literature*, 1800—1900, Madras: Orient Longman Ltd., 1976.

Winternitz, Maurice, *History of Indian Literature*, *Vol.* 1, *Introduction*, *Veda*, *Epics*, *Puraōas and Tantras*, trans. by V Srinivasa Sarma, Delhi: Motilal Banarsidass, 1981.

Winternitz, Maurice, *History of Indian Literature*, *Vol.* 2, *Buddhist Literature and Jaina Literature*, trans. by S. Ketkar & H. Kohn, Calcutta: University of Calcutta, 1933.

Winternitz, Maurice, *History of Indian Literature*, *Vol.* 3, *Part* 1, *Classical Sanskrit Literature*, trans. by Subhadra Jha, Delhi: Motilal Banarsidass, 1963.

Antoine, S. J. Robert, "Bharata and Aristotle", in Amiya Dev, ed., *Jadavpur Journal of Comparative Literature*, Vol. 16—17, 1979, Calcutta: Jadavpur University.

Das, S. K., "Indian Ode to the West Wind", 2001, in *Adan-pradan* (交流), *Souvenir of* 7th *Biennial International Conference of the Comparative Literature Association of India*, March 21—23, 2005, Department of Comparative Literature, South Gujarat University, Surat, India. 2005.

Deshingkar, Giri, "Sinology or Area Studies?" *China Report*, Vol. 1,

1986, Delhi.

Guha, Anasuya, "Rome-Egypt Constructs in Antony and Cleopatra: Antithesis and Resolution", in Majumdar, Swapan, ed., *Jadavpur Journal of Comparative Literature*, Vol. 38, 2000—2001, Calcutta: Jadavpur University.

Huang I-shu, " 'Bianwen': A Genre of Chinese Literature with Indian Influence", *China Report*, 23: 3 (1987), Delhi.

Huang I-shu, "Landmark Development in Chinese Poetry", *China Report*, 40: 3 (2004), Delhi.

Mukherjee, Sujit, " 'Kavyamimamsa' for Our Times: A Note on the Problems of Literary History in India", in Naresh Guha, ed., *Jadavpur Journal of Comparative Literature*, Vol. 12, 1974, Calcutta: Jadavpur University.

Ray, Harprasad & Tan Chung, " Discussion: Indian Images in Chinese Literature," *China Report*, January-March, 1986, Delhi.

Tan Chung, "Indian Images in Chinese Literature: A Historical Survey," *China Report*, January-February, 1985, Delhi.

Thampi, Madhavi, "Indian Soldiers, Policemen and Watchmen in China in the Nineteenth and Early Twentieth Centuries," *China Report*, 35: 4 (1999), Delhi.

三、梵文部分:

Agnipurana, Bombay: Anand Ashran Press, (1879) 1957.

Bharata, *Natyasastra*, Vadodara: Oriental Institute, 1992.

Bharata, *Natyasastra*, Vol. 2, Delhi: Nyu Bharatiya Buka Karaporesana, 2006.

Bhartrhari, *Vakyapadiya*, Delhi: Motilal Banarsidass, 1971.

Bhoja, *Srngaraprakasa*, Vol. 2, ed., by G. R. Josyer, Mysore:

Coronation Press, 1963.

Devadhar, C. R., ed., *Works of Kalidasa*, Vol. 2, Delhi: Motilal Banarsidass Publishers, 2002.

Diksita, Appaya, *Citramimamsa*, Varanasi: Chowkhamba Sanskrit Series Office, 1971.

Hemachandra, *Kavyanusasana*, Bombay: Nirnaya Sagar Press, 1934.

Jagannatha, *Rasagangadhara*, Delhi: Motilal Banarsidass, 1983.

Kavicandra, Visvesvara, *Camatkaracandrika*, ed., by P. Sriramamurti, Waltair: Andhra University, 1969.

Ksemendra, *Aucityavicaracarca*, Varanasi: The Chowkhamba Vidyabhawan, 1964.

Mahimabhatta, *Vyaktiviveka*, ed., by Madhusudana Misra,, Benares: The Chaokhamba Sanskrit Series Office, 1936.

Rudrata, *Kavyalankara*, Varanasi: Chaukhamba Vidyabhawan, 1966.

Vamana, *Kavyalankara-sutra*, Varanasi: Chowkhamba Sanskrit Series Office, 1971.

Vatsyayana, *Kamasutra*, Mumbai: Nirnaya Sagara Yastralaya, 1891.

Vyasa, *Mahabharata*, Vol. 2, Poona: The Bhandarkar Oriental Research Institute, 1972.

附录一 印度比较文学发展大事记

公元前 2 世纪，波颠阇利在《大疏》中提出“常声”说。

公元前后，婆罗多在《舞论》中提到四种地方风格论和十种戏剧类型即“十色”。

7 世纪，伐致呵利在《句词论》中阐释常声说和韵论。

7 世纪下半叶，檀丁在梵语诗学名著《诗镜》中，描述维达巴和高德两种风格。

8 世纪下半叶，伐摩那在《诗庄严论》中，将风格扩大为维达巴、高德和般遮罗三种。

9 世纪，楼陀罗托在《诗庄严论》中，将风格分为维达巴、高德、般遮罗和罗德四种。

11 世纪，波阇在《辩才天女的颈饰》中，将风格分为维达巴、高德、罗德、般遮罗、阿般底和摩揭托等六种风格。

十四世纪，毗首那特在《文镜》中论述十色和十八种次色(次要戏剧)。

1873 年，K. T. 台楞出版《〈罗摩衍那〉抄自荷马史诗？答韦伯教授》，该书于 1976 年再版。

1902 年，泰戈尔发表论文《沙恭达罗》，对莎士比亚戏剧《暴风雨》和印度梵语戏剧《沙恭达罗》作平行研究。

1904 年，泰戈尔发表论文《罗摩衍那》，对印度史诗和荷马史诗进行比较研究。

1906 年，泰戈尔在印度加尔各答全国教育委员会上发表关于比较文学的演讲。

1907 年，泰戈尔出版论文集《文学》，在《世界文学》一文中正式引进“比较文学”一词，并阐释“比较文学”与“世界文学”的概念。

1917 年 12 月到 1920 年 7 月间，奥罗宾多后来结集出版的著作《未来诗歌》以三十二期连载的方式在《雅利安》杂志上陆续发表。

1918 年，A. K. 库马拉斯瓦米在美国出版比较美学代表作《湿婆之舞》。

1923 年和 1925 年，S. K. 代先后出版《梵语诗学史》第一、二卷。

1923 年，P. V. 迦奈出版《梵语诗学史》。

1924 年，泰戈尔访问中国，次年出版英文版《中国演讲集》(Talks in China)。

1927 年，师觉月（巴克齐）出版《中国佛教圣典》，20 世纪 40 年代还出版《印度与中国的千年文化关系》。

1929 年，罗摩钱德拉·苏克拉出版代表作《印地语文学史》和《诗歌中的神秘主义》。

1932 年，P. 森出版《孟加拉语文学中的西方影响》。

1933 年，S. 拉达克里希南出版《东方与西方宗教》。

1934 年，A. K. 库马拉斯瓦米在美国出版比较美学著作《艺术本质的变化》。

1934 年，辛哈出版《英印小说扫描》，1975 年再版。

1935 年，H. M. 达斯古普塔出版《西方对十九世纪孟加拉语诗歌的影响研究：1857—1887》。

1937 年，谭云山发表英文论文《中印间的文化交流》。

1937 年 12 月，拉贾·拉奥在伦敦出版英文小说《甘特普尔》。他在小说的前言中阐释了印度英语文学的相关问题。

1942 年，V. 拉克凡出版《梵语诗学概念研究》。

1944 年，尼赫鲁在监狱中完成代表作《印度的发现》。

1945 年，卡里达斯·纳格（Kalidas Nag）主编出版论文集《泰戈尔与中国》。

1947 年，S. 拉达克里希南出版《印度与中国》。

1949 年，加尔各答大学聘请 R. 哈克勒主讲比较文学，其讲义于 1952 年以《比较文学研究》为题发表。

1949 年，谭云山发表英文论文《亚洲间文化合作与亚洲联合》和《中印文化的“不杀生”》。

1950 年，谭云山发表英文论文《中国文明与中印文化精神》。

1951 年，K. C. 潘迪出版《比较美学》第一卷《印度美学》，1959 年再版。

1953，加尔各答贾达瓦普尔大学（Jadavpur University）设立比较文学系。B. 鲍斯成为第一任系主任。比较文学正式成为印度大学的独立课程。

1953 年，P. 乔杜里出版《比较美学研究》。

1957 年，K. M. 潘尼迦整理出版《印度与中国的文化关系研究》。

1960 年，拉库纳塔发表《帕拉提亚和雪莱》（Bharatiyam Selliyum）。

1961 年，贾达瓦普尔大学创办《贾达瓦普尔比较文学学报》（Jadavpur Journal of Comparative Literature），到 2005 年为止，共出版 42 期。

1962 年，V. 罗摩克里希纳发表《甘班和弥尔顿》（Kambanum Miltanum）。

1963 年，V. 拉克凡的《波阇的〈艳情光〉》再版。

1963 年，K. R. S. 因加尔出版《印度英语文学》。

1965 年，K. 查塔尼亚出版《梵语诗学批评及比较研究》。

1967 年，K. B. 拉奥出版《鲁德雅德·吉卜林笔下的印度》。

1968 年，C. D. 纳拉辛哈出版《天鹅与鹰隼：印度英语文学论文集》。

1969 年，S. S. 奈都发表《甘班的〈罗摩衍那〉和图拉西的〈罗摩衍那〉》。

1970 年，M. K. 奈克主编的论文集《印度对英语诗歌的回应》出版。

1971 年，M·K·奈克、S. K. 德赛和 S. T. 卡拉普尔等三人主编的《西方作品中的印度镜像》出版。

1971 年，S. K. 达斯出版《西方航海家与东方海域：印度文化的德国回音》，K. 维斯瓦纳塔出版《英语小说中的印度》，M. K. 纳亚克等出版《西方文学中的印度形象》。

1971 年，T. 查克拉巴蒂出版《印度美学与语言科学》。

1973 年，达斯古普塔出版《歌德与泰戈尔》。

1974 年，印度大学基金委员会（UGC）接受 R. K. 古普塔的建议，同意在德里大学现代语言系设立比较文学文学硕士（M. Lit.）课程，后又变更为级别稍高的哲学硕士亦即副博士学位（M. Phil.）课程。

1974 年，G. H. 拉奥出版《东西美学比较》。

1975 年，苏吉特穆克吉出版《趋向印度文学史》。

1976 年，纳盖德纳在德里大学组织了比较印度文学研讨会。

1976 年，纳盖德拉主编出版《印度文学批评理论》。

1977 年，G. K. 达斯出版《E. M. 福斯特笔下的印度》。

1977 年，纳盖德拉与 I. N. 乔杜里合编的《比较文学》出版。

1977 年，R. L. 辛格尔出版《亚里士多德与婆罗多的戏剧理论比较研究》。

1977 年，A. C. 舒克拉出版《希腊与印度美学中的模仿概念》。

1977 年，德里大学沙拉万学院英语系组织比较文学专题讨论会。这是印度历史上规模最大的全国性学术讨论会，与会者初步酝酿成立印度比较文学学会。

1978 年，达玛杨迪·高士出版《T. S. 艾略特作品中的印度思想》。

1979 年，马德拉斯邦成立了比较文学研究院，次年出版系列讲座文集《比较文学》。

1979 年，卡纳达语学者戈卡克（Vinayak Krishna Gokak）

出版《印度文学的概念》

1980年，德里大学成立了比较印度文学学会（Comparative Indian Literature Association），独具特色的“比较印度文学”研究开始机制化运转。

1981年，S. 达亚古德出版《西方与印度诗学比较研究》。

1982年，《庶民研究：关于南亚历史与社会的书写》出版。这标志印度后殖民理论界的“庶民学派”正式诞生。

1983年，阿西斯·南迪出版代表作《亲密的敌人：殖民主义语境下的自我迷失和康复》。此后还出版《民族主义的非法性：泰戈尔与自我的政治》（1994）。

1983年，印度全国比较文学学会（Indian National Comparative Literature Association）诞生，同年在贾达瓦普尔大学召开了第一次全国学术会议。

1984年，印度南方喀拉拉邦的特里万德鲁成立了比较文学学会。

1984年，阿米亚·德维出版《印度比较文学》，旗帜鲜明地提出“比较文学印度学派”的口号，以与法国学派和美国学派抗衡。

1984年，由K. M. 乔治主编的《比较印度文学》（Comparative Indian Literature）第一卷出版，次年出版第二卷。

1984年1月和1985年5月，在印度南部城市迈索尔的“韵光文学标准中心”分别举行两次学术研讨会，主题分别是“建构共同的印度诗学”和“建构一种民族文学的观念”。研讨会开始探讨运用梵语诗学批评东西方文学的问题。

1985年，安德拉邦的马杜拉成立达罗毗荼比较文学协会。

1985年，A. S. 布拉尔出版《印度的神秘与真实：英国小说中的印度形象》。

1985年，谭中在《中国述评》上发表《中国文学中印度形象的历史扫描》。

1985年2月，季羡林等二人受邀赴印度参加“印度与世界文学”国际学术会议。

1986年，M. S. 萨斯特里出版《佛教对梵语诗学的贡献》。

1986年，纳盖德拉出版《文学的感情基础》。

1986年，庶民学派干将帕尔塔·查特吉的民族主义研究三部曲第一部《民族主义思想与殖民地世界：一种衍生性话语》出版。

1987年，印度希姆拉的印度高级研究学院组织召开为期一周的国际比较文学讨论会。中国学者乐黛云向大会提交了论文《中国比较文学的发展》。两年后出版会议论文集《比较文学：理论与实践》。

1987年，斯瓦潘马宗达出版《印度视野中的比较文学》。

1987年，R. 斯勒主编出版论文集《世界文学中的印度镜像》，R. K. 达万主编出版论文集《比较文学》。

1987年，后殖民理论代表人物之一G. C. 斯皮瓦克出版《在其他世界：文化政治论文选》，后出版《庶民研究选读》（1988，与人合编）、《后殖民批评家：访谈、策略与对话》（1990）、《教学机器之外》（1993）、《后殖民理性批判：趋向即将消亡的当代史》（1999）和《学科的死亡》（2003）等

1987年，由S. 纳伽拉贾和S. 维斯瓦纳塔主编的《莎士比亚在印度》出版。

1987 年和 1988 年，K. 拉扬连续出版《文本与亚文本：文学中的韵》和《燃烧的灌木丛：印度文学中的韵》

1987 年，华裔印度学者黄漪淑在《中国述评》上发表《变文：受印度影响的一种中国文学》。

1988 年，M. S. 库斯瓦哈编辑出版《印度诗学和西方理论》。

1988 年，古哈和斯皮瓦克的《庶民研究选本》出版，西方开始关注庶民学派。

1988 年，比较印度文学学会与印度全国比较文学学会在安德拉邦首府海德拉巴携手成立印度比较文学学会（Comparative Literature Association of India，简称为 CLAI）。U. R. A. 穆尔提当选为第一任会长。

1988 年，M. S. 库斯瓦哈出版《印度诗学与西方理论》，R. S. 帕塔卡出版《印度与西方的朦胧诗》。

1989 年，阿米亚德维与 S. K. 达斯主编的论文集《比较文学：理论与实践》出版。

1989 年，维内尔·克巴尔出版《第三世界流亡小说：印度、西非和加勒比作家的流亡小说研究》。

1990 年，印度比较文学学会在喀拉拉邦的圣雄甘地大学举行了两个学会合并以来的第一次全国学术会议。

1990 年，霍米·巴巴出版编著《民族与叙事》。

1990 年，古吉拉特学者 U. 乔西（Umashankar Joshi）出版《印度文学的观念》。

1990 年，A. 毛利亚主编的《印度与世界文学》出版。

1990 年，B. K. 马提拉尔出版《语言与世界：印度对语言学的贡献》。

1991 年，K. C. 贝利亚帕出版《英语小说中的印度形象：吉卜林、迈尔斯和拉贾·拉奥研究》。

1991 年，拉什迪出版文学评论集《想像的家园》（*Imaginary Homelands*）

1991 年，A. 乔达里出版《东西比较美学》。

1991 年，印度比较文学学会被正式注册为全印学术团体。

1991 年，印度文学院与迈索尔韵光文学标准中心联合主办学术讨论会，主题是“东西诗学批评实践”。I. N. 乔杜里呼吁印度学界必须重建文学评论标准。

1991 年，S. K. 达斯出版《印度文学史》第一卷。

1992 年，印度比较文学学会公布了印度比较文学研究目标共 13 项。

1992 年，I. N. 乔杜里出版论文集《比较印度文学》。

1992 年，G. N. 德维出版《健忘症之后：印度文学批评理论的传统与变迁》

1992 年，特迦斯薇妮·尼南贾娜出版《为翻译定位：历史、后结构主义和殖民与语境》，引起国际学术界重视

1992 年，G. R. 塔勒迦和 R. K. 达万主编的《拉什迪的小说》出版。

1993 年，印度比较文学学会在德里大学举办了第二次全国学术会议。

1993 年，南古吉拉特大学成立了印度历史上第二个比较文学系。

1993 年，哈利西·特里维迪出版《殖民交流：英语文学与

印度》。

1994 年，A. R. 拉奥和 M. S. 克里希纳主编的《当东方遭遇西方：英印及印英小说中的印度思想》出版。

1994 年，霍米·巴巴出版论文集《文化的定位》

1994 年，喀拉拉大学成立比较文学研究中心。

1994 年，B. 古普塔出版《希腊与印度的戏剧观念：关于〈诗学〉与〈舞论〉的研究》，C. D. 纳拉辛哈主编出版《东西诗学批评实践》。

1994 年，C. B. 乔西出版《V. S. 奈保尔的流亡之声》。

1994 年，谭中主编出版英文论文集《印度地平线》。

1995 年，G. N. 德维的《外语创作：印度英语文学论文集》出版。

1995 年，S. K. 达斯出版《印度文学史》第二卷。

1995 年，A. S. 阿尤布出版《现代主义和泰戈尔》，获得了印度文学院奖。

1996 年，第三次印度比较文学会议在海德拉巴的泰卢固大学举行。

1996 年 12 月，拉贾斯坦大学举办了“流散写作：理论与实践”学术研讨会。

1997 年，S. K. 达斯出版《印度的西风颂》，C. 拉京德拉出版《关于梵语诗学的跨文化研究》，P. 帕特奈克出版《美学中的味：味论在西方现代文学中的应用》。

1997 年，马尼克在谭中指导下以论文《鲁迅作品中的创造性过程和革命性话语》获得尼赫鲁大学博士学位。

1998 年，R. 穆克吉出版《全球美学与梵语诗学》。

1998年，S. 普拉迦巴提出版《正理论对梵语诗学的影响》。

1998年，阿鲁纳·查克拉沃迪出版《关于R. P. 贾布瓦拉的共鸣和流亡研究》。

1998年，J. 贾延主编出版《印度流散作家：理论与实践》。

1998年，谭中主编出版英文论文集《跨越喜马拉雅的鸿沟：印度寻求理解中国》。

1999年，尼赫鲁大学梵语和泰米尔语教授K. 米拉卡什出版《泰米尔语和梵语文学批评理论：〈朵伽比亚姆〉和梵语诗学》

1999年，第四次印度比较文学会议在德里大学艺术与商业学院举行。

1999年，拉江出版《在西方的注视中：从弥尔顿到麦考雷的印度书写》。

1999年，查特吉的民族主义研究三部曲在西方出版并列入大学教材，美国再次掀起研究庶民学派的热潮。

1999年，M. 穆克吉主编的《拉什迪〈午夜诞生的孩子〉解读》出版。

1999年，马尼克主编出版《我心中的中国形象》（*The Image of China in My Mind*）。

2000年，普勒玛·乔达里出版《殖民地印度与帝国电影制作》，P. 潘沃尔出版《吉卜林、福斯特与奈保尔作品中的印度：后殖民批评》。

2000年，G. 科萨尔出版《奥罗宾多与世界文学》。

2000年，M. S. 库斯瓦哈主编出版《印度和西方的戏剧理论与实践》。

2000年，S. 曼达尔主编出版《亚裔美国创作：小说》和

《亚裔美国创作：理论、诗歌与表演艺术》。

2001年，第五次印度比较文学会议在喀拉拉大学举行。

2001年，C. 拉京德拉出版《比较诗学研究》。

2001年，纳根德拉·库马尔的《文化视野下的芭拉蒂·穆克吉小说》出版。

2001年，B. R. 迪帕克（汉名狄伯杰）出版《二十世纪前半叶的中印关系》。

2001年，B. R. 迪帕克出版印度本科生与研究生教材《中国文学史概要及其代表作赏析》。这是印度学者1947年以后编撰的少数几本《中国文学史》之一。

2002年，G. N. 德维主编出版了文论选性质的《印度文学批评理论：理论与阐释》。

2002年，R. D. 斯勒主编的论文集《世界文学中的泰戈尔形象》出版。

2002年，R. K. 古普塔的《女性主义视野中的阿妮塔·德赛小说》出版。

2003年，第六次印度全国文学会议在迈索尔印度语言中央研究学院举行。

2003年，比较印度文学创始人之一S. K. 达斯先生逝世。

2003年，P. 潘沃尔主编的《新评V. S. 奈保尔论文选》出版。

2003年，普拉萨德主编的《关于维克拉姆·赛特的近期论文》出版。

2003年，旁遮普大学梵语教授阿鲁纳·格尔出版《环境与古代梵语文学》。

2003 年，庶民学派发起人纳拉吉特·古哈出版《位于世界史边缘的历史》。

2003 年 1 月 9 日，印度第一届“海外印度人节暨海外印度人颁奖大会”在新德里召开，V. S. 奈保尔和阿玛蒂亚·森等人参会。

2004 年 1 月 7 日，经过印度人民院和印度议会表决通过的印度双重国籍计划方案得到印度总统的批准。

2004 年 8 月，印度比较文学学会 9 人代表团参加在香港举行的第十七届国际比较文学会议，德里大学的 C. 莫汉被选为国际比较文学学会副会长，南古吉拉特大学比较文学系主任 A. 德赛、贾达瓦普尔大学比较文学系 S. C. 达斯古普塔等人参会。

2004 年，S. C. 达斯古普塔主编的《印度文学研究：文类学》和 I. 昌德主编的《印度文学研究：文学史编写》出版，这是比较文学专业的教材。

2004 年，S. K. 夏尔玛出版《恭多迦的曲语论在英语诗歌鉴赏中的应用》。

2004、2005 年，N. D. R. 钱德拉先后出版《现代印度英语创作批评》第一、二卷

2005 年 3 月，在南古吉拉特大学举行第七届印度比较文学会议。

2005 年，V. S. 巴特尔出版《论 V. S. 奈保尔笔下的印度》。

2005 年，玛妲玉（Madhavi Thampi）出版《在华印度人：180—1949》和《殖民主义世界的印度与中国》。

2005 年，狄伯杰（B. R. Deepak）出版《1904 至 2004 年

的印度与中国：一个世纪的和平与冲突》。

2005 年 7 月，中国学者尹锡南访问南古吉拉特大学比较文学系。

2005 年 8 月，德里大学的哈利西 · 特里维迪参加在深圳大学举行的第八届中国比较文学会议暨国际学术研讨会。

2005 年 8 月，作为中国内地首位访问贾达瓦普尔大学比较文学系的比较文学学者，尹锡南与该系学者进行学术交流。阿米亚 · 德夫在接受访谈时认为，比较文学印度学派是世界比较文学发展的第四个学派，中国学派是第五个学派。

2008 年 10 月，尼赫鲁大学的狄伯杰参加在北京语言大学举行的第九届中国比较文学会议暨国际学术研讨会。

（2010 年 11 月 3 日整理）

附录二　印度比较文学学会的目标和宗旨①

一、向学术团体的成员、特别是向从事单一文学研究和对比较文学真正感兴趣的个人、学会或机构传播比较文学观念。

二、通过在印度不同语言邦唤起比较文学意识，促进民族团结。

三、通过提倡跨越民族边界的比较文学宣传一个世界的理想，并在此基础上超越各个民族文学的不同身份，以便泰戈尔构想的包罗万象的“世界文学”（Visva Sahitya）思想或哥德的“世界文学”（Weltliteratur）得以实现。他们的构想将作为国际理解的一种方式。

四、鼓励教育机构和其他相关团体进行跨学科研究，以推动文学与其他艺术学科之间的研究。

五、与其他国家的类似学会和类似团体建立联系，以增强思想和信息的互动交流。

---

① 译自 Memorandum of Association of “The Comparative Literature Association of India,” New Delhi & Jadavpur, 1992.

六、在比较文学研究领域同现代语言学会、国际现代语言文学联合会等国际性学会、联合国教科文组织等专门机构及其他团体建立联系，以增进了解和进行研究工作。

七、在印度不同地方创设不同的比较文学分支机构，随时满足理事会从事研究和发展文学的要求。

八、发行印度比较文学学会的简报和通讯，报道印度比较文学研究一切最新消息，以使人了解迄今为止不为人知的重要信息的汇总和传播。

九、赞助和支持比较文学的研究项目以传播知识。

十、发表比较文学领域的研究论文、文章和出版比较文学学报，等等。

十一、促进印度不同语言邦之间文学观念、信息和机构的交流活动。为达到这些目的，学会可以不定期在印度不同地方组织全国性或国际性比较文学研讨会（工作坊或会议）及其他相关活动，理事会可以不定期决定每年或每两年、每三年举办一次全国比较文学大会或国际比较文学大会。

十二、与政府、半官方的教育部门和其他国际基金会、国际组织等建立联系，以资助在印度进行规模更大的比较文学研究项目，同时确保比较文学学会积极有效地参与国际比较文学会议，以传播印度的研究实绩。

十三、鼓励在印度和世界范围内传播文化、教育和相关印刷品。

十四、不定期地安排和组织社会、文化与教育项目。

十五、按照理事会的决定，建立合法的通讯联系，不定期地与相关机构组织学术会议、大会或研讨会。

附录三　梵语诗学著作选译

一　《句词论》选译[①]

伐致呵利

词（sabda，语音或语言）在本质上乃是无始无终的不灭的梵。它转化为各种事物（artha，意义），世界因此得以创造。(1)[②]

吠陀圣典按照力量强弱对词（语音）进行描述区分。尽管看来存在这种差异，词力却并无强弱之分。(2)

坚不可摧的词力来自时间的神力，转化为出生等等所有六种

① 译自 Bhartçhari，*Vakyapadiya*，ed. by K. Raghavan Pillai，Delhi：Motilal Banarsidass，1971. 此处译出该书第一章

② sabda 既可以指词、词语，也可以指语音或语言，而与之相对的 artha 指世界万物，还可指意义，财富、利益等等。此句明显使用了双关手法来说明抽象的语言哲学问题。后来的王顶在《诗探》第三章中讲述“诗原人”的诞生时，也采取了类似的手法。这是对语言哲学的借鉴。

现象的来源。(3)[①]

词力独一无二，是一切事物（意义）的种子，以多种形式而存在：享受者、被享受者和享受。(4)

吠陀既是亲证梵、也是遵循梵的工具。仙人们认为，尽管通往梵的道路本质上唯一，但却似乎路径不一。(5)

吠陀支展现为许多不同的道路，皆以祭祀为宗旨。在吠陀支中，词语保持固有的力量。(6)[②]

各种形式的经典具有明显的或潜在的目的。它们均以吠陀为基础，由通晓吠陀者呈现和构建。(7)

关于句子言说的形式，一元论者和二元论者从自己的观点出发，形成了许多不同的说法。(8)

由独一无二的词所展示的真实而神圣的知识，在吠陀中乃为神圣的唵音（Om)。这种知识与所有派别的思想并不矛盾。(9)

唵声所代表的吠陀是世界的创造者，各种吠陀支（vedanga）和副吠陀（upaveda）是各种学问的来源，这些学问是知识和修行的缘由。(10)

智者说，语法是梵的紧邻，是苦行中的最高苦行，是吠陀的第一分支。(11)

语法是直达至高神圣之光的道路，是语言的最高精华，它存在于不同的形式之中。(12)

事物（意义）运动的本质与词相连。离开语法，词的本质就无法理解。(13)

---

① 大约指动词的六种时态变化。

② 关于吠陀支和副吠陀的解释，参见刘建、朱明忠、葛维钧：《印度文明》，北京：中国社会科学出版社，2005年，第234页。

语法指点解脱的门径和治疗语病及净化一切知识的方法。(14)

正如词类是一切事物（意义）的起源，语法这门学问是世上一切学问的基础。(15)

语法是通往解脱的第一步梯级，也是渴望解脱者坦荡的王家大道。(16)

那些摆脱了语法毛病的人能够学习吠陀，并认识到，梵是吠陀的来源，是以唵声体现的吠陀的唯一灵魂。(17)

作为至高精华的词梵无影无形，它转化为纯洁光芒，照亮黑暗世界。(18)

崇拜词梵者已经超越了语言所体现的活动与形式，也超越了光明与黑暗。(19)

词梵是唵声所代表的“唯一字母经典”（吠陀）的标志，它流光溢彩，仿佛是那早于所有时代的唵声的体现。(20)

在阿达婆吠陀、娑摩吠陀、梨俱吠陀和夜柔吠陀中，有着各种不同的字母。(21)

虽然词梵唯一，但根据不同解释，它还可再分。依据语法，可以亲证至高的梵。(22)

大仙们把词语、意义和它们之间的关系当作永恒不变的东西进行论述。这些仙人也是各种经、注和疏的作者。(23)①

语法这门学问遵循经典的规定。词语的意义要么来自词源，要么来自固定的习惯表达。词语要么是暗示性的，要么是解说性

---

① 此处的经、注和疏似指波你尼的《八章书》（*Astadhyayi*）以及解说它的《释补》（*Varttika*）和《大疏》（*Mahabhasya*）。

的。词语和意义本质上要么属于因（karana）与果（karya）的关系，要么属于彼此不可分割的一体。这些作为正法和知识的补充，在经典中以特殊的方式或自身的名义加以论述，涵盖了有效与无效的范畴。(24—26)

即使我们发现两种形式的词义表达并无差异，对于智者而言，只有那些来自语法经典的教导才是履行正法的手段，反之则是无效的工具。(27)

不管是永恒的还是人为的，像生灵一样，语言也没有起点。这叫语言的恒常性原则。(28)

没有人可以否认这条原则的意义。因此，这条永恒的经典原则的有效性得以确立。(29)

偏离经典原则进行推理，不能确立正法。即使是仙人的智慧也以经典原则为前提。(30)

没有人利用人所共知的事实或依靠推理就能否认正法那坚实而传统的道路。(31)

依靠推理，很难探究事物的本质，因为事物的性质随着状态、地点和时间的变化而变化。(32)

某个已知事物的力量与特定对象的活动有关，当它与另外某个特殊事物产生联系时，这一力量会遭到削弱。(33)

精于推理者费尽心机推理而出的结论，也需要更为合适的人以其他方式证明其合理性。(34)

识别宝珠和白银等等事物的能力只有那些合适的人在实践中形成，不能与他人分享。这种知识不是推理。(35)

亡灵、鬼神和罗刹拥有这种超越现量和推理的能力。它是前世所作的业的结果。(36)

仙人们拥有这种关于过去和未来的能力，它光芒闪耀，在心中不受阻碍，与现量直觉并无差异。(37)

仙人们用眼睛观察超越感觉的、不可认知的事物，他们的话不能用推理进行驳斥。(38)

当某人对现量知识视若己出而置信不疑时，旁人又怎么能改变他在现量上所持的立场？(39)

“这是功德”，“这是罪孽”，经典上的真理断言对于包括旃陀罗在内的所有种姓的人都一样适用。(40)

吠陀知识如最高灵魂绵延不绝、生生不息，获得这种知识者不会为推理论者的有因说所左右。(41)

正如一位在崎岖不平的道路上奔跑、且只用手的触觉等等进行感知的人一样，那些特别器重推理的人很容易摔倒。(42)

基于神圣天成的经论和相关的传承经典，智者开始对词进行探讨。(43)

语法家认为，词中存在两种成分：一是词产生的原因（常声），二是与意义相连的语音（发音）。(44)

一些诵读《往世书》的智者认为，词的两种成份有着本质的不同。还有一些人根据不同的理解论述这种浑然一体却又意义多样的词。(45)

正如引火木中的光是另一种光产生的原因，思想中的词也是听到的每个词的原因。(46)

思想中思考的词在先，再进入某种对象（意义），然后通过词的发音（dhvani，韵）表达意义。(47)

这种词既非前世、也非后世的业所产生，它由连续发音而致。本无前后次序的词被分割开来进行展示。(48)

水的流动在某处形成波浪，波浪随之加入水流。常声（sphota）和词的连续发音的关系便是如此。(49)

在认识中可以发现认识行为本身和认识的对象。同样，在词中也可发现词本身及其对象（词义）。(50)

这个鸡蛋一样存在的所谓“词”（常声）转化为各种形式，以语音逐个部分地展现自己。(51)

一种形象是另外形象的化身，它先作为整体的对象被感知，然后被描绘在画布上。可以发现，理解词的三个步骤也是如此。(52)

说话人的思想先集中在词上。同样，听众也先关注词，以理解词义。(53)

作为辅助意义的表达者一旦表达了意义，便实现了目的，它就不再被人感知。(54)

正如光有被人感知和使人感知对象的两种能力，所有的词也具有这么两种不同的能力。(55)

如果词没有成为听者的感知对象，它的意义就不被人理解。不被人感知，词就不能单靠自身存在显示意义。(56)

因此，当词的形式不清楚时，会有人问说话者：“你说的是什么?”当一个事物（对象，意义）必须被感官诸根所阐明时，感官的本质并不同样为人把握。(57)

分开来进行理解的词的两种成分（常声和语音）并不像不同结果的原因那样互相冲突对立。(58)

正如 vrddhi（增益）等词不仅表达它们自己，还与它们所代表的那些事物相联系。(59)

因此，agni 不仅与“火”这个词相联系，还与 agni 所代表

的事物相联系。(60)

用来发音的词与语法活动绝对无关，但这丝毫不妨碍它表达意义的能力。(61)

发音的词是次要的，因为它与语法行为无关，只为表达意义而服务。因此，我们认为，语法活动与那些表达意义的词相联系。(62)

无论在本体和喻体之间存在什么共同点，但在本体上仍然存在一些特殊之处。(63)

以对象为形式谈到的特征是该对象的殊胜之因，它自身的殊胜来自其中的特征。(64)

当一个词发音时，它的形式表达了某种意义，因此，从该词可以辨识出另外一个词。(65)

在与某个事物产生联系之前，一个词是一种名称。该词可以在名词第六格和第一格的意义上使用，因为它本身具有意义。(66)

词的第一格按规定表示名称，因其形式具有意义。在此意义上，表示所属关系的第六格得以形成。(67)

有些人认为，svam rupam（自性）所在的这条经文显示的概念名称（samjna）是明确具体的，这一概念的一般含义落实在语法中。(68)

另外一些人认为，上述经文意味着，概念在任何情况下都是具体明确的，而理解这一概念取决于它的一般含义。(69)

在信奉常声说和名词格尾变化说的学者中，有人坚持同一词语的不同变化说。但也有人认为，同一词语的不同变化乃是不同词语的变化。(70)

即使同一个词语的不同变化属于不同词语的变化，也并不排除出现同一个字母。同样，在不同句子里，也可发现相同的词。(71)

因此，词语不可能不以字母的形式而存在，句子也不可能不以字母和词的形式而组成。(72)

正如字母不能再分，词语中不分字母。无论如何，任何人也不能把词从句子中分离出去。(73)

人们遵循惯例，尽管他们的观点不同。一派认为最重要的问题，另一派的看法完全相反。(74)

人们依据发音时间长短以及影响感知理解的不同原因，谈论没有时间区别的常声的不同名称。(75)

既然短元音、长元音和复合元音等等本来没有时间长短的区别，但却和表达它们的发音有着本质的区别，那么，原韵（prakrtadhvani）就被视为无时间限制的常声。(76)

然而，只有原韵所展示的词作为不同的声音而为人感知后，变韵（vaikrtadhvani）才能产生。常声本质上不会被变韵所切分。(77)

在坚持常声通过词音展示的人中存在三种观点：强调声音作用于感官，强调声音作用于词，或强调声音作用于感官和词。(78)

强调声音作用于感官好比注视眼膏或在眼睛上涂抹眼膏等等，强调声音作用于词好比闻嗅香味。(79)

按照第三种观点，眼睛影响感知行为。很明显，光作用于感官和感官对象。韵（dhvani）也是如此。(80)

某些人认为，常声和韵的领会无须分开。另外一些人认为，

韵不可领会。还有人认为，韵是自我呈现的。(81)

尽管可以通过逐个部分解读的方法，将书的一章或一首完整的输洛迦（sloka）作为整体进行理解，但却不能以某一章理解全书。(82)

同样，词的本质只有当它被代表有助于感知的发音的韵所揭示之后，才会为人理解，而那些发音则无人领会。(83)

随着最后一个音素的出现，思想便领会了词的含义。在思想中，声音播下了种子，发音的流程催熟了种子。(84)

听众不能理解那转瞬即逝的个个音素，而视其存在于词的发音间隔中。实际上，这些音素是理解整个词的工具。(85)

与认识存在差异相似，对词的认识也必然会存在差异。词的形式似乎是逐步产生的，认识也依赖于认知者。(86)

后边的数与前边的数不同，但前边的数字应被视为旨在帮助理解后边的数。同样，每一个音素也应视为有助于理解整个词的发音。(87)

实际上，每个字母、词和句子都具有彼此独立的表示功能。尽管完全不同，它们却集中地发挥作用。(88)

正如从远处或在黑暗中观察物体，首先会产生错觉，然后才能真正地认识它。(89)

同样，在理解由字母和词等等因素而彰显含义的句子时，人的思想首先把握那些因素。(90)

正如牛奶变成酸奶、种子变成树木必然有个过程，同样，听众对连续发音形成的词句的理解也是逐步完成的。(91)

如果说句和词等等由真实的部分构成，那么，不同形式的词就来源于音素发音的不同顺序。如果说句和词等等不是由真实的

部分构成，那么，假想的部分就只能是认识词和句子整体的一种工具而已。(92)

有的人认为，常声是由许多不同的词音所展示的共性，这些不同的词音形成展示常声的韵。(93)

正如光展现物体，由词音形成的韵因此展示没有变化的常声。(94)

常声被展示并不意味着它绝对属于不永恒的事物。永恒的共性也被视为由其固有的具体词音所揭示。(95)

世界上的生灵都与地点、时间等等因素相联系。即使假设地点和时间产生了变化，展示常声的词音（韵）和常声的关系并无变化。(96)

正如感官和感官对象之间具有展示者和展示对象之间永恒的一种神力，常声和词音之间也存在这种永恒的魔力。(97)

很明显，虽然是同样的感官闻到的不同味道等等，但世上每种味道的成因却必然不同。(98)

被展示的事物对象与不同的展示者相一致。很明显，这种道理好比油、水等等产生的不同效果。(99)

高山等等具体的事物不可能存在于体积极不相称的金刚石和镜面等等形象之中。(100)

因此，本身并无时间限制的字母、词和句子，在体现它们的词音和语音长短上产生了差异。(101)

（另一派观点认为）各种感官的融合与分离产生了常声，而韵就是展现常声的词音。(102)

不管词音是短是长，常声不随时间而产生变化。源自常声的词音则有长短之分。(103)

好比打量灯火的微光，韵也只能远远地聆听，但钟声等等却清晰可辨。(104)

(语法学家的观点) 不同于短音的绵长音产生于发音器官的延长用力，而那些修饰发音的特殊声音产生于发音的停顿。(105)

(又一派观点认为) 甚至在发音器官停止振动以前，像连续不断的火光一样，韵从常声中产生了。(106)

(接下来讲述语音的构成) 一些人认为，风、极微或思想形成了语音 (词语) 的特性。在这个问题上，存在很多复杂的观点。(107)

说话者想说话的意愿使得风随之有力地触及语音的核心，语音就此形成。(108)

风具有疾劲聚集的特性，能造成摧枯拉朽之势，再坚固的东西也会被它击溃。(109)

极微具有一切神力，或聚或散，将自身转化为阴影、光亮、黑暗或语音。(110)

一旦说话者开始发声，那些叫做语音的极微像云一样聚集在一起，其力量得以展示。(111)

居于微妙的语言本质中的内在智者将自身转化为可听闻的语音，以展现自己的本性。(112)

思想存在于头脑中，在内在的火光中成熟，它开始展现呼吸时，语音就此形成。(113)

呼吸成为常声表现内在本质的基础。呼吸充满了思想的特性，通过内在之火而展示。(114)

呼吸打破内在的联系，通过各不相同的词音展现字母并融入

其间。(115)

(又一派观点认为) 语音尽管一直存在，但因太过微妙而不能为人感知，它只能像风被扇动那样，通过一些适当的方式被人感知。(116)

(另一派观点认为) 呼吸和思想中存在的词力在语言产生的地方转化，形成展示常声的不同词音。(117)

以语音为基础的词力决定宇宙世界。拥有智慧灵魂的宇宙世界在词的眼睛中面貌多样。(118)

只有通过语音，具六音 (sadja) 等等乐音之间的区别才能得到明确的解释。因此，所有不同种类的事物 (意义) 只有通过词语才能为人理解。(119)

精通吠陀者知道，词语创造了世界。正是通过吠陀，世界才首先被语言转化而成。(120)

在世上，语言完全决定了行动是否合适。即便小孩，由于前世积累的业，也知道如何行事。(121)

发音器官的第一次运行，发音时气流上行并有力地触及发音部位，这一切只能是小孩的语言薰习。(122)

在这个世界上，没有语言，就没有认知理解。似乎由于和语言相联系，一切智慧大放异彩。(123)

如果否认语言是认识的坚实基础，智慧之光就不会闪耀。有了语言，才有思考。(124)

语言将手工与技艺方面的所有智慧联系在一起。一切产生的事物都通过语言进行分类。(125)

语言存在于一切生命的内部和外部。只有经过了语言的薰习，所有生命才有思想。(126)

语言鼓励所有人从事活动。一旦没有了语言，人就变得愚不可及，宛如枯树石壁。(127)

只有语言为主体（人）所清醒地认识，主体才能以语言从事活动。如果主体没有语言意识，语言只能处在机械停滞的位置上。[①]（128）

无论事物与自我或与至高的梵相一致，由于语言的作用，它们均能成形。语言的确创造万物。(129)

即使完全缺乏表述的根据，好比火形成火轮，通过语言也可说明事物的面貌。(130)

语言是说话者的最高自我，人们叫它伟大的如意神牛。(131)

精通语言的人可以亲证至高的梵。认识语言活动的本质，就可以享有梵甘露。(132)

没有人了解那些非人为的天启。即使这些经典都已消失，流传下来的三部吠陀也足以成为那些经典的种子。(133)

即使各派经典均已消失，再无新的作者，人类也不会违背天启和传承经典所规定的正法。(134)

如果人的知识是天生具有的，那么，经典就失去了意义。如果正法是知识之根，那么，所有吠陀文献（amnaya）都是知识的源头。(135)

推理和吠陀、经论并不矛盾。推理是那些不能洞察吠陀经典意义的人的眼睛。吠陀句子的含义不可能仅靠知其皮毛便可知

① 该句直译是："如果区别产生，语言就被用来从事活动。如果没有区别，语言就处于不动的业的位置。"

晓。(136)

因此，正理论者已经归纳了多种解释句子含义的方法，例如：分析句子的表示义，分析句子的言外之意，以及依靠其他句子推论句子的含义，等等。(137)

人的推理来自语言的力量。正理论的确以经典的语言为基础，没有什么不与经典相联系。(138)

正如可见不同的颜色等等具有各自相应的力量，也可发现，吠陀颂诗的语言可让毒药丧失效力。(139)

这些语言具有能力，它们熟悉纯洁正法之理。因此，希望成为睿智高尚者应该正确地使用语言。(140)

人们从吠陀中了解所有具有神圣效果的事物，但这些经典中也随处可见互相矛盾的叙述。(141)

语法经典以正确的认识为研究对象。语法与智者们一系列的经典学说直接相关。(142)

语法是语言卓越的最高基础。语言真实（常声）通过语言的粗糙（vaikhari）、中介（madhyama）和微妙（pasyanti）等三种形式进行展示，这是三个不同的阶段。(143)

人们发现，语法是以拆分词语进行分析观察和视词语为独立整体进行思考的两种方式编撰而成。洞悉事物特性的智者洞察词力。(144)

吠陀天启（sruti）据说没有起源，没有作者，也没有结尾。智者所撰的传承经典（smrti）不会消失。(145)

（关于天启和传承的另外一种观点认为）吠陀天启中的语言如梦似幻，属于从唯一至尊的梵中幻化而出的仙人的杰作。通过恰当的依据了解万物本质后，作者们创作了传承经典。(146)

不管身体、语言或思想存在什么不纯洁之处，都可以通过医学、语法和灵魂经论（adhyatmasastra）使其各自得以净化。①(147)

本来应该使用gauh（牛，阴性和阳性）、但却使用了一个不合文法的词语来表示一个特定的对象，这应视为非文言的阿波布朗舍语（apabhramsa）。(148)

asva（马）和goni（母牛，阴性）等词语用来表示其他对象时，就成为运用得当的词。在任何地方，词语运用正确与否都是依据词语表达的意义而确定。(149)

通过比较，正确运用的语言的意义得以领会，而那些似乎与正确运用的词语一道表达相同意思的词语不合适。(150)

这是因为，智者和语法都不把错误运用的词语视为正确运用的词语的同义词。它们不能直接表达正确的意义。(151)

一个小孩被人教着不太清楚地说出amba（妈妈）。通过这种不太清晰的发音，人们明白了该词的本来面目。(152)

同样，形式合适的语言表达的意义为形式不合适的语言所传达，而此处应该使用正确合适的语言。(153)

那些差劲的人一代又一代讲着那种已经流行开来的低俗语言(指阿波布朗舍语)，在这种情况下，正确的语言不再是传达意义的那种语言。(154)

神圣的语言（指梵语）已经被那些差劲的人以低俗语言变成了混合语。那些坚持语言非永恒论者（如正理论者）在此持相反

---

① 此处言及的“灵魂经论”可能与内明（adhyatmajna，adhyatmavidya）有关。《梵和词典》认为，adhyatmasastra是指某部著作。

立场。(155)

即使按照这种观点，正确运用与不正确运用的词语之间没有区别，如果一个词用来表示该用别的词才能表示的意义，那么，这个词也并不能传达别的词的意义。(156)

二 《诗庄严经》选译①

伐摩那

第一章 第一节

向最高的光辉灵魂致敬后，可爱的诗人着手为其所著《诗庄严经》增加注疏。(1)

(疏) 诗应通过庄严来理解把握。诗的确应该通过庄严来理解。所谓诗就是被诗德和庄严所修饰的音和义。此处论述的诗可被视为仅由音和义构成的句子。

美在庄严。(2)

(疏) 庄严就是美。从字面意义引申，庄严一词又可指比喻等修辞手法。

美来自于诗病、诗德和庄严的取舍。(3)

(疏) 美确实就是庄严。它来自无诗病和有诗德。这是诗人

① 译自 Vamana, *Kavyalankara-sutra*, Varanasi: Chowkhamba Sanskrit Series Office, 1971. 此处译出该书第一章。该书采用经疏体，即每句原文（经）加上字数不等的解释性文字（疏）。

应有的成就。

诗的美来自对庄严论的学习。(4)

(疏)美来自诗病、诗德和庄严的取舍。这是庄严论的灵魂所在。只有通晓庄严论,才能避免诗病,而吸纳诗德和庄严。

那么,有庄严的诗会带来什么好处呢?诗人利用诗可达到什么目的?

优秀的诗带有或隐或现的目的,令人愉悦,使人知名。

好诗明显的好处是使人快乐,它还暗中助长诗人的名声。颂曰:

智者们声称,好诗会
铺就通往名声的小路,
拙劣诗人的愚笨之作
是其通往耻辱的大路。
智者声称,名声带来
天国之果坚不可摧,
耻辱将诗人置身于
暗无天日的地狱里。
因为,为获得好名声
并除却不佳的恶名,
大诗人应潜心学习
《诗庄严经》的要旨。

第一章　第二节

诗人分成两类:食欲不振型和草食型。(1)

（疏）世上确实存在两类诗人，即食欲不振型和草食型。所谓食欲不振型与草食型意思很清楚。它究竟何意？它是指有无鉴别能力。

前一类即食欲不振型诗人可接受教诲，因为他具有敏锐的鉴别能力。（2）

（疏）前一类食欲不振型诗人可以接受教导。有鉴别力是指具有区分判断的禀赋。

相反，另一类即草食型诗人却不能接受教诲。（3）

（疏）相反的意思是：另一类即草食型诗人不能接受教诲。他们没有区分判断的天赋，因为他们这种天生的禀性不能根除。

确实，并非所有人都值得传授庄严论。因此，可以说：

庄严论的意义微不足道。（4）

（疏）确实，对无鉴别力者而言，庄严论没有多少意义可言。

这就好比：能净化水的盖达盖种子却不能净化污泥。（5）

（疏）盖达盖种子不能像净化水那样净化污泥。

风格是诗的灵魂。（6）

（疏）所谓风格是指诗的灵魂。风格之于诗，恰如灵魂之于身体。

风格是指特殊方式的词语组合。（7）

（疏）特殊的词语组合方式就是风格。

什么是特殊的词语组合？（8）

（疏）特殊的词语组合是诗德之灵魂。后面将要论述诗德的特殊性。

风格有三种：维达巴风格、高德风格和般遮罗风格。（9）

（疏）风格分为三类，即维达巴风格、高德风格和般遮罗风格。

具体物品由产地而得名，那么，诗德是否也以不同地域而命名呢？并非如此。

因此，维达巴风格等因在这些不同的地方见到的诗德而得名。(10)

（疏）不是因为这些地方对诗有何影响，而是因为诗人们在某些地方体现了某一风格的原貌。

维达巴风格具有所有各种诗德。(11)

（疏）维达巴风格充满壮丽、清晰等全部诗德。颂曰：

完全没有诗病，
充满所有诗德，
琵琶声般悦耳，
乃维达巴风格。

诗人们这样称颂维达巴风格：

即使有诗人和描写对象，
即使有语言和文论教条，
但如果没有维达巴风格，
诗句也不会甜美地流转。

例如：

让水牛用角撞来撞去地向池水里挤。
让成群结队的鹿在树阴下咀嚼吃下去的东西。
让那些野猪头在小池子里安静地糟践穆斯陀草。

让我这松了弦的弓也得到休息。[1]

高德风格具有壮丽和美好两种诗德。(12)

（疏）高德风格具有壮丽和美好诗德，它具有长复合词且发音刺耳，缺乏甜蜜和柔和两种诗德。颂曰：

通晓风格的人称它为
高德，因为这种风格
有长复合词且发音刺耳，
还有壮丽和美好诗德。

例如：

湿婆长臂拨动弓弦，
裂弦发出铮铮回响。
尊敬兄长事迹动人，
鼓声阵阵宣告世间。
梵天之卵突然开裂，
发出震耳欲聋声响。
响声阵阵回应鼓声，
至今也难平息安静。

般遮罗风格具有甜蜜与柔和两种诗德。(13)

（疏）般遮罗风格因具有甜蜜与柔和诗德而得名。它缺乏壮丽和美好诗德，词语发音适中入耳，平坦舒缓。颂曰：

智者称它为般遮罗
风格，它发音舒缓，

---

① 这是《沙恭达罗》第二幕中的一首诗。迦梨陀娑：《沙恭达罗》，季羡林译，北京：人民文学出版社，1957 年，第 33—34 页。

近似《往世书》遗风，

具有甜蜜柔和诗德。

例如：

旅客们啊！今日村里

不能为你们提供住宿。

从前曾有位年轻旅人，

夜宿寺庙精舍的地面。

电闪雷鸣中他被惊醒，

这位恶汉忆起了情人。

就像今人仍做的那样，

他妄为不惧掉头殒命。

诗以这三种风格为基础，就像画以线条为基础。

就三种风格而言，第一种应该采用，因为维达巴风格具有全部的诗德。(14)

（疏）这三种风格中，应该采用第一种即维达巴风格，它有各种诗德。

不该采用其他风格，因为它们只有少量的诗德。(15)

（疏）不应采纳另外两类即高德和般遮罗风格，因其诗德甚少。

一些人认为，也应该采用另外两类风格，因为它们旨在接近维达巴风格。(16)

（疏）一些人认为，另外两种风格旨在接近维达巴风格，因而可以采纳。

这并不正确，因为采纳本不真实的风格不能形成真正恰当的风格。(17)

（疏）因为采用不真实的风格，就不能形成真正完美的风格。

例如：织工练习用黄麻织布，他就不能熟练地纺织丝绸。(18)

（疏）因为织工练习用黄麻织布，他就不能熟练地纺织蚕丝。

这一风格称为纯粹地道的维达巴风格，是因为它不采用长复合词。(19)

（疏）如果没有采用长复合词，维达巴风格就被称为纯正的维达巴风格。

在维达巴风格中，可以完美地品味描写对象的诗德。(20)

（疏）在维达巴风格中，可完美地欣赏描写对象的诗德。

只要采纳维达巴风格，即使描写对象不引人注目的诗德也可以体会。(21)

（疏）确实，只要运用维达巴风格，即使描写对象不引人注意的诗德也可体味，更别说那些充分得以展现的诗德了。因此，人们说："只要某种风格的词语组合得当，即使实际上一无所有，也能展现事物。它愉悦善士的耳朵，在他的心田洒下甘露雨。""在维达巴风格的诗句中，词语的美好熠熠生辉，虚幻的也成为真实。它产生如此独特的魅力，知音在心头品尝果实。"

这里，"描写对象的诗德"也称为维达巴，它立足于维达巴风格。(22)

（疏）这种完美的描写对象的诗德也称为维达巴。它属于维达巴风格的范畴，以假说例喻的方式进行说明。

第一章　第三节

已经阐释了风格之后，将再说明诗的成功因素。

诗的成功因素包括世界、知识和其他各种因素。(1)

世界是指世间众生之运转。(2)

(疏) 世界指静止的与活动的灵魂。灵魂的活动就是世界的运转。

庄严论以语法、词典、诗律学、艺术、爱经和刑杖论为前提性知识。(3)

(疏) 庄严论以语法等为前提，因为在诗的创作中这些都是必需的前提。

语言的纯洁来自语言学经典。(4)

(疏) 语言学经典指语法，由它才能确保正确运用语言，因为，诗人们确实必须正确地使用语言。

由词典确定词义。(5)

(疏) 在创作诗的时候会遇到一个可用的词，但其含义尚未清楚，诗人无法确定是否使用该词。这就形成诗篇的障碍。因此，诗人应该借助词典确定该词含义。然而，为了搜索从未使用过的词去利用词典是不对的，从未用过的词不应在诗中使用。如果问："如果使用已经有人的词语，是否会出现上述词义的障碍呢?"回答是："在已有人使用过的词义的理解上，诗人可能会难以把握一词多义的现象。比如 Nivi 这个词是指扎在腰间的一块布。诗人的困惑是，怎么确信 Nivi 这个词是指女人还是男人的腰布呢？ 'Nivi 这个词就是妇女腰间缚着的布。' 《名集》

（*Namamala*）中的这个说法可以解除诗人的困惑。但如 Nivi 专指妇女的腰布，怎么解释下边话中的 Nivi 这个词呢：‘某人因饕餮美食而大腹便便，把前边说道的 Nivibandha（腰带）松开来?’这里使用 Nivi 一词要么是错的，要么是打比方。”

诗律学可以消除诗律方面的困惑。（6）

（疏）诗律来自诗的创作过程，但在元音数量和位置等涉及诗律正确使用的方面却会产生疑惑。因此，应该学习诗律学以消除诗律方面的困惑。

学习艺术经论可以认识艺术真谛。（7）

（疏）艺术指歌唱、舞蹈、绘画等，毗沙奇拉等人撰写过相关的经论。学习这些经论可以获得艺术真谛。不懂艺术真谛，就不能正确熟练地创作艺术作品。

从《爱经》可以了解爱的方式。（8）

（疏）应该了解讲述爱的方式的《爱经》，因为，爱的方式是很多诗的创作主题。

从刑杖论可知正当与不正当的行为准则。（9）

（疏）刑杖论指论述正当与不正当行为的学说的经论。正当行为指六种方式即和平、论辩、行军、停止、分裂和联盟的运用。与此相反的则为不正当行为。除非诗人明白这些，否则他便不能准确描述主角与反派的活动行为。

因此，从刑杖论还可领悟情节的复杂性。（10）

（疏）情节或故事等等组成了诗的身体。只有诗人对刑杖论熟悉时，他才能创造复杂的情节，这里，情节的描述与刑杖论涉及的行动方式几乎同样有效。

诗的成因包括应该认识的内容、创作练习、请教长者、字斟

句酌、想象和专注。(11)

应该认识的内容指熟悉了解作品。(12)

(疏)应该认识指熟悉他人的作品，因为只有这样才能理解作品。

创作练习指专心致志于作品创作之中。(13)

专心致志于诗的创作练习，诗人就能获得优秀的创作能力。

请教长者指请教老师关于作诗的方法。(14)

(疏)请教长者即聆听老师传授作诗秘诀。学生们因此获得作诗的知识。

字斟句酌指增加或删除诗句中的词。(15)

(疏)关于词语的增加或删除就是字斟句酌。颂曰：

只要心中有迟疑，
添词删字要继续。
最终敲定一个词，
诗作才算写完毕。
该弃之词已然弃，
再无一词可换移。
字斟句酌已成熟，
人称其为完美诗。

想像是诗的种子。(16)

(疏)诗的种子是人前世带来的卓越的潜印象(samskara)，因此，缺少了它，诗就不可能完成。即使完成了，这种诗也自然会受人嘲笑。

专注指心思的高度专一。(17)

(疏)只有心思专一，排除外界干扰，才能洞察描写对象的本质。

心思专注与地点和时间有关。（18）

（疏）心不旁骛来自于对地点和时间的把握。

作诗的地点是清净的。（19）

（疏）清净指独处。

作诗的时间在四更夜即夜晚第四个时段。（20）

（疏）四更夜里独处一室，诗人内心平静专注，不受外界干扰。

已经讲述了诗的成因等等，下面讲述诗的特殊形式。

诗包括散文体（散文）和韵文体（狭义的诗）。[①]（21）

（疏）先解说散文，因为它的特征难以辨别，也难以创作，因此人们说："散文是诗人的试金石。"

散文体诗（散文）分为芳香诗律型、花粉型和花蕾为主型等三类。（22）

芳香诗律型散文包含着部分韵文体诗。（23）

（疏）由于包含部分韵文体诗，这种散文称之为芳香诗律型散文。例如："这些恶魔中有的住在地狱最深处。"在这个句子中，可以发现一种完整的名为"春天吉祥痣（Vasantatilaka）[②]"的诗律。

花粉型散文没有绵延的复合词、所用词语甜美可爱、柔和舒缓。（24）

（疏）花粉型散文没有一以贯之的长复合词，使用很多甜美

---

① 这里，广义的诗（Kavya）包括了散文体诗（gadya）和韵文体诗（padya），前者可译为散文，后者即狭义的诗。

② 这里的春天吉祥痣是指一种特殊的类似于头韵法的音庄严（修辞法）。

柔和的词语。例如："反复练习才能使动作熟练，坚持修行才有善果。仅仅一滴水的溅落，岩石不会留下任何凹痕。"

花蕾为主型散文的情形与花粉型散文恰好相反。(25)

（疏）花蕾为主型散文与花粉型散文相反，具有绵延悠长的复合词。例如："狮子的爪子像金刚杵一般坚硬锋利，它猛烈地划破了春情发动的大象。狮子的脸被颈项的白毛所辉映，但却被大象流出的颞颥所弄脏。"

韵文体诗（狭义的诗）可分很多种。(26)

（疏）根据诗律不同，诗分很多种。这包括四个音步相似的常规诗、第一、第三音步和第二、第四音步分别相似的半常规诗以及所有音步不相似的非常规诗。

诗又可分为单节诗（短诗，即抒情诗）和分章的诗（大诗，即叙事诗）。(27)

（疏）因此，短诗和大诗是散文体诗和韵文体诗的特征，但不能说二者都是诗成功的表现。

二者是按顺序渐次完成的，这如同先后编织花环和花冠一样。(28)

（疏）二者是指短诗和大诗。大诗是以短诗为基础写成的，这好比先编好花环，才能编织花冠。

短诗就像极微的火星那样难以发出耀眼的光芒。(29)

（疏）如同微弱的火星，短诗难以闪现夺目光彩。颂曰：

单一色调的短诗
没有夺目的美丽，
一粒微弱的火星
难发耀眼的光芒。

在一切作品中，十色最美。[1]（30）

（疏）在一切作品中，传说剧十色（十种戏剧）最美。

因此，正如色彩斑斓的衣服因为各种色彩的搭配而格外迷人。（31）

（疏）因此，正如色彩纷呈的衣服因为各种色彩的搭配而迷人，十色也因各类诗的交融而展现独特的魅力。

因此，其他诗来自于十色。（32）

（疏）因此，其他诗来自于十色。因为，一切诗都产生于十色。因为对故事、传记和短诗的特征难以尽如人意地描述，作者在此略而不论。读者可以借助他人著作进行了解。

三 《诗庄严论》选译[2]

楼陀罗吒

第一章

群蜂蜜汁饱满，大量流淌，粘在脸颊和嘴边。如同能断新须的蜂群，群主啊，你战无不胜！（1）

---

① 根据现存最早梵语诗学著作即婆摩诃《诗庄严伦》第一章对于文学体裁的分类，诗可以分为散文体和韵文体两类，它还可以分为分章写成的大诗、以供表演的戏剧、传记、故事和单节诗即短诗等五类。参阅 Bhamaha, Kavyalankara, Delhi: Motilal Banarsidass Publishers, 1970, p. 7.

② 译自 Rudrata, *Kavyalankara*, Varanasi: Chaukhamba Vidyabhawan, 1966. 此处译出该书第 1、12、13 和 15 章全部及第 2、16 章部分内容。

向全世界唯一的庇护者、向高利女神的一双莲花脚礼敬后，我开始阐释这部《诗庄严论》。(2)

只要对《诗庄严论》从头到尾地彻底思考，诗人就很快能通晓怎样合理地装饰诗，思想也会变得高贵。(3)

大诗人创作充满情味的诗，语言流光溢彩，庄严华美动人，传播美好名声。(4)

如不能成为诗人之王，那任由时光流逝也难享盛名，已经建好的天宫等等也将不复存在。(5)

诗永远如此纯洁无比，整个世界美妙动人。诗人声名远播，诗怎会不有益于此？(6)

诗的另一个好处是，赐予诗人重要的正法，使其领悟人生的最高意义，关于这一点论者们没有异议。(7)

人们认为，诗能带来财富，消除灾难，无比吉祥。诗人创作美妙的诗，赞颂一切天神。(8)

如此赞美天神，乃是因为它能助人度过苦厄大难，解除病痛，实现美好的心愿。(9)

诗人称颂天神，愿望马上实现。如称颂国王即可，何况现今称颂天神？(10)

可要是我称颂诗的大功德、宝珠海，又怎不会因此而如意获得非凡的荣誉呢？(11)

无比纯洁的诗应该使诗人实现人生目的。诗人需完全通晓好的行为仪轨，熟知所有知识门径。(12)

采用智者经论纯洁权威的词句，语言的力量会带来极其美妙的诗之果实。(13)

因此，去粗取精，行为端正，能力、学问、实践这三者会起

作用。(14)

心中坚持沉思入定，种种思想充满心间，纯洁词语闪耀光芒，这是能力（sakti）。(15)

有人说，才能分为天生的和习得的两种。两相比较，因其与生俱来，天生的才能更为优秀。(16)

自我的行为（samskara，种子）更加优秀，而习得的才能以探寻追求为因，它总之来源于其他的学问。(17)

熟悉吠陀颂诗、语法、技艺、人世经验、习惯用语等，能分辨是否在诗中使用它们，这是全部的学问。(18)

已经详述过的另一种学问是怎样的呢？没有能指，世上也就没有所指。因此，另一种学问是诗的成因即一切知识。(19)

通晓世上学问，经常接近善士，有能力的优秀诗人日日夜夜进行创作实践。(20)

诗使大诗人获得永恒持久、光彩夺目的名声，它洁白如雪，整个世界因此美丽动人。(21)

要想家族永恒，获得的不朽名声和家族兴盛不会消失，就该专心致志于创作纯洁无比的诗，在整个大千世界里思考无上美名。(22)

第二章

现在已经讲述了诗的成因和目的，接下来论述诗的下述特征：

的确，诗正是音和义的结合。有意义的音不止一种。音庄严共有不同的五类。(1)

名词，动词，不变词和前缀，这些词类为人公认。不过，它们的作用值得阐述。(2)

名词的风格有两种，即有复合词和无复合词。有复合词的风格共计三种。(3)

人们把这三种风格叫做般遮罗风格、罗德风格和高德风格。首先看看使用短的、中等的复合词的风格。(4)

般遮罗风格使用两到三个复合词，罗德风格使用五到七个，而高德风格含有更多的复合词。(5)

无论为何目的使用动词和前缀而无复合词，此种风格正是维达巴风格。(6)

句子中各种可爱的风格彼此相连，整个句子不再需要多余的词。(7)

语言饱满，有力，有序，含义丰富，词干语音优美，细微准确，这就构成精妙的句子。(8)

如此安排词语，是为了使语音显得优美动听。整个句子如此表述，词德（pada guna）也会产生优美。(9)

美妙地安排，音德确会产生优美。例如："仙人，你的腿似乎有些蜷曲!"这一句不如下句优美："仙人啊，你就是稀疏的树木!"(10)

句子分散文体和韵文体两类。另外，还有六种不同特征的语言。(11)

这些语言是俗语、梵语、摩揭陀语、毕舍遮语和修罗塞纳语。第六种是特殊地域的阿波布朗舍语。(12)

曲语、谐音、叠声、双关及图案是音庄严，但双关还是一种义庄严。(13)

曲语就是某些词以另类的方式进行曲折叙述，句子因此格外优美，这是双关曲语。(14)

高利为何对我发怒："难道我不是牛?""我为何对她生气?"我揣测后明白是她对我生气。你也正是这样揣测才明白的。高利的话以曲语取胜。(15)

由于清晰明确的表达，特殊的语音会产生众所周知的其他含义，这是语音曲语。(16)

"Salyamapi skhaladantah sodhum sakyeta halahaladigdham dhiraih（能够坚强地忍受涂了毒药的、箭头颤动的长箭）。"于是，khala 等不再是令人不快的难听词语。(17)[①]

（第二章论述谐音等音庄严的 18 至 32 句从略）

第十二章

心中充满情味的人，确实害怕那些乏味的经论。他们能轻松愉快地通过诗认识人生四要。(1)

因此，诗人应该努力创作饱含情味的诗，否则，人们还会陷入对经论的恐惧之中。(2)

艳情味、英勇味、悲悯味、厌恶味、恐惧味、奇异味、滑稽味、暴戾味、平静味和亲爱味，这些应该视为全部的味。(3)

老师们说，即使是忧郁等等不定情，也能像甜蜜的艳情味等等一样被人品尝，从而成为味。(4)

艳情味具有男女之间的欢爱，以紫色为特征，来自于常情

① Khala 一词含有"泥土"、"残渣"、"低贱"等意思。

爱，它分会合艳情味与分离艳情味两种。(5)

会合艳情味来自于男女之间的相聚，分离艳情味来自于男女之间的别离。艳情味又分为隐秘艳情味和公开艳情味两种。(6)

在欢娱的表演中，男主角显得迷人、高雅、出身高贵、气度不凡、高尚如日、桀骜不驯、衣裳鲜艳、举止得体、性格坚毅。(7)

在技艺表演中，男主角吉祥、演技娴熟、温柔、大方、言语动听、聪明、欢爱时甜言蜜语，这些就是男主角的十六中特征。(8)

男主角分成四类：忠贞（anukula）、谦恭（daksina）、欺骗（satha）和无耻（dhrsta）。忠贞是指男主角爱心坚定，不移情别恋。(9)

谦恭是指男主角即使爱上另一个漂亮女子，也不放弃对旧爱的情谊、尊重、敬畏和柔情。(10)

欺骗指男主角特别地曲意逢迎爱人，并隐瞒自己的变心，言语故作诚恳，行为貌似端正。(11)

无耻指男主角已经对恋人变心，鲁莽而不以为耻地责骂对方，甚至向其花言巧语地显示新欢在自己身上留下的抓痕。(12)

虔诚、谨慎、巧妙、正直、热情、健谈、善解人意、随顺，在欢乐游戏中如此行事的人是配角（narmasiciva）。(13)

配角分为三类：使者（pithamarda）、伴友（vita）和丑角（vidusaka）。他们身上都有配角的特征。(14)

伴友是知道同一处地方的人。丑角多是充当玩偶，他有个性，愚笨，他提供的笑料来自形体、服装和语言。(15)

女主角有自己的（表演妻子）、别人的和公共的（表演妓女）

等三类。她们的特点是害羞，其女伴性情温柔。(16)

自己的（妻子）正直，喜欢在城里走动，拘谨，忠贞，宽容。自己的又分为无经验的（mugdha）、稍有经验的（madhya）和有经验的（pragalbha）三类。(17)

无经验的女主角是指刚结婚的年轻女子（新娘）。她心生爱意，但却不谙男女之事，因而羞涩而不敢示爱。(18)

她团坐在床上，因害羞而抱紧双臂，男主角抓住她的手，吻她的嘴，此后她含含糊糊地不停咕哝。(19)

男主角与别的女子欢爱，她因此生气，开头只是低声啜泣，男主角的礼物也难以让她开心。(20)

稍有经验的女主角春情荡漾，魅力十足，而有经验的女主角精于欢爱，但有时会失去知觉。(21)

有经验的女主角夜里交欢时，仿佛溶化在丈夫的肢体上，交欢结束时兴奋不已，双眼紧闭，昏厥过去。(22)

稳重的女主角在丈夫有过错时生气，用含蓄言辞讽刺责备他。不稳重的女主角则以激烈的言辞责备丈夫。稍为稳重的女主角则含着眼泪责备丈夫。(23)

有经验的女主角特别精通情爱之事，能尽情施展自己的魅力，让丈夫心遂所愿。(24)

她在欢爱中仿佛完全溶化在丈夫的肢体上，此时她不能区分，只有这样思量："这个人是谁？我是谁？为何会这样？"(25)

她在被惹恼生气时，脸上佯装非常敬重丈夫，忍气吞声，但在与之交欢时却视若路人。(26)

稍有经验的女主角责备丈夫时好言好语却暗含讥讽，无经验的女主角生气时马上对丈夫责骂不休。(27)

稍有经验和有经验的女主角又分为年长和年轻的两类。诗中无经验的女主角是另外一类。这一点为人公认。(28)

诗中男主角的行为显然温和仁慈，尽管这肯定属于好的品质，但也不会构成另外一种类型。(29)

别人的分为已婚妇女和未婚少女两类。她们会因为看到或听到男主角的形貌或声音而备受爱情的煎熬。(30)

未婚少女仿佛在画中或梦里见到了因陀罗金刚杵的形象。在某些合适的地点和时间停止表演，观众可以很好地聆听。(31)

不能亲眼目睹男主角，也不能与之说话，少女心中闷闷不乐。她只能把心事含蓄地告诉女友。(32)

少女双眼柔情蜜意地久久注视着男主角。远远望见他，她便跑过去紧紧抱着近在咫尺的男主角。(33)

她沉醉在欢爱之中，情不自禁地笑出声来。她告诉女友，还将自己的手臂和左脚抓痕展示给她看。(34)

或者，身边的女友为她梳理头发，戴起花环，佩戴好腰带，不一而足。或者，她娇柔的身体各个部位不停地扭动。(35)

欲火中烧的已婚女子也会做出诸如此类的动作。她当着别人的面，大胆地和爱人亲密示爱。(36)

她心中充满欢喜，臀部柔软的腰带滑落，眼里闪烁光彩，只是紧盯着男主角。(37)

少女一再与自己幻想的意中人亲切交往，好不欣喜，充满柔情，女友将此情此景告诉了男主角。(38)

妓女全是美女，精通于情爱。对于那些有德和无德的客人，她既不厌恶，也不喜欢。(39)

妓女在和客人交往中深思熟虑，假作情意绵绵，取悦对方，

诱惑对方逐渐耗尽钱财。(40)

所有的女主角可分为赴约和失约两类。自己的(表演妻子的女主角)又分为丈夫在家和丈夫外出两类。(41)

女主角要么和仆从或女友一道赴约,要么独自赴约,朝着已经选好的地点去和情人约会。(42)

世上所有女子的腰带等等饰物都会发出世人能辨的声音。表演自己的和他人的女主角借助雨、黑暗或月光等等掩藏自己。(43)

她与另外一位情人如漆似胶,想与原先的爱人断交,这是失约的女主角。她怎能分身有术?(44)

与爱人一起在欢爱游戏中得到快乐,丈夫在家的女主角非常喜欢爱的装饰。(45)

丈夫外出到另外一个地方,女主角盼望那没有尽头的等待时光走向或即将走向尽头。(46)

如此,已经讲述了男主角及其上中下三等恋人的全部特征。但愿诗人的心中没有障碍,定能创作出特别有味的美好诗篇。(47)

第十三章

如果男女主角表现出彼此心心相印、兴高采烈地对视和谈话等等情景,这一切就是会合艳情味。

在会合艳情味中,女主角表现出与地点、时间相一致的仁慈、恩爱和温柔等全部姿态。(2)

女主角以甜言蜜语或以美妙肢体表演与爱人在一起的游戏动

作。(3)

然而，她不能表演私密的交欢行为，但可表演斜视、甜蜜和温柔等等姿态。(4)

爱人在欢爱中脱下她的衣裳，紧握丰满圆润的乳房。女主角最后在爱人身上得到了强烈的欢喜。(5)

女主角生气时让爱人害怕，但又毫无来由地羞涩发笑，投入爱人的怀抱，俘获了他的心。(6)

有时匆匆地求告无门，即使用意已经暴露无遗，她仍为了美德而侍弄装饰品等等。(7)

不管她内心里对爱人不满还是高兴，她都以爱赢得自己的美德。(8)

觉察到内心的爱，与爱人倾心交谈，作为新婚妻子的女主角(新娘)表演爱和恨的种种姿态。(9)

面对爱人交欢的请求，女主角仿佛将他视若路人，她开始高一声低一声地以断断续续的词句表达心中的恐惧。(10)

爱人在她耳边讲述那些最隐秘的事情，女主角听了不由得尖声惊叫，冒出冷汗。(11)

被爱冲昏了头脑，女主角对爱人的话完全不能理解。他低声重复那些悄悄话，似乎想让她明白是怎么回事。(12)

刚结婚的女主角内心惶恐，爱人努力平息她的恐惧，暗中想方设法使其心情放松。(13)

爱人一再大献殷勤，新娘欲火渐旺，抛却羞涩，被领进爱人的房间。(14)

对爱人的温柔体贴满心欢喜，新娘坐在床上。由于无知懵懂，已被唤起的情火将要熄灭。(15)

爱人甜言蜜语，巧舌如簧，彻底征服了新娘的心，因此，两人迸发出更加猛烈的全部激情。（16）

优秀诗人勤奋而精准地发现真理，三界中生灵的本性得以联系在一起。在诗中，这一真理得以全面地进行审视，诗人因此获得纯洁的美名。（17）

第十五章

英勇味以常情勇为本质。它分成战斗、正法和布施三类。因此，人称男主角具有坚贞不屈的品质。（1）

英勇味具有谋略、素养、骁勇、勇武、稳重、忠诚和勇敢等等情由和情态。它让世人满意，完成众多伟业。（2）

悲悯味以常情悲为原质。悲产生于遭到失败、希望破灭或男主角的命运收到打击。（3）

悲悯味具有不停流泪、悲伤、脸部变色、昏厥、忧郁、行动破坏、悲泣和抱怨命运等等情由和情态。（4）

厌恶味以常情厌为原质，它通过看到、听到或谈论令人不快的东西而引起，它包括对唾液的反胃、转脸、全身收缩和反感等等并不特别严重的情态表演。（5—6）

恐怖味以常情惧为原质，惧来自于特别恐怖的声音等等。恐怖味的主角是下等人、妇女和儿童。（7）

恐怖味表现为口干舌燥、脸部变色、出汗、口吃、害怕、手脚颤抖、混乱和迷惘等等。（8）

奇异味以常情惊为本质。惊奇来自于不可思议的东西，产生于自己或别人讲述的经历过的事。（9）

奇异味的典型表现是睁大眼睛、流泪、汗毛竖起、出汗、目不转睛、混乱、口吃和称善等等。(10)

滑稽味以笑为原质。它产生于自己或他人怪异的肢体、服装或行为等等。一般而言，它主要与妇女、下等人和儿童有关。(11)

眼睛和双颊启开，牙齿微露是上等人的笑，眼睛和双颊收缩的笑是中等人的笑，笑声中带泪是下等人的笑。(12)

暴戾味以常情怒为原质。怒来自于敌人造成的毁灭。暴戾味的主角行为残忍、暴躁和特别凶猛。(13)

暴戾味中主角双臂猛地张开，不停皱眉，投入战斗，以自己的力量诅咒、侮辱和粉碎敌人。(14)

平静味以正确认识为原质。它的主角无欲无求。它的情由是正确认识外界事物和黑暗，并摒弃情欲。(15)

平静味产生于不再害怕生老死等等，感官中不再出现敌意，对幸福痛苦视若衣裳无动于衷。(16)

亲爱味以爱为原质，它的主角态度友好，恪守戒律，品性高贵。爱源于同胞、伴侣和亲友。(17)

心中坦荡诚恳，愉快亲切地倾心交谈，好朋友间彼此往来密切，人们认为这是亲爱味。(18)

眼中流出喜悦的泪水，幸福地睁大眼睛看着所有这些来自内心的温柔，这是爱的基础。(19)

维达巴风格和般遮罗风格适合运用于亲爱味、悲悯味、恐惧味和奇异味，而暴戾味中适合采纳罗德风格和高德风格。(20)

诗人们精心地创作优美诗篇，充满情味的人们愉快地欣赏诗中各味，并进行恰当的分析。这并不全是欣赏，而是一种没有定

规的理解。因此，诗人怎么重视诗的创作都不为过。(21)

第十六章

世上存在法利欲解脱等人生四大目的，诗人应该结合味把它们组织到作品中进行表达。(1)

诗可分故事诗和传记等两类章回诗。诗还可分为想象诗（utpadyakavya）和非虚构诗（anutpadyakavya），还可再分为大诗和小诗。(2)

在想象诗中，整个题材和主角除了来自诗人的想象外，还能来自何处？(3)

在非虚构诗中，题材和主角等等全都来自历史（itihasa），诗人基本上不能在什么地方完全按照自己的语言来描述。(4)

在大诗中，人生四大目的被组织到其中进行表达。大诗充满了所有情味。(5)

在小诗中，人们可以认识四大目的之一。完整的小诗含有一种味，不完整的小诗包含多种味。(6)

大诗中先描写美妙的城池，然后再赞颂主角的世系。(7)

大诗描写主角对法利欲的追求，描写国王光彩照人的三种神力即威严（prabhu）、谋略（mantra）和勇猛（utsaha）及所有美德，描写主角全部可爱的品质和获胜的愿望。(8)

大诗描写按照仪轨保护整个王国、国王的行为，描写即将到来的秋季等六季。(9)

大诗描写自己或朋友的法利欲等等，也按照功德描写自己一方或敌对一方。(10)

大诗描写国王从自己的探子或敌方的信使那里听到敌人的举动时，在王宫里激愤地说话。(11)

靠着有谋略的大臣的帮助，国王决定派兵出征，高声遣使，并责骂敌人使者以惩罚敌人。(12)

然后，大诗描写主角出征，一路上战士们信心坚定。它还描写王国的山川河流、原野森林、湖泊荒漠、大海绿洲及世界万物。(13)

大诗描写黄昏时太阳下山，黑暗中月亮升起，年轻人走进树林深处欢爱嬉戏。(14)

大诗描写年轻男女在夜里依依相偎，音乐美酒伴着欢爱艳情。它还应描写更多的故事。(15)

大诗描写敌人气势汹汹地进犯，国王一方意志坚定，固守城池。(16)

大诗描写敌人士兵早上战斗，晚上甜蜜地思念妻子，因为害怕接受作战命令而自杀。(17)

大诗描写敌我双方交战时，战象惊异地挤成一团。主角最后成功取胜。(18)

一章的语言叙述后紧接着是新的一章叙述，这是章节之间的紧密相连。(19)

(已经叙述了大诗的特征，再讲述故事的特征) 在大故事(mahakatha) 中，作者先以颂诗礼敬尊者、天神和老师，再概述自己的家世。(20)

因此，如同故事开头一章那样，故事的主体也采用更多的带有谐音的短句和散文体。(21)

另一类故事的特征是：在开头部分即以适当方式发挥想象进

行虚构，随即很快开始叙述故事。(22)

故事中的劫女或所有艳情欢爱，均由梵语和俗语等其他语言的颂诗来恰当地描述。(23)

和前述故事的叙述一样，传记中也先礼敬天神和老师，但此处不能赞颂诗人。(24)

然后可以赞美国王或虔诚者等别人的功德，或者描写其他人的痛苦不幸以及别人的高尚行为。(25)

传记也可以像故事那样使用散文体叙述，但它并非不能用偈颂体（agadya）描述自己的家族世系。(26)

而且，在传记某一章节开头，为何不可大声说："女神！女神！亲爱的尊者啊！"意思相同的词语紧密相连，表示作者的意图。(27)

传记中表示疑问或赞美之处可能是已经发生过的或神秘未知的事物，不过，只有亲眼所见，才能确信描述的东西是真实存在。(28)

传记中令人生疑之处读起来却又仿佛亲眼所见。这是异说(anyokti)、①合说与双关等庄严中的一种或两种表达方式。(29)

传记中出现的颂诗完全表明尊者的另外一番面貌。这要么是基于事实的描述，要么大致只是表现一种"马里尼"诗律而已。(30)

（已经讲述了三种诗的特征，其他诗的特征如下）由于诗人

---

① "异说"是楼陀罗吒命名的新庄严。他的解释是："喻体与本体尽管有不同特征，但以同样方式表达，可以当作另一个本体来理解，这是异说。"他举例说："天鹅从湖里起飞，鲜艳莲花在水里含情绽放，鹭鸟振动水波，女友啊，你爱的是湖水而非天鹅！"——见 Rudrata，*Kavyalankara*，ed. by Ramadeva Sukla，Varanasi：Chaukhamba Vidyabhawan，1966，pp. 285—286.

带着某种目的和偏好进行创作，在以上三种作品中，故事与事实似乎存在某种程度的不符。(31)

故事中，即使王国衰落，也描写主角最后的成功。同样，它还以牟尼的虔诚描写他的解脱。(32)

(接下来讲述小诗等的特征）小诗（ksudra kavya）和小故事（khanda katha）描写主角的幸福、苦难，也描写婆罗门、随从和导师等人。(33)

小诗和小故事也描写悲悯味和分离艳情味（pravasa srngara)，先写爱情，最后写主角的成功。(34)

然而，在非虚构诗中，不能在开头即念诵神灵进行祈祷。不论篇幅短小还是巨大，都不能表现这种场景。(35)

在传说剧等戏剧的章节中出现三句以上称颂吉祥神灵的输洛迦。诗中有各种语言（bhasa)，这在其他地方已经讲过。(36)

(以下 37—41 颂省略)

四 《曲语生命论》选译①

恭多迦

第二章

一个、两个或更多的字母反复地、有间隔地在诗中使用，这就是字母（音素）曲折。(1)

不同的二十五个辅音可与鼻音相连并重复使用，ta 和 la 等辅音可以重复使用，其他辅音可与 ra 等等一起重复使用，辅音的恰当使用产生美。(2)

有时，即使没有间隔的辅音重复，由于诗人巧妙的组织和元音的变化，也会带来高度的曲折美。(3)

并不刻意而为的辅音重复，以柔和的音节装饰，丢弃先前的重复音而选择新的重复音，使人耳目一新。(4)

音素美的创造着眼于诗德和风格，正是在此意义上，古人称之为风格美。(5)

叠声是一种特殊的音素曲折，它有同音异义的词，清晰易解，悦耳动听，安排合适，它在诗的开头等地方产生优美。它的美并无二致，此处按下不提。(6—7)

---

① 译自 Kuntaka, *Vakroktijivita*, ed. by K. Krishnamoorthy, Dharwad: Karnatak University, 1977. 此处译出第二章的经，未译其注疏。

当习惯用词虚拟地表示本无之物，或被用来对已有之物进行夸张描写，以表达诗人极度的蔑视或高度的赞扬，这是所谓的惯用词曲语。(8—9)

诗中使用与表示的词义特别相近的同义词，使词义特别优美，它能修饰自身词义，也能使别的词义显得优美。(10)

同义词以自己的特色使自身变得柔美，从而表达一种不可思议的丰富的隐含义。同时，它还包含美化的庄严，引人入胜，这种同义词的艺术使用就是至美的同义词曲语。(11—12)

尽管彼此相距很远，但因某种微妙的共同特征而进行隐喻地描述，以表明二者之间非常相似。这便为隐喻等各种别人提到过的饱含情味的庄严奠定了基础。这是一种人称以隐含义为主的曲语（转义词曲语）(13—14)

由于修饰词的重要作用，动词或名词的魅力得以流光溢彩，这便是修饰词曲语。(15)

为了精彩表达，表述对象以某个代词等等来进行掩饰，这就是委婉词曲语。(16)

词干添加的词缀由于自身的魅力，使得描写对象恰如其分地展现魅力，这是另一类曲语（复合词曲语）。(17)

在词的开头等位置置入词缀，形成一个极佳的复合词，产生一种曲折的美。(18)

使用不变词为首形成的副词复合词等等产生诗美，这应视为不变词曲语。(19)

故意将一个未完成的动作当作已完成的动作来描述，这是动词曲语。(20)

两个词性不同的词表达同一对象，产生一种诗美，这是词性

曲语。(21)

在别的词性可以使用的情况下，为产生诗美而使用阴性词，因为即使是女人名字也让人神清气爽。(22)

尽管别的词性可用，但为了恰如其分地表达并产生诗美，而使用特定的词性，这是另一种词性曲语。(23)

由于动词具有迷人而特殊的引申义，一个动作主体远远盖过了另一个动作主体的美。(24)

动作对象被隐喻性地恰当描述而产生诗美，这些被称作五种动词曲语。(25)

时态恰到好处的运用而产生绝妙诗美，这是时态曲语。(26)

为了产生某种曲折的表达之美，在八个词格中，选用一个最好的词格，以集中体现某词的引申含义，这种对格的变化使用可以视为词格曲语。(27—28)

诗人为体现诗美而在词的单、双、复数之间进行变化，智者称其为词数曲语。(29)

对有的人称弃而不用，而使用别的人称，这应视为人称曲语。(30)

为了体现诗美，诗人在动词的主动语态和中间语态二者间选择一个更合适的来使用，这是动词语态曲语。(31)

放弃常用后缀而代之以别的后缀以强化某种诗美，这是一种前后缀曲语。(32)

前缀和不变词在诗中用来说明各种味应是诗的唯一生命，这是另一类前后缀曲语。(33)

有时，很多种语法曲语联合运用，彼此的美得以增强，这就产生了千姿百态的迷人魅力。(34)

句子蔓藤和词汇叶片是曲折诗美流光溢彩的根源，曲折之美使诗真情饱满，繁复艳丽。愿蜜蜂似机敏的智者在语词繁花中满怀喜悦地品尝那新鲜醇厚的蜜汁吧！(35)

五　《合适论》选译[①]

安　主

向永不退却者[②]致敬！这位最合适的演员用眼膏涂黑双眼以蒙蔽敌人。(1)

安主[③]撰写了《诗人的耳饰》，探讨诗中各种庄严，涉及诗病和令神欢喜的诗德。(2)

现在安主探讨诗的合适问题。合适是形成审美体验的魅力之因，是味的生命。(3)

如用心观察也难以发现合适这一诗的生命，那么，诗中再多的庄严和不胜枚举的诗德有何意义？(4)

庄严不过只是庄严，诗德也只是诗德而已。合适是有味之诗坚实稳固的生命根基。(5)

（疏）诗由词音和词义组成。迷人的音和义相互促进，彼此获益。比喻和奇想等许多诗庄严犹如手饰、耳饰、臂饰、项链等

① 译自 Ksemendra, *Aucityavicaracarca*, Varanasi: The Chowkhamba Vidyabhawan, 1964. 此处译出该书经和疏，省略所举全部诗例。

② 梵文原文为 Acyuta，这是大神毗湿奴的一个称号。

③ 即《合适论》的作者。

装饰品，它们只不过是形成外在美的原因罢了。智者们曾经罗列分析了众多诗德。但不论是哪种诗德，它都只是如同学问、真理和习性等一样的优良品质罢了，因为这些带有人为的痕迹。后边[1]将要分析解释合适的概念。合适是诗[2]坚实不朽的生命。倘若缺乏合适性，尽管还有诗德和庄严，诗也失去生命。诗的生命通过艳情等味的完美装饰得以永恒，正如人的生命通过炼金术达到不朽。

庄严运用得恰到好处才是真正的庄严。诗德总是在不偏离合适之际才是真正的诗德。(6)

（疏）庄严如在合适的地方运用，就能起到美化修饰的作用，否则，它就不配称作庄严。同样，诗德如在合适的场合使用，就是极佳的诗德，否则它就只是诗病而已。因此，有人说："腰带系在脖子，项链系在腰部，脚镯戴在手臂，手镯戴在脚踝，对顺民逞威，对敌人仁慈，谁见了不觉得可笑？同样，庄严和诗德缺乏合适性，也就失去光彩。"[3] 那么，什么是合适呢？

大师们把的确适合表达对象称为合适。这种恰如其分的状况就是所谓合适。(7)

（疏）与一种特定表达对象相称就被称作合适。人们把这种情形叫做合适。现在，为了使人们能清楚了解哪些主要地方存在全诗生命灵魂所在的合适性，安主说了下面的话。

---

① 此处的梵文词 agre（在前边，第七格即依格），但是，据上下文语境来看，此处应为表示"在后边"的梵文词。

② 梵语诗学中诗（Kavya）的概念不仅包括诗歌，还包括戏剧、小说等文类，故译者将《合适论》中使用的这一概念统一译为"诗"。

③ 此处安主引用的是梵语戏剧学家婆罗多在梵语戏剧学论著《舞论》中所讲的话，此处采用了黄宝生先生的译文，见黄宝生：《印度古典诗学》，北京：北京大学出版社，2000 年，第 387 页。

他们认为，合适是诗的身体的命脉，它理应体现在构成诗的因素中。这些因素包括：词、句、文义、诗德、庄严、味、动词、词格、词性、词数、形容词、前缀、不变词、时态、地点、家族、誓愿、真理、气质、动机、本性、句义、创作才能、年纪、思想、称号和祝福，等等。(8—10)

（疏）合适是贯穿诗全身的命脉。合适在以词为基础的诗的生命攸关处熠熠生辉。

妙语因有合适的词而动人心魄，犹如花容月貌的女子额头点上麝香吉祥痣，或黑肤美女额头点上白檀香吉祥痣。(11)

（疏）就像在额头点上一颗吉祥痣，其他部位也光彩照人，全身因而妩媚动人。诗中含有一个合适的词，其它词语熠熠生辉，全诗格外迷人。

创作中体现了合适性的句子总能赢得善士的称赞，犹如富人因慷慨而显得高贵，人的学问因好的品性而熠熠生辉。(12)

（疏）睿智的品诗者最欣赏按照合适原则创造的句子。

文义因有特别合适的含意而显得生动，犹如一位自怡于卓越品性的善士因富裕而光彩照人。(13)

（疏）合适的殊义孕育在才能的卓越奇想中，整个文义弥漫着甘露雨的光辉大诗因此获得魅力。①

充满魅力的美好诗德在诗中合适地运用，欢喜在读者心中流淌，犹如月亮在人们欢爱时升起，洒下欢喜。(14)

（疏）以壮丽、清晰、甜蜜、柔和等为特征的美好诗德，在

① 古典梵语诗歌一般可以分作大诗和小诗两类。大诗主要是指叙事诗，小诗主要是抒情诗。

描写对象的合适运用中产生迷人魅力，正如月亮在知音心中洒下欢喜。

妙语因有意义合适的庄严而大放异彩，如同鹿眼女郎的丰满胸脯戴着项链而光彩照人。(15)

（疏）诗因有意义合适的庄严如明喻、隐喻、奇想等的运用而显出光彩，如同高耸胸脯戴着漂亮的珍珠项链的女子一样风韵迷人。

合适而迷人的味充满了所有人的心灵，犹如春天里无忧花惹人相思。(16)

（疏）合适而富有光彩的艳情等味弥漫所有人的心间，如同春天绽放的无忧花使人风情万种。

正如巧厨调配甜辣等味获得一种令人惊叹的味，艳情等味的融合，也会产生一种奇妙怡人的诗味。(17)

（疏）手艺高超的厨师用芫荽、芥菜、辣椒和姜等调料，在饮料中调和苦甜酸咸等各种口味而产生一种美妙的味，同理，艳情味等互不矛盾冲突的各种味[①]相互交融时，也会产生一种绝妙的味。

需要留意的是，这些味应该以合适性为基础相互交融。谁会愿意品尝那种混杂但却没有合适调配的味呢？(18)

（疏）在把各种味彼此混合时，应该留意合适性这种所有诗的命脉所在。混合的味哪怕沾上一粒不合适的灰尘，也没有任何人喜欢品尝。道理就是如此。

---

① 按照《舞论》的说法，观众对戏剧的审美体验产生八种味即艳情味、英勇味、悲悯味、滑稽味、奇异味、厌恶味、暴戾味和恐怖味等。后来的梵语诗学家将味的概念拓展到诗歌领域，并不断扩展味的种类。

如果动词使用恰当，诗德、诗的韵律和诗的优点就会光彩夺目，正如善士如持善业，其美德、优良品行和高尚心灵会显得卓越不凡。(19)

（疏）拥有甜蜜等诗德和春天吉祥痣等绝妙诗律，且精微美妙，只要动词使用得当，诗就大放光彩。如善人（sujana）一类的词清楚明白，因为比喻显而易见。

句子的全部成分因使用合适的词格[①]而流光溢彩，正如富人以出身豪门为点缀，但却以行为高尚而闻名于世。(20)

（疏）合适使用词格的句子富有光彩，正如出身高贵是富人的装饰，高尚行为才使他声名显赫。

词性[②]的合适运用体现了诗的美，如同身体佩戴象征王权的吉祥标志而雍容华贵。(21)

（疏）词性在描写对象上的合适运用，使得诗优美华丽，正如一个人因身体佩戴王家标志而显得仪表堂堂。

诗因词数[③]的合适运用而迷人，正如内心坚毅仁慈的智者因恰到好处的言谈而神态优雅。(22)

（疏）诗因单数、双数和复数的合适运用而优美可爱，恰如一位心灵高尚的智者因其不卑不亢的举止和优雅合适的谈吐而光彩照人。

意义因诗中形容词[④]恰如其分的修饰而清晰易辨，正如正直宽厚的善士拥有品德出众的挚友而令人神清气爽。(23)

---

① 梵文的名词有八格即体格、业格、具格、为格、从格、属格、依格和呼格。

② 梵文词分为阴性、阳性和中性三种。

③ 梵文名词分单数、双数和复数。

④ 按照印度古代语法家波你尼的语法规定，梵文的形容词包括形容词、副词、名词、动词、同位语和谓语。

（疏）被阐发的诗义因修饰词的合适运用而熠熠生辉，正如品德高尚的善士因其德操卓尔不群的挚友而引人注目。

前缀与词语恰到好处的结合容易增添诗可喜的品质，正如人走正道财富日渐增长。(24)

（疏）诗因 pra（向前）等前缀的合适运用而增光添彩，正如人走正道而财富日渐兴隆。

诗的意义因不变词[①]恰如其分的使用而得以确认，正如已经拥有的财富因为不变心的朋友而得到保障。(25)

（疏）把 ca（和）等可爱的不变词放在合适的地方，诗的含义得以确定，正如拥有好朋友，财富得以充分地巩固。

由于词义中有合适的时态[②]运用，诗便显得魅力十足，正如善士身穿令人羡慕的衣裳而倍显英俊。(26)

（疏）由于以合适的时态表达意义，诗显得迷人可爱。正如善士懂得在哪种场合该穿哪种适合时令季节的衣裳，从而使自己显得赏心悦目。

诗的意义因合适而引人入胜的地点描写而熠熠生辉，仿佛善士一举一动让人倍感亲切熟悉。(27)

（疏）对地点恰到好处的描写使诗义引人入胜，恰如善士因举止优雅适度更显风度迷人。

关于家族的合适描写，能给诗增添一种独特的魅力，使知音欢喜。这好比关于个人世袭的合适描写，一般说来，只有那些知音觉得亲切。(28)

---

① 梵文中的不变词包括副词、连词和叹词等。

② 梵文的动词时态包括现在时、一般时、完成时、将来时、假定时、不定过去时等。

（疏）关于家族的合适描写产生一种格外的美，诗为知音欣赏。这好比关于个人世袭的合适描写使人敬重，知音觉得亲切。

因为合适的誓愿出类拔萃，值得称道的诗义愉悦人心。（29）

（疏）因为合适的誓愿出类拔萃，人们无比愉快地欣赏诗义。

人们确实相信，诗人合适地表述真理会使诗卓尔不群，在读者心头产生共鸣。（30）

（疏）通过合适地表述真理，诗人的妙语引人入胜，诗义为人知晓。

诗人的语言饱含合适的气质，产生审美的魅力，这好比智者的高雅举止亲切宜人。（31）

（疏）诗人语言中饱含合适宜人的气质，产生诗的魅力，这好比智者的高尚行为和亲切使人欢喜。

妙语[①]自然流畅地展现合适的动机，它能愉悦人心，正如善士的怡然安康和淳朴坦荡令人欣喜。（32）

（疏）诗能毫不费力地传达合适的动机，愉悦人心，正如善士以品德高洁折服人心。

妙语中关于本性的合适描写仿佛漂亮的装饰，使人欢喜，这好比女子可爱的装饰之美自然成趣、无出其右。（33）

（疏）本性的合适描写仿佛是诗人妙语的装饰闪闪发光，这好比女子自然淳朴、无可匹敌的美貌。

当合适的句义所指对象被确认以后，谁又不认可诗的含义呢？这好比根据合同一笔交易马上完成，谁会反对呢？（34）

（疏）当句义所指对象被确认以后，谁又不认可诗的含义呢？

---

① 妙语（sukti）即诗（Kavya）。

这好比根据合同立马完成的一笔交易，谁会反对呢？

经过诗人创作才能合适地装饰过的诗光彩夺目，正如名声无瑕的有德之士凭财富佐助而光耀门庭。(35)

（疏）经过诗人才能合适地装饰过的诗引人入胜，正如有德之士名声无瑕的家族因财富佐助而显赫于世。

世人推崇合适表达年龄的诗，正如智者深思熟虑后的行为举止深得人心。(36)

（疏）世人推崇合适表达年龄的诗，正如智者用心思索后的行为举止受人赞誉。

诗因思想的合适表述而引人入胜，正如明白知识真理的智者的学问使人敬畏。(37)

（疏）诗因思想的合适表述而引人入胜，智者的学问因其通晓知识真理而为人推崇。

人物的称号符合诗中描写的事迹，诗德诗病便一目了然，这好比符合某人行为的称号反映了他的优点缺点。(38)

（疏）人物称号符合诗中描写的事迹，便可明白诗德诗病何在，这好比从符合某人身份的称号便可了解他的长处短处。

合适表达祝福会使诗的意图得以完美地体现，智者因此快慰人心，这好比恰当的祝福带给国王更多的荣耀，他大方地施舍财富，智者因此心满意足。(39)

（疏）合适地祝福将完美体现诗的意图，使智者心旷神怡，这好比恰到好处的祝福使国王更加荣耀，他大方地施舍财富，智者因此满心欢喜。

六 《火神往世书》选译[①]

火神说

现在我将讲述诗与戏剧中的庄严。一般认为，发音的音素、单词和句子是语言作品（vanmaya）中的三种成分。(1)

这三种成分也存在于经论和历史传说中。经论和历史传说以词语（Sabda）为重。(2)

诗以词语的意涵（abhidha，表示义）为重。这是诗与经论和历史传说二者的区别。人生在世，生命难得，而知识更难获取。诗性难得，而作诗的天才（sakti）更难具备。学问（vyutpatti）难得，而真知灼见（viveka）尤为难具。凡夫俗子即使努力也不能通晓一切经论。各种音素中包括第一、二、四类字母，第三类是送气音（mahaprana）。词语的分类大致简略。句子是表示不同意义的词语的组合。(3—6)

诗中庄严璀璨夺目，有诗德、无诗病。诗来源于吠陀天启或俗世生活。诗天生助人成功，使人喜悦。(7)

梵语是天神们的语言，人们使用三种俗语。诗有散文体、韵

① 此处译文为《火神往世书》第 337 章论述诗的特征的部分，译自 *Agnipurana*，Bombay：Anand Ashran Press，(1879) 1957，pp. 537—539.

文体和混合体三种。[①]（8）

词的连接不分音步，这是散文体。散文体诗分为花粉型（curnaka）、花蕾型（utkalika）和诗律连声型（vrttasandhi）三类。[②]（9）

每一个词语的音非常不柔和，不采用长复合词，这是花粉型散文体。采用长复合词的花粉型散文体应叫花蕾型散文体。（10）

诗中的词语大略或少量采用诗律，这是诗律连声型散文体。（11）

韵文体诗可以分为传记、故事、小故事（khandakatha）、大故事（parikatha）和短故事（kathanika）等五类。（12）

在散文体诗中，主角称颂家族世系，描写劫女、战斗、分离和失败，采用迪普特（dipta）式的风格、词语组合和地方风格。由主角或他人讲述的那些优美篇章应该视为传记。诗人用简短的输洛迦称颂自己的家世。（13—15）

重新讲述往事，这是另一种故事。不分章节，或结局在叙述的最后出现，这是故事。故事若采用四个音步（catuspadi，四句颂）则是小故事。在小故事和大故事中，主角一般是大臣、商人或婆罗门。小故事和大故事含有悲悯味和四种分离艳情味。

---

① 檀丁在《诗镜》第一章第33颂中写道："梵语是天神的语言，由大仙们阐释。俗语有多种：从梵语派生的，与梵语相似的，地方的。"此处借鉴黄宝生译文，见《梵语诗学论著汇编》（上册），北京：昆仑出版社，2008年，第156页。Dandin, *Kavyadarsa*, Anand: Vavika, 1952, p. 17.

② 伐摩那在《诗庄严经》第一篇第三章第22至25颂中说："散文体诗（散文）分为芳香诗律型、花粉型和花蕾为主型等三类。芳香诗律型散文包含着部分韵文体诗。花粉型散文没有绵延的复合词、所用词语甜美可爱、柔和舒缓。花蕾为主型散文的情形与花粉型散文恰好相反。"参见 Vamana, *Kavyalankara-sutra*, Varanasi: Chowkhamba Sanskrit Series Office, 1971, pp. 38—39.

(16—18)

小故事和大故事没有结局，故事还将延续下去。大故事就是故事和传记二者的混合。[①] (19)

短故事以恐怖味开始，故事中间以悲悯味取胜，最后是奇异味。它旨在成功，不在升华。(20)

迦叶波（kasyapa）啊![②] 一节诗有四个音步，它包括波哩多（vrtta）和阇底（jati）两种诗律。波哩多诗律依据诗中音节数量和位置而定。阇底诗律依据音节发音瞬间（发音长短）而定。频伽罗将诗律分为音步完全相同、一般相同和完全不同的三类。[③] (21—22)

这种知识是欲横渡深邃诗海者的航船。韵文体诗分为大诗（mahakavya）、结集诗（kalapa）、完整诗（paryabandha）、精选诗（visesaka）、组诗（kulaka）、单节诗（muktaka，短诗）和库藏诗（kosa）。大诗是分章的作品，用梵语写成。[④] (23—24)

大诗同样不排除对主角的缺席描述。它依据历史传说、奇异

---

① 檀丁在《诗镜》第一章第 28 颂中写道："因此，故事和传记只是同一体裁的两种名称。其他的叙事作品也都属于这一类。"采用黄宝生译文，见《梵语诗学论著汇编》（上册），北京：昆仑出版社，2008 年，第 155 页。Dandin，*Kavyadarsa*，Anand：Vavika，1952，p. 14.

② 迦叶波又称迦叶、大迦叶、摩诃迦叶、迦摄或大迦摄，意译为"饮光"或"大龟氏"。此两名出自两个意义不同的梵文，各有故事附会。其中之一是，迦叶波出身婆罗门种姓，后出家为释迦牟尼的十大弟子之一。他曾经以无价宝衣奉佛，佛回赠以粪扫衣。传说迦叶波是佛教第一次结集的主持人。参见黄心川主编：《南亚大辞典》，四川人民出版社，1998 年，第 174 页。

③ 檀丁在《诗镜》第一章第 11 颂中写道："一节诗有四个音步。诗律分成波哩多和阇底两类。"采用黄宝生译文，见《梵语诗学论著汇编》（上册），北京：昆仑出版社，2008 年，第 154 页。Dandin，*Kavyadarsa*，Anand：Vavika，1952，p. 6.

④ 黄宝生的相关解释是："组诗指五至十四节的组诗，库藏诗指多位诗人的合集，结集诗指单个诗人的结集。"见《梵语诗学论著汇编》（上册），北京：昆仑出版社，2008 年，第 154 页。

故事或其他真实事件进行创作。它简略描述谋略、遣使、进军、战斗和胜利。它采用同样优美的赛卡瓦利（sakvari）、阿底迦格提（atijagati）、阿底赛卡瓦利（atisakvari）、特里湿图跋（tristubha）和普尸毗吒格拉（puspitagra）等诗律描叙主角的面貌和出身。单节诗也应该比较详尽地描述故事的不同片段。（25—27）

最好混用阿底赛卡瓦利诗律和迦尸吒（kasta）诗律。结集诗先在故事的每一章中称颂主角，最后再强烈谴责反角。大诗特别努力而生动地描写城市、海洋、山岭、季节、月亮、太阳、寺庙和树林，描写在园林或水中欢乐嬉戏、畅饮蜜酒或男欢女爱，描写女信使的言行举止和意想不到的秘密欢爱，也描写风神和威力强大的湿婆大神。大诗运用所有合适的诗律描写情感，表现风格和味以及修饰性的相关诗德。这样描写大诗的人就是大诗人（mahakavi）。[①]（28—32）

尽管风格等修饰性成分非常重要，但只有味才是诗的生命。味贯穿诗的每一部分。通过主角的描述，人生四大目的得以向世人阐明。结集诗通篇采用一种名为憍司吉（kausiki）的柔美风格，诗的前面部分不表现艳情味、获得殊胜等等，诗应以另一类梵语创作。（33—35）

组诗中包含很多输洛迦（颂），每句由三个输洛迦组成

---

① 檀丁在《诗镜》第一章第16至17颂中写道："它（大诗）描写城市、海洋、山岭、季节、月亮或太阳的升起，在园林或水中的游戏、饮酒或欢爱。它描写相思、结婚、儿子出世、谋略、遣使、进军、胜利和主角的成功。"采用黄宝生译文，见《梵语诗学论著汇编》（上册），北京：昆仑出版社，2008年，第154页。Dandin, *Kavyadarsa*, Anand: Vavika, 1952, p. 9.

(sandanitaka)。单节诗每句只有一个输洛迦，每一颂都富有魅力。[①]（36）

诗人之狮（kavisinha）与梵天无异，他们利用优美的妙语巧妙地创作库藏诗。(37)

诗人才能流光溢彩，采用不同的诗律创作各章诗篇。所谓混合体诗指各种诗，它分两类：可听的诗和表演的诗（戏剧）。混合体诗使用所有语言。(38—39)

——以上是伟大的《火神往世书》中名为《论诗等等的特征》的第 337 章。

---

① 印度学者 M. N. D. 沙斯特里关于《火神往世书》第 337 章的译文显示，结集诗每节三颂，精选诗每节四颂，组诗每节由多颂组成，单节诗每节一颂。这说明，该译者依据的是《火神往世书》的另一种梵文本。参见 Manmatha Nath Dutt Shastri，Trans.，*Agnipuranam*，Vol. 2，Varanasi：The Chowkhamba Sanskrit Series Office，1967，p. 1240.

附录四　莎士比亚在印度

引　言

文化底蕴深厚，但它曾经是英国最大的殖民地。莎士比亚是英国最伟大的作家，也是英殖民帝国的象征。英国学者卡莱尔在1840年说过："我们不能没有莎士比亚！无论如何，印度帝国终究会消失的，但莎士比亚却不会，他永远与我们在一起。我们不能抛弃莎士比亚！"① 莎士比亚与印度的文化因缘注定产生在殖民时期，并一直延伸到后殖民时期。"在印度对西方文学长达两个世纪的接受史上，莎士比亚肯定是最重要的人物。"② 由于英印之间错综复杂的殖民纠葛，莎士比亚在印度文化语境中的传播

① Harish Trivedi, *Colonial Transactions: English Literature and India*, Calcutta: Papyrus, 1993, p. 25.

② Sisir Kumar Das, "Shakespeare in India", in Swapan Majumdar, ed. *Jadavpur Journal of Comparative Literature*, Vol. 35, 1997—1998, Calcutta: Jadavpur University, p. 41.

便具有丰富的研究价值。鉴于国内学者对此了解甚少，本文试图从莎士比亚戏剧在印度的翻译改编、两个多世纪来印度作家和学者对莎士比亚作品的评价和研究等两个方面入手，简单地介绍和探讨一下莎士比亚在印度的跨文化传播情况。

一、莎士比亚戏剧的翻译改编

印度学者认为："莎士比亚在印度享有一种'文学运气'。"[①]的确如此。莎士比亚在印度的"文化登陆"比起他的作品在中国出现要早得多。这当然与英国对印度的殖民侵略有关。早在他的戏剧为印度次大陆所阅读或演出以前，他的名字就为来印的英国冒险家们不断传颂。1719 年，有人在印度南方城市马德拉斯发现了莎士比亚的戏剧作品。1750 年前后，加尔各答一家剧院上演了一出莎剧。到 18 世纪末，印度的英语学校已经把莎士比亚戏剧列入课程表。因此，到 19 世纪 30 年代，印度人已经很熟悉莎剧及其演出了。"殖民灾难更加巩固了莎士比亚在印度文学中的地位。卡莱尔的浮夸之辞证明是未卜先知：莎士比亚在印度比大英帝国长寿。"[②]

由于大英帝国对印度的英语殖民教育，莎士比亚被印度的知

① Swapan Majumdar, "Approximating the Other: Some Shakespearean Renderings in Indian Languages", in Amiya Dev, ed. *Jadavpur Journal of Comparative Literature*, Vol. 31, 1993—1994, Calcutta: Jadavpur University, p. 55.

② Swapan Majumdar, "Approximating the Other: Some Shakespearean Renderings in Indian Languages", in Amiya Dev, ed. *Jadavpur Journal of Comparative Literature*, Vol. 31, 1993—1994, Calcutta: Jadavpur University, p. 55.

识精英视为文化偶像。这就为莎士比亚戏剧在印度的不断翻译、改编和演出奠定了心理基础。具体说来，这种翻译指莎剧被译为印地语、孟加拉语、泰米尔语、马拉提语、坎纳达语等各种印度地方语言。“这种翻译给印度地方语言文学带来两个方面的现代化，这大致相当于文学和社会的西化。”[①] 莎剧翻译带动了梵语戏剧的现代翻译。在此之前，梵语戏剧并未译为现代印度语言。“19 世纪梵剧翻译的突然出现，某种程度上体现了对莎剧的抵抗。”[②] 莎剧的翻译传播与印度的新浪漫主义文学复兴和繁荣分不开，而这又来自于它与西方文学的会通和传统文学的复兴。此外，印度文学存在一种对经典如两大史诗不断进行改写的传统，这对莎剧的跨文化翻译改编不无影响。印度学者认为：“在 19 世纪和 20 世纪初，印度很大一部分莎剧改编是这种传统的一部分。改编的目的是，像梵语史诗或波斯故事那样，使跨文化的莎士比亚在印度变得家喻户晓。”[③] 殖民时期的莎剧翻译还与复杂的政治语境纠缠在一起。莎剧中的西方观念被一些印度人用来质疑大英帝国对印度殖民统治的合法性。有的莎剧翻译者利用莎剧来增强民族自信，如 1912 年翻译过兰姆编的莎士比亚戏剧故事集的萨尔玛把莎士比亚称为“英国的迦犁陀娑”，并为梵语戏剧家、诗人迦犁陀娑比莎士比亚早生二千年感到自豪。萨尔玛一反东方学家和很多印度文化精英将迦犁陀娑称为“印度的莎士比亚”的

---

① Sisir Kumar Das, *Indian Ode to the West Wind: Studies in Literary Encounters*, Delhi: Pencraft International, 2001, p. 65.

② Sisir Kumar Das, *Indian Ode to the West Wind: Studies in Literary Encounters*, Delhi: Pencraft International, 2001, p. 68.

③ Sisir Kumar Das, *Indian Ode to the West Wind: Studies in Literary Encounters*, Delhi: Pencraft International, 2001, p. 76.

做法，对莎士比亚进行了成功的“文化挪用”。因此，文学家莎士比亚被推到了政治的漩涡激流中重新接受审视。这是殖民语境中跨文化传播的题中应有之义：“尽管一些印度翻译者通过莎士比亚的号角传播大英帝国的‘美德’，其他的翻译者将他作为棍子敲打大英帝国。”① 印度民族独立运动领导人之一尼赫鲁在其代表作《印度的发现》中曾经说道，两个英国来到印度。一个是代表野蛮殖民势力的英国，另外一个是莎士比亚和弥尔顿等文学家所代表的英国。“这便是两个英国，如同每个国家都存在民族性格和文明的两个方面。”② 尼赫鲁的对比言说代表了印度人对莎士比亚及其剧作的尊敬，而这种尊敬又是与憎恨大英帝国殖民统治的复杂心绪纠缠在一起的。总之，莎士比亚戏剧所蕴含的人文主义思想对于印度人认识大英帝国殖民政策的虚伪和残忍起到了极其有效的历史作用。这也可以解释为何莎士比亚戏剧的翻译、改编和演出在殖民时期如此频繁。

根据 1964 年一份资料统计，到莎士比亚诞生四百周年时，印度各地方语言的莎剧翻译和改编情况是：孟加拉语 128 种、印地语 70 种、坎纳达语 66 种、马拉提语 97 种、泰米尔语 83 种、泰卢固语 62 种、乌尔都语 48 种、古吉拉特语 34 种、马拉雅兰语 40 种、旁遮普语 13 种、奥里雅语 7 种、阿赫米雅语 15 种，另外还包括莎剧的 7 种梵语译作。1964 到 1994 年间，印度各地方语言文学的莎剧翻译增加了 90 种，其中 60%是为纪念莎士比

---

① Harish Trivedi, *Colonial Transactions: English Literature and India*, Calcutta: Papyrus, 1993, p. 32.

② Jawaharlal Nehru, *The Discovery of India*, Bombay: Asia Publishing House, 1972, p. 287.

亚诞生400周年而译。根据印度学者的考证，第一个将莎剧译为印度语言的是加尔各答的一位英国文官查尔斯。他在1808年将莎剧《暴风雨》译为孟加拉语。此后，印度本土作家或学者一直不断地以各种地方语言翻译莎剧。按照翻译的频率来看，莎剧中的悲剧和喜剧被译为印度各种地方语言的次数最多。其中，《威尼斯商人》是各种印度语言版莎剧中最受欢迎的一种，被各种印度语言翻译改编50多次。悲剧中被翻译或演出最多的是《奥赛罗》、《罗密欧和朱丽叶》、《麦克白》和《哈姆雷特》等，其中《哈姆雷特》被译为各种印度语言亦达50多次。

一位印度的莎剧翻译者说："为了适合我国读者的胃口，我用本土模式努力呈现莎剧的故事情节和角色的本质特征。"[①] 由于清醒地意识到东西方文化的巨大差异，大多数印度的莎剧翻译者不得不变翻译为改编，实行战略调整，以使莎剧的阅读和演出适合印度人的宗教文化心理。因此，翻译和改编几乎一致。这些莎剧翻译者改编的大胆有时达到令人惊讶的地步。他们的莎剧翻译其实是对西方经典的摄食（cannibalization）和补充，是对莎士比亚成功的文化挪用（appropriation）。这就不难理解，莎士比亚戏剧在印度翻译的第一个阶段的特征是本土化或曰印度化。早期莎剧翻译采取了两种策略。一种是取消莎剧的戏剧体而以叙事体译之，使之成为一种新的"伪梵语亚文类"（pseudo-Sanskritic sub-genre）。例如，维迪雅萨迦在1869年翻译的莎剧《错误的喜剧》便是一例。他改变了剧名，变换了角色和地名，

---

① Sisir Kumar Das, *Indian Ode to the West Wind: Studies in Literary Encounters*, Delhi: Pencraft International, 2001, p. 80.

清除了一切外国痕迹，用印度的文化风俗代替了莎剧涉及的西方风俗。剧中涉及猪或牛肉的字样要么省略，要么用模棱两可的印度菜名取代之，以免伤害印度教徒和穆斯林的宗教感情。维迪雅萨迦等人的"新文体"并未奏效。"它只是一种挪用的策略而已。它试图利用更大的印度文学传统来复述莎剧。其成功是有限的。"[①] 莎剧翻译印度化的另外一种路线是保留莎剧的戏剧形式，而对剧中涉及的道德哲学观念、乃至戏剧背景和情节等各种元素大胆地进行改造。这些翻译改编者试图创造一种新型的华丽壮观的娱乐剧，这在印度袄教徒剧作家的莎剧翻译改编中获得成功。袄教版莎剧并未重视莎剧的心理冲突等因素，而是以动作的夸张等为基础来改编莎剧。例如，在袄教版莎剧中，哈姆雷特的宫廷是印度中世纪式的，王子们在此跳起印度的传统舞蹈，而安东尼在克莉奥佩特拉死后仍然活着，悲剧《李尔王》改编为一出喜剧。袄教莎剧是莎剧原作完全印度化的典型，这类戏剧的大多数演出都获得了商业成功，由此形成一种新的表演风格。袄教版莎剧仍然潜移默化地影响着当今印度的莎剧改编。

在莎剧翻译的第一阶段即印度化阶段，坎纳达语戏剧《眼睛血红的姑娘》最有代表性。这是由坎纳达语诗人、戏剧家库文布根据莎剧《哈姆雷特》翻译改编的。该剧 1932 年初版，1993 年第十次再版。由此可见它的流行程度。该剧的坎纳达语剧名为 *Raktaksi*《眼睛血红的姑娘》，Rakta 和 Aksi 分别来自梵语，意思是红色和眼睛。这部改编戏剧以积极的奥菲利娅而非消极的哈

---

① Sisir Kumar Das, *Indian Ode to the West Wind: Studies in Literary Encounters*, Delhi: Pencraft International, 2001, p. 70.

姆雷特为主角，显示了改编者的大胆创新。这种表现重心的转移与强调女性神秘强大的“性力”（Sakti）的印度宗教观念相吻合，也契合了女性和男性平等、甚至比男性优越的现代女性主义观念。莎剧中的奥菲利娅在库文布的改编剧中被命名为*Rudarmbe*《愤怒的姑娘》，Rudra的意思是愤怒，来自吠陀中的神名，它体现了女主人公暴戾的性格。库文布将莎剧中的故事背景变换为印度南方卡纳塔克一个古代王族发生的内部纷争。一切地名和人名悉数被印度本土化。更为关键的是：“任何为对象文化的故事结构所不能接受的价值观必须坚决抹掉……因此，在这一跨文化翻译过程中，在某个地方，失落的东西即使不在量上、也在质上得到了回报。”① 这一“回报”便是印度观众的宗教文化心理所期待的东西。例如，在莎剧中，克劳迪斯和哈姆雷特的生身母亲的婚姻表面上是合法的，但那种乱伦婚姻是一些印度观众无法接受的。因此，库文布在设计《眼睛血红的姑娘》中王后和情人的畸恋情节时，没有让他们像莎剧那样公开结婚，而是处于秘密的地下状态。如果库文布反其道而行之，“这一情节可能会违背印度教的法律，因此不为印度教观众所接受，他们可能视其为无耻”。②莎剧在印度的跨文化“旅行”和它在日本的情形颇为类似。日本著名导演黑泽明曾经将《李尔王》和《麦克白》分别改编为电影《乱》和《蛛网宫堡》。为照顾日本人的欣赏习惯，

---

① Basavaraj Naikar, “Raktaksi: Cultural Adaptation of Hamlet”, in Swapan Majumdar, ed. *Jadavpur Journal of Comparative Literature*, Vol. 41, 2003—2004, Calcutta: Jadavpur University, p. 33.

② Basavaraj Naikar, “Raktaksi: Cultural Adaptation of Hamlet”, in Swapan Majumdar, ed. *Jadavpur Journal of Comparative Literature*, Vol. 41, 2003—2004, Calcutta: Jadavpur University, p. 33.

他对莎剧从剧名到角色人名、情节和主题等都作了较大改动。他注意了人物形象的民族化问题。除了用日本演员，让他们穿和服外，还对角色的内在本质作了改变，这主要体现在将日本特有的武士道精神融入莎剧，这与西方的骑士精神形成了对照。由此看来，莎剧的跨文化旅行走的是几乎相同的道路。

莎剧翻译和改编的印度化在后来遇到了一些人的质疑。这便开始进入二十世纪莎剧翻译的第二个阶段。它在时间上和第一阶段的莎剧翻译本土化时期不可截然分开。第二阶段的莎剧印译大致可以称作忠实直译期。这一时期，一些印度的莎剧翻译家、特别是孟加拉语的莎剧翻译者激烈反对关于莎剧翻译改编的本土化模式以及选择性翻译，转而强调莎剧翻译的文本忠实性问题。M. 高士和S. 穆科巴迪雅以孟加拉语分别翻译的《麦克白》和《皆大欢喜》便是这一类型的代表译作。但由于印度传统文化的强大影响，百分之百的忠实译作只能是一种理想罢了。因此，大多数莎剧的翻译便取妥协折中的路线，在忠实直译和本土化翻译之间摇摆。如G. C. 高士翻译的孟加拉语版《麦克白》就是本土化翻译和忠实直译的妥协产物。一方面，G. C. 高士增加了5首歌曲，省略了几处表现幻觉的场景，还竭力避免译出一些西方的地名。另一方面，他尽量保留了莎剧原作的对话，想在孟加拉舞台上重新展示莎士比亚的戏剧世界。然而，这出戏剧的演出并未成功。1952年，另一位译者N. 雷再次以孟加拉语翻译了《麦克白》。这个格外谨慎并尊重原作的新译本的确非常忠实原剧，没有删除、歪曲、浓缩或增加什么内容。它体现了译者艰辛的学术诉求，但是，译本的语言干瘪无味，让读者失望之极。这样看来，莎剧的忠实直译路线遇到了严峻的挑战。印度学者因此指出，对于印度翻译者而言，莎士比亚在印度文学记忆和体验中的出现就是一种持久的挑战。当莎剧的可读性和可表演性均成为翻译的目标时，这种挑战便更加严峻。这位学者以后殖民视角继续分析道："英语文本的霸权是印度文学生活里的明显事实，只有通过表演才能有力地挑战这种霸权。文学翻译意味着满足视觉，而非满足听觉。这种翻译自然排除莎士比亚文本的本质性。"按照这位学者的观察，20 世纪后期莎剧在印度的翻译大势是："鼓励对戏剧效果而非对戏剧文本的翻译。"[①] 这样看来，印度世纪之交的莎剧翻译带有回归第一阶段本土化翻译模式的色彩。

以上是莎剧在印度翻译改编的一个大概。接下来看看两个多世纪来印度莎士比亚研究的概况。

二、莎士比亚研究概况

莎士比亚已经成为现代印度文化发展的有机部分，成为印度人文学审美意识不可分割的西方载体。在印度对西方文学的接受史上，莎士比亚无疑是最有分量的文豪之一。这也不难解释，为何印度学者、作家对莎士比亚的评价和研究蔚为大观。

19 世纪后期开始，在此前对莎剧大量翻译改编的基础上，印度的莎士比亚研究开始起步，并不断结出硕果。迄今为止，莎士比亚是印度学者和作家评说历史最为悠久、成果最为丰富的西

---

① Sisir Kumar Das, *Indian Ode to the West Wind*: *Studies in Literary Encounters*, Delhi: Pencraft International, 2001, p. 82.

方作家之一。印度的莎士比亚研究除了以论著、论文形式进行外，还有各种各样的莎士比亚讲座、莎士比亚研究学会，以及关于莎士比亚研究的刊物。这使印度莎学研究成为世界莎学领域不可忽视的重镇之一。他们的研究成果绝大多数以英文发表。这里先按时间顺序，择其要者，对印度学者关于莎士比亚的论著（以英文出版物为主）作一粗线条勾勒。

根据印度学者考证，莎士比亚最初是通过查尔斯·兰姆的《莎士比亚故事集》来到印度的，而孟买的学者 R. H. 米斯特里是最先对莎士比亚进行学术评价的人之一。他在 1884 年出版了《详论兰姆的〈莎士比亚故事集〉》，该书对莎剧进行了有趣的点评。世纪之交，R. V. S. 拉奥出版了《奥赛罗揭秘》和《哈姆雷特揭秘》，二书颇受当时印度和英国学术界好评。

接下来对莎士比亚研究作出重要贡献的是印度著名作家、评论家和宗教思想家室利·奥罗宾多。他将莎士比亚称为“英语诗歌中不可估量的最杰出的名字”。[①] 他在文论集《未来诗歌》中，将莎士比亚与他的“未来诗歌”理论挂钩。20 世纪早期，对莎士比亚进行评价的还有著名诗人泰戈尔，比较而言，泰戈尔对莎士比亚的评价没有奥罗宾多那么全面而系统。S. 杜特在 1921 到 1928 年间先后出版三本关于莎剧《麦克白》、《奥赛罗》和《哈姆雷特》的研究著作。他从印度视角出发，对莎剧的情节、角色、主题和观念等作了细致的探讨。与杜特的东方视角相似的莎评著作是 R. G. 萨哈尼的《东方视野中的莎士比亚》。该著评

---

① Sri Aurobindo, *The Future Poetry*, Pondicherry: Sri Aurobindo Ashram, 2000, p. 191.

价了莎士比亚在印度的地位，并以印度视角阐发莎士比亚的生活观念，由此认为莎士比亚悲剧观存在局限，莎士比亚本人缺乏宗教热忱。

20 世纪 30 年代是印度莎评成果最为丰富的时期之一。例如，1938 年，纳拉扬·C. 梅依教授出版了为当时西方莎学家所称誉的论著《莎士比亚评论集》，该书体现了作者的很多创见，也体现了明显的印度视角。1932 年，A. 皮拉伊出版《莎士比亚评论：从开端到 1765 年》，这是作者在 1929 年马德拉斯大学赞助的本地治理学院莎士比亚系列讲座基础上修订而成。皮拉伊将 1765 年为止的西方莎评向印度学界首次作了集中介绍。

20 世纪 40 到 50 年代，是印度从殖民时期走向获得民族独立的后殖民时期。也许是因为政治独立的严峻任务和独立后百废待兴的影响，二十多年里，印度的莎士比亚研究出现了一段明显的空白。这期间的莎评著作寥寥无几，乏善可陈。值得一提的是，R. B. 沙尔玛于 1955 年出版《莎士比亚悲剧论文集》，对莎士比亚几大悲剧进行分析，深受学生欢迎。

从 20 世纪 60 年代开始，印度的莎学研究再次进入繁荣期。一批莎学论著不断涌现。60 年代出现了这样一些论著，如：S. 迈特拉分别于 1960 和 1967 年出版《莎士比亚的喜剧观》和《心理现实主义和原型：莎士比亚戏剧里的骗子》，分别探讨莎氏的喜剧观和莎剧人物副斯塔夫。1963 年，A. 达塔出版《莎士比亚悲剧观和艺术》。1964 年，K. R. S. 艾因加尔出版了《莎士比亚的世界与艺术》，这是印度第一部关于莎士比亚的全面系统的研究著作。1965 年，K. D. 塞塔纳出版了《奥罗宾多论莎士比亚》，将目光投向莎士比亚在印度的文化传播。1968 年，P.

C. 高士出版《莎士比亚的混合剧》，探讨了莎士比亚打破悲剧喜剧界限的努力；N. 曼辛哈出版《迦犁陀娑与莎士比亚》。J. 查克拉沃迪于1969年出版了《莎士比亚的复仇观：兼论〈哈姆雷特〉》。他对莎士比亚悲剧、喜剧和历史剧中反复出现的复仇主题进行探索。

20世纪70到80年代，莎学研究论著有增无减。例如：1970年，G. P. 高士出版《华而不实的表演：莎士比亚人生观的变化研究》。1971年，R. W. 德赛出版《叶芝与莎士比亚》，论述叶芝受莎士比亚影响的问题。稍后，德赛还出版了《约翰·副斯塔夫骑士》，将副斯塔夫与哈姆雷特、亨利五世等莎剧人物进行比较。1975年，R. C. 沙尔玛出版《〈李尔王〉探讨》，重点探讨该剧的道德启示。1974年，U. 卡纳出版《莎士比亚戏剧的悲剧主人公：孤立的戏剧内涵》，探讨主人公的孤立状态与人类命运的关系问题。70年代里，印度老资格的莎学研究权威S. C. 达斯古普塔出版了多种莎学专著，如《莎士比亚悲剧面面观》、《莎士比亚喜剧》、《莎士比亚历史剧》、《莎士比亚指南》、《时间的循环：莎士比亚戏剧的持续问题》等，其中前二种价值更大。1978年，P. L. 皮里瓦尔出版《关于莎士比亚的东方式研究》。1978年，P. B. 阿查利亚出版《莎士比亚、迦犁陀娑和薄婆菩提的悲喜剧》。1979年，D. C. 比斯瓦斯出版《莎士比亚在他的时代》，将莎士比亚进行历史还原。同年，S. 赫马乔杜里出版《莎士比亚评论：从德莱顿到摩根》。瓦尔特·迪亚斯是著名的莎学专家。他从1972年到1980年先后出版《莎士比亚悲剧世界的心理探索》、《莎士比亚的爱和婚姻》、《莎士比亚的声音：戏剧自传》和《莎士比亚杂论集》等四种著作。80年代出版的莎学著作有：1981年，S. 乔杜里出版《浪得虚名：文艺复兴时期人的镜像》。1982年，R. S. 萨尔玛出版《国王与独裁者：〈李尔王〉中的君主制研究》。1983年，S. 辛哈出版《莎剧中的家庭关系和复辟喜剧的礼仪》，采取社会学和历史学相结合的研究方法，对莎剧进行颇有深度的研究。1985年，K. 切拉潘出版《作为悲剧作家的莎士比亚和伊昂戈》。1987年，由S. 纳伽拉贾和S. 维斯瓦纳塔主编的《莎士比亚在印度》出版。这是根据1984年在海德拉巴举行的莎士比亚研讨会上提交的论文编辑而成。1989年，A. 阿里出版《莎士比亚引论》。

20世纪末到21世纪初，印度的莎学研究著作仍然在不断地涌现。引人注目的是，自20世纪80年代以来，印度学者采取印度文化和印度文学理论视角研究莎士比亚的趋势有增无减，这在世纪之交成为一个新的学术亮点。有的学者站在世纪之交的坐标点上，开始对莎士比亚在印度的历史传播进行学术梳理，勾勒出一幅比较完整的莎士比亚跨文化旅行地图。总之，研究层面的不断拓宽，研究内容的不断深入，研究方法的不断创新，这一切，使得印度的莎学研究越来越为世界莎学界所瞩目。

就印度独立以来的莎学研究而言，除了上述挂一漏万的论著例举外，还有不少著名的学者在各种杂志上发表论文，对莎士比亚作品进行全方位的深入探讨。例如，S. 马宗达和S. K. 达斯等印度比较文学专家在《贾达瓦普尔比较文学》上先后发表莎士比亚研究论文，分别对莎士比亚戏剧在印度的翻译和文学影响进行探索。还有一些著名的比较文学学者如哈里希·特里维迪在论文集《印度的西风颂》中探索莎士比亚与印度的文化关系。值得注意的是，一些印度学者的学位论文也选取莎士比亚作为研究对象。例如，维克拉姆·乔普拉于1994年完成的博士学位论文《莎士比亚主要悲剧：印度理论语境中的研究》，以及N. 阿鲁尔于1997年完成的博士学位论文《关于莎士比亚戏剧在泰米尔语中的翻译改编的研究》就是此类研究的代表。印度学者还积极参与国际莎学会议，向世界传达印度的莎学研究信息。例如，1996年4月，S. K. 达斯参加国际莎士比亚学会在美国洛杉矶举行的学术会议，并提交英文论文《莎士比亚在印度接受的复杂性和挪用》。迄今为止，印度已经创办了好几种莎士比亚研究杂志，如《莎士比亚季刊》(*Shakespeare Quarterly*) 和《莎士比亚概览》(*Shakespeare Survey*) 等。1979年由R. W. 德赛创办、至今仍在继续出版的半年刊《哈姆雷特研究》(*Hamlet Studies*) 也许是世界上唯一一家专门研究莎剧人物的杂志。此外，莎士比亚戏剧很早就进入大学课堂，印度大学举办的各类学术研讨会常常涉及莎士比亚，各种莎士比亚研究机构或学会的先后问世，这些都给印度莎学的繁荣增添了无穷的动力。

三、莎士比亚研究的特点

纵观19世纪后期以来印度的莎士比亚研究，除了20世纪40到50年代的短暂沉寂外，它大部分时间处于繁荣兴旺的状态。印度学者关于莎士比亚的研究内容十分丰富，并积累了很多具有创新价值的研究成果。重要的是，印度学者的东方文化背景使得很多莎评打上了跨文化视野的烙印。因此，印度学者的莎士比亚研究和西方学者乃至中国学者的研究相比，既有一些相似之处，也有一些不同的特点。

很多印度莎评者们关注西方和中国同行所关注的问题。他们对莎剧在英国以外的国家的翻译和改编以及莎剧蕴含的文学、文化、政治、历史、性别等方面的诸多复杂信息均给予关注。前述各种莎学研究著述充分显示了这点。例如，莎士比亚十四行诗中的“Fair friend”（英俊男子）和“Dark lady”（黑发女郎）被称为难解的“莎士比亚式斯芬克斯”。1966 年和 1984 年，S. P. 森古普塔和 K. D. 塞塔纳先后出版了《莎士比亚十四行诗面面观》与《两个恋人和珍贵的笔：莎士比亚十四行诗之谜》，试图找寻莎士比亚隐藏诗中的“斯芬克斯之谜”的答案。其中，塞塔纳认为，英俊男子是指威廉·赫伯特勋爵，而黑发女郎是指意大利人安娜塔西娅。

由于莎士比亚是西方文化的产物，再加上大英帝国对印度长期的文化殖民，西方学者的莎评是印度学者进入莎评领域的第一张通行证。这就不难理解为何一些印度学者在评价莎士比亚作品时，首先是借鉴西方同行的研究成果。他们的莎士比亚研究在理论方法上紧跟西方。例如，心理分析、新历史主义、后殖民主义、女性主义、马克思主义等为西方莎学研究者采用的理论均被印度学者用来进行莎评。例如，世纪之交影响不小的精神分析学和原型批评理论在印度学者的莎评中可以见到。1967 年，S. 迈特拉出版《心理现实主义和原型：莎士比亚戏剧里的骗子》，便是以心理分析和原型批评相结合的方法探讨莎剧人物福斯塔夫。再如，后殖民理论是 20 世纪后期曾经风靡一时的西方后学思潮之一。印度裔美国学者斯皮瓦克和霍米·巴巴均以印度的政治和文化资源极大地丰富了赛义德开创的后殖民理论。德里大学英语系教授哈里希·特里维迪在2001年出版的论文集《印度的西风颂》中，探索莎士比亚在大英帝国殖民语境中与印度发生的文化联系。他以“文化挪用”的后殖民话语分析某些印度人的莎剧改编，还看出了一些莎剧改编者“逆写帝国”的姿态。[①] 另外一位印度学者A. 古哈在分析《安东尼与克莉奥佩特拉》的莎评论文中明显采取了后殖民理论的分析手法。古哈认为：“因为在殖民统治的话语中女性和外国人都是被统治的属下（sub-alterns），关于克莉奥佩特拉的形象建构便沾染了性别与种族主义的偏见……因此，克莉奥佩特拉体现了殖民话语中女性和非欧洲人的所有复杂的刻板印象。”[②] 总之，在古哈看来，莎剧文本是一个极佳的后殖民批判文本，因为，在这出浪漫色彩浓厚的莎剧中：“东方被建构成心灵渴望的领土。”[③] 从这些例子可以看出，印度学者的莎士比亚研究与世界莎学研究的新潮同步。

20世纪20年代开始，一些西方莎评家以比较文学视角开展莎士比亚研究。然而，在此之前，一些著名的印度作家如泰戈尔和奥罗宾多等人就已经开始实践这一莎评方法。在1902年写成的论文《沙恭达罗》中，泰戈尔认为，莎剧《暴风雨》和梵语戏剧《沙恭达罗》有相似之处，但更多的是差异。泰戈尔通过对比分析得出结论：“《暴风雨》中充满了暴力、裹胁和压迫，而在

① Harish Trivedi, *Colonial Transactions*: *English Literature and India*, Calcutta: Papyrus, 1993, pp. 31—32.

② Anasuya Guha, “Rome-Egypt Constructs in Antony and Cleopatra: Antithesis and Resolution”, in Swapan Majumdar, ed. *Jadavpur Journal of Comparative Literature*, Vol. 38, 2000—2001, Calcutta: Jadavpur University, p. 24.

③ Anasuya Guha, “Rome-Egypt Constructs in Antony and Cleopatra: Antithesis and Resolution”, in Swapan Majumdar, ed. *Jadavpur Journal of Comparative Literature*, Vol. 38, 2000—2001, Calcutta: Jadavpur University, p. 25.

《沙恭达罗》则是爱情、宁静和善良。在《暴风雨》中，自然虽被拟人化了，但与人却不心心相通。在《沙恭达罗》中，甚至于树木花草、飞禽走兽都与人息息相关、互为依存。”① 与泰戈尔不同，奥罗宾多认为，莎士比亚在表现悲剧方面优于梵语戏剧。在他看来，梵语戏剧形式优美，体现了印度古代文学家的创造才能。但美中不足的是：“梵语戏剧没有达到希腊戏剧或莎士比亚戏剧的高度。这不是因为它缺乏悲剧……是因为它缺乏对重大事件和生活问题大胆的戏剧性处理。”② 在奥罗宾多眼中，最伟大的诗人都具有对自然和人生的敏锐洞察力和卓越的艺术表达力。他说：“不管他们之间多么不同，荷马、莎士比亚、但丁、瓦尔米基和迦犁陀娑都具有这些杰出的基本品格。”③ 这样，他把莎士比亚和《沙恭达罗》的作者迦犁陀娑放到同一个地位上加以思考。泰戈尔和奥罗宾多评价莎士比亚的平行比较法为后来很多印度学者所采纳。例如，有的学者就莎士比亚和梵语戏剧家薄婆菩提展开比较。④ 还有的扩大比较范围，将莎士比亚和迦犁陀娑、薄婆菩提这两位最伟大的梵语戏剧家进行比较。这便是 P. B. 阿查利亚于 1978 年出版的《莎士比亚、迦犁陀娑和薄婆菩提的悲喜剧》。作者认为，三位生活在不同时代的东西方戏剧家都在创作最后阶段着力表现一种悲喜剧意识。三人都取法于古典作

---

① 刘安武等主编：《泰戈尔全集》（第 22 卷），石家庄：河北教育出版社，2000 年，第 19 页。

② Sri Aurobindo, *The Renaissance in India and Other Essays on Indian Culture*, Pondicherry: Sri Aurobindo Ashram, 2002, p. 365.

③ Sri Aurobindo, *The Future Poetry*, Pondicherry: Sri Aurobindo Ashram, 2000, p. 32.

④ R. K. Dhawan, ed. *Comparative Literature*, Delhi: Bahri Publications, 1991, pp. 198—209.

品。三人都在创作中打破了时空界限，都在剧中表现人与命运妥协的意识。当然，三人也存在很多差异。例如："迦犁陀娑的戏剧世界首先是一个浪漫之爱、美丽和淳朴的世界，薄婆菩提的则是一个不断纷扰人生的严肃责任和严酷反讽构成的世界，而莎士比亚的悲喜剧世界则要更加宏大，它涵盖了前二者的戏剧世界。"①

如果说平行研究使印度的莎学研究结出很多硕果的话，那么，影响研究和跨学科研究同样使印度的莎学研究成绩斐然。例如，有的印度学者着力探索莎士比亚戏剧在印度电影中的改编问题，这涉及到跨学科研究莎剧传播的问题。还有的学者探索莎士比亚对印度各个地方语言文学发生的影响作用。这对全面认识莎士比亚在世界文学中的跨文化传播无疑具有独特而重要的学术意义，丰富了世界莎学研究内容。这方面的代表作包括：J. P. 米什拉于 1970 年出版的《莎士比亚对印地语文学的影响》。S. K. 米特拉于 1983 年以孟加拉语出版的《莎士比亚与孟加拉戏剧》。二著分别探讨莎士比亚对印地语文学和孟加拉戏剧发展的影响。N. 阿鲁尔于 1997 年完成的博士论文《关于莎士比亚戏剧在泰米尔语中的翻译改编的研究》也属影响研究的范畴。

这样来看，印度学者一个多世纪来以比较文学视角进行的莎士比亚研究，无疑是印度莎学研究的亮点之一。不仅如此。很多印度学者还以本土文化视角对莎士比亚作品进行研究，得出很多令人耳目一新的结论。这种本土化研究视野和学术实践是中国莎

① P. B. Acharya, *The Tragicomedies of Shakespeare, Kalidasa and Bhavabhuti*, Delhi: Meharchand Lachhmandas, 1978, p. 252.

学界所缺乏的。它开拓了世界莎学研究的疆域，丰富了莎学研究的内容。

历史地看，泰戈尔无疑是利用印度本土文化资源评价莎士比亚作品的先行者。1905 年，泰戈尔在论文《历史小说》中创造性地利用梵语诗学中的味论原理评价莎士比亚道："莎士比亚在读者心灵上所施加的魔力和通过虚构的历史所复制的历史情味，不会因为历史的新证据的发现而泯灭。"[①] 在泰戈尔之后，一批印度学者先后采纳本土视角评价莎士比亚。例如，R. G. 萨哈尼在印度独立前出版的《东方视野中的莎士比亚》，便以印度视角阐发莎士比亚悲剧观。独立以后，随着印度民族自信心不断增强，随着后殖民时期政治和文化解殖潮流的奔涌，很多印度学者不约而同地选择了泰戈尔开创的道路，以梵语诗学或印度文化观念为标尺，对莎士比亚作品重新进行思考和探索。例如，S. C. 达斯古普塔尝试利用梵语诗学解析莎士比亚。他在论文《梵语诗学烛照下的〈哈姆雷特〉》中认为："哈姆雷特对奥菲利娅的态度显然是矛盾费解，但是，如果我们如果将它视为一种心理状态中的厌恶味，困难就减轻了。"[②] R. 拉马钱德拉在《梵语诗学烛照下的〈李尔王〉》中认为："如果说情味体验（Rasanubhava）是一切优秀文学的目的的话，那就很难在西方文学中找到另外一本像《李尔王》这么从美学、情感和心灵上愉悦人心的作品了。"[③]

---

① 刘安武等主编：《泰戈尔全集》（第 22 卷），石家庄：河北教育出版社，2000 年，第 133 页。

② M. S. Kushwaha, ed. *Indian Poetics and Western Thought*, Lucknow: Argo Publishing House, 1988, p. 254.

③ C. D. Narasimhaiah, ed. *East West Poetics at Work*, Delhi: Sahitya Akademi, 1994, p. 239.

梵语诗学重视对作品蕴含的情味进行探索，莎士比亚在作品里描写的各种情感经过系统化味论的阐释，显出一番新的风貌。前述由维克拉姆·乔普拉于 1994 年完成的博士论文《莎士比亚主要悲剧：印度理论语境中的研究》，更是极尽本土视野探索之能事。作者不仅将梵语诗学运用于莎评之中，还把印度文化经典如《奥义书》等包含的宗教哲学原理如“业报轮回”（Karma）、“明”（Vidya）、“无明”（Avidya）及数论哲学的“三德”即“暗性”（Tamas）、“忧性”（Rajas）和“善性”（Sattva）等概念悉数用来分析哈姆雷特、麦克白和李尔王等莎剧角色。这种完全本土化的莎士比亚研究与莎剧翻译第一阶段的印度化模式十分吻合，显示出印度学者研究西方文学的一种独特的民族视角。虽然说这种改换评论视角的做法引人争议，但是，它毕竟为世界莎学研究带来了一种有别于运用西方理论进行莎评的新视野、新方法，其探索和尝试是值得肯定的。

余　论

综上所述，莎士比亚在印度长达几个世纪之久的跨文化传播的确结出了丰硕的果实。莎剧在印度各种地方语言中被以“创造性叛逆”的方式翻译、改编和演出，使它在东方文明土壤中以新的面貌生根发芽、开花结果。这给比较文学研究者提供了极其丰富的研究素材。印度学者历史悠久的莎学研究既在一些层面上追随西方，又在一些层面上超越西方同行。他们不拘一格的创新研究给世界莎学增添了活力。遗憾的是，由于各种学术或非学术的原因，中国莎学界对此所知甚少。相反，S. K. 达斯先生却在他2001年出版的比较文学论文集中，根据中国学者介绍莎士比亚在中国传播历史的书，向印度学界介绍了莎士比亚戏剧初登中国舞台的概况。[①] 实际上，莎士比亚在印度的翻译、改编和研究，对研究莎士比亚在中国的传播有着极好的参照价值。例如，以“创造性叛逆”为某种特征的初期莎剧翻译而言，中印两国翻译家都有意增删莎剧原文，在失落原语言蕴含的文化信息后，又“赢得”新的文化信息。这种翻译手段的背后就是译者文化观念的考量，一种为本国读者或观众负责的道德判断。例如，在翻译莎剧《罗密欧与朱丽叶》中一个似乎“有伤风化”的句子时，有的中国翻译家便心生踌躇，下笔艰难，使得翻译出来的句子令人费解。例如，莎剧中的这个句子是：“He made you a highway to my bed; But I, a maid, die maiden widowed. （III, ii, 134—135）”[②] 朱生豪译为：“他要借着你做接引相思的桥梁，可是我却要做一个独守空闺的怨女而死去。”[③] 而如果忠实原文的话，可以译为：“他本要借你做捷径，登上我的床；可怜我这处女，守活寡，到死是处女。”[④] 无独有偶。在印度翻译家那里，也同样存在这种“曲线救国”似的、隐晦费解的莎剧翻译法。例如，莎剧《哈姆雷特》中的哈姆雷特和奥菲利娅有这样几句对话：

“Ham. Lady, Shall I lie in your lap?

---

① Sisir Kumar Das, *Indian Ode to the West Wind: Studies in Literary Encounters*, Delhi: Pencraft International, 2001, p. 83.

② William Shakespeare, “Romeo and Juliet”, in Evans, G. Blakemore & others. Eds. *The Riverside Shakespeare*. Boston: Houghton Mifflin Company. 1974, p. 1078

③ 朱生豪译：《莎士比亚全集》(5)，南京：译林出版社，1998年，第146页。

④ 方平：《欧美文学研究十论》，上海：复旦大学出版社，2005年，第371页。

Oph. No，my lord.

Ham. I mean，my head upon your lap?（III，ii，112—114)”①

中国译者的译文是：

“哈姆雷特：小姐，我可以睡在您的怀里吗？

奥菲利娅：不，殿下。

哈姆雷特：我的意思是说，我可以把我的头枕在您的膝上吗？”②

印度译者的马拉提语译文是：

“H. apalya sejari jaga dela ka?

O. He kaye maharaj.

H. Bhiu naka mi dusre tisre kahi karit nahi

Apalya payavar doke tekto teku kana ko.”

印度译者的译文大意是：

“哈姆雷特：你能让我坐你身边吗？

奥菲利娅：大王啊，为什么？

哈姆雷特：别怕。我什么也不会做的。我可以把头枕在你的脚上吗？”③

由上述两位中印译者的译文比较来看，印度译者的译文明显地属于“信息失落”与“文化获得”相结合的曲线而保守的译

---

① William Shakespeare，“Hamlet，Prince of Demark”，in Evans，G. B Blakemore & others，eds. *The Riverside Shakespeare*. Boston：Houghton Mifflin Company. 1974，p. 1163.

② 朱生豪译：《莎士比亚全集》(5)，南京：译林出版社，1998年，第337页。

③ Sisir Kumar Das，*Indian Ode to the West Wind*：*Studies in Literary Encounters*，Delhi：Pencraft International，2001，p. 84.

法。这样来看，他与中国译者的译笔相映成趣，由此看来，如果把莎剧的中译和印度译文进行比较，我们将会得到很多新的启迪。这样，东方印度这个比较文学研究的第三者参照便显得非常重要。如此说来，笔者所谓只重中西比较的“中西中心主义”学术研究范式的确可以休矣。

（四川大学外国语学院博士生导师曹明伦教授就拙文涉及莎士比亚著作的英文文献检索提供帮助，并就拙文的一些文字表述进行矫正，特此致谢!）

2009 年 2 月 5 日至 9 日撰于成都

后 记

终于可以写后记了！看着桌上厚厚一大叠书稿，再看看电脑上显示的修订稿的几十万字，我竟然不知道该如何开始写所谓的后记了。刹那间，滑稽味、悲悯味、艳情味、奇异味、英勇味、恐怖味、虔诚味和平静味等诸般情味涌上心头，我迷失在一片味（rasa）的海洋了。真正是：满纸“荒唐言”，一把辛酸泪。都云作者痴，谁解其中味？戏剧味论的代表人物婆罗多在世难解，诗歌味论的代表人物新护再生难解。

突然想起老同学黎洪前不久给我的几句鼓励，其中有《左传》言及的“三立（三不朽）”。惶恐不安之极！突然想起 1990 年 9 月的那个早上，我在老家的山脚下向海拔几百米的和尚岩顶峰攀援，一路上诗经楚辞地浮想再唐诗宋词地联翩，最后终于给刚出生不到 10 小时的孩子取了一个很古怪却又很伤感的名字，承载起我青春岁月里如美梦如露珠的无名期盼，传达了我在噩梦中在崎岖山路上仍不屈攀登的信念。感叹却又欲言又止。还想起 1997 年 9 月进入所谓大城市以来，每每在梦中以研究生的身份回到乡村，绝望而真实地期盼早日调入家乡县城或某个城市工作。这是滑稽而又非同寻常的梦，只有李代安、粟明星、廖光伟等诸位好友才是解梦者。想起 2010 年 10 月第三次给亡母上坟，坟前乱草成堆，母子阴阳隔世，不孝之罪莫大于此！人间之痛莫过于此！想起 2009 年 12 月的一个夜晚，我在海淀区中关新园的博士后公寓居然背靠椅子坐着翻译梵语诗学庄严论的片段时就打起了呼噜，是夫人将我唤醒，而我本不是轻易入睡之人！那时候的沉重和压力可想而知！想起 2008 年冬季，一个人在陌生的风雪之夜，面对铜墙铁壁的梵语和寒冷刺骨的空气与眼神，向着自己的心灵深处写下了几多所谓的 Kavya，写下了几多回不去的日子，复制了几多常人难以想象的清澈见底。（例如："我将一切的礁石坐成孤独/如波如涛如诉如泣/我将一切的天空坐成痴迷/如冰如雪如花似玉/我将一切的海鸥坐成雕塑/我将一切的鸽子坐成绝句/我将一切的潮汐坐成扁舟/我在舟页里昏迷一个世纪。"）想起 2008 年的秋季到 2009 年的冬季，常常一个人披星戴月，从北大东门的中关村出发，先公交再地铁，先五道口再西直门，再到建国门附近的中国社会科学院随博学而慈祥的黄宝生先生学习"绝学"，风雪无阻，烈日无碍，那是"老夫聊发少年狂"的写意人生，那是为了信念而站着活下去的北京时间！想起黄先生在课堂上一遍又一遍地给我们讲钱锺书先生的"通学"和"化境"，让我们领悟学问的真谛和人生的意义。黄先生的一句话是："既要执著，又要超脱。"想起坐在外国文学研究所的会议室里聆听黄先生的教诲时，每每走神时便一眼瞥见旁边的墙上从左至右挂着戈宝权、卞之琳、罗大冈、冯至、罗念生、李健吾和杨绛等先生的大幅照片，心中自是敬畏无比。当然，还想起 2009 年 9 月到 2010 年 4 月的战略大转移。土家族诗人冉仲景说格桑花可以在美得难以为继时转移到爱情的方向，我则在绝处逢生时把前途和梦想紧紧地攥在自己手中。（仲景是我近年来欣赏的极少数当代诗人之一，他在题为《格桑》的诗中写道：“如此时髦的年代/她们依旧以挺高原的方式/往脸上涂风雪抹阳光/于是就美得黑里透红/美得意味深长/直到美得难以为继了/她们就转移到爱情那方/……/她们就这么轰轰烈烈地开放/一往无前地痴情/令你想起身着藏袍的女子/令你的失眠/也散发格桑淡淡的香/一次格桑将永远格桑/谁把她们娶作妻子贴到心窝窝上/谁一辈子都感觉温暖”—参见冉仲景：《从朗诵到吹奏》，北京：中国三峡出版社，2003 年，第 49—50 页）一分一秒地格，一年一年地桑，才开成一朵朵魅力非凡的格桑花。奔向一生一世的梦想，万里长征的路岂能没有迷雾陷阱，披荆斩棘的路怎能躲开虎豹豺狼？常常严厉地拷问自己：在山泉水清，出山泉水浊？在黑暗中也会独自一遍又一遍思考亘古常新的一个命题：鸟儿从空中飞过，怎能不留下痕迹？

这些感慨不应是我辈人发，但它又是如此真实。为了“无法忘却的纪念”，我把它们实录在此。

本书即《印度比较文学发展史》发端于一次“命题作文”和学术热情受伤后一阵刻骨的晕眩，写作于战略大转移后的忙碌之秋，完稿于成都罕见的飞雪连天的日子。该书也是跨文明体验后的心灵叙事。

1995 年初夏，我在印度。业师曹顺庆先生和徐新建先生托四川大学的梁昭博士转告我尽快搜集资料，写篇介绍印度比较文学发展史的文章，为曹先生主编的《比较文学学科史》“滥竽充数”（该书 2010 年 1 月出版，拙文忝列其中）。接受任务后，我便到图书馆借阅和复印印度学者的比较文学研究著作，并于 7 月、8 月先后奔赴苏拉特和加尔各答，访问印度仅有的两个比较文学系。7 月我访问了南古吉拉特大学比较文学系，受到了该系系主任、刚到过北京和浙江绍兴等地的阿斯文·德赛（Asvin Desai）先生的热烈欢迎和盛情款待。从他那里，我初步了解到一些情况。使我惭愧的是，我对他们正在热烈进行的“比较印度文学”（comparative Inidan literature）十分不解，言谈间以中国学者所谓跨文明比较文学的相关概念和标准与之对话，这似乎使他颇为不快。在访问位于加尔各答的贾达瓦普尔大学比较文学系之前，我先给该系退休教授、国际比较文学学会前副会长阿米亚·德维（Amiya Dev）先生和该系高级讲师 S. C. 达斯古普塔（Subha C. Dasgupta）女士两人分别写信，表达了拜访的意图。2005 年 8 月 18 日，我顶着加尔各答的滚滚热浪来到了泰戈尔曾经在此弘扬比较文学理念的贾达瓦普尔大学。8 月 19 日上午 11 点左右，时年 70 岁的德维先生如约而至，与该系系主任昌德女士（Ipshita Chand）、主编《贾达瓦普尔比较文学学报》的该系教授斯瓦潘·马宗达（Swapan Majundar）和达斯古普塔女士等人接见了我。我先向德维先生转达北京大学乐黛云先生对他的问候，他非常高兴地向我说起乐黛云先生和孟华教授等人的名字。原来他到访过北大。我对德维先生说明了来意：为写印度比较文学发展史的论文来访。德维先生非常愉快而耐心地回答了我的一个个问题。印象最深的是，他坚持认为，印度学派是比较文学的第四个学派，而中国学派是第五个学派。他还告诉我，在我之前，中国学者中只有华裔学者欧阳桢访问过该系。令我意外的是，当我问起他们的比较文学系是否与北京大学等中国高校有过什么学术合作项目时，他的回答非常干脆："没有。我们没有兴趣，你们也没有兴趣。"刹那间，我体验到一种被子弹击中的晕眩！德维先生以为我不堪加尔各答的炎热，他怎会知道我心中的万千感慨！到了这时我才隐约明白，为什么苏拉特的德赛先生对我以中国学者的比较文学观念看待印度学者苦心经营多少年的"比较印度文学"感到不舒服？为什么矗立在在约拿桑哥的泰戈尔纪念馆二楼的墙上张贴着泰戈尔与西方及日本友人亲切合影的照片，而他访问中国时与徐志摩、林徽因等人的合影却难觅踪影，只以泰戈尔与随行人员到达中国时的合影作为泰戈尔与中国友好往来的历史见证？

中国和印度这两个以佛教文化紧密联系过的伟大国家和历史伴侣，竟然会在心灵方面隔着如此难以跨越的"喜马拉雅鸿沟"，这是为什么？为什么？想起那么多的印度老师和朋友对我一年的教诲、照顾和支持，钦羡于梵语文化为代表的印度文化的迷人魅力，想起中印近代以来跌宕起伏的政治互动和目前雷声大雨点小的文化互动，我的使命感油然而生：此生此世一定扎根于印度文学和文化这块沃土，力所能及地奉献一些珍贵的学术信息，让更多的中国学者了解印度，了解这个诞生了佛陀、阿育王、甘地和泰戈尔的伟大国度，了解这个无比亲切而又异常模糊的"遥远的近邻"。美国、英国、德国、法国、澳大利亚、俄罗斯甚或日本、马来西亚和新加坡都可以使我们感到无比亲切，为何印度就不能使我们感到亲切无比呢？这样的信念支撑着我顶着印度各地的炎炎烈日，穿梭于各地的大小图书馆，搜集各种在中国很难见到的珍贵资料，然后以尽量便宜的价格、以海运的方式从加尔各答、孟买、新德里或阿兰德等地寄往祖国。记得那次从德里大学图书馆回尼赫鲁大学时，身患微恙且疲惫交加，当我路过中国大使馆时，看见鲜艳的五星红旗迎风飘扬，刹那间眼泪差点夺眶而出。我想，那一刻的整个世界只有这面母亲般的五星红旗才能理解我为何如此玩命吧！当你把一个守望终生的信念写进心底时，豪言壮语是太苍白的东西，清苦贫瘠却是亲切而忠实的伴侣。

后来，也就是2005年10月，我回到中国。业师的命题作文大约三万字，我如期完稿。然后，我迅速投入博士论文《英语世界的印度书写》的写作中。再后来，我又依次进入《印度的中国形象》、《梵语诗学与西方诗学比较研究》和《印度文论史》的研究和写作中。现在想来，这几个课题的完成其实也在很大程度上帮助了本课题研究的顺利完成。时常扪心自问：何德何能有此幸运？也许是我的虔诚感动了梵天吧。首先要特别感谢我在北大进行博士后研究期间的合作导师王邦维先生，感谢北京大学外国语学院博士后流动站和北京大学东方文学研究中心，没有他们的支持，我不可能以《印度比较文学发展史》为题申请到第二批中国博士后科学基金特别资助金，这笔基金的资助给本书研究带来了极大的便利。特别感谢曹师顺庆先生和徐新建先生，没有他俩布置给我的那篇命题作文，我可能不会在紧张的语言学习期间想到搜集资料、访问印度两个比较文学系的。其次，还要真诚感谢阿米亚·德维先生、阿斯文·德赛先生、S. C. 达斯古普塔女士、昌德女士和钱德拉·莫汉先生（Chandra Mohan）等诸多印度比较文学学者接受我的访谈，并提供给我诸多珍贵资料和相关信息。感谢昌德女士允许我选购和复印从1961年创刊号到2004年的各期《贾达瓦普尔比较文学学报》。没有这些学报，我将无法完成本课题研究。感谢我在古吉拉特留学时的导师、Sardar Patel University 英语系主任 D. S. 米什拉先生（Dayashanker Mishra），对于他的感激我在近年来出版的几部书中已有详细说明。他帮助我联系印度各地的比较文学或梵语诗学、印度英语文学学者，对我在印度搜集比较文学资料和访问比较文学系帮助甚大。他赠送给我的奥罗宾多著作和借给我阅读的很多珍贵资料为本书写作提供了极大的帮助。我也常常感恩地想起普纳大学（Pune University）梵文系主任 S. 巴帕特（Shailaja Bapat）女士，当我无法从该大学图书馆借出纳盖德纳主编的《比较文学》时，她用自己的借书证借出该书让我全本复印。该书是我写作本书时的核心参考书之一。其他印度学者如尼赫鲁大学英语教授 K. 卡布尔先生（Kapil Kapoor）、几位著名汉学家马尼克先生（Manik Battacharya）、狄伯杰先生（B. R. Deepak）、邵葆丽女士（Sabaree Mitra）、国际大学（Viswa Bharati University）的那济世先生（Arttatrana Nayak）和阿维吉特·巴纳吉先生（Avijit Banerjee）等人都是应该感激的学者，他们在我搜集资料时提供过各种各样的帮助。巴纳吉先生还在 2007 年从国际大学托人带给我一大叠中印关系研究资料。感谢中国社会科学院亚太所的刘建先生和薛克翘先生，我在 2006 年投稿给《南亚研究》，刘先生和薛先生反复商议修改拙文，促成了《独立以来印度比较文学发展概况》一文的最终发表，这使我进一步认识到印度比较文学发展史的研究价值。感谢南京大学中文系钱林森先生，他和乐黛云先生主编的《跨文化对话》发表了我与印度学者关于比较文学和梵语诗学等问题的访谈录。正是这诸多有利因素，使我坚定了撰写《印度比较文学发展史》的信念。借用西方学者常用的套语，最后但不是最少，我要感谢我的老师曹明伦先生、张力先生、邱永辉先生、张教武先生、冉启卫先生、洪萍先生和已经先后辞世的杨胜发先生、李宁耀先生等人，我的学术生命是这些老师和前述各位老师先后赋予的。感谢父亲尹秀源先生和岳父吴志海先生，对他们的无限感激只能深藏心底。感谢夫人吴桂珍女士依然一如既往地料理家务，使我得以完全专注于打坐“学问禅”。我将本书郑重地献给先后辞世的母亲姜庚英女士和岳母潘玉仙女士。她们历经苦难，愿她们的在天之灵在西方极乐世界安息！

印度比较文学发展史的研究价值已如前述。记得前述访谈录发表在2006年的《跨文化对话》上以后，曹顺庆师在2007年为上海的《学术探索》杂志写稿时，还引用了拙文记录下的K. 卡布尔先生的名言：“让西方的变为论据，让印度的成为理论！”非常重视印度学者声音的曹先生严格按照学术规范在注释中说明了转引观点的文章来源。我因此很受鼓舞。未曾想到的是，2008年，一位比较文学博士在其探讨当代中国比较文学发展的论文中分别引用了阿米亚·德维和G. N. 德维的两段话，而她引用的观点恰恰是我翻译的。第一段涉及G. N. 德维对奥罗宾多、泰戈尔和A. K. 库马拉丝瓦米的评价。第二段话是德维先生的名言，这也是我翻译的：“25年前，艾金伯勒为辩驳比较文学法国学派的文学性时说过：‘比较不是理由’。或许在比较文学印度学派即将诞生之际，我们应该提出一个口号：‘比较正是理由’。因为，我们的主张是，在一个多语种国家，特别是在一个既为多语种又属第三世界的国家，文学研究必然是以比较方式而展开。”（译文来自拙文《独立以来印度比较文学发展概况》，见《南亚研究》2006年第2期）。该学者将这两段拙译一字不差地引用在其文章中，且挂上一位著名学者的大名正式发表。让人哭笑不得的是，该学者以假乱真地将我给出的英文注释也原封不动地放在脚注中。另外一位也毕业于比较文学专业的博士在研究奈保尔的大作中，居然也毫不羞涩却又十分高明地引用了我翻译的印度学者的两个观点，他也未注明译文转引自何处。这些译文来自拙译《奈保尔的印度书写在印度的反响》（见《外国文学评论》2006年第4期）。据我所知，这两位学者未到过印度，我引用并译为中文的那些观点为其“顺手牵羊”，而这些观点均来自我在印度两个比较文学系访问时千辛万苦搜集的文献资料。上述两位博士对我的译文一字不差地引用，并直接标注我给出的英文文献却未注明转引自何处，这种近似于译文“剽窃”的学术失范至少说明了这样一个问题：印度学者的声音对于中国比较文学研究有益无害。正是这一原因，加上前述其他因素，我才勉力写出本书，但愿对比较文学或印度文学有兴趣的中国学者碰巧见到时，能理解它的某些段落为何如此臃肿。

完成本书初稿后，我又花了一个月时间，翻译了印度比较文学学者的近二十篇论文，字数大约在十万。本想收录在书后，但限于无法与印度方面及时沟通而获得授权翻译出版的证书只能忍痛割爱。翻译那些论文时，笔者常常为印度学者的精彩论述而感动，也常常在想，要是这些论文都能尽早翻译出版、且有更多的中国学者了解那该多好！这样的梦想还要等待多久才能实现呢？阻隔在中印人民之间的“喜马拉雅鸿沟”已经太深太深了！由于无法及时办妥版权事宜，因此，拙译无法作为附录收入本书，笔者有时只得冒着牺牲（可能有的）读者阅读兴趣的风险，将大段的重要译文呈现在笔者认为合适的段落里。这需请读者谅解。但愿不远的将来，待版权事宜办妥后，笔者能再多译一些重要的印度比较文学论文并结集出版。

另外，笔者敝帚自珍地收录了几篇自译的梵语诗学著作片段和一篇关于莎士比亚作品跨文化传播的未刊拙文，祈望学界同仁指正。本人学术水平有限，加之资料搜集不甚理想，欢迎各位专家学者斧正。

2011年1月28日至29日初稿，2月23日定稿

图书在版编目（CIP）数据

印度比较文学发展史 / 尹锡南著．—成都：巴蜀书社，2011．6
（南亚前沿问题研究丛书）
ISBN 978-7-80752-813-5

Ⅰ．①印… Ⅱ．①尹… Ⅲ．①比较文学-文学史-研究-印度
Ⅳ．①I351.09

中国版本图书馆 CIP 数据核字（2011）第 086205 号

印度比较文学发展史 尹锡南 著

责任编辑	陈 礼
封面设计	张 科
出 版	四川出版集团巴蜀书社 成都市槐树街 2 号 邮编 610031 总编室电话：（028）86259397
网 址	www. bsbook. com
发 行	巴蜀书社 发行科电话：（028）86259422 86259423
经 销	新华书店
印 刷	成都东江印务有限公司
版 次	2011 年 6 月第 1 版
印 次	2011 年 6 月第 1 次印刷
成品尺寸	203mm×140mm
印 张	21.875
字 数	550 千
书 号	ISBN 978-7-80752-813-5
定 价	50.00 元

本书如有印装质量问题，请与工厂调换